Best Time

白 马 时 光

你和我的倾城时光 （上）

丁墨/著

百花洲文艺出版社
BAIHUAZHOU LITERATURE AND ART PRESS

目录

目录

CONTENTS

第一章

古怪男人

列车轰隆隆地行驶着，自雪山深处来，往一望无际的前方开去。

窗外景色如同电影画面，一帧帧跃入眼帘——高山流云，湖光熠熠，还有成群的牛羊，掩映在风吹草动的原野上。

藏地的每一种颜色都显得纯粹而安静，望一眼，它仿佛就已抵达你的心底。

林浅坐在靠窗的位子上。

整个车厢里都是人，唯独她的身边像是有一片真空区域，所有人似乎都小心翼翼，与她保持着一段礼貌的距离。

林浅有些尴尬，又觉得这情况挺好玩的。她一直用手支着额头，有一搭没一搭地看着书，但无论她何时抬头望去，都是一片拥挤的军绿色。男人们的目光时不时落到她身上，令她的脸微微发烫。

的确……一个背着行囊的年轻女孩，突然被送进装满士兵的车厢，并且要与他们共度七八个小时车程，是挺不常见的。

林浅是两天前在雪山遇险的。

因为工作变动，她最近难得有假期，就来了魂牵梦绕的西藏徒步旅行。原本以她的体质和户外运动经验，这趟行程没多大难度。谁知回程时，刚到山腰，她租用的小卡车抛了锚。加之天气突变，连下了一夜的雪，把她折磨得够呛。

幸好天亮时，一队路过的士兵救了她。边疆军人特别热情纯直，还把她送上了这趟运送退伍士兵的专列，可以一直把她带到拉萨。

这时，坐在斜对面的一个士兵主动找她搭话了："姑娘，你是哪儿人啊？"

士兵们大概都知道这姑娘遇了险，所以待她的态度也特别亲和。林浅微笑地答："我是霖市人。"

话音刚落，隔着过道的一个士兵极其爽朗地开口："我也是霖市人，原来是老乡啊！"

林浅也抬头冲他笑笑。她长相本就甜美，即使此刻穿着冲锋衣，素面朝天，五官还是显得十分灵秀干净，这一笑直看得士兵们心头一跳。

那老乡士兵又笑着问："我猜……你是大学生吧？"

"没有啊，我早上班了。"她答得很客气，但那温温软软的声音仿佛天生带着一种不紧不慢的悠闲劲儿，听得士兵们舒舒服服，又纷纷说她看起来就是特别像学生。

"你在霖市哪个单位上班啊？"

林浅说："嗯……爱达集团。"

"牛！"老乡士兵竖了个大拇指，"那可是我们霖市最牛的企业，听说资产好几十亿呢……"

闲聊的空当，林浅一脸若无其事的样子，目光却偷偷落在前排斜对面的一个男人身上。

整节车厢里，那个男人最为沉默，却也最醒目，她想不注意到他都难。

他穿着呢子军大衣，即使背对她坐着，也显得身材十分高大，与周围士兵的普遍身高一比，格外出众。宽檐军帽压得很低，遮住他大半张脸，只能隐约看到他棱角分明的侧脸，似乎比其他人肤色要白很多。

无论车厢里各处爆发出多么热烈的感叹声、谈论声、歌声，他都纹丝不动，仿佛已经睡死过去。

真古怪。

　　旅途漫长，天色也慢慢地暗下来。

　　士兵们也有些累了，大多数人靠在座椅上打盹儿，车厢里变得清冷而安静。林浅独自靠在微凉的窗玻璃上闭目养神，耳边唯有火车碾过铁轨的阵阵轰鸣声和撞击声。

　　回到霖市，就又要开始紧张忙碌的工作。假期总是过得特别快，她还真的有点不想回去。

　　渐渐地，耳边的那些声响越来越远，越来越轻……

　　林浅倏地睁开眼。

　　面前依旧是冰冷的窗玻璃，外头寂静深黑一片，隐隐可见山川湖泊的轮廓。天空中，群星璀璨，静静地闪耀。

　　车停了。

　　这里前不着村，后不着店，亦无站台，显然是一次临时停车。士兵们的警觉性比林浅高，他们全醒了，不少人伸长脖子看着窗外。

　　"没事，这一段路况不太好，可能有临时险情，很快就能处理好。"对面的士兵安慰她。

　　"嗯。"林浅也抬头往外看，这一看，却瞥见前方斜对面的位子已经空了。之前坐在那里睡觉的军人，不知何时离开了。

　　很快就有人来了。

　　来的是个年轻军官，高高的个子，站在车厢门口，中气十足地下达一连串命令："二班、四班，立刻到车头处报到；五班，列车重新开动前，负责本节车厢的安全。其他人原地待命。"

　　话音未落，士兵们唰的一声全站了起来，"是！"

　　林浅饶有兴致地看着他们，直至士兵们都忙碌起来，她也从背包里拿出一顶鸭舌帽，准备睡一觉熬过这段时间。她刚要往座位里缩，忽然感觉到周围士兵的目光全都落在她身上。

　　她再次坐直了。

　　那名军官走到了她的座位旁，没有什么表情，眼神冷峻，"女士，请拿上行李跟我走。"

众目睽睽下，林浅抬头，目光清亮地望着他，"请问……有什么事？"

可那军官没回答，利落地一挥手，另一个士兵已经扛起她的行李，大踏步地朝车厢门走去。

过道昏暗，夜色清冷。

林浅快步跟在两个人高马大的军人后头，穿过一节又一节装满士兵的车厢，引来无数好奇的目光。直至来到一节软卧车厢门口，离那些士兵已经很远了，军官示意士兵放下行李离开，这才重新看向林浅。

她也望着他，白皙的脸在夜色里显得越发清冷，眼中透出几分紧张。

约莫是被她盯得厉害了，年轻军官有些不自在地移开目光，淡淡解释道："前面道路小规模塌方，已经派士兵去修理。今晚车厢里的人员可能会频繁调动，而且这一带还有狼出没，你一个女人待在那里不方便。我们少校命令我接你到卧铺车厢过夜，这里没人，比较安全清净。天亮就送你走。"

啊？

林浅跟他大眼瞪小眼。

所以……对方来势汹汹的，是在做好人好事？

她一下子笑了出来，忙点头鞠躬，"谢谢啊，非常感谢。"

这军官似乎也有些尴尬，匆匆说了声"没事"，转身就走了。

过道里空荡荡的，前方车厢门口还有两个士兵站岗，的确安全又清净。

林浅低头，吐口热气呵了呵冰冷的双手，伸手去拧包厢的门……

她的手还没碰到门把手，却忽然听到门里传来咔嚓一声轻响。她一下子怔住了，有人？

不等她仔细分辨，只听哗啦一声，门从里面被人推开了。

林浅连忙往后退了两步，身体靠到了车窗上。

一个男人站在门口。

包厢里没有开灯，男人的面目也是模糊的。他非常高挑，也穿着军装，比刚刚的军官还要高一个头。他的帽檐压得很低，挡住了眼睛，只能辨认出他的鼻梁很挺拔，下巴的线条简洁而干净。

是他？刚刚在硬座车厢里睡觉的男人？

尽管看不清他的脸，但这气质身形却告诉林浅，就是那个人。

咦？他怎么会在这里？

林浅冲他笑笑，"抱歉，不知道你在里面。刚刚的那个军官，告诉我这里没人。"

"嗯。"像是从喉咙深处轻轻哼出来一声，他倏地迈开长腿，跨出了包厢，没有任何停留，与她错身而过。

林浅站在原地，扭头看着他，忽地心头一动，反应过来，"你就是少校？"

"嗯。"他已经拉开了车厢门。

林浅很惊讶。她一直脑补，派人接她到卧铺车厢的，是个英武黝黑的军人叔叔，没想到居然是他？她想也没想追过去，"谢谢你啊……"

哐当一声响，他已经干脆地带上了车厢门，根本没理她，挺拔的身影迅速走远。

灯光明亮，空气温暖。林浅坐在靠窗的椅子上，再次打量着周围的一切。

四个铺位都整整齐齐，被子叠得跟豆腐块似的。唯独其中一个上铺的墙壁上还挂着一件军装上衣。她面前的小桌上放着一个不锈钢茶杯。

显然，这是军官们住的地方。这里肯定是他的铺位，让给了她。

人不错嘛。可是他怎么躲她跟躲瘟疫似的？她哪里可怕了？

林浅忍不住笑了。

迷迷糊糊睡到半夜，林浅睁开眼，发现列车还是停靠着。她也没什么睡意了，索性裹上外套，起身去看看外头的情况。刚推开门，她就愣住了。

外面依旧是平静的过道，不远处还站着两名哨兵。隔着两三米远的过道凳子上，一个军人安安静静地坐着，呢子大衣，黑色军靴，不正是刚刚对她退避三舍的少校？

比起刚才的淡漠挺拔，此刻他整个人都靠在椅子里，头耷拉着，帽子扣得很低很低，大衣领子挡住了整张脸——那姿态竟有几分散漫的少年气质，就像……一只正在打盹儿的大猫。

林浅开门的声响毫无疑问惊动了他。他的头缓缓往上抬了一个很小的角度，但还是深埋在衣领里。那样子，似乎是懒得抬眼看她，只等她讲话。

林浅走出来，隔着几步远，对他说："我不怎么困了，你睡里面吧。"

他静了几秒钟。

林浅以为他要说话，便安静地等着。谁知他缓缓地、一点点又把头低了下去，保持原来的姿势，一点声息动静都没有了。

林浅说："……那……晚安。"她只好退回包厢，轻轻地带上了门。

天亮的时候，火车终于抵达拉萨。

林浅早起洗了把脸，收拾好行装。外头是明亮狭长的走道，尽头站着士兵，哪里还有那位少校的身影？她想了想，从包里拿起纸笔，留下自己的手机号，并写道：我想我们以后可能不会再见了。但如果你以后有机会来霖市，请给我打电话吧。我会是一个很不错的导游和朋友——林浅。

林浅买了最早一班机票。傍晚的时候，她抵达霖市，打车直往目的地。

笔直的公路尽头，远远望见一片辽阔的工业园区，数幢整齐的白色高楼漂亮而时尚，门口"爱达集团"四个鎏金大字格外醒目。

林浅让司机把车停在距离集团数百米远的一幢住宅楼前。

房子是她一个月前就租好的。进屋之后，她先把行李箱往地上一丢，人直接往床上倒下去。躺了一会儿，感觉缓过劲儿了，她才低头看了看手机，果然如预料的一样，没有新的短信和电话进来。

说起来，这还是她第一次主动给男性留电话号码。真是失败啊。

她笑笑站起来，拉开窗帘。日落的金黄光芒一下子跳跃进来，而爱达集团的楼宇、厂房，还有厂房背后碧绿的原野，就沐浴在无边的阳光下。

林浅深深吸了口气，心情变得格外好。

她想，这真是一个美好的开端：千万人中擦身而过的温暖邂逅，繁荣秀美的家乡，还有她即将开始的新的职业旅程。

通往霖市的高速公路入口处，一列列军用卡车停靠着，正要运送退伍军人们返回家乡。

几个军官低声交谈着，刚要踏上一辆吉普车，一个士兵气喘吁吁地跑过来。他跑到中间那名军官面前站定，利落地行了个礼，这才说："厉少校，总算找到你了。中午收拾你的火车包厢，发现了这个。"他将一张写有电话号码和几行字的便笺纸递到那人面前。

被唤"厉少校"的男人面无表情地接过看了看，"没必要给我。"他的声音温凉而平静。

他看那张纸的时候并没有遮遮掩掩，左右两个军官虽然站得笔直地等着，眼睛却自然而然地往纸上瞟。

听他这么说，其中一人忍不住说："林浅……就是那个遇险搭便车的女孩？我今天早上可看到了，挺漂亮的啊。你家不就在霖市吗？怎么不把人家的号码存下来？"

周围的人全都目光熠熠地盯着厉少校。他却再次压低帽檐，竖起衣领，第一个跨上了吉普。

"不必。"他淡淡地说，"我和她，很快会再见面。"

初冬的天色，阴郁又清冷，车站里到处都是嘈杂的人声、脚步声和广播声。

厉致诚还穿着呢子军大衣，手里提个小旅行袋，跳下一辆大巴，高挑挺拔的身形在乱糟糟的人群里格外引人注目。他安静而快速地环顾一周，目光停在车站入口的一辆凯迪拉克上，随即迈开长腿，笔直地走过去。

顾延之正靠在车门上，抄手望着他，似笑非笑，"哎哟，这是哪家的公子哥转业回来了？"

周围的人纷纷侧目。

厉致诚恍如未觉，走到对方跟前，四目凝视，他才淡淡开口："你家的。"

顾延之倏地笑了，伸手就把他的肩膀揽住。厉致诚的脸上也浮现一丝笑意，两个男人紧紧抱在一起。

轿车平稳行驶在二环路上。

顾延之手搭着方向盘，手指轻松地敲着。车内温暖又静谧，他抬头看了眼后视镜，就见厉致诚坐得笔直，跟棵树似的，看着窗外，脸色依旧冰寒冷漠，生人勿近。

顾延之最讨厌的就是他这一点：明明是二十几岁的小伙子，但若你不跟他讲话，他可以一天二十四小时都这么绷着，冷得都快掉渣了。

"又长高了啊。"他慢条斯理地打趣。

厉致诚还盯着窗外熟悉而又陌生的城市，"嗯。我从十二岁起就比你高。"

顾延之低声失笑，方向盘沿着环路打了个弯，换了个话题："先去集团还是疗养院？"

"集团。"

顾延之笑笑，没说话，心道：这家伙几年没回来，对老爷子的性子倒还是吃得挺准，知道老爷子的所谓身体抱恙只是催他回来的托词。

关键，还是那份家业。

林浅站在爱达大厦的楼下，心情很是忐忑。

两个月前她来面试时，不是这样的啊。

那时，金碧辉煌的大厦下停满了车，而且有很多好车；衣冠楚楚的白领职员迎来送往，显得业务特别繁忙；大厦后边就是厂房园区，到处挂满写着激情口号的红色横幅；厂房里的工人们忙忙碌碌。整个集团，就是一派欣欣向荣、大展宏图的景象。

可现在呢？

同样气派的大厦，同样整洁漂亮的园区，可是大厦楼前冷冷清清，门可罗雀，只有两个保安无所事事地发着呆；后边的生产车间，大多黑灯瞎火，悄无声息，不少工人蹲在门口抽烟闲聊，显然已经停产了；而那些曾经红得刺眼的横幅口号，全都不知所终。

哦，她看到了一条，半截还挂在墙上，半截掉在泥地里……

林浅正发怔，一辆低调而奢华的轿车无声无息地从她身旁驶过。

林浅抬眸望去。

她认出了驾驶座上的男人。

杂志和新闻都登过他的照片——爱达集团第一副CEO、董事长的亲外甥，顾延之。

顾延之真人看起来倒是比照片上还要年轻俊朗几分。不知道他是不是像传闻中那样狡猾厉害？

她的目光又移向后座，那里还坐着一个男人。隔着深色玻璃，看不清是什么人。谁能让大名鼎鼎的顾延之亲自开车接送？

顾延之也看到了车外的女人，随意一瞥，倒是眼前一亮：女人很年轻，穿着黑色职业套裙，身段匀称窈窕，五官标致。她这么娉娉婷婷地走在深灰色的楼宇厂房间，倒走出了几分清新脱俗的味道。

顾延之一回头，发觉厉致诚也看着她。

顾延之顿时笑了，"怎么，认识？"

厉致诚面无表情地把目光收了回来，"不。"

半个小时后，爱达集团人力资源部。

人力资源经理看着手中的简历，再看看坐在自己面前的女孩，有些为难。

简历上的信息很清楚：林浅，女，二十五岁，有三年工作经验，于两个月前确认录用，职位是CEO助理，预定的入职时间就是今天。

可是……

她抬头望着林浅，"我记得你。只是这些天爱达发生了一些事，新闻也有报道，你不知道？"

林浅稍稍有些羞赧，"我不太清楚。"

她这个人，向来信奉"善待每一个人，更要善待自己"的准则。当初她决定跳槽时，自认为辛苦了好几年，难得中间歇一歇，一定要玩个够本才能重出江湖。

所以拿到爱达的录用通知书时，她找了诸多借口，把入职时间定为两个月后。爱达CEO对她特别赏识，也不是很急着用人，所以应允了。

于是这一个多月来，她天南海北玩得不亦乐乎，还在西藏待了一个多星期，过得犹如闲云野鹤，加上之前在藏地又遇了险，仓促赶回来报到，还真不知道最近发生了什么事。

人力资源经理微一沉吟，说："集团的经营遇到一些困难。前任CEO在一周前已经引咎辞职。CEO的职位暂时空缺。"

"……"

求职技巧的书可没教导过她，如果你应聘的职位是CEO助理，可CEO却搞垮了企业，自己也下了台，你又该怎么办呢？

顶层，副总裁办公室。

顾延之亲自泡好了两杯普洱，一抬头，就见厉致诚立在光影斑驳的落地玻璃前，修长的眉头轻拧着，望着下方广阔的园区沉思。

他已经脱了大衣，里面穿着松枝绿的军衬衫和长裤，显得又高又瘦。许是多年军旅生涯熏陶，他简简单单往那里一站，自有料峭清逸的气场。

顾延之微微一笑，走过去把茶递给他。

厉致诚问："情况有多糟糕？"

顾延之在一旁的沙发上坐下，轻抿了一口茶，道："很糟糕。我们花了天价年薪请来的那位CEO先生在海外市场亏了20个亿，关键他还特别擅长瞒天过海，比我还能！现在东窗事发，他完蛋，我们也完蛋了！"

厉致诚的脸上没什么表情，眉宇间只有浅浅的清寒之气，"我们还剩下多少？"

他措辞并不专业，但顾延之听懂了，"你说市场占有率？海外市场一塌糊涂，就不用说了。当时为了拓展海外市场，国内市场的资源和资金都抽离了不少，结果其他竞争对手闻风而动，蜂拥而上抢地盘，尤其是司美琪，从我们这里抢走的市场份额最多。现在爱达在国内的市场占有率已经从20%下跌到8%。"

厉致诚端着茶杯站在原地，并不吭声，唯有修长的手指轻轻摩挲过青瓷茶杯光滑的边缘，"知道了。"

两人都没再说话，室内陷入平静的沉寂，只有茶香阵阵萦绕。

顾延之看着厉致诚，感觉其实也有那么一点陌生。诚然两人从小关系极好，但这些年甚少相见，他对厉致诚近况的了解也只限于种种传闻。

传闻在历次军事演习中，厉致诚的部队总是成绩卓越。这次他要转业，部队方面阻力很大。传闻他用兵狠辣果断，神出鬼没，被称为"西南之狼"，全不似他清秀内敛的外形。

他如此年轻，除了军事，从无别的爱好，金钱、女人、权力……跟他都是绝缘的。与这灯红酒绿的时代相比，他就像活在另一个时代的古板乏味的男人。

……

顾延之唇角轻扬。

董事长怎么会突发奇想把这个儿子叫回来管事？而他居然还同意了？

虽然有句老话是"商场如战场"，但那根本是两码事。商场有时候难免尔虞我诈、奸猾厚黑。而他呢？他的军人气质虽然卓绝，对经商却是一无所知，毫无经验，为人又是如此沉默冷傲，连跟旁人多讲一句话都欠奉——这么个人，到底要怎么管理数千人的企业啊？

这时，秘书敲门进来。

是人力资源部送来了一份简历。

顾延之挥手让秘书出去，往老板椅上一坐，随意翻了翻，说："啧啧，都什么时候了，这个月员工离职率都30%了，居然还有人跑来报到。她是有个性啊，还是傻啊？"

厉致诚依旧沉默着。

顾延之继续说道："我们的前任CEO虽然浑蛋，一些内部管理流程还是做得不错的，招聘的人才都还算精英。这个人是他给自己招的，应该不差。你反正也需要一个助理，看看要不要留下？"

"随便。"厉致诚语气清冷，显然对刚刚提到的人和事没有半点兴趣。

顾延之又翻到简历上的照片，乐了，"哟，这不是刚刚在路上看到的美女吗？"他沿着履历栏随口念道，"林浅，中×大经济管理系毕业……"他的声音稍稍一顿，"曾担任司美琪公司市场部高级专员，年年绩效成绩均为优秀……"

厉致诚转头看着他，"留下。"

第二章

少校阁下

　　林浅听到人力资源经理带回的"领导意见"时，还蛮意外的。意外之余，她又有些感动，因为对方的话讲得很诚恳很漂亮，"林小姐，我们爱达既然向你提供了这份工作，就不会因为一些临时性的经营困难违背承诺。如果你决定留下，薪水级别不变。至于职位，需要等新CEO上任后确定。如果你选择离开，我们也祝愿你找到更理想的工作。"

　　在人力资源经理刚刚离开的这段时间，林浅已经用手机上网，百度了有关爱达的新闻。她想了想，也很诚恳地答："谢谢，我回去考虑一下，明天给您答复。"

　　离开爱达时，时间还早，不到中午十二点。林浅慢慢往家走，先在小区门口的小饭馆炒了两个菜，闷闷地吃完，这才上楼，打开窗，也打开音乐，然后走到阳台，给林莫臣打电话。

　　美国那边正是华灯初上时分，林莫臣低沉的嗓音仿佛也带着曼哈顿特有的慵懒和倨傲，"你的电话来得比我想象中晚。"

　　林浅顿时有些丧气，"你当然早知道了。"

　　关于爱达的近况，全世界都知道了。这个在华尔街做金融投资的哥哥，又怎么会不知道？

　　林莫臣穿着铁灰色手工西装，正站在摩天大楼顶层的落地玻璃窗前，身后是还在埋头做数据分析和投资报告的员工。窗外是璀璨如星光般的满城灯火，哈德逊河在两岸摩天大楼的掩映下，缓缓淌向远方。

他轻笑一声，问："有什么打算？"

林浅的语气更闷了，"反正我是不会去给你打工的。"

林莫臣微不可见地蹙了一下眉头，语气却依旧疏淡，"哦？那你去哪里高就？"

林浅答："我在考虑要不要留在爱达。"

平心而论，尽管爱达现在陷入困境，但是瘦死的骆驼比马大，他们能否绝地反击，还是个未知数。而且今天接触下来，林浅对爱达的感觉还不错。

"我感觉，如果就这么放弃，挺可惜的。"她又说。

林莫臣望着对面楼宇顶上的星光，手指在一旁的桌面上轻轻敲了敲，"林浅。"他开口，"感觉是最无用的东西。你是我的妹妹，理应用更加理智客观的方式思考问题。"

语气有点冷酷，也有点傲慢训人的意思。

但林浅不为所动，而是顺着杆子往上爬，软软地答道："好嘛。那哥你给我客观分析一下，究竟是否值得留下？"

林莫臣沉静了一瞬，林浅的心也稍稍提起来。

"可以一试。"他不急不缓地给出答案。

林浅顿时笑了，也不去问他更深的原因，因为他那些资产净值、收益率之类的专业名词，她听着就头疼。

"谢谢哥！"

林莫臣的唇角微不可见地上扬了一下，又淡淡地说："爱达董事长徐庸牛老体衰，已经不管集团的日常经营。他的大儿子徐以扬三年前车祸过世，以徐庸的性格，不可能再从外面请人。所以，最有可能接班的人，有三个：一，顾延之；二，私生子徐澄晏，现在还在美国读书；三，徐庸跟前妻的另一个儿子，身份不详，我会再查一查。"

挂了电话，林浅望着远方发呆。过了一会儿，她的目光被吸引了。

一辆军绿色的大卡车沿着公路穿过市区，停到了爱达集团门口。几个穿着迷彩服的军人跳了下来，都背着行囊。大卡车开走后，他们在门口站了一会儿，很快就有人出来，领他们进去了。

是退伍军人？

说起来，那批退伍士兵，是她这些天来遇到的唯一的好事了。

现在，他们中是不是也有人来爱达上班了？

她也决定了，留下来。

次日一早，林浅办完入职手续就被带去见传说中的顾延之了。

集团四处都弥漫着一种无法言喻的颓丧气息，所以当林浅走进这位"权臣"精致奢华、敞亮大气的办公室时，难免觉得耳目一新。

顾延之坐在漆光暗沉的大班桌后，也正打量着这位新员工。

林浅是厉致诚的助理备选人员，不需要顾延之来见。可那家伙昨天连夜赶去疗养院看父亲，这些事只能丢给他。而且这位惜字如金的老板还淡淡地下达了一条指令："暂不公开。"

这个不公开，自然是指他的身份和他的到来。

顾延之就问："为什么？"

厉致诚接手集团，迟早要跟全体员工见面，什么时候公开有何区别？

"我需要先了解情况。"厉致诚负手站在窗前，眉眼淡漠地说，"以隐秘的方式。"

顾延之微怔了一下，听懂了。

他讲得高深莫测，不动声色，敢情……还是把这当打仗似的，想要自己先秘密"侦察"一番啊。

想到这里，顾延之忍不住笑了，抬头看着对面的林浅，不紧不慢地说："集团的情况，想必你也清楚。越是困难，越是用人之际。如果有才，自然会得到重用。但如果是个庸才，我们也没必要留下增加负担。一切就看你自己了。"

很常见的恩威并施的话，所以林浅也很平和地点头，"我会努力的。"她看着他脸上的笑容，心想，他看起来也不像传闻中那样阴险精明难相处嘛。

顾延之也没什么闲心跟她多聊，短暂交谈一番后，当场拍板：她先去总裁办待着，把部门的一些日常工作承担起来。

林浅在爱达的职业生涯就这么在一片兵荒马乱、人心惶惶中，默默无闻地开始了。

总裁办听着名头漂亮，事实上现在包括林浅在内也只有三个人，其他两个还是今年的应届毕业生。

人力资源部的职员这么跟她解释："这个部门以前没有，是前任CEO来了之后组建的，全盛的时候有十六七个人，后来陆陆续续都走了。"

林浅既来之，则安之。按照顾延之的秘书的提点，每天早上，她会搜集行业信息和新闻，做成日报，供领导层参考；公司各个部门每周的工作计划和总结，也会抄送给她一份，而她会整理成一份独立报告；当然如果公司内外部临时有什么大事，她也需要第一时间汇总相关参考消息。

简而言之，林浅的工作就是不停地写报告、写报告、写报告……

这种工作当然单调又乏味，离公司的实际运作也有一定距离。林浅是不喜欢的。可她想一想，自己初来乍到，还是从竞争对手公司过来的，要是公司一开始就把她放到重要部门，给她安排重要工作，那才奇怪吧？所以她也就释然了，索性每天专心致志地写报告，几天下来，倒是对爱达的基本情况倒背如流了。

只是每次把报告送到顾延之秘书的桌上，也不知道他有没有看过。顾延之后来让秘书给林浅传过一次话，让她除了提交纸面报告，再发一份电子版到指定邮箱里。林浅看那邮箱名："Apache"，是顾延之的英文名吗？但不太像人名，可能是某个词或者某句话的首字母简写。林浅心血来潮地拼了半天，也拼不出个所以然来。

周末，林浅起了个大早，搭车去了城市另一头的疗养院。

绿苑疗养院是2010年后新修建的，房舍设施都是全市最好、最舒适的。林浅提着一袋新鲜水果，在护工的带领下，沿着绿茸茸的河堤走了一段，就见何清玲独坐在一棵大树下。

林浅不由得放轻步伐，走到她跟前，"妈……"

何清玲已经五十多了，尖瘦的脸上全是皱纹。她脸色平静地望着女儿，"嗯，回来了。"

母女俩说了一会儿话，大多数时候是林浅在说，何清玲听着。没多久，何清玲就说困了，要休息，"你工作忙，我就不留你了。"

护工推着她的轮椅走远了，林浅站在原地，静了一会儿，拿出手机给林莫臣打电话，"我在疗养院。妈看起来气色挺好的。"她顿了顿，"你要不要跟她讲话？"

林莫臣那边大概已经是深夜了，听着十分安静，只有他平缓的呼吸声。

"林浅。"他说，"我不需要知道那个女人的近况。"

林浅就没作声了。

当年何清玲执意与丈夫离婚，各带一个孩子。从那之后，林莫臣就没叫过何清玲一声"妈"。

下午，林浅就在疗养院周边的小镇上转了一圈，又去看望了住在附近的一个老同学。等她从同学家里出来，已经是九点多了。

她谢绝了老同学开车相送，也不想打车，一个人慢慢踱到公交车站。郊区的夜晚，很深很静。空荡荡的站台上，只有路灯稀薄微黄的光芒。

很快，末班车来了。

林浅在车厢后部找了个靠窗的位子坐下。

因为是始发站，大概还没到出发的点儿，司机朝她吆喝一嗓子："姑娘，再等等，还有五分钟。"他说完就趴在方向盘上打瞌睡了。

林浅裹紧外套，望着窗外混沌的夜色，脑子里也不知道在想些什么。

就在这时，前方车门处传来脚步声，一个个子很高的男人走了上来。

林浅很随意地转头，看了他一眼，又继续望向窗外。过了几秒钟，她忽然又把头转回来，看向他。

车厢里灯光昏暗，那男人穿着深灰色冲锋衣、黑色运动长裤和户外运动鞋。林浅只看一眼，就知道他穿的全是顶级品牌的经典款。他还戴了顶鸭舌帽，帽檐压得很低，只露出高高的鼻梁和线条简洁的下颌。即使看不清脸，她也能感到他有一种棱角分明的俊秀。

林浅心里咯噔一下，似曾相识的感觉涌上心头。那个人的身高、体型跟他完全相似，而且这种强烈而独特的气场，怎么形容呢？他俊毅、桀骜又孤傲，即使安安静静地待着，也令人无法忽略他的存在。

这时他已经迈开长腿走过来。林浅立刻转头望着窗外。

他的脚步平稳利落，很快从她身边走过。林浅看着窗玻璃里模糊的倒影，他在最后一排坐下了。

车很快开了。

月朗星疏，夜凉如水。唯有大公交哐当哐当地行驶着。

林浅坐了一会儿，到底是好奇心占了上风，索性转头直接朝他望去——

呃……

他……又睡了。

高高大大的身体就这么端坐着，一只胳膊枕在前排座椅靠背上，脸深深埋在里面，另一只手似乎很随意地搭在膝盖上。鸭舌帽彻底深扣在脑袋上，把面容遮挡得严严实实。因为没隔几排，林浅甚至能听到他均匀低沉的呼吸声。

Hi，大猫。

林浅忽然有点想笑。她把身子向前倾，头也压得很低，想从下面看看他的脸。可车内光影幻动，只看到他模糊的侧脸线条……

"你看什么？"一道清冷低沉的嗓音突然响起。

林浅吓了一跳，一下子直起身子，脸腾地热起来。他已缓缓抬起脸，漆黑沉亮的双眼静静地望向了她。

"你看什么？"他的嗓音温凉而低沉。

被抓个正着的林浅只脸红了一秒钟，便立刻反应过来——她心虚个什么劲儿啊？

她扭头，光明正大地与他对视。

耳边是公交行驶的阵阵嘈杂声响，车内灯光柔和。他已经坐直了，伸手扶正自己的帽子，抬头看着她。

毫无疑问那是一张英俊的脸。眼眸漆黑干净，就像深不见底的水面，只有暗色的倒影。颧骨有点高，显得脸的轮廓更加清晰。薄唇微抿，仿佛一如既往地懒于开口讲话。

整个人看起来眉眼俊秀而冷冽。

林浅冲他灿烂一笑，"我在看你啊。"

他没有半点表情，唯有眸色依旧澄澈平静。

她又说："你长得很像我遇到过的一个军人。"

讲完这句话，林浅就等他的回答。谁知他抬起手，将帽檐再次往下一扣，像是终于失去了仅有的一点耐性，往椅背上一靠，仰面又开始睡觉了。

林浅默然。

这时公交车已经驶入市区，城市的灯火在车窗上投射着斑驳光影。陆续又有几个人上车，车厢里也热闹起来。

林浅戴上耳机，也往椅背上一靠，眼睛盯着窗外流光般的街景。但身后那人即使一动不动，你也不能忽略他的存在。他这么仰面靠着，更显得人高马大，双腿修长。因为帽檐挡住了眼睛，林浅也不知道他是睡着了，还是跟她一样也看着夜景。她当然也不好意思再转头，直勾勾地盯着人家瞧。

过了一会儿，她摘下耳机，又扭头看着他，"喂，到底是不是啊？"

他静坐不动，连眉眼都没抬一下，"嗯。"他的声音低得像风一样。

林浅倏地笑了，"OK，谢谢。"

她把身子转回来，再也不骚扰他了，把大衣的帽子往脑袋上一扣，身子往椅子里一蜷，闭上眼开始睡觉。

一路无话。

"终点站了啊！都下车，后面两个别睡了！"一个粗嗓门把林浅从迷迷糊糊中震醒。她睁眼，回过神来，只见公交车已静静停在站台里，前方不远处马路对面，正是熟悉的爱达集团的大门。

"呼——"她吐了口气，又怔住了。隔了两三步远的车门处，高高瘦瘦的他正下车呢！

林浅很意外，她还以为他半路已在市区下车了。

已经十点多了，这条路格外寂静，灯光稀疏。他身形笔直，双手插在裤兜里，走在前头。林浅隔着十多步远，走在后头。长长的街道上，只有两人的脚步声交错回响。

他不会以为她专门跟着他吧？林浅有些好笑地想。

这时他已经走到集团门口，忽地脚步一顿。林浅下意识也停步了。

他转头朝门里望去。

因为正好站在灯的下方，帽檐遮住了光，在他那线条分明的侧脸，投下一片暗影。而挺拔的鼻梁下，嘴唇微微勾起。

他居然笑了？

就在这时，一阵嘈杂的脚步声和喧哗声由远及近，几个保安兴冲冲地从集团大门里走了出来。

"营长！"

“少校！”

“你终于来了！”

林浅微怔之后，也笑了。

她继续走自己的路，眼角余光自然而然地往他们那瞟。只见他被昔日的下属们围在正中间，薄唇轻启，也不知道讲了什么，保安们忽然一阵爆笑。而他长身而立，唇边也始终挂着浅浅的笑意。

忽然，一个保安转头，发现林浅，微愣了一下。

林浅也认出他来——正是火车上遇到的那个老乡士兵。

“那不是……林小姐吗？”他惊叹开口，嗓门挺大，“营长，是那天火车上的林小姐啊。就在那儿！”

林浅闻言微微一滞。

大哥……你真的不用专门跟他强调。他其实比你们谁都清楚。

这时所有人都转头朝林浅望过来。他也转身，帽檐下一双沉黑平静的眼，没啥表情。

林浅大大方方地走过去，“你们好！”又特意瞅他一眼，“少校，你也好啊。”

无论是对近日来颇为倒霉的林浅，还是这帮初来乍到的保安，故人相逢，总是令人特别愉快。大家热络地聊了一会儿（当然不包括始终安静地立在一旁的少校大人），林浅也弄清楚了，原来他们都被安排到爱达来上班了。

至于他？其他人没提，林浅也没问。

到底是很晚了，一帮保安簇拥着他，说要进去喝酒聊天。林浅租的房子在另一个方向，于是微笑地朝他们道别。谁知她刚走了几步，就听到身后有脚步声追上来。

是那个老乡，脸上还挂着笑，“林小姐，我送你回去。”

林浅说：“啊，不用了，我住得很近，喏，就那幢。”

他却不依，跟她并肩往前走，“不行，是我们营长的……哦不，应该叫经理了，他刚才给我的命令，我得送。而且路上这么黑，你一个女孩不安全。走吧。"

林浅很意外。

他？

派人送她回家？

她下意识地回头，却只见他们那帮人已经走进了大门，不见踪影。

林浅冲老乡笑笑，"他是经理？"

老乡答得爽快，"嗯！你不知道吗？营长也来爱达上班。不过他军衔高，我估摸着他怎么也是个经理，中层干部吧。大伙儿都猜他会当保安经理。"

晚上临睡前，林浅躺在床上，心情格外好。

哥说得没错，女人就是感性的动物。想到水深火热的爱达集团里会多出这么一帮人，她就感觉温暖了许多。

还有那位脾气古怪的少校先生。

刚刚老乡都跟她讲了：他叫厉致诚，今年才二十五岁，是大西南军区最年轻的少校，虽然沉默寡言，在军中却十分牛气。

这么酷帅跩的保安经理，简直令人无法直视。

林浅没想到，第二天一上班，就听到了一个大噩耗。

一大早，一条触目惊心的头条新闻迅速引爆了整个网络：高档女包竟含致癌物，行业三强均牵涉其中！

墨菲定律告诉我们，事情总喜欢往糟糕的方向发展。林浅觉得爱达怎么也跌到谷底了，谁知谷底之下，还有一片凶险的泥沼。

夕阳斜沉，暮色暗淡。

林浅抱着一沓报告，步出电梯，来到顶层。还没走到顾延之办公室门口，她就听到他破口大骂的声音："什么玩意儿！写这种不负责任的新闻！"

林浅心头微微一沉。

"致癌丑闻"已经爆出两天了。这两天，糟糕透顶。

致癌物的确是存在的，但质检机构已经查证是面料的问题，而这批高档面料，是由欧洲厂商提供的。

然而国内消费者不会买账。这几天，在媒体网络的大肆抨击渲染下，越发群情激奋。包括爱达在内的几家大公司都遭遇了消费者大规模退货，甚至有人宣称要提起诉讼。这么一来，公司的压力就更大了。

一时间，整个爱达集团都笼罩在前所未有的阴霾里。

门口的秘书朝林浅露出无奈的笑容。

林浅把报告放下，"这是这周的周报，还有这次的突发事件报告。"

林浅走回电梯口，却听两个前台小姐在嘀咕："哎，刚才那帅哥是谁啊？"

"顾总的朋友吧，听说是个退伍军人。"

林浅的报告被放在一堆文件里，送到了顾延之的办公桌上，然后静静地放置了很长一段时间也无人问津。直至天黑的时候，才有一双骨节分明的手从这堆文件里把她的报告单独拎出来，一页页地仔细翻看。

顾延之发了几天脾气，到现在才稍稍缓了口气，但他一点也不轻松。

如今，竞争公司包括新宝瑞、司美琪等都集体保持沉默，大家都同样艰难。而爱达到底应该如何应对这次事件，在公司的管理层之间争议很大。有人建议主动站出来道歉，承担责任，但更多的人认为应该保持沉默，因为"枪打出头鸟"，毕竟现在比爱达实力更强的其他企业都是这么干的。

而顾延之作为那家伙上任前的公司临时负责人，无论出面作什么决定，都会面临极大的压力。

他一回头，就见厉致诚静坐在沙发上，眉目端凝，看得专注。

顾延之扯下领带丢在桌上，走过去，"看什么？"

厉致诚头也不抬。

比起几天前初到办公室时的沉默冷峻，此刻的厉致诚似乎对这个环境适应了很多。顾长的身子靠在沙发里，显得很放松。长腿甚至还轻轻交叠着，清冷中又带着一丝随意。

"你没看？"厉致诚缓缓地问。

顾延之在他旁边坐下，摇头，"你知道我不喜欢看这种东西。对我而言，有价值的信息是聊出来的，不是看出来的。一个关键甚至是不关键的人物，无意透露的一条信息，有时候比一百页的报告还有用。"

厉致诚不置可否，继续低头看报告。顾延之看他专门用笔画出了一段话，也来了兴趣，弯腰凑过去。这一看，顾延之微怔，然后就乐了。

林浅的这份报告提供的是对这次事件的应对建议。她认为爱达应该第一个站出来道歉，承担责任。

报告前面用大量篇幅引经据典，列举了商业史上诸多成功的危机公关案例作为例证，同时也对消费者的心态进行分析。这份报告基本上算是翔实、清晰、中规中矩。

被厉致诚用笔标出的那段话，是这么写的：

爱达第一个站出来道歉，亦可令其他竞争对手陷入更加艰难的困境。他们如果不照做，就会成为舆论抨击的焦点，面临数倍于现在的压力，成为众矢之的，所以他们不得不做。但他们即使做了，在消费者心中，第一个站出来道歉的企业才是真有诚意，而其他的只是模仿者，是无本之举，信誉也会大打折扣。大家都蒙受相同的经济损失，换回的声誉却不同，爱达还可以借这次事件有效地打击竞争对手。

顾延之站直了，抄手摸着下巴说："先不说她这观点有没有道理。看着挺甜一女孩，怎么想的招还挺损的啊？净想着坑竞争对手。"说完他就笑了。

一旁的厉致诚也微微一笑，合上报告，丢在一旁的茶几上。

顾延之又问：“你到底打算什么时候出来？”

“这个事处理完，我接手。”

第二天一早，一则公告下发到爱达各个部门。

公司决定成立工作组，专门处理这次危机公关事件。工作组一共十人，都是各个关键部门的骨干，要求自当日起搬入集团宿舍封闭办公。“林浅”这个陌生的名字，赫然列在最后。

林浅一接到通知就回家收拾衣物等随身物品，抽空还给林莫臣打了个电话。

林莫臣反应冷漠，“他们在试你。”

林莫臣的想法是，一个初来乍到的员工，还是从竞争对手公司过来的，哪怕资质不错，凭什么进入如此重要的工作组？公司多半是在试她是否可用，是不是司美琪的奸细。

林浅却不以为然，答：“那也是我的报告打动了领导，否则连被他们试的价值都没有。兵来将挡，水来土掩。让他们放马过来呗。”

林莫臣听到她心高气傲的话，倒是笑了，又淡淡道：“爱达这么个大集团，之前崩溃得那么快，内部说不定真有奸细。有些企业什么下作的事都做得出来，你好自为之。”

第三章
红薯情缘

　　顾延之的确怀疑集团内部有奸细，但当他看到自家老板的应对举措时，还是吓了一跳。

　　冬日的阳光清透又温煦，厉致诚穿着一套浅色休闲服，站在他的办公桌前，英俊又安静。桌上原本的文件、杂物都被整整齐齐挪到一旁的书架上，取而代之的是十多枚色泽暗黑的纽扣状微型摄像头。厉致诚手里还拿着一个形状很奇怪的仪器，冷峻的长眉轻蹙着，十分专注地在调试。

　　顾延之拈起一枚摄像头，凑到眼前打量一番，"别告诉我你打算把这些装在工作组里。"

　　厉致诚眉目不动，修长的手指继续灵活地摆弄仪器，"你说过，已经把怀疑对象放在工作组了。"他的声音平淡如水。

　　这回答就算是承认了。

　　顾延之向来是个胆大包天的主儿，想想也是，奸细就得快、准、狠地揪出来，不能拘小节。不过，他想厉致诚可能不太了解相关法律制度，于是直接说："行。但这事儿我安排人去办，毕竟嘛……不一定合法，你我别沾手。"

　　这回厉致诚动作一顿，抬眸，目光平移到他身上，"你认为我是无知法盲？"

　　顾延之想了想，认真地答："不确定。"说完他就笑了。

　　厉致诚丢了张纸到他跟前。顾延之低头一看，好家伙，原来是张平面图，画的正是工作组即将入驻的独栋办公楼和员工宿舍楼。安装摄像头的位置已经被厉致诚标出来，大多是会议室、办公区、偏僻的楼道拐角、进出口……还真没有侵犯员工隐私的地段，只是分布得非常密集。基本上，工作组成员只要离开自己休息的屋子，就会处于360度全方位的监控下。

"不是法盲，完全不是法盲。"顾延之改口夸他，又指着他手里的仪器，"这又是什么？"

厉致诚将仪器往桌上一放，双手插入裤兜，"信号检测仪。"他见顾延之依旧不解地望着自己，才开口补充，"扫描半径内，一旦有人使用手机、无线电等设备发出信号，就会被检测到，并且在0.08秒内阻断信号。"

这下顾延之明白了。因为他已经下令工作组成员上交手机，全部使用指定电话，如果有奸细在这几天偷偷往外传递消息，就能来个瓮中捉鳖。

只不过，高科技手段好是好，但是……

顾延之静默片刻，特别煞有其事地点了点头，"好，很好。自从你来了之后，咱们集团的安全保卫工作已经上升到谍战水平了。"

这话多少有点打趣的意思，但厉致诚明显不为所动，依旧低头整理着他那些宝贝。

顾延之也就由他去了。他还要开会，刚要走出办公室，就听到厉致诚低低的仿佛自言自语般的声音传来，"……"

起初他没听清，走出办公室几步才反应过来。那家伙是在说："兵者，无所不用其极。"

林浅也在偷偷观察工作组里到底有没有奸细。

这是工作组第一次开会。十来个人坐在一间大会议室里，等候挂名组长顾延之大驾光临。

除了林浅，其他人都是职场老油条，彼此亲热地寒暄了一阵，林浅也作了自我介绍。只不过她看谁都挺正常的：行政部三十出头的女主管、技术部的年轻技术员、生产管理部的中年经理……

顾延之很快就带着秘书来了，依旧是那副略显傲慢的Boss模样。他也不啰唆，简明扼要地强调了一下目前的严峻形势，表示自己会亲自跟进这次危机处理的全过程，而后又大肆勉励了一番，表示只要成功渡过难关，大家都是功臣。

听完后，所有人都露出凝重而信心满满的神色——至少表面上看起来是。

最后就是分配任务。

那位行政部主管是副组长，代为宣布了分工。有人负责媒体联络，有人负责政府公关，有人负责软文稿件……

林浅是最后一个，分配到的工作是——杂务。

第一天夜里工作组就熬了个通宵，甚至包括顾延之。经过一遍又一遍激烈讨论和修改，到了天明时分，危机应对初步方案敲定了。

顾延之力排众议，坚持爱达第一个站出来道歉，并且召回所有问题产品，承担所有损失。他设想的力度比林浅原以为的更大：事前绝对保密，规模空前的新闻发布会、措辞强烈的公开发言……一切都必须做到一鸣惊人，令消费者深受震撼，也直接把竞争对手打蒙，打得措手不及。

林浅对顾延之有些肃然起敬。

在这个方针的指导下，每个人都开始高强度连轴转。

第二天晚上十一点，林浅一个人在办公室加班。

谁都不是铁打的，到了这天傍晚，顾延之终于放大家回宿舍休息，明日再战。林浅因为要将新闻发布会用的宣传册复印装订完，所以留到最后。

南方的冬夜有一种冰冷彻骨的寒冷。办公室很大，开空调也不是那么管用，所以负责这幢楼的保安早早就烧了盆炭火供大家取暖。

说起来，那保安就是厉致诚的下属，林浅的老乡，叫高朗。高朗这几天还帮着订餐、送饭、换水、搬资料什么的，帮了林浅不少忙。

子夜静悄悄，林浅坐在炭火盆旁烤着双手。窗外的夜色墨黑中透着阴沉，一片寂静，唯独打印机发出低沉的、连续的运作声，反而显得偌大的办公室更冷更静。

过了一会儿，有人来了。

高朗拎了个沉甸甸的袋子，呵着一口寒气推门进来，走到林浅跟前，"怎么还没回去啊？"

林浅冲他笑笑，"快了。"

他把袋子里的东西掏出来递给林浅：是四个红薯，个头都不大，但圆滚滚的。

"我老家送来的，很甜。你饿了吧？烤着吃！埋在火边上，很快就熟了。"

林浅惊喜得不行，连声道谢。她的肚子还真是饿了。高朗憨厚地笑笑，也不敢在这办公室多停留，转身走了。

厉致诚刚走到办公楼门口就闻到浓郁的香味，一转头就见高朗蹲在保安室里大口大口吃着烤红薯。

厉致诚拉开门走进去，高朗跟弹簧似的蹦起来，将剩下的红薯塞进嘴里，"营长……哦不，经理！"

厉致诚点点头，也不多说，在他身旁坐下，从炭火灰里拿起一个红薯就吃，很快就干掉一个。

厉致诚抬头望着高朗。高朗没领会过来，也瞪大眼睛看着他。

厉致诚问："还有吗？"

高朗嘿嘿一笑，"剩下的都给林浅送去了。"

厉致诚抬头望向还亮着灯的二楼，"她没走？"

"嗯，在加班。真辛苦，她还是个年轻姑娘呢。经理，你觉不觉得咱们这公司的老板肯定挺剥削挺抠门的？"

林浅一个人等着打印机，觉得无聊，就从包里拿出一本小说。她看到一半，发觉空气中香甜的烤红薯气味越来越明显。

好了吧？她这么想着，眼睛还盯着书，一只手伸过去拿。圆滚滚的红薯入了手，她才后知后觉地感觉到滚烫。

"哎哟！"她把红薯一丢，眉头瞬间皱了起来，在空中拼命甩着自己的手。

好烫啊！

外焦里嫩的红薯滚啊滚，滚到门口一个人的脚下，然后被一双修长的手捡了起来。

林浅抬头看着来人。

他今天穿着一件黑色冲锋衣，这颜色更衬得他眉目分明，白皙的肤色透着清寒气息。他就像一棵修长的竹子似的，安安静静地杵在那里。

"厉致诚？你来干什么？"

厉致诚看她一眼，目光在她被烫得红通通的手指上一停，然后面无表情地走到一旁，把红薯放在桌上，"替顾总拿文件。"

其实他是自己想起要看几份文件，顾延之说这会儿办公室应该没人了，于是他就拿了钥匙自己来了。

林浅瞅一眼他脖子上挂的胸牌，确定是准许出入这幢楼专用的，才点点头，刚要问他具体文件内容，忽然反应过来，自己的手还焦痛着呢！

"不行，我得去水下冲一冲。"她站起来。

此时接近凌晨，隐隐有风吹得远处的树哗哗作响，园区里的建筑大多熄了灯，黑黢黢一片。楼道里更是阴黑洞深。

林浅原本风风火火要往外走，只望了外面一眼就有些胆寒了。

她扭头看向厉致诚。

他站在原地不动，安静沉稳。

"你跟我一起去。"林浅神色自若地说。

他静静地望着她。

林浅的理由当然很充分，"虽然是顾总派你来取文件，但这里有很多机密资料，我不能让你一个人待在这里。跟我走吧。"

厉致诚看她一眼，转身，率先走出了办公室。林浅立刻跟了出去。

走廊尽头，就是一排洗手池。

头顶的灯已经被厉致诚打开，暖暖黄黄的，照在光滑的池面上。他双手插在裤兜里，站在她身旁。

林浅很满意，伸手拧开水龙头，水柱喷流而下，她把那根手指伸过去。

"咝——"

好冰。

南方没有暖气，冬天水管里的水温真跟冰没什么两样。林浅刚冲了一会儿，就觉得受不了了，把手往回一缩，就要去关水龙头，"好冷，行了，回去抹牙膏。"

"继续冲。"一道低沉有力的嗓音在她耳边响起，"最少五分钟。"

林浅微怔，斜眸瞟了他一眼。他依旧面无表情，在灯下英俊挺立如雕塑。也许是因为讲这句话时带上了命令的口吻，他的眉宇间似乎也添了几分凌厉。

好较真啊……

林浅没吭声，低头看了看腕表，还真的又把手指伸回冰冷的水柱下，咬牙挺着。

厉致诚的目光不动声色地从她轻蹙的眉头移到那根手指上。水流清澈闪动，女孩的手指十分白皙纤细，被烫伤的部分却红得像抹了颜料。

厉致诚看了一眼，就把目光移开，投向广阔的园区远处。

五分钟后。

林浅时不时看着表，时间一到，立刻伸手关掉水龙头，没有多一秒，没有少一秒。

她低头看了看自己的手指，然后举起来给他看，脸上同时绽放出非常甜美的笑容，"谢谢你啊！真的很管用。"

他扫她一眼，神色淡然地点了一下头。

林浅又说："你看，完全冻僵了，感觉不到痛了。"说完又是甜甜一笑，也不等他回应，转身就走向办公室。

厉致诚站在原地，看着她一边走一边暗暗动了动那根手指。他静默片刻，冷峻的面容泛起一丝笑意，也不急不缓地走进了屋里。

回到办公室，林浅谨慎起见，还是给顾延之打了个午夜电话，"顾总，很抱歉打扰您了。我在办公室，厉致诚经理刚才过来，想拿几份文件，跟您确认一下。"

那头顾延之的声音听起来并无睡意，只是带了几分令林浅感到莫名其妙的笑意，"厉致诚……经理？嗯，是我安排的，给他吧。"

林浅整理了几份文件，交给站在一旁的厉致诚，又说："宣传册还在印，等几分钟，我全部清点之后给你一份。先坐一会儿吧。"

厉致诚没吭声，在她对面坐下。

屋内空荡荡的，很静，两个人这么面对面坐了一会儿，林浅开口："我们把红薯吃了吧。"

厉致诚抬眸看了她一眼，眸色静深。林浅以为他不想吃，刚要说"那我自己吃了"，就听他低低地说："嗯。"

林浅只有一根手指受伤，两手并用剥个红薯还是可以的。她小心翼翼地刚把红薯皮剥完，抬头望去，厉致诚已经吃上了。

两人相对坐在炭火盆前，他还是那副人高马大的模样，唯有骨节清晰的大手里握着个红薯，伴随着咀嚼，耳边的虎爪一动一动，看起来俊逸又斯文。

林浅心头一动。两人到底相交甚浅，她虽然好奇，也不好问他为何离开部队来到企业，只是状似随意地问："适应新工作吗？"

他动作一顿，嗓音波澜不惊，"还好。"

林浅点点头，也就不再问了。

很快就吃完一个，林浅也饱了。见他也停住不吃，于是说："我不吃啦，很饱了。剩下的你要是能吃就解决掉吧。"

于是他沉默而迅速地把剩下的两个也解决掉了。

林浅把所有资料整理完毕，打了个哈欠，再拿了份宣传册给他，"好了，齐了。"

他单手拿着厚厚一叠资料，沉静地矗立不动，眼神疏淡地望着她。

林浅眨眨眼，"还有事？"

"我有烫伤膏。"

林浅听到他清冽而略显淡漠的声音这样回答。

司美琪公司太子爷兼总经理陈铮，这几天心情总有些莫名的焦躁。譬如此刻，他的右眼皮一直跳，也不知是为了什么。

陈铮不信风水预兆，但是信自己的直觉。此时正值华灯初上，窗外灯火璀璨，看起来平静又温暖，粉饰着太平假象。他往老板椅里一靠，闭上眼，开始回顾这几天的大事。

"致癌物"丑闻，自然是最要命的事，但也不会严重到无法解决。在这个行业里混的，谁都不是傻子。明摆着一来法不责众，二来消费者本身就很健忘，只要沉住气，等风头过去，他们自然该买什么还买什么，公司的业绩很快就会回来。

与国内著名的明盛集团的采购项目也洽谈得很顺利。虽然有新宝瑞这样强劲的对手竞争，但陈铮对这个大订单志在必得。至于爱达？如果是以前，陈铮必然将其视为最大竞争对手，但现在……

还漏掉了什么？

想了一会儿，他叫来了助理，"给他们打电话，问问那两家的近况。"他若有所思地说。

助理心领神会，"他们"指的是埋在新宝瑞和爱达的探子。他打给新宝瑞那边的人，电话很快接通了，说情况正常，新宝瑞该生产的生产，该营销的营销，只是暂缓了新产品的推出，以避开"致癌物"的丑闻。

陈铮很满意。新宝瑞是行业老大，这次姿态摆得不错。

助理又打给爱达那边，对方关机了。

陈铮神色一肃,坐直了。

助理过了一阵再打,还是关机,于是迟疑地说:"是不是没电了?我去查一查。"

陈铮神色凝重,挥挥手让他出去。在老板椅里又靠了一会儿,他拿出手机,从通讯录里翻出一个号码。

林浅。

陈铮活了二十八年,林浅是第一个把他送出去的花砸回他脸上的女人。听说她去了爱达,职位还提升为CEO助理。这么看,这个女人果然是完全不把他这个前任老板放在眼里。

陈铮扯了扯嘴角笑了,按下拨号键,把手机送到耳边。

"对不起,您拨打的电话已关机……"

陈铮把手机往桌上一丢,再次叫来助理,吩咐道:"爱达不对劲,最近可能有大动作。顾延之这小子如今得了势,谁知道他会干什么。你马上查。"

夜色幽沉,天幕上没有星光,唯有园区里几盏零星的灯火静静闪烁。

厉致诚走在前,林浅在后。隔着三四步的距离,朝相隔数百米远的宿舍楼走去。

水泥路面平整灰白,林浅的短靴踩在上头,发出咯噔轻响。她抬头望一眼他笔直安静的身影,看到他的鸭舌帽又遮住了眼睛。

"不知道今年什么时候会下雪。"林浅自言自语道。

原以为他不会搭腔,却听到温凉而低沉的嗓音传来,"你希望下雪?"

林浅抬眸望去,他依旧步伐有力地朝前走,只是因为讲了话,脸颊旁生出团团白气。

"是啊。"林浅笑着答,"我觉得下雪很爽,我很喜欢。"

"明天会下雪。"

　　林浅微怔，他已经走到宿舍门口，拉开门闪身进去。

　　天气预报并没有说会有雪。

　　看看天色就知道刮风下雨，这是不是军旅中人那种神乎其技的野外生存技巧？

　　不得不说，军人果然无论放在哪里都是实用又好用啊。

　　两人走进宿舍楼道里，感应灯瞬间亮起。

　　林浅身旁杵了个这么高大的家伙，倒感觉楼道都狭窄了不少。林浅的房间就在左手边第一个。她搓搓冻得冰凉的双手，掏出钥匙插进孔里，忽地一怔。

　　刚才她是不是眼花了？怎么眼角余光瞥见前方走廊尽头的角落里有个影子快速地闪了过去？

　　她立刻转头看着厉致诚，发现他的脸色已经变了，眸色沉厉地盯着前方。

　　她没看错，是真的有人。这么大半夜的，按说大家连续工作一天一夜，都该在房间里呼呼补眠才是。

　　林浅轻吸口气，声音压得很低："你去大门口守着，我过去看看。不要轻举妄动。"

　　她刚要蹑手蹑脚朝前走，就感觉到两道犀利的目光落在自己身上。

　　厉致诚正看着她，眸光清亮逼人。

　　林浅给他递了个眼色：怎么了？去啊！

　　这个眼色还没使完，她就感觉到腰间被人一推。

　　"安静。回房。"耳边传来他简洁有力的声音，近在咫尺的是他沉黑澄澈的双眼。

　　他完全不听她指挥，还反过来给她下了指令。

　　面前的门同时打开，她一个趔趄，人已经被强行推进黑黢黢的屋里。紧接着咔嚓一声轻响，门在她身后关闭了。

　　林浅愣了一瞬间，立刻转身，趴在门口的猫眼上，一个劲儿地往外瞅。

可厉致诚真是无愧于"大猫"的称号，走路一点声音也没有，也不知道他去了哪个方向。楼道里静悄悄的，半天也没有一点动静。

林浅维持这个紧绷难受的姿势监视了好一会儿，终于还是累了，放弃。她踢掉靴子，走回床边，倒下。过了几分钟，突然有人敲门。

咚咚，咚咚。敲门声不轻不重，均匀而有节奏。

林浅狐疑地又从床上爬起来，再次趴在猫眼上一看：鸭舌帽、黑色外套、大长腿……

她立刻把门拉开。

厉致诚站在灯下，神色平淡，手里拿着一管药膏，平平稳稳地递给她。

就像刚才什么事都没发生。

可林浅心里还挂着呢，左右看看无人，干脆压低声音，"进来说。"

厉致诚微微扬了扬眉，迈开长腿走进来两步，看着她不说话，有点静观其变的意思。

林浅轻轻关上门，"怎么样了？刚才发生了什么事？你过去看到了什么？"

厉致诚静了一瞬，答："没有人。"

林浅不太信，"真的？"

他看她一眼，转身就要拉开门出去。

林浅一把抓住他的胳膊，"我还没说完！明天如果追查今晚的事，你要给我做证，我一直跟你在一起，没什么异动。"

他转头看着她，嗓音低沉有力，"清者自清。"

林浅喊了一声："这是骗善良的傻子的话。"

他盯着她不说话，眸色暗暗沉沉。

他本就比她高一个头，此刻两人站得极近，他几乎挡住了她头顶所有光线。林浅被他黑漆漆的凌厉的眼睛盯得有点不自在，"怎么了？"

"还有事吗？"他不急不缓地问。

林浅说："……没有了。"

他立刻拉开门走了。

他一走，林浅居然有松了口气的感觉。

这大猫，偶尔严肃起来的样子，还挺瘆人的。

第二天一早，风平浪静。没有人被追究，也没有人提起昨晚有异样。

林浅自然也不提。

然而她埋头工作了几个小时，却被顾延之钦点去见驾。

尽管是在临时办公楼里，顾延之的办公室依旧布置得大气雅致。水磨沉黑的老板桌，旁边还有扇大屏风隔断里外间。顾延之坐在桌后，气色很好，颇有些踌躇满志的意味。

林浅也有点被他的姿态感染。这次的危机公关，她也觉得把握很大，于是笑着说："顾总，您找我有事？"

他把一份文稿丢到她跟前，"看看，提提意见。"

是顾延之作为集团负责人在明天新闻发布会上的发言稿。这是整个危机公关环节的重中之重。林浅慎重地接过，刚看了几行，就在心中赞了一声好。

发言稿非常简洁清晰，直陈利害，而道歉的部分又十分恳切朴实，没有一点会让人感觉到推诿虚假的用词。

林浅很快就看完了，抬头看着他，"我觉得写得很好。"

顾延之似笑非笑地盯着她，"当然写得好，难道我会用写得差的稿子？我要的是建设性意见。"

林浅也不扭捏犹豫，微一沉吟，说："还有两个小地方可以优化。"

顾延之来了兴趣，"说。"

"一是示弱。譬如之前的三聚氰胺事件，大众都指责乳制品企业，但是很少有人去责怪据说是罪魁祸首的奶农。因为大多数人的心理，包括消费者，都是不知不觉就会同情弱者，不会深究。

"我们也一样。现在爱达经营困难是客观事实，我们不妨将这个困境在发言稿里讲一讲，主动示弱，一定能激起消费者的同情心，比起其他公司，我们会更容易获得谅解。"

顾延之不置可否。

林浅继续说道："第二，我看了污染品检测报告，我们的女包的污染值是最低的几家之一。不妨将这个数据公开。"她微微一顿，"一旦我们公开了数据，消费者反应过来，一定会要求其他公司公开数据。这样他们……压力会更大。"

林浅离开后，顾延之拿着发言稿，绕到屏风后，丢给沙发上的厉致诚。

尽管林浅讲的两点与之前他俩讨论的一些内容不谋而合，但顾延之还是忍不住微眯着眼感叹道："我说这女人挺阴的吧，还阴得坦坦荡荡。人才啊。这样的人才，司美琪居然给放走了。"

在老板面前"献计"后，林浅感觉到自己的工作量明显增多了。她不再只是打印、复印、端茶、送水、跑腿，也开始参与一些重要文档写作和对外联络。

随着时间一分一秒推进，准备工作一点点完成，工作组的气氛也越来越紧绷。林浅感觉忙得昏天暗地，但其实封闭办公也只过去了三天。

其间，她偶尔一两次看到厉致诚或形影单只，或跟其他保安结伴，从楼前经过。旁边有人也看到了，问她："那人是谁啊？没见过。"

林浅说："那个应该是新来的保安经理。你不认识？退伍军人，挺负责的，挺好的，就是不太讲话。"

第四天早晨，在经历了如厉致诚所说的一夜大雪后，爱达终于迎来了新闻发布会。

发布会地点在市中心的北海盛庭酒店。

上午八点，媒体都还没进场，会议厅里已布置得整整齐齐，灯光、鲜花、摄像、音响……一切严阵以待。

林浅今天的任务是配合行政部主管进行现场协调。她穿了一身中规中矩的黑西装，踩着中跟鞋，化着淡妆，一早上都穿梭于会场中。

其他人也同样忙碌。据说连顾延之都把自己关在酒店房间里演练发布会的讲话。

林浅把现场设施又检查了一遍，基本感觉差不多了，这才走向门口签到台。这里是她今天重点要负责的地方。

她刚出厅门，意外地在走廊那头看到了厉致诚。不光是她注意到了他，来来往往的工作人员也有不少人侧目。

他今天有些不同。

他没戴那顶标志性的鸭舌帽，露出了乌黑柔软的短发，整张脸更加轮廓分明地露了出来：大而深的眼睛，饱满的颧骨，轻抿的嘴唇，略白的皮肤。

他也没穿运动感十足的冲锋衣，而是穿着一件黑色长大衣，里面似乎穿了件白衬衣，越发显得人高腿长。

他双手插在大衣口袋里，就这么站在灯下，整个人看起来有点闪闪发光。他的目光掠过林浅，稍稍一停，又没什么表情地挪开了。

林浅扑哧一笑。今天保安们都穿着黑西装，他这么穿是理所当然的。她刚要走过去跟他讲话，手机却响了。

因为已是发布会当天，竞争对手再做任何应对都来不及，保密已没有必要，所以刚刚大家的手机都已经发还。

林浅看一眼号码，静了一瞬才接起。

很意外的来电——是她在司美琪工作时的直接上司，市场部经理。

"苏经理，您好。"林浅笑道。

苏经理是位三十余岁、长袖善舞的女性，语气温和而有力度，"林浅，最近好吗？从你离职后，很久没联系了。我心里挺过意不去的。"

林浅能猜出她打电话是谁的授意。

爱达今天这么大的动作，不可能一直瞒住竞争对手。陈铮一定是吃不准爱达要干什么，所以派人来探口风。

说起陈铮，林浅最初对他印象真的很好。年轻的太子爷，意气风发又果断利落，人人都夸他青年才俊。

可她也不知道自己哪里入了太子爷的眼，他开始了密不透风的追求，像是完全忘记了他已经有了门当户对、某某集团董事之女的未婚妻。

"跟我三年，你可以得到你想要的大多数东西。"他当时这么说，简直把林浅雷得里嫩外焦。

聊了两句，苏经理话锋一转，问："对了，听说爱达今天要开新闻发布会，是关于这次污染事件的？爱达打算怎么表态？我们也好有个准备。"

林浅顿了顿。前方几米远处，已经有记者陆续进场。

林浅清了清喉咙，答："我不清楚。我刚来爱达没多久……"

她话音未落，就听到那头一阵响动，电话似乎被人拿了过去，随即陈铮的声音传来，似笑非笑，"你不清楚？你不是那个工作组的成员吗？啧啧啧，才离开几天，就对爱达忠心耿耿了啊。"

第四章

集团太子

　　直至今早收到探子的密报前，陈铮一直不相信爱达敢站出来，站到整个行业的对立面。

　　顾延之的确老谋深算，但这种为达目的不惜得罪全行业的手法，不符合他一贯圆滑的风格。此举多少有点初生之犊不惧虎的味道。这令陈铮怀疑，顾延之身后还有人。

　　坊间传闻，爱达董事长有意从另外两个儿子中挑选接班人。

　　陈铮很急切地想知道自己的新对手是谁。这次的丑闻事件，对方这么狠地打了他的脸，他怎能不找机会还以颜色，赶尽杀绝?

　　只是这个人是谁，探子也不清楚。

　　所以他想到了林浅。

　　一则，她是个机灵鬼，虽然初到爱达，但说不定已经探到蛛丝马迹；二则，爱达现在摇摇欲坠，她不见得没有二心。

　　林浅说道：“是陈总啊，您这么说我真不知道说什么好。啊！他们叫我去开会了，实在不好意思，先挂了啊⋯⋯”她的手指在屏幕上一滑，干脆利落地挂断电话。

　　电话那头，陈铮拿着响着忙音的手机，嗤笑一声，丢在桌上。

　　转身的瞬间，林浅有片刻的失神。她有预感，爱达和司美琪之间只怕很快就会有更激烈的争斗。

但这不就是商场吗？

她神色淡淡地抬起头。

匆匆人流中，她第一眼看到的居然还是厉致诚。他站在原地，手插在大衣口袋里，似乎正看着这个方向。别说，他穿正装大衣更好看，英俊、干净又醒目。要是把他的照片发到网上去，绝对可以作为史上最帅保安一夜爆红。

林浅冲他笑了笑，径自转身进屋。

发布会进展得非常顺利。

下午两点整，顾延之一身笔挺的黑西装，在主席台正中就座。

台下，挤得满满的记者举着照相机、摄像机，屏气凝神地等待他的发言。林浅坐在会议厅最后的工作席上，心也轻轻地提起来。

聚光灯下，顾延之噙着笑意环顾一周，开口："对于最近大家广泛关注的'ad509款女士手提包检测出污染物事件'，爱达集团公开作出以下声明和承诺：一，我们已经检测出污染源——是欧洲代理商提供的面料，爱达中止了跟他们的合作，并且提出了法律诉讼。二，无论诉讼结果如何，顾客只要从爱达购买了产品，爱达就会负责到底。所以我们决定：全面召回该批次产品，给予顾客全额退款，由爱达先行独自承担所有损失……"

第一个问题是《霖市日报》记者提的："您好，顾总。据我所知，国内所有高档箱包企业都牵涉到这次污染事件里。在整个行业集体保持沉默的情况下，爱达为什么第一个站出来发言？"

顾延之浅笑道："对爱达来说，重要的不是跟别人比，而是我们是否践行了对消费者的承诺。我们是第一个站出来的，但我相信，一定不是最后一个。"

坐在最后的林浅微微一怔。

原来连记者都是安排好的啊……这一问一答，冠冕堂皇，却一下子把竞争对手拖下水了。她抬头看着主席台上的顾延之——他可真阴啊。

接着有记者提出第二个问题："爱达这几年经营业绩并不理想。这次承担巨额损失，是否会令集团陷入困境？"

这次，顾延之没有马上回答，而是略为迟疑了片刻。"的确有困难。"他神色沉重地说，"但我们不会把这个作为推卸责任的理由。"

……

发布会结束后，顾延之走到后台，第一件事是跟秘书确认记者的红包是否到位。得到肯定答复后，他才意气风发地找了个无人的角落，给厉致诚打电话。

发布会开始时，他还看到厉致诚的身影在门口出现，现在这人不知晃到哪里去了。

电话很快接通了。

顾延之问："还满意吗，老板？"

"尚可。"厉致诚的声音不急不缓。

顾延之却笑了，"重磅炸弹我已经丢下了，你说你明天就接手，我现在可轻松快活了。我待会儿去跟那些媒体吃饭，你怎么走？"

"我开车回集团。"

林浅一边跟同事们收拾会场，一边抽空用手机刷行业新闻。

发布会的效果比她预想中还要好。

在这之前，行业热度排名前三的新闻，是"致癌丑闻事件""新宝瑞CEO宁惟恺成为《财富》周刊封面人物"以及"新宝瑞、司美琪争夺明盛集团大单"。

而现在，"爱达新闻发布会"已经跻身第三名，且搜索量和关注度还在持续上升。

所有人都有些兴奋，林浅也是一样。

现场东西很多，林浅和几个年轻同事留下，上上下下地往停车场搬运。

搬了好几趟，她刚走回停车场的电梯口，迎面就见厉致诚从里面走出来。

这还是那晚他"瞪"了她之后，两人第一次近距离接触。两人目光一对，他明明看到了她，却冷着脸，径自绕过她，继续往前走。

正在做苦力的林浅却是心头一喜，立马叫住他："哎，先别走。"

他脚步一顿。

林浅求他帮忙，自然语气殷勤，"厉致诚，厉大保安，上面好多东西搬不完。你能不能派几个手下来帮忙啊？"

厉致诚抬眸看着她，眸光沉沉。

林浅双手合十，"多谢多谢！"

厉致诚说："……嗯。"

等林浅上了电梯，厉致诚也走进停车场，坐上一辆悍马，发动车子的同时，拿出手机，打给顾延之。

顾延之已经到了酒桌上，正跟几家媒体的负责人相谈甚欢，突然接到他的电话，还有些意外，"有事？"

"你派几个人给工作组。"

林浅没想到，这晚还会有变故。

工作组坐的是辆大巴，开回爱达集团门口时，天已经黑了。冬夜格外冷寂，路上行人很少。一行人下了车，手里都搬着东西往里走。

林浅是负责清点物品的，最后一个下车时，其他人已经走远了。她独自一人刚走了几步，忽然感觉不对劲，然后就猛地听到咚的一声巨响。

她心头一惊，紧接着就是咚、嘭、嘭数声沉响，吓得她一下子丢掉手里的东西，抱着脑袋蹲在了地上。仓促间，她抬头望去，果然有无数石块从暗处飞出来，砸在她身旁的大巴车和集团的闸门上。

林浅刚要往边上躲，就听到咚的一声闷响，脚踝处被什么东西狠狠一砸，瞬间麻木。麻木之后，剧烈的疼痛感立刻传来。

一切发生得如此快，门口的两个保安都傻眼了，连忙箭步冲上来。

　　紧接着，只听几声尖锐沉重的引擎声，几辆重型摩托车从暗处的树荫下开出来，嗖一声就跑远了，保安们追都来不及。

　　"爱达坑害消费者！"

　　"绝不原谅爱达虚情假意的道歉行为！"

　　远处竟有不少人一起喊着，然后又是一阵隐隐的打砸声和喧嚣声。

　　林浅着实被吓到了，她的右脚踝疼痛无比，低头看去，隐隐青紫一片，已经开始流血了。

　　一个保安扶着林浅站起来，说："你们没事吧？哪儿来的流氓？！"另一个保安也义愤填膺，"这些人怎么回事？集团都已经道歉了，也承担损失了，还来闹！"

　　林浅忍着疼说："他们不是普通人。"

　　尽管前几天丑闻爆出后，也有消费者来集团或者下属门店闹过，但直觉告诉她，今天一定不同。

　　一个保安说："我马上报警！"

　　林浅立刻阻止，"先不要报警！等我请示过顾总再说。"

　　林浅知道，事情一旦张扬开，明天的热点新闻只怕就会增加一条：消费者拒不接受爱达道歉，与爱达员工发生肢体冲突云云。

　　原本的好新闻也许又变成真相难辨、黑白混淆，甚至变成丑闻。

　　五分钟后。

　　林浅在一个保安的搀扶下慢慢走向集团的医务室。

　　她刚才给顾延之打了电话，果然如她所料，顾延之沉吟片刻，问清没有其他人和财物损伤后，说暂时不要报警，低调处理，又勉励了她几句。

　　她刚走了几步，就见一辆悍马从旁边的便道经过。林浅起初没在意，直至那悍马在前方路边停下，然后有人下了车。

　　黑风衣，皮鞋，大长腿。

　　厉致诚转过头来，显然看到了她。

林浅也瞧着他。

他开的……悍马啊。

他只微微一顿，就迈开长腿走过来。

对于他的突然出现，林浅并不意外。他不是保安经理吗？大概是保安跟他汇报了吧（事实上，是顾延之汇报的）。

等他走到跟前时，林浅说："我没事。你注意今晚加强对周边的保卫。"

厉致诚那线条分明的脸在夜色里如同安静的雕塑。他只扫她一眼，旋即目光下移，落到她的脚上。然后他忽然蹲了下来。

林浅只感觉到脚踝一紧，被他握住了。从她的角度望去，他正低头看着她脚上的伤势，眉目沉静而专注，手指温热而力度适中。

尽管林浅早习惯了他的面冷心热，此刻还是有些感动。当然，见他盯着自己的脚看，脸也微微一红，转头对身旁的保安说："你先走吧，谢谢啊，有你们经理在，没事。"

那保安的表情似乎有些讶异，但他的确还要负责大门的守卫，就没说什么，匆匆点头走了。

林浅想着厉致诚是军人，肯定是懂跌打损伤的——他大概什么都懂吧？林浅大大方方地让他继续看。过了一会儿，他站了起来，声沉如水，"没伤到骨头。"

林浅放下心来，冲他一笑，刚要说谢谢，就见他转身笔直地迈着大步走了。

林浅瞬间震惊了，"等等啊，你怎么能把我扔在这儿啊？扶我去医务室！回来！"

夜色清寒，路灯将人影拉得又长又飘忽。

林浅单手搭在厉致诚的胳膊上，慢吞吞地往前方医务室所在的楼走去。

一路无话。

过了一会儿，林浅忍不住开口："你不要板着个脸。我这也算工伤，你是负责集团安全保卫的，这也算是你职责范围内的事。"

厉致诚偏头看她一眼，没说话，目光沉黑。林浅发现，仔细看，他的眉眼虽然漂亮修长，但其实眉峰挺拔，也有几分凌厉的意味，尤其是这么盯着人看的时候，有点让你感觉……深沉难辨。

"林浅，我什么时候说过——"他忽然开口了，"我是保安经理？"

林浅一怔。

他却不再说话，扶着她继续朝前走。

林浅打量着他的脸色。

她当然早知他和顾延之关系匪浅，否则不会进出顾延之办公室，还替他拿机密文件。既然不是保安经理，她稍稍一想，就有了结论：他要么是顾延之的助理，要么顾延之会安排他在其他部门。

不过这段时间看到他晃来晃去，什么正事也没干啊……

"哦……那你的职位是什么？"林浅问。

这时他却脚步一顿，看着地面。

林浅循着他的目光望去，原来是一片积雪化出的脏水洼，面积很大。她无论如何也过不去了。

"怎么办？"她暂时把他的身份问题丢到一旁。

厉致诚背对着她蹲下，"上来。"

林浅稍稍有点意外他的主动，毕竟这种肢体接触还挺亲昵的。但她略一想，立刻有了解释——他是军人嘛，发洪水的时候肯定这么背过无数灾民，所以就自然而然地背她了。

还是不得不再感叹一次，军人真是放到哪里都是实用又好用啊。

她也不扭捏，迅速地爬了上去。谁知刚握住他的肩膀，就感觉到他突然发力，平地腾空而起，一个大步就跨过了那个水洼，直吓得林浅低声惊呼，旋即就笑了。

"吓人啊你！"林浅拍拍他的肩膀，"有你这么伺候伤员的吗？"

"有意见就下来。"

林浅立刻不说话了，前方还有些水洼呢。

又走了几步，林浅的电话响了，是林莫臣。

隔着重洋，林莫臣的声音听着依旧低沉有力，"我看到新闻了。"

林浅顿时笑了，"不错吧？"

林莫臣淡淡一笑，又说："那个信息，我已经了解到了。"

林浅心头突地一跳。她下意识地看了厉致诚一眼，他似乎听不到手机的声音，依旧平平稳稳地埋头行路。

"你说。"她的声音也变得凝重。

林莫臣说："你的新Boss，爱达董事长的二公子，很特别，是个退伍军人，叫厉致诚。"

林浅拿着手机没说话，看着背着她沉稳行路的男人，只觉得太阳穴忽然开始突突地跳。

上午。

阳光清浅如碎金，铺洒在爱达大厦下方，宽敞洁净的大理石坪上，折射出盈盈的光泽。周围的花圃，修剪得整整齐齐，绿叶花瓣上还挂着刚洒上没多久的水珠，在阳光下闪闪发光。

楼下，行政部经理带着一群员工代表，手捧鲜花，身着正装，站在大厦门口，翘首以盼。

楼上，几乎每一扇窗后，隔着百叶帘，都有人时不时地往外张望。

总经理办公室那两个年轻女孩当然也坐不住，一上午都在往外看，还低声猜测从未在公众面前出现过的集团二公子到底是何许人也。

林浅被她们讲得也有些心情浮动，下意识地也总看向窗外。

终于，预定的上午十点整到了。

数辆黑色轿车排成长龙，从公路上驶来，为首的便是顾延之的那辆凯迪拉克，后面最次的也是奥迪。它们一直开进集团里，然后整整齐齐地一辆辆停在大厦下方。

这架势令总经办的两个女孩看得眼睛都直了。林浅用手托着下巴，也瞅着下方的动静。

很快，车上的人都下来，是各个部门的经理。顾延之也从凯迪拉克副驾下车，一身笔挺的西装。

然后，一名经理上前，恭敬地打开后座车门。

"他"也下车了。

纯黑的西装，白色衬衣，暗光锃亮的皮鞋。年轻男人有着乌黑的短发，在人群中高挑而醒目。

顾延之亲率众部门经理，簇拥着他，往大厦门口走来。一阵短暂的喧哗后，那里恢复宁静——他们已经乘电梯直往顶楼。

林浅今天手头还有很多工作。

新闻发布会是开完了，但她还需要密切关注竞争对手的情况。

新宝瑞不愧是行业老大，反应速度超乎众人预料，今天一早就宣布将在傍晚召开发布会。而司美琪暂时保持沉默，据传陈铮很快也会有表态……

"爱达发布会"的新闻热度已在一夜间攀升至行业第一位。当然也有负面的声音，指责爱达作秀，但这只是极少数，不排除是竞争对手所为。主流媒体上，赞誉声一片。

林浅估计，这一次的事件会令爱达颓败的销售业绩有一点起色。

但真的只会有一点而已。

一次成功的危机公关就令企业彻底翻身的商业神话不会出现。

"林浅姐。"那个叫宋纤纤的女孩从座位上转头望着她，"听说新老板正在跟每个部门的负责人一个个谈话呢。"

另一个叫杨曦茹的女孩也说："是啊，林浅姐，一会儿可能也会叫你去呢。"

林浅手中的笔尖在纸面上一顿，抬头笑望着她们，"唔，看情况吧，随时等待领导召唤。"

宋纤纤和杨曦茹都笑着点头说是。

其实从林浅入职那天起，她俩就有点唯她马首是瞻的意思。林浅看着她们略显期待的眼神，其实特别能理解她们的心情。

刚毕业没多久的职场新人，对一切都是茫然而似懂非懂的，迫切地希望有人引导。她当年也是这么过来的。

自她从工作组放出来后，她俩就基本把她当上级了，事事向她汇报。林浅看到她俩的殷勤，有点心软，也有点小受用，于是顺其自然、尽心尽力地先带着她们。虽然她工作经验也只有三年，但两个刚毕业的小姑娘，她自认还是压得住的。

只不过她们此刻挑起"新老板"话题，令原本聚精会神工作的林浅又有点走神了。

这一走神，自然又想到了昨晚。

唉，昨晚。

昨晚接到林莫臣的电话后，林浅趴在厉致诚的背上，觉得天地之间只剩下一个声音——她的心跳声：扑通、扑通……

"放我下来。"她说。

传闻中的Boss脚步一顿，松开手，让她慢慢从背上滑了下来，然后直起了腰。

她立刻往旁边错了一步，与他保持适宜的、不失礼的距离。

昏黄的路灯下，他低眸望着她，利落的黑色大衣更衬得他肩宽腰窄，笔挺修长，而那俊脸透着清寒之色，黑眸一片沉静。

林浅一时竟不知说什么好。

他却开口了，依旧是温凉的声线，"为什么……"他不急不缓地说，"不用背了？"

林浅脑子里轻轻嗡了一声。

他问为什么，他居然问为什么不让他背了。

他到底是当兵见义勇为惯了，所以不理解她这个老百姓为什么拒绝，还是刚刚已经听到了电话，身为Boss的他在试探她到底知道了多少？

看着那深黑的眼睛，林浅居然觉得看不透他。

"因为……我突然想起还有别的事，伤口也不怎么疼了，就不麻烦你了。"林浅找了个不痛不痒的借口，朝他露出完全无懈可击的甜美笑容，"要不你先回去休息吧？"

嗯……这么措辞非常完美，无论当他是保安还是Boss，都说得过去。

他眸色淡淡地凝视着她，"嗯。"他把双手插进大衣兜里，"明天见。"

林浅笑靥不变，"明天见。"

他转身，迈开长腿，还是那冷峻又安静的姿态和气场，朝来路走去。林浅看着他的背影，脸上还挂着笑，突然就愣住了。

他刚刚说明天见？

之前他们也不会每天见面。他这句话到底是顺口礼节，还是另有所指？

林浅站在原地，思绪再次凌乱。

她觉得自己一定是想多了，被"沉默孤僻的军人保安"等于"太子爷新总裁"这个事实冲击得有点情绪紧张了。

他一定没有其他意思。

结果今天一上班，林浅就收到消息。不仅是她，所有部门全体员工都收到消息——新总裁即将驾临，尔等速速准备迎接。

明天见，真的是明天见。Boss说的是大实话，坦坦荡荡地跟她打了招呼。

……

"新总裁排场好大啊。"宋纤纤还在感叹刚才的盛况。

杨曦茹也说："是啊，感觉好牛。"

林浅在一旁听着，心想：当然要排场大，要是她也会故意这么安排。现在集团摇摇欲坠，越是危机时刻，领导人越要能架得住场子，端得高高的，才能给员工信心。

想到这里，林浅的脑子里不由自主地闪过那天夜里厉致诚坐在她对面吃红薯的样子，高高的个子，鸭舌帽，安静的表情，线条分明的下巴。

显然他不是个会端架子的人，顶多待人冷了点。

但现在，不管他是个怎样的人，都已经被端到那个最高的位置上去了，让所有爱达人仰视。

她也必须仰视。

傍晚，在据说每个部门的负责人都被接见完毕之后，林浅桌上的电话终于响了。

是顾延之的秘书。厉致诚现在还没有秘书。

对方说："林助理，厉总想见你。"

再次踏上顶层高管办公区，林浅的心怦怦地跳，内心有点小激动。

对于厉致诚会不会钦定她为总裁助理这件事，她还是有几分把握的。

她轻敲深棕色桐木大门，里头传来一个熟悉而清冽的声音："进来。"

林浅推门进去，脸上已绽放出堪比电视女主播的优美笑容。然而往里踏了一步，她却一怔。

年轻的男人就站在落地窗前，窗外的夕阳垂落在地平线上，构成一幅磅礴又柔和的背景。他的双手插在西装裤兜里，整个人显得格外修挺。当他听到脚步声转身，林浅就看清了他的样子。

不再有帽檐遮住他的双眼，黑发短而利落。纯黑精良的手工西装、洁白熨帖的衬衫，衬得他的眉眼越发清晰。他这么清清冷冷地凝视着林浅，她的心又开始扑通扑通乱跳。

这是一种与他穿着军大衣或者冲锋衣时完全不同的气场。

清凛、沉稳，似乎……举手投足间还有几分清贵气质。

林浅定了定心，噙着灿烂笑容开口："厉总，您好。"

这个笑容还是她昨晚专门对着镜子练过的，坦荡、真诚，还带着几分发自内心的喜悦，那喜悦的含义是——原来你就是新总裁，属下我跟你还挺有缘的啊。

当然，事实上，她内心深处的窘迫和尴尬是远远多于喜悦的。

谁知厉致诚就跟没听到似的，依旧用那黑漆漆的双眼定定地望着她。

一室寂静，他俩遥遥相对。

林浅心里顿时有些七上八下。

"之前误会了您的身份，真是过意不去。"她再次巧笑倩兮地说，斯斯文文，优优雅雅。

这回，Boss终于开口了，依旧是平静而清润的嗓音。但林浅万万没想到，他会缓缓地说："林浅，你不必……装老实。"

林浅的太阳穴倏地又开始突突地跳了。

他说什么？装老实？莫非她之前给他的印象很不老实、很滑头？

我勒个去哦！

他还是那副黑眸沉沉的样子，林浅竟看不出他刚刚是不悦还是跟她开个玩笑，还是真的非常诚恳实在地告诉她：不用装老实，平常样子就好。

尽管内心躁乱无比，林浅脸上依旧是镇定的笑容，答得很快："厉总，其实这一面，才是我的本色。"

话一出口，自己就被雷到了……

果然，厉致诚眸中似乎闪过了一丝笑意，但似乎又没有。

他走过来，在沙发里坐下，双手搭在膝盖上，修长、骨节分明。

"坐。"

林浅规规矩矩坐下。

两人又静了一会儿，他抬眸看着她，"我现在的工作重点是什么？"

林浅微愣，立刻反应过来他在问什么，心神一振。

她很清楚，诸如总裁助理、总裁秘书之类的职位，虽然有岗位说明书，但真正能发挥多大价值，在企业里获得怎样的地位，全看个人发挥。

自己没能耐，自我定位得低，那就能低得跟小跟班似的，对领导没有独特存在的价值，很容易就会被取代掉。若有能耐，把那些"低"的事情做好之余，还能有"高"的闪光点，并且要时不时"闪"在领导关注的那些点上，就会变得不可或缺。

所以厉致诚问这个问题，她能不高兴吗？

林浅微一沉吟，按照早已打好的腹稿说："厉总，这个问题我想过。曾经，新宝瑞、爱达、司美琪三分天下，爱达靠的是优质的产品质量。现在，我们虽然遭遇暂时困难，底子还是很好的，也不是没有挽回的机会。不过以什么样的方式挽回，我的确有自己的观点。

"市场从来都是先来后到，好的越来越好，差的会越来越差。我们不能慢慢追赶新宝瑞和司美琪，否则到时候他们从我们这里抢走的市场份额已经稳固如铁桶，我们根本追不上了。所以我认为，必须迅速地打一场翻身仗。这次成功的危机公关，是个很好的时机，而我们就要在时机中寻找到一个合适的契机，绝地反击。"

讲完这段话，她就抬眸打量厉致诚的神色。可他还是老样子，沉凛而淡漠。

下属最怕什么？最怕不懂察言观色，捕捉不到领导的心思。

林浅觉得自己无疑是最悲摧的一个，因为她的Boss目测是个面瘫。

想了想，她决定最后厚脸皮一把，表表忠心，同时投其所好，于是说："厉总，如果这是一场战役，我愿意做您的副官，身先士卒，一往无前。"

果然，投其所好的方法永远是放之四海而皆准的。军事化的比喻，终于令Boss有了反应。他微微抬了抬眉头，盯着她的眸光似乎也比之前清亮锐利。他的唇畔甚至万分难得地浮现了一丝浅浅的笑意。

"嗯。今天先到这里。"他说，"我会考虑你的建议——林副官。"

这天，陈铮回到家，已经接近晚上十二点。

他没有回卧室，而是走到别墅楼上的书房，果然看到父亲陈延民独坐在里头，正拿着集团的财务报表看着。

陈延民十多岁时给人做苦力、做工人，白手起家，摸爬滚打，才创下司美琪这份基业。虽然已经大富大贵，他的性格却与儿子完全不同。五十多岁的他，从不爱美色，不爱豪车，甚至不爱任何事。

他只爱钱。每天清点名下的财产账务，是他最大的乐趣。除了对儿子慷慨，其他人是休想从他这里夺走一分私人财产的。所以他在业内又有个外号，叫"陈铁公"。

陈铮在父亲对面坐下，扯开领带，丢在桌面上，面色烦躁。

陈延民从账册后抬眼看着他，"都处理好了？"

他指的自然是致癌物丑闻。陈铮点点头，低骂道："爱达这次真是不知死活！"

陈延民问："你打算怎么做？"

陈铮呵呵笑道："他们造这么大声势，必然是想借机东山再起。我等着。已经给分管营销的副总下达命令了——爱达想在任何产品、任何市场上突破，想夺回市场份额，我们都会不惜一切代价，彻底把他们打死。"

谁知陈延民看他一眼，淡淡地说："儿子，你守错方向了。"

陈铮一愣。

陈延民微微一笑，又说："看来你连跟爱达的战场在哪里都没搞清楚。那个叫厉致诚的，这次敢闹这么一出，显然是个敢想敢做的人，当然，也是个不知天高地厚的人。"

陈铮听得入神。

陈延民又说："这样一个性格的人，是不会跟你在终端产品市场上慢慢抢、慢慢磨的。他想一口要吃掉的，只怕比你预计中更多，你不能掉以轻心。现在，行业里又有什么契机能让他一口吃下，彻底翻身呢？"

陈铮的脸色慢慢变了，"你是说……明盛集团四千万的大单？"

陈延民点了点头。

陈铮静了片刻，慢慢笑了，"现在爱达的资产实力连我们的五分之一都赶不上。还真就怕他们不来。只要他们来，很简单，实力决定一切——我把最好的产品给明盛，价格降到最低，低到爱达完全扛不住。即使亏钱，也要把这个项目占住，不让他们缓过这口气。等他们死透了，被踢出市场，我们再赚钱就是。"

陈延民终于满意了，点头说："很好。"

第五章

他的兵法

要做好上级的"身边人"，首先就要了解上级，最好比任何人都了解。

林莫臣在商海混迹多年，比林浅更深谙这个道理。所以这晚当林浅回到家时，一封邮件已经躺在她的邮箱里。

是关于厉致诚的个人信息。一共只有寥寥数行，经历十分简单。

厉致诚，爱达董事长徐庸的第二子，同时也是西南军区某军长最小的外孙——林浅了然，难怪他会去参军，只怕原本商界的路，人家根本瞧不上。

短短数年，经历辉煌。他在大学期间就有什么"军事建模比赛一等奖""全球大学生军事论坛领袖奖"，更别提正式入伍后，一堆诸如"个人三等功""团体二等功""猎鹰对抗对战行动突出贡献奖"等等荣誉。

除此之外，还有些很零散的信息，也不知道林莫臣是从哪里了解到的。

譬如他用薪水资助过多名失学儿童，但拒绝跟孩子们见面。看到这里，林浅就想起当初他在火车上把卧铺让给她，却连跟她讲句话都耐心欠奉。他是有多讨厌跟人沟通啊……

譬如他没有女朋友，而且似乎从未有过——林浅暗暗咋舌，都二十五的男人了啊，军旅生活果然禁欲又单调……

次日，在上班的路上，林浅还在琢磨这些信息：他是单身男人，所以太棒了，她不需要像有些助理秘书，还要帮老板打理乱七八糟的私生活。他现在还没有秘书，这也是她要考虑的事，得让人力资源招个精明能干的，但又不能太精明，免得人家有了野心，来抢占她的价值空间……

林浅抵达办公室时，天刚蒙蒙亮。

这也是她刻意为之。助理当然要到得比老板早。厉致诚以前是军人，肯定习惯早起，谁知他会几点钟到。

昨天他前脚找她谈完话，人力资源部的任命通知后脚就送来了。林浅当即把所有东西打包，搬上顶层总裁办公室外的小隔间里。宋纤纤和杨曦茹两个小姑娘有些不舍，又有些艳羡。不过按照人力资源的通知，她的职位依旧放在总经办，所以两个小姑娘还是暂时听她调遣安排。

林浅轻推开办公室的门，里头光线暗淡，一室清冷，了无人迹。

她打开灯。

这还是前任CEO留下的办公室，装修得精致、奢华又雅致，灯光璀璨。但现在换了主人，高高的黑漆木书架几乎全空，一旁的银白色几何造型文件柜也是空的，偌大的屋子显得有些空落落的。

桌面上散落着几张报纸，林浅稍作整理，又把大班桌后的老板椅摆正，再从茶柜里拿出上好茶叶，然后找茶杯。

咦，茶杯呢？昨天她来时，还看到桌子上放了个……呵呵，超大号绿色军用保温杯。

哼着歌在屋子里找了一圈，林浅推开通往露台的小门。

一抬头，林浅一怔。

这露台约莫也是前任败家CEO修建的，一侧是小小的绿色的高尔夫球坪，另一侧放着一把阳伞，几张暗色藤椅。

厉致诚正坐在其中一张藤椅上，西装笔挺，只是未系领带，衬衣领子微微敞开。他一只手拿着一本书，一只手搭在扶手上，整个人看起来沉静中又带着一丝平时没有的随意。

听到动静，他放下书，不急不缓地转头。

林浅看到这一幕，第一个念头是：我去！他到底几点起床的？所以她今后必须鸡鸣而起，才能跟Boss的步调保持一致吗？

第二个念头，就是快速将周边环境打量了一番。

嗯……特大军用保温杯果然搁在一旁的小茶几上，里头色泽沉亮，茶香浓郁，原来他爱喝陈年普洱；他手上的书……居然是《孙子兵法》？已经翻得很旧了，还是商务印书馆的旧版本。

他的膝盖上还放着几张白纸，用钢笔写了字。林浅目光迅速一扫，字迹苍劲有力、刚毅冷硬，写了一堆词：请君入瓮、借刀杀人、声东击西、城门立木、以逸待劳……

林浅一抬眸，就跟他的视线对上了。

四目相对，他缓缓将手上的书一合，将那两张白纸夹进书里，然后面无表情地站了起来。

林浅察言观色，再联想到之前读到的他的种种资料，瞬间就福至心灵了。

莫非……他是在钻研自己擅长的兵法，然后企图用到商业战斗上？

这时他已经朝她走来。林浅立刻微笑，"厉总早。"

"早。"他的声音平静冰凉，然后神色淡然地与她擦肩而过。

林浅马上转身，跟进了屋里。

而对于自家Boss看似寄希望于兵法来挽救企业的行为，林浅只能默默地在心中给他点一根蜡。

要知道林浅涉世之初，本着广纳百川兼容并包、取其精华弃其糟粕的学习心态，也曾经买过一大堆类似的商战书籍，譬如《兵法36计决胜商战》《孙子兵法商战秘籍》……最后唯一的收获是：嗯，读了一堆古代战争小故事，挺好玩的。

至于那些所谓的将兵法应用于商战的长篇大论——抱歉，她不认为读了几本兵法书就能成为商战达人。这中间还隔着千山万水，非真刀实枪地去商场拼杀一番不能达也。

不过身为刚刚上任的下属，林浅是不会直接指出领导在做无用功的，来日方长。

现在，她要关心她应当关心的问题。

眼见厉致诚在老板桌后坐下，林浅笑着问："您吃早餐了吗？楼下食堂这个点儿已经开了，小米粥和牛肉包都不错。我也没吃，要不给您一块儿买上来？"

这话讲得进退适宜。她没吃，一起买，既不会显得太过刻意的殷勤，又照顾到领导的需要。而且，他似乎也是个吃货……

谁知厉致诚抬眸淡淡瞥她一眼，"不必。"然后沉静了一秒钟，忽然站起来，迈开长腿走出了办公室。

林浅也不太在意，继续收拾办公室。

二十分钟后，林浅已经坐到自己的小隔间里，书籍文件盒都整理完毕，最后把她养的一小盆花放在桌面一角，满意地拍了拍手。

此时离上班时间还有一个小时，顶层领导办公区自然还空荡荡的。林浅刚想起身下楼去吃早点，就听到走廊里传来低沉平稳的脚步声。

这脚步声……

林浅抬头，不一会儿，果然看到厉致诚又走了回来。高大笔直的身形，静默白皙的面容，一只手插在西装裤兜里，另一只手拎着个小塑料袋，热气腾腾，隐隐有香味飘来。

林浅忍住不笑。

所以……Boss虽然不要她买，自己还是跑去买了啊。

这时他已经拐进玻璃门里，林浅维持礼貌微笑，静候他走进里屋。谁知他侧转身体，将手上的塑料袋平平稳稳放在她桌上，然后转身就要进去。

林浅说："厉总，这个……"

"我吃过了。"他淡淡地答。

林浅这回真意外了，所以这是……

"林浅。"他侧眸看着她，神色清冷，"我不需要女人替我跑腿。即使是我的副官。"

上午九点。

饱餐一顿后，林浅心情极好地在座位上整理着各部门刚刚递交上来的、需要厉致诚"御览"的资料。

办公室的门关着，顾延之在里头。大概半个小时后，顾延之出来了，看一眼巧笑倩兮的林浅，把她叫到了自己的办公室。

顾延之的意图很直接，似笑非笑地说："林浅，别的，我就不多说了，厉总第一次主持公司事务，按理说应该配一个经验更丰富的助理。但我们姑且愿意试试你。好好干，把你那些小聪明用到点上——他需要的点上。"

到底他已是商场老狐狸，一番话说得恩威并济，似褒似贬。林浅听得心头微乱，但立刻镇定下来，微笑地答："好的，顾总，我也是这么想的。"

顾延之一怔，反倒笑了，摆摆手放她走了。

俗话说"新官上任三把火"。这想要烧火的，不光是刚上任的领导，还包括下边的人——大伙儿都争先恐后来领导面前刷存在感。

第一天，九点刚过，林浅这里就排满了各部门想要面见厉致诚的预约，并且个个都称万分重要、十万火急。

当然不会同时有这么多紧急重要的事。所以林浅留了个心，谁的时间都没说死，只答应尽量安排，然后带着满满一张预约表去见厉致诚，让他定夺。

冬日上午阳光灿烂，厉致诚坐在色泽沉亮的桌后，正在看公司的一些基本资料：产品、市场、供应商、技术……闻言抬头，乌黑的眉头轻蹙了一下。

林浅察言观色，试探性地发表意见："或者先挑一些关键部门见一见？"她说完把手里的预约表递给他，上头已经用淡淡的铅笔标出了几项她认为更重要的日程。

这样的举动，也完全是从厉致诚的角度出发考虑——他既然全无商业经验，那就可能对整个企业是如何运作的完全没概念。这种时候，她林副官自然要为元帅分忧，小小地"闪"一下光。

然而林浅没想到，这一下完全没"闪"对地方。因为厉致诚接过预约表，只看了一眼，就放在了桌上。

"都推掉。"他的声音温凉而平淡，"我们上午出去。"

林浅对厉致诚有点刮目相看了。

因为不管能力经验如何，有自己想法的领导才可能是好领导。见他起身拿起西装外套，她也不多问，回座位简单收拾了一下，就跟在他身后下了顶层。

第一站居然是保安部。

林浅虽然心思活络，但不该问的时候，绝不多问。她就这么跟着他，穿过保安部长长的走廊往里走。一路上偶有职员擦肩而过，但厉致诚走得极快，加之到底上班没几天，也很少公开露面，所以居然没人认出他来。倒是苦了林浅，踩着高跟鞋，噔噔噔地跟着他的大长腿，引来无数侧目，还落后了他好大一截。

又走了几步，他忽然脚步一停，转头遥遥看她一眼，目光又落在她的双脚上。

林浅立刻主动举起手作自首状，"我明天换双平底鞋。"

"嗯。"他转身走了。

林浅站在原地，忽然笑了。

嗯什么嗯？嫌弃女助理穿漂亮高跟鞋的老板，估计就您一位了。

高朗坐在最靠里的一间监控室里，看样子在值班。看到他俩来，并不惊讶，应当是早就跟厉致诚约好的。他只是有些拘谨，小声说了句："厉总、林助理，你们等一下。"他说完就从柜子里拿出一个黑色的包递给厉致诚，然后站在一旁，垂首低眉、脸色微红地不讲话了。

厉致诚接过包，看他一眼，静默片刻，说："你怕什么？"

高朗连忙摆手，"没……我没怕，就是还有点不适应。我很好，我很好。"

他俩老上司和下属叙旧，林浅当然乖觉地不插话，安静微笑着立在一旁。

只听厉致诚又缓缓地说："之前不告诉你们，有原因。"

林浅虽然还是一脸恬静，耳朵却立刻竖了起来。

却听高朗答："嗯，营长，我们都明白的。都说商场如战场，知己知彼，百战不殆。你前期的确应该秘密做一些了解工作。"

厉致诚的脸上竟浮现出浅浅的笑意，朝他点了点头，"嗯。"

他俩问答之间，足见默契十足。一旁的林浅，完全愣住了。

敢情Boss之前是把企业当成了战场，一个人默默地进行前期侦察工作……难怪总看到他一个人到处乱晃，关键每次还都一脸淡漠沉静、生人勿近的模样，煞有其事的样子。

林浅默默地望着他俊朗稳重的侧脸。

Boss，你真的好求上进好敬业，我辈之幸也。

但是，真的也……有点愣啊。

到了停车场，两人走向他那辆悍马。林浅见他走向驾驶位，稍稍犹豫了一下，还是开口："厉总，要不我来开吧？"

哪有让老板开车的？

厉致诚眉眼都没抬一下，拉开车门，直视前方，"待着。"

林浅说："……哦。"

爱达集团有一新一旧两个生产基地。

旧基地，就是集团大厦后面那块广阔的厂区，生产的箱包主要供应国内市场。现在由于市场大幅萎缩，许多车间已经停产。

林浅估计厉致诚已经在旧基地充分踩过点了，所以两人直接驱车去了坐落在相隔五十公里处的响川县城的新基地。那里房租更便宜，交通也便利，霖市许多制造企业都把基地放在那里。

　　然而林浅没想到，新基地的状况比老基地还糟糕。

　　厂区无疑是很新很漂亮的——这里是在前任CEO主持下修筑的，投资巨大，专门用于生产供应国际市场的高档箱包。只是园区里如今人丁稀落，初步目测，至少有十分之九的车间停产了。仅有的几个在运作的车间，大概还支撑着海外市场那点可怜的销量。

　　林浅早有觉悟——厉致诚是个面瘫。从踏入这一塌糊涂的厂区起，看不出他有什么情绪反应，只是面色如常、身姿笔挺地走在前头。但按常理推断，正常人看到接手的是这么个烂摊子，多少会不舒服。所以在这种时候，林浅越发谨言慎行，减少在领导面前的存在感。

　　很快就到了生产车间门口。

　　高朗给两人准备的就是深蓝色车间工作服，厉致诚的车上还准备了两张通行证。两人畅行无阻地踏进车间。

　　这个车间还在生产，长排机器轰隆作响。不少工人站在流水线上，不过也看不出什么激情，表情挺麻木平淡的。

　　两人刚往里走了几步，就有个胖胖的工头走过来，脸色挺臭的，"你们谁啊？怎么进车间了？"

　　厉致诚正低头在看流水线上的半成品包，长身而立，看都没看那胖工头一眼。那胖工头一时竟有点发愣。林浅心道：Boss虽然平时没架子，但举手投足的气场还是很强大的。

　　她立刻上前，拿出通行证和工作证，向对方解释一番，把人给打发走了。

　　在厂区里都走了一圈，两人最后去的是用来堆放原材料的大型仓库。

　　此时已接近正午，阳光照在仓库外的水泥地上，灿烂又温暖。仓库里边却是阴冷寂静，一片死寂。

　　这也是林浅加入爱达以来看到的令她感觉最沉重的一幕。

　　堆积如山。

　　用以生产高档箱包的皮料，从地板到天花板，层层叠叠，箱箱堆积，无边无际。

　　这都是钱啊，废掉的钱，天文数字的钞票。

　　林浅写了这么多天报告，对爱达的这段衰败史已是了如指掌。前任CEO提出进攻海外的宏伟战略后，就立刻执行了"跑马圈地"的战术策略，理所当然地囤积大量原材料，以迎接即将到来的爆发式增长。

　　结果，真的是爆发了。

　　危机爆发，爱达快倒闭了。

　　她一边腹诽，一边偷偷瞥一眼身旁的厉致诚，却见年轻的总裁双手插在西装裤兜里，抬头看着那些原材料，眸色冷冰冰的。

第六章

赤子之心

中午。

林浅和厉致诚坐在新基地附近的一家小馆子里，打发中饭。

店主端上来的小火锅，热气腾腾，辣香扑鼻。可再香再热的气氛，也比不过厉致诚极冷极静的脸色。他依旧如军人般坐得笔直，端着碗吃得安静而快速。

林浅低眉顺眼，也专心吃饭，继续减少自己的存在感。

哐当一声，小店的门再次被推开。林浅看到店主一脸殷勤地问："几个人啊？"

西装革履的顾延之已经在他们这桌坐下，将车钥匙随手扔在桌上。

林浅立刻说："顾总好。"然后叫店家再拿一副碗筷。

厉致诚抬眸看他一眼，继续吃饭。

林浅以前没有跟顾延之在这么日常的环境下近距离接触过，现在才发觉，他也可以是个很随和的人。他拿起小餐馆一次性的还带着点毛刺的筷子，自己磨了两下，又让林浅倒了杯白开水，就开始吃饭。吃了几口，他放下筷子，问厉致诚："上午看得怎么样？"

林浅闻言也抬眸看着厉致诚。他竟然已经吃完了，端着水在喝，俊脸微垂，答："跟想象中一样糟糕。"

顾延之点点头，又说："下午两点约了个会，按照咱们昨天说的，所有副总、关键部门负责人，一起开会讨论下一步工作重点。"

"嗯。"

林浅听得心头一动，Boss的工作，终于要切入正题了。

谁知顾延之像是能察觉她心中所想，突然转头看着她，不紧不慢地问："听说你向厉总建议，下一步的工作重点是要'在时机中寻找契机，绝地反击'？"

林浅微一沉吟，刚要答"是"，忽地微怔。

呃……厉致诚不会把她那天的话全都告诉了顾延之吧？

林浅的脸无声无息地热了起来。

那些厚着脸皮的话，什么我愿意做你的副官，什么这一面才是我的本色……在厉致诚面前，好像很自然地就说出来了，但被外人知道了，她还是会有点脸红的。更何况还是顾延之这种商场老狐狸。

她抬眸望去，果然迎上顾延之似笑非笑、漆黑幽沉的目光，连一旁的厉致诚，眸中似乎也闪过一丝浅浅的笑意。

林浅默然片刻，旋即跟什么事儿都没有似的，笑着答："是的，一点个人想法，也是希望爱达变得更好。"

可顾延之是什么人啊，对答间犀利无比，"哦，是吗？既然你提出了这个观点，那你告诉我，你说的契机是什么？我不要大而化之的方法论，我只要实实在在的解决办法。"

林浅静了一瞬。

其实那天向厉致诚表忠心时，她就有所保留。就像顾延之说的，只提出方法论，保留了她心中的解决办法。因为那时候她还不确定自己能得到总裁助理的位置，直接提出的话，太贸然了，而且那本就是个风险很大的建议。但林浅一向信奉的职场信条是：小事圆滑，大事直面而上，真刀实枪地干。若是事事圆滑，不能肆意施展自己的才华，多累，多没意思！

所以她答道："厉总，顾总，我认为目前最合适的契机，是明盛集团的项目。"

讲完这句话，她停了一下，观察他俩的神色。

然而她意外地发现，现场陷入了一种微妙的安静中。两人都看着她，似乎在等她继续讲下去。

于是林浅索性豁出去了，开始侃侃而谈："我认为，既然是要绝地反击，爱达需要的就是一剂强心针。而我建议明盛项目，并非因为觉得这个项目能带来丰厚利润，能让爱达彻底翻身。相反，这个项目的利润可能很薄，甚至没有，而且我们拿到的难度也很大。但我依然觉得这个项目是我们现在最好的出路。

"一是能打开新市场。现在终端消费者市场被新宝瑞、司美琪牢牢把持，尽管那块市场更大，但我们想要突破，太难、太慢。而明盛集团是国内排名前五十强的企业，是国企。它的订单几乎相当于政府采购，可以极大地提高爱达的声誉。而且在国资委的系统里，它还有很多兄弟企业。只要我们把这次的单子做好，肯定会有其他订单找上门。我们不一定要从明盛身上赚钱。

"其二，士气。这其实是跟业绩同样严重的问题。这样一个举足轻重的单子，一定能让公司上下为之振奋，重新凝聚在厉总的周围。

"其三，今天上午看完新基地，更坚定了我这个想法。这些高档原材料，国内卖不动，用到明盛项目上，正好可以一次性消耗掉库存，还可以给明盛我们的产品'价廉物美'的印象，爱达的资金链也活过来了。

"如此一来，人活了，资金链活了，市场也活了。全盘皆活。"

美国东部时间，已是凌晨时分。

林莫臣结束一天的工作，揉了揉眉心，再习惯性地打开邮箱，笑了。

是林浅发来的，短短两个字：谢了。

到底对她这次"逆势"的职业选择有些兴趣，他拿出手机拨了过去。

林浅刚跟两位大佬吃完饭回到公司，看到号码，就走到无人的楼梯间去接。

"哥，怎么还没睡？"

林莫臣淡笑，"林助理，新工作感觉如何？"

林浅想起一上午的经历，嘴角弯了弯，答："怎么，你来给我打气啊？”

“嗯。”他答，“看你能撑多久。”

“喊！哥，你能不能不要这么恶趣味？”林浅心里却想，看来他心情不错，最近投资很顺啊。

然而林莫臣明显心情太好了，恶趣味再一次膨胀，轻描淡写地说：“噢，昨天工作完有点时间，就给你的爱达作了个简单的价值评估。”

“唔？哥你太好了。”林浅精神一振。要知道林莫臣说“简单”的价值评估，外界可是愿意花万金去买的。

林莫臣笑了笑，说：“基于市场、债务、资产状况分析，在赔偿了这次致癌物事件的损失后……整个爱达，近期能够筹措、动用的资本，满打满算不会超过一千万。而目前整体业务是负增长，所以如果没有新的增长点，这一千万会一直飞速往下，很快就会破产。”

“……”

一千万，才一千万？一个曾经资产数十亿的公司，现在就剩这点家底了？

临近下午两点，林浅把会议的资料准备好，给厉致诚送了进去。

她有些意外——他站在落地窗前沉思。

林浅把资料放下，刚想转身出去，就听到他清冽的声音传来，“你跟我一起参会。”

她微怔之后，心头一喜，脸上沉静不变，“好的。”

这种机密而重要的战略性会议，他让她参加，就代表着信任。

Boss虽然年轻没经验，还是挺知人善用的嘛。

会议室里灯光明亮，长条形的橡木铜雕色会议桌旁，坐了八个人，分别是厉致诚、顾延之、分管生产技术的副总裁、分管职能部门的副总裁，以及营销总监、生产总监、财务总监和采购总监。

这也是爱达如今的核心管理团队。

厉致诚在正中的位子就座，林浅当然不能坐在圆桌旁，而是坐在斜后方靠墙的一张椅子上。

会议由顾延之主持。尽管讨论的是很严峻的话题，他的态度还是挺洒脱淡然的，环顾一周后，不急不缓地说："那就开始吧。我先说两句。今天的会议是要讨论我们爱达未来的方向。现在是什么状况，你们比我和厉总都清楚。厉总接手公司时间不长，今天会议的目标和要求是：实事求是，充分讨论，统一方向，严格执行。好，财务部先说。"

会议室里静悄悄的，林浅听得还有些小激动——没想到顾延之讲起这种"官话"还一套一套的，但仔细一琢磨，又发现他每个词都在点子上。

她顺带再看一眼Boss的脸色——平静而专注。只是西装革履的他坐在一堆中年人中，实在显得太俊逸，也太年轻。

这时财务总监已经打开幻灯片，在简短的概述后，他切入了主题，也丢出了一个重磅炸弹，"我们核算过了，在支付完致癌物事件的全部赔款后，再计算应收应付账款……整个集团短期内能够灵活调动的资金，大概在——"他顿了顿，"两百万到五百万元之间。"

会议室内陡然安静下来，大家面面相觑。林浅亦是听得心头一抖。她摊在膝盖上的软皮本上，左上角还写着一个数字：一千万。现在她默默地把这个数字划掉，改成了两百万。

原来情况比她哥预计中还要糟一点。

两百万啊。现在这个年代，即使对个人来说，两百万能干什么？更何况是对一个拥有数千人的公司？

她忍不住又抬头看一眼厉致诚。只见他坐得笔直，一只手搭在桌面上，脸微微仰着，正看着财务总监，倒是很沉得住气。

林浅的脑子里却冒出两天前浩浩荡荡的车队送他来公司上任时的排场。

两相对比，她突然觉得有点同情他。

室内沉闷而又难堪地安静了一会儿后，换营销总监发言了。

他是一位四十余岁的干练男性，叫薛明涛，看着挺沉稳儒雅的。林浅了解他的情况：前任CEO大肆进军海外时，薛明涛这样的老臣并不受重用，反被架空。现在改朝换代，他算是重新掌握了营销大权。憋屈了这么久，他必然蓄势待发，企图打一场营销翻身仗。

果然，他提出了一套非常完善的营销系统工作计划。

他从公司的高档皮具包、日常休闲包、特殊功能包和箱体包四大类产品出发，同时细化到下属十多个小品类，逐项分析现在的市场环境、与竞争对手的优劣势对比、内部提升的办法、营销策略和计划。

譬如男士登山包质量不过硬，他就提出改变产品材质，加强质量监控；又譬如拉杆箱终端营销力度不够，他就提出加大广告投入，增设销售队伍……

不得不说，这是一份非常翔实深入的计划。如果不是拥有数年营销经验，并且对整个市场和公司销售情况十分了解，绝对做不出来。这份计划给人的感觉，就像一张指路的地图，有整体目标和计划，又细化到具体每个单品的执行，令人听完之后感觉十分踏实。

营销工作本就是爱达这种公司的核心，也是这次会议的重点。薛明涛侃侃而谈之后，其他几位管理者交头接耳，低声讨论，气氛明显被激活了。

顾延之脸上也带着淡淡的笑意，朝薛明涛频频点头，甚至连厉致诚都拿起了纸质资料，一边听，一边一页页仔细翻看。林浅还看到他用笔在上面做了一些记录。

而林浅的感觉也是非常受教，就像被上了一课。她甚至蠢蠢欲动，希望薛明涛提到明盛集团项目，以验证她之前的观念没错。

但她没有如愿。在作完整体报告后，薛明涛的结束语是："下一个五年，再造爱达营销帝国！"

众人听得连连点头，林浅略略失望。

会议室内又安静了一会儿，所有人都有点若有所思，亦有人暗暗看向厉致诚，想看这位新的年轻的总裁对于这样一份目前为止最靠谱的发展计划有什么具体看法。

就在这时，他放下了手里的资料，抬头看着众人。于是所有人的目光自然而然地集中在他身上。

"很好的计划。"厉致诚缓缓地说，"我会仔细再读。"

薛明涛的脸上闪过一丝喜色。林浅在心里点了个赞：Boss不动声色，有气势！

谁知厉致诚话锋一转，"有人向我建议，拿下明盛集团项目，可以救活爱达。你们怎么看？"他讲这话时，坐姿挺俊如松，神色平静自若。

他身后的林浅心里轻轻咯噔一下，心跳就有点加快了。

有人……就是说她嘛。

薛明涛安静了一秒钟，从桌上的文件夹里找出一份报告，递给厉致诚，"厉总，明盛集团项目，我们也做过SWOT分析。这个项目当然非常好，如果我们能赢得，就能迅速改变爱达在行业内的地位，也能打开一个新的市场。

"但是说实话，这个项目有新宝瑞和司美琪两个实力雄厚的竞争对手，我们在前期完全没有介入，他们却已经跟了几个月，人脉都打通得差不多了。我们之前从未涉足过国企客户领域，现在想去竞争，成功的概率很小。而且他们现在对我们防得很死，就算能拿到项目，我想也是惨胜，利润很薄或者没有利润，得不偿失。"

厉致诚沉吟不语。

尽管林浅只是个旁听记录的角色，薛明涛的话也令她感觉到了巨大的压力。的确，她之前只考虑了这个项目的好处，可以救活爱达，所以想法还是太乐观了。薛明涛提到的这些现实困难，她并没有深想过，几乎都是营销工作的死穴：起步晚、没人脉、没资金，拿什么跟人家拼？

这时，一直沉默的、分管生产和技术的副总裁却开口了。

他已年近五十，叫刘同，是当年跟着徐庸董事长打江山的一号功臣和老臣。对着厉致诚，他没有其他人那种谨慎和试探，他的神色是坦荡的，甚至带着几分长辈的威严。

"致诚。"刘同说，"我不同意再去搞什么明盛项目，拓展新的市场领域。爱达不就是被这种思路搞垮的吗？难道又要重蹈覆辙？我们是做箱包的，最大的市场在全国数亿终端消费者，这块市场被人夺走了，我们就要抢回来。那些政府、企业的采购，根本是杯水车薪，要求高，利润还低，我不同意做。我同意明涛的看法，扎扎实实，重新把市场做起来！"

刘同生性耿直，讲得也是一脸正气坚决，亦有人听完连连点头。他所说的，的确是大家的心头之恼。

林浅听得两道秀气的眉头紧紧蹙起。

刘同是向厉致诚开炮，可厉致诚一直沉默不语。他不讲话的样子本来就挺有气势的，这下大家更加不知道他是怎么想的，现场气氛有些僵了起来。

顾延之看了看众人的神色，跟分管职能部门的副总裁交换了个眼色。

这位副总裁开口打圆场："我们的意见，厉总都听到了。我建议这样，下一步的工作重点是什么，往哪个方向开展——或者厉总再综合考虑一下，稍后再议？"

众人纷纷点头，林浅想：也只能这样了。

大伙儿都看着厉致诚，刘同也是对事不对人，又说："我讲话比较直，致诚，你一定要慎重考虑。"

然而谁也没想到，厉致诚朝刘同点了点头，又看向众人，嗓音低沉如静水潺潺，"我不需要再考虑。"

林浅顿时愣住了。不光是她，所有人都一怔。

又听厉致诚接着说道："今天中午我已经有了决定：拿下明盛项目，不惜一切代价。"

下午。

林浅坐在自己的小隔间里，整理着刚才的会议纪要，可心情莫名地有些骚动不安。

只因厉致诚刚刚在最高决策层会议上的那句话："今天中午，我已经有了决定。"

重点在于"今天中午"。那时他们在吃火锅，她力荐他拿下明盛项目。

可以理解为，是她的话，对他起了重要影响吗？

林浅又激动，又觉得压力前所未有的大。

而且，他那样力排众议的表态，无疑令现场气氛变得有些古怪。刘同当场脸色就变了，薛明涛也没出声，行政副总裁也是一愣。

然而在所有人开口前，厉致诚竟然又讲话了："公司处于动荡期，必须上下一心。现在我是绝对控股方的代表，拥有一票否决权。所以今后，我作决定之前，可以有无数声音；我作决定之后，只可以有一个声音。散会。"

……

此刻，他办公室的门关得严严实实，刚才顾延之和刘同进去了。也不知道三位大佬在里面讨论什么，起初还能听到刘同激烈的声音，这时倒是一点声音都没有了。

过了一阵，门终于打开了。林浅立刻站起来，就见刘同沉着脸走出来，顾延之跟在他身后，神色挺平静。看不出两人情绪如何，他们也没理会林浅，直接回了各自的办公室。

林浅又等了一会儿，才拿起整理好的会议纪要进去，给厉致诚过目。

毫无疑问，今天他在会议上的表现，会在公司掀起轩然大波。经理们和员工们会怎么评价他？

独裁、专制、不近人情？

还是意志坚决，有自己独立的想法，十分自信？

对林浅来说，外表清冷而沉默的他，居然会如此强势和果断，有点超乎她的预料。

夕阳已经斜沉，将办公室里涂抹上淡淡的金辉。

厉致诚坐在正中的沙发上。与平时清冷料峭的姿态有些不同，此时他的双手搭在膝盖上，脸色沉静，似在沉思。他面前的茶几上，还放着两个冒着热气的茶杯，显然是刘同和顾延之刚刚留下的。

林浅步伐轻盈地走过去，"老板，这是会议纪要。"

他抬眸看她一眼，目光沉黑平稳，接过纪要，低头看了起来。

室内静悄悄的，唯有他翻动纸页的声响，还有门口金鱼缸里汩汩的水声。林浅难得地有些忐忑，但开始开口了。

她的开场白是："今天听了薛总和刘总的意见，我也觉得挺深刻、挺有道理的……"

厉致诚再次抬头看着她。隔得这么近，他的轮廓显得越发清晰俊秀，那目光沉沉冷冷，"动摇了？"

林浅突然发觉，这个Boss跟人讲话虽然简练无比，但都是直接迅速地点明要害，总让人要缓一缓才能应对。

她原本还想讲得委婉点，现在索性坦言，摇头道："不，我没有动摇。我想说的是，他们分析得很全面，很有道理。但是这种思路太关注内部，在意的是如何解决问题，如何提高自己。可是现在外部竞争环境很激烈，行业发展到现在，已经不是十几年前。不是你产品质量做好了，人员素质提高了，就一定能赢得市场。因为人家也做得很好。

"我之所以坚持瞄准明盛项目，不是因为我觉得这个项目一定能成，而是我觉得，坚持传统那一套肯定不行。打个不恰当的比方，如果新宝瑞和司美琪是大象，爱达就是一只小羊羔。小羊羔能通过提升自我战胜大象吗？我觉得不能，它只有奇袭才有可能获胜。"

她讲得畅快，直抒胸臆，讲完之后就瞅着厉致诚的神色。

他始终目光灼灼地盯着她，那英秀的容颜始终沉静冰冷。

对于她的长篇大论，他只回答了三个字：

"我信你。"

第七章
月夜温柔

月朗星稀，一室寒光。

林浅穿着睡衣，单手托着下巴，盘腿坐在床上。

发呆。

"我信你。"低沉而清凉的嗓音仿佛还萦绕在她耳边，一个字一个字轻轻地钻进去。

不得不说，林浅的感觉有点不对劲。

其实从他一开始讲"有人向我建议明盛项目"时，她就觉得不对劲了。

再到他讲"中午我已经有了决定"时，那种不自在的感觉更明显。

最后到他轻飘飘地丢出沉甸甸的三个字：我信你。

林浅终于清晰地认识到，这种浑身不适但又有点暗爽的感觉，叫"受宠若惊"。

当然，一直以来，她走到哪里都挺受"宠"的：大学时是老师的左膀右臂、社团的中坚力量；在司美琪时，也是连续三年绩效优秀，甚至公司Boss陈铮还想对她"宠"过头……

可现在"宠"她的人换成厉致诚，那就不同了。

他完全没有商场尔虞我诈的经验，是个说得少而做得多的军人。没见他对其他下属买账，却独独对她说一句"我信你"，比其他人讲出来更令林浅感觉有分量。

林浅甚至有种化身"佞臣"的错觉。可不是嘛，主上年少可欺，只因微服出巡时与她结识，赏识她的人品才华，就此对她格外倚仗……林浅脑子里甚至闪过了一个荒唐的、极具野心的念头，当然，立刻被她丢到一旁不理会了。

不管怎么说，天时地利人和，这次是她成为爱达集团实权人物之一的好机会。

想到这里，她主意已定，拿起手机，给林莫臣拨了过去。

听完她的请求，林莫臣只轻轻一笑，"为什么？你在司美琪工作三年，遇到多少困难也不曾向我开口求助，现在才当了爱达总裁助理三天，就要我插手，帮你的老板翻身？"

林浅嘿嘿一笑，"我自有分寸，难道你还不相信我的判断力？"

第二天上午。

林浅坐在座位上，手上拿的是一份营销部连夜赶出的《明盛项目工作计划》。

正如薛明涛昨天所说，这份计划里也提到，爱达如今最大的困难是客户关系的建立。而客户关系中最关键的，自然是对方高层。

明盛是国内举足轻重的大国企，高层领导也都是国内商界响当当的人物，不是爱达这样的民企可以随意企及的。

他们现在才动手，顶多跟对方的办公室主任、采购经理这个层面的人搭上线，要直达高层，肯定还需要时间和机会。最糟糕的情况是，可能到对方正式招投标的日子，爱达都不一定能和对方的高层见上面。那这个项目也等于黄了。

这时，薛明涛带着几个营销经理从厉致诚的办公室出来了，个个面色凝重，行色匆匆。林浅瞅着空当，敲门进去。

厉致诚没有坐在大班桌后，而是坐在正中的沙发上，胳膊搁在膝盖上，十指交叉，撑着下巴，正在沉思。

难得看到他如此专注思考的模样，林浅放轻动作，先将桌上几个喝茶的纸杯收起来，再把桌上他的大号军用杯添了热水，端到他跟前。

他这才抬眸直视着她，静静地等她开口。

林浅微笑，"厉总，对于明盛项目，也许我可以……"话音未落，办公室的门被推开，顾延之走了进来，看到他俩，表情没什么变化，径自在厉致诚身旁的沙发上坐下，对他说："把那件事再议一议。"

厉致诚未答，而是再次看向林浅，"你说完。"

顾延之也挑眉看向她。

林浅顿了顿，直入主题，"我哥哥在美国做投资工作，他原来就职的DP投资集团，正是持有明盛部分流通股份的外资大股东，他跟他们的关系还不错。我想如果方便的话，可以让他帮忙联系，或许可以安排厉总跟明盛集团高层见一次面。"

林浅还没说完，就看到顾延之的眼睛明显一亮。她知道自己果然讲到他们目前头疼的点子上了，心里也是暗喜。

两人同时看向厉致诚。

他已直起身子，靠坐在沙发里，眉目静朗，并未见明显的喜悦神色，似乎正在掂量她的建议。

然而在短暂的沉默后，他低沉地开口："我不需要动用你的关系。"

平静，似乎还带着一丝丝固执。

林浅一下子愣住了。

顾延之也微怔了一下，他和林浅对视一眼，脸上已带了戏谑的笑意，"林浅，你们厉总在军队待惯了，还没转过弯。他最不喜欢的事就是利用这种……嗯，裙带关系去达成目的。"

"……"

裙带关系？

顾延之的语气半真半假，林浅一时也分不清他这么讲的用意。可……Boss不会真的"轴"成这样吧？

她看向厉致诚。他也正看着她。

林浅接着说："我提这个建议，是因为感觉这是个方便快捷的方法。而且……"

厉致诚漆黑的眸子像是深不见底的潭水，林浅看着看着，耳边忽然又响起他昨天的话"我信你"，心头一热。

"而且什么？"他忽然极难得地开口追问。

林浅看着他，默默地答："……而且，古往今来，裙带关系都是最好用、最实用的啊。"

一旁的顾延之一愣，倏地大笑出声。

连厉致诚都是眸色一怔，然后升起浅浅的笑意，薄唇难得地弯起，冷峻的五官都柔和了几分。

林浅脸上微热。

顾延之笑罢，站了起来，"行了，林浅连这样的醒世名言都讲出来了，我们当领导的，不能不感恩。这事儿我拍板，致诚你别管，就这么定了，林浅你马上去办。"

厉致诚没出声，而林浅干脆也没看他的脸色，飞快地答了声"好"，转身出去了。

既然是唯一的妹妹难得开口相求，林莫臣根本不等她"跟领导先确认一下"。这厢林浅刚从厉致诚的办公室出来，林莫臣已经打来电话，"约好了，明天下午四点。"

林浅一愣，嘴里立刻拍马屁："哥，你太棒了！"心里却想，还是这么霸道。要是今天厉致诚真的拒绝了怎么办？林莫臣这态度明确得很，他妹妹的好意，爱达老总愿意领则领，不愿意领……也要受着！

按照林莫臣所说，明盛集团总经理康志琮明天中午会从北京出差回来。林浅算了算，觉得哥哥这个时间定得相当好：康志琮抵达办公室大概是下午两三点，休整一下正好见他们。明盛是五点半下班，后面肯定也不会安排别的事，能谈一个小时到一个半小时，已经很难得而且很足够。

在座位上磨蹭了一会儿，林浅才进去找两位大佬，把这事儿给汇报了。顾延之自然龙颜大悦，立刻打电话叫营销部的人过来。厉致诚看她一眼，没说话。

林浅心想，他不会真的不乐意吧？

应该还是……乐意的吧，毕竟形势比人强啊。

傍晚。

薛明涛带着几个心腹从总裁办公室再次出来，只是这一次，众人脸上明显都有了光彩。林浅抬头冲他们礼貌地笑笑，谁知薛明涛径自走到她面前，伸出了手，"林助理，我听厉总讲了，谢谢你解决了我们营销部的大难题。"

林浅顿时笑容满面地站起来。

嗳，Boss跟人夸她了？

等他们走了，林浅就偷偷瞅着半掩的房门里的情况。还不打算走呢？君心甚悦否？

就在这时，像是能察觉她的动作，一道清冷的嗓音从里头传来，"你进来。"

林浅推门进去，就见厉致诚站在桌旁，转头看着她。

林浅微笑，"厉总有什么事吗？"

他却未答。似乎沉吟了片刻，他转身走向了她。

此时窗外光线昏黄，暮色低垂。他的头顶却是一片澄亮如水波的光线，照得他的眉眼、鼻梁和薄唇清晰而光泽柔和。

他走到她面前，隔着一步远的距离，站定，直视着她。

他的眼眸是十分漆黑深沉的，脸上也没什么表情。林浅的心就缓缓提了起来：他走这么近干什么？他不是一向生人勿近吗？

在他灼灼的目光注视下，她定了定神。

"为什么这么帮我？"他的嗓音低沉而平和。

林浅微怔了一下，答得坦荡："因为您值得。"

他低头看着她，眸色似乎更静了，"谢谢你，林浅。"

林浅眨了眨眼。

原来是要道谢啊……

林浅又低头看了眼他俩之间的距离，再抬头看着他俊朗冷冽的脸。

Boss，你走这么近来道谢，是要以示诚意和正式吗？

真是……实诚到家了啊。

迎着他澄澈的目光，林浅微微一顿。

如何应对Boss的表扬，也是职场的一门艺术啊。不可表现出骄纵自得，但也不能一味谦虚。

她浅浅一笑，挺直了腰板，手一挥，漂亮而利落地行了个军礼，"少校，我的荣幸。"

果不其然，马屁又拍对了。

厉致诚那沉黑的眼眸里升起阵阵笑意。

林浅也笑了。

现在都说，下级也要有能力管理自己的上级。她应该把他管理得不错吧？

这么个面瘫的人，今天都对她笑了两次了。

林浅正内心暗暗自得，忽然听他又开口了："我会回报。今后。"

很快就到了次日下午。

凯迪拉克平稳地行驶在市区里。林浅坐在副驾上，开车的是薛明涛。顾延之和厉致诚自然在后座。

轿车驶进城西CBD区，在两侧林立的大厦中，远远便望见明盛总部的摩天大楼，颜色深褐而厚重。

接待他们的是明盛办公室副主任。四十余岁的瘦削男子，神态温和，不见得多热络，但礼数周到。双方寒暄后，他就把他们引到顶层总经理办公区的一间小会客室里。他说："稍等片刻，康总那里，今天临时来了位客人。结束后我过来请你们。"

爱达这边当然连声说好，那副主任就推门出去，先去忙了。

他们到得早，刚三点四十五。一室寂静，四人面面相觑，顾延之先笑了，对厉致诚说："厉总一会儿要多开口，听说康总搞技术出身，话也不多，可别到时候相对无言啊。"

林浅和薛明涛都笑了。

厉致诚抬了一下眉，淡淡地说："很好，志趣相投，沉默是金。"

他讲这话时面无表情，林浅和薛明涛都愣了一下，直到看到顾延之脸上笑意更盛，他俩才反应过来：莫非……Boss是在讲冷笑话？然后立刻捧场地笑了。

不过笑归笑，顾延之讲的还真是林浅操心的问题。到底是王见王，还是小王见大王。要指望Boss变得长袖善舞那根本是不可能的。这次会面会谈得怎样，她心里真是一点谱都没有。

时间一分一秒过去。

四点整，那位副主任再次推门进来。林浅等人全站了起来，薛明涛面带笑容问："可以了？"

谁知那位副主任却露出歉意的笑容，"抱歉啊，厉总、顾总，康总上一位客人还没走，气氛正好，我也不好去打扰。"

顾延之立刻答："没关系，我们再等等，谢谢你。"

那主任就笑着点点头，退了出去。

然而这一等，就等到了四点四十。顾延之都有些坐不住了，派薛明涛去催了两次，但每次都无功而返。厉致诚还淡着张脸，倒是很沉得住气。林浅的心情却隐隐焦躁起来。

明盛五点半就下班，刚刚听那位副主任说，康总晚上还有个饭局，下班就要走，这意味着留给他们的时间不到四十分钟了。

这真是一个非常不好的开始。须知高层第一次见面很重要，如果不能给对方留下深刻印象，今后都不一定能约到第二次，更不可能指望康总在这次的项目上倾向于他们这一方。

怎么就这么倒霉呢？难得约到人，却被人临时插队了，还聊了这么久？

眼见快五点了，林浅站起来，"我去一下洗手间。"她刚推开门走出去，就见西装革履的一行人从大厅另一侧走出来。那个方向，正是康总办公室所在。为首一人，高挑俊朗，笑容满面，不是陈铮是谁？

只见陈铮率着一帮手下，正跟那位副主任握手，"廖主任，多谢你，不用送了。今天跟康总聊得很愉快，耽误你不少时间了吧？改天再找你喝茶。"

那副主任脸笑得跟花似的，"陈总客气什么？我送你们下去。"

这时陈铮像是忽然察觉了什么，抬头往这边看过来。林浅人在门外，要躲也来不及了，只能站在原地跟他遥遥地四目相对。

陈铮像是一点也不意外她会出现在这里，唇角微微一勾，在众人的簇拥下走了。

此时，明盛总经理康志琮，正坐在办公室的阔背大沙发里，揉着自己的眉心。

他是一位五十余岁的企业家，面相严厉，精神矍铄。他平时不苟言笑，但熟悉他的人都知道，这位工程师出身的老总，对于企业管理和发展其实有非常多的想法，并且主意很正。

这次的采购项目，是为集团三十多个省的分公司的数万名员工统一添置公文皮包。在他看来，项目不大，但涉及集团统一形象和员工福利，质量很重要。

明盛前期跟新宝瑞、司美琪都接触了一段时间。新宝瑞吧，虽然质量不错，又是行业第一名，但他们为多家国企提供过产品，价格都比较高，所以给明盛的报价不可能往下走，基本已经被他排除在外。

司美琪实力不如新宝瑞，但是愿意提供给他们最好的产品，也多次表示价格一定是市场最优惠的。对于陈铮这个小伙子，虽然他一开始不太喜欢，觉得其人有点浮躁，但慢慢接触多了，他也觉得还行。而且自他以下，其他管理干部对司美琪和陈铮的评价都不错，所以他也基本属意把项目交给司美琪了。

今天陈铮说有重要的事要见他，他也见了。陈铮把新宝瑞的核心产品再一次作了介绍，还送了一套古棋谱给他。他翻了几页，就被迷住了。不得不说，小伙子这礼物送得非常合他的心意。

至于外资股东那边介绍的爱达，他之前也听过，说是快破产了，不知道怎么跟外资股东方拉上线的。姑且一见，应付了事。

顾延之和厉致诚进入康总办公室的时间，是五点零五分。

从那时起，林浅就坐在小会客厅里，隔着一道门，遥遥望着康总办公室紧闭的屋门，在心里默念：慢点出来、慢点出来……

说实在的，她真怕他们进去小坐个十来分钟，就被人应付出来。她担忧之余，又在心里骂陈铮，多么简单而有效的一招！他先跟康总谈那么久，康总白天坐了飞机，此刻肯定十分疲惫，晚上五点半又有饭局，撑死了也只能再跟爱达聊二十五分钟。

很快就到了五点半。林浅目不转睛地盯着那道门。

门外那副主任显然也注意到了时间，走上前，轻轻敲门，探头进去，不知说了句什么，很快又出来，还将门轻轻带好。

咦……

林浅和薛明涛对视一眼，都没讲话。

五点四十五，没出来。

六点，还没出来。那副主任又去敲了一次门，然后又跟上次一样，无声无息地退了出来。林浅看到他进了办公室拿起电话，应该是去推掉饭局了。

林浅和薛明涛隐隐都有点激动了。看来聊得不错？也是，就算厉致诚不善言辞，有顾延之在呢，他可是商场老狐狸，说不定正投了康总的心意。

六点半，还没出来。

直至七点过了，才听咯吱一声响，门被推开，顾延之率先走了出来，满脸笑容。然后是厉致诚，淡漠的眉眼间也挂着浅浅的笑意，似乎抬头往她这个方向看了一眼。最后竟然是康志琮，微笑着亲自把他俩送了出来。

什么叫天上掉馅饼？

就是林浅此刻兴奋难言的感觉。

康明琮最后还是赶去那个饭局了，没有留他们吃饭。但两个多小时的长谈，足矣！

轿车行驶在逐渐落下的夜幕里，窗外璀璨的灯火，映照着车内每个人的眉眼。顾延之脸上的笑容，简直可以用香醇如酒来形容。

他神清气爽地靠在座椅里，拿起矿泉水喝了一口，终于对林浅和薛明涛道出了这个"不可能完成的任务"背后的真相："你们厉总跟康明琮下了两盘棋，把人家堂堂财富五十强的企业老总下得落花流水一塌糊涂！康总不甘心，还约了这个周末再见面。"

"啊！"林浅和薛明涛同时低呼出声，是惊喜，也是惊叹。两人同时侧过头，看着后座的厉致诚。他正长腿交叠地坐着，看着窗外夜景。依旧是那份冷冽又沉静的姿态，脸上未见什么喜悦或自得神色。只是或许因为刚刚在暖气屋子里待久了，他线条分明的俊脸上还有浅浅的潮红未褪。

薛明涛是什么人？不亚于顾延之的老狐狸。他立刻开口闭口把厉致诚一阵夸，表达自己的仰慕和惊喜之情。有前辈在此，林浅这小狐狸倒不抢着拍马屁，她是领导身边人，机会多得是。所以只笑吟吟地随声附和几句。

不过……她想起哥哥给的资料，似乎没有提到Boss擅长下棋。当然哥哥的资料也不一定全。

所以，今天真是瞎猫撞到死耗子了吗？

想到这里，林浅下意识地又看向后视镜里后排的厉致诚，心道：Boss，你真的可以一直保持沉默下去，不用说话。反正你本身具有诸多好用又实用的功能就够了。哈哈哈……

就在这时，原本盯着窗外的厉致诚，忽然侧转目光，黑漆漆的眸子在镜中与她对上了。

林浅大大方方地绽开笑容。

而他俊脸清隽，目光澄亮。

林浅刚要移开目光，却见他嘴唇微勾，安安静静地朝她露出一个浅浅的笑容。

林浅心里就这么咯噔一下，脸颊有点发热。

唔……这么个不善言辞的帅哥老板，默默干成了一件大事后，只对你一个人露出会心的笑，是挺让人受宠若惊的。

林浅又冲他笑笑，把目光移开了。

这时顾延之又说："我估计，下周应该能很顺利地拿到明盛的招标函。不过……"他话锋一转，脸上表情挺淡的，"司美琪在明盛的人脉，看来走得挺深啊。"

林浅和薛明涛都是一静。

的确，他们前脚才约好时间，后脚陈铮就横插进来，还能刚好安排在爱达前头，必然是有明盛的人给他通风报信。这关系岂止是深，简直是太深了。

四人在路上草草吃了晚饭，很快回到爱达。

下车时，顾延之将厉致诚的手一握，说："领导，现在你就负责高层切磋棋艺，剩下的交给我们。"

厉致诚微微一笑，"嗯。"

顾延之讲完这话，就跟薛明涛去营销部了。林浅跟在厉致诚身后，往顶层去。她明白顾延之刚才的话是什么意思，高层关系开了个好头，这段时间，他们要使出浑身解数，打通下面的各个环节，与司美琪一争高下了。

那是营销者们的战场，更激烈，更浑浊，更钩心斗角。

夜色渐深。

林浅回座位后，把东西收拾好，再看看时间，已经八点多了。

厉致诚回办公室后就闷在里头，一直静悄悄的。

林浅敲门进去。

不出所料，厉致诚正坐在书案后，手边是一大堆爱达的产品、部门和市场的各种资料。相处了这么久，林浅是真心感觉到了他对这份事业的勤奋和坚定的态度。

此刻看着他在灯下那低垂的英俊侧脸，还有那两道乌黑飞扬的长眉，林浅稍稍有些感动。她默默地给他的军绿色大茶缸添满开水，又退了出去。

林浅对自己的要求，是做"百分百完美助理"，所以领导没走，她自然相陪，以免他有何需求和召唤时找不到人。不过她今天精神紧绷了一天，可没什么心情继续工作，打开电脑联网打游戏。

不知不觉就到了九点半。

林浅推开键盘，唔……想去上厕所。

此时顶层的人早就走了，连门口的前台都走了。灯也关得七七八八，唯独总裁办公室上方的几盏孤灯静静闪耀。偌大的空间里空空荡荡，通往洗手间的路更显得幽黑静深。

林浅纠结了一会儿，认命地鼓起勇气，噔噔噔地快步冲向洗手间。直至重新回位子坐下，她一颗颤悠悠的心才落回原处，同时下意识地往办公室门里看了一眼——

啊?

灯……熄了? 门……关了?

林浅立刻站起来，上前把门轻轻一推——锁了。

林浅顿觉一头黑线。她可是死扛着对鬼怪的恐惧症，在这里热血相陪，可就刚刚上厕所这么一小会儿，Boss居然不声不响地先走了，还替她把门都锁好了。

难道他以为她是真心实意地热爱着加班吗?

林浅抬眸望去，更觉周围一片清冷幽深。她胆寒了一下，立马开始收拾东西。

哐的一声轻响，在寂寥的夜色中显得格外清晰。林浅心头一抖，抬眸望去，就见厉致诚双手插在裤兜里，冷着一张脸，从洗手间走了出来。

林浅有点发愣。

他看她一眼，面无表情地经过她，走向电梯。

慢点走！等等我！林浅在心中呐喊，立马开始手忙脚乱地关电脑，收拾东西，然后将包包一拎，快步冲出去。

看到他的背影还立在电梯口，在灯下映射出颀长匀称的剪影，林浅稳了稳呼吸。太好了，电梯还没到，幸亏她动作快。她的脚步也变得娉婷稳重，一步步走向他。

"厉总，回去休息啊。"她寒暄，只是声音还略略有点喘。

他没答，显然认为这是废话，不需要回答。这时，林浅却见他抬起手，摁亮了电梯下行键。

林浅微怔。

所以不是她动作快，而是他刚刚站了这么一阵，一直没按电梯？

……在等她？

林浅心头有一阵暖流倏地滑过。

跟他相处了几天，这种不经意间窝心的感觉，好像越来越频繁了啊。

真是个好领导，就是内秀了点——她望着他俊朗如雕塑般的侧脸，在心中赞叹。

电梯门开，两人走进去。

"谢谢老板。"

"嗯。"他轻哼了一声，示意收到。

一路无话。

步出大厦，夜色已然幽沉，空气寒冷逼人。

林浅知道他就住在集团里，拢了拢衣领，刚要告别，却见他看着前方，隐隐竟然有笑意。她也循着他的目光望去，前方林荫道尽头，几个熟悉的身影正迈着大步走过来，朝他们挥手。

"厉总！"

"下班了叫什么总，叫营长！"

"林助理也在！"

正是高朗那一群军人保安。

林浅也甜甜地朝他们笑了。

他们走上前，几乎是把林浅和厉致诚围在正中。说了几句闲话，高朗道："林浅，我们跟营长去吃夜宵，一起吧？"

他问这话时，厉致诚只安静地立在一旁，神色淡淡。林浅当然笑着推辞："不用啦，你们去吃吧。"

高朗也只是跟她客气一下，大半夜一群大老爷们儿喝啤酒吃烧烤，带着个斯斯文文的女孩也怪别扭的。他刚要说"好"，却听到身旁的营长总经理沉声开口："如果没事就一起去。"

林浅也愣了一下，然后灿烂地笑道："……好啊！那我就恭敬不如从命，打扰了。"

一行人浩浩荡荡往爱达集团外走去。林浅自然走在厉致诚身边，落后大概一步的距离，跟着他。

对于他开口相邀这件事，林浅是这么理解的：他已经将她视为信得过的下属之一，所以才带着一起去，进入他的小圈子。

夜宵地点在公司旁边巷子里的一家小店。

刚坐下，高朗和另一个保安就豪气万千地去点单了，"老板，来一箱啤酒、两百个羊肉串、一百个脆骨……"

林浅听得暗暗咋舌，这时却听一道清冷平和的声音，在闹哄哄的环境里格外动听，"有什么要吃的，交代他们。"

林浅转头望去。厉致诚坐在她身旁。他今天穿的是件黑色外套，西裤皮鞋也是黑色的，身形显得越发高挑冷峻，眉眼在暗淡的街角灯光中，却越发清晰俊秀。

"我都行，不挑的。"林浅笑答。

他眼中似乎闪过一丝笑意，就不讲话了。林浅觉得一定是自己看错了，Boss笑点很高，几乎等于没有，刚刚她又没讲什么好笑的话。

桌面上很热闹，几个小伙子似乎在厉致诚面前已全无拘谨，回忆着军营趣事，也讲着这几天上班的糗事，哈哈大笑。林浅也含笑看着他们，时不时插上两句，气氛格外好。

这时啤酒也被送上来了，咚、咚、咚，摆了一桌，林浅面前也被放了一瓶。

"喝吗？"他声音低沉地问。

林浅脸上还在笑，迟疑了一下。

这要是普通朋友聚会场合，她当然是不喝的，她又不喜欢。但现在问话的是Boss，考虑一下……

她只呆了一秒钟，一双骨节分明的大手已经伸到她面前，拿起那瓶啤酒，轻轻放到他自己面前，然后他抬头对高朗说："给她酸奶。"

林浅心头一动。

私下里，Boss倒比上班时待人随意了几分，哦……还多了一丝霸道。

莫非这就是他在军旅中的样子？淡淡的，带着几分内敛的随性，偶尔还有点专制，不像上班时，只用那双黑漆漆的眼睛盯着你，话少得可怜，而且讲出来的都是又冷又硬。

他也不容易。林浅心头叹息一声，拿起酒瓶，给他面前的空杯满上。他侧头看她一眼。

林浅笑道："听人说，倒啤酒的诀窍就是紧贴着'杯壁下流'，我看还真的是。"

她一讲话，大家都循着她的手望去，反应过来——可不是吗？透明的啤酒液沿着杯壁缓缓往下，还真的一点泡沫都没有。

大伙儿全笑了，厉致诚也笑。等酒倒满了，林浅举起自己的酸奶，"厉总，我敬您。"

这下男人们都起哄了，"喝一个，喝一个！"

"不行不行，林浅喝一个，营长得喝仨！"

林浅忙说："随意就好了！是个意思嘛。"

她端着酸奶轻抿了一口，就见厉致诚眸色静黑地扫她一眼，然后端起酒杯，不急不缓地……一口喝光了。

他们用的是大扎啤杯，冬天里刺骨冰凉。这一大杯干掉，林浅眼睛都看直了。她真没打算灌Boss啊！可男人们已经热血沸腾了。

"营长，真干了啊！"

"林小姐真有面子，营长平时可不爱喝酒！"

林浅嘿嘿干笑，刚要说"谢谢老板"，就听到他轻轻淡淡的声音说道："是她敬的酒，我肯定要干。"

周围吵哄哄的，他这句话跟自言自语似的，没几个人听到。

林浅却听得心头一跳。她抬头望去，只见他正拿起酒杯，跟身旁的高朗轻轻一碰，神色平静而淡漠。

林浅顿时心头一松，又觉得自己挺好笑的：Boss讲话不是一向这样实诚吗？居然令她脸都烫起来了，心跳怎么还有点不稳……

去！想什么呢？

林浅立马把那点异样的感觉压到脑后。她是谁？她可是林浅，在她身上，绝不可能发生办公室恋情这种掉人品的事。

这无疑是个温暖的冬夜。耿直简单的小伙子们，笑着说着，还起哄一个个唱歌给林浅听；胖胖的小店老板，眯着眼将大把大把热辣的烧烤送上来，还时不时跟大兵们逗趣两句，转头又骂骂咧咧地怪自己老婆上菜动作太慢；林浅不知不觉也吃了个肚圆，也懒得去想半夜吃这么多会不会长肉什么的，人生得意须尽欢嘛……

厉致诚一直安静地坐在她身旁，眉眼间也时不时浮现浅浅笑意。林浅看得出来，这样平凡而随性的时光，令他很放松，也很愉悦。

结束的时候已经是十一点多了，这回不用厉致诚吩咐，这帮大兵们热热闹闹地把林浅一直送到楼下。厉致诚双手插在裤兜里，走在最后。直至林浅要上楼时，他才隔着人群淡淡吩咐："明天我八点到。"

这就意味着她明天不用鸡鸣而起了。林浅心花怒放地答了声："好，晚安。"然后遥遥向他们比了个行军礼的姿势，快快活活地上楼去了。

一群半醉的大兵，歪七歪八地往回走。有人也忘了身份的顾虑，将厉致诚的肩膀一勾，迷迷糊糊地说："营长……林小姐好漂亮啊……"

厉致诚目不斜视地继续往前走，只喉咙里轻轻应了声："嗯……还可以。"

同一个夜晚，陈铮躺在自己别墅的King Size大床上辗转难眠。

他已经收到了明盛集团的人给的消息，觉得十分窝火。怎么那么巧，那么倒霉，他刚弄到了珍贵棋谱送过去，把康明琮的瘾勾起来了，爱达那个愣大兵总裁就是个下棋高手？

与明盛接触这么久了，陈铮并不觉得自己真正把康明琮给攻克下来了，只能说基础打得还不错。康明琮是出了名的清廉刚直，从不收贵重礼物。在陈铮看来，这人就是一假清高。要投其所好也不容易。和田玉的棋盘？不行，太贵重。出国观赏国际棋赛？不行，对方没时间。

好容易前几天，听手下懂行的人说，市面上难得有人出售一本古棋谱，可遇不可求，他立刻就买进了。这种东西价格不好估量，他估计康明琮一定会收，而且正好在爱达之前横插一脚。

谁知……却成了给他人作嫁衣！他不过是把礼物送到，令康明琮看到自己的合作诚意，说到底还是台面上的关系；厉致诚却顺理成章，跟康明琮酣畅淋漓地下了两小时的棋，有了如此深入、如此私人、如此自然的交流。相比之下，他陈铮反而落了下乘。接下来，厉致诚是不是会被康明琮引为忘年知己？

哼！

陈铮抬头望着窗外黑沉的夜色。无所谓，康明琮的一点好感，并不代表明盛就会把项目给爱达。而且据他所知，明盛的采购制度和流程非常完善，即使是康明琮的意见，在最后的决策环节，也只会占不到10%的比重，还需要考察企业实力、产品等诸多方面。

司美琪占了绝对优势，他完全不可能输。

一周后。

果然如顾延之所料，他们收到了明盛的招投标书。当然，同时收到招投标书的还有新宝瑞、司美琪等，一共六家。

在这期间，营销部的精英们也是穷追猛打，用薛明涛的话说："明盛内部能攻克的人，已经尽数攻克。我们已竭尽全力，剩下的，就看投标结果了。"

顾延之吩咐营销部继续深入拓展关系，而投标书的准备工作，自然成为最后的重中之重。

这天下午，林浅坐在位子上，手上拿着的，正是今早收到的明盛招投标书。

从这份资料来看，明盛对于投标企业的评审，大概会分几个方面：企业实力、产品价格、产品质量和交货周期。据林浅了解，这种国企一般还会加一个"领导评议"环节，全体高管参加。所以一共是五个方面。

林浅在心里默默估计了一下，心情就有点紧绷了。

企业实力——毫无疑问，现在司美琪以绝对优势胜过爱达。只希望上次的致癌物事件，能为爱达加一点分吧。

产品价格——以林浅对陈铮的了解，他一定会把价格压得很低。当然爱达也能往下压，但能压到他那个程度吗？或许这个要碰运气。

产品质量——平心而论，爱达的整体产品质量要优于司美琪。她在司美琪时，就发现产品质量经常不稳定。但陈铮如果志在必得，肯定会狠抓质量。所以这一项打平。

交货周期——这个不用说了。爱达现在一片颓靡，司美琪一定会做得更快更好。

领导评议——虽然厉致诚跟康明琮成了棋友，但在康总心里，厉致诚的分量不一定就比陈铮重。而其他高管，站在司美琪那边的，必然比站在爱达这边的多得多。

真的看不到太多胜算啊……

这天一收到标书，厉致诚和顾延之就关在办公室里商量去了，林浅也不知道他们考虑得如何。但形势比人强，她相信他们的判断跟她相差无几。

晚上回到家，林浅还挂念着投标书的事。想了一会儿，她终于还是拿起手机，打给林莫臣——

这种时候不请他指点迷津，更待何时？

林莫臣大概刚起床，嗓音里带着一丝丝被打扰后的不悦。林浅立刻哄他："哥，等我以后跟老板关系好了，就告诉他，其实你才是他的老师，世外高人！"

林莫臣嗤笑了一声，到底还是听她把情况讲完。他沉吟片刻，说："五个方面的量化打分，得分最高者中标……量化评估，量化评估——呵，林浅，再量化的评价结果，也是由人打出来的；再客观公正的评价人员，也摆脱不了内心的主观意识。古今中外，概莫能外。

"所以，这份投标书，如果是我来提要求，那必须是一份好到极致的投标书，一看就让人印象深刻，优势鲜明。譬如价格是一个方面，可是他们说一定是价低者得了吗？你们要做的，是让他们觉得：啊，原来爱达的价格虽然不是最低的，但是是最合理的，他们的标书讲得很有道理，彻底打动了我。

"其他方面也是一样。即使处于弱势，也不要被客户牵着走，要把客户牵着走。这份投标书，就是你们影响他们的最后手段。好好做。剩下的，尽人事，听天命。"

第八章
痛失重镇

次日一早，项目组再次成立。

组长当仁不让是营销总监薛明涛，组员四人：一位高级营销经理，叫陈冬，还有三位是林浅的老相识，也是上次危机公关项目组的成员——行政主管周雅馨、技术员葛松志和生产主管佟勇。这些组员因为上次工作表现突出，所以被钦点进组。

中午，林浅刚吃完饭回到座位，就见厉致诚从办公室走出来，外套已经穿好了，眉目冷冽地对林浅说："去项目组。"

从总部大厦到项目组所在的独栋小楼，步行还需要一点时间。正值午休时间，林荫道上没什么人。两人步伐轻快地走了一段，厉致诚忽然开口："你认为胜算几成？"

林浅脚步一顿。Boss干吗问她这个？他希望听到怎样的答案？

烫手山芋啊有没有……

林浅抬眸看去，他就站在枝叶凋零的树下，眸色静深地望着她。

林浅静默片刻，如实回答："不到……五成。"

他看她一眼，语气平淡地说："嗯，他们也这么认为。"

林浅愣了一下。

"他们"，指的自然是顾延之、刘同等高管，林浅早料到他们会作出相同判断。

可Boss现在这么闷闷地来一句……

怎么叫她觉得有点小心酸呢?

林浅刚想再说点什么妙语缓解气氛,厉致诚已迈开长腿,快步朝前走去。

项目组依旧采取封闭式办公。林浅和厉致诚走进小楼时,他们正坐在一个大办公室里,埋头苦干。

薛明涛向厉致诚简单汇报了今天的计划:整理、撰写标书需要的资料,同时投标价格、交货周期也需要精确核算,力争傍晚弄个初稿出来。

厉致诚点点头,又在现场转了转,看了一会儿资料,就带着林浅走了。

出去时阳光正好,林浅以为要回办公室了,谁知他目不斜视地走向停车场,"去春都街。"

林浅微怔,快步跟上。

春都街是一条位于市中心的商业街,商厦林立。爱达和司美琪在霖市的旗舰店就在这同一条街上。

悍马静静停靠在马路一侧,林浅望着左前方道路尽头的爱达旗舰店,暗叹一口气,再看看右侧更近的司美琪旗舰店,又叹了口气。

真想骂一句"朱门酒肉臭,路有冻死骨"啊!

两家旗舰店装修同样高大辉煌,但爱达门口人丁稀落,光线似乎都昏暗些,一眼望去,店里连个导购员都看不到。外头橱窗上还贴了个"降价促销"的醒目标志,甚至一楼还有两间门脸租给了号称"厂家破产,羽绒服样样99元"的商户……

简直是满目凋零。

而司美琪这边,灯火璀璨,门庭若市。橱窗上贴的是光灿灿的"新品上市",年轻的导购员们忙得脚不沾地,在店里跑来跑去,个个神采飞扬……

对此,林浅只能说,一次战略上的失败,真的会令一家有数十年历史的优秀民营企业轰然倒塌——以令人无法想象的残酷速度。

她偷偷看向身旁的厉致诚。

依旧没什么表情，眉目沉敛，面色平静，像一座俊秀的冰山。唯独搭在方向盘上的手，修长的手指轻轻地一下下敲啊敲。

林浅斟酌词句，开口："厉总，其实论产品质量，我们不比司美琪和新宝瑞差。就我个人比较的结果，甚至觉得我们的质量和做工比他们还要好。我们的底子还是很好的。就像这次明盛招标，虽然给六家发了招标函，但国内能大量提供这种高档皮具、生产工艺能达到国际一流水准的，只有我们三家。我认为只要我们做好投标书，依然有很大机会获胜。

"实体门店也是这样。不是我们的东西差，而是之前……兵败如山倒，又被其他几家围追堵截，联手打压，导致好东西降价也卖不掉。其实将来只要资金流转起来，公司加大投入，重塑品牌，打响知名度，我想销售一定不会差。"

这倒是大实话。只不过在这个世界上，无论为人还是做事，永远是知易行难。

厉致诚转头看着她，澄黑的眼眸里有清浅的光泽。

"嗯。我们一步步来。"

厉致诚的声音沉稳有力，加之他的嗓音本就清润动听，这一个字一个字就像直落人的心上。

林浅很少被人的言语煽动，但此刻Boss简单平实的一句话，却令她清晰地感觉到他言语里的某种坚定诚挚的力量。

巧嘴如她，一时竟不知说什么好。

不，就这样，什么也不用说。她用知性的微笑，回望着他漆黑沉静的眼眸。

此时无声胜有声，像上下级又像知己。对，就要给军人Boss这样的感觉，嘿嘿嘿……

而厉致诚看着她，眼睛里似乎也缓缓升起笑意……

林浅眼尖，眼角余光忽然瞥见前方一幕不寻常的动静。她转头望去，立马就被"震"了一下——

陈铮！

真是冤家路窄！

只见他西装革履，带着几个人，正从黑色奔驰里下车。他抬头看了面前的司美琪旗舰店一眼，然后似乎不经意地朝林浅这边望过来……

"老板！"林浅低呼一声示警，身子已同时往下深深一躲，避开陈铮可能的视线。见厉致诚还坐着没动，她下意识地一把抓住他的手，将他也往下一拉！

谁知厉致诚的反应快得惊人。她的手刚触到他的手腕，就感觉到一股铁钳般的力量袭来，然后她的手腕反而被他牢牢扣在掌心里。

林浅一怔，就见他低眸淡淡看她一眼，但还是身子一矮，也躲到了方向盘下方。

她的手还被他扣住不放，这下两人的身子和脸都隔得极近，他那张放大的俊脸就在离她不到十厘米的位置，她几乎可以清晰地看清他一根根乌黑的眉毛和漆黑瞳仁里她的倒影。而他的呼吸，仿佛一点点喷在她的脸颊上。

他定定地望着她。

林浅的脸微微一烫，开口低声解释："厉总，我只是想，我们是来刺探情报的，不能被对方发现对吧？"

其实她心里想的是，陈铮这人无所不用其极，又喜欢当面寒碜人。如果被他当面撞上，只怕他会大大方方地派人对他们寻衅滋事。她怎么能让厉致诚遇到这样的事？但也不能对他明说。

"嗯。"他轻应了一声，表情沉静，也不知道有没有看透她的用意。但现在林浅更在意的是……两人的距离近得有点不合适啊。

手还在他手里。大概Boss像刚才那样灵敏反击自卫惯了，还没反应过来，所以没松手。多大点事儿？林浅也不能直接将手抽回来，徒增尴尬。只是男人的手干燥而柔韧，带着某种灼热的力度，她甚至能清晰感觉到他指腹上薄薄的茧，扣在她冰凉柔软的手背上。

　　一个不相关的念头冒进脑海里：他不穿军装穿西服的时候，看起来还真像个清贵的富家公子哥，可其实手劲这么大，果然本质上还是很汉子啊……

　　他向来沉静如山，此刻就保持着弓身低头的姿势不动，静静地盯着她。狭小而略暗的空间里，林浅甚至感觉到两人的呼吸都萦绕在一起。

　　不好，不好，这样很不好。

　　她立刻转头，看向另一侧，用后脑勺对着他，佯装是要躲得更低矮，同时掩饰性地问："走了吗？"

　　厉致诚在她上方，稍一抬头就能看到外头的情况。林浅听他静了片刻，答："还没有。"

　　林浅就保持这个姿势不动。

　　只是……

　　慢慢地，她就觉出这个姿势也有点不对。因为厉致诚的呼吸，更加清晰地带着令人微痒的热度，一点点喷在她的脖子上。他肯定是无心的，但那感觉就像一片羽毛，轻轻在她脖子上来回滑来……滑去……

　　林浅的脖子跟大多数女人一样，是有点小敏感的，可现在又只能梗着脖子不动。她感觉到热气一点点从脖子根升起来，往上蔓延。她不用看镜子都知道，脸肯定也红了。

　　去……陈铮这个讨厌的，怎么这么磨蹭？他不是一向雷厉风行走路也很快么？今天怎么会在店门口逗留这么久？真是天生跟她不对盘啊！

　　过了好一会儿，久到林浅的脖子都有点酸了，才听到厉致诚清冷的嗓音在耳边响起，"走了。"

　　林浅一下子直起身子，长吐了一口气。与此同时，厉致诚像是才自然而然地察觉到，松开了她的手。

　　林浅顶着张酡红的脸，若无其事地收回手，朝他笑笑，"老板，我们现在去哪里？"

　　厉致诚看起来根本没把刚才的小尴尬放在心上。他目视前方，将手放回方向盘上，淡淡地答："回公司。"

　　林浅自然也不会把这等小事放在心上。回公司后，她很快就投入紧张的工作。到了傍晚，她跟着厉致诚再次亲临项目组。

　　不仅是他们，顾延之和分管生产技术的刘同副总裁也来了。三位核心高管共同审核项目组准备的投标书初稿。

　　窗外暮色低垂，偌大的园区显得空旷而寂静。唯独他们头上的灯光，炽亮得叫人精神一振。薛明涛汇报这份投标书时，表情是凝重而专注的，"……价格方面，最低可以核算到单包一千五百元。不能再低了。一方面我们使用的是最贵的面料，即使是积压原材料，成本也有底线；另一方面，再低的话……客户的首期款都不够我们维持生产了。交货周期方面，因为这批包质量要求很高，即使按最快的速度核算，工人三班倒，完成全部订单也需要六个月……"

　　他讲完之后，项目组所有成员都望着三位高管，目光中有疲惫，也有振奋和期待。林浅知道他们在期待什么——按照行业常规计算，这样的价格和交货周期，已经很有优势了。但是……

　　三位老总都沉默着。

　　到底是顾延之先开口："好，但不一定足够好。据我所知，陈铮这人做事一向狠，我们这次跟他们正面拼杀，我相信他给出的条件，一定具有很强的杀伤力。"

　　众人都是一静。

　　刘同紧蹙眉头，"那怎么办？"他看向薛明涛，"不能再调整了吗？"

　　薛明涛艰难摇头，"的确已经做到极限了。"

　　这时，一直沉默的厉致诚突然看向林浅，目光清亮沉冽，"你认为他们会给什么条件？"

　　林浅心头一抖，所有人已经看过来。

　　林浅静了一会儿，直视着他，答："不能准确估计。但据我之前的了解，他们的价格至少可以做到一千三百块到一千四百块之间，交货周期五个月。"

　　她一讲完，会议室里仿佛更静了。项目组的人脸色都有些紧绷，沉闷不语。刘同端起茶杯，喝了一口，又皱眉放下。顾延之往后靠在皮椅里，冷着脸，手指在桌面上敲啊敲。而正中的厉致诚坐得笔直，眸色静黑地直视前方，一如既往的清冷逼人。

　　然后，林浅和在座所有人，听到了有史以来厉致诚讲过的最长的一段话。

　　"我在部队时，经常拟定作战计划。作战计划的要领，首先是明确这场战役的关键决胜点在哪里。我作为指挥官，不会在乎旁枝末节，不会去考虑执行难度有多大——那些都不是我要考虑的事情。我的任务是——不惜一切代价，确保我方在决胜点上，占据绝对优势，从而赢得这场战役的胜利。我想，商业战场的道理也是一样的。

　　"这份投标书就是我们最后的决胜点，而我们的战略目标，是赢得客户的心。所以，标书辞藻的华丽不是最重要的，翔实复杂的资料也不是。最重要的，是用坚决的态度，展示我们的几条绝对的、鲜明的优势，让明盛看到，让他们印象深刻，过目不忘，彻底俘获他们的心。所以我建议标书作如下调整：

　　"第一，价格继续下调，调整到跟刚才林浅所说的一个水平，中途如果出现资金困难，我会再想办法。同时，全体门店这一款材质的高档箱包恢复原价，不准再做降价促销。薛明涛，请在投标书中，以醒目的方式标示出，我们这款箱包，提供给明盛的价格，是我们曾经在海外市场的30%。做一张市价比较图。据我观察，司美琪市价比我们低，他们的相对折扣应该只有40%～50%。

　　"第二，向明盛承诺，这一批箱包，提供五年质保，而不是市场惯例一年。实行总裁负责制，有任何质量问题，不问缘由，爱达三天内快速退款退货，明盛不需要承担一丁点中间成本和责任。

　　"第三，交货周期。相对而言，这是我们唯一可以大有作为的地方。周期必须压缩到三个月。现在是爱达生死存亡的关头，如果来不及，我和顾总亲自上生产线。这一点要求是死任务，不可以商量，不可以拖延。"

他抬头环顾一周，目光凌厉地作了结束语："这个项目，我们即使胜了，也是一场惨胜，却可以令现在的爱达喘一口气，他日再战。"

所有人都愣住了。

林浅看着厉致诚轮廓清晰的侧脸，胸中的心跳竟仿佛随着这抑扬顿挫的一番话，开始扑通扑通地跳得急劲有力。

刘同一拍桌子，说："好！我同意厉总的话！就这么定了！如果人手不够，我也上生产线，我老婆孩子都上生产线！当初创业的时候，不也是跟着董事长这么干出来的？"

顾延之也露出笑容，目光澄亮如电。

薛明涛咬咬牙，"好！听厉总的！干！"

项目组众人眼中浮现的都是复杂的神色。林浅的心情，跟他们是一样的：悲怆、难受、振奋、毅然……

他说，这是一场惨胜。我们喘一口气，他日再战。

夜色渐深。

林浅回到办公楼上自己的小隔间里，坐了一会儿，又忍不住抬头往总裁办公室里望去。只见明亮的灯光下，厉致诚的身影若隐若现。

林浅觉得，必须重新审视Boss的实力了。她万万没想到，他刚才能讲出那番话。须知他讲的那些点，什么"关键决胜点"，什么"绝对、鲜明的优势""令客户过目，彻底俘获他们的心"，竟然跟林莫臣昨天点拨她的道理一样！

林莫臣是谁？在金融世界翻手为云覆手为雨的人物，动辄操纵数十亿甚至百亿资金的家伙。她心中的顶级商业天才。

而且厉致诚跟林莫臣还不同。林莫臣吧，一看就是心思深沉的"奸商"，可厉致诚却是一身正气孤傲、坚毅果决。他刚刚那番话，现在仿佛还跳跃在她耳边，令她的心情久久无法平静。

怎么有一种士为知己者死的冲动？不行，她必须表达一下才舒服。

"老板。"她轻敲房门，走了进去。

厉致诚正站在窗前，望着星光点缀的夜色。听到声响，他转头望着她，神色平静淡然。

"老板，我觉得我们一定会成功的。"她直视着他说，"因为是在你的带领下，因为你是天才，是天生的领导者。我讲完了，这不是拍马屁，是真心话！"

话一讲完，林浅的脸就莫名热起来。啊，她还是有点小激动了吗？在他灼灼的安静的目光注视下，林浅有点不自在，脸上却装作很淡定坦然地笑笑，转身走了。

厉致诚一直看着她轻快的背影，直至她走出门，才重新转头看着窗外苍茫的夜色，唇角一勾，慢慢笑了。

同样的一天，对于司美琪和陈铮来说，不会有什么激动或愤慨的气氛。

陈铮坐在司美琪项目组的办公室里，表情是傲慢而自信的，"把你们的最高水平拿出来，作一份足以挫败任何竞争对手的投标书。这个项目的任何事，你们都可以随时随地直接向我汇报。所有投标条件，都可以按最优惠的标准给明盛。即使突破了标准的，也可以报告给我，我报告董事长，必须给你们开先例。总之——这个项目，只许胜，不许败。"

众人的表情也是沉静而坚决的，"好！"

"总经理请放心！"

"这个项目绝对属于司美琪！"

陈铮满意地点点头，步出了办公楼。此时正是黄昏时分，偌大的工业园区里熙熙攘攘，繁荣而热闹。他站在大厦门口，内心涌起某种自负而豪迈的情绪。

这一年，爱达集团的轰然倒塌，令司美琪终于可以从市场第三的位置，进阶成为第二名。而这种转变，正是在他从父亲手里接班后发生的，他开创了司美琪新的历史。

他还想做得更好。

这次明盛项目，诚然是为了狙击爱达，彻底断他们的活路，同时也是报上次的一箭之仇。但这也是司美琪第一次涉足如此大型的国企项目，而这种项目，历来都是由市场老大新宝瑞垄断的：利润高、人脉珍贵、影响力广……

他这次以低价策略，付出昂贵代价，只为打入这类市场。

也许不久的将来，他就可以正式对新宝瑞发动进攻，真正逐鹿中原。

同一份招投标说明书，也抵达了新宝瑞集团。行政部收件之后，立刻派专人搭乘电梯，送至顶层总裁办公室。

新宝瑞CEO宁惟恺今天穿着一套新西装，领带是玫红色的，坐在光泽暗流的大班桌后，深琥珀色的袖口盈盈发光。

助理拿着招投标文件进来时，他正在打电话。刚刚登上过《财富》杂志封面的英俊脸庞上挂着浅浅的柔和的笑，嗓音也是温柔而慵懒的，"花喜欢吗？呵……我怎么可能忘记今天？晚上七点来接你。嗯，穿我订的那条裙子。"

等他挂了电话，助理满脸堆笑，"宁总，你对夫人实在太体贴了。这么忙，感情还这么好，真是让人羡慕。"

宁惟恺有些无奈地淡笑道："今天是结婚三周年纪念，她吵着要去听闹哄哄的演唱会。明天早上的会也帮我取消，今天肯定要到半夜。"

助理忙点头称是，心中倒真的对这位年轻的老板艳羡无比——

草根出身的青年才俊，因为成为祝氏企业的乘龙快婿，得以执掌占据祝氏三分之一营业收入的箱包集团。江山和美人兼得，还有比他更幸运的男人吗？

宁惟恺接过他递来的文件，静静地看了一会儿，露出笑容。

助理轻声问："按我们收到的消息，司美琪和爱达对这次项目也是志在必得，很可能采取大幅降价策略。我们的定价体系一向是比较稳定的，也偏高。营销部那边也想您有个明确指示，要不要也降价……"

"叫他们别瞎折腾。"宁惟恺打断了他，"这一次，我们袖手旁观。"

助理还有些犹豫，宁惟恺看到他的样子，笑了，嗓音清爽温和，"你跟了我这么久，怎么脑袋还有点拧呢？一方面，我们的价格不能降，降了，我们的价格体系就会乱，不能因小失大。另一方面，人在商场，最重要的是看清对手是谁。目前对我们有潜在威胁的对手，只有陈铮。让爱达跟他打个你死我活，元气大伤，多好。"

助理说："可是……陈铮力争明盛项目，说不定就是想借机向新宝瑞发起挑战。"

宁惟恺抬眸看他一眼，"那咱们就收拾他。"

助理说："……了解！"又说，"我们在那两边的人，我会让他们盯紧，有情况随时汇报。"

宁惟恺淡淡答："嗯。"

随着投标日一天天逼近，林浅也越来越忙碌。这天下午，按照厉致诚的指示，她随他搬进项目组宿舍驻扎。

夜色弥漫，星光朦胧。

林浅趴在床上，刚刚齐肩的碎发绑了个小马尾，她正翻看项目组最新制作的一版标书。

这些日子，他们真是一遍遍地做，三位Boss一遍遍地审，然后打回来一遍遍地改。林浅也要跟着一遍遍地看，看得眼睛都发直了。

翻了一会儿，她将资料丢到一旁，埋头在被子里休息，脑子里却想起那天她一时激动，对他的"真情告白"，什么"你是天生的领袖""你是天才"……

噗……好煽情。

回头想想，她也算拍了一回真情流露的马屁。不过Boss全程始终面瘫，显然对这些话语毫不在意。

这时手机响了，她接听，是薛明涛。

"林助，标书我们又修改了一下，发到你邮箱了。厉总睡了吗？"

林浅微笑道："他刚刚还在看资料，应该没睡。我马上给他看。"

挂掉电话，林浅脑子里却冒出另一个念头——他们恭敬的态度足以说明，厉致诚已经初步建立了威信。

厉致诚的屋子就在林浅隔壁。此时已是夜里十点多了，走廊里静悄悄的，只有淡淡的过道灯。林浅端着笔记本电脑走过去，发现他的门是半掩着的。

这几天，林浅和顾延之等人一直在厉致诚的屋子里进进出出，这门估计是谁走的时候没关好。她也没在意，礼节性地敲了敲，就跟往常一样，径自推门进去了。

屋里却没人。

林浅走到书桌旁，把电脑放下，又抬头四处看了看。哦，洗手间的门关着。她安安静静地站在书桌旁等。

很快，喔的一声轻响，洗手间的门开了，有人走了出来。林浅微笑着看过去，"老板，我把新的……"她的声音稍稍一滞，继续说道，"……标书给你拿过来了。"

员工宿舍并不宽敞，隔着两三米的距离，厉致诚上身没穿衣服，下身穿着黑色运动长裤，手里拿着条毛巾，头发和身体上还沾着水珠，抬眸看向她，眼睛里仿佛沾着水汽。

呃……在这个工人云集的企业里，半裸的男人挺常见。

但是撞见半裸的年轻总裁，就有点小尴尬了。

林浅神色自若地转身，背对着他，一边打开电脑一边说："修改的地方我标出来了，您现在看吗？"脑子里却突然快速滑过个念头：最近跟Boss之间这种小尴尬还蛮多的啊。

"嗯。"依旧是清凉的嗓音。

然后传来窸窣的响声，应该是在穿衣服了。

可林浅盯着屏幕上一行行黑色的字，脑子里却自动浮现出刚才看到的那……生动的一幕。

　　宽肩，窄腰，肌肉匀称，浑身线条流畅有力。关键他还站得特别直，俊脸淡漠，五官隽秀，宽松的裤子滑落在修韧的腰线上……咳咳，简直就跟性感男模拍的那种略带蛊惑意味的、故意秀身材的照片，没什么两样。

　　林浅，眼福不错哦。

　　她唇角微勾，直至身后响起不急不缓的脚步声，才侧头看向他。

　　谁知这一看，她又是一怔。

　　大概是事发突然，Boss往身上套了件白衬衣，第一颗纽扣还没系，领口有点乱。微湿的短发贴在额头上，衬衫领口处似乎还有未干的水渍。

　　他站在灯下，低头看着她，眸色淡然，薄唇微抿。

　　林浅看了他几眼，移开目光。他的目光也聚焦到电脑屏幕上，弯下腰，手放到了鼠标上，开始滑动翻看。

　　林浅又侧眸瞄了他一眼——当Boss的人，怎么帅成这个样子啊？越看越帅呢。

　　她把一旁的凳子搬到他身后，"老板坐。"

　　"嗯。"他侧眸扫她一眼，"你也坐下。我说你改。"

　　"好的。"

　　林浅没想到，两人这一忙，就忙了几个小时。

　　厉致诚看完后，提了几点意见。她就把他的想法标注在文件里，发回给项目组。结果他们似乎受到了老板的鼓舞，很快就修改好发过来，还把其他一些附件也陆陆续续发来了。厉致诚和林浅就继续看。你来我往，时间不知不觉地过去了。

　　等到快三点的时候，林浅终于有点扛不住了。她虽然向来工作努力，但能不熬夜就绝不熬夜——她才不要早衰呢。

　　她又看一眼厉致诚，他还坐得笔直地盯着屏幕，眉目乌黑专注，眼睛里还有浅浅的光泽，哪有半点睡意？

　　林浅打了个哈欠。

他偏头看着她，"困了？"

老板都没说困，她怎么可能说困？林浅笑笑说："还好，我去泡杯咖啡，马上回来。"她刚要起身，就见他的两道长眉轻蹙了一下，抬眸看着她，"半夜喝什么咖啡？"声音平静中略带强势。

林浅愣愣地看着他，坐在原地没动。

Boss……居然管着不让她喝咖啡？

这是在关心她吗？

她的心头倏地一暖，刚想说点什么，却听他淡淡道："困了就去床上睡一会儿，给你一刻钟，我叫你。"

林浅下意识地望向房间里那张大床，洁白、整齐、宽阔，被子叠得跟豆腐块似的。

林浅这人吧，对床有洁癖，觉得那是肌肤相贴的非常私密的地方。她从来不喜欢别人坐到或者睡到自己床上，也尽量不沾别人的床。更何况这还是Boss的床。

她笑着对他说："不用，我趴着睡一会儿就行。"

厉致诚不置可否，继续转头看着电脑。林浅就把胳膊往桌上一枕，头埋了下来。

暂时隔绝了光线，眼里黑漆漆一片，身边的动静倒是越发清晰起来。她甚至能清楚地听到身旁的男人均匀的呼吸声，还有他轻轻翻动资料的声音，手指在鼠标上轻触的声音，越发显得这子夜温暖而静谧。

林浅醒的时候，感觉周围格外安静，比刚刚还要静，一点声音都没有。她抬起头，看清周遭的情况，笑了。

厉致诚跟前的电脑屏幕已经合上了，那堆投标资料也整整齐齐地放到了一旁。看样子是做完了？厉致诚还坐在她身旁那张皮椅里，不过他的双手搭在扶手上，头往后靠，已经仰面睡着了。

林浅低头看了看手表，吐吐舌头：都五点了，她居然睡了一个多小时。

Boss还说要叫她，自己却睡着了。

她蹑手蹑脚地刚想起身，发现身上不知何时被人披上了一件西装。男款西装穿在她身上当然是极大的，几乎将她整个包裹住，熨帖又暖和，气息干燥而清新。

她转头看着Boss身上单薄贴身的白衬衣，把西装轻轻脱下来，覆在他身上。他似乎睡得极沉。

快天亮了，林浅也不想叫醒他，打算先回自己的房间。她刚想绕过人高马大的他，就发现有难度。书桌和床之间，只隔了一条狭窄的走道，他的大皮椅往那里一横，椅子后背就跟床沿抵得紧紧的。而他的两条长腿都伸到了桌子底下，膝盖都快贴上桌子了——只留下很窄很窄的空间。

她也不愿意从他床上踩过去，于是目测了一下距离，感觉应该差不多，就将身体紧贴着桌子边沿，想从他膝盖上跨过去——她的腿也是很长的嘛，不要扰到他就好。

一下。她一只脚站到了他双腿中间。

又一下，成功跨出去了……

她还没来得及得意，身旁的男人却像是被惊扰到了，身子突然动了一下。林浅脚一歪，就踩到了他的脚背上……

要知道她现在虽然遵照Boss意愿，没穿高跟鞋，但鞋子还是有个尖尖的小中跟的。这一脚下去，就听到男人原本平稳的呼吸生生一顿，那只脚一下子弹了起来！

林浅被他这么一绊，哪里还站得稳？身子迅速朝旁边倒下去……

"啊！"她情不自禁地低呼。

腰间有股牢牢的力量袭来，一只手迅速地揽住了她。林浅身子一歪，竟然已经被扣到了他的大腿上。

林浅有点发愣地转头望着他。他已经睁开了眼，许是刚醒，眼神在灯下还有些氤氲，盯着她，"你在干什么？"

林浅默然。

Boss，你能不能反应不要这么快？出手能不能不要这么快准狠？每次只要稍微触碰到你，立马就被你的擒拿手给制住了。

"我没干什么。我想出去。"她说，"是不是踩痛你了？"

他看着她，眼神疏淡，"嗯。"

呃……林浅一时也不知说什么好。

两人对话间，他的手还紧紧箍在她腰上。因为隔得极近，林浅甚至能闻到他身上清冷的气息，而身下，他的大腿温热而坚实。

她连忙挣开他的手，站起来，脸也迅速地热了，"不好意思。那我走了，晚安。"

林浅回到房间后，用手摸了摸自己的脸，好烫。

她也太囧了吧？居然坐到了Boss的怀里。

天已破晓，昨晚只睡了那么短时间的林浅，在床上翻来覆去，却睡不着，脑子里始终冒出厉致诚刚刚在灯下盯着她的样子——漆黑的眼，有力的手，清冷的气息。

心脏扑通扑通跳个不停。她脑海里甚至想到一个很荒唐的念头——Boss不会当她是奸细，刚才想对他做什么吧？

当然不会。

尴尬极了，再也不要这种意外了。

两天后，顾延之亲率项目组赴明盛集团总部讲标。明盛并未现场公布中标结果。

之后几天，爱达还是老样子，半死不活地忙碌着。而跟这个项目有关的人，都紧张地翘首以盼。包括林浅。

她有种很强的预感，她觉得爱达这次一定会中标。

她只要一想到厉致诚那天说的话，想到他们准备的那份已经如林莫臣所言"做到极致"的投标书，就觉得充满信心。

她觉得客户也一定会被打动。

到了隔周的周一下午，消息终于来了。

爱达的高层们正好在开周例会，林浅也列席作会议纪要。会议刚开到一半，顾延之的手机响了。像是预料到什么，会议室里的众人瞬间安静下来。

顾延之跟厉致诚交换了个眼神，这才接听。他简短地说了几句，众人只听他"嗯"了几声，然后放下电话。他看着众人，眸色平静，难辨喜怒。

"明盛投标结果出来了。中标的是司美琪。"

第九章

强吻之后

夕阳斜沉。

偌大的总裁办公室里，静得仿佛只剩下林浅自己的呼吸声。

她又一次抬头悄悄望去，只见厉致诚端坐在桌后，依旧在看各部门的工作文件，依旧，没什么表情。

他已经静坐了一个小时了——自从收到中标结果后。

已经到了下班时间，顶层也快没人了。林浅亦无心工作，一只手托着下巴，另一只手毫无意义地拨动着桌上那盆小绿植的叶子，一下，一下，又一下……

终于，门内的厉致诚站了起来。林浅立刻端坐好，换上非常恬静自然的表情，望着他的方向。只见他关掉电脑，穿好外套，然后朝门外走来。

林浅立刻站起来，"总裁。"

厉致诚抬眸望着她。乌黑的眉像是墨笔渲染过，在灯下格外清晰，也格外安静。

沉吟后，他说："明天上午十点，召集全体高管开会。"

"好的。"林浅答得干脆，又问，"议题是？"

"集团下一步的发展计划。"他的声音依旧沉着有力。

林浅心头一怔，微笑地答："好的，我明天一早就通知他们。"

厉致诚点点头，转身往外走。

"您现在回家吗？"

厉致诚伸手竖起外套的领子，"不。出去走走。"

林浅站在原地，看着他走远，走进电梯。直到电梯门徐徐关上，她才坐下，怔怔地望着面前紧闭的总裁办公室的深褐色桐木门，长长地叹了口气，然后无精打采地趴在桌上。

天色还未全暗，落日的余晖笼罩着整个工业园区。厉致诚从大厦步出，抬头望了望，就双手插在衣兜里，与零零散散的工人擦肩而过，走向后方的一排排厂房。

自上任以来，他就经常在园区里到处走。因为他总是低着头，行色匆匆，倒是很少有人认出他。

厂房边的保安亭里有一堆人在聊天。直至厉致诚走远了，看得有些发愣的高朗才默默把目光收回来。

这时，一个三十出头的叉车工小声说："听说那个明什么的大项目黄了，是不是真的啊？"

另一个保安立刻答："是真的。你不知道吗？今天上午都传开啦！我嫂子在行政部，说彻底黄啦！"

高朗听得眉头紧蹙，问："那咱们爱达怎么办？"

众人都是一阵长吁短叹。

暮色一点点落下来，园区里的行人也越来越少。高朗坐在一堆嘈杂的工人保安里，却格外沉默。他的头发已经被自己抓成了鸡窝。他很为厉致诚发愁，可又惶惶然不知道怎么办。

就在这时，另一个保安盯着前方厂房，说："哎，那是干什么？"

高朗循着他的视线望去，其他几个保安已经神色疑惑地站了起来。

只见低垂的夜幕下，几十个穿着蓝色工服的工人，几乎全沉着脸，前簇后拥，脚步纷杳，朝办公楼的方向来了。

林浅步出办公楼的时候，天色几乎全黑了。周围有些吵，但她兀自想着事情，也没在意。等走到楼前停车场正中时，她才突然感觉身后有些不对劲。

她转身望去，顿时瞪大了眼——

一大群蓝衣工人正气势汹汹地从不远处而来，涌向办公楼。林浅眼尖，甚至看到其中混杂的几个人手里提着铁棍样的东西。更引人注目的是，几个保安正从一侧飞奔过来，领头的一个人跑得最快，不是高朗是谁？

领着众人往工人队伍前一拦，高朗沉声问："你们想干什么？要到哪里去？"

领头的几个工人全是三十几岁的高大男人，面相很凶。其中一个吼道："你们几个小保安让开！我们要去找集团领导理论！公道自在人心！他们内外勾结，搞垮爱达，现在又拖欠工资，不顾我们这些老员工的死活！我们要讨一个说法！"

话音刚落，队伍里就有几个人大声呼应。其他人也是起哄声一片。

保安都是年轻小伙子，都愣住了，有点不知所措。唯独高朗梗着脖子大声说："你们这是闹事！根本没有这回事！都回去！"

当听到闹事工人首领讲出那番话时，林浅脑海里冒出的第一个念头就是：是新宝瑞还是司美琪？

心跳开始加速，林浅转身就往更远更安全的地方走，同时掏出手机给厉致诚打电话。电话还没接通，林浅突然听到那边又是一阵混乱的吵闹嘈杂声，有人愤怒地喊道："打！这小子也是他们的人，专门来搞垮爱达的！"

林浅的心一沉，倏地转头望去，却只见穿着蓝色工服和深灰色保安服的男人们已经混成一团，拳打、脚踢、围攻、撕扭，狰狞的、惊慌的面容，全都交织在一起，货真价实地干上架了！昏暗的夜色里，有人手中的铁棒高高扬起，又重重落下，不知砸在谁的身上还是地上，传来沉闷的声响。

林浅看得心头生生一抽。这时厉致诚的电话接通了，一声又一声，响在她的耳边，却久久没有人接。林浅的心情更加糟，挂断后直接拨110。

这时周围也有其他人发现了这边的情况：大厦里走出来的职员，后面厂区的工人，大门处的保安……他们有的冲上前大声喝止，但更多的人跟林浅一样，站在外围没敢动。

就在这时，扭打的战团里，突然有个工人头目朝林浅的方向看过来，指着她大声喊道："那个女的是从司美琪过来的！把她抓过来问！"

顿时有不少人朝林浅看过来。

林浅的心更是往下一跌，也不管报警了，肯定会有人报的，她转身就跑！

是司美琪！毫无疑问是司美琪！

既然是有预谋的煽动闹事，就很可能还找了一些黑势力掺杂其中。林浅绝不会乖乖留下跟他们"对质"或者"喝止"，因为肯定没用。

她跑得很快，转向也很敏捷，眨眼间就跑离了停车场，把后面跟着的几个男人甩得远远的。谁知她刚跳下台阶，前方就有几个原本站着围观的人突然把她的路一挡。

林浅马上转身跑，谁知其中一人反应很快，一把就抓住她的肩膀，将她揪了回来。夜色已然全黑，这里树影重重，路灯亦未亮起。林浅只看到几个高大的黑影把她围在正中，然后其中一人突然抬起手，啪的一声，一个重重的巴掌落在她脸上。

林浅被打得眼冒金星，火辣辣的刺痛从脸颊传来，嘴角立刻有腥甜的感觉。那些人这才松开她，快步朝集团大门走去，身影很快消失在门外围观的人群里。

林浅捂着脸站在原地，眼泪一下子涌出来，腿脚仿佛也有些无力。她先是死死盯着那群人离开的方向，又转头望向办公楼。苍茫的夜色里，那里聚集的人更多，更混乱了。

她把眼泪压下去，掏出手机，继续打110。刚按下两个键，突然听到身后传来急促的脚步声。她的心倏地又提起来，霍然回头——

撞进一双熟悉的沉黑的眼眸里。

厉致诚站在她身后，黑色身影高挑矗立，呼吸起伏还有点快，眼睛牢牢地盯住了她。

林浅的心跳还很乱，声音已经镇定下来，望着他，字字清晰地说："我没事，你快去处理。我来报警，你当心。"

话音未落，她还捂着脸颊的手被他紧紧握住了。林浅怔怔地望着他，他把她的手移开，目光停在她已然红肿的脸颊上，眼中一片冷意，"谁打的？"

不知为什么，他这句话令她原本压下去的泪水突然冒了出来。她连忙轻轻吸了吸鼻子，"没看清，跑了。"

厉致诚就没再说话。

四目相对，他那黑黢黢的眼紧盯着她，而他的手依旧扣住她的手腕，手指温热而有力度。

被他这么盯着，林浅的脑子里突然有点空，心里更加难受。

这时，有两个保安跑过来，站了厉致诚身后。

厉致诚还看着林浅，话却是对身后的保安说的："带她离开这里。不要让任何人再碰她。"

"是！"

林浅还没出声，他已松开她的手，转身大步走了。

林浅在一名保安的保护下往外走。走了几步，她回头，只见厉致诚已经踏上停车场，头也不回地朝那帮闹事的人群走去。

林浅被带到了保安部所在的独栋小楼。

她站在阳台上，用保安给的冰袋敷着肿胀的脸颊。

夜色已经全黑了，远处的停车场上依旧喧嚣。林浅只看到又一群保安还有蓝衣工人急匆匆地往那边赶去。

惶惶夜色里，林浅心急如焚。也不知道厉致诚、高朗等人有没有受伤，不知事态进展如何。警察怎么还没到？

　　脸颊依然肿痛未退，她脑子里闪过几个男人刚刚堵住她的一幕，又怕又恨。她想要给林莫臣打个电话，手按在键盘上，却又打消了这个念头。

　　这时，陪着她过来的那名保安，也从里屋走出来，望着远处，也是一脸愁容。他又抬眼看了看林浅，犹豫地开口："林助，咱们爱达……真的不行了吗？我们是不是要失业了？"

　　林浅看着他沉重中带着一丝期盼的表情，一时竟然答不出来。

　　就在这时，她紧握在手里的电话响了。

　　是个陌生号码。

　　她心不在焉地接起来，"你好。"

　　那头很嘈杂，有音乐声，还有人讲话的声音，还有笑声。

　　林浅心中突然升起不好的感觉，然后就听到陈铮用那熟悉的、轻慢的声音，一字一句地说："林浅，跟我斗，疼吗？"

　　"跟我斗，疼吗？"

　　嘈杂的夜色里，男人轻蔑的、含笑的嗓音，像是一把轻而锋利的刀，划过林浅的耳膜。她的胸口一阵滞涩之气往上冲，就像一只困兽在身体里横冲直撞，随时要挣脱出来。

　　但她忍住了。

　　当敌人给了你一拳，你却无法马上还击时，又该怎么做？

　　至少不要让他觉得他已如愿以偿地伤害到你。

　　林浅握着手机，静默。

　　那头，陈铮正坐在灯红酒绿之中，笑吟吟地拿着手机。

　　不得不说，他很期待林浅的反应。

　　谁知等了一会儿，那头却始终沉默着，连呼吸声都听不到。

　　忽然，传来女人的一声轻笑。

　　很轻，就像在嗤笑。

　　然后一声轻响，她把电话给挂断了。

旁边有女人缠着陈铮的胳膊开始敬酒，他一把给推开了。放下手机，他端起酒喝了一口，只觉得恨恨的，但又索然无味。

他特意嘱咐那些人，赏她一个巴掌，但不要太重，不要真的伤到她。给她个警示已经足够。

之后他就心满意足地等着，等着电话打过去时，她会哭，会怕，哪怕愤怒痛斥，也是他期待的反应。

可什么都没有。

这个女人，总是知道用什么样的方式，能令他最不舒服。

林浅挂了电话后，就抱着双膝坐在阳台的一张椅子里。她的脸上还火辣辣地疼着，眼泪啪嗒、啪嗒地一滴滴掉在手背上。

她望着昏暗的夜色，迷离的星光，脑海里一时涌起很多事。

她想起来爱达面试时，园区里一片欣欣向荣，人人充满期待，而她对这份新工作踌躇满志，满怀希望。

她也想起危机公关发布会成功那天，寒冬腊月里，厉致诚背着她，步伐轻快地跨过一个个水洼，然后眸色清寒地看着她说：我什么时候说过，我是保安经理？

她还想起厉致诚上任那天故意铺张的排场。

她想起拿到明盛标书时，一向沉默的他坚定无比地说：拿到这个项目，我们就可以喘一口气，他日再战。包括她在内的所有人，都因这番话热血沸腾。

还有这些天没日没夜地准备投标书，所有人都跟上了发条似的红着眼努力工作。还有她从项目组出来时，总经办那两个刚毕业没多久的小手下，期待又忐忑地望着她问："林助，把握大吗？"

她当时笑着点头，"大，很大。"

都说哀兵必胜，他们却一败涂地。

她的眼泪掉得更凶了，不知不觉就呜呜呜地哭出了声音。哭了一会儿，她再一低头，看到手机，心头一股怒火就直直冲了上来。

她拿起手机就骂道："禽兽！人渣！陈铮你去死！"想想又觉得不解恨，继续骂道，"君子报仇十年不晚，你等着！此仇不报我不姓林！"

她这才觉得稍稍出了一口胸中恶气，将手机往旁边凳子上一丢，再一抬头，却见一个冷峻挺拔的黑色身影站在阳台入口。他的脸上看不出表情，唯有双眼清冽而幽沉地看着她，不知道已经看了多久。

林浅此时已哭得一塌糊涂，见到是他，连忙转头抽了几张纸巾擦了擦脸，这才跟没事儿人似的站起来，看着他问："厉总，情况怎么样了？"

厉致诚不知何时脱下了外套，只穿着简单的衬衫西裤，袖子挽到了手肘上，还有些灰黑的痕迹，稍显凌乱。他扫她一眼，并没有马上回答，而是在她身旁的椅子上坐下，眼神淡淡的。

林浅见状也坐了下来。

"处理好了。"他的声音平静如水，"跑了几个，大部分扣住了。警察已经到了。高朗他们受了点轻伤。"

林浅松了口气，但心情并不轻松。

两人一时都没讲话，只静静地望着前方深沉的夜色。

过了一会儿，林浅用眼角余光瞟他，却发觉他已低下头，正看着地面。

林浅微微一窘——地上全是她擦眼泪鼻涕扔掉的纸巾，煞是壮观。

"我一会儿会扫地的。"她小声说。

他却已抬眸，重新看着远方。

"林浅。"他慢慢地说，"我会记住你的这些泪水。"

林浅原本已经没事了，这句话却叫她眼眶瞬间发酸。

她努力压制住，默默转头，望着他清隽冷毅的侧脸。

厉致诚，你不要讲这样的话，让我更难过。

林浅调整了一下呼吸，再开口时已是平稳而冷静，只是嗓音还有点涩，"厉总，我可以肯定，这次的事是司美琪暗中煽动的。只是，他们既然做了这样的事，必然有恃无恐。那些领头的人即使被带到派出所，肯定也查不出什么。

"可他们这一步棋，虽然没有给爱达带来太大的实质伤害，却能狠狠地打击爱达的人心，会让我们的人心更加涣散，会让不明真相的员工开始质疑管理层，质疑你。我们已经失掉了明盛项目，本就人心动荡，他们这一招，无疑是近乎致命的一击。

"但是，越是这种时候，我们越不能认输。厉总，现在所有人都看着你。我认为，现在你最重要的工作，是凝聚人心——首先要保证爱达的人不能散，才能重新振作，发展业务。我们必须想办法，让全体员工看到你的坚持。或许……可以设计几个鼓舞人心的总裁活动，必要的时候可以煽情一点，一定能挽留大部分人心……"

讲到这里，她突然停住了。因为原本一直望着前方的厉致诚，忽然转头，静静地、但是又锐利地望着她。

"……怎么了？"她试探地问。

他忽然向她伸出手。

林浅还没来得及作出任何反应，他的手已经覆在了她微肿的侧脸上。林浅心头一跳，明白过来——他是要查看她的伤势？

她微微将脸转到一边，想要躲开他的手，同时说："没事的，不痛了……"

话音未落，就见他突然朝她俯下脸，俊秀的容颜瞬间已至眼前。林浅一怔，直接望进他那双漆黑深沉的眼眸里，就像两个无底的黑洞，她甚至看到了她在里面小小的倒影……

男人柔软的、微凉的唇，已经准确覆在了她的唇上。

林浅完全被震住了。

转瞬之间，她已反应过来发生了什么。因为厉致诚的脸跟她紧贴着，正压着她的唇，舌头也悄无声息地探了进去，有力而又似乎没什么章法地舔舐着，纠缠着。那气息清冷而执着，仿佛带着男人独有的温度，正在入侵她的领域。

林浅只觉得一股热血直冲头顶，嘤咛一声，就要往后退。可她本就坐在他身旁的椅子上，此刻他一只手搭在她身侧的扶手上，另一只手还捧着她的脸，黑眸近在咫尺地凝视着她，几乎将她圈在他和椅子的中间，令她退无可退。

此刻林浅脑海里只有一个念头在横冲直撞，混乱得无与伦比。

厉致诚在亲她，他在亲她！

难道因为她是他退伍承担艰难大任后的第一个朋友，也是他身边为数不多的能让他信赖的女人，又对他点拨教导蛮多，所以……他产生了孺慕依赖之情，他，爱上她了？！

她还没对眼前的境况产生准确的判断，男人的手一松，脸也缓缓移开，结束了这个突如其来的吻。

"这些事你不必再说。"沉黑无底的眼眸依旧凝视着她，"我都知道。"

林浅不吭声。

就在这时，厉致诚站了起来，脸色是清冷的，表情是平静的，就像刚才什么事都没发生过。唯有他的唇——当然也许是林浅的心理作用——看起来多了一丝红润的水光。他把双手插在裤兜里，转身就朝外走去。

林浅一动不动地坐在原地，看着他的背影。

到门口时，他突然脚步一顿。

"林浅。"他没有抬头，只平平淡淡地说，"明天会是新的一天。一切，会变好。"

夜色已深。

窗外，灯火稀疏，星光缥缈。不远处的爱达集团大厦矗立在夜幕里，仿佛也恢复了宁静。

林浅直挺挺地躺在床上，望着天花板发呆。

脸上的痛已经不重要了，重要的是……她伸手摸了摸自己的唇，热热的，软软的，怎么好像还残留着男人陌生的气息？

她已彻底冷静下来。关于厉致诚吻她，她认为有两种可能。

第一种，厉致诚是真的对她有意思。

可是，他们不合适啊。且不说办公室恋情一直令她嗤之以鼻，她从没想过跟厉致诚的可能，他也不是她喜欢的类型啊。

她喜欢的，应该是……她闭上眼，想了想——更强大、更成熟、更强势的男人。虽说她今后走的应该是职场干练女强人路线，但她想要的男人，却是轻易就能将她征服的那种类型。

而不是现在这样……是她征服了厉致诚吧？

想到厉致诚，她对他的感觉……

林浅的脑子里忽然闪过刚刚他吻她的画面，清冷的眼，挺拔的鼻梁，微高的颧骨，染着一丝跟她一样的水光的唇……

心头突然一抖，心跳仿佛也再次开始加速。

好吧，相处这么多天，他的确经常打动她，因为他本身是个很有人格魅力、长得又清隽动人的纯爷们儿。

但那应该不是爱情吧？

林浅有些发愁。今天这个吻，算是彻底令两个人尴尬起来了。如果他真的展开追求，她势必拒绝。这么想着，她心中又隐隐不忍。

因为他不是陈铮那样无耻的纨绔子弟，也不是大学时那些追她的毛头小伙子。他是那么实诚、正直、坚毅的一个军人……哪个女人忍心让这样一个男人伤心啊？唉。

或者还有另一种可能？

林浅起身，拿过镜子，照着自己的脸。

谁都知道，男女之间的情爱、触电感，本就很容易受环境影响，时常有冲动的成分。

厉致诚是个热血青年，没有交过女朋友，荷尔蒙分泌必然旺盛，而今晚又是特殊时期——他领导的企业备受打击，而她又在他面前哭得梨花带雨。莫非厉致诚当时看到她，感同身受又怜意大盛，所以一时脑热就吻了她？完全就是一种情绪发泄和彼此慰藉，其实作不得数？

不过……她又看了看镜中微肿的脸，红红的眼睛和鼻头，还有凌乱的头发。

这种状态下的一张脸……好像也不是很我见犹怜，一下子就能激发出男人的保护欲啊……

正如林浅所说，经过这件事，爱达所有人都会更急迫地看着厉致诚，看他今后何去何从。

然而这个夜晚，他这个当事人却比外界想的要平静很多。

幽沉的夜色里，他回到了办公室，坐在露台的藤椅上，手边一杯热茶，头顶一盏孤灯，静默地望着眼前的爱达集团。

顾延之打点完派出所的事，回到办公楼，已经十一点多了。他的心绪也有些烦闷，步上露台，在厉致诚身边坐下。

"陈铮这孙子，居然出这种损招！"顾延之低骂道，"派出所是这么说的，闹事的几个头目都是社会上混的，可以抓进去蹲几个月。但是他们一口咬定是憎恨爱达，无人指使。我们追究也没有意义。"

"嗯。"厉致诚神色清冷地点了点头。

顾延之静默了片刻，突然伸手，在他肩膀上一拍，"我信你。"

厉致诚没说话。

顾延之又说："听说林浅还被扇了一巴掌，没事吧？"

厉致诚这才抬起眉头，答："肿了。"

顾延之一听，笑了，斜瞥他一眼说："你倒是挺关心她的。"

厉致诚未答。过了一会儿，他忽然转头看着顾延之说："延之，你说过：商场如战场，人人拆骨食肉，机关算尽，你死我活。"

顾延之一怔，这不正是厉致诚作出退伍决定前他跟他讲的话吗？于是他点点头，"我是说过，怎么了？"

厉致诚却淡淡答："没什么。"他转头看着前方的夜色，寂静不语。

的确没什么。

只是，那么个心思狡黠的女人，偏偏以一片赤诚之心待我。就如这触手可及的夜色星光，剔透玲珑。

林浅在家休息了一天。

其实厉致诚后来让人传来的"口谕"，是让她休息两天。但林浅怎么放心得下？第二天一早，眼看脸上已经消肿，她就立马去人力资源部销假了。

再回到顶层，远远望着总裁办公室的门，她就有些心跳加速。等走到近前，却发现厉致诚并不在里头，她无端端松了口气。

刚坐下没多久，电话响了。

是总经办的杨曦茹，现在也算是她的嫡系心腹。杨曦茹先是关心了一下她的身体，然后话锋一转，说："林助，你知道了吗？明盛没中标，是因为我们这里出了奸细。"

林浅一愣，压低声音，"奸细？"

杨曦茹说："嗯。听说是明盛那边漏出的消息，说司美琪各项条件都跟我们一致，又比我们略好一点，这才中标的——这就是明摆着的事，我们的标书泄露了。听说明盛康总的秘书还给厉总打了电话，说康总本来对我们寄予厚望，因为这件事还挺不高兴的……"

林浅打断她，"这些事你是怎么知道的？"

杨曦茹怔了一下，"昨天就传开了……大家都在说。"

"噢。"林浅答，"那奸细是谁？"

"听说是技术员葛松志，也是两次项目组的成员。"杨曦茹说，"早上来了警察把他带走了，顾总和刘总也去了。据说已经找到了一些证据，是监控录像和他的邮件记录。"

挂了电话，林浅坐在原地沉思。

这次明盛失标，她早觉蹊跷。没想到真的有内贼。

她又想起上次在危机公关项目组时她跟厉致诚半夜看见的走廊里的黑影，莫非就是葛松志？看着那么老实的一个人，竟然是司美琪的商业间谍，还一直在他们身边，想想就让人胆寒。

不过……如果她没猜错，奸细的事，肯定是顾延之他们故意泄露出去的。是不是厉致诚把她前天的话听进去了？她微微一笑——现在人心涣散，捅出奸细事件，自然能促进群情激奋，一致对外……

正想着呢，电话又响了。

这次是财务部打来的，"林助，银行的三千万已经到账，请第一时间转告厉总。"

林浅没反应过来，"三千万？"

财务部人员的声音低了几分，"嗯，就是厉总把第二生产基地的一部分资产抵押给银行，拿到的那笔贷款。唉。"

挂了电话，林浅的心情变得沉重。

她才一天没来上班，重磅消息就一个接着一个。

所以……现在厉致诚已经开始卖房卖地了吗？须知那就是个无底洞。他们已经开始往下掉了吗？

就在这时，一个熟悉的挺拔身影从外头走了进来。他穿着笔挺的西装，俊脸静默，手里还拿着文件夹，看样子是刚开完会。

林浅立刻站起来，眼睛却避开他的脸，盯着他的西装扣子，"厉总早。"

"嗯。"他嗓音平淡，"你进来。"

林浅心头一跳，快步跟进去。

厉致诚在沙发上坐下，抬眸望着她，"脸好了？"

"好了。谢谢领导关心。"林浅不看他的眼睛，继续盯着他的西装扣子，但依然能明显地感觉到两道清亮逼人的目光落在自己脸上。

"财务部刚刚打来电话，说三千万已经到账。"林浅又说。

"嗯。"他说，"先把这个月工资发了。其他的放在账上。"

"好的。"

他又跟往常一样，简洁地布置了其他几件事：会议，报告，甚至还有奸细事件的后续处理……林浅也跟往常一样，低着头，拿笔和本子一项项记下来。记着记着，她的心中突然有一丝烦闷。她偷偷抬起眸，飞快地瞄他一眼，又垂下脸。

好歹他前天也吻了她，现在却像什么都没发生过，一句解释都没有。这是什么意思？所以他是完全不把这个吻放在心上吗？

林浅正暗自腹诽着，忽然见他站了起来。

林浅下意识地抬起头，恰好与他的目光撞上。他正眸光幽沉地望着她，若有所思的样子。跟昨晚强吻她的表情……十分神似！

"林浅。"他低声喊她的名字。

林浅心里咯噔一下——终于来了！

她再次垂下头，避开他的目光，脸也瞬间热起来。

要拒绝他了啊……

谁知，她心跳如雷地等了一会儿，却等到他低沉平静的嗓音传来，那声音里似乎还含着一丝温凉的笑意，又似乎什么也没有。

"我有一个计划。"他不急不缓地说，"我要对司美琪发动一场侧翼反击战。"

第十章

惊天陷阱

林浅微怔了一下。她首先想到的是，厉致诚根本没有商业经验，他所说的"侧翼战"，跟她理解的，是一个意思吗？

侧翼战，顾名思义，大约是指另辟蹊径，对竞争对手实行包抄。

国外，最著名的有汉堡王推出"烤而不炸"的口号，侧翼攻击肯德基和麦当劳；国内，有顺丰快递坚持空运快速送达，后来居上，成为快递行业佼佼者。

前者，麦当劳、肯德基不可能更换全球范围内的炸鸡设备，所以只能眼看着汉堡王钻了这个空子做大，分去一杯羹；后者，国内其他快递公司也不能把原有的陆运设备丢弃，改变整个内部运营流程，重新去包飞机、买飞机，也只能看着顺丰飞速发展。

侧翼战的要领，并非要推出市场上没有的新产品，而是你的东西要有新的竞争力，并且原来市场的领导者一时无法效仿攻击你。

所以，侧翼战说起来容易，结果想起来当然也很美妙，但做起来却很难。

林浅睁大眼睛看着厉致诚——现在爱达自保都难，哪里又有实施侧翼奇袭的实力和契机？

厉致诚却面色清朗地看着她，黑眸平静而笃定。

林浅的目光又移到他刚刚递来的文件上，刚看了几行，心头一震——

厉致诚他竟然……

这些天，陈铮颇有些志得意满。

明盛项目赚不到什么钱。但在他看来，无论是对新宝瑞的"远攻"，还是对爱达的"近守"，这一步棋他都走对了。

要想在这个竞争激烈的微利行业成为统帅，目光必须长远。

所以这天下午，当下属向他提及因为明盛项目带来的一些困扰时，他颇有些不以为然。

"陈总，我们在投标书里向明盛承诺，供货价不超过门店同类产品市场价的30%。现在春节就要到了，往年这时候，高档奢侈品包我们都会做八折或九折的促销。今年还做吗？万一明盛知道了，再向我们压价怎么办？"

陈铮一听，笑了，"你以为明盛那么大的集团，会那么小家子气？左右是个意思，还真的盯着我们的门店价不放？没事，做。"

下属点点头，又说："此外，我们的供货周期是三个月。这意味着未来几个月内，我们门店的高档包供货会十分紧张，有可能出现断货情况。"

陈铮想了想，答："行了，扛过这几个月就行了。不必因小失大。现在的重点，是抓好明盛项目。"

下属离开后，陈铮靠在老板椅里，原地转了个圈，望着窗外的车水马龙，沉思。

他的确不担心刚才的问题。对于国内厂商来说，高档包的销量本就如同鸡肋，食之无味，弃之可惜，又如同甜蜜而有毒的果子，可望而不可求——因为你根本拼不过那些国际奢侈品牌。爱达不是砸重金去造过这个梦吗？现在下场又如何？

所以他还有什么好担心的？难道担心爱达绝地反击，突然把高档包销量做起来？连新宝瑞都做不到的事，那个傻大兵和有点小聪明的林浅能做到？他摇头失笑——不可能的。

倒是这次埋在爱达的暗线被发现了，让他挺惋惜。不过，那人在投标前夜发来了爱达的标书全文，帮他完成对爱达的致命一击，事发后在看守所里守口如瓶，没给司美琪惹麻烦，也算是功成身退，死得其所了。

一周后。

林浅从顶层搭乘电梯下行，首先抵达营销部所在楼层。

过去日渐萧条、人走茶凉的营销部，今日却是人满为患，座无虚席，连下一层的财务部的地盘都被他们临时征用了。

按照总裁批示，从各地调来了两百名业绩相对优秀、依旧愿意留在爱达、司龄超过三年的优质员工。他们组成了临时的"客服中心"。

林浅穿过办公区，一路电话声、键盘敲击声、脚步声不断，仿佛让人的心也随之紧提起来。她走进营销总监办公室，薛明涛看到她就笑了，"林助，你文笔好，过来帮我瞧瞧。"

林浅微笑着走过去，接过他递来的纸张，看了看，点头，"我觉得很好。"

薛明涛有些感叹，也有些疲惫地望着玻璃门外忙碌的员工们，说："加班加点忙了一星期，总算把给三万名老客户的手机短信和邮件发完了。接下来的任务，就是明天一早，开始挨个给他们打电话。希望项目启动那天，能有个开门红！"

看完营销部的进展，林浅继续搭电梯下行，前往信息技术部。她手上还拿着薛明涛刚刚给她的一份资料，那是"客服中心"发给老客户的邮件或短信的正文。这些老客户，在过去三年里，都曾在爱达全国门店购买过中档或高档包。

"尊敬的李×先生：感谢您过去对爱达箱包的支持。我集团将于本月五日在网上旗舰店展开奢侈品包四折促销活动，仅限前2000位，单个账号限购一个包，同时赠出百万元红包，中奖率100%。该活动仅限网络销售，只为回馈老客户……"

这就是厉致诚要对司美琪发动的侧翼战的核心——很简单，就是降价。

降价谁都会做，谁都能做，但怎么做才有效，却有大学问。

林浅刚看到厉致诚的那份计划时，实在大吃一惊。因为她仔细一琢磨，发现一个很简单的招数，却做得步步为营，天衣无缝，完全就像是一个商场老手作出来的，而且现在这个时机推出，当真是天时地利人和。

首先，从忠诚度较高的老客户下手，他们对爱达的产品质量很了解，也认同这个品牌。这样，就能有很大把握保证初期销售，打开局面。

其次，这场侧翼战的目标很明确——二三线城市的主力客户群。也就是说，厉致诚是要用低价、低利润策略，以高档包去抢占司美琪保有量最大的中档包市场。

再次，网络销售的方式让爱达能够以最快速度和最低成本打响知名度。

……

成不成另说，至少厉致诚这次做的正是爱达颓败以来一直想做而未能做成功的事。而且别人还不能做——

司美琪原本是可以、并且肯定会跟他们打价格战的，但因为明盛项目，他们的高档包价格和库存量都会受巨大影响，短期内绝不可能对爱达展开有力的狙击封杀。

新宝瑞家大业大，绝不可能打乱自身价格体系，来跟爱达争抢——因为他们如果这么做，受到冲击的，不仅仅是爱达，还有他们原来的中档产品市场。

这不正是天时地利人和吗？

电梯停稳的时候，林浅想：这事儿如果是林莫臣做的，她真要怀疑明盛项目是他故意输掉的。因为这边的市场更大，并且一时无人防守，可能获得的利润空间也更大，远不是明盛那一场惨胜可比的。

厉致诚能在这种生死存亡的关头看到这条路，并且无师自通地琢磨出一整套计划，她只能再次感叹上次的结论——他真是个天才，并且意志坚韧得让人感动。

至于上次那个吻……

这几天来，两人谁都没提，应该算是就此翻篇了吧？她就知道，他那晚只是触景生情，一时冲动。虽然她有点吃亏，但是……算了！

夕阳斜沉。

信息技术部给林浅专门留了间小办公室。坐在电脑前，她一篇篇翻看着信息部准备的资料——从明天开始在网络上发布和炒作的匿名文章。

这个建议是林浅提的，当时厉致诚神色淡然，没说好，也没说不好，结果倒把这部分交给她负责了。

所以她得专心盯着。

"网友爆料：国内知名品牌爱达，三天后高档包会以五折销售，降价消息仅通知老客户……"

"求爱达网络旗舰店地址。"

"国内高档包，质量做工真的比得上国外吗？"

"晒购物单：这款包在Aida美国店的确标价八百美金（附图），这次国内买折合不到三百美金，赚大了。"

……

林浅一路看下来，删删改改。不错不错，就是要保持这个基调，有追捧有争议，只要炒热了，一切好说。

改完之后，她想了想，又新建了一个空白文档，开始打字：

"爱达背后疑似有军方支持……"

刚打完这几个字，头顶上方突然响起一道熟悉的嗓音："爱达什么时候有军方支持了？"

林浅被这突如其来的声音吓得全身一抖，转头望着他，"……厉总。"她心中忍不住腹诽：Boss，你现在是总裁，不是特种兵了，不要再这么来无影去无踪，很吓人好不好？

厉致诚却似全未感觉到自己带给别人的困扰，面容冷峻地注视着她的屏幕，"这是什么？"

林浅说："哦……这个，厉总你知道的，网上大多是似是而非的东西，普通人都觉得军方高层挺神秘的。这么写，也是为咱们三天后的计划造势。"

厉致诚看她一眼，没讲话。

林浅却心头一喜，知道他是默许了。Boss虽然挺拧，挺实诚，但也是个很聪明的人。他一定领会到了她的意思。

Boss也在慢慢改变啊——变"奸"了。

这时，厉致诚忽然俯下身体，一只手搭上她的椅背，一只手撑在桌面上，说："我看看其他的。"

林浅动作一顿。

他本就站在她身后，这一弯腰，侧脸就几乎贴到她的头发上，身体也跟她离得很近。她几乎又闻到了那天晚上他身上那清淡的男性的气息。

可这一系列动作，他偏偏做得极其自然，就像是普通上下级之间，上级查阅下级的工作成果。他脸上的表情也是如此：平静，专注，一点杂念都没有。

林浅的脸却一下子热了，心跳也有点不稳。她想站起来，"厉总你坐……"话音未落，肩膀一沉，被他轻易按住了，"不必。"

林浅的心又微微抖了一下。

一个古怪的念头滑过脑海：没道理啊。他怎么像个情场老手似的不着痕迹地玩着暧昧？或者他的确是无心的，是她太过敏感了？

这时厉致诚已经盯着屏幕发问了："这些帖子打算发在哪里？具体怎么安排？"

林浅忙答道："我这里有详细资料……"

……

厉致诚一项项地看，一项项地查问，林浅细致作答。

不知不觉就过去了半个多小时。

这些本就是厉致诚交给林浅的任务，虽然资料看着浮夸，却是她心血凝聚。而且这些灰色的、擦边球地带、耍小聪明小心眼的炒作啊、造势啊，她指挥信息技术部的小伙子们做起来，还真的很有如鱼得水的感觉……

所以给厉致诚讲到最后，林浅也忘了之前的小尴尬，讲得眉飞色舞。待看到他时不时地点头，脸上甚至还偶尔掠过笑意，林浅就知道，Boss对她的工作很满意。哈哈哈。

于是，她就有了底气，给他看了最后一则，她久久迟疑不敢作决定的帖子，"厉总，这个你看看。其实也没露你清楚的脸。但我想，如果发出去，效果一定非常好。"

屏幕上有一行硕大的红色可爱的幼圆字体标题："也来扒一发：爱达集团的新继承者——神秘的少校总裁。"鼠标再往下滑，就是一张照片和数行文字。

厉致诚看着这张照片，轻蹙了一下眉头。

照片应该是在他上班时用手机偷拍的。他穿着西装坐在桌前，低头在看文件。背着光，面目模糊，只能依稀看到他挺拔的鼻梁和脸部线条轮廓。

看起来就是个挺拔而沉默的年轻男人。

厉致诚抬头看着她，"删掉。"

其实在网上发他的偷拍照这个想法是信息技术部另一个女孩子提出来的。林浅公事公办，觉得可行，就作为备选准备着。厉致诚说过这边的事让她临时决断，不用事事汇报，所以她也留着等他最后一起决策。

林浅听到他直言拒绝，也不算意外，点点头，操作鼠标，把电脑上的照片和数据都删掉了。

这时厉致诚已经直起身子，拉开与她的距离，同时问："你手机上还有？"

林浅说："……嗯。"

糟了，Boss肯定讨厌别人偷拍。当时时间紧迫，她又近水楼台，于是顺手拍了一张。

林浅刚想说会把手机上的也删掉，却听他淡淡的嗓音传来，"不许发给其他人。"

林浅下意识地答道："好的。"

那她不用删吗？

她转头望去，厉致诚却已迈着大步转身走了。

三天后，上午九点五十分，爱达网上旗舰店春节大促销启动前十分钟。

林浅坐在信息技术部的小办公室里。门外，数名技术工程师严阵以待，随时候命。

顾延之和薛明涛在客服中心盯着。

至于厉致诚，在如此重要的一天，待在他自己的办公室里，并未亲临前线。

林浅觉得这样很好。越是紧要关头，统帅越应该不动如山。

十点整。

林浅眸色微敛。

她面前的电脑屏幕，已经自动跳转到面向公众开放的旗舰店页面。

这个活动页面的设计，也是经过营销部的精英们精心讨论过的。除了页面标题，并没有太多夺人眼球的鲜艳促销标志。

页面风格清新、内敛、复古，最上方是爱达的奢侈品子品牌Vinda的简要介绍，包括意大利进口皮质、美国设计师签名、精细做工流程展示等。下方就是每个包的图片链接，每个包都有三个价格：海外价、门店价和促销价。

……

十点零二分，第一笔订单完成了。

林浅看着后台数据变化，居然小激动了一下，又暗暗觉得好笑。

一个如此高档材质的包，才赚五百元。如今，只能期盼量能走起来了。

十点十分，订单数量二十笔。

十一点整，订单数量一百五十五笔。

……

随着时间推移，订单数量还在不断上升。其中八成是老客户，两成新客户。而老客户的口碑扩散和之前网络水军的力量，似乎也正逐渐显现出来——活动页面的流量正在快速上升。

整个白天，林浅都是怀着一种平稳中略微紧张的心情度过的。

她也曾想过，今天的销量也许会有爆炸式攀升，一下子卖红整个网络。但事实证明，网络营销奇迹不是那么容易创造出来的，今天的销量虽然可观，但基本上是稳中有升，并没有奇迹从天上掉下来。

到了傍晚七点多的时候，总销量达到了八百多件，营业额两百多万元，毛利四十多万元。对于一个曾经年销售额数十亿元的集团来说，这个子品牌的销售成绩实在不算什么。但对于今天的爱达来说，这已经算是逆境中的一丝曙光了。

信息部的同人脸上都露出欣喜的神色，忙不迭地轮流吃着盒饭。林浅的心情还是无法放松。

她很清楚，爱达的东西是好，性价比高，但关键还要看消费者是否接受这个子品牌。这场侧翼战是否成功地为爱达打开了一条活路，还要看明天。

老客户资源消耗尽，有没有新客户进来，能不能维持稳定的销量，就看明天了。

八点整。

这是今天的第二个关卡。

按照之前公布的活动规则，前两千名购物者可以参加晚上八点的幸运抽奖，也就是网上常见的"砸彩蛋"抽奖模式。中奖率100%。一等奖共二十名，奖金各一万元；之后依次是五千元、两千元、五百元……十元不等。奖金总额是一百万元。就这个人数比例来说，奖金额的确十分诱人。

白拿的红包，没人会错过。这个环节，林浅抱着相对轻松的心情观看着。

果然，八点刚过，就有数个ID同时登录砸彩蛋。而按照设计，中奖结果会同时在活动页面和后台滚动跳出。

林浅紧盯着活动页面。

好家伙，第一个就砸出来一个一等奖。

"恭喜山东顾客'Linda'砸中一等奖，请凭本人身份证往爱达任一门店领取万元现金红包。"

林浅微微一笑：这算个好兆头吗？

第二条信息几乎是紧接着跳出来，又是一等奖。

林浅微怔，笑了：这么巧。

这时，门外负责网站监控的一名工程师突然站了起来，"出、出事了！"他身旁的一个人也脸色剧变，盯着屏幕说道："全都是一等奖！被黑了，我们被黑了！"

林浅心头狠狠一震，再低头望去，只见页面上流水般跳出一条条提示：

"恭喜河南顾客'旋转的苹果'砸中一等奖……"

"恭喜湖南顾客'丫丫'砸中一等奖……"

"恭喜……一等奖……"

"……一等奖……"

顷刻间，已经有了二十多个顾客砸到一等奖，远远超出了原先设计的十个名额，而且数量还在不断增加中。

林浅立刻起身，跑到门外。

工程师们也发现了这个异状，几乎都是冷汗淋漓地看向部门经理和林浅。

部门经理一头冷汗地与林浅对视一眼，沉声问："修复需要多久？"

有人答："要修复必须临时关站。目前还不知道被黑的程度，时间……不能保证。"

部门经理脸都黑了。如今已别无选择，他艰难地转头看向林浅，"林助，请你把这个情况报告给厉总。都是我们的疏忽，我们需要立刻关站，否则……"

他的话没说完，却足以令林浅手心冒出阵阵汗水。然而就这一会儿工夫，"一等奖"已增至一百多个。林浅几乎可以想象得到抽奖机会的顾客该是如何炸翻了天，纷纷来抢这个白拿的一万元奖金。

"我马上给他打电话。"林浅转身走进自己的小屋，严严实实地关上门。

拨号的时候，她的手指竟有一丝颤抖。

厉致诚卖房子卖地换来三千万，一群人抱着最后的希望，投入这么多天的心血，才打响这一场侧翼战，如今竟然要就此夭折？

难受，她好难受。不甘，她好不甘。

是司美琪还是新宝瑞？

电话接通的时候，林浅的声音却奇异地镇定下来，"厉总，出事了。我们的网上旗舰店被黑了，现在砸出来的全部是一等奖。信息技术部需要临时关站修复。很……抱歉。"

电话那头，厉致诚沉默了一会儿。

林浅握着电话的手心几乎要攥出水来。

然而她万万没想到，厉致诚会这么回答她——

"林浅，你认为现在，我们关，还是不关？"他清冷的嗓音缓慢、有力而清晰。

林浅心头一震，一下子愣住了。

他问她，关，还是不关？

关的话……失信于顾客，好不容易营造的良好开端就此重挫，一切努力将前功尽弃，明日的营业额绝对惨淡。

不关？生生损失掉两千万元？

她闭上眼，眼前只余一片黑暗，"……不关！"

第十一章
你的承诺

"……不关！"嘴里蹦出这两个字时，林浅整颗心仿佛都倏地拔高，高到不知哪里的晃晃荡荡的地方。

厉致诚只回答了一个字："好。"

林浅挂了电话，全身仿佛都笼罩在一层寒意里，手心的汗水却热得发烫。

她在小屋里独自转身，却见顾延之不知何时进来了，沉着脸站在门口看着她，"我已经知道了。"他说，"现在我们只能赌一把。"

林浅轻咬下唇，用力点点头。

赌，一场豪赌。

一场两千万元的豪赌。

这是他们能做的最后一场美梦，寄托着他们所有强烈的欲望、忐忑、侥幸、不甘和不服输。

两人并肩步出小屋。

林浅压低声音，"顾总，我认为接下来，要慢，要拖。"

讲出这句话时，林浅的大脑已经冷静下来。但因为思维太冷静，反而衬得胸膛中的心跳过于快速激烈。

未料顾延之斜睨看她一眼，在这个时候，他居然还笑得出来。

"我们也这么想。"他说。

顾延之很快代表厉致诚，下达了新的指令：不关站，但降低服务器和活动页面的访问速度，令顾客订购十次，大概只有一次能成功交付订单。同时在页面发布公告称：网站遭受黑客攻击，正在全力修复。

林浅回到电脑前，开始带领她的"水军小组"，在各个购物网站、论坛，以及二三线城市的区域热门论坛，大规模炒作。

……

这晚，爱达总部大厦，彻底灯火不灭。

顾客的疯狂热情，一直持续到凌晨。前两千个"喜中一等奖"的包终于被抢购一空。而在那之后，销量还往上冲了八百多。活动主页的访问量突破了五百万，留言区完全炸开了锅，其他各大论坛也是热帖不断——

没抢到前两千位的购买者，惋惜声一片，但其中大多数人也表示这次促销本身就很值，爱达的包质量和款式的确不错。

抢到一等奖的人，全都欣喜若狂，晒订单，晒中奖通知，如同逢年过节般，人人喜庆。

更多的声音，是强烈的质疑：质疑闹出这个天大乌龙的爱达是否会如约支付两千万元红包。

也有人发帖表示，自己是爱达老客户了，看到爱达被黑客攻击的公告，理解企业不易，愿意放弃万元红包。还有人说，也不要一万元这么多，商家意思意思每人发几千块，也是可以接受的。

但更多的人表示不接受——网站被黑是商家自己的事。如果不如约发红包，今后爱达一生黑。

因为之前的"致癌物"事件，爱达就颇受媒体关注。这晚之后，各大媒体，尤其是微博和微信上，无数用户争相转发这个令人啼笑皆非的新闻，其中一则标题就这么写道："两千万，送，还是不送？"

在万众瞩目、一片质疑声中，爱达始终保持沉默。

按照爱达之前公布的规则，活动周期有三天，三天后，获奖者才可凭身份证到爱达指定门店领取现金红包。因为爱达一直沉默，在这难熬的三天里，消费者、媒体的质疑声、吵闹声，以及他们热切盼望结果的心情，越演越烈，几乎达到巅峰。爱达网页总点击量突破一亿，并且每分钟都在急速攀升。"爱达两千万元红包"成为近日十大热门搜索词，并迅速攀升到微博热门话题第二位。

三天后，上午八点五十五分。

林浅用手撑着额头，还坐在信息技术部那间小屋里，紧盯着电脑。而门外，是同样紧张的其他员工。

还有五分钟，就是当初活动规则约定的时限——顾客可以到门店领取红包。同样还有五分钟，她面前的这则《爱达总裁公开声明》就会发布。

声明的内容很简洁，是厉致诚自己写的。在这个时候，大概也没人敢替他写。林浅想过几个版本，但看到厉致诚自己写的后，反复咀嚼，还是觉得言多必失，这个就好。

诸位顾客、网友及媒体朋友：

众所周知，三日前，我司旗下Vinda品牌网络旗舰店遭黑客攻击，导致错误开出两千个一等奖。面对如此恶意攻击，我司必会进行彻底调查，维护正当权利，维护公正公平市场环境。

面对消费者，爱达始终坚持"一诺千金"的经营理念，无论过去、现在还是将来。

获得一等奖的两千名顾客，请按照活动规则，前往指定门店领取万元现金红包。

预祝新春愉快。

————爱达集团总裁　厉致诚

这则声明发出去之后，广大消费者和网络上会有什么反馈呢？林浅几乎可以想象，必然是赞誉声一片，皆大欢喜。她甚至毫不怀疑，未来几小时，或者几天，爱达网络旗舰店的浏览量会继续暴增。

但销量呢？会有大规模的爆发式攀升吗？

不，她不确定。

甚至还有些忐忑。

过去三天就是生动的例子。网页的浏览量已经高得不能再高了，她也相信爱达的知名度也许在这几天都超过了历史上最辉煌的时期。但相比之下，销量就很低，低到近乎平静的地步。

第一天：四百二十七笔；第二天：六百三十三笔；第三天：七百八十笔。

林浅不知道，这样的数字，到底是因为万众都在观望爱达何去何从，后面还会有变数，还是那华丽的点击量根本就是一场浮华的泡沫般的热闹。

这么想着，她的头更沉了。连续几日不眠不休，夜间气候寒冷，加上精神一直紧绷，她明显感冒了。

从抽屉里翻出一颗感冒药，吞下去后，她继续撑起精神，盯着屏幕，只是脑子里突然冒出一个不相关的念头——这几天她一直在楼下忙碌，指挥水军四处转战，除了偶尔电话汇报或临时会议，她跟厉致诚很少见面，他也没有安排别的事给她。不知他一个人坐在总裁办公室里，是什么心情呢？当他看到各部门报上来的各种或喜或忧的消息，眉头是否也会为之紧锁或者舒展呢？

他独坐危楼。而她在这里，奋力拼杀，已使尽全身解数。

呵……怎么感觉好悲壮？但又是甘愿的。

一路波折走来，不知从什么时候起，她生出了"士为知己者死"的情绪。

他不够老到，也不够奸猾，运气好像也不够好。但他初露锋芒，已是天分惊人。无论是那份豪气万千的明盛项目投标书，还是这次独辟蹊径的侧翼反击战，还是如今临危决断，壮士断腕……他的聪颖通透和坚韧果决，无人能及。

顶层。

谁也想不到，林浅也想不到，在这个扣人心弦的时刻，厉致诚和顾延之居然在下棋。

黑白棋盘，满室茶香。

顾延之眼看就要输掉第五局，实在憋屈得慌，于是将棋盘一推，"不下了，没意思。"他本来就不善此道，偏偏老板今天要他作陪。

是要通过大杀四方给自己找一下底气？

还是纯粹消磨时间等结果而已？

顾延之微微一笑，"你就一点都不急？"

厉致诚没抬头，两道浓黑的眉清隽醒目。他的指间拈着一颗白子和一颗黑子，开始自己跟自己下完残局。明明年轻英俊，却老成淡漠得叫人心头一凛。

"不急。"

两小时后。

林浅盯着屏幕，实在撑不住了。

没有起色。

在公告发布后这段时间，销量只有一百四十七笔。

也不知是感冒加重，还是心情的缘故，林浅的头越来越沉，额头烫得厉害，看着屏幕上的字也一跳一跳的。她从屏幕后抬头，外间同事们的脸色也都沉寂而严肃。

她推开椅子，起身跟技术部经理打了个招呼，下楼。

林浅再次醒来时，一眼就看到窗外漆黑的天。

她吃了一惊，掀开身上的毯子坐起来。

对面医务室的中年女医生正坐在灯下书写，抬头朝她笑笑，"刚才给你量过，已经退烧了。"

林浅连忙道谢，心里却哭笑不得——怎么睡了这么久？居然把这个关键的白天给睡过去了？

她中午吃了饭就来医务室开药，当时困得不行，心里又有点烦闷，就想在椅子上靠一会儿再走，谁知就这么睡着了。

医生又说："下午总经办有人打电话到我这里找你，听说你发烧了，就让我不要叫醒你，好好睡一觉。"

林浅问："是谁啊？"

医生微笑说："是个年轻的男同事。"

人刚醒来的时候，总是特别怕冷。林浅裹紧大衣，走下医务室所在的小楼。

对面就是集团大厦，此时灯火通明，玻璃窗后人影攒动。

这一天已经结束了。

林浅一时竟不想上去，在一旁花圃边的长椅上坐下。

此时已经七点多，该下班回家的都下班了，周围人影稀疏。林浅靠在椅子里，望着大厦，望着冬季阴沉的夜空，长长地吐了口气。

身旁的小径上，响起了脚步声。有人不急不缓地走来，在地上映出长长的影子。林浅并未在意，兀自出神。

直至那人走到她身旁，站定。

林浅抬头，看清他的脸。

"厉总。"她刚要站起来，他却已在她身旁坐下。

林浅侧眸望着他。他今天穿了件黑色大衣，里头是衬衣领带。即使是冬日，他的衣着也是简洁而清爽的。他也看着她，那眼睛在灯光下显得更加澄亮。

"烧退了？"他问。

林浅早猜到打电话到医务室的人是他，心中不由得升起一股暖意，但这暖意又让人心慌意乱。

她中规中矩地答："嗯，谢谢厉总。"

他静了一会儿，眼睛看着前方，又问："为什么坐在这里？"

林浅低声答："睡了一下午，也不知道销量如何。我先在这里酝酿一下情绪，作好心理准备。"

这话令厉致诚眼中滑过一丝笑意。但她的下一句话，却令那笑意无声无息迅速褪去。

她说："我怕我们什么都得不到。"

在他面前袒露自己深深的担忧，这在林浅是极少的。讲完这句话，她就抬头，目光清亮地直视着他，像是要从他脸上看到今天的结果。

可厉致诚的脸色依旧平静，仿佛宠辱不惊。他也转头望着她，两人的眼睛隔得极近，凝视着彼此。

然后他抬手，搭住她身后的椅子靠背。

"我不这么认为。"他说，"我想要得到的，我已经看到，触手可及。"

林浅心头猛地一跳。

他想要得到的……是指什么？

她看着他深黑的眼，心跳开始加速，脸也有些发烫。

可是Boss，现在哪里是谈情说爱的时候啊？我心里就像有三座大山压着，沉重得都快喘不过气来了，你不要再给我加压力了好不好？

可她会错意了。

因为厉致诚已经站起来，双手插在衣兜里，侧眸看着她，"你不去看看吗？今天的销售结果。"

林浅立刻也站起来，"……好的，现在就去。"

他的眼中终于再次泛起温和的笑意，轻声说："你不会失望。"

你不会失望。

他说……你不会失望？

这句话就像大力水手的菠菜，令原本病恹恹、萎靡不振的林浅眼睛一下子亮了。

她有点不敢相信自己听到的。因为早上销量还很颓靡，现在能令厉致诚讲一句"不会失望"，那销量岂不是应该……很好？

破两千？不，这绝不足以让厉致诚满意。三千？甚至四千？

林浅跟在厉致诚身后步入大厦，搭乘电梯，再次走向信息技术部的办公室。她的整颗心都像要跳出来了。

林浅一进办公区，就见早上黑着脸的同事们此刻个个红光满面。听到动静，他们转头望向林浅和厉致诚，"厉总！""厉总，林助！"他们的眼睛里分明有种异常亢奋的光芒。

薛明涛、刘同、顾延之等领导也在，正坐在里头的小屋里，不知在聊什么。他们听到动静，抬头望过来，嘴角都有笑意。

林浅再也把持不住了，就近伏在一个同事的电脑前问："今天销量多少了？我下午没在，还不知道。"

那同事这几天跟她也很熟了，此刻脸上灿烂得跟朵花儿似的，把电脑屏幕用力往她面前一扭，"林助自己看！"

林浅一眼就看见屏幕上的数字，眼睛都直了，"七千八百五十三？！"

周围的人全笑了，闹哄哄地说开了——

"是啊，总裁公告发布大概两个多小时后，销量才开始突然猛增，五百、一千地跳，好家伙！现在下的订单，都要三个月之后交付了，但是数字还在猛涨。"

"林助的网络攻势，功不可没！"

"虽死无憾了！"一个小伙子感叹道，"我真是虽死无憾了！"

林浅的太阳穴都开始突突地跳。

幸福来得太突然了！老天终于公平了一回吗？

哈哈哈！陈铮你个臭浑蛋，我们一天卖了七千八百五十三啊，你听到这个数字会不会气死？林浅开心地想，不行，明天要不要发条短信给他？就写：陈总，托您的福，我们昨天卖了八百件。哦，对不起，少打了一个零。哈哈哈！

林浅正眼冒精光地盯着屏幕胡思乱想着，小屋里的几位领导却已走了出来。顾延之笑吟吟地说："厉总回来了。让厉总给大家说两句。"

所有人都抬头看着厉致诚，林浅也转身望着他。

他就站在离她几步远的位置，听到顾延之的话后，俊脸神色淡淡的。

林浅的嘴角忍不住地上翘了——他应该更适应和习惯给那群憨直的大兵们打气吧？现在他又会说什么呢？

厉致诚站在灯光下，抬起平静的眼眸，环顾一周，开口："今天大获全胜，在座的诸位都是功臣。"他顿了顿，大伙儿全都面露喜色。又听他说道，"现在，我们基本可以判断，这一次的侧翼反击战，已经奠定胜局，竞争对手无力回天。在可以预见的将来，他们的中档产品市场，会被我们迅速蚕食。而我们其他品类的销售，也会随之回温。"他最后停了停，看着大家说，"我们终于，救活了爱达。"

非常平实的一段话，语气也很平稳，没有任何煽动人心的表情或是措辞，却令所有人为之一怔。因为他说"救活了爱达"。不知为何，这话令人的心情倏地变得凝重，凝重中似乎又有一种情绪在无声地酝酿。

没有人说话。

短暂的沉默后，所有人仿佛同时反应过来，大叫着，欢呼着，鼓掌着，将手里的文件资料丢下站起来，彼此激动地拥抱在一起。

林浅的眼眶居然有些湿了。厉致诚讲话的时候，她一直望着他。明明很朴素很刚毅的一段话，怎么听着却让人觉得既心疼又骄傲呢？

我勒个去！她现在到底对他是个什么心态啊？怎么有种"我家有Boss终长成"的欣慰感觉？可为什么心里又觉得甜丝丝的，又慌慌的？

就在这时，厉致诚仿佛察觉到她的视线，转头看过来。林浅下意识地刚要拍两句马屁，恢复自己正常战斗状态，胳膊却忽然一紧，然后被身旁年轻高大的男工程师拉进怀里，紧紧一抱，"林助！"

林浅还没反应过来，对方已经松手，又去抱身旁的中年工程师了。

林浅莞尔一笑，又跟身旁几人击掌、拥抱，庆祝胜利。嘿嘿嘿，她林浅今后在信息技术部就算是自己人了。她正东想西想，一回头，就见几位领导也很应景地走进工程师的队伍中。厉致诚握着刚才抱她那工程师的手，还拍了拍他的肩膀，低语了几句，那工程师一脸荣耀，喜不自胜。

然后厉致诚松开他，又跟其他几个人握了手，接着脚步一转，就到了林浅面前。

林浅心情实在太好，一时也未想太多，笑眯眯地伸手要跟他相握，同时大大方方地拍马屁："Boss万岁！"

灯光下，厉致诚身形颀长如修竹，柔黑精神的短发下，眉眼极难得是温而沉静的。林浅还没反应过来，只觉手臂一紧，就被他拉进怀里。然后他的一只手在她背上轻轻一拍，就像对其他人一样，以示鼓励。

林浅的心跳突突的。她清晰地闻到他身上清浅的味道。他握住她手腕的手十分有力，就跟烙铁一般。还有他放在她背上的那只手，五指指尖蕴藏着力道，分明按住了她，把她按进他怀里。

旁人都在说着笑着，没人注意到他俩的异样。事实上，他们表面看起来毫无异样。

"林浅。"他轻声在她耳边说，"我很高兴，没有令你失望。"

这一天，是一个开端。到了午夜时分，这个子品牌的全天销量突破了八千五百件；第二天全天销量达到了一万二千件。

之后几天，销量逐渐回落并稳定，但依旧维持在同类网络旗舰店难以企及的高销量上。

而到这一年年底的时候，爱达这个主品牌的全年销量在中档皮包中排名全国第一，并且比第二、三、四、五名加在一起的总销量还多。最终果真如厉致诚所说，其他品类的箱包在这个主品牌的带领下，虽不及过去的业绩，但也逐渐回温。及至年底，爱达全年营业额已逼近司美琪，全面翻身。这是后话。

再回到当晚。

这天，林浅回到家也已很晚了。心情大起大落后，暂时没精力整理某些乱糟糟的思绪。她胡乱冲了个澡，躺到床上刚要睡觉，却接到了久违的林莫臣的电话。

这段时间，林浅没给他打电话，他也没有打过来。兄妹俩早有默契，在爱达生死存亡的关头，她不提，他也就不问。

现在好了，雨过天晴，形势一片大好。

林浅躺在床上，懒洋洋地说："兄台，有何贵干？"

林莫臣的嗓音里也带着浅浅的笑意，"恭喜你。"

林浅说："谢谢。"

到底对哥哥依赖甚重，林浅忍不住又讲了这几天惊心动魄峰回路转的经历，只有自己被打了一巴掌的事只字未提。林莫臣一直安静地听着，听到她说向厉致诚建议要赔掉两千万时，他低声笑了，"城门立木。这招用得不错。"

林浅还含着笑，正要往下说，忽地愣住了。

哥哥说"城门立木"？

城门立木，取自古代商鞅徙木立信的故事，意喻采取夺人眼球的奇招，公开树立威信，取信于民。

这个成语，现在用得并不多。林浅前不久刚刚看到过一次，所以他现在一说，她就记了起来。

那是做厉致诚助理的第一天，她在露台，他正在看《孙子兵法》。当时他在纸上写了几个词，其中一个，不就是城门立木？

林浅正想着，却听林莫臣淡笑道："小傻瓜，现在看清了吗？还说给人家当老师。这一路人家做得天衣无缝，环环相扣，把强于自己数倍的竞争对手要得团团转。我来交手还差不多。你今后谨言慎行，好好跟人家学，别丢我的脸。"他说完就挂了电话，留下个呆呆的林浅。

哥哥刚才说什么？

林浅只觉得脑子里有根筋在突突地跳，大脑异常清醒，又异常思绪翻滚。感冒的困意瞬间被丢到十万八千里外，因为哥哥的那番话，那个熟悉的成语"城门立木"，令她心中升起一个不可思议的念头。

她一路跟随厉致诚走来，脑海里其实一直隐隐埋着一个可能性，但只要稍稍往这边一想，就被她否决了——怎么可能？

林浅的心怦怦地跳着。然后，她一下子从床上跳起来，抓起自己的背包，从里面翻出软皮笔记本。她记得那天看到他写那几个成语时，出于对Boss的任何细节都要关注到位的心态，她还记下来了，记在了笔记本上。

翻翻翻，翻了半天，林浅的脑子里电光石火般把所有的事全部重新串了一遍——

如果按照哥哥的说法，一切都是厉致诚计划安排的，那么一切都要推倒重来。

所以，厉致诚当初争夺明盛项目也是假意的，只为引司美琪入局。目的……对了，他提出了近乎苛刻的投标条件：定价不超过市价的30%，三个月的交货期。这就是他的目的——让司美琪在高档皮具的市场价格和库存量上受严格限制，不能再有余力狙击爱达。

那么，厉致诚的目标一开始就是司美琪那广阔的、巨大的中档皮具市场？所谓的争夺明盛项目只是要声东击西？

那奸细呢？他是否提前知道奸细的存在，于是反过来利用了他们，最后还将他们送进了监狱？

是了，还有那三千万元。为什么他将获奖人数定为两千？当时她没细想，现在回想，卖地的三千万元，刚好用光！难道他早知道会出错？

林浅的脑子里乱糟糟地想着，终于找到了当初的笔记。她定了定神，心跳如雷地看着那五个兵法成语。瞬间，她的心跳变得更快了。

因为那五个词是——

请君入瓮。
借刀杀人。
声东击西。
城门立木。
以逸待劳。

林浅拿着笔记本，呆呆地坐在床上。

她心中是一种说不出的滋味，恍然、震惊、茫然……还有陌生。

是了，陌生。

她根本从未看清过他。

她脑海里再次浮现出厉致诚的容颜，但这一次，不是他在火车上惊鸿一瞥的沉默冷峻，不是他背着她走过水洼泥泞时的挺拔温柔，而是他今晚坐在她身旁时，用那双漆黑的、沉如冬夜的眼，势在必得地望着她说——

"我想要得到的，我已经看到，触手可及。"

第十二章

邂逅初恋

　　冬日的清晨，天空呈现一种灰暗清冷的白，广阔的园区在这片暗白里显得格外冷寂。

　　初战告捷的次日，对厉致诚来说，并没有太大不同。不到七点，他就如往常般抵达办公室。

　　七点整。

　　坐在沙发上的他低头看了看表，然后抬头往门外的小隔间望去。

　　澄亮的灯光下，林浅的办公桌上整洁明净，小小的鲜嫩的绿植搁在桌子一角。

　　她还没有来。

　　厉致诚不急不缓地起身，走到书架旁，取下一本行业杂志，翻到某一页，然后又走回沙发旁，把杂志就这么摊开放到茶几上。

　　等待。

　　然而，直到八点，平时几乎跟他一个作息的林浅还没来。厉致诚再次抬头，看一眼她的座位，而后低下头，继续看资料。

　　直至九点上班铃响，厉致诚才在一众纷沓的脚步声中听到熟悉而轻盈的那一个走进了隔间。一阵窸窣的声响，是她如往常般脱外套、坐下、打开电脑。然后她桌上的电话响了。

　　"您好，总裁办公室。"她的嗓音清甜而柔软。

　　一直坐在里间沙发上的厉致诚，这时抬起头来，透过半掩的屋门，恰好看到她的侧脸，白皙清透，唇色绯红。

厉致诚的眉头无声无息地扬了扬，低头继续看资料。

听声音，看颜色，这女人的感冒好得差不多了。

林浅挂掉电话，望着桌上几份等待厉致诚批示的报告，沉默了几秒钟。

今早她是故意晚到的。早上，她早就醒了，但就是不想来上班。想着要跟他像平时一样两人独处一个小时，怎么就有点浑身不自在呢？

他分明是一匹狼，甚至也许是最凶残强悍的一匹，她却把他当成了一只羊。

唉！好想冲进去对他劈头盖脸一顿大骂。

林浅当然不会真的去骂，甚至当她拿起文件走到他门口轻敲房门时，她的脸上还自然地浮现出职业的笑容。只不过，她现在顶多就能这么假假地对他笑一笑了，她一点也不想像以前那样对他开怀而笑。

哼。当她林浅是什么人？虽然他做这一切筹谋都无可厚非，但他怎么能把她也套进去了？她难道是个脑子直愣愣的普通角色吗？

正有些郁闷地想着，另一个相反的念头却又滑进脑海里——话说回来，他布了那么大那么长的局，亦未刻意对她隐瞒才华，她每天在他身边，却一点也没看出来。难道她跟他的段数，真的相差那么多……

想到这里，林浅决定，从今日起，要打起十二分精神，面对眼前这……

深不可测的男人。

她推开门，抬起头，望着沙发上的厉致诚。

阳光已经从云层后浮现，照得冬日的室内一片橙黄的温暖。他依旧一身笔挺的黑西装，衬衫洁白，端坐于此。他双手轻搭在膝盖上，沉静中带着一丝随意。听到脚步声，他抬头望着她，深黑的眼睛平静如水。

林浅跟他的目光一触，心脏竟情不自禁地抖了一下。她立刻在心中骂了自己一句：单"蠢"！

看看，看看！他这眼神，这姿态，怎么看都是一只不动声色的腹黑狼。她过去怎么会觉得他是一只安静的大猫呢？猫和狼差那么远，她怎么会看走了眼？

尽管心中犹如万马奔腾，林浅脸上的笑容却越发无懈可击。她动作干练地将手里的资料递给他，同时说："厉总，这份是技术部今早递交的报告。这份是……"

厉致诚伸手接过。两人便如平时搭档般默契，她简单地说，他仔细地看，同时给出简短的答复或者批示，她记在自己的软抄本上。

其间林浅不经意间抬头，就见他低头看得十分专注，两道乌黑的长眉下，漆黑的睫毛、挺拔的鼻梁，俊朗沉毅得像一幅画。

昨晚的一个念头闪过林浅脑海里——她真的，从未看清过他。

很快，这例行工作就做完了。林浅拿起那叠资料，转身就要走，甚至都有一丝急切。

谁知一道清冽的嗓音从背后传来，"等等。"

林浅脚步一顿，转身笑望着他，"厉总，还有事？"

男人正低头看着另一份资料，闻言只用手拍了拍自己身旁的沙发，头也不抬地说："坐过来。"

林浅心里又抖了一下。

坐……过去？

她的脑海里倏地闪现出那天那个火热的、强势的吻。男人臂弯中清冷的、莫名的气息，仿佛瞬间浮现在她鼻翼。

像是察觉到她的迟疑，他缓缓抬起了头，眸色清亮地望着她。

"这份权威杂志上，有去年的十佳箱包单品评鉴。"他的手指在桌面上那份放了许久的杂志上轻轻一点，"也有司美琪的一款产品。"

林浅明白了——这是要她过去参谋呢！

她决定直接装傻。

她神色自若地走到他身旁，但坐下时，还是下意识地与他隔了一尺的距离。无视他停在她脸上的灼灼目光，她拿起那杂志就全神贯注地看了起来。

这份报道，林浅之前在别的地方也看过。权威杂志从"质量、外观、性价比、销量、网友评价"等五个角度进行评比，选出了2013年十个最受欢迎的箱包单品。

看到这份报道，林浅其实还挺震撼的，因为排名前一到三名的，全是新宝瑞的产品。之后有司美琪的，也有别家的。爱达如今主推的Vinda品牌下的一款包包在第八名，只是去年的销量惨不忍睹。

不知明年这时候，Vinda是否会杀进前几名呢？

这么想着，林浅习惯性地拿起报告，就自己所知的情况，给厉致诚讲解起来："厉总，第一名，是新宝瑞的一款休闲包。这款包据我所知推出有三年了，优点在于外观时尚，质量不错，价格也有优势。第二名，是新宝瑞的一款专业户外包。国内户外做得好的企业其实挺少，新宝瑞这款也算是卖火了，但价格也偏贵……"

讲到一半，她忽然反应过来。她在干什么呢？还把他当成那个初生之犊不惧虎的Boss？他既然能游刃有余地将司美琪玩弄于股掌之中，这些企业间的基本信息，他又怎么会不了解？

那他叫她过来干什么？

林浅心不在焉地说着，眼角余光就往上瞟。只见他姿态闲适地靠在她身旁的沙发上，长腿还轻轻交叠着，一只胳膊搭在她背后的沙发扶手上，另一只手搭在膝盖上。她不用抬头也能感觉到他的目光，像无处不在的空气，将她笼罩。

林浅的脸一下子热了起来。

这家伙……

一个念头闪过脑海里——他是个目的很明确的男人。

这么想着，林浅的脸更热了。她草草将手上的杂志一放，想赶紧开溜，"厉总，我知道的就这些。"

他却静了几秒钟。

"你的脸很红。"他低沉温凉的嗓音就在她耳边。

林浅也静了一瞬，旋即抬头微笑看着他，"嗯，可能是感冒还没好吧。那我坐远点，别传染给你了。"她说完就想起身，躲开他若即若离的臂弯。谁知她身子刚一动，肩上已是一沉，他的手放了上来，按住了她。

林浅的心头突地一跳——这下是真在他怀里了。

四目相对。他的俊脸就在离她很近的位置，那只手依旧牢牢按在她肩上，令她坐在原地不动。而那漆黑而疏淡的眼眸里，映着她小小的心慌意乱的倒影。

谁都没说话，屋内的空气仿佛跟他指尖的温度一般，灼烫了她的脸。而他就这么盯着她，高大修长的身躯将她环在沙发和他之间。

林浅的心跳得厉害。一个声音在她脑海里嚷道：他怎么这样？！有他这么追人的吗？沉默又强势，难道就吃定了她不会逃离？

另一个声音却冷冷淡淡地嘲笑着：林浅，你确定他这是喜欢你？他这么深藏不露的一个人，你现在都摸不清他的斤两，将来就不怕吃不了兜着走？

……

林浅稳了稳心神，望着近在咫尺地的他，"厉总，我觉得这次爱达真是柳暗花明又一村。"

他看着她，眸色似乎越发深沉。

林浅的心胡乱地跳着，有那么一点憋屈，又有那么一点莫名其妙的慌乱，还有破釜沉舟的勇气。她接着说道："我们虽然失掉了明盛，但一转头，司美琪的中档箱包市场，却是豁然开朗，毫无阻隔。看来天道酬勤，上天还是帮着爱达的。"

这番话她说得平平静静，讲完后，就直视着厉致诚。

厉致诚也看着她，漆黑漂亮的眼里没有半点起伏。

两人就这么安静地对视了一会儿。

林浅忽然觉得自己有点荒唐。他是多聪明的人，这么几句话，肯定听懂了。昨天即使猜出了真相，她也没想过要跟他挑明。可今天不知怎么了，肩膀被他这么一按，她就觉得非挑明不可。

她纠结、懊悔，却万万没想到，厉致诚眉目不动地按着她，第一句话却是——

"生气了？"他轻声问。

林浅不吭声。

他深深看她一眼，倏地松开了她的肩膀，身体也往后一退，暂时拉开了与她的距离。

林浅一时间如释重负，可被他按过的肩头却似乎有一种说不出的触感残留着。她也不知道说什么好，只静静看着他。

他的神色淡淡的，抬手翻开了桌面左上角的一本书。林浅看清封面，心头一震——正是那本《孙子兵法》。

只见他长指轻拈，从书里抽出了一张白纸，转头看她一眼，直接放到了她面前。林浅眼睛一瞟，不正是当初那张写着兵法计谋的纸？刚劲有力的笔迹如昔：请君入瓮、借刀杀人……

"我从未主动向你隐瞒。"他缓缓地说，"情势所逼。"

林浅还是没作声。

他这是干什么……

这算是在向她主动解释？

一个城府诡谲的人，这么干脆地坦陈自我？

哼……

见她不说话，厉致诚沉默片刻，目不斜视、动作平稳利落地再次翻开《孙子兵法》，从里面又拿出一张叠好的纸条，转头再次看着她。

"这样的东西，我会写三张。这是第二张。"他将纸条夹在长指间，眸光湛湛地望着她，"看吗？"

一个月前。

那时还是初冬，林浅刚到爱达集团报到，而厉致诚也刚刚转业归来。

坐落于霖市西郊的绿苑疗养院仿佛早早被冬的气息填满，河畔树叶凋零，碧绿的水面也透着寒气。

爱达董事长徐庸就住在河畔的一座独栋小楼里。趁着有阳光，护工和助理把坐着轮椅的他推到屋前的草坪上，让他安逸地晒着暖暖的太阳，喝着一杯热腾腾的清茶。

很快，老人期盼已久的客人到了。

年轻的男人终于褪去了军装，然而穿着休闲装的身影依旧比寻常人还要挺拔英武，在绿茸茸的小山坡上投下笔直的剪影。

"爸。"厉致诚在徐庸的轮椅前站定。明明已经成为一个成熟稳重的男人，却依旧如少年时期般惜字如金，目光也依旧深沉平静。而在商场纵横数年的精明父亲，也一如既往看不清这个儿子的心。

徐庸有些感伤，拍拍自己身旁的长椅，"坐吧。"

简短地聊了几句。徐庸问清他的确已退伍，也已说服在军中位高权重的外公，同意他弃伍从商，心中不由得暗暗欣喜。

厉致诚更多的是询问助理和护工父亲的身体状况。得知父亲现在健康状况不错，他淡淡点头，亦未见太多情绪反应。

徐庸到底老了。老了，心境也就简单了，所有的兴趣和希望都放在儿子身上。他笑着问："为什么这次肯回来接手爱达？"

厉致诚亲手推着轮椅，将父亲推到一棵大树下，这才答道："大哥生前，曾跟我有过约定。"

听他提到三年前车祸逝世的长子，徐庸不由得心头一痛。因为与妻子离婚，两个儿子自小分开，但感情一直很好。如果说有什么人能走进这个沉默寡言的二儿子的心，大概就是他的长兄了。

"什么……约定？"徐庸的声音有点哑。

厉致诚站在他身后，鸭舌帽遮住了他的眼和表情，嗓音淡淡地，却是字字千钧，"如果他有事，我来保爱达。"

所以他归来。

君子一诺。虽然如今生死相隔，困难重重，待他披荆斩棘，纵横捭阖，开出一条血路去赴约就是了。

父子俩都沉默了一会儿。

厉致诚再次开口："我有三个条件。"

厉致诚走后，徐庸还久久地坐在树下，沉思。

身后的助理试探地问："董事长，您在担心？"

徐庸却笑了，"不，只是有点感慨。"

想着儿子三个苛刻的条件，就让人忍不住感慨啊。虽然他是自己的儿子，还是个忠诚孝顺又重诺的儿子，但果然被军人外公培养得很好，本质已经是一匹凶悍强势的狼了啊。

他也许真的能救活爱达。

然而就像狼的天性，尽管为践诺而来，他也会彻底占有和控制爱达，纳入他的权力范围。连他这个父亲，今后都不能染指。

而这时，厉致诚正沿着河堤，压低帽檐，漫步在阳光下。

有时候，缘分是种奇妙的东西。譬如此刻，他一抬头，就看到一个眼熟的女人，站在不远处另一棵树下，望着另一个方向，像是在发呆。

刚认识时，厉致诚对林浅的印象是很吵但嗓音格外动听的女人，而且那么巧是爱达的人，也就是他的人。所以他出手相助。

还有个印象。他初次抵达爱达后，据顾延之所说，赖着不走的她是前任CEO的助理，也是个挺倒霉的女人，照片上的笑靥如小野花般绽放。

但此刻，她孤零零地站在大树下，表情是悲伤的，泪水闪了闪又压了下去，像是被人抛弃的小动物，沉默、委屈但是又很坚强。

从这里出疗养院只有一条大路。她在前面慢慢走，厉致诚就在后面无声无息地跟。等看到她上了一辆公交车，厉致诚看了看已然漆黑空旷的郊区天色，看着她孤独一人坐在黑漆漆的公交车上，静默片刻，也跟了上去。

时间再回到今天，爱达侧翼战初战告捷的次日早晨，顶层总裁办公室里。

"要看吗？"厉致诚的嗓音清凉如水。白皙的俊脸上，黑眸幽沉而平静。

林浅当然想看，甚至连目光都下意识地追随着他手上的纸条。

但是……

他保持端坐姿势不变，人高马大、西装革履地坐在她面前。阳光从他背后射过来，将他的黑色西装和短发都涂上淡淡一层光泽。而他一只手放在沙发前的茶几上，另一只手夹着那张锦囊妙计，轻轻搭在一旁的沙发靠背上，离她有点距离。

"要看……"他盯着她，慢慢地说，"就自己过来取。"

他明明什么过头的话都没说，林浅的脸却陡然又热起来。

为什么这句话的潜台词，听起来就像在说"想看，就到我怀里来"？

林浅一动不动，看着自己放在膝盖上的紧握的双手。

是的，他就是这个意思。

这纸条上如果写着他下一步的谋略，那就关乎着他的身家性命，关乎着爱达数亿元的将来。他凭什么给她看？除非她是他的……女人。

除非她选择到他怀里去。

他的意思，再明确不过。坦荡而直白，强势而……蛊惑。

林浅的脸晕上一层层的红。

她抬起头，静静地望着他。

还是那张没有太多表情的脸，眸色沉沉湛湛，身姿笔直挺拔。林浅脑子里却突然冒出许久前的那个晚上，他沉默地坐在她身旁，吃着烤红薯的样子。

"厉总。"她轻声但是平稳地答道，"我还是不看了。如果没有其他的事，我先出去了。"

她朝他点点头，起身朝门外走去。她眼角余光能瞥见他一动不动地坐在原地望着她。

她刚走到门口，却听他的声音再次传来，"林浅。"

林浅脚步一顿，转头望着他，笑意平和，"还有什么事？"

他静静地望着她，眸光明亮，"那晚，是我第一次吻女人。"

林浅心头突地一跳，没出声，却又听他温凉的嗓音再次响起，"也是我第一次，想要得到一个女人。"

林浅倏地抬头望着他。

挑明了！

在她委婉地回避后，他的反应居然是……不退反进，更加直接地挑明了！

望着他黑漆漆的漂亮眼睛，林浅的视野仿佛都跟着心跳突突突地震动起来。

这下好了，她……要如何作答？

同一个上午，陈铮坐在自己的办公室里，听着下属汇报爱达昨天的销售数字，愣住了。

他有点无法相信自己听到的事实，但事实又是如此清晰地摆在他面前。他心中闪过某个猜测，某个异想天开的可能性。这可能性，令他的心情越发阴郁起来。

在静默了许久后，他终于把一切线索都串了起来。他的脸色变了又变，最终，定格在一个冰冷的微笑上。

下属试探地问："陈总，咱们怎么办？"

陈铮抓起桌上的茶杯就丢到地上，冷冷地说："怎么办？我们现在，不是什么都做不了吗？"

他抬头，看着窗外灿烂无比的冬日蓝天。

厉致诚剑锋所指，明眼人都能看出，司美琪原本占据的中档品市场已岌岌可危。

他在心中发誓，一旦摆脱明盛项目，势必全力反攻，将这块领土夺回来。

同一时间，新宝瑞总裁办公室里。

宁惟恺听到助手汇报爱达这几日的动向时，先是一怔，而后是微微一笑。

"这么说，我们埋在爱达的探子，因为修改网站数据，已经被公安机关扣留了？"他轻声问。

助手答："是。但是不是他做的，我也没收到消息，查不到了。"

宁惟恺坐在水漆沉光般的大班桌后，修长白皙的手指轻轻在桌面点啊点。过了片刻，他笑了，抬眸看着助手，"原浚啊，我们有对手了。"

助手原浚从他多年前白手创业时就跟着他，对这一局亦看得通透。他想了想，点点头，又说："这个厉致诚，的确是个厉害人物。不过以爱达的实力，就算这个品牌做起来，距离新宝瑞还是有很大差距，无异以卵击石。"

宁惟恺点头，"是啊，好在我最擅长的就是恃强凌弱，赶尽杀绝。"

原浚微微一笑，将收集的爱达一众人等的详细资料递给他。

宁惟恺仔仔细细地看着，翻到最后，突然扯了扯嘴角，笑了，"林浅？是中×大毕业，今年二十五岁，看似圆滑实则嚣张的那个姑娘林浅？"

原浚有些意外，"宁总认识她？"

对一切都轻描淡写、嬉笑怒骂的宁惟恺，这一回却沉默下来。他盯着属于女人的那一页薄薄的资料，看了好一会儿，才抬起头。

"怎么不认识？她是我的初恋。"他脸上的笑意更盛了，"当初分手时，这姑娘可是被我伤透了心啊。"

第十三章

爱人在侧

"也是我第一次，想要得到一个女人。"

讲完这句话，厉致诚就抬眸，盯着林浅。

果不其然，女人原本就红红的脸变得更红了，连耳朵根都染上那胭脂般的颜色。一双原本灵动的眼，此刻忽闪忽闪，躲躲闪闪，就是不与他直视。

厉致诚也静了一瞬。他不急不缓地端起茶杯，低头轻抿了一小口。

她心里有他，这一点毋庸置疑。在那么多个患难与共的夜晚，她用那湿漉漉的、饱含着也许连她自己都未察觉的复杂情意的双眼，望着他。

一个女人如果不爱一个男人，不会用那样的眼神望着他。

望到连他的心，都随之无声悸动。

然而尽管对她势在必得，此刻，直接袒露心迹的当下，厉致诚不动声色地望着她绯红的脸，还有她垂在身前下意识用力绞在一起的十指，竟觉得胸腔中一颗向来沉寂的心仿佛也随着她的手指，轻轻被拧起。

他的女人。这世上也许唯一可以掌握他的心的人。

她却还在犹豫。犹豫要不要靠近。

"林浅。"他盯着她，缓缓开口，"不要犹豫。"

话音刚落，果然见她神色更窘迫了，小小的雪白的牙齿轻咬着下唇，脸色酡红得像火。

就在这时，她的电话突兀地响了起来。

然后厉致诚就看到林浅脸上明显闪过一丝如释重负的窃喜神色，但很快恢复成一脸若无其事。

"厉总，我先去接电话！"她飞快地、心虚地看他一眼，转身噔噔噔地快步走了出去。

厉致诚坐在原地不动，沉静锐利的目光始终追随着她的身影，还有她在门外状似专注工作的秀美侧脸。

片刻后，他垂下眼帘，兀自缓缓笑了。

画地为牢，欲擒故纵。他已见胜利曙光。

调岗申请。

林浅在键盘上敲下这几个字，愣愣地看了一会儿，又连按退格键，把这几个字都删除掉。

她往桌上一趴，叹了一口气，再用眼角余光瞟了瞟办公室里厉致诚映在墙上的颀长影子，又暗叹了一口气。

大清早的，Boss居然表白了。

这要怎么办才好？瓜田李下，抬头不见低头见啊。

诚然，她对曾经那个正直实诚、屡败屡战的厉致诚，是有好感的。但那份好感，还不足以令她就此同意做他女朋友。

而现在，他已不是那个他了。她到现在都还有点没缓过劲儿来。

她只觉得陌生。一种空空荡荡的、让人握不住的陌生。

只是想到这一点，怎么心中会有一点点不是滋味的感觉呢？

就在这时，桌上电话又响了。

刚刚那个几乎救了她命的电话，很意外，是一个股东打来的。

爱达没有上市，但股份清晰。厉致诚的家族是绝对控股大股东，此外还有一部分股份散落在其他管理层和一些老人手里。刚刚打电话的，就是一个退休在家的小股东，也是董事长当年的好兄弟之一。林浅还是第一次接到这种人物的电话。

他想见厉致诚，同时还询问了网络旗舰店的销量如何，言语之间似乎很关心是否有股东分红。

　　林浅立刻就明白了。爱达苟延残喘已久，如今在万众瞩目下开始翻身，相关利益方自然闻风而动。林浅不敢轻易答应，她估计厉致诚多半不会见这股东，于是只模棱两可地应承下来。

　　而此刻这个电话也令她意外。

　　是华东区一个大区销售经理打来的。这种人物，掌管着一个大区数十家门店的销售，都是人精。

　　"林助理，我们几个大区经理都想向厉总当面陈情啊。"他似笑非笑地说，"现在网络店把价格做得那么低，我们门店本就不好做，现在更没法做了，怎么办？"

　　……

　　挂掉电话，林浅将刚刚两个电话的内容重点都写下来，然后深吸一口气，望向总裁办公室半掩的房门，起身又走了进去。

　　厉致诚已经坐到大班桌后，听到脚步声，抬头，漆黑锐利的眼静静地看着她。

　　林浅还没讲话，在他的注视下，脸竟然自动自觉地飞快热起来。

　　她在心里暗骂了自己一句，眼睛盯着他衬衫挺括的肩膀，避开他的视线，说："厉总，刚刚来了两个电话……"她将写有重点的纸递到他面前，同时简短地解释了一下，而后就垂首不言，等他决断。

　　果然，如她所料，厉致诚静默片刻，淡淡的嗓音传来，"不见。"

　　"好的。"她答得干脆，心思也转得飞快——爱达本是无望泥沼，厉致诚在危难时入主，靠几个心腹骨干的力量，推动这一系列大刀阔斧的举动。但这个数千人的企业何其庞大，利益关系也是错综复杂。他赢了这一个项目，并不代表就此翻身，更不代表他已将这企业牢牢控制住。现在虽有了一个新希望，但稍有不慎，这个希望就有可能被其他泥沼拖垮、淹没，而他的努力将付诸东流。

　　林浅忍不住抬眸，看一眼他沉静的容颜。

　　尽管初战告捷，他未来的路，依旧不会容易。

等等，想什么呢？她竟然还当他是那个经验不足的男人，习惯性地心生怜惜，替他着想。

呵……他根本不需要啊。

"还有事？"低沉清冽的声音再次轻轻传来。

林浅一怔，这才发觉自己在他面前走神太久了。

她不用抬头都能感觉到他的目光，似空气般无处不在，笼罩着她。而他那句"还有事"，仿佛意有所指，令她心头一紧。

整个办公室仿佛都沾染着他强势清冷的气息，陷入一片暧昧的沉寂。

林浅顶着一张绯红的脸，抬头看着他。

他也用那黑黢黢的眼睛一言不发地望着他。那眼睛照旧是深沉的，她看不透。

林浅的目光是坚定的，声音却轻软得很，"厉总，我个人……暂时还不打算谈恋爱。抱歉。"

十分钟后。

林浅单手托着下巴，眼睛盯着屏幕，看似全神贯注。

耳朵却不由自主地听着旁边办公室里任何一丁点动静。

咯噔、咯噔……Boss站起来了，在屋子里走来走去；啪嗒、啪嗒……他坐下了，在敲键盘；窸窸细碎的声响……他在翻阅资料文件……

听起来一切如常，甚至还挺充实的。没有任何失恋后方寸大乱、情绪突变的征兆。

林浅不由得松了口气。

转念一想，她又瞎操心了吧？他那样的人，应该会把情绪和感情控制得很好吧？又或者，虽然失恋，但感情这种事对他而言本身就没有多重要——参见他的同类林莫臣就知道。

可林浅心里却有点焦躁，拿着鼠标，在屏幕上一阵瞎点。

感情的事，并不是你拒绝了他、你不爱他，你就是赢家，你就欢欣鼓舞畅快自如了。感情的作用永远都是相互的，是一把双刃剑。

刚刚讲完那句话，林浅就想咬自己的舌头：她的语气怎么跟学生向老师承认错误似的，心虚又傻气？

然后，她看到他端坐在大班桌后不动，俊脸也始终没有任何表情，就一直用那双黑漆漆幽沉沉的眼睛，盯着她，一直盯着她，盯得她心里慌慌的好不舒服。

然后她就低下头，避开他的目光，胡乱找了个借口，转身跑了出来。

……

"想什么呢？这么出神？"一道熟悉的声音在前方响起。

林浅这才惊觉，抬头望去，顾延之和薛明涛不知何时站在她面前，她居然都没发现。

她立刻收敛心神，微笑地望着他们，"顾总，薛总，有事？"

顾延之淡笑不语，看起来神清气爽。薛明涛也笑笑，"还没换衣服？你不去？"

林浅微愣，这才注意到他俩都穿着外套，薛明涛手里还提了个公文包，看样子是要出去。她还没回答，就听到身后响起不急不缓的脚步声。厉致诚的声音传来，"她去。"

林浅动作一顿，随即面色如常地站起来，转头笑望着他，"厉总。"随即她微微一怔。

厉致诚已经穿好了外套，还是那件黑色的，整个人看起来挺拔又冷峻。很是精神的短发下，那双黝黑淡漠的眼在她身上一停，嗓音沉缓，"换衣服，我们出去。"

没有任何异样，没有任何表情。看起来跟平时没有任何不同。与刚刚在办公室里的强势炽烈，判若两人。

"好的。"林浅立刻答道，随即关掉电脑，穿好外套，跟在他们三人身后走向电梯。

轿车平稳地行驶在环路上。

开车的是薛明涛，林浅照旧坐在副驾。

因为今天的销售数据还在不断攀升，薛明涛一边开车，一边跟两位大佬笑谈着。顾延之显然也兴致很高，甚至还打趣让厉致诚请客。

林浅坐在前排，眼角余光能瞥见厉致诚始终端坐如松，沉静不动。对于顾延之的调笑，他时不时答上两句。也不知是不是林浅的心理作用，只觉得他的嗓音今天格外低沉缓重，整个车厢仿佛都被他周身那清冷安静的气场填满。当他偶尔抬头看着前方时，林浅能感觉到那清澈如水的目光，却也是灼人的，无声无息地落在她身上。

于是她心里又涌起那不是滋味的感觉，变得越发安静。

然而这份安静，却引起别人的注意。

薛明涛将车开进一片崭新的工业园区，同时侧眸看林浅一眼，"小林今天怎么这么沉默？感冒还没好？"

林浅这时也意识到自己上车后一句话都没说。按说今天是初战告捷后的大好日子，她这样的确反常了。

薛明涛话音一落，她就能感觉到后排两个男人的目光同时落到自己身上。她马上灿烂地笑了笑，说："是有点。"

她原本只想含糊应付过去，谁知这时正好一个红灯，车停下了。薛明涛关切地转头望着她，"舌头吐出来我看看？"

林浅说："啊？"

薛明涛已经四十多岁，经过这一役，对她也颇为欣赏，待她就跟大哥似的。

见她愣愣地望着自己，笑了，"我以前是学中医的。让我看看舌苔和喉咙。"

"哦。"林浅侧转身体，朝他张开嘴，吐出舌头，"啊——"

谁知这个角度，她眼珠一转，一眼就看到厉致诚西装笔挺地靠在座椅里，双手搭在膝盖上，露出一小截雪白的衬衫袖口。他正盯着她，那目光跟早上她表白时一模一样，澄亮又逼人。

林浅被那目光盯得心头一抖。她还吐着舌头呢，突然脸就烫起来。她下意识地把嘴合拢，微微偏头，避开他的视线，不让他看。

薛明涛奇怪地看她一眼，"躲什么……看着挺好，应该没有发炎了。就是脸怎么还这么红？发烧了？"说完就抬手往她额头上一捂。

于是林浅就更加强烈地感觉到厉致诚的目光再次停在她脸上，停在薛明涛的手触碰的地方。

林浅默默地继续脸颊发烫，薛明涛叮嘱她多喝水什么的，她也没仔细听。

……这叫什么事啊？

她明明已经拒绝他了。可此刻，她跟他之间，怎么有种……她已经是他的所有物的互动错觉？她的一举一动，仿佛都被他的目光牢牢锁住。而她竟然也自动自觉地过滤掉其他人，唯独对他的一举一动如此在意。

也许……是因为厉致诚的气场和存在感太强大了？

轿车在距离爱达集团不远的一片新工业园区停下。

此时已临近中午，阳光照在大片灰褐色、崭新的办公楼上，园区里绿树遍植，清静优美。林浅知道，这片园区是市政府投资修建的，对外出租出售。因为很新，只有几座楼是装修好的样子，挂着公司的牌子，园区里几乎见不到一个人。

爱达大片厂区都废置着，还有部分厂区抵押给银行了。公司现在应该没有需要也没有实力买或者租新的办公区，他们来这里干什么？

三个男人都是人高马大，走得很快。林浅快步跟在后头。这一路薛明涛低声跟两位大佬介绍着情况，而厉致诚走在前头，没看她，也没跟她讲话。

最后，他们进了园区深处的一座三层白色小楼。与爱达总部典型的二十世纪九十年代的装修风格不同，这里布置得简洁素雅，以黑白两色为基调，极富现代气息。

林浅看着这环境，脑子里突然冒出一个念头：这里，是按照厉致诚的喜好布置的。

她抬眸看向站在落地窗前双手插在西装裤兜里正眺望着园区环境的厉致诚。

他为什么要买或租新办公区？他想干什么？

但他们没解释，她也就忍着不问。四人一间间屋子看过去，大多时候，是顾延之诸多挑剔，对装修提了些意见。而厉致诚只淡淡地点一两处。薛明涛一口应承下来，说回头让人照这样修改。

偶尔，厉致诚转身出房门，与她正面对上。她兀自移开目光，装傻，不跟他对视。而他侧脸平静，步伐稳健，与她擦肩而过，亦无半点异样。

这令林浅的心情渐渐平复下来。这才对嘛，回到Boss跟助理的状态，很好很好。

她其实还是很喜欢跟在他身边做事的。

第三层南侧的区域，明显是留给管理者的，全都隔成一间间小屋，装修也更精致些。到其中一间朝南的小屋时，林浅意外地留了神。因为这间屋的装修都是暖色调，办公桌也不是其他屋的黑漆色，而是明净的米色。一侧的玻璃窗被做成妙曼的几何形状。整间屋子看起来既清新又雅致。

这次顾延之走进屋里，笑笑没讲话，也没发表挑刺意见。薛明涛则环顾一周，点头说："这间屋我感觉是最好的，朝向、装修和风格都好。"说完就微笑地看着林浅。

林浅微怔：这是让她也发表意见？

她还没开口，就见原本安静地独立在书案前的厉致诚转身望着她，嗓音疏淡，"你认为如何？"

林浅直视着他在灯下沉黑的双眼。

她跟他……终于又讲话了啊。她微笑着答："我觉得挺好的。"

他就没再说话，转头看向另一侧。

林浅了然——莫非，这间办公室是给即将到来的某位女性管理者准备的？

谁啊？居然让厉致诚都关注了这里的装修，还难得开口问她参考意见。

林浅怀着一肚子的疑问，跟着三位领导离开了这片园区。

回到爱达时，薛明涛请两位大佬先上楼，让林浅跟他一起再去找装修方，落实刚才的一些事项。林浅欣然应允。她也不想回到办公室对着厉致诚，给彼此一点时间再缓冲一下更好。

路上，林浅终于忍不住问了："薛总，今天看的新办公楼，到底是要干什么的啊？"

薛明涛很意外地看她一眼，"你还不知道吗？我还以为厉总会直接跟你说呢，都叫你去看办公室了。"他笑了笑，压低声音说，"厉总很快会把现在卖得火的Vinda品牌剥离出来，成立新公司，跟爱达是投资和债务的关系。其他的，你慢慢看吧。"

林浅一下子怔住了。

原来，是这样。

她早上还在担心Vinda品牌会被爱达集团的泥沼拖累，担心厉致诚要如何掌控整个集团。可看今天的新办公楼，很明显，厉致诚之前不仅着手外部商战，连内部整顿也在同时准备。

现在外部胜局已定，他就开始着手强势控制内局了。一步一步，环环相扣，算无遗策。

这个男人的心思，到底有多深？

这天，林浅再次回到办公室时已经是傍晚七点多。

她先去信息技术部的楼层，询问了今天的销量。得到惊喜的答复后，她的心情也随之绚烂起来，因厉致诚而生的那一点忧郁仿佛也变得云淡风轻。

然而Boss气场强大，这个认知实在千真万确。当她再次走出电梯，踏入顶层，只遥遥望着他半掩的办公室门，松弛了大半天的心仿佛又紧提起来。

大家都是成年人，现在相处应该没什么尴尬了吧？

他应该也不会用那种叫人心慌意乱的目光看着她了吧？

然而走近了几步，却见她的座位上坐着一个人。熟人，总经办的杨曦茹，她的手下。

林浅笑着走过去，"怎么了，找我有事？"

杨曦茹马上站起来，笑意乖巧，"林姐，我上来看看，先熟悉一下。有什么事你也可以先吩咐我做。"

林浅微怔，"你来熟悉什么？"

杨曦茹也愣了一下，说："总裁助理岗位啊。"她也是个聪明的女孩，见林浅神色不对，立刻压低声音，老老实实地说，"林姐，我一个小时前接到顾总电话，说你很快会调岗，让我准备一下，来做总裁助理。"

林浅还没说话，就听门内传来熟悉的低沉男声，"林浅，进来。"

杨曦茹朝她吐吐舌头，林浅却笑不出来。她推门，走了进去，反手把门带上。

当她抬头，看到坐在沙发上脸色沉静的厉致诚时，一个念头滑进脑海里——

是因为早上的事，所以他要将她调岗了？

的确，这对彼此来说，对于职场上下级来说，应该是最好的处理方式。她早上不是也有过申请调岗的念头？

可她主动请辞是一回事，他把她调走是另一回事。

他对她的感情，原来只能维持一个白天。遭到拒绝，就立马让她走人？

"坐。"他静静抬眸望着她，依旧是那清冷英俊的模样，但眼中少了白天的幽深强势，多了几分惯有的平静。

林浅不动声色地坐下来。

厉致诚将桌上的一份文件推到她面前。林浅扫一眼封皮：解聘协议书。

这事儿实在来得太突然，林浅定了定神，她觉得有些难以置信，但事实又摆在眼前。

那解聘书，她连翻都懒得翻。一股傲气直冲心头，她抬眸盯着他，隔着桌子，牢牢地盯着他，"是因为早上的事吗？"

她语气不善，厉致诚眸色一敛，盯着她微红的脸颊。

片刻后，他那深不可测的眼眸里居然露出一丝笑意。他低头、伸手，替她翻开了面前的解聘书。

"想到哪里去了？"他轻描淡写地说，"你认为我会放你走？"

林浅听得心头一震。也顾不得去琢磨他是否又是一语双关，而是低头看向那解聘书内容。只见第一页正中就写道："兹因林浅志愿前往Vinda公司就职，现与爱达集团达成协议，解除劳动合同……"

林浅眨眨眼——Vinda公司？薛明涛说的新公司，他们今天去看的新办公场地？这么快？她心头的火气烟消云散，取而代之的是疑惑和好奇。

"看后面。"厉致诚言简意赅。

林浅往后一翻，原来还重叠了一份新的聘书。她翻开一看，又震惊了。

"林浅……助理总裁……"

助理总裁，总裁助理，只是顺序差别，地位却千差万别。助理总裁是货真价实的高层职位，一般也会分管具体部门。

林浅看着这个职衔，只觉得心突突地跳，脑海里冒出一个词——一步登天。

难怪今天带她去看办公室，难怪他们会问她对那间办公室的意见。

那办公室……莫非是为她准备的？

可是她一时却没说话。

像是能察觉她内心的迟疑，厉致诚神色平淡地开口："这个任命，与爱情无关。今后，你独当一面。"

很简洁的话语，却似往常一般，令林浅倏地感觉到一种热血沸腾的情绪。

是的，如果是为了爱情，他应该把她继续放在身边，而不是外放出去。他绝不是会因为感情而影响判断和事业的人。

既然跟爱情无关，那就是基于她的能力和业绩。她林浅的能力的确挺强的，而且这一役，她的确也立下了汗马功劳。

所以，他要放她出去独当一面了吗？

林浅拿着聘书站起来，神色是从未有过的认真，"厉总，我一定会好好做，不会让你失望的。"

厉致诚坐在沙发上，双手搭在膝盖上，抬眸看着她，"我永远不会对你失望。"

这个夜晚，对于林浅来说，毫无疑问是辗转难眠，思绪万千的。

而对于厉致诚，不过是在空寂安静的办公室里，摆一桌棋局，邀人来战。

他自幼跟着外公长大，对这棋盘对战早已炉火纯青。当初陈铮的那本古棋谱，也是他让人故意放出去的。请君入瓮之余，还收获了明盛康总这个棋友，也算物有所值。

只是放眼整个爱达，也只有副总裁刘同这个老人可以与他一战了。

刘同受他相邀，也欣然赴约。两人对着窗外一轮孤月，无声对弈。

第一局临了，刘同笑道："致诚啊，与你对弈五次，五战五败。今天却难得看到了获胜的希望。"他抬眸瞅厉致诚一眼，"今天，你有点心浮气躁啊。网络旗舰店不是已经成功了吗？"

厉致诚沉吟片刻，缓缓答："求而不得，心浮气躁。动心忍性，徐徐图之。"

刘同一怔，又见他拈起一颗棋子轻轻放下，淡淡地说："落子无悔。"

一个月后。

明天就是除夕了，办公室里仿佛洋溢着一种喜气洋洋的氛围。林浅穿着职业套装，踩着高跟鞋，先到客服中心巡视一周，见一切如常，销量稳增，就对员工勉励鼓舞了一番，满意地离开。

她又去了信息管理部。这个部门不是她分管的，但亦是公司核心部门，与她的工作密切相关。与信息管理部经理简短地聊了聊，给予了彼此新年祝福，她这才转身返回三楼办公室。

已是下班时间了，明天开始放长假。走廊里到处是来去匆匆的员工，看到林浅都微笑点头，"林总！"

"林总新年好！"

林浅朝他们一一点头致意。

当领导的感觉就是好，哈哈哈。她当得如鱼得水，当初选她坐这个岗位的人，真是知人善用。

窗外，树枝已抽出嫩绿的新芽，清寒的空气不再像深冬那样凛冽逼人。林浅望着小楼外冬去春来的景色，心中有些感慨。

自从那天拿到聘书后，她的工作重心就转向这个新的Vinda公司的筹备，慢慢地，也知道了一些内幕——譬如，在接手爱达前，厉致诚就向父亲提出要求，以他个人手里10%的爱达股份，换取Vinda子品牌的所有权。而当时，所有股东见Vinda在海外惨败，都没有多想就同意了……

第十四章

穷追不舍

厉致诚，厉致诚，海一样深的男人。

一个多月来，这个男人锋芒毕露。除了把Vinda品牌抽离出去，还在爱达集团手起刀落，抽筋扒皮。网络销售站稳脚跟后，超乎所有人预料，他和顾延之、刘同立马联手推出了新的组织架构调整方案。

原本冗杂烦琐的庞大爱达，被彻底拆分。集团总部只留生产、采购、售后等核心环节，并且控制所有终端销售网络。各大类产品的策划、销售，全部成立独立事业部，独立核算，自负盈亏。有点类似于Vinda新公司跟爱达集团的关系。

所有调整一夜之间宣布，第二天就开始执行，态度非常强势，不给任何人喘息抗拒的机会。

林浅原先担心的内部管理问题，被他以这种大刀阔斧的方式解决了。能力不行，冗员多，与市场脱节？OK，亏钱了你自己都干不下去，灰溜溜走人；能力强，思路新，能给爱达带来新的增长点？据说厉致诚许诺的分红相当丰厚……

攘外必先安内，非常时期用非常法。如果说"安内"是厉致诚所布棋局的第二步，林浅不得不说，他已初见成效。在他不断对集团资产做着拆分重组的过程中，原本死气沉沉的爱达被彻底盘活，并且牢牢控制在他一个人手中。

而厉致诚这个冷漠英俊、心狠手辣的总裁，在全体员工心中的威望，也与日俱增，达到令所有人仰望的高度——人人谈起Boss都是一脸敬畏。据说一些年轻的小姑娘，还自称"荔枝"，组成了"Boss后援会"。

新公司是十天前成立的，薛明涛任总裁，原爱达信息管理部的经理任副总裁。林浅这个助理总裁分管的是客服中心，以及行政、人事、财务等一切杂事。

新公司果然新气象。网络旗舰店的销售一直居高不下，内部管理也十分简洁高效。这个数百人的公司已成为爱达最大的盈利点。

林浅轻轻哼着歌，走回办公室。刚到外间，就见几个员工神色有些不对，个个噤若寒蝉，但又有些隐隐激动的样子。

林浅心里咯噔一下，一个员工站起来，小声说："林总，厉总来了，在您办公室里。"

林浅站在属于自己的办公室前，轻轻敲了敲门。待听到那熟悉而低润的男声说"进来"后，她才将门缓缓推开。

一室阳光寂静。

厉致诚坐在桌后她的椅子上，背对着她，看着窗外垂落的斜阳。

这一个月来，林浅跟他见面次数并不少，但几乎都是在工作场合，节奏繁忙而紧凑，她作为下属，汇报工作，参加讨论。有的时候，她只隔着众人看他一眼，看一眼他沉静的、不怒自威的容颜。

她已经习惯跟众人一样远远地仰视他。记忆中那个她曾经误以为实诚木讷的男人，已经彻底远去了。

现在的他，再也谈不上陌生。因为这才是真正的他。

她也很少想起他。她每天忙得昏天黑地，只是偶尔在结束一天忙碌的工作后，趴在办公室的桌上，看着色调柔和的窗帘，看着几何形状的妖娆窗格，才想起这办公室大概是他当初为她置办的。样样摆设都合她心意，可见他花了不少心思。

他那样的人，居然也会对女人有这样的心思。

林浅偶尔还会有一丝歉疚心软，感到不是滋味——如今回想起来，他那天是打算跟她表白，然后带她来看新办公室吧？结果被她秒拒了。这么想想，她做得还挺狠的啊。

每当想到这一点，她都跟自己说：好了，都过去了。现在她是他麾下的急先锋，身受重托，要更努力，更努力。

……

林浅在他对面坐下，微笑道："厉总，您今天怎么过来了？"语气客气得不能再客气，正经得不能再正经。

但这份正经，在厉致诚转头看她第一眼时，就生生破功了。

此刻，他在近在咫尺的距离，看起来跟一个月前她还跟他朝夕相处时并没有什么两样，依然是高大颀长的身材，做工精良的西装，修长有力的双手。而他的脸轮廓清晰，颧骨略高，依旧是那种棱角分明的帅气。

当他转头，用那漆黑沉敛的眼睛望向她，林浅看着他的眼睛和他干净修韧的脖子，心头就突地一跳。那感觉就跟贫瘠了许久的土地上突然长出了几根草似的，不再安稳。

有时候，只有当某个人真正坐到你面前，你看清他此刻的容颜，才会发现，不管多久没见，他对你的影响，他带给你的种种感觉，其实一直存在，从未改变。

"来看看Vinda的销售情况。"他声沉如水，同时微垂下头，翻开林浅桌上的一些报表文件。阳光映在他线条简洁的侧脸上，男人英俊美好得像一幅画。

林浅说："好的。那我……简单跟您汇报一下？"

"嗯。"

两人都坐着，一动不动。屋内静悄悄的，林浅讲着话，还能依稀听到窗外楼下人们的脚步声和讲话声。还有她摆在书柜上的那一小缸金鱼在两人中间游来、游去……

林浅忍不住一次又一次地瞄向他。

他似乎刚理了发，头发比以前更短些，露出饱满的额头。以前林浅就发现他的眼睛比普通男人略大一点，深邃又澄澈。而此刻，他眉宇间有一丝倦色，是近日来太辛苦了吗？他身上甚至还有淡淡的酒气，靠在椅子里的姿势也比以前更加随意和慵懒一些——是中午有饭局应酬了？尽管贵为集团之首，但应酬肯定是少不了的。啧啧，难以想象他在酒桌上是什么样子……

很快就汇报完了。林浅试探地问："厉总，公司的情况差不多就是这样。您有什么指示吗？"

他依旧神色平淡地翻着面前的资料，"没有。"

林浅就有点不知说什么好了。

没有？没有你一个大老板不去总裁办公室，不去副总裁办公室，突然杀到我这个三号人物这里干什么？她刚才还以为他来是有什么秘辛要嘱咐给她呢。

两人沉默相对。

他一言不发，低眸专注，仍能令林浅感觉到那无所不在的清冷气场。

林浅到底是个坐不住的人，很快发现Boss面前的水杯空了，就理所当然地想要站起来，"我去给您添点水……"

"不用。"厉致诚头也不抬，声音清冷地打断了她，淡淡地说，"有点累，你坐着陪我就好。"

有点累，你坐着陪我就好。

林浅一怔，有点似懂非懂。

陡然间，脸上有点发热。

久违的感觉。

她一直以为，他跟她已经过去了。

可他明明是状似无意的一句话，为什么让她隐隐感觉到某种……卷土重来的势头？

不过，林浅这一个月到底如他所说，独当一面，率领了几十人的部门，心态也成熟不少。她很快镇定下来。

既来之，则安之。她继续坐在他对面，安静地陪他看资料。

这么待了有半个小时，她被他晾得有些无聊，就开始胡思乱想——古人说"红袖添香"，按他刚才的说法，莫非她这么安静地陪着他看枯燥的资料，他也觉得很好？

打住打住，想什么？

她的心态哪里成熟了啊！明明她已经在这天高皇帝远的地方牛气哄哄地当了一个月领导，结果现在皇帝来了，一句话就搅得她方寸大乱……

林浅这个人，一遇到困难，反而会越战越勇；而一心慌意乱，总会做点什么掩饰。于是她又开口找话题了，"厉总，集团那边最近怎么样啊？"

这个话题显然选对了，因为厉致诚闻言放下了手里的资料，抬头看着她，脸上竟然浮现了浅浅的笑容，"截止到昨天，集团组织架构和人员的调整，已经全部到位。"

林浅感同身受，心中大赞一声："好！"这意味着厉致诚已经彻底完成内部整顿，解决了最棘手的大难题。

林浅刚要讲点什么，真心实意地表达她的恭喜和敬佩，谁知厉致诚用那静静的、沉沉的眼睛盯着她，同时话锋一转，缓而有力地说："所以，现在我可以集中精力，去追求我想要的其他目标了。"

林浅点头，"对，我们可以……"

话没讲完，她突然反应过来……不对！

他想要的……其他目标？

林浅的脸突然地、彻底地红了起来。

是她自己心中有鬼，过于敏感了吗？

这话怎么听都像是某种再战宣言。就像是在说——因为已经完全控制了集团的局面，所以他现在可以腾出手来……对付她了？

林浅正心头纷乱，他却像什么暧昧的话都没说过，神色淡然地拿起其中一份资料，指着其中一项数据，向她询问细节。

林浅内心又有点犹疑了——他指的也许只是业务上的事？于是她收

敛心神，仔细给他解释。

过了一会儿，有人敲门进来。

是厉致诚的新助理，叫蒋垣，是从市场部调上来的一个小伙子。林浅离开爱达集团时，他的助理明明是顾延之给安排的小姑娘杨曦茹，不知何时，因何原因，换成了他。

有第三者在场，林浅下意识地感觉松了口气。那蒋垣虽然年轻，但是亲和又干练。他从文件夹里掏出两张票，递到厉致诚面前的桌上，"厉总，这是明盛集团康总叫人送来的明晚榕雅会馆除夕茶会的门票。"他看了看厉致诚的脸色，"您去吗？我提前安排好车。"

"放着吧。"厉致诚不置可否地说，蒋垣就朝林浅笑了笑，转身又出去了，带上了门。

厉致诚继续看资料，看都没看那两张票一眼。林浅的目光却不由自主地飘过去——需知榕雅会馆是霖市最负盛名的一个去处。

榕雅会馆坐落于古城院落深处，幽静古朴。馆内无论精美饭食，还是戏曲表演，都是西南一绝。林浅以前去看过几次，非常喜欢。只是榕雅会馆平时的票都非常难买，这一年一度的除夕茶会，更是一票难求。而且看票号，还是VIP包厢票，看得她都眼馋了。

没想到明盛康总会送票给厉致诚，看来他们关系依旧不错。

林浅正想着，就听到一道清冽的嗓音在耳边响起，"想去？"

林浅心头一怔，抬头看着他。

他也正眸色静黑地望着她。

"昨天陪康总下了五个小时的棋，赢了这两张票。"他轻描淡写地说，"要不要一起去？"

林浅的心又开始突突地跳了，一时没讲话。大概是见她沉默，厉致诚眸色轻敛地盯着她，"不必想太多，喜欢就去。这算是……我发给副官的年终福利。"

林浅听他提到"副官"这全无暧昧的二字，不知怎的脸更红了。可偏偏他言谈间十分自若，理由也很充分，好像真的只是跟副官林浅讲话，而不是跟女人林浅在讲话。

好在，她根本不用选择去还是不去，因为她低下头答："……厉总，谢谢你。我是很喜欢这个茶会，但是我已经订了今晚的机票，去美国过年。"

是夜，月如弯钩，霖市四处张灯结彩，迎接除夕。

厉致诚抵达疗养院时，已是八点多。助理蒋垣跟在他身后，手里提着买给董事长的一些礼物。

徐庸看到儿子，非常欣喜。知道他最近摧枯拉朽般整顿集团，既无奈，又欣慰。当初厉致诚跟他提的三个条件，第一是拿股份换Vinda；第二就是在他的任期内，任何人都不许插手集团事务，包括他这个父亲。

父子俩在庭院的门廊前就座，一壶清茶，一地月光。

徐庸说："现在集团被你救活了，我很高兴。我不说太多，将来的路还很难。越是回到顺境，你越要慎重。新宝瑞和司美琪的领导者，都不是简单角色。"

厉致诚淡淡答："知道。"

徐庸又问："下一步怎么走，想好了吗？"

厉致诚点头。

徐庸来了兴趣，"你打算做什么？"

厉致诚却显然一如既往地谈兴欠奉，只沉声答："你会看到。"

徐庸就笑眯眯地看着他。之前他玩的声东击西那一局，令整个行业知道内情的人都为之震动。如今他虽然平实却沉稳果断的话语，实在令徐庸浮想联翩——难道他又要在行业里掀起一场血雨腥风的战争？

无奈这个儿子是个闷葫芦，他不想说的事，谁也别想知道。徐庸就笑着叹了口气说："连爸都不能知道？罢了罢了。那我问你，以后娶了老婆，跟她说不说？"

任何父母都会牵挂子女的终身大事，徐庸也是一样。如今儿子事业初定，又已二十好几，他自然而然地提起这样的话题。

以为厉致诚肯定不会回答，谁知他静默片刻，不知想起了什么，唇畔极难得地浮现一丝笑意。

徐庸很意外，立刻问："怎么？有女朋友了？"

厉致诚看着天空，若有所思地答："我把全盘计划放到了她面前。"

"然后呢？"

厉致诚轻声答："她不敢看。"

徐庸一愣，倏地笑出了声。他拍拍儿子的肩膀，"那是还没追到手了。打算怎么办？"

厉致诚低头看了一下手表，脸色恢复淡然，"明天是除夕，她一个女孩子去异国过年，对我而言，也许是个时机。"

徐庸没太听明白，结果又听厉致诚说："明晚不陪你过年了。我订了两小时后的机票，去美国。"

这个除夕夜，对于许多人来说，并无不同。

宁惟恺照旧陪着妻子，回祝家老宅吃团年饭。子夜时分，拥着她站在窗前看着烟花守岁，再一次，向她许下相爱一生的承诺。

陈铮照旧在灯红酒绿的舞池里，身旁是妖娆得如蛇一般的女人。他眯着眼，醉醺醺地看着眼前的纸醉金迷，今夜只想放纵，只想尽情享乐，释放自己。

薛明涛依旧在办公室加班；顾延之神出鬼没，出国旅行了；高朗在保安室值班，想着工资卡上发的年底双薪，心满意足……

但每个人都会想到同一个问题——新的一年，我要……

我要继续保持新宝瑞的行业冠军地位，扼杀掉一切可能的进攻和挑衅。

我要报复他，还有她，此仇不报非君子。

还有，那些大事我不懂，但我会跟着营长好好干，多存钱，给父母寄回去……

欲望，永远是人心里填不满的洞，时时刻刻，缠缠绕绕。

而此刻，经历了十多个小时的飞行后，林浅拖着行李，站在曼哈顿上东区的一间雅致幽静的公寓门口，美滋滋地想：明年，我一定要更强大，巩固自己的高管地位！

不过现在，先来探望关怀一下冷血孤独的老哥吧。

叮咚——

门铃响了一阵，无人应答。

林浅耸耸肩，今天不是周末，林莫臣在加班很正常。她为了给他惊喜，也不给他带来额外叨扰，所以都没提前告诉他。

她果断掏出自己的钥匙，开门进去。

一小时后。

林浅躺在浴缸里，手边是一瓶某人珍藏的红酒。水晶玻璃杯中酒色艳红，映着窗外满城星光，疏懒又惬意。

只是手机一直叮咚叮咚响个不停，全是朋友同事们发来的新年祝福短信。甚至还有死对头陈铮发来的：祝新年心想事成、步步高升——司美琪陈铮敬上。估计是群发的，林浅读着就有点乐，没理会他。

因为身在国外，大多数短信她也不回了，只挑了几个领导，发了祝福短信过去。到厉致诚时，她就有点犹豫。

不知怎的，想到他昨天神色淡淡地问她要不要一起去听戏，她心里就又跟长了草似的，野野的、乱乱的。

想了想，她开始打字：厉总，祝你新年心想事成，爱达再创佳绩。另：除夕茶会一定很好看吧？祝你今夜愉快。

一分钟不到，他就回复了：我没有去。

林浅看着这简短的回复，微怔。再想起他那日沉默而英俊的容颜，她怎么感觉从这看似平静淡漠的四个字里，读出了一丝不易察觉的落寞意味呢？

这令她忽然有一丝丝歉疚。

就在这时，楼下传来人声。林浅精神一振，把手机丢到一旁，从浴缸中站起来。

楼下。

林莫臣今天的确忙得焦头烂额。他也完全没有要过节的想法。过什么？一个人对灯独酌，伤春悲秋吗？还是跟其他在美国的单身男人一样，去酒吧混迹一晚，寻一场艳遇？他没有那个太平洋时间和无聊情趣。而且酒吧的女人大多太丑。

直至此刻，他的工作也没有结束。他邀了几个合伙人到家里，大家也不啰唆，径直在他家那灯光灿烂的露台坐下，品着茶，低声讨论最近手头的一个投资项目。

刚聊了一会儿，忽然有个合伙人愣住了，问他："杰森，你有没有听到什么声音？"

他这么一问，所有人都静下来，然后果然听到二楼传来轻盈均匀的脚步声：嗒、嗒、嗒……

所有人面面相觑，林莫臣听着这脚步声，却已听出了是谁，微微一笑。是那种罕见的、真切的、愉悦的笑，深邃饱满的轮廓在灯下英俊得一塌糊涂，以至于坐在他身旁的女合伙人恍然大悟，"杰森，难道你家里有女人？"

林莫臣说："是我妹妹。"

话音刚落，就见一个年轻女孩从楼梯口娉娉婷婷地走下来，冲他们笑，"哥！嗨，你们好。"

男人，都是视觉动物。而在座的华尔街精英，大多是男士。此时，就见中国人、美国人、英国人，只要是男人，大家的目光全落在林浅身上。

二十几岁的华人女孩，穿着简单的黑色连帽衫和牛仔裤，脚下是双毛茸茸的拖鞋。她湿漉漉的长发披在肩头，白嫩的脸颊染着红晕、沾着水汽。虽不是至美的容颜，但五官俏丽清新，既有异国风情，又鲜活生动。

林莫臣的目光先是落在妹妹身上，而后一扫众男人，微不可见地蹙了一下眉头。

他站起来，淡笑如风，"有家人来探访，今天我们就讨论到这里？"果断送客。

五分钟后，家里的闲杂人等已经被林莫臣清空了。

林浅站在他身旁，笑嘻嘻地送最后一个人走出玄关，就见林莫臣淡淡扫她一眼，"来之前不知道打个招呼？一个女孩子自己瞎跑什么？"

林浅嘿嘿一笑，挽住他的胳膊往屋里走，"我想给你惊喜嘛。哥，刚刚有没有被我幽怨的脚步声吓到？哈哈。"

林莫臣低低嗤笑一声，不予作答。

这么久没见了，林浅来探望，肯定要给他准备礼物。只是她在爱达上班到最后一天，完全没时间去逛街，所以送给他的礼物也非常凑合——

是顺手从公司拿的一款爱达男士钱包。

果然，林莫臣接过钱包，很是忍耐地看了一眼，就丢到沙发上。

林浅抗议："你不能歧视国产品牌！其实质量做工都很好的，而且这上面也有我的心血呢。"

林莫臣说："等你和你的小伙伴做到全球前五，我可以考虑使用。"

林浅佯怒，刚要反驳，却忽然因他的"小伙伴"三个字想起了厉致诚，想起他曾经鼓舞众人争夺明盛项目时的热血坚毅，也想起他的运筹帷幄，杀伐果断。

忽然间，面对牛气哄哄的哥哥，她也感觉很有底气是怎么回事？

她也不孬毛了，一反常态，淡定自若地一笑，"哼……会有那一天的，你等着。"

公寓对面，隔着马路，就是一家豪华的五星级酒店。这晚下了小雪，纷纷洒洒，缀在街边的树枝和行人的头发上，灯光掩映，晶莹璀璨。

林浅坐在酒店的餐厅里，望着窗外漂亮的景色，不知不觉就有点出神。

坐在对面的林莫臣，手持银质刀叉，动作优雅地切割着牛排，同时不动声色地观察着妹妹的神色。

"有男朋友了？"他突然开口，"是那个厉致诚？"

林浅全身一僵，转头看着他，"你怎么知道……不是的，我没有交男朋友。但是你怎么说他啊？"

林莫臣嗤笑一声，"其他人你也看不上眼。"

林浅被他的毒辣眼力震住了，沉默了一会儿，也不隐瞒，说道："没有。他跟我表白，我拒绝了。"

林莫臣看着妹妹不说话。

虽然她很淡定地说拒绝了，可她完全没意识到自己手里的刀叉正一下下乱戳着盘子里的上好牛排。

林莫臣眸色一沉，"很好，应该拒绝。我现在也不会同意。"

这下林浅吃惊了，问："为什么？"

林莫臣放下刀叉，又拿起餐巾擦了擦嘴，这才淡淡地答："因为他不是普通人。林浅，越是机关算尽的男人，在爱情里，你越要令他抽筋剥骨，什么都不剩，才能看到他的真心。"

半小时后。

林浅穿着羽绒服，戴着帽子、手套和围巾，站在餐厅外的门廊下。过了一会儿，她回头望向玻璃窗里还坐在原地打电话、脸色沉静的林莫臣，忍不住再次腹诽！

哪有这么刚愎自用的哥哥？！

她不过是在听了他刚才的那番论断后，下意识地反问："哥，你也是这种男人，你被人抽筋剥骨过吗？"

林莫臣当即就黑了脸，半天也没搭理她。

林浅对于他的情史的确不清楚，但此刻也猜出了什么，也不敢多问了。趁他接电话的空当，她出来透透气。

这酒店是欧式建筑风格，楼宇间有错落的大树掩映，还有一小片绿地，洒满积雪，灯光柔美。一旁的玻璃门上还悬挂着中式红灯笼，红光盈盈，十分动人。上面还贴着一些写着汉字的小纸条，看样子竟然是中国传统的猜灯谜。有几个人围着那圈灯笼，左看右看。

林浅也走过去凑热闹。

她拿起一张一看，还挺有意思的。只见上面写着："男人的世界（打一字）。"林浅正想是什么字，就听到旁边一个相貌清秀的姑娘用带着浓重日本口音的英语对同伴说道："不用猜了，刚刚有人把全部灯谜都猜完了。"

同伴答："那他岂不是赢得了头等奖？"

林浅来了兴致，转头看过去，又听一旁的女服务员微笑说："是的，是一位非常handsome guy（英俊小伙子），啊，他去拿奖品回来了。"

话音刚落，她们几个都望过去。林浅也回头，只见前方走廊拐角处，一个男人一只手插在裤兜里，一只手提着一盏灯笼，走了出来。

那里光线昏暗，隐约只见男人穿着黑色外套，身形高挑，脚步低沉。他低着头，灯光映着他模糊而修长的轮廓，只令人觉得冷峻而沉稳。

只是林浅看着……怎么有点眼熟？

但应该不可能啊。

林浅身旁的日本女孩对同伴说："是不是韩国男人？"说着她立刻跟同伴上前一步，想要看清那人的长相。

结果恰好挡在了林浅身前。

林浅见状不甘落后，也往前走了几步，绕过她们，占据了前排有利地形，想看个分明。

然后，就看到男人越走越近。

那身形越看越眼熟，林浅越看越惊讶。

最后，那人抬起头，完全无视旁人的议论和注目，一眼就看向了她。

他今天没有穿西装，只穿着普通的黑色外套和休闲长裤，显得更加年轻而醒目。漆黑的长眉下，沉静的眼中映出浅浅的灯光，也浮现出层层笑意。

"林浅，新年好。"

林浅的第一反应是……伸手揉了揉自己的眼睛。

"厉总，你怎么在这里？"为什么会提着一个灯笼？

一旁的女服务员却惊讶道："咦，先生，你没有拿一等奖的iPhone？这个灯笼是三等奖。"

她这么一说，林浅下意识地往他手里望去。那是一个非常精致的八角宫灯，宣纸柔薄，垂穗乌黑。灯面上印的是古代仕女图，线条婉约，妩媚灵动。

一旁的日本女孩还在小声议论。林浅处在震惊中没反应过来，厉致诚看她一眼，眸色轻敛，说："伸手。两只。"

林浅莫名其妙地看着他，把两只手都伸出来。因为他的突然出现，她的心跳还有点不稳。

他的脸在周围暗淡的光线里如同浮雕般柔和而生动。他用那黝黑的眼睛看着她，将手里的灯笼放入她的左手。

"拿着。"他的声音低沉而清冽。

"哦，好的。"林浅拿稳了，心里却想——Boss是看到旁边有人，一个大男人拿着灯笼不好意思，所以让她拿着？咦，那为什么要伸出两只手……

她的右手忽然一热。

被他握住了。

男人的手干燥温凉，与她紧紧相握，十指交缠。

林浅倏地抬头看着他。

他也静静地看着她，眼眸深如夜色，手却握得很紧，手指纹丝不动，完全没有要放开的迹象。

"哇……"旁边的女孩低呼赞叹。

林浅的心跳扑通、扑通、扑通——

他突然神奇地从天而降，来到她面前，而且一见面就说：伸手，两只。

如今一只手拿着他给的灯笼，另一只手……给他牵。

这、这、这也太……

四目相对的一瞬间，他什么也没说，转身牵着她的手就往外走。

林浅只好提着灯笼，快步跟着他，被他握紧的手仿佛烙铁般滚烫。她就这么被他有力地牵着，无视旁人的注目，也无视周围的喧嚣。两个人沉默地走过人群，走出酒店，走到了雪花飘飞的繁华大街上。

第十五章

局中美人

头顶的雪还在簌簌下着。

林浅望着前方男人头顶和肩膀上缀满的细小的雪花，却只觉得整颗心烫得都快要蹦出来了。

他这是干什么呀？

在大年夜突然飞越重洋出现在她面前，送她一盏灯笼，一言不发地牵着她就走——简直就跟……私奔一样。而且她作为"被私奔"的一方，迄今为止还有点搞不清楚状况。

仔细想想，他要找到她，不难。她在公司登记的个人资料里，紧急联络人写了两个，一个是国内的好友，另一个就是哥哥，其中当然也包括地址。所以他能找来这里。

至于赴美签证……对了，不久前某次管理层会议时，薛明涛还建议厉致诚有空到欧美考察优秀箱包企业，学习经验。当时厉致诚说"再议"。不过林浅已经不是他的助理了，对他的行程安排也不是那么了解。说不定他就是在那之后把签证给办好的。

林浅的目光又落在两人交握的双手上。路灯之下，男人的手干燥而有力，暖暖地包裹着她的。心跳更快了，比他此刻稳健有力的步伐更快。

"厉总，你先松手。"她说。

此时两人已经走到了酒店外的一处音乐喷泉旁。周围是稀疏的路人，还有一对情侣站在波光粼粼的水池旁亲吻，很安静，很寒冷。

厉致诚脚步一顿，同时松开了她的手，转身看着她。

林浅被他紧握了这么久的那只手倏地一轻，心情仿佛也随之一松。她也不知道自己是出于一种什么心理，立马把手插进口袋里。可柔软而温暖的口袋并没有带给她太多感觉。因为男人手掌的力度和温度仿佛依旧存留在她的皮肤上，久久不褪。

站在曼哈顿街头的灯光下，林浅看着眼前的厉致诚，依然有种恍惚的不真实感。他今天没穿正装，黑色外套的领子竖起来，身形依旧高挑而冷峻，俊脸眉目分明。他用那沉沉的黑眸望着她，依旧如之前每一次他的沉默注视，令她心惊肉跳。

"林浅。"他开口了，嗓音缓而沉，"突然就想来看看你。不必有压力。"

林浅微垂目光，看着他的双腿，避开他的眼睛。

怎、么、可、能、没、有、压、力？

可是，女人是不是天生就是虚荣的生物？明知他对她的心思，明知他城府极深，此行必然是想进一步侵占她的心，可想到他贵为集团总裁，之前似乎还是个从未踏出过国门的内敛军人，如今却为了她，年都不过，追到陌生的美国来……她就感到一阵阵心软和隐隐的甜蜜。而那甜蜜似乎又令她隐约感觉到了一丝危险的气息。

属于这个男人的危险气息。

与林浅的心头万马奔腾相比，厉致诚的内心则平稳和淡定很多很多。

他正在灯下细细欣赏着眼前的女人。

与平日在公司的干练清爽不同，此刻她穿着一件浅色连帽衫，外面套了一件羽绒马甲，搭配一条深蓝色牛仔裤，打扮得像邻家少年。

然而简单的装束难掩婷婷，混搭出一种帅气的俏丽。而她的纤纤素手还提着那盏灯笼，映得她的脸也是橙红一片，眼眸湛湛发光。

很美。

这是他要的女人，势在必得，不可取代。

他要她今后，只在他的掌中，绽放独有的耀眼华光。

林浅当然不知道此刻面前的男人那深沉的心思。她原地纠结了一会儿，只好装作若无其事的表情开口："……那厉总，你吃晚饭了没有？"

厉致诚看她一眼，"还没有。"

林浅有点意外，毕竟已经八点多了。莫非他一下飞机就跑来找她了？

"我请你吃饭吧。"她又有点心软。

厉致诚脸上也浮现出浅浅的笑容，"不必，我请你。"他看一眼不远处的酒店，"走吧。"

林浅也看向酒店，一下子反应过来。

糟糕！她彻底把哥哥给忘记了。要是他打完电话看不到她，势必会找她。她手机还扔在餐厅的桌上呢，他又联络不上她。要是他再问外头的服务员，知道她跟一个男人牵着手走了……

林浅的脑海里浮现出林莫臣的脸，是他刚刚以极其冷漠的语气说："……把他抽筋剥骨……"

林浅连忙瞟一眼酒店入口——还好，还没看到林莫臣的人影出现。她立刻看向厉致诚，"厉总，手机借我一下。"

现在当然不能跟厉致诚回酒店吃饭了！她也不能把厉致诚丢在路边不管。于是她一边拨号，一边伸手打车，同时对厉致诚说："厉总，这里的饭菜我刚才吃过了，特别难吃。咱们换个地方好不好？"

厉致诚看着她闪烁的眼神和期盼的表情，感受到她的语气里不自觉地透露出一丝柔软的央求的意味。她清亮的眼睛眨啊眨，额头上的发丝随着夜风轻轻飞扬。

猫。

这个女人，一直就像一只狡猾而活跃的猫，此刻不知又想着什么小心思，生怕他去那家酒店。

可望着眼前颜色生动的她，他的心却像是被猫爪轻轻挠了一下。

痒，然后想要更多。

"好。"他淡淡地答道。

林浅见他答得干脆，心中一喜。这时出租车也来了，她刚要习惯性地拉开副驾的门，让厉致诚独坐后排，他却先她一步，拉开了后座车门，"进去。"

就在这时，她手里的电话接通了，林莫臣磁性低沉的嗓音传来，"Hello？"林浅立刻坐进后排，先捂住听筒，飞快地对出租车司机讲了个地名，这才对手机说道："哥，是我，刚才出来忘带手机了。你吃完没有啊？"

身旁的厉致诚不动声色地听着。

女人的声音变得极度温驯讨好，甚至比当初对他拍马屁时还要柔软可人。

不过林浅的运气的确好得很。那头，林莫臣刚挂掉工作电话，是以还没发觉妹妹的"失踪"。约莫是工作谈得不错，他的语气也带着淡淡的愉悦，"嗯。你在哪里？还不回来。"

林浅轻描淡写地说："哥，你先回去。我有个朋友过来了，陪他吃个饭就回家。"

电话那头，林莫臣微微一顿，将电话移开耳边，看了看来电号码。

是中国大陆的号码。

啧……漫游到美国来了。

"朋友？"他依旧淡淡地说，"是他吗？"

林浅生生被他噎了一下，几乎条件反射地假笑道："不是的。"刚想说是普通朋友，看一眼身旁静若泰山的厉致诚，又发觉这么说肯定不妥。

那头……是只狼。这头，也是只狼啊。

见她支支吾吾，林莫臣也不追问，只淡笑道："把电话给他。"

林浅说："哎？干吗？"

"除夕夜带我妹妹走，我身为家长，是否应该交代两句？"

　　林浅说："……真的不用了。"她下意识地看厉致诚一眼，只见他正眸色沉沉地看着她。以他的心机，听不出异样就有鬼了。可这情况真叫她头疼，总不能说，虽然我拒绝了你，但是我哥已经把你当成了需要狠狠修理一番的假想敌吧？这要换成普通人也就罢了，肯定被他哥蹂躏一番，毫无悬念。可现在是厉致诚啊，谁蹂躏谁还不知道呢。

　　林浅快刀斩乱麻，对林莫臣说："就这样。哥，新年快乐，拜拜。"她干脆地挂断，同时关机。一抬头，撞上厉致诚的目光，她才发觉自己的行为有些不妥。

　　好在他没说什么，接过手机就放进口袋里，也没开机。这举动令林浅心头一动——跟一个聪明练达的男人在一起就有这个好处，你不用说什么，他就会在一些很细微的地方体贴照料到你。

　　谁知，林浅还在心里赞许着他呢，他却神色平静地看着她说："告诉司机，掉头回酒店。"

　　林浅一下子愣住了，"回去……干什么？"

　　厉致诚看她一眼，不急不缓地开口："是我来得突然，考虑不周。今天是除夕夜，你理应陪家人。我送你回去。此外——"他声音一顿，用那漆黑沉敛的眼睛盯着她，"我想我和他，迟早会见面详谈，彼此了解。你不必太过紧张。"

　　林浅一怔，心头又是突地一下，脸也热起来。

　　什么啊……她一直以为自己脸皮厚，其实Boss的脸皮才是最厚的好不好？她都还没答应他，还连番拒绝过他，他却依旧笃定得跟什么似的。未免太强势太自信了吧？

　　"那也不一定……"她避开他直视的目光，轻声地、神色自若地嘀咕道。

　　哪知他话锋一转，又说："上次明盛项目，我一直想有机会当面向他致谢。"

　　林浅稍稍一僵。

　　……他讲的是这个事？

　　她一抬头，却撞进他那幽沉的眸子里。他的俊脸神色平和，眼中却有一丝笑意，就这么若有所思地看着她。

　　林浅忽然明白过来。

　　他不会是……故意在逗她吧？

　　好像真的是。

　　车窗外，是不夜城喧嚣的车水马龙。霓虹流光溢彩，映在彼此的面容上。大雪无声纷飞，将夜色变得迷离而生动。

　　不知为何，直至今夜此刻，在他清凉如水、含着浅淡笑意的目光注视下，林浅的脸前所未有地滚烫起来，心跳也比之前任何时候都要急，都要重。

　　这样闷闷地原地被他的目光"蒸馏"了一会儿，林浅抬起头，很淡定地拒绝了他的提议，"不用回去了。我哥夜生活很丰富的，我们回去，他也不会搭理。你想见他，下次吧。"

　　而隔着几个街区外的公寓里，林莫臣刚掏出钥匙，打开家门。

　　站在玄关，望着空荡荡的、装饰奢华的家，一股清冷的空气扑面而来，他不由得打了个喷嚏。

　　呵……这丫头，说是来陪他过年，转眼就跟那小子跑了，还把手机关机，一副生怕他打扰的模样。

　　看来那小子哄女人，还有些手段。

　　既然已经惊动了他这位"家长"，彼此心知肚明，明天，那小子一定会主动来见他。只有林浅这傻丫头，还以为可以两边糊弄。

　　那就拭目以待。

　　林浅带厉致诚去了一家西餐厅。

　　已经九点多了，餐厅里的人并不多。窗外的灯光无声映照，这里显得格外静谧。

　　侍者上前点餐，厉致诚接过菜单，却放在桌上，"我英文不好，你做主。"

这个林浅是可以理解的。很多国人出了国门，都不愿意张口。更何况厉致诚以前还是个军人，要是他开口就是流利的英文，她才感觉违和呢。

林浅也不扭捏，看着菜单，麻利地用英文给侍者报了一堆菜名，又看一眼对面的厉致诚，以更加麻利的速度，向侍者低声嘱咐道："……他不吃番茄酱，所有菜里不要放；牛肉……他喜欢大块一些；洋葱也不要放了，他不喜欢；饮料……有没有茶？对，只要是茶就可以，英国红茶可以……不，他绝对不喝奶茶……"

她正思索着他的口味还有什么偏好，突然感觉到两道灼灼的目光落在自己脸上。一抬头，却见厉致诚微垂目光，拿起面前的玻璃杯在慢慢喝水。一切如常。

林浅忽地脸一热。

他应该……没听懂吧？这要能听懂，他高考英语听力起码得满分，平时听BBC毫无障碍的水平啊。

不可能的，一个军人平时哪里用得上英文？

这么想着，她又淡定起来。

林浅很快发现，这个夜晚并没有她之前想象中那么焦灼、紧张和难熬。

等待上菜的时间，她还在纠结选择什么话题比较轻松自然，对面的厉致诚已脱了外套，只穿着一件深灰色户外抓绒衣，双手轻轻放在桌上。

林浅的目光自然而然地落在他的衣服上。嗯……这款防水保暖性能很好，外观也漂亮，显得男人的身材结实而匀称。他很识货，而且……其实还挺会穿衣服的。

这时，厉致诚语气平和地开口："你经常来这家餐厅吃饭？"

林浅立刻答："也不是经常。我在美国待的时间也不算长，以前大学时寒暑假常来待几个星期。这里我哥带我来过几次，感觉还不错。"

厉致诚看着她，点点头。

林浅自然而然地说起这里的菜色、厨师和周边的景点景致。厉致诚一直不是个话多的人，即使之前每次讲一些叫她心惊肉跳面红耳赤的话，那也是言简意赅利落分明。可林浅今天却发现，如果他有意与一个人深谈，其实很擅长调节气氛和主导局面。

譬如现在，大部分时间都是她在讲，但他只偶尔发问或搭话一两句，就不知不觉地把话题从餐厅引向她的大学生活，又从大学生活引向她的兴趣爱好……只是，当林浅发现这一点时，她的生平大事、家庭关系和习惯喜恶，基本已经被厉致诚了如指掌……

所以说，不动声色地接近目标，也是狼的特性之一啊。

但是，她不得不承认，这番交谈是愉快而随性的。厉致诚的确像今晚刚见她时所说，没有带给她太多压力。只是在她每每讲得投入时，他会用那黑黢黢的锋芒暗藏的双眼目不转睛地盯着她，盯得她的心跳有点不稳，但那感觉并不叫她讨厌，甚至心中涌起一丝隐隐的、危险的甜意。

饭快吃完的时候，一直被主导着谈话的林浅，终于决定自己主导一把。

她的心跳有些慌慌的，看着厉致诚在灯下英俊的面容。他的抓绒拉链一直拉到脖子上，领子竖起来，此刻的他，看起来只是一个很酷的青年，没有在公司穿着西装时的冷漠逼人，也没有运筹帷幄时的老练城府。这是一种挺奇妙的感觉，好像在你面前，他展露出了他的另一面。

无害的、像个普通男人的一面。

察觉到她的凝视，厉致诚放下刀叉，等她开口。

"厉总，我能问你三个问题吗？"

厉致诚看她一眼，嗓音低沉，"嗯。"

"第一个问题……"林浅微笑说，"那些商战的招，你是怎么想到的？有什么诀窍？"

这要换别人，林浅肯定不问。有什么好问的？商战就是凭心眼儿啊。譬如她哥，机关算尽，腹黑狠辣，她能学吗？学不会。

可厉致诚不一样。他之前一路环环相扣，全都能在兵法里找到依循，跟别人的商战不一样。所以这个问题困扰林浅很久了。今天难得气氛合适，她终于问了出来。

厉致诚听完这问题，眼中缓缓浮现极淡的笑意。

"想学？"他的嗓音低沉清润。

林浅的脸一热，答得坦荡，"嗯。这要换谁都会想学的。"

厉致诚没有马上回答，而是端起茶杯，轻抿了一口，而后抬眸看着她，"只有一个原则，所有军事指挥官都熟知的、最简单的原则。"

林浅心头一凛，就听他继续说道："我所有的行动计划，目的都是为了清除一切可能的障碍，以确保在决胜点上能以绝对的兵力优势，快速、高效地围歼对手。"

林浅一下子怔住了。

这么简单？就一句话？

她仔细琢磨他的话。

"清除一切障碍"……在之前那场"战役"里，他请君入瓮、声东击西，把司美琪引入明盛的圈套里，使得对方制定了一系列限制条件：交货周期、价格。

于是，当厉致诚再转战中档包市场这个决胜点时，司美琪完全抽不出兵力来对抗他的低价侧翼战。所以，这就是他说的"以绝对的兵力优势围歼对手"？司美琪的整体实力远胜爱达，可正像他所说，他的"所有行动计划"，庞大又复杂，亦真亦假，全都只是为了抽空司美琪在这一个决胜点上的兵力，这是他一早就锁定的战略目标……

仔细一想，真的就像他说的那么简单……

她的内心稍稍有点激动。这感觉似曾相识，正是当初爱达处于谷底时，他屡屡带给她的热血沸腾的感觉。

她抬头看着他，眸光清澈，笑意浅浅，脆爽地说了句："谢谢，受教。"

厉致诚静坐不动，将女人的一笑一颦、眸光唇色尽收眼底。他再次沉声开口："至于具体计策……"果然就见女人眼睛再次一亮，几乎是巴巴地望着他。厉致诚眼中闪过一丝笑意，不急不缓地看着她说，"可意会不可言传，没法教。"眼见她眼中快速闪过失望神色，他却神色平静地抬手，端起线条优美的白瓷壶，又倒了一杯茶，放到她面前，"不过，我的下一次战役，两个月后发动。"

林浅心头一震，下意识地端起他倒的茶，喝了一小口。她自己都没发觉，聊了这么久，已经口干舌燥。于是她又喝了一大口，脑海里飞快地闪过一个不相关的念头——他还挺细心体贴的嘛……

这念头一闪而逝，然后就见他抬起幽沉的眸，看着她，"大战在即。如果想学，就跟着我。每一步，我们一起走。"

林浅的心扑通扑通地跳着。

有些事，她还模糊不定。

但是有些事，她无法抗拒。

她坚定地点了点头，"好。我一定会很用心地学的。"

厉致诚眼中再次闪过浅浅的笑意，黑发黑眸的英俊容颜在这异国他乡的陌生餐厅里，却依旧沉毅，冷峻逼人。

"第二个问题？"他低声问。

林浅刚刚说三个问题，是有些一时冲动。此刻，她微垂下头，用银叉轻戳着面前没吃完的沙拉，同时用很平常的语气问道："第二个问题……你对女人，也会用这样的心机和计策吗？"

她没抬头，眼角余光却可以瞥见他正看着她，似在沉吟，又似在专注地凝视她。

"林浅，如果我用计以得到你……"片刻的静默后，他开口了，"那么现在，即使你的心还不属于我，名义上，也一定是厉太太了。"

林浅心头猛地一震，抬头看着他。

却撞进他平静而深黑的眼眸里。

她的心跳再次失控。

是的，危险的气息。

　　他说的是认真的。如果他用计，狡猾诡谲，不择手段，她还真的没把握能否逃掉。

　　明明很匪夷所思甚至不着边际的话语，他这么平平静静地讲出来，却有不容置疑的分量。

　　林浅低下头，继续用叉子戳着盘子里的那堆东西，戳、戳、戳……

　　却听他对这个问题作了最后的总结："所以，你可以对我放心。"

　　简短的一句话，成功地令林浅由之前的震动无言变成了面红耳赤。

　　"我没有考虑什么放心不放心。"她狡辩，"我只是跟你随意聊聊。"

　　"嗯。"他盯着她不知何时已绯红一片的脸，低声说，"很好。我们的确应该'随意聊聊'。"

　　林浅的脸还烫着呢，随口应道："为什么？"

　　"因为，无论是作为下属，还是作为女人，你都应该对我了解更多。"

　　他的嗓音低沉而坚定，而林浅微怔之后，继续脸红中……

　　"第三个问题是什么？"他又问。

　　林浅定了定神，抬起红润的脸，目光湛亮地直视着他的眼睛，"如果有一天，你爱的女人，带给你抽筋剥骨那样的痛苦，你又会怎样？"

　　厉致诚也定定地回望着她。

　　短暂的静默后，他的目光平静不变。

　　"如果是我爱的女人，那我只能……"他轻声答，"甘之如饴。"

　　走出餐厅时，雪已停了。

　　夜色比之前更静了一些，城市依旧灯火璀璨。湿漉漉的街道旁，树木上时不时有簌簌雪花落下，空气寒冷而清爽。

　　在这样的夜景里，人的心情仿佛也变得慵懒随意，徜徉在这静谧华美的异国除夕。

　　所以当厉致诚提出"走走"时，林浅欣然点头。

也许是在餐厅聊得太多，而且是两人间第一次这样深谈，如今漫步于街头树影下，两人一时都没有讲话。

又走了一段，却听到前方隐隐传来歌声，听调子竟像是许多人在吟唱中文的《龙的传人》。

林浅便微笑开口："我记得前面有个公园，可能是那里。"

厉致诚说："去看看。"

整个公园是一块巨大的圆形的绿地，坐落在城市中。厉致诚和林浅踏上一段白色台阶，抬头就能望见绿色的低缓的山坡，还有其间蜿蜒的白色便道。树影掩映间，可以远远看到前方竟有个舞台，灯光闪闪，音乐悠扬。不少人聚在舞台下，跟着音乐在唱歌。

两人刚走几步，就见几个学生状的华人青年步伐轻快地走过来，看到他们，热情地打招呼："嗨，是中国人吗？新年好！"

林浅笑道："新年好！前面是什么活动啊？"

有人答："是留学生会组织的春节晚会。"

林浅转头笑看着厉致诚，"我们一起去看看这台'春晚'。"

幽暗的夜色里，厉致诚眼中也闪现笑意，"好。"

隔近了看，舞台周围的人其实并不多，也就四五十人围聚着。而那舞台是就地在公园的一块空地搭建，尽管之前下着雪，但似乎丝毫不影响大家的热情。

此刻，一个年轻女孩穿着金光灿灿的古装，拿着一把扇子，正在台上跳古典舞《水月镜花》。虽然她的动作谈不上多专业，但台下却是阵阵掌声和喝彩声。厉致诚和林浅站在最外围，厉致诚脸色平和，林浅笑意盈盈。

人是一种挺奇怪的生物。

在国内待着的时候，对春节越来越没感觉，对于打造得美轮美奂的春晚，也提不起太多兴趣。但此刻，观看着留学生自制的堪称简陋的晚会，看着台上台下的人神情激昂，甚至还有人红了眼眶，林浅的心情也变得澎湃起来。

她看得目不转睛，跟旁人一起用力鼓掌，大声欢笑，甚至一时间把身旁的厉致诚都给忘了……直至不经意间转头，她才发觉厉致诚偏头看着她，俊脸在夜色里温和如雕塑，目光清亮而专注，不知已看了多久。

你站在桥上看风景，看风景的人却在楼上看你。

林浅的脑子里瞬间就冒出这句浪漫佳句。那丝丝点点的朦胧甜意，再次在心中危险地冒了个小头。

这时，厉致诚却开口了："你很容易热血。"

林浅微怔。

林莫臣不止一次鄙视过她，说她太过心软，对于相信的人，总是义无反顾地交付真心。但她不觉得这有什么不妥。就好像林莫臣教她要对男人抽筋剥骨，但她永远不会对自己爱的男人那么做。

顶多……多几分心眼，别轻易让他占到便宜，以为自己已胜券在握就是了。

不过此刻对于厉致诚的评价，她也不多辩说，而是含糊答道："嗯，我正努力变得沉稳。"

谁知他看她一眼，缓而沉地答："不需要。"

林浅再次转头看着他。

他却已转头，看着前方的表演，只留给她一个清隽的侧脸。

林浅静默了一瞬，也转头看着前方。

他说不需要。

这句话的意思是说，他也认同她这样的性格，所以不需要变？

还是说……她不需要变得沉稳，因为有他？

林浅的脸再次微热了一下。

完了，被他不动声色地撩拨太多次，现在他的话明明并不暧昧，她却已经自己开始脑补了……

两人又看了一阵，这才步行离开这片舞台，沿着绿地间的白色小路往公园另一侧走去。

林浅是这么盘算的，现在刚过十点，从公园里穿过去，正好打车回家。把厉致诚这尊大佛送回酒店，兴许还能赶上跟哥哥一起跨年，也是赶紧去哄哄这另一尊大佛。

刚走了一段，却见前方草地上矗立着一块黑黢黢的硕大岩壁，有十来米高，最上方还有个呈倒弧形的仰角，看着颇有些难度。原来是块人工攀岩。

这样的天气，居然还有几个青年，腰拴绳索，伏在岩壁上攀爬。地面上还有几个人用英文在大声指挥、喝彩，看着很有激情。

林浅自然而然停步，多看了几眼。

然后就听到身旁的厉致诚淡淡开口："要不要试试？"

林浅转头看着他。

不得不承认，此刻她看到的厉致诚，非常帅气。

因为他微垂着头，利落地脱下外套，往草地上一丢，接着把那件漂亮抓绒衣的衣袖挽起来，露出结实修长的胳膊，又摘下手表放进口袋里，然后看着她说："要不要打个赌？"

林浅来了兴趣，"什么赌？"

他微微一笑，"如果你先登顶，可以向我提任意一个要求，我都会答应。如果我先登顶……"

林浅的心突地一下。

来了。

终于来了。

她深吸一口气。

谁知，却听他语气平缓地继续说道："……今晚十二点，陪我一起迎接新年。"

林浅的眼珠转了转。

就这样？

不是要她做他女朋友？

呼……松了口气。

"那你岂不是很不划算？"她问，"要是我赢了，问你要爱达集团怎么办？"

他却淡淡一笑，与她擦肩而过，走向那片岩壁。

"君子一诺。你若能赢，厉致诚任你宰割。"

林浅一下子就笑了，同时也被他淡定自信的态度勾起了几分好胜之心。她心想，他虽然是军人，但大多是指挥啊、玩枪支啊，又不是攀岩专家。她好歹也算精于此道，还是有胜算的。

于是她抖擞精神，也脱掉外套、手套、帽子和围巾等累赘物，然后也帅气地丢在草地上，朝那岩壁走去。

热爱户外的人，大多性格开朗。对于同道中人，往往不用多说，就回报以善意和欢迎。

听林浅说他们也想试试后，一个青年立马指挥同伴给他俩系好安全绳索，然后还用生涩的中文说："新……年……好! Go! Go! Go! "

此时夜色已经很深很深，不远处的晚会音乐声还清晰传来，听得人的心头一阵温暖。公园上空有柔和的灯光，照得岩壁沉光暗敛。

林浅和厉致诚隔着一米远的距离，并肩站在岩壁下。她转头，略有些挑衅地望着他，"可以开始了吗？"

厉致诚抬头望着上方的岩壁，唇角微微扬起，"开始! "

话音刚落，林浅就铆足了劲，像只猫一样贴在岩壁上，往上一步步爬去。她爬了几步，突然感觉不对，停下回头一看，厉致诚还站在原地，俊脸平和，一动不动。

"你怎么不动？"林浅问。

他淡淡看她一眼，嗓音温凉如水，"让你五分钟。"

如果说之前林浅只是被勾起了几分好胜心，那么此刻，她的满腔热血就完全被厉致诚的态度刺激起来了。

让她五分钟？

这不算高的岩壁，他居然还让五分钟？五分钟都够她爬完大部分路程了。

　　白占的便宜，林浅从不拒绝。此刻厉致诚明显轻视她的实力，可她一点也不会觉得被羞辱什么的。他要让，她难道还拦着他？让呗。

　　她赢定了。怀抱着这个念头，林浅心无旁骛，再度爬上进发。

　　而地面上，那群青年中也有华人，听到他俩的对话，大声喝彩，同时朝不同肤色的同伴解释。结果林浅爬了一截，就听到底下一堆叫好声——给厉致诚的。

　　"干得漂亮，伙计！"

　　厉致诚听到这些声音，只侧转头，朝他们点头示意，然后继续双手插在裤兜里，看着上方正争分夺秒、努力前进再前进、一心想要赢过他的女人。

　　他唇角微勾。

　　林浅已经爬了三分之二，眼看那难度最大的仰角就在不远的地方，正要一鼓作气地继续前进，就听到下方那帮青年中有人在喊："五分钟到。"

　　她心头一凛。

　　林浅虽然如厉致诚所说"容易热血"，但真的做起事来，心理素质却很好，也很专注。此刻她就告诉自己，不要往下看，不要管他有没有追上来，只管按自己的节奏攀爬。

　　谁知这时一道清冷的嗓音从下方传来，"林浅，我要开始追了。"

　　林浅正踏上岩面上的一个小凹槽，听到这平静却有力的声音，心突地一跳，脚下一滑，差点没站稳。

　　她深吸一口气。

　　不知他是不是故意扰乱她军心？她忍不住在心里骂了句"阴险"，埋头继续往上爬。

　　很快就到了仰角下方。

　　尽管林浅一直告诫自己不要在意他，可下方一连串的惊叹声和喝彩声实在太明显，她几乎无法想象，他动作到底有多快多漂亮啊？

眼看前方就是"决胜点"了,她终于还是忍不住,往下斜了一眼。

这一看,她吓了一大跳——厉致诚居然已经到了她的双脚下方!离她只有一个身位的距离了。

他这到底是什么逆天的速度啊?特种兵吗?

这匆匆一瞥间,林浅只见他身形矫健,动作利落,长腿十分有力地蹬在岩壁上,被风吹得略显凌乱的短发下,俊脸沉毅而专注。他瞬间又上了个高度,双臂已经抵达她的小腿旁。

林浅赶紧转头,往上拼命地爬。

可即使是公园里摆放的岩壁,最后的呈倒钩形的、接近120度的仰角,也是有难度的,加之岩壁很滑,林浅试了几次,也没爬上去。

这时,她已经不用刻意去回头看厉致诚了。因为他在一瞬间已经爬到跟她并肩的位置,黑色身影在夜色里犹如一头敏捷的猎豹,牢牢低伏在离她不到一尺远的位置。

他竟然也暂时停歇,不往上爬了,而是转头望着她,声音中又有了浅淡的笑意,"肯认输了?"

正处于全面战斗状态的林浅,一时间完全忘了这个人是自己的Boss,也忘了他是自己强有力的追求者,头也不抬地倨傲地回了句:"去你的!"然后憋足了劲,再一次往上翻越!

谁知这次她踩的一块凸起的石头异常湿滑,甚至似乎还有一丝松动。她脚下一晃,心里咯噔一声——坏了!

她的身体骤然失去平衡,一下子脱离了岩壁,摔了出去……

下方传来一片惊呼声和惋惜的叹息。而林浅的身体已如风筝般随着绳索胡乱晃悠。她惊出了一身冷汗,岩壁、厉致诚、树木和远处的舞台灯光在她面前快速旋转。她下意识地随手乱抓,试图在身体碰到岩壁时抓到一个着力点,把自己固定下来。谁知就在这时,她的右手臂忽然一紧,然后被人牢牢握住了。随即一股大力朝她袭来,她的身体瞬间被那力量拉了过去。

恍惚间,林浅只看到厉致诚漆黑清冷的一双眼,然后腰间一紧,被他牢牢搂住，整个人都到了他的怀抱里。他身形一转，将她稳稳扣在了岩壁上，终止了她的失重和摇晃。

"没事吧？"下方的人纷纷问道。

"天！他是怎么做到的？"

林浅大口大口地喘着气。尽管身上有安全绳索，可突然从那么高的地方失重，在空中乱转，还是让人心有余悸。她抬头看着近在咫尺的厉致诚，用有些干涸的嗓音答道："没事。"

厉致诚不发一言，只低头看着她。

高处的灯光朦胧地映在他的头顶。原来不知何时又下起了细雪。林浅因为紧张，心跳仍然很快。他的手还牢牢固定在她的腰间，将她锁在他和岩壁间。他的身体热而沉，林浅甚至能感觉到他胸膛里的心跳，紧贴着她的，扑通、扑通、扑通……竟跟她的一样快。

是在……担心她吗？

"没事，小事。"她轻声说。

"嗯。"他回答的声音也很轻，可锁在她腰间的手却更紧了几分，"我不会让你有事。"

林浅望着他湛黑的眼，忍不住微微一笑。就在这时，远处不知什么地方传来沉厚绵长的钟声。

咚——咚——咚——

与之相伴的是不远处那些留学生们的齐声倒数："十、九、八、七……"

竟然已经到子夜了。

厉致诚和林浅，还有下方地面上的青年们，都循声望去。

"四、三、二、一！"

不远处传来热烈的欢呼声。地面上的异国青年也很应景地中英文夹杂地乱喊着："Happy new year！"

"新年快乐！"

"马……年……happy！"

林浅怔怔地转头，看着紧拥着她的厉致诚。

他也正看着她。

两人同时露出笑容。

"新年好。"

"新年好。"

林浅受的惊吓已经过去，此时被周围的氛围感染，已恢复龙马精神，笑吟吟地抬头看着他说："输掉的赌注，我已经践诺啦。"

厉致诚唇边的笑意也久久未退，"嗯。"

林浅望着他的眼睛，真诚地说："我的新年愿望是——爱达集团新的一年龙马精神，重回巅峰。"

厉致诚静静地看着她，没说话。

这时，地面上的人已经开始呼喊着拽林浅身上的绳索，想要将她缓缓放下地，谁知这一拽却没拽动。

林浅也感觉到了。因为厉致诚的手臂那么有力地箍在她的腰间，纹丝不动。

然后他就突然俯下脸。

林浅心头一跳——他要吻她？

交错之间，林浅却只感觉到他的气息拂面而过，然后他的脸轻贴着她的，埋在了她的肩窝里。

不是一个吻，是一个拥抱。

半空中的拥抱。

林浅的脸完全贴在了他的胸口，闻着他身上清冷的气息，然后就听到他在她的耳边轻声说："我的新年愿望——"

林浅的心跳瞬间紊乱。

她成为他的女友？

她嫁给他？

却未料到，他以从未有过的低柔嗓音说道："但愿我与林副官，年年有今日，岁岁有今朝。"

第十六章

君子协定

林浅感觉，厉致诚用一种很聪明的方式让她和他的关系转入了一个新的阶段。

像朋友，但又有无限的可能。

他不再穷追猛打，而是让她慢慢地接受自己。

当然，他的目的还是昭然若揭的。但一夜之后，埋在林浅心里那似有似无许久的种子好像发了芽。至少她接受了他的观点——

她应该去了解更多的他。

不要仓促就范，不要明哲保身。也不要将他这位聪明而优秀的男士，遗憾错失。

要情难自抑，要非你不可。要春去秋来天南海北唯独这一人令你为之心折，义无反顾。

……

所以此刻，林浅坐在出租车后排，看着窗外琉璃般的灯火，感觉到身旁的男人无所不在的清冷气场，心情不是慌乱的，而是愉悦甘甜的。

也不必说话。今夜如此美好。

厉致诚刚刚出了身汗，近日来在办公室坐得太久的一身筋骨彻底得到活动。而且还是女人陪着他一起活动。所以此刻，他从身体到心都十分舒展和放松。

他静静地看着女人恬静的侧脸，那双伶俐的眼睛里波光熠熠，这代表着她不知又在想什么，兀自津津有味。

厉致诚眸色轻敛。

林浅，岩壁上那个势在必行却忍而不发的吻，我暂且记下。

动心忍性，徐徐图之。

那一刻的强烈渴求，待你卸下心防、心甘情愿之日，一并奉还。

这时，出租车已停在那一排漂亮的公寓门口。

林浅用英语跟司机简短交谈，付款找零。厉致诚淡淡抬眸望去，就见公寓二楼的窗前灯光朦胧，一个高挑的男人抄手立在窗前，望着楼下，似在审视，又似在思量。

林莫臣的公寓从外观看起来是洁白而典雅的，符合他眼高于一切的性格。

而公寓外还有一排漂亮可爱的黄色小栅栏，中间是些花花草草——林浅某一年种下的。

此刻，林浅站在那一排栅栏旁，朝厉致诚展颜而笑，"那就晚安。你……快回酒店吧。"

不知怎的，玩了一晚上，原本叫得极其顺口的"厉总"现在反而叫不出口了。但直接叫"致诚"又太惊悚。所以林浅一路就一直"你"啊"你"地称呼他。

厉致诚立在夜色里，黑色外套和发梢上还有些微湿的痕迹。他点点头，眸中也有浅浅的笑意，"晚安。"

他的话音刚落，就听到公寓大门咔嚓一声轻响，玄关的灯应声而开，有人推门走了出来。

厉致诚神色平静地抬头看过去。

而林浅的反应是……

她立马关上身后的栅栏，神色自若地走向门口，"哥，我回来了，新年好！"

林莫臣穿着浅灰色毛衣和黑色长裤，完全是一副华尔街精英人士居家时悠闲而清贵的做派。他看一眼妄图粉饰太平、与自己轻松擦肩而过的妹妹，又看一眼立在栅栏外朝他礼貌颔首的英俊男人……

来得挺快。

微一沉吟，他沉声说："有朋自远方来，进来坐坐？"

刚走进门内的林浅倏地身子一僵，然后听到门外的厉致诚不急不缓地答："林先生客气了。那我恭敬不如从命。"

林浅瞬间就一头黑线。你干吗从啊你？

林浅一转身，就见林莫臣已转身往里走，而厉致诚紧随其后，也踏入了玄关。两个男人同样高大俊朗，同样一脸不动声色……

大年初一，子夜一点钟。

林莫臣家灯火通明，茶香阵阵。

林浅看着沙发上宽坐的两个男人，有些滑稽地想，这回真如她所说，哥哥的夜生活变丰富了……大过年的不睡觉，宁可错杀不可放过，也要连夜审问他的"假想敌"了。

想是这么想，真的请人入了门，避无可避，林浅倒也淡定起来。她将泡好的清茶端过去，放到两人面前，然后也在一旁坐下，说："那我介绍一下。哥，这是我们爱达公司的厉致诚厉总；厉总，这是我哥，林莫臣，他是MK投资公司的高级合伙人。"

她正要继续说，却见林莫臣抬眸看着她，神色疏淡，"很晚了，你上楼洗澡睡觉。我跟厉先生到书房聊聊。"

林浅微笑答："那怎么行？哥，他是我的客人，我怎么能撇下他自己去睡觉？"

林莫臣眸光一敛，正要讲话，始终泰然坐在一旁的厉致诚却开口了："去睡吧。"

话是对林浅讲的，低沉的嗓音里含着一丝淡淡的笑意。

于是林浅一怔，看向他。

两人的目光于空中交错，林浅看到他黝黑的眼中的沉静与笃定。

林浅静默片刻，起身，"好吧，那我也恭敬不如从命。不过你们别聊太晚，都早点休息。"她说完就干脆地上了楼梯。踏上二楼时，她忍不住回头，却见两个男人都目光灼灼地抬头目送着她……

我勒个去！怎么还挺有默契？

掩上门的一刹那，林浅还听到厉致诚不卑不亢的声音传来，"明盛项目得到林先生帮助，我也一直想当面表示谢意。今天是大年初一，我来得仓促，没有准备年礼，实在失敬。改日一定再次登门拜访……"

林莫臣请厉致诚到书房详谈。

两人在小茶几旁就座，窗外便是露台，花香阵阵，夜色幽深。

但凡商场上的能人，大多精力充沛，这两人也是一样。虽已夜深，两人的脸上却无半点倦色，一样神色清朗，自是谋定而后动。

厉致诚是客，端坐不动，静待林莫臣开口。

林莫臣想起刚才妹妹抵抗自己"回房睡觉"的指令，却在与这个男人目光交流后，听他的话回房……

呵……他在心中嗤笑一声，神色淡然地盯着厉致诚，"厉先生，听说你在追求舍妹。"

厉致诚看着他，淡笑点头，"正是。看来她跟你提过了。"

林莫臣端起茶浅抿了一口，而后轻轻放下，抬头，冷漠地问："你凭什么？"

他问这话时，就用那修长淡漠的眼看着厉致诚。若是跟他合作过的人，看到他这般眼神，便知这外表俊朗衣冠楚楚的男人只怕又要动什么冷酷的念头了。

可厉致诚听到这突如其来的咄咄逼人的质疑，表情没有半点变化，不答反问："我需要凭什么？"

林莫臣往黑色丝绒单人沙发里一靠，神色疏淡。

"按照爱达如今的资产负债估算，即使Vinda品牌销量惊人，你厉致诚的身家，也不过三个亿。"林莫臣目光淡漠，"比你身家高出数倍的男人，我身边一抓一大把。况且你的企业不过是刚刚死里逃生。你我心知肚明，最晚不过明年，爱达就会遭遇同行的再度重拳封杀。既然你自己都岌岌可危，我凭什么放心把妹妹交给你？"

厉致诚静静地望着他。

半晌后，厉致诚微垂下头，提起一旁的茶壶，给林莫臣添满，也给自己倒上。而后，他端起茶杯，轻抿一口，说："流水不腐，户枢不蠹。三亿身家，在林氏兄妹面前，的确太低。但这只是现状，不是明年，不是后年，不是我要与林浅携手共度的将来。"

林莫臣微挑眉头，眸色轻敛，看着他。

厉致诚放下茶杯，抬起沉黑的眸看着林莫臣，轻声说道："林先生，愿不愿意与我立一个君子协定？"他微微一顿，"我若能为她开创一个高枕无忧的未来，就请放心把她交给我。"

林浅躺在床上。

窗外雪花纷飞，楼下静悄悄。

时针已经指向了两点。他俩在书房里已聊了整整一个小时。

俗话说得好，杀人不过头点地。他俩都不是话多的男人，竟然能聊这么久，实在是让林浅惊讶。

她转念一想，这是天大的好事。林莫臣对于不能带给他利益、同时他又不喜欢的人，向来是不屑于应付的。以前就多次出现过有人上门拜访，不出一刻钟就被送客的情况。这只能说明……莫非哥哥还挺喜欢厉致诚的？

对哦，狼这个族群，不是一向很团结，互相惺惺相惜吗？

现在林浅心中的好奇早已大过了担心，很想知道他们聊了什么。而且，让哥哥把关审核一下厉致诚也好，反正他这一关迟早要过……

这不是厉致诚讲过的话吗？

林浅伸手摸摸自己的鼻子。

啧啧，"女生外向"啊……

就在这时，楼下传来脚步声和开门声，还有依稀的讲话声。

林浅一下子就从床上跳起来。

房门无声地拉开一条缝，见客厅里灯光通明，两道影子映在玄关——厉致诚已被送出去了？

林浅又噔噔噔地跑到窗口，果然看见厉致诚从那排小栅栏后走出来，手插在裤兜里，外套领子立着，步伐沉稳，俊脸一如既往的淡漠。

去……

林浅捏着窗帘一角，嘴里鼓了一口气又吐出来。

差点忘了，面瘫就是面瘫。从他脸上根本看不出两人谈得如何嘛。

就在这时，楼下的厉致诚仿佛察觉到她的存在，突然抬头看过来。惊鸿一瞥间，目光如电。

林浅下意识地往旁边一躲，避开他的目光。

许是动作太迅猛，惹得她的心也突突地跳着，想道：嗯，避得好。不是要循序渐进好好发展吗？若是表现得太主动，还不转眼就被他看穿？

待听到脚步声渐远，她才偷偷转头，又朝外望去……

"还没看够？"一道挺冷的声音，从林浅背后传来。

林浅立刻转身，朝来人甜甜地笑了。林莫臣抄手靠在房门口，用那修长桀骜的眼睛淡淡地看着她。

"我跟他真的没好，普通朋友而已。你干吗三堂会审？"林浅走过去，挽住他的胳膊。

林莫臣看她一眼，没说话。

林浅又问道："那你们都聊了什么？聊这么久。"

林莫臣意味不明地低笑了一声，然后把自己的胳膊从她手里抽出来。

"放心，短期内，他不会再对你造次。"

林浅眨了眨眼。

林浅再次躺回床上，望着天花板。

　　唉。讲完那一句高深莫测的话，林莫臣就沉下脸，勒令她赶紧睡觉。看样子是不打算告诉她内情了。

　　而他不想讲的事，天王老子都逼不出来。林浅当然也不行。

　　这时，手机嘀嘀一响，有短信。

　　都这个点儿了……林浅精神一振，拿过来一看，果然是厉致诚。

　　"我已到酒店。晚安。"

　　林浅马上回复："好的。另外，你跟我哥怎么聊那么久啊？"

　　厉致诚的回复也很快，"放心，我能应付他。"

　　林浅看着这简短的七个字，脸颊微微一烫。

　　这语气……

　　可她真的不是在担心他啊，她完全就是好奇而已啊。

　　林浅把手机往旁边一丢。

　　这算什么事儿？两个人叫她放心，却都对谈话内容绝口不提。

　　他俩高来高去，把她丢到一旁。哼……

　　过了一会儿，林浅又想起今晚厉致诚在漫天雪花下轻声在她耳边说的那句"年年有今日，岁岁有今朝"。

　　暧昧和脸红早已褪去。此刻她心头涌起的，是一股异常柔软动人的情绪，然后就突然想到了哥哥。

　　这几年来，哥哥的睡眠似乎一直不好，现在又过了睡觉的点儿，他应该很难入睡吧？

　　她起身下楼，果然就见林莫臣神色淡淡地靠在花厅的躺椅里，手边一杯热茶，望着窗外的雪花，不知在想什么。

　　林浅心口微微一疼，动作却轻快无比。她走到他身旁的沙发边坐下，将他的手一搂，"哥，我还没对你说新年祝福呢。"

　　林莫臣微微一笑，转头看着她。

　　林浅往他肩上一靠，说："但愿我们俩，一家人，年年有今日，岁岁有今朝。"

　　夜色弥漫。

兄妹俩也不睡了，看电视里重播的春节晚会。林浅一边看一边摇头叹气，百般挑剔。林莫臣看着久违的相声、小品和中国杂技，心思却仿佛飘到了九重山外。

最后，他的目光再次落到妹妹身上。

林浅说过，厉致诚和他是一类人。

今日所见，的确堪称对手。

但他们又是不同的。

其实在厉致诚身上，林莫臣反而看到了跟林浅相似的地方。

在机关算尽的外表下，这个男人还保留着跟林浅一样的赤诚和决绝。

而这种东西……林莫臣无声失笑，他早已不再拥有。

至于他们今晚达成的协议，彼此都有默契，不必让林浅知道。

厉致诚若是有能力又有真心，他自然会放任他对妹妹的追求。

但若两者中，任意一样有所欠缺，将来他倾家荡产、身败名裂，与人无尤。

林浅第二天睡到中午才起床，看到厉致诚一大早发来的短信。内容很简短：公司有事，我已搭乘最早一班飞机离开。回国见。

这令林浅很意外。后来她才从蒋垣处得知，是明盛康总给厉致诚介绍了另一位国企的老总，有意让爱达提供订单。那老总恰好回霖市探亲，所以才有了这么突然的一出。

节后上班第一天，林浅按时归来。

而包括新宝瑞、司美琪和爱达在内的所有行业巨头，也开始了新一年的业务和计划。

以及，新的争夺。

周一，公司管理层例会。

林浅到得挺早，坐了一会儿，就见各部门经理和公司高管陆续走进来。

窗外飘着大雪，飘飘扬扬，一片苍茫，衬得灯光雪亮的会议室里有一种静谧安详的气氛。年前悬挂在天花板上的一排红色小年画还没取下，给室内平添了几分温暖色彩。过去的一年再坎坷，此刻经理们的面容也是愉悦含笑的，互相嘘寒问暖，调笑打趣。

大Boss没到之前，会议室里总是热热闹闹的。

林浅是在场最年轻的一个女人。她嘴甜又知进退，跟身旁几个生产部的中年经理寒暄，非常和谐。

当然和谐了！今天一早，她就让下属把她从美国带回来的丰厚礼物送到各个部门。礼多人不怪，资历不够人情补！

大家正聊着，会议室的门再次被推开。厉致诚一身笔挺的西装走进来，面色平静，身后跟着笑容亲和的蒋垣。

会议室里立马安静下来。

厉致诚在主位坐下，蒋垣放下他的笔记本和军用保温杯，坐到后排，就跟当年林浅的位置一样。

厉致诚靠在老板椅上，单手放在桌上，抬头看着众人。林浅隔着十多号人远远望着他。她觉得只是抬头这样一个简单的动作，就把他身上那强势清冷的气场凸显出来了。

几天没见，如今光天化日大庭广众下看着他，感觉又有那么点陌生和不同。

纯黑的西装熨帖精良，衬托出男人肩膀和腰身的挺括线条；素白的衬衫，暗蓝的领带，盈盈发光的袖扣，还有放在桌面上那骨节分明的手，无一不透露出他内敛沉稳的气息。当他抬起那沉湛的眼眸看着你，你就能清晰地感觉到他独有的安静逼人的气场。

林浅承认，看着这样的他，心跳是多于心动的。

大概周围的人也这么觉得，所以在厉致诚很自然地环顾一周的时候，会议室里却格外寂静。

"年过得怎么样？"他开口，嗓音低缓温凉，但眼中略略浮现笑意。

于是大伙儿都笑了。坐在他右手边的刘同副总裁第一个答道："我是还不错哦，一家子回了趟老家。带了些土特产，一会儿让秘书送给大家。"

"好啊！那就谢谢刘总啦！"众人纷纷捧场。

一旁的顾延之则笑道："新年新气象。咱们厉总这个春节可是过得异常忙碌，马不停蹄啊。"

众人纷纷侧目，厉致诚淡笑不语。

坐得远远的林浅心里咯噔一下，心虚了——马不停蹄？暗喻四处奔走？

她忍不住看一眼顾延之，却见他神色如常，也未看向她的方向。

还好还好。她还想着厉致诚会不会把那些事告诉顾延之呢。要真告诉了，面对顾延之这老狐狸，她还是略有些尴尬的。

就在这时，林浅忽然看到厉致诚抬起头，神色淡然目光如电地朝她这边看过来。

那目光幽沉笃定，沉默逼人。

林浅的脸倏地一热，立马低头，避开他的目光。

这男人……

顾延之虽然不一定是在暗指，厉致诚却一定意有所指。

林浅又端起茶杯喝了一口，旁边一个中年男人不知讲了什么，惹得满桌人一阵大笑。林浅刚才完全没听到，但也跟着一起笑。虽然不再看向主位的男人，但不知是不是心理错觉，她总感觉他灼灼的目光无所不在。

这感觉……怎么跟办公室偷情似的……

还挺刺激……

厉致诚隔着遥遥众人，不着痕迹地看着那个故作镇定却脸颊微红的女人。

几日不见，那晚在他臂弯中的佳人，生动依旧。

市场部先通报了这几天厉致诚和顾延之全力争取的国企项目的情况。

这无疑是新年的一个开门红。虽然项目尚未敲定，但这几天两位老总一直陪同康总和那一位国企老总。临走时，对方希望爱达尽快提交一份详细的项目建议书，并约定节后请厉致诚亲赴企业详谈，可见是很感兴趣。

大伙儿听得都很振奋。林浅也很欣喜，于是也跟众人一起，堂而皇之地看着厉致诚的脸。他正在听其他部门汇报工作，俊脸微抬，眉目专注，偶尔会拿起笔记下几行字，抑或低声简短发问，嗓音清冷。被问到的人总是答得格外谨慎，亦会多看他几眼，希望在他脸上看到认可神色。

林浅看着这一幕，忍不住再次感叹。

今时不同往日。

她还记得厉致诚刚主持工作那会儿，第一次开重要战略会议，哪是这个气氛？大家争得很厉害，也不见得把这个军人出身、临危受命的二公子放在眼里。

可现在？

经过之前一段时间对集团的抽筋剥骨，集团脱胎换骨，现在整个爱达上千号人、数十条产品线、几百家门店……已是他手底一盘锋芒初露的棋。

各部门汇报完基本情况后，就轮到Vinda子公司以薛明涛为首的三位高管。这时，顾延之插了句话："薛总那边有个情况，不是好消息。薛总就重点说一下吧。"

众人神色一正。林浅也心头一凛——她昨晚才回到霖市，一大早就赶来集团，对这个情况还不知情。

厉致诚神色沉静，难辨喜怒。

薛明涛点点头，先把Vinda春节期间的销量简要汇报了一下，又对前期总销量作了回顾。数字当然是喜人的。然后他话锋一转，说："不过，根据可靠消息，司美琪会在年后筹备成立与我们类似的子品牌，同时他们庞大的中端产品体系会展开一系列有力的营销促销活动。此外，市场排名前十的其他好几家公司，也有推出类似产品、进行网络宣传销售的计划。肥肉人人都会抢，这些竞争举措，很可能会对Vinda的发展造成冲击，瓜分我们的市场份额。"

会议室里一片沉静。

半晌后，刘同抽着烟，不冷不热地说："司美琪永远都是这样，模仿、低价、恶性竞争，没有创新，不知廉耻。"

话虽这么说，但市场是开放的。竞争对手们有这个模仿跟随举动，虽让大家气闷紧张，却也在情理之中。

静了一会儿，厉致诚说："大家有什么意见？"问这话时，他的眸色是疏淡的。他靠在老板椅里，双手交握，轻搭在膝盖上，却给人一种他依然会异常沉稳地掌控这局面的感觉。

强敌在侧，众说纷纭。

有人建议同样展开降价促销，死守Vinda这一源头活水。也有人建议加强网络宣传和广告力度，不要降价，强化品牌营销。这一点正是薛明涛、林浅等人一直在做的，他们听得频频点头。

但林浅很快注意到，在这场群情激奋、斗志昂扬的讨论里，厉致诚的其他几个心腹大将刘同、顾延之和薛明涛倒没有表露太多看法，大多只在本子上记着一些有价值的意见。这令林浅稍稍留神——是了，厉致诚的心思深沉，手段复杂，这个问题，只怕早已在他预料之中。

看来几位大佬早已对这个问题达成了共识。

然而林浅没想到，最后这个"共识"，竟然会落在她身上。

在大家都充分表达意见、集思广益后，薛明涛点了点头，说："大家的意见都非常有价值，我们子公司会仔细研讨，拿出一套有针对性的工作方案来。我这边早上也跟几位老总碰了一下，初步有个想法：这件事，需要一个强有力的、专门的团队来做，才能与竞争对手一争高下。所以，我们子公司想再成立一个市场部，对外，宣称是整体市场策划；对内，就专门打这一场硬仗。"

这话在情在理，众人纷纷点头。

这时厉致诚抬头问："这个部门，你建议让谁来负责？"

薛明涛看一眼身旁的林浅。林浅微微一怔，然后听到他说："林总先分管吧。她本就是做市场工作出身，这次Vinda的网络营销推广也是她主导的。我认为她比较合适。"

一旁脸色肃穆的刘同点头，"嗯，我看行。"

一小时后。

林浅坐在久违的总裁办公室里，盯着对面墙上的一幅水墨画，发呆。

这画是在她离任后添置的，并不似别的企业老总办公室里那种雄浑大气、万马奔腾的画。这幅画不大，方方正正，上面只有几枝修长的翠竹，水流隐约，山色氤氲。

林浅却觉得很有意境。

画如其人。锋芒隐约，却能叫那些浓墨重彩的山水黯然失色。

他的内心，其实很清高自负。她想。

在刚刚的会议上，提出了她这个人选后，厉致诚就隔着众人问她："林浅，你的想法呢？"

她能怎么说？这既然是他的安排，她当然要举双手双脚赞成。于是她浅笑着对众人开口："我服从领导安排。如果接手这个部门，一定尽心尽力，在厉总带领下，打一场漂亮的反击战！"

……

会议结束时，林浅还在跟薛明诚等人讲话，蒋垣走过来，微笑着对她说："林总，厉总请你一会儿去他办公室等他。"

今天是年后上班第一天，按照惯例，总裁需要到各个部门去巡查露面一番，以示鼓励。

所以林浅在他的办公室坐了十来分钟，他还没回来。

其实这几天，林浅还有点想他。他的样子时不时往她脑子里冒。

毕竟，被搅乱的一池春水又怎么会轻易复原？

想到就要跟他单独相处，虽是谈工作，林浅心里却跟长了草似的，挠着心房痒痒地乱。又坐了一会儿，林浅望着那幅画下的一排整整齐齐的书架，突然心念一动。

她走到门边，看外头依然没动静，就把门轻轻带上，快步跑到书架前。

她很快就找到了那本《孙子兵法》。

手指触到书脊，她竟然有点小激动。

第二张，我来了！

不能当着厉致诚的面看，看了就等于默许是他的人。但偷看可是与人无尤。

她把书抽出来，哗啦一翻，就看到一张叠好的纸条。她连忙打开一看：请君入瓮、借刀杀人……这是第一张。她麻利地叠好放进去，往后一翻，又一张！白色的薄薄的纸，隐隐已看到几个字迹透出来：一箭三雕……

就在这时，门口传来熟悉而沉稳的脚步声。蒋垣的声音隔着门响起，"厉总，林浅在里面。"

"嗯。"男人的嗓音低得像风，"我跟她谈事情，不要让人打扰。"

"好的。"

林浅立刻把那纸条又塞回书里，然后把书往书架上一塞，噔噔噔地跑回沙发，一屁股坐下。与此同时，咔嚓一声，门被人拧着把手推开。

林浅展颜而笑，"厉总。"

厉致诚反手就把门关上了，抬头看她一眼，那目光沉黑而专注，坦荡又直接。仿佛这几日的分离都不存在，他依然是那晚对她不急不缓追求着的男人。

林浅神色不动，但她几乎可以感觉到整个办公室里的气氛仿佛都随着他这貌似不经意的一眼，变得暧昧浮动。

厉致诚先走到大班桌旁，拿起桌上的水杯喝了一口，然后脱掉西装外套，往手腕里一折，搭到椅背上。他背对着她，简单的衬衫西裤衬得背影更加挺拔匀称，腰身窄瘦有力。他从桌上拿起一份文件，正要走向她，却忽然偏头，往一侧书架旁的地上看去。

林浅也循着他的视线看过去。这一看却看得心头一抖。

那张叠得整整齐齐的锦囊妙计第二式，居然掉在地上了。

林浅立马就有了决断。

装傻。

结果，她看到厉致诚背着手，慢慢踱到书架旁，将那张纸拾了起来，也没塞回书里，而是拿在手里，然后转头走向她。

四目交错，林浅一脸坦然，但眼角余光瞄到他手里的妙计，内心又神奇地升起类似小时候做坏事被家长抓包之后的感觉，然后就忽然有点想笑。

厉致诚办公室的沙发有三组，一组长沙发，一组单人的，一组双人的。因为单人的在右上首，下属们都习惯留出来，给Boss独坐。所以此刻林浅就坐在那张最长的沙发上，靠近单人沙发的一端，方便汇报交谈。

谁知厉致诚走到茶几前，迈步绕过了那单人沙发，从长沙发另一侧走向她。林浅微怔，他不坐主位，却在她身旁下首的位子坐下。

熟悉的属于他的气息，仿佛瞬间又将她笼罩，向她侵袭。办公室里一阵寂静，只有两人并肩而坐，彼此相望。

"厉总，找我有什么事？"

厉致诚没有立刻回答，而是将那张锦囊计拿过来。林浅瞪大眼看着他的动作，却见他眸色幽沉地看她一眼，然后将纸条轻轻放入自己衬衫左胸的口袋里。

他明明什么话也没说，原本心态还挺泰然的林浅，脸却一下子红了。

因为她想起了上次他说的话：想要，就自己过来取。

上一次，他只是把纸条放在沙发背上。而这次……

像是全未察觉到自己的举动再次搅乱了女人的心湖，厉致诚把手里的文件放到她面前，"看看。"

林浅打开一看，是五六份人员简历，全都是集团的员工。林浅翻了翻，就明白了。这些都是这段时间在集团各个产品的项目组里表现特别突出的人才，而且大多是工作五年以上、相对更可靠的员工。

精兵强将。

是要给她吗？

她正要开口问，就听厉致诚沉声在她耳边问："对于我今天的决定，你怎么看？"

林浅一怔，放下手里的资料，转头看着他。

此时他靠在沙发上，长腿轻轻交叠，一只胳膊搭在她身后的沙发背上，另一只手轻轻搭在膝盖上，俊脸微侧，眸色若有所思，看着被他半拥在怀里的她。

林浅也凝视着他，轻声答："我有疑问。"

"说。"

其实这疑问，开会时就埋在了她心里，只是当时群情激奋，大势所趋，她也就没提。

"其实这一段时间，我一直在琢磨你主导的上一场商战。"她说。

"嗯。"

"说起来，上一次，我们应该算是突施奇招。以高档产品低价侧翼包抄中档产品的策略，只有我们爱达能做。新宝瑞不能做，司美琪也不能做。"

厉致诚眼中闪过浅浅的笑意。

林浅略吸了口气，继续说道："因为——在这之前，爱达原本完善的、从高价到低价的产品体系已经失去了大片江山，基本算完了。所以我们出这一招，根本不会有太多负面影响。但新宝瑞和司美琪不同，他们的体系还很完善，如果他们这么做，他们公司的整个价格体系就会乱掉。我们做是不破不立，他们做是搬起石头砸自己的脚。"

"嗯。所以？"

"所以这次，尽管司美琪和其他竞争对手气势汹汹地要围剿Vinda品牌，但是呢，其他小公司不用说了，他们的质量根本做不到我们这样，不必与之为敌。而司美琪……"她顿了顿，"陈铮叫得再凶，也绝对做不到我们这一步。而且我们的品牌已经打响，先来后到是市场的不变规律。所以他一定竞争不过我们。"她眸光明亮地盯着厉致诚，"所以今天会上所说的情况，都不足为惧。但是，你却成立了专门的部门。"她看了看手边的人员简历，"还调集这些精英给我。所以……你要给我的真正目标，是什么？"

她现在已经牢记一点，那就是厉致诚做事一定有后手。你第一眼看到的表象，一定是他让你看到的。而他的真实目的，则深深藏在层层迷雾下。

今天的会上，他大张旗鼓，要特意成立精英部门，对抗以司美琪为首的其他公司的挑衅，听起来似乎合情合理，正是一个企业面对市场竞争时的正常反应。可林浅知道，厉致诚一定有一个更大、更不可告人的目标，藏在这个部门之下。

果然，他盯着她看了半晌，淡淡笑了。

"虚则实之，实则虚之。"他轻声说，"我的目标，是新宝瑞。原属爱达的大片市场，还被他们占据着。"

林浅心头一震。

新宝瑞。背后是实力雄厚的祝氏财团。多年来无人能撼动的行业领头羊。厉致诚竟然以他们为目标，只令人忽然觉得毛骨悚然。

她怔怔地看着他平静的侧脸。

他的心和胆子到底有多大？

与新宝瑞这行业巨鳄相比，爱达现在就是一只刚刚站稳的羊羔。他真的能带领他们以弱胜强？就像那些传奇的战争故事一样？

而他此刻对着她，轻而易举地把自己最深的心思讲出来。

是真的对她完全不设防吗？

一个念头滑过她的脑海：如果是这样，跟他相爱又有什么可惧呢？

厉致诚明显不是无的放矢，也全无狂妄自大的迹象。他看着她，缓缓地说："对付司美琪这种对手，靠爱达现成的产品、一些声东击西的伎俩就已足够。但新宝瑞……必须真刀实枪。"

他把手从她背后拿下来，交握放在膝盖上，淡淡地说："所以，我需要一把长弓。"

林浅一愣，"长弓？"

这个商业典故她听过，所以他的意思是……

果然听他说道："一个市场上从未出现过的、近乎完美、具有绝对竞争力的产品，就是用以射穿新宝瑞的市场的长弓。而你……"他转头直视着她，"名义上是保护Vinda品牌发展，"他说，"真正的任务是替我秘密打造这把长弓。"

第十七章

弯弓射雕

听完厉致诚的这句话，林浅的心情毫无疑问是激动的，但激动之余，理智却还清晰，并没有彻底臣服于这个令她仰慕的男人，臣服于他的野心。

"可是……"她说，"你确定是现在？"

炽亮的灯光下，厉致诚用那深邃黝黑的眼，在很近的距离看着她。

"嗯。有疑问？"

低低的嗓音，轻拂她的耳边。

林浅的耳朵顿时有点痒。

"君子报仇，十年不晚。"她转头，对上他幽湛的目光，"虽说新宝瑞的确占了我们原有的大片市场，但目前Vinda品牌刚站稳脚跟，刚与司美琪正面交锋完毕，就立马对付行业巨头新宝瑞，未免……未免……"

太过狂妄？嚣张？

心急？对，就是这个词。

"是不是心急了点？"她很委婉地说道。

这话在情在理。虽说你厉致诚天纵奇才，但我也认为，你需要落袋为安，韬光养晦。

他看着她，静了几秒钟。

"你认为，我是好战的男人？"

"……你不是？"

两人坐得很近，他的胳膊又搭在她身后的沙发上。他低头，她微抬着头，看着对方。明明是在讨论很严肃的商业争夺，可彼此身体的每一寸轮廓、每一缕呼吸，却都染上了暧昧。

"不是。"他忽然俯头，在她脸颊上轻轻一吻，一碰就走。

林浅的心跳扑通、扑通、扑通……

他亲完之后，虽已移开唇，却依旧用那湛黑清亮的眼眸静静地盯着她。林浅就侧过脸，避开他的视线，只是被他偷袭的一侧脸颊兀自发烧。

哥哥不是说他短期内不会造次吗？

难道是她理解岔了林莫臣的话？毕竟哥哥也是个成熟男人，莫非他嘴里的"造次"是指更高等级的亲密接触？

这时，他的声音再度响起，就像刚刚那个吻发生得自然，完全不需要解释一样。他说："有一点你说得不对。Vinda品牌并非安枕无忧。司美琪之流或许无力打造一个与之抗衡的子品牌，但新宝瑞可以。"

林浅一怔，抬头看着他。

他嗓音虽低，此刻却无异于字字千钧，落在她心头——

"最晚下半年，他们就能推出一个与新宝瑞完全无关的新品牌，以零利润甚至负利润，对Vinda进行狙击封杀。"

林浅心头一震。是啊，新宝瑞背后的祝氏财团，横跨地产、金融、实业制造等多个领域，实力惊人。他们着眼全局，即使在这一个品牌上巨亏，但能封杀掉爱达，同时占据这块新的市场，长线还是会赚钱的，何乐而不为？别人无此魄力、手段和实力，但新宝瑞，还有那个狡猾成性、自命不凡的宁惟恺，很有可能这么做。

"所以在那之前，我们……"厉致诚低声说，"先杀他们。"

爱达那个最近火得不能再火的子公司成立了新的市场部。

这个看似平静的消息，在春节后不胫而走，传到了陈铮耳朵里，也被送到宁惟恺眼前。

对此，陈铮只是回以一个冷笑。

　　针锋相对，你死我活，本就是这一片市场上的不变规则。厉致诚或许之前设了个圈套，让他跳进去，但市场不是靠一时的诡计就能争出长短的，靠的是实打实的拼斗。

　　那也是司美琪多年来最擅长的东西。

　　听说薛明涛最近连番带手下开会、巡店，甚至还派了人在这边盯梢，摩拳擦掌，貌似要与司美琪大战一场。

　　很好，那就走着瞧。

　　此时，陈铮并没有意识到，他已经自然而然地将薛明涛这个层次的人视为自己的直接对手。他更加没有意识到，厉致诚和林浅，已经不把他视为对手。

　　在新宝瑞的总裁办公室里，却是另一番光景。

　　助手原浚将一份报告推到宁惟恺面前，"最近司美琪和爱达打得很厉害。爱达甚至为此成立了专门部门，这是部门职能和人员名单。"

　　宁惟恺翻了翻，微微一笑，"原浚啊，你说我们筹备新品牌，全面打击Vinda的事，那个军人能不能想到呢？"

　　原浚微怔了一下。

　　自从Vinda一役后，总裁就用"军人"来指代行业里已赫赫有名的厉致诚。

　　"能。"原浚答道。

　　宁惟恺点点头，"所以，他怎么可能没有应对措施呢？表面如此平静，还把心腹爱将林浅调去，像模像样地成立一个市场部。呵……真假，他做事必有后手，肯定还在什么地方算计我呢。"

　　原浚笑笑，"想算计您，也不是那么容易的事。不过，也绝不能让他的阴谋得逞。宁总，需不需要在市场上向他们多施压几次，探探虚实？"

　　宁惟恺想了想，却摇头道："没必要。静观其变。"他看着窗外碧蓝的天，颇有些淡然地说，"你想啊，大象跟绵羊打架，大象能追在绵羊屁股后面跑吗？说不定就掉进绵羊设的圈套里了。当然是等羊羔主动撞到自己的脚下，再一脚踩死了。"

周六是个好天气，阳光灿烂，天空靛蓝，云层疏浅。一大早，林浅正在房间里做操，忽然手机响了。

是厉致诚。他言简意赅地说："我在楼下。"

林浅拿着手机走到阳台上，就见晨光斑驳的楼下树荫里，厉致诚靠在他的车旁，拿着电话，抬头遥遥望着她，"下来。带你去找'长弓'。"

天气还很寒冷，车窗上很快就起了层淡淡的霜气。

厉致诚今天穿的是在美国的那套衣服，只不过里头深灰色的户外抓绒衣换成了灰白色同款，倒衬得他的眉目越发清冽干净。搭在方向盘上的手，亦是骨节修长。军人的冷峻气息减弱了几分，倒真有些富家公子的气质。

很多女人都喜欢看男人的手。林浅也不例外。面前这双手，肤色比他的脸略深一点，乍一看，修长有力。如果"漂亮""清秀""英俊"这些词可以用来形容手的话，他的手就是"俊朗"的，很匀称，也很男人。

如果你再仔细看，会发现他的手背上其实有几道浅浅的痕迹。指关节和虎口处，这种伤痕感更明显。

但如今，这双手握的不再是枪或者军人的行囊，而是一个企业的江山。

还有……将来也许会跟她的手，握在一起。

林浅暗暗打量了一会儿，这才转头问他："你不会……这同一个款式的抓绒衣，买了不同颜色的很多件吧？"

他握着方向盘，缓缓打了个平稳的弯，"嗯，有几件。"

林浅被他囧到了。

的确听说过，有些男人为了省事，遇到喜欢的衣服就一次买一打。他是行事利落的军人，这么做倒也在情理之中。

"不喜欢？"他忽然低声问道。

简单的三个字，却令她心头的小草又迎风凌乱了一下。

这语气，分明是问女朋友。

"没有，我只是觉得挺有意思。"她据实作答。

他直视着前方车流，只留个俊毅的侧脸给她，"这些事，一直没有女人为我操心。"

林浅说："……哦。"她转头假装看着车窗外的大厦。

跟他在一起"慢慢发展"后，就等于纵容暧昧滋生。而暧昧一旦滋生，就无处不在。一言一行是暧昧，一个眼神、一个尚未真正靠近的拥抱，也是暧昧。

可这暧昧的感觉是微甜的、平缓的，像宽而亮的水流，慢慢沁入你的心里，一点点地淹没你。

这样恰如其分的爱情，是不是会令男人更像男人，女人更像个女人，彼此更加吸引？

而几天前，在她脸上落下的那个蜻蜓点水的吻，是不是，也是这个男人的情难自禁？

厉致诚带林浅去的是春都街。这里有霖市最大的商厦，新宝瑞、爱达和司美琪在这座商厦里的专柜也是全国最大最全的。

下车前，厉致诚从车里拿出两顶帽子，一顶自己戴着，一顶扣在林浅头上。林浅会意，到底是来勘探市场，自然要低调行事。于是她学他把帽檐压得很低，再把齐肩碎发归拢，然后抬头看着他，"可以了。"

糟糕，帽檐压得太低，根本看不见他的脸，只能看到他的下巴。

然后，林浅就听到他的声音从上方传来，"你确定能看见路？"

林浅讪讪地伸手，将帽檐掀起一个角度。这样，恰好撞见他同样在帽檐下的双眼。那眼睛平静而深邃，他整个人的气质跟初遇那天如出一辙。

四目相对，林浅的心突然漏跳了一拍。

在这个如此平静而普通的瞬间，她忽然好像意识到了什么。一直以来，因为他的身份、他的城府而被她忽略、被她视而不见的东西。

在看清帽檐下她的脸和她的双眼后，厉致诚的眼神变得更静，更深，更迫人。

如此短暂的凝视，却令林浅的心跳倏地紊乱起来。

"这顶帽子是我高中时的，看来你戴很合适。"他轻声说。

语气平淡的一句话，却令她的小心脏仿佛又被轻捏了一下。

为什么明明什么都没做，只戴着他的旧帽子，却好像已经亲密无比？

今天正好是元宵节，商厦展开新春大促销，整幢楼里都是人，音乐也是快节奏的，热闹非凡。

厉致诚带她乘电梯直上顶层。因为电梯里也塞满了人，他自然而然地揽住她的肩头，将她护进怀里。林浅不得不承认，这感觉很舒服。她甚至想到，自从跟宁惟恺那厮在大学有过一段短暂如闹剧般的恋爱后，这么多年来，她每次逛商场，要么独来独往，看着对面的情侣甜甜蜜蜜，要么跟女性朋友一起，看着对面的情侣暧昧。

当时不觉得有什么不对，挤在人群里，还觉得自己站得很稳，任别人挤来挤去，她都岿然不动。

可什么事都是对比才有结论。她的观察力一向敏锐，此刻就明显感觉到，身旁有他呵护，旁人竟也不像以前那样拼命往她身上挤了。真的有人挤过来，被他快速伸手轻轻一挡，那人一回头看到是对情侣，就很自然地不再往后挤，甚至还会挪开一点，好像是在尽量避免冒犯到别人的女人的身体。

林浅想，这也许是人心理学上的正常反应。

但这种正常反应带来的这一点微不足道的优待，却比金钱、权力和其他任何东西都更能带给女人踏实的幸福感。

她侧眸看着他在人群中俊朗出众的侧脸。

电梯门一开，迎面就是一排光鲜亮丽的户外产品品牌。

林浅微怔。这时厉致诚也已松开她的肩膀，两人交换一个眼神，林浅小声问："难道……你要做户外产品？"

厉致诚却避而不答，抬头看着前方，"先看。"

林浅点头，跟在他身旁，一家家门店开始看。首先，自然是那些知名国际品牌，今天也有促销，但大多是八折九折，只有很少量的产品做到五折，但已经吸引了不少顾客。

但今天论人气，生意最好的户外店却是新宝瑞的品牌"远途"。说起来，新宝瑞能有今天，真的是因为他们在很多地方做得令人佩服。单说户外领域，国内几乎只有他一家做大。他们赞助国家登山队，请体育明星、商业名人作代言。产品定价虽然不低，但相对于国际品牌来说，已经算亲民了。

此刻，他们的店中门庭若市，正在大力促销的几款户外包和鞋，几乎人手一件地在抢购。顾客中，老年人、中年人、穿着衬衫牛仔裤的青年人，还有带着孩子的母亲，什么消费群都有。因为新宝瑞主力做包，所以其中包明显是卖得最好的。

厉致诚和林浅靠在外头的栏杆上，望着店里火热的销售情景。

"记得我让你看的那篇杂志报道吗？"他低声问。

林浅想了想，答："记得。"那是司美琪一役后，在他的办公室，他们看了一份行业权威杂志，评选出2013年十佳箱包单品。

第一名是新宝瑞的一款休闲包。

第二名还是新宝瑞，是一款户外包，刚刚店里卖得最火的，就有它。

虽然只是单品评鉴，却也反映出当今的市场格局——新宝瑞在休闲包领域一手遮天，在户外包领域也是一枝独秀。

"嗯。"厉致诚轻声说，"我们一箭三雕，一次杀掉新宝瑞的这两个主力品牌。"

林浅一下子愣住了。她看着他的眼睛，却只看到一片深不见底的黑。

"怎么做？"她的嗓音都有一点点上扬了。

厉致诚却没回答，只示意她跟自己走。两人走到一片空旷的走廊，他这次停步，看着不远处的新宝瑞门店，问她："顾客有什么特点？"

林浅也循着他的视线望去，很快答道："虽然很让人无奈，但其实买国内品牌的，大多都不是真正的户外用户，只是普通人。"

厉致诚静静地看她一眼。

"……我讲得不对？"

"不。"他说，"你说的，正是我心中所想。"

林浅心头一喜。

的确是这样。真正的专业户外者和发烧友，大多选择国际品牌。她和厉致诚也是如此。新宝瑞的产品卖给财力有限的爱好者，更多的，是卖给慕名而来的普通人。这些人也许一辈子都不会参加一次户外活动，但是拥有户外产品，性能比普通产品好，既耐用，还时尚，让人有面子，那为什么不买呢？

厉致诚又问："休闲包的顾客又是谁？"

"……那就完全是普通人了。"

他问这两个问题干什么？

两个产品的顾客群是有重合，跟他们要打造的长弓有何关系？

慢点……他之前说一箭三雕？

这时，厉致诚在她耳边低语道："我们要打造的，就是这样一把长弓：具备优质的户外基本性能；以休闲包的中高档价格销售；外观无可挑剔；性价比必须做到市场第一；品牌海外注册；目标客户群——普通城市居民。"

简明扼要的几句话，却令林浅的心跳瞬间加速。

一直以来，箱包企业的信条和惯例都是：先对产品分类，然后做专做精，再砸钱造品牌。

户外包，那就是拼命往专业、户外领域去做，提高科技含量，努力拼搏再拼搏，企图跟国际品牌一争高下。但结局基本是不尽如人意的。

而休闲包，就是要样式多、漂亮，不断推陈出新，质量满足日常使用即可。

两个分类泾渭分明。

即使有人尝试过将户外功能引入休闲包，那也是浅尝辄止，小打小闹罢了，绝不会做到他说的这样极致。毕竟，大家都觉得，大多数中国人对于户外品牌只是新奇罢了，市场需求没那么大。

可厉致诚竟然胆敢将这一切颠覆。

他完全不是去想"努力把产品做专做精、提高企业竞争力"那一套，显然也不打算砸重金追求品牌和高端。

他也没想过要去遵循消费者现有的习惯——尽管城市居民的消费能力日益提高，但没有多少人觉得休闲背包应该具有户外功能吧？可他根本就是提出了一个市场没有的（至少还没有有影响力的品牌）、新的产品类型。这类型或者可以叫……"城市功能包"？

如果真的要大力推广这款包，那就等于是在引领消费者的需求，发掘他们的潜在需求，而不是跟在消费者身后追逐。

但这个想法又十分务实。如他所说，如果这个包防水、轻薄、时尚、坚韧、出身海外、价格亲民……定位却是城市休闲包，会有人买吗？会有很多人买吗？会把新宝瑞两个品牌后的顾客群都吸引过来吗？

到时候市场会变成什么样，她完全想象不出来。他们的新品牌，也许会无人问津，死得惨烈无比，又也许……有没有可能一战成名，成为整个市场的黑马？

……

林浅抬头看着他，嗓音几乎有点莫名的发哑，"老板。"

此刻她像以前一样，叫他老板，而不是其他。

"老板，这个概念非常好，风险也非常大。"她说，"可是你知道做这么一款完美的包出来有多难吗？"

厉致诚的身影挺拔而峻峭，站在她身侧，低头看着她微红的脸，"嗯。难，难于登天。"

两人静静对视了一会儿，他又开口，嗓音轻而沉，"所以我们做不做？"

林浅感觉自己的血都要冲进头顶了。

"做！"

……

我不彷徨，我不犹豫。

前路一片坎坷，你却心比天高。

那我还有什么可说？

低头千锤百炼，抬头弯弓射雕。

这天中午，两人就在商厦的一间快餐厅对付了一顿。

男款和女款皮包，都被归纳在卖鞋和皮具的一楼。既然来了，就顺带看看。刚下扶梯，林浅一眼瞄见左侧大门处的饮料铺子。这顿饭吃得凑合，她现在颇有点口干舌燥。

她又往右看了看，望见了洗手间的牌子，于是对身旁的厉致诚说："我去上个洗手间。"

厉致诚点头，"想喝什么？我去买。"

"嗯？"

他看了看那个饮料铺子，向她示意。

"柠檬金橘。"她的嘴角不自觉地带了笑意，"谢谢。"

还挺心有灵犀的啊。

两人在扶梯口暂时分道扬镳。

走了几步，林浅忽然觉出味儿来。他刚刚是直接问她"想喝什么"，而不是"要不要喝东西"。

他怎么知道她"想喝"？

所以他一直……留意着她的目光神色吗？

她驻足回望。熙熙攘攘的人群里，厉致诚正站在十多个人身后排着队。她觉得他肯定没买过这种东西，因为他抬着头，望着店铺上方悬挂的大幅品种价目表，看得极为专注。

依旧是——你站在桥上看风景，看风景的人在楼上看你。

林浅就这么静静地看了他一会儿，转身进了洗手间。

对着明亮的镜子，林浅摘下帽子，洗了把脸，再抬头，望着镜中湿漉漉的、若有所思的脸，心绪有些凌乱。

难怪他在美国时就对她说"大战在即"。岂止是"大战"？

说不定，会把整个市场，天上地下南北西东，都搅个天翻地覆啊。

静默了一会儿，她把帽子重新扣上，对着镜子整理了一下自己，觉得精神奕奕清秀伶俐了，这才走出了洗手间。

洗手间外是一条笔直的走廊。走到尽头，才豁然开朗，重新回到喧嚣的商场里。林浅想着厉致诚刚才的话，兀自埋头走着。身后有男人的脚步声，咯嗒、咯嗒，不远不近地跟着，她也没在意。

到了走廊出口，她一抬头，倒是留意到有两个穿着西装的男人站在一旁，像是在等人。

林浅觉得他们有点眼熟，刚刚好像在哪家竞争对手的店里见过。是新宝瑞还是司美琪……

她自然而然就多看了他们几眼，结果听到身后一道不冷不热的声音说："看什么呢？"

这嗓音林浅熟悉无比。她的心头倏地冒出一股火气，但立刻被她压了下去。

她转身，以非常大方得体的姿态微笑地看着他，"陈总，好巧。上个厕所都能遇到你。"

理智归理智，话一出口，却带着一种莫名的挖苦劲儿。林浅立刻无奈地在心里自我批评了一番。

陈铮看着眼前的女人，心情竟然是复杂的。厌恶、不甘、喜欢，还有一丝丝求之不得的郁闷，以及被她隐隐伤到的自尊……而这些情绪，在这个男人心头一闪而逝，最终变成一股戾气。

他不觉得自己对这个女人还残存着什么兴趣，但这位农民企业家的儿子跟他父亲一样，向来是有仇必报的。面对让自己不爽的人，他当然也要叫她不爽。吓唬也好，挖苦也好，总之今天撞见了，她就别想轻易走掉。

陈铮朝两个下属递了个眼色，示意他们原地待着别动，而后似笑非笑地看着林浅，"脸还疼吗？让陈总瞅瞅。"

林浅一言不发，转身就走。谁知刚走两步，他又跟上来，甚至还离得更近了些。前方已是几家国际知名皮具的专柜，灯光明亮，客流如潮。林浅走得急，险些跟店里走出的一个顾客撞在一起。身旁的陈铮顺势一拉，将她扯到人少一点的玻璃橱柜旁，同时说："你走什么？我能把你怎么着啊？再给你一巴掌啊？"

林浅终于忍不住了，扭头就低吼道："陈铮你浑蛋！你还是不是男人？！"

陈铮脸色一变，盯着她没吭声。

他样子凶，可林浅半点也不怕。她冷冷地横他一眼，想起在买饮料的厉致诚，一心只想早点走。陈铮脸色不善，高大的身子又拦住了她的去路。于是两人就站在巨大的落地玻璃橱柜背面，大眼瞪小眼，互不相让。

就在这时，林浅身后响起一阵密集的脚步声，像是有一群人很有气势地走了过来。林浅还没回头，对面的陈铮已抬起头，目光一闪。

然后，林浅听到一道有点陌生但又有点熟悉的男声从背后传来，"这不是司美琪的陈总吗？真巧，也来巡店？"然后他似乎又对其他人说，"我就说今天是个好日子，你们看，不仅旗舰店的销量创了新纪录，还遇到了好朋友。"

林浅的后背倏地一僵。

这……

虽说今天是商厦在春节后第一次大促销，亦是春节后第一个周末，各大企业老板选在这个时候巡店，是最自然不过的事，而这幢商厦自然是各家老板巡店的重中之重，但这么巧一次叫她遇上两个，也太坑爹了吧？

　　这低沉中略带一丝懒散笑意的声音，还有这当面能亲热地把竞争对手叫"好朋友"的厚脸皮，不是宁惟恺还能是谁呢？

　　今时不同往日。林浅也没必要跟他打照面，就静静地站在远处，只略抬起目光打量。只见宁惟恺西装革履，短发一丝不乱，脸颊白皙如玉。他的身后簇拥着十几个人，有男有女，身边还有个助手替他拿着大衣外套。而他言笑晏晏地看着她和陈铮，淡定自若，排场十足。

　　这时陈铮已恢复常态，他那两个跟班也快步跑过来，站到他身后。他笑着上前一步，朝宁惟恺伸手，"宁总，好久不见。上次见还是在九月的行业年会上。怎么大周末的不陪夫人，也跟我这单身男人似的，苦哈哈地巡店啊？"

　　旁边的人都是一阵赔笑。林浅听得心头也有些好笑。业内人都知宁惟恺是娶了祝氏千金才一跃成为新宝瑞掌门人，与祝小姐的两个哥哥比肩，分别执掌祝氏财团的地产、金融和箱包实业三座江山。陈铮这话看似轻松玩笑，但敏感的人听了，必然觉得他意有所指。

　　据林浅所知，宁惟恺可是心思很敏感的人啊。

　　趁着大家坐山观虎斗，林浅此时不走，更待何时？

　　她刚要拔腿，就听到那懒懒含笑的声音再次传来，"这位是？"语气里似乎还带着一丝困惑。

　　林浅不用转头都能感觉到数道灼灼的目光落在自己身上。

　　林浅虽说是个小人物，但自从厉致诚一战成名，爱达的一众精英重新在行业里有了存在感。这么个激烈竞争的行业，大家都信奉知己知彼，百战百胜。现场这些人里，说不定就有认识她的。

　　既然已经正面撞上，她也就不再回避，免得长他人志气，灭自己威风。

　　她噙着完美的笑，徐徐转身，目光亮晶晶地看着众人。

　　这时，就听陈铮笑道："这位是爱达集团的林浅小姐，厉致诚总裁的心腹爱将。"他又看她一眼，"以前是我们司美琪的员工，也是我朋友。"

林浅在又心里骂了句"浑蛋",装模作样地对宁惟恺微笑点头,"宁总好,我是林浅。"至于握手,免了!

宁惟恺却露出略略惊讶的表情,"厉总的心腹爱将这么年轻。"他朝她笑道,"林经理,幸会。"

他身旁立刻有人凑趣,"还这么漂亮。"

这句话不好说是有意还是无意,但林浅此刻一个女人站在一大堆男人中,这种玩笑话往深了想就不是恭维,而是轻浮。

林浅笑笑没说话。宁惟恺则含着笑,看了那讲话的人一眼。是名基层店长,平时见到总裁的机会也不多,可他此刻却觉得总裁这一眼看着在笑,实际却让他感到冷冰冰的呢?显然是不喜欢开这种玩笑的。他立刻低头,减少自己的存在感,站在众人里。

这点暗涌旁人没看出来,林浅却敏锐地捕捉到了。因为她很了解宁惟恺的性格——虽然他对爱情不见得多忠贞,但对任何年龄、任何相貌、任何社会地位的女人都特别尊重,特别绅士。

要不当年林浅能答应跟他在一起?就是被这温文尔雅的表象蒙蔽了。

尽管如此,林浅还是抬眸,朝他投去感激的一瞥。他目光淡然如水,气定神闲,也不知道收没收到。

陈铮跟宁惟恺简单寒暄了几句,到底话不投机半句多,就彼此告辞了。走的时候,陈铮也没看林浅一眼。

林浅趁机也要告辞,嘴刚微张,宁惟恺噙着笑看着她,先开口了:"林经理,我对贵公司最近推出的Vinda品牌很感兴趣。听说这个产品的销量非常好,算是创下了行业纪录。"他又转头对其他人说,"在整体市场平稳乏味的情况下,爱达能把一个品牌做得如此成功,真是行业的楷模啊。"

众人纷纷附和。场面上的话谁都会说,林浅却一点也不想听他这些冠冕堂皇的话。

女人其实是一种很奇怪的生物。你明知道眼前这个男人已不是曾经的少年，他若没有与厉致诚相似的老辣心狠手段，即使是上门女婿，也绝对不能稳坐新宝瑞总裁位子这么些年，更不能带领偌大的集团一直高歌猛进，业绩攀升，可你看着他与少年时相似的轮廓，看着他疏淡眼眸中那一点的狡黠，还是忍不住觉得，他骨子里还是那个狡猾、温柔、善良，以及……贪慕名利、朝三暮四的少年。

林浅笑道："宁总过奖了。我们厉总也对宁总十分敬佩。新宝瑞是行业标杆……"她刚要说一番同样的场面废话，却听宁惟恺轻轻"噢"了一声，然后颇有兴致地抬头四处看了看，"你们厉总今天来了吗？"

他们现在站的位置根本看不到那饮料铺，林浅也很心急，但估摸着厉致诚前面排了那么多人，饮料又要鲜榨，兴许还没过来，于是只是含糊地笑笑，避而不答，而是说："那宁总您忙，我……"

"林小姐。"宁惟恺再次打断了她，那一脸笑容简直令人如沐春风。他朝她招了招手，"你到我身边来。"

林浅一愣。其他人也静观其变。

此时两人隔着大约一米的距离，林浅不知道他葫芦里卖的什么药。这个宁惟恺越发令她觉得熟悉又陌生。

众目睽睽下，她走过去，隔着二三十厘米的距离，站住。宁惟恺一侧头，看着她，同时伸手，指向顶层一处，说："那里就是我们新宝瑞这个月销量最高的店面，不知道林经理今天去看过没有？"

林浅眨了眨眼答："哦，我今天到处瞎转，应该……去过了吧。"

宁惟恺含笑看她一眼，然后负手抬头，作仰望状，略带感慨地说："希望以后两家企业能多交流，共同振兴我们这个行业。也邀请你和厉总多到我们的门店看看，提提意见。"

这话实在说得太高远，身后众人频频点头附和："宁总讲得太对了！"

"是啊，做企业就要有这样的态度！"

一片赞扬声中，林浅只得继续笑。但不管是现在陌生的宁惟恺，还是过去熟悉的宁惟恺，讲这番热血无私的话，都实在太假。所以林浅也实在是讲不出什么奉承的话来。

就在这时，在一片讲话声中，在周遭嘈杂的音乐中，林浅突然听到头顶那低润含笑的男声用只有两个人能听到的极低极低的声音说："长高了啊。以前才到我衬衫第二颗纽扣，现在都快接近第一颗了啊。"

这轻飘飘的声音令林浅的头皮微微一麻。

这是什么话？！两人就跟闹剧似的好了十几天就分手，他突然讲这么暧昧缅怀做什么？

神经病啊他！

结果，又听他低低来了句："不过，审美情趣看来是退步了。打扮得跟个男人似的，还不化妆。这是什么破帽子？难看死了。"

林浅一下子忍不住了。她微微侧转身体，挡住身后众人的目光，然后抬头，脸上带着笑，以同样低不可闻的声音恶狠狠地说："宁惟恺，你不嘴贱会死吗？！"

宁惟恺忽地一笑，薄薄的唇角轻轻上扬，那是个大雪初霁般的笑容。

"零钱，好久不见。"

林浅原本被他说得闹心，此刻听到这句话，不知怎的，也想笑了。她刚要回一句"无聊"，却突然感觉有些异样。

她抬头望去，就见来来往往的人流中，相隔数十米远的地方，厉致诚一只手插在裤兜里，另一只手提着一个塑料袋，里头放着两杯封好的饮料。他看起来刚从饮料铺那边走过来，因为他正抬头看向洗手间门口的方向，目光略一停留，就朝这个方向看过来。

在黑压压的一堆人中，在吵吵闹闹的环境里，他一眼就看到了她。

第十八章

初恋少年

当林浅看到厉致诚的第一秒，脑子里涌出的绝不是什么新欢旧爱齐聚一堂，这个会不会再惹人嫌，那个会不会吃醋的问题。

她唯一想到的是，不能让他们碰面。

原因有二。

一，宁惟恺精明堪比狐狸，如果见厉致诚带着她"微服出巡"，必然会想背后有何阴谋。虽说他俩行动一直很低调，没惹人注意，但多一事不如少一事。

二，宁惟恺这边是前呼后拥，排场十足。可花花轿子人人抬，排场都是人做出来的。厉致诚再气质不凡，身后只有她一个，还穿着便装，真要两个男人正面遭遇，厉致诚未免显得太寒酸。而且两人此行怎么也有点约会的意思，甚至还戴着相同风格的"情侣帽"，要是被人撞见，多少惹人非议。宁惟恺这厮必然会在心中一番嘲笑，他身后那些跟班必然也会用异样的目光看待他们，觉得这对男上司女下属不清不楚。

喊。厉致诚岂是他们能看轻的人？

他没有排场，那是因为他胸中自有丘壑。

他与她形影不离，那是两情相悦情有独钟。

眼见厉致诚眸光微沉，揣着那两瓶饮料朝这个方向走过来，林浅想的却是，自己要护着他——不能让周围这些宵小有一丁点自以为能看轻爱达总裁的机会。

心念一定，她忽然往后退了一步，满脸笑容，朝宁惟恺微微一躬身，同时以清亮的声音说："好的宁总，那我不打扰您了，您慢走。"

人潮涌动，宁惟恺全部注意力都在林浅身上，倒没发现人群中的厉致诚。此刻见她一番作态，避瘟疫似的想送他走，不由得笑了。

这时，林浅已经机灵地跟他身后的干部们点头微笑送别，"再见！再见！"大家一看这样，自然以为刚才宁惟恺已先跟她客套道别，于是也假假地一个个跟她礼貌地再见，然后看着宁惟恺，等他下达新的指令，去往新的方向。

宁惟恺也没再说什么，似有似无地看她一眼，一转头，带着这群人，终于浩浩荡荡地走了。

林浅站在原地松了口气，再回头，看到厉致诚正从两排专柜间走来。他也看一眼宁惟恺离去的方向，然后看向她。那目光……有点难以捉摸。

林浅快步跑到他身旁，接过他手里的饮料。

"谢谢。我们走吧。"她朝他笑道。

他看着她没说话。

林浅轻轻拉了拉他的衣袖，"走吧。"

"嗯。"他喉咙里低低地应了声。林浅心一喜，跟他一起转身往外走，却忽然感觉肩膀一沉，是他的手搭了上来，轻轻地揽住了她的肩。

肩上传来微沉的力量，却像一直熨帖到她心里。心脏部位感觉软软的，像是也被他的手安抚和掌控着。林浅跟着他，不急不缓地步出商厦。

在掀开通往大街的门帘前，厉致诚拥着怀里的女人，似不经意地回头。

斜后方，正通往上一层的扶梯上，宁惟恺在众人的簇拥下，正缓缓向上。

商厦内灯光无比明亮，两个男人的目光却也都敏锐无比。隔着喧嚣的人潮，彼此遥遥对望了一眼，又各自转头，朝自己的方向前进。

厉致诚下午还有公务安排，于是驱车先送林浅回家。

一路阳光金黄，洒在青灰色的公路上。林浅生出一丝懒意，坐在副驾上，拿起她的柠檬金橘，咬着吸管慢慢地啜。

厉致诚专注地开车，俊朗的脸上没什么表情。林浅目光一垂，就看到他放在挡杆旁的那杯饮料。饮料的盖子上贴着一个小小的标签：清香乌龙。果然是他的风格，街头买杯饮料，都要喝没一点甜味的茶。

就在这时，厉致诚单手伸过来，拿起那杯乌龙茶，轻轻喝了一口，又放回原处。

可这么个简单的喝水动作，林浅却看得心头一跳一跳的。

有时候，你不得不承认，有些男人的帅是一种彻头彻尾的帅，举手投足，一言一行，都透着帅气和利落。他连喝水的样子都跟她见过的其他男人不同——全程眼睛直视前方，手却能精准地落在杯子上。拿起饮料后，不是像别人随意地托着杯底，或者整个手掌环握住，大大咧咧地喝，而是虎口微张，五指均匀有力地摁在杯身上，有点像古人端酒杯的手势，很端正大气，手也显得特别修长好看。

咦，喝个水，她居然都觉出大气了……

"你看什么？"他忽然开口。

林浅被逮个正着，微微一哂，说："没什么，我看你真的一点甜的都不喝？"

"嗯。"他轻声答，"不喜欢。"

"哦。"

车内静了一会儿，他又反问她："你喜欢？"

林浅想了想，答："其实我什么味道都喜欢。"

甜的、酸的、辣的、咸的、苦的，什么东西都有它最好的一种味道。她什么都尝，她都喜欢。

明明是很普通的一个回答，厉致诚的脸上却染上淡淡的笑意。

林浅莫名其妙地有点害羞起来，"你笑什么？"

厉致诚看她一眼，却未回答。

他生性寡淡，她却喜欢各种缤纷色彩。宛如一朵七彩的花，开在他沉默的心湖中。

他虽然不讲话，林浅却感觉得出来，他此刻的心情是很好的。

机不可失，时不再来，捅马蜂窝就要趁现在。于是她低头喝了口水，又清了清喉咙，以很轻描淡写的语气说："对了，我跟宁惟恺，以前认识。"

为什么要对厉致诚坦白过去的这段小恋情呢？

林浅想得很清楚，两个人相处，本来就该坦诚交流，才能长久。而且刚刚在商厦里，厉致诚已经看到了宁惟恺亲热地跟她讲话。虽说宁惟恺装模作样，以前辈提携行业后辈的态度，拉着她在指点江山，但厉致诚是多精明的人啊，走一步想三步，宁惟恺干吗要单单跟她一个小角色讲话？说不定他心里现在已经起了疑窦，只是脸上不露分毫。

听到她的这句话，正在开车的厉致诚动作一顿，转头看了她一眼，看得林浅有点心虚。

她明明只说到"以前认识"，可他的目光怎么好像他仅听这一句话就洞悉了所有呢？人的心性也不能通透成这个样子吧……

这时，车已经驶入林浅住的小区。方向盘慢慢打了个弯，他看着后视镜，开着缓缓后退停车。林浅便在他没看着她的这几秒钟里，很快速地说道："唔……我大二的时候，他大四。本来是不错的朋友，后来好了十几天，觉得性格不合，又分手了。"

其实这里，林浅还是隐瞒了一部分前情。她跟宁惟恺分手，并非因为性格不合，而是她发现他劈腿，脚踏两条船。但这种事讲起来，多少有点没面子，所以她另找了个借口。

这时，厉致诚已经把车停好了。她已"坦白"完毕，他却未出声，只是转头静静地看着她。

怎么？吃醋了？生气了？

林浅自觉坦坦荡荡，可不知怎的，看着他幽沉的黑眸，状似随意地搭在方向盘上的手，她心中竟生出一丝像是在老虎头上拔毛、颤巍巍但又略带点兴奋的感觉。

"那我走了，周一见。"她解开安全带，伸手就要推车门，却发现胳膊倏地一紧，被人拉住了。她一晃神，他已经俯身过来，低头吻住了她。

这是跟上次完全不同的一个吻。

更有力，更强势，也更深入。

林浅的心扑通扑通地跳着。因为自己被人太过热烈地拥吻着，以至于她的眼前也有微微的晕眩。厉致诚没像上次那样只是用身体和手臂将她堵在椅子里，而是伸手揽住了她的腰，令她的身体不由得前倾，贴到他的胸膛里。而他的另一只手稳稳扣住了她的后脑，令她只在他的掌中，只在他的唇下，动弹不得。

男人的脸因为亲吻的动作轻轻摩擦着她的脸颊。她甚至能感觉到他挺拔的鼻梁顶在她的脸上，呼吸的热气低低地喷在她的脸上、眼睑上。而他嘴里还有清淡的乌龙茶的味道。

林浅被他这么吻了一会儿，双手也慢慢抬起来，抵在他的胸口，轻轻抓住他的衣服……

这一吻，竟吻了很久很久。

三分钟？五分钟？甚至十分钟？

直至林浅感觉嘴唇都有点疼了，他才缓缓将脸移开，那深邃漂亮的眼睛还盯着她，里头仿佛依旧有黑色的未褪的暗潮在涌动。

林浅的脸阵阵发烫，手还放在他胸膛上，没说话。他也依旧搂着她的腰没放。

"你跟我哥不是有秘密协议……"她低声说，"短期内不对我造次吗？这不算啊？"

这话与其说是质疑，不如说撒娇的意味更重些。

厉致诚盯着她光洁如玉却又染上层层绯红的脸，轻声答："今天是特例。"

"为什么？"

他缓缓地答："士可忍，孰不可忍？"

林浅微怔，唇角一弯就想笑。谁知锁在腰间的那只手又是一紧，他一低头，又吻了下来。

这一次，林浅不似之前那样措手不及。她悄悄地合上眼睛，在他的唇轻轻覆盖上来时，她的身体竟有一丝丝的颤抖。

而这一次，他的吻是温凉而平缓的，像回味，又像是安抚，浅浅地在她嘴里尝过之后，这才偏头移开，手也松开她的纤腰。

"回去吧。"他说，"否则我无法保证，今天会不会把你留在我车上。"

这话他讲得平静而温和，林浅却听得心头一跳。她隐隐知道他不是在开玩笑，于是赶紧推门、下车，再一回味他的话，脸上又是一热。

"留在车上"……这说法也太坏太狂野了吧？

这时厉致诚也下了车，午后的阳光照在车身上，也照在彼此的脸上。他双手插在裤兜里，站在车门旁，目送她上楼。不知是不是林浅的错觉，他那万年沉静如水的脸颊上，似乎也染上一丝淡淡的红。只是本人气场太足，就像英俊而沉默的雕塑矗立在那里。那一抹红，却终于令他添了几分生动色彩。

终于像个二十五六岁、遭遇爱情的年轻男人，而不是七老八十的老腹黑。

但这"年轻青涩"的错觉，只是一瞬间。

因为林浅走了两步，又回头问他："你跟我哥的协议，到底是什么？告诉我吧。"

他看她一眼，淡淡地、高深莫测地答："时机未到。"

林浅说："……好吧。"

林浅回到家里，什么也没干，直接就倒在床上。

想起刚才那个热烈得令她血脉贲张的吻，她的心跳仿佛还为之悸动，颤颤不稳。她伸手摸了摸自己的嘴唇，又摘下头顶的帽子，仔细端详了一下，又摸了摸，然后再次扣回脑袋上。

窗外没有传来汽车发动的声音，他走了没有？

林浅跳下床，走到阳台上。这一看，她怔住了。

厉致诚的车真的还在原地，人也在原地。只见他靠在车门上，前方不远处是小区里的一片小池塘，里头一尾尾金鱼鲜活地游着，一帮半大的孩子正簇拥在鱼池旁，嬉笑奔跑。

他喜欢孩子？

林浅单手托着下巴，靠在阳台上，看着他。过了一会儿，她心念一动，转身回房，取了张光滑柔韧的白纸出来，开始快速折叠。

事实上，厉致诚对小孩子并没有特殊的偏爱。他站在这里不动，只是在想事情。

胸口被女人的手轻轻按过的地方仿佛还有余温，而唇舌间仿佛还有她嘴里甜软柔滑的气息。这是一种陌生而甜美的感觉，一点点漫入男人的心。待他察觉时，脸上竟不知不觉带上了笑意。

他脑海里想到的是刚刚在商厦时，她隔着遥遥众人抬头看到他时的表情。

温柔怜惜。

那大而亮的眼睛里，只有最温柔最执拗的怜惜。

当时的情状利弊他一看便知——自己最好不要露面。而她灵透冰雪，自然也想得明白。

然后，他瞬间有了决断，迈步走向她，却听她清脆的声音传来，"好的宁总，我不打扰您了……"然后朝众人点头哈腰，忙不迭地把他们送走。抢在他之前，化解了局面。

在军队时，所有人谈及"西南之狼"厉致诚，都是暗暗咋舌，不愿与之为敌；司美琪一役后，爱达上下，人人看他的目光都充满敬畏。

这个女人，也曾在洞悉他的本性后，明显方寸大乱，然后对他避之不及。

现在，她却像是故态萌发，就像当初她当他是不谙世事的愣头青时，看他的目光充满她自己都未察觉的怜惜。

他已在图谋整个行业，不日将赶尽杀绝。她却还担心他，唯恐他受一点点委屈。

……

厉致诚将手搭在车窗后视镜上，轻轻地一下下敲着。

月出皎兮，佼人僚兮。

舒窈纠兮，劳心悄兮。

就在这时，厉致诚听到上方传来一声悠扬的口哨。他抬头，便见一只白色的纸飞机如同白鸽般轻灵地盘旋而下。林浅家的阳台上，她正用手托着下巴，望着他。

厉致诚眼明手快，轻抓住这孩子气十足的纸飞机。上面隐有字迹，他徐徐拆开一看，纸面正中四个龙飞凤舞的大字：爱达必胜。

厉致诚倏地失笑，拿着它，抬头再次望去。隔着十多层楼，他看不清她的表情，却见阳光映在她的脸上，柔光动人。

时间差不多了。厉致诚又这么静静地看了她一阵，这才上了车。他将纸飞机原样叠好，放在前车窗旁。车刚开出她的小区，他眼角余光瞥见那纸飞机，终究是有点情难自抑，拿起来，握在掌心，轻轻摩挲。

这次的"长弓"项目组秘密挂靠在林浅的市场部，名义上，她是总联络人，实际上，这个项目组几乎动用了整个爱达的高层和精英。

厉致诚总揽全局，往下便是刘同和顾延之。三人组成核心大脑，牢牢把控着新产品的设计、生产和营销的主要思路。

再往下就是几个分散的小组：材料技术组、外观设计组、生产管理组和市场营销组。每个小组有个头，林浅是市场营销组的头，但具体工作顾延之会过问。

　　在那个热烈似火的长吻后，之后几天，林浅跟厉致诚私下几乎连面都见不着。因为整个项目组已经按照他的规划和要求马不停蹄地奔跑起来。

　　这种时候，林浅当然不会去想什么儿女情长，只是某种压抑许久的情绪却像被那个吻彻底撩拨了，戳破了，偏偏此刻又得不到释放，只得暗自克制。只是每次开会时，见着他英俊沉稳的身影，林浅总是忍不住多看两眼。

　　偶尔，两人目光遥遥一错，林浅只觉得心头无声一颤，有一种只有彼此能懂的暗涌，藏在彼此的眼睛里。

　　他显然已经完全专注在项目里，几乎整日整夜待在集团里，没有半点私人时间。林浅知道，整个公司最忙的就是他，会有数不清的事找到他头上。

　　林浅手下有五名精英，但现在新产品的材料未定，外观未定，只有大致方向，所以他们市场组只能做些大致的策划工作，反而不如其他组繁忙。

　　林浅去找顾延之，请他指出当前工作重点。顾延之正要出差，摆摆手说："我要跟厉总去欧洲谈一种新型面料，六七天后才回来。我回来前，你先自己琢磨。我的要求是，这是个全新的、前所未有的产品，所以，你也要给我们全新的、有价值的东西。明白吗？"

　　他这要求听着简单，却令人瞬间压力山大。林浅也只好点头应承下来，心中又想——厉致诚要出那么急那么远的差啊，真够累的。

　　下午，林浅收到厉致诚的短信："出差欧洲，六天后回来。"

　　林浅微微一笑，回复："好的，一路平安。"她想打个"我等你"，又觉得太黏糊，删掉了。

　　没得到领导的旨意，林浅就带着这组人自己找方向。其实厉致诚提出的产品方向很明确，大家也觉得有很多可为之处，讨论来讨论去，讨论出很多好的想法。譬如如何推广，广告采取何种形式，是否要饥饿营销，等等。

但林浅总觉得哪里有欠缺。这些，都不是顾延之所说的"全新的、足够有价值的东西"。

散会后，她一个人关在办公室里沉思，想了很多，最后脑海中浮现的，是在商厦那天，厉致诚跟她讲的话。

他说，性价比要做到市场第一。

他说，要凭借这个品牌，一次杀掉新宝瑞占据市场前两位的主力品牌。

而她说，你知道做这么完美的一款包出来，有多难吗？

……

她静默了一会儿，也不管时间，给林莫臣打电话。

美国那边正是半夜，林莫臣的声音里带着浓浓的倦意，语气却很清醒，"怎么了？"

林浅这才看了看钟，吐吐舌头，"对不起啊，哥，我想得入迷，忘了看时间了，就想跟你打电话。"

林莫臣轻声一笑，对着窗外曼哈顿的满城灯光，坐了起来，问："想什么想入迷了？"

林浅把自己现在的境况说了一遍，然后说："我有个想法。我觉得我们市场组现在反而不应该急着想怎么推广，最应该做的，是去市场，实地调研。"

"调研？为什么？"

"嗯。我们这个行业，因为已经发展了很多年，很成熟，基本品类摆在那里。现在几乎已经没有人会针对一款包去作消费者调查。"她说，"可这次，我觉得就应该调查清楚，比如消费者对于这样一款包到底是怎么想的，到底有没有需求；我们的目标客户群，到底会如何组成；如果他们对这款包感兴趣，那么更期望它具备哪些功能……这些东西，只有实地调研才能知道。所以我打算选几个城市，直接做小规模入户调查，掌握最真实的资料。"

听完她的话，林莫臣静默片刻，笑了，"我支持你。"他顿了顿说，"古往今来，各行各业，大致相同。越是要做最好的，就越要脚踏实地。要做出非同一般的产品，就越要回到销售最初的起源地——市场，去探索。"

挂了电话，林浅想，可不是吗？厉致诚讲过，对付新宝瑞，不能像对付司美琪那样靠"伎俩"，必须真刀实枪，所以才要打造这把完美的长弓。

而一场最完美的商战，开展前的每一步都要走得尽善尽美，非同凡响。于是当这个产品问世时，胜局就已经被奠定，无须再战。

譬如苹果手机。

又譬如，他们或许可以做出的这把长弓。

第二天，林浅带着小组成员，又另外挑选了一些优秀员工，直赴各个调研目的地。

林浅带领工作组去市场调研的消息传来时，厉致诚、顾延之和蒋垣三人刚刚拉着行李箱步出米兰马尔本萨机场。

远处是森林和起伏的群山，优美动人的城市坐落在不远的前方。然而这一行究竟是否能寻找到适合新产品的面料，还是个很大的未知数。

上了出租车，顾延之看着林浅发来的短信，笑了。他对厉致诚说："居然想到去作市场调研了。这林浅倒是有点出人意料，比我原以为的要沉得住气。"

厉致诚答："她一向有自己的主意。给她方向，再留予空间，足够。她会带来意想不到的结果。"

"啧啧……"顾延之笑着说，"你这套御人的手法，也是部队里练出来的吗？是不是人们常说的'熬鹰'啊、'驯狼'那一套？"

他这是玩笑话，前排的蒋垣闻言也失笑。厉致诚懒得回答，只是望着天边的浮云，忽地微微一笑。

熬鹰？

若是熬鹰，他才是那只鹰。身后是天高云阔，却偏偏被她的温柔和甜美束缚，心甘情愿地臣服。

他的手机里也有一则刚刚收到的林浅的短信："我去出差了，各地调研，大概十天后回。"

修长的手指轻轻按在手机屏幕上，过了一会儿，他回复："好，十天后见。"

大半个月后。

已是春天了，虽然还有寒气未褪，但阳光已变得温暖又刺眼。

林浅站在长沙市一个时尚住宅区的楼下，顶着正午的太阳，望着面前矗立的咖啡色高楼，眯了眯眼。

很快，跟着她的十多个年轻组员都拿着调查问卷，四散乘电梯上楼。她也从背包里拿出一沓问卷，一袋小礼物——精致的小台历，乘电梯到最高层，开始逐层往下，挨家挨户敲门。

历来只有自来水公司、国家电网，以及人口普及调查会作这样像模像样的入户调查，所以她每一次敲开门时，住户都是一脸疑惑的表情，"入户调查？你是哪里的？"

林浅总是噙着笑意答道："我们是一家企业，想对消费者作一点了解。"然后奉上小礼物，"千万别误会，我不做推销，只问您几个简单的问题。"

尽管这样，十之八九的人一听就皱眉，当着她的面关上门，"不需要。"

但也有乐意配合的。大概是看林浅为人亲和，外形气质不错，也不像是发传单搞传销的那种人，也就替她填了问卷。真的对户外或者背包感兴趣的人，还会跟她聊上一段时间。

一个下午过去，这么高的一幢楼，能拿到五六份有效问卷，已是幸运至极。

任务之初，在林浅的"煽动鼓舞"下，大伙儿都充满干劲。但挫折多了，慢慢就有了意见。如今谁还干这么低层次的问卷调查工作？还屡屡碰壁，弄得人灰头土脸。

林浅就安慰他们："最简单却最难的工作，那一定是最有价值的工作。""正因为行业里没有人这么干，一旦新品成功，我们会是整个行业效仿的对象。"……同时，她身先士卒，无论到哪个城市、哪个小区，都自己先冲到一线，厚着脸皮上门调查。

这样一来，大家的怨气渐渐平息了，也开始视"拒绝"如无物，把心思都放在"深入了解顾客需求"这件事本身上来。这大半个月里，他们转战四五个城市，每个城市获取三百份有效问卷。量不大，但随着数据的积累和与城市居民的沟通越来越深入广泛，对于这款"长弓"将来的推广和营销，大伙儿头脑风暴，竟频频爆发出好点子来。

而这些好点子，最终在林浅的带领下，在后来新品牌"Aito（爱途）"问世时，被整合成非常强有力的营销方案，这些方案对于Aito销量的爆炸式增长和一战成名，起到难以估量的巨大作用。这在后文再详述。

只是林浅没想到，不知不觉，二十几天过去了。

每当夜深人静时，她满身疲惫地回到酒店，独自一人躺在微凉的床上，就好像卸下了白天那个干练的、百折不挠的女经理的外套，住在她骨子里的那个骄傲又活跃的林浅仿佛才蔫蔫地复活过来。

她透过暗黄的窗帘，看着窗外清澈的月亮，又开始东想西想。一会儿想，她讲话真的越来越有水平了——"最简单却最难的工作，那一定是最有价值的工作。"啧啧，这话她怎么想出来的？太大智若愚了，当时唬得大伙儿一愣一愣的，哈哈哈。一会儿又想她和组员们作出来的那些方案。那些方案如珠如璧，闪闪发光。她一想起来，就有点按捺不住的激动。

不知厉致诚那边忙得怎么样了？她会带给他惊喜，他知道吗？

明天，终于要回爱达了。

林浅这么躺着胡思乱想了一会儿，一抬头，看到放在床头柜上的那顶帽子，心脏部位就像被人伸手轻轻捏了一下。

她拿出手机发短信："我们明天回来。"

短信发出去很久都没有回应。

林浅拿着手机，在床上翻来覆去。

他肯定是在忙，所以不便回复。

可她这些日子到底有多想他，他肯定不知道，也想不到。

爱情，真的是一种奇异的、你完全控制不住、捉摸不定的东西。一个月前，她还想要循序渐进，等完全看清他的心，再跟他在一起。她也会狡猾地想，是他先喜欢她的，他这么个有城府的人，一定要他多喜欢她一点，才安全。她甚至还挺不厚道地想，哥说的道理虽然偏激，但对他这种男人，稍稍难以得到的女人，他才会更加珍惜吧……

可是，自从那天两人情难自禁地激烈拥吻后，她原本就满满的心，仿佛瞬间被他给……吻爆了。

再也不想控制，也无法控制。

早上睁开眼，第一个想到的就是他。晚上睡觉前，脑海里想着的，也是他。有同事话语间不经意提到"厉总"时，她的耳朵总会变得特别尖。明明是跟他俩的事没关系的一些话语，可只要跟他相关，哪怕是他今天在会议上发了一次火……她也听得心潮悸动。这悸动无法道与人知，却仿佛一点一滴加深着她对他的思念。

第一次被组员们质疑时，她慷慨激昂地煽动发言一番，暂时地、勉强地稳住了局面。可走出会议室，一个人站在灯光下，她却觉得落寞。然后就会想起他，想他冷峻沉敛的眉目，想他眼中那浅浅的笑意。她掏出手机想给他发短信，却想起他如今只怕比她要忙上一百倍。于是又将手机放回兜里，看着窗外陌生的城市和苍茫的夜色发呆。

第一次讨论出所有人都觉得无与伦比的好点子时，她笑吟吟地手一挥，"不庆祝不行啊！今晚我请客，吃夜宵！"众人热血沸腾，大声欢呼。而她自觉意气风发地被大家簇拥着往外走，脑子里想到的，却又是他。

这么好的时候，却没有他在身边。好想抱着他的腰，把头埋进他怀里。虽然她从没这么干过。

求而不得，辗转反侧。这份不知何时滋生的贪恋，他知道吗？

……

悠扬的手机铃声突然在空荡荡的房间里响起。

林浅一下子从床上爬起来，看着屏幕上三个醒目的熟悉的字：厉致诚。

"喂。"她只讲了一个字就安静下来。

那头似乎还有说话声和开关门的声音，厉致诚的声音也很低沉，"刚才在开会。"

"嗯。我想也是。"

他也静下来，林浅耳畔只有他轻而浅的呼吸声。

"明天什么时间到？"他又问。

林浅立刻答："十点的飞机，到公司应该中午了。"

"好。"他低声说，"等你。"

挂了电话，林浅的脸一阵阵发烫，心也一阵阵发烫，仿佛被他"等你"两个字灼得再难安生。她把头埋在微凉的枕头里，趴了一会儿，忍不住笑了。

阔别多日，林浅终于回到了公司。

正是下午一点，飞机上的一顿早餐根本不顶事，其他同事饿得饥肠辘辘，招呼林浅："一起去吃饭吧！"

林浅也有点饿，却答得若无其事，"不了，我去跟集团领导汇报一下。你们吃完饭先回公司，把数据再作一遍检查整理，我下午回来。"

再次踏上久违的顶层办公区，林浅的心情竟与之前每一次都不同。

他们要在一起了。

这个毫无悬念的认知清晰地搁在她心上。那她要怎么说才好呢？说

我现在想看你的第二张锦囊妙计了？还是学他来一句"士可忍，孰不可
忍"？他肯定懂的。

抑或是……什么都不说，直接亲他一下？

至于他跟哥哥的神秘协议……什么短期内不对她造次……

滚蛋，管那个做什么？

怀着前所未有的满满的甜意和紧张感，林浅走到他的办公室前。

外头的小隔间是空的，蒋垣不在啊。她轻咳了两声，上前敲门。

无人应答。

不在？

林浅拿出手机，想了想，先打给蒋垣。

"噢，林经理啊。"蒋垣那边听起来很嘈杂，"我跟厉总临时来第
五车间了，他现在正在忙。他说过，你到了直接过来。"

林浅现在可以想象出这些天厉致诚到底有多忙了。因为以他的性
格，说了等她，人却临时去了车间，还是大中午，可见他真的是诸事缠
身，身不由己。

第五车间位于园区最里头，是爱达最大最新的一个车间，也是这次
用以实验、生产新产品的"秘密基地"。

林浅走进去，只觉得周围闹哄哄的。有生产线在运转，机器发出低
沉的声响。光线很亮，不少穿着绿衣服的技术员和穿着蓝衣服的工人走来
走去。到处都有人在大声说话，营造出一幅繁忙而紧张的景象。

林浅眼尖，很快就看到不远处的一台机器旁，十多个人聚集着，似
乎正拿着一堆面料在比较交谈，而被众人簇拥着在正中的那个人，不正是
厉致诚？

林浅又上前几步，隔着七八米远的距离，安安静静地看着。

他们正在做性能试验，面前的方桌上放了十数种面料。看样子，或
被水浸湿，或被火灼烧，或经过反复摩擦后造成损伤。厉致诚身旁的一
位工长正拿起一块块面料跟他汇报："这是a7面料试验后的结果，这是

a8，这是a9……比起上一批面料，性能已经有非常大的进步。"

这话一说，厉致诚身旁围着的工人、技术员和办公室职员都频频附和。林浅听着也是心头一喜。不料正中的厉致诚蹙眉仔细看完手里的那份检测报告后，淡淡地说："不行，离我的要求依然有差距。大家辛苦了。这一批面料淘汰，继续试验。"

林浅听得一阵惋惜，但他身旁的人好像已经习惯了，纷纷点头称是，然后四散开去，继续忙碌。厉致诚一抬头，就看到了不远处的她。

四目相对。在如此嘈杂的环境里，林浅却几乎听到了自己瞬间加速的心跳声。

他还是老样子，今天穿着衬衫，没打领带。因为要看面料，他的袖子挽到一半。此刻一只手插在裤兜里，另一只手按在桌上，静静地望着她。

须臾，那黑白分明的眼眸里闪过一丝隐隐的笑意。林浅被他这样注视着，只觉整颗心都被塞得满满的。他那么简单的一个眼神，就令已思念他一个多月的她如此满足，如此被安抚，如此不能自已。

这时，厉致诚身旁有人过来，递了份文件给他看。林浅快步走过去，到他身旁，同时朝旁人笑笑，然后说："厉总，我们调研回来了，跟您汇报一下调研结果。"

"嗯。稍等一下。"他头也不抬地说。

噗……他比她还能掩饰。

林浅的心里莫名又是一甜。

待那人拿了他的批示走了，他才转头看着她，"这里吵，去办公室。"

他说的办公室就是车间里生产线旁边的一间小屋。此刻，小屋周围人来人往，不远处，跟几个干部站着的蒋垣还朝她遥遥微笑，点头致意。林浅也笑着，隔着几步远，跟在厉致诚身后，进了那间办公室。

办公室里还有两个技术员埋头坐在桌前奋力敲打着键盘，见到他们进来，都站起来，"厉总，有事吗？"

厉致诚在一旁简朴的沙发上坐下，"没事，你们忙你们的，我们说点事。"

旁边有没有人，林浅其实都不太在意了。此刻只要看着他，跟他待在一起，感觉都很好。况且她的确一心想把调研结果尽快汇报给他。

她在他对面的椅子上坐下，隔着一张小茶几，彼此对望。

这时，一名技术员倒了两杯茶过来。林浅连忙道谢，却听他先开口："情况怎么样？"

林浅从挎包中拿出早已准备好的厚厚一沓调研报告，然后说："我们一共走了五个城市：北京、上海、成都、长沙和哈尔滨，收集了一千五百份有效问卷。这里是原始的数据统计报告。"她抽出一份报告递给他。

咚咚——有人敲门，然后直接推门进来，是一名技术员，"走——吃饭去！"他看到厉致诚，声音一下子降下来，"啊，厉总在这儿。我叫他们去吃饭。您吃了没？"

那两名技术员都站起来。厉致诚说："我们不吃。出去时把门带上，外面太吵。"

林浅眼观鼻，鼻观心，看着手里的报告，只是一个个字都显得很跳跃，却跳不到她的心里去。厉致诚也低着头，看似很专注地看着她刚给的报告。

几名技术员很快就走了。

终于走了。

屋内重新恢复宁静。的确如他所说，带上门之后，这里温暖又静谧，跟外头的喧嚣如同两个世界。

厉致诚抬起头，直直地看着她，灼灼的目光简直要把她的心都锁住。可外头都是人，而且随时都可能有人进来。她也不能冲过去直接亲他一口。

心中有千言万语，一时却不知如何开口。

先把重要工作讲完吧。她拿起另一份报告递给他，"我们还作了营销推广的建议，这份请……啊！"她情不自禁地低呼一声。

手腕，已经被他牢牢握住了。沉黑的眼眸，近在咫尺地盯着她。

两人中间还隔着一个小茶几，可他的力气有点大，拉得林浅不由自主地倾身向前，脸也跟他隔得很近。

两人彼此凝视着，安安静静。林浅几乎可以看清他的睫毛在他鼻梁上映着薄薄的一层光。

林浅毫不怀疑，下一秒，他就要将她这么拽进怀里，然后低头吻下来。

就算这是他的公司，胆子……也真大啊。

林浅有点想笑，望着他轻声开口："厉致诚，我……"

咚咚，咚咚！不急不缓的敲门声传来，"厉总，是我，蒋垣。"

厉致诚看她一眼，手一松。林浅把没说完的话咽回肚子里，立马坐回原处。

"进来。"厉致诚沉声说。

林浅兀自低头，假装继续看资料。被他握过的手腕阵阵发烫。那五指残留的力度，像是已透过皮肤摁进了她的骨头里。

蒋垣看一眼屋内，神色不变地说："厉总，时间差不多了，车已经到了，您看是不是该去机场了？"

林浅抬头看着厉致诚。他朝蒋垣点点头，然后看向林浅，"我临时要去一趟台湾，去跟那边的一家面料厂商谈。顺利的话，两三天就回来。"

这时门口又走过来几个人，林浅立刻微笑着站起来，"好的厉总，那等您回来了，我再跟您详细汇报。"

厉致诚又看她几眼，站了起来，"好。"他起身走向门口，蒋垣等人跟在他身后，很快就走远了。

林浅一个人走出了车间，望着天空中的云彩，叹了口气。

拖着一身疲惫，饭也顾不上吃，只为赶过来，与他相见。

可他忙得马不停蹄，匆匆见了面，话都没说上一句，就又走了。

这感觉简直就是……刚给了个甜枣，还没解馋，就把满席的菜给撤走了。

喊！爱情，有时候好不人道啊。

她踢着路边的碎石子，全无在下属和同事面前的职业干练。踢得高跟鞋上一层层的灰，她才反应过来，又心疼地懊恼起来。

就在这时，手机响了，是蒋垣。

爱屋及乌。如今林浅看到蒋垣的来电，心中都会另眼相看。她接起，"蒋助，有什么事？"

蒋垣的嗓音很亲和，"林经理，还在集团吗？"

"在呢。"

"厉总刚才忘了拿你的汇报资料了，他想在飞机上看。我们就在集团门口，能麻烦你送过来吗？"

林浅精神一振，立马快步往不远处的集团大门走去。

今天守大门的是高朗，他笑呵呵地跟她打招呼。她顾不上跟他聊，匆匆一点头，就拐出了大门，随即一眼看到一辆黑色轿车停在路边。蒋垣从副驾车窗探出头来，朝她招了招手。

林浅小跑过去时，后座的门已经从里面打开了。影影绰绰可见厉致诚西装笔挺地坐在里头，长腿交叠着，手搭在膝盖上。

林浅用手扶住车门，弯腰低头，看到他的脸，甜甜一笑，把手里的资料递过去，"厉总，这是报告。"心中却想，他可真坏啊。难怪刚才不拿资料，明明是故意落下的。现在两人又见了一面。

谁知厉致诚盯着她，一时却没接。那是男人看女人的眼神，不是上司看下属的眼神。林浅心头一甜，又笑了，也有些不舍地望着他说："厉总，祝您一路顺……"

她的话没说完。

因为厉致诚一把拉住她的手，将她拉进了车里，低头就吻了下来。

这个吻来得如此突然，以至于林浅的心跳前所未有地慌乱急速。手被他紧握着，腰被他顺势搂着，只能紧贴在他的怀里，任他索取。而他却吻得不急不躁，温凉而深入，像是全不顾周遭的人和环境，只低头细细品尝着女人唇中久违的甘甜美好。

他毫无疑问是天生的接吻高手。强势而有力的纠缠，微热的男性气息，轻而易举就能令女人丢盔弃甲。可今天，林浅没有半点心情去欣赏和享受这个吻。她被他牢牢禁锢在怀里，全身的汗毛像是都竖了起来，眼睛也顾不得闭，左顾右盼。

前排的司机和蒋垣全都直视前方，一声不吭，当自己不存在。可这令林浅的脸更红。她又侧转目光，往车子后方一看，模模糊糊地看到有人在路边走着，也不知是不是集团的人。

林浅全身的血都要冲到头顶了，厉致诚才将她松开。那俊脸一片淡然，仿佛刚才的事再正常不过。

"等我回来。"他一只手还握着她的腰，低声说。

林浅的脸都快要滴下血来了，可更多的，是无法言喻的强烈甜意。

"嗯。"

十多米开外，门口保安亭里，包括高朗在内的三个保安看着总裁座驾的后车窗里模糊的影像，眼睛都快看直了。

其中一个小保安犹犹豫豫地说："高班长，刚刚……是总裁把林经理拉进车里，强吻了吗？"

高朗也看呆了，这才反应过来，稍一思索，非常严厉、非常高深莫测地说："今天这件事，你们谁都不许讲出去。懂不懂职场规则啊？讲出去立马被辞退，懂不懂？"

第十九章

思之如狂

　　林浅这天下午才知道厉致诚的全盘计划推行得并不顺利。

　　厉致诚去机场后，她就回了子公司。她向薛明涛汇报工作之余，两人也聊了挺长时间。

　　"就卡在面料上了。"薛明涛说，"这些天老板已经谈了六七家面料商了，可要做到他要求的性价比，还真不是一件容易的事。"

　　林浅点点头。

　　面料是箱包生产成本中的最大一项。他们既然希望"长弓"具备户外基本性能——防水、防泼溅、防油污、重量轻、速干、柔软耐磨……就必须使用户外专用科技面料。

　　可诸如Gore-tex、Windbloc和Cordura等世界知名的专利面料，价格相对都较昂贵。如果用这样的面料，一个包做下来，跟真正户外包的成本没有多大差别。那么厉致诚的"长弓"战略，根本就是一纸空谈了。

　　厉致诚希望找到一种性能优越、价格低廉的户外面料。品牌不用那么知名，关键是质量。可真像林浅说的："越简单却越难的东西，才是越有价值的。"大半个月了，他依旧毫无斩获。据说下属也有人有微词，可厉致诚的态度很坚定，"继续找。"所以今天中午得知台湾有一家面料厂拥有的专利面料可能符合他的要求，尽管据说对方非常刁钻，不愿合作，他还是第一时间赶了过去。

　　丢下多日未见的心上人，毫不犹豫地赶过去了啊。林浅这么想。

傍晚，林浅端着杯咖啡，坐在阳台上，看着落日晚霞。

奋斗了快一个月，明天是周末，她给工作组和自己都放了两天假。此刻全身筋骨仿佛才彻底得到放松。想起中午那个惊心动魄的吻，她不由得微微一笑。

不知道他的台湾之行能否如愿？还是像之前一样，再一次落空？

他那样的人，也会受挫啊……想想就令她觉得心里软软的。

林浅又沉思了一会儿，拿出手机，给林莫臣发短信："你跟厉致诚的协议是什么？我要知道。"

林莫臣过了好一会儿才回复："时机未到。"

林浅瞬间有一种想要咬牙切齿的心情——这两个人！给她的答案居然一模一样。高来高去干什么？

可她想想也知道，肯定是一向眼高于顶的哥哥要让厉致诚做到如何如何，才不会干涉他们交往。而这个要达成的目标，一定是很难的。

可是，现在她不想他那么难啊……不管是为家族事业，还是为她，她都不想啊。

正要给林莫臣回复，妄图叫他主动提出取消协议，让厉致诚承受的压力小一点，一条新短信却跳进来。林浅看到"厉致诚"三个字，眼睛一亮，立刻点开。

"已落地。"

林浅心头一甜，给他回复："好的，注意安全。"然后打了个笑脸，发出去。

页面自动跳转回编辑短信的界面，林浅心情颇好地继续打字。

嗯……打蛇要打七寸。哥哥说到底是为了她的幸福，得让他心软，说不定他会改变主意。

"哥，你说要令他抽筋剥骨，可现在好像反了。"

啧啧，真肉麻。肉麻得好隐晦，好哀怨。

她想了想，又发了一条："他去台湾了，我很想他。很喜欢他。把你们的协议作废吧。就这样。"

发完这一条，她却微怔。

原本是想半真半假在哥哥面前装可怜，但不知不觉，却打出了心里话。

见林莫臣半天不回复，她一不做，二不休，索性再发一条："我喜欢他喜欢得不行了，你必须把协议作废。我多少年遇到个这么喜欢的人也不容易，这事儿你拦都拦不住，除了他我谁都不要，明、白、吗？！"

这条发出去后，林浅只觉得浑身一阵畅快，又有点想笑。

她知道哥哥的脾气，哥哥也知道她的脾气。

这话讲出去，哥哥就算将来还会嘴硬，但厉致诚要是真的输了，他也会睁一只眼闭一只眼，让他们在一起。

哈哈哈。

就在这时，手机屏幕连续自动跳转，四条发送回执报告：

"短信已于18：46：32发送至厉致诚。"

"短信已于18：47：20发送至厉致诚。"

"短信已于18：50：35发送至厉致诚。"

"短信已于18：52：40发送至厉致诚。"

林浅扫了一眼，撇撇嘴。信号不好嘛，现在她才一口气收到四条回执。

她正要将手机丢到一旁，忽然反应过来，于是立即拿起手机一看，瞬间一头汗。

发送至……厉致诚？

她连忙翻开短信记录，再一看，真傻眼了。也不知道是刚才她构思短信时太投入，还是页面自动跳转时哪里出了错，从那条真的发给厉致诚的叫他注意安全的短信，到那条气势汹汹地说"我喜欢他喜欢得不行"的短信，统统发给了他一个人。

林浅整张脸瞬间烫起来，脑子里一片糊涂。

发给他了。

那些肉麻的、热烈的话。什么"抽筋剥骨"，什么"很想他"，什么"多少年遇到个这么喜欢的人"……要命啊，她只是因为发给哥哥，用词稍微夸张了一点，幽怨了一点啊！

她虽然喜欢他了，可是真的没这么热情似火啊！

林浅一脸黑线，拿着手机想发点什么弥补一下，可半天想不出词。

说什么？"发错了"？"我故意夸张哄我哥的，你不要误会"？

她看着手机，欲哭无泪，心却怦怦跳得厉害。

就在这时，嘀嗒一声，又有新短信进来。

发件人：厉致诚。

林浅都快要疯了。她咬牙点开一看，只有两个字——

"明白。"

我喜欢他喜欢得不行了，除了他我谁都不要，明、白、吗？

明白。

……

林浅呆呆地看着这条最简短不过的回复。看了好一阵子，忽然"啊"地大喊一声，把手机往边上一丢，头埋进胳膊里。

可过了一会儿，她忍不住，又笑了。

台北，桃园机场。

天空异常的蓝，时尚漂亮的机场内外，人潮熙攘。

厉致诚拿着手机，站在航站楼外的空地上，低头看得极为专注。身旁人来人往，他却仿佛毫无所觉。直至蒋垣连叫了两声"厉总"，他才察觉抬头。

这是从未有过的情况，蒋垣屏气凝神，微笑说："厉总，车来了。"

厉致诚收起手机，跟他坐上车。

车开了一会儿，厉致诚淡淡开口："林浅有台湾通行证吗？"

蒋垣神色不变地答："有。上次给领导们办护照时，一块儿都给办了。"

最近是关键项目攻关，所以几个核心成员的护照证件都提前办好了，随时备用。

厉致诚点点头，看着窗外陌生的城市景色，想到刚才的那些文字，原本沉静淡漠的心却像是被女人的手轻轻抓住一角，再难平复。

他去台湾了，我很想他。

这事儿你拦都拦不住，明白吗？

……

林浅，我也很想你。心若惊涛，万籁无声。

只想把终于坠入我双臂的你，彻底拥入怀中，怜惜宠爱，再不放手。

接到小唐的电话时，林浅很惊讶很惊讶。

小唐是厉致诚的司机，也是今天那惊天一吻的目击者之一。但现在厉致诚挑选留在身边的人都是有些城府的，哪怕只是最平凡的司机。他的语气听起来非常自然，"林经理，我明天几点来接你？"

林浅说："哎？"手机同时响了。是国航自动发送的短信："您预订的国航CA411航班（霖市——台北），将于明日8：00起飞……"

挂了电话，林浅一颗心又慌又甜。她给厉致诚发短信："为什么让我明天去台湾？"

不会是……工作方面突然有什么需要她的地方吧？

他回复得很快："来我身边。"

次日上飞机前，林浅给哥哥发了条短信："我去台湾了。这一趟回来，我应该就是厉致诚的人了。协议的事，你自己看着办。"

爱达在台湾也有专卖店，这还是前任CEO全球扩张时留下的。后来大部分地方的门店被厉致诚关了，只留下几家作为品牌形象的支撑。

所以今天台湾爱达的人员开车来接林浅，把她直接送到了厉致诚等人下榻的酒店。

林浅住的是一间大床房。房间装潢得雅致漂亮，但面积不大。这是一间四星级酒店——厉致诚出门在外，从不奢华。

房间外有个很小的阳台，楼下就是繁华的台北市街景。林浅站在阳台上，望着茫茫都市，还真有点替他担心。

台湾的职员说厉总和蒋助理一早就去明德（Mind）面料厂了。据说明德的负责人是个老头子，以前曾经是台湾大学的教授，性格十分刁钻，也不知会不会买账。

这一去，就是一整天。中午林浅抵达时，台湾职员曾经给蒋垣打过电话，结果他说还在等待跟明德见面，暂时不能回来，让先把林浅带回酒店安顿好。

这种时候，林浅是绝不会去打扰他们的。她安安分分地待在酒店里等待。

天色渐渐暗下来。

林浅出去转了一圈，又在街头吃了些小食，还买了些小玩意儿。回到酒店，他们还没出现。

林浅一点也不觉得难等，只觉得……有点心疼他，莫名地就有点心疼。

喜欢一个人的感觉，就是这么多这么多的怜惜吗？

怎么他越强、越忙碌、越能干，她反而越怜惜他呢？好奇怪，难道是她内心太女王、太强大了？

这么胡思乱想着，林浅迷迷糊糊地在床上睡着了。电视里还聒噪地放着娱乐节目，窗外的天色暗沉沉的。

林浅是被咔嚓一声开门轻响惊醒的。她一下子坐直了，就见门口地上有灯光照进来。一个人的影子拉得很长，映在地上。然后她听到厉致诚那熟悉的嗓音低声说道："那就这样，明天一早再去明德。"

蒋垣也在门外，低低答了句："好的。"

又是一声轻响，门关上了，厉致诚走了进来。

林浅瞪大眼睛看着他。

　　屋内灯光柔和，将一切都染上朦胧的光泽。他穿着衬衣，系着领带，西装搭在胳膊上，显得身姿格外修长，皮鞋锃亮。

　　他看她一眼，全无男人不请自入女士房间的尴尬，而是直接走到床边，轻声问："醒了？刚才我来过一趟，你在睡觉。"

　　林浅有点脸热，"嗯……"她一下子反应过来，"你怎么会有我房间的门卡？"

　　"早上拿的。"他说着把西装往旁边小沙发上一丢，坐到了床沿。他的双手很随意地往床上一撑，就把靠坐着的她圈在他和墙之间，然后低眸看着她。

　　林浅穿着长袖衫和亚麻长裤，身上还盖着半截被子，不禁有些不自在。她伸手推他的胸口，"你先回你房间去，我换了衣服再跟你讲话。"

　　谁知话音刚落，她的手腕一紧，被他握住后顺势扣回了床上。

　　林浅心头一跳，"你……"她的另一只手也被扣住了。

　　他近在咫尺地盯着她，"很想我？"

　　林浅的脸倏地热了。男人的嗓音低沉清醇，犹如窗口静静吹来的夜风，撩拨着她的脸和她的心。她转过脸，避开他那几乎能侵入一切的沉黑目光，顾左右而言他："明德谈得怎么样？这可是大事。"话一出口，她又觉得自己好笨，太故意强调了。

　　厉致诚的目光依旧停留在仅仅一臂之遥的女人的脸上，嗓音里却有了一丝浅浅的笑意，"嗯，的确是大事。我已经以最优惠的价格拿到了明德面料的三年独家使用权。合同下午签好了。"

　　林浅听得眼睛猛地睁大，转头看着他，"真的？！太好了！太好了！"她一连说了两个"太好了"，原本手腕被他捏着，此刻情不自禁地反手将他的手握住。

　　厉致诚看着她欢欣鼓舞的模样，眼中笑意也逐渐加深。他轻声说："嗯，终于搞定了。这一战，我所有的棋已经布好，只等新宝瑞入局。"

　　简单的三言两语，却叫林浅无声心惊，隐隐荡气回肠。

　　他还说他不是好战的男人。杀伐果断分明是他的本性。

　　这一局之初，他就说，新宝瑞会对我们进行狙杀。所以……我们先杀他们。

　　而现在，他又说，万事俱备，只等君入局受死。

　　……

　　如此不动声色，如此心狠手辣。

　　可这样的他，却似乎有一种独特的、令女人无法不心折的男性魅力。

　　林浅一言不发，看着他英挺的身姿，看着他俊朗的眉目。

　　他也看着她。

　　她以为他会落下一个吻，谁知他却看她一眼，执起她的手，送到唇边，低头轻轻一吻。

　　"我与你哥哥协定……"

　　林浅的心一下子提起来，时机到了？肯说了？

　　看着她瞬间像只猫一样全身的毛竖起来，警惕紧张地听着，厉致诚低声失笑，继续亲着她的手，同时看着她的眼睛。

　　仿佛出征的骑士亲吻着梦寐以求的公主。

　　"明年此时，如果我站上行业之巅，他就把你给我。"他轻声说，"林浅，我很擅长忍耐，我可以不求速达。但你一定会成为我的女人，彻底属于我厉致诚。"

　　林浅怔怔地望着他。

　　这时他也放下了她的手，眸色幽沉地盯着她。

　　林浅忽地笑了，开口："两个最聪明的男人，却达成了个最幼稚的协议。"

　　厉致诚看着她，没出声。

　　林浅哼了一声说："我们俩要不要在一起，跟你有没有站上行业之巅，有什么关系？"见他沉静不语，她一探头，就在他左边脸颊上亲了一下，"你还不明白吗？"她又抬头在他右边脸颊上亲了一下，"过期不候的啊……"

这个"啊"字的音还没发完，她感觉腰间骤然一股大力袭来，厉致诚的手犹如铁钳般，一下子将她搂过去，紧贴在他的胸膛上。这突如其来的动作令林浅惊呼一声："啊！"可她很快就没了声音，因为厉致诚的身体往前顺势一压，就将她紧紧地扣在墙上，低头就吻了下来。

台北的夜空，五光十色，迷乱动人。

屋内，迷离的灯光下，林浅眼前全是这个男人的轮廓，微凉的空气里，全是他的气息。

这是比之前任何一次都要深入、都要强势、都要持久的吻。男人的姿势不知不觉地改变了，没有再搂着她的腰，因为她的腰早在他身下，在他怀里。他的双手全扣着她的手，十指交缠，压在墙上。

林浅的胸紧贴着他的胸口，双腿也被他的身体稍稍压住。这些细微的触感令她的心跳变得更快，内心仿佛升起一缕异样的紧张感。

这个吻太炽烈，以至于当他终于移开唇，眼眸幽黑地盯着她时，她已面色潮红，目光柔亮如水。

"呜……"她低低呜咽一声，瞬间更加面红耳赤。她下意识地双手一用力，想要将他推开。可手刚使上劲，就被他察觉了。于是他双手的力量瞬间加大，更加牢固地将她的手压在了墙上，动弹不得。

呜呜呜……林浅在心里抗议，明明是你情我愿自由恋爱，吻得这么强取豪夺这么霸道做什么？

好在厉致诚在品尝完她脖子上的皮肤后，终于松开了她的双手，也暂时停下了这个要命的吻。但他的双臂还撑在她的身体两侧，以虎踞的姿势，目不转睛地看着她。因为吻得用力，他的短发有一丝凌乱，衬衫领子也压得有点乱——在她身上压的。

因为动情，他的脸颊上有浅浅的红，唇上也隐有水光。那模样英俊极了，看得林浅很不争气地又有些心猿意马，本要指责他接吻的态度不对，一时却又忘记了。

"转告你哥哥。"他微哑着嗓子说，"厉致诚生平第一次不守诺，不能遵守与他的约定了。"

林浅听得心头一甜，答得却很不在乎："管他做什么？"她忽然想起来，问，"对了，你吃晚饭了吗？"都九点多了。

厉致诚看她一眼，答："没吃。"

林浅心里一软。是谈完了工作后第一时间回来找她吗？

她把他的胳膊一搂，"我陪你出去吃夜宵好不好？"

厉致诚的确也很饿了，微微一笑，"好。"

林浅换了身漂亮衣服，在镜子前一照，自觉亭亭玉立，这才拿起包，打开门。

厉致诚站在门外。台湾的气温比霖市高一些，他穿着一件长风衣，里头一件简单的白衬衫，却也帅气得一塌糊涂。

林浅唇角一弯，走过去。他的手自然而然地搭在她肩上，轻轻带着她往前走。林浅心头甜甜的，就像被某种情绪吹涨了许多天的心脏，终于把气息脉络给捋顺了，舒畅又欢喜。

酒店地处闹市区，灯红酒绿，商厦林立。两人走了一段，抵达目的地——位置稍偏的一条街上，便是夜市。此时人来人往，十分热闹。

林浅带厉致诚在一家卖圆环蚵仔煎的老店坐下。人很多，他们在靠近店门的位置占了张小桌子。老板把美食送过来时，林浅望着厉致诚笑，"我帮你调调味吧。他们家可是网上最出名的。"

老板立刻竖起拇指，用带着闽南腔的普通话赞道："小姐好有眼力啊。"又拍拍厉致诚的肩膀，"这么漂亮的女朋友，有福气啊。"

他说这话时，厉致诚一只手搭在林浅身后的椅背上，闻言淡淡一笑，果然就见正拿着调味瓶往食物里撒的林浅眉目一弯，得意中似乎又带着一丝羞涩。

厉致诚看了她一会儿，没出声，只伸手过去将她放在桌下的另一只手握在掌心，放到自己大腿上。

这简单的动作令林浅心头一阵悸动。她斜眸嗔他一眼，继续单手给他弄筷子和碗。过了一会儿，她感觉他像是习惯性地握着她的手轻轻摩挲揉捏。

林浅坐在喧嚣闹市的一个角落里，被他这一个小动作撩得面红心跳，可又不想开口说，因为他什么过分的事也没做啊！只是摸了一下手而已。

后来，她突然就有了个觉悟。

他虽然没有恋爱经验，但真的是个天生的恋爱高手啊……就跟他商战似的，虽然全无经验，但是不动声色，然后任何一个小的举动都能恰好打中敌人的要害。就譬如现在，他只牵着她一只手，却令她整个人仿佛都在他主宰中，不由自主地为他悸动……

林浅转头，看一眼他低头吃东西的沉静侧脸。

高手，高高手。

怎么有种感觉，今夜之后，她都会被他捏在掌心，再也别想他会放手?

咦，她到底在胡思乱想什么……

吃完后，两人又在街头散了一会儿步。回到酒店，已经是十点多。

厉致诚把林浅送到房间门口。

"那……晚安。"林浅轻声说。

"嗯。"他微垂眼眸，看着她。

林浅觉得，确立关系这天，怎么也要给个晚安吻吧。

于是她双手搭上他的肩头，踮起脚，一偏头，在他脸颊上印上轻轻一吻。

可人刚送到他怀里，他的动作就那么快！原本插在大衣口袋里的双手瞬间就抽了出来。还是老姿势，一只手搂着她的腰，另一只手从后面按住她的脑袋，低头又封住了她的唇。

林浅今天与他定情，也有些心潮澎湃，食髓知味，不舍得就这么分开，于是就任由他亲吻着，闭着眼，迷迷糊糊中不知不觉就被他拥着倒退了几步。

等她反应过来时，他已经进屋了，门哐当一声在背后关上。他移开唇，低眸看着她，嗓音低沉又动人，"我待一会儿再走？"

林浅说："……好。"

蒋垣今晚有点为难。

晚上十一点的时候，远在霖市的刘同副总裁发了份新的外观设计图过来。虽没说必须马上送给厉致诚看，但厉总交代过，这种重要的东西，必须第一时间呈给他。

如今，厉致诚在一干下属心中的威望是非常非常高的。任何情况下，谁都不敢拿他的话当耳旁风。

所以蒋垣第一时间就去敲厉致诚房间的门。然后他就头疼了。

无人应答。Boss不在。

他又抬头看向隔壁紧闭的房门——隔壁是林浅的房间。

他又给厉致诚发了条短信，好半天也没人回复。

他只好去敲林浅的房门。

过了大概一两分钟，门开了。林浅站在门口，穿着牛仔裤和休闲外套，衣着特别整齐，神色自若地看着他，"蒋助理，你找厉总？他在我这里看资料看睡着了，进来吧。"

蒋垣站得笔直，没有往里迈一步，神色很淡定，态度很坚决，"我就不进去了。"他把文件递给她，略作解释，然后彬彬有礼地告辞了。

笑话，一向喜怒不形于色的厉总，在女下属的房间睡着？

资料已经送到。他进去干什么，围观吗？至于要不要叫醒老板，那是老板娘的事了。他安全撤退。

林浅一关上门，想到蒋垣刚才粉饰太平的表情，就觉得尴尬。

别人不知道的，还以为厉致诚在她这里干什么呢……

她抬头看着侧卧在床上闭目睡着的男人。

刚刚他说只待一会儿，林浅就打开电视跟他一起看。房间小，两人只能靠坐在床上，他搂着她。说是看电视，但大部分时间是在接吻。

不过没多久，林浅去上了个洗手间，出来却发现电视的光影打在男人安静的脸上，他已经睡着了。

是这些天太累了吗？

还是……多少有点故意，在她这里睡着，于是就不用走了？

林浅觉得，两者都有可能。毕竟这男人，跟狼一样"坏"。

可看着他的睡颜，又叫人心动心软。林浅小心翼翼地替他解开领带，脱下皮鞋，然后给他盖上被子。

然后蒋垣就来了。

林浅又看了看蒋垣送来的资料，有了判断：重要，但是不紧急。她将资料放到一旁的桌上，又转头看着厉致诚。

舍不得叫醒他。

傍晚她睡了挺长时间，以至于现在精神还特别好。左右无所事事，索性拉了把椅子，在床边坐下，托着下巴，看他。

房间的灯光被她调得更暗了，他的短发、脸颊和身形轮廓上都笼上了一层薄薄的光泽。虽然在沉睡，男人的每一寸线条都有年轻职场领袖特有的气质。

但林浅总觉得，缺了点什么。

想了想，她从包里拿出了他给她的那顶帽子——定情信物嘛，情窦初开的她当然随身携带，以示重视。

她把帽子轻轻扣在他的脑袋上，压低帽檐。

瞧，完美了。

帽子遮住了半张脸，露出他挺拔的鼻梁和线条简洁的下巴。虽然他身上还穿着衬衣，跟鸭舌帽却混搭成一种独特的诱人气质。

林浅托着脸的手指轻轻地弹啊弹，然后拿出手机，开始拍照。

咔嚓、咔嚓、咔嚓……连拍了十几张，然后她很满意地翻看着。储存照片名时，她有点纠结。

My BF？太简单，没新意。

My man？有点小害羞啊。

Him？太冷艳高贵。

最后还是输入：My man.

拍完照，林浅又低头看了他一会儿。

她想起了几个月前在火车上初遇那晚。他就是这一副模样，戴着帽子，只露出冷峻漂亮得不可思议的下巴，不理周遭一切喧哗，也不理她，兀自睡觉，兀自沉默行走。

其实从那时起，她心里就印下了他的模样。

他知道吗？

林浅心里软绵绵的，手撑在床沿上，低头轻轻地亲下去。

厉致诚的确是累极了，加之女人的气息太过甜美宜人，所以不知不觉就睡着了。

当然也有迷糊醒过来的时候，蒋垣来敲门他也大致知道。但既然是在自己喜欢的女人床上，何必起来？

直至，他被下巴上传来的一阵轻微的、湿软的却极其酥麻的感觉弄醒，一睁眼，就见林浅趴在床边，低头在亲他的下颌，表情非常温柔。

厉致诚微眯着眼，没出声。她也没察觉，低头又在他下颌亲了一下，有些情动的模样。这模样令厉致诚心头一阵热气上涌，一声不吭，伸手捏住了她还欲继续造次的小脸。

林浅明显吓了一跳，全身都抖了一下，抬眸看着他，"啊！你醒了。"

"嗯。"厉致诚低低应了声，见她眼神闪躲，脸色却很镇定，不由得微微一笑。

每次被他抓包，她都是这副表情。

厉致诚一把搂住她的腰，把她抱上了床，然后一个翻身，就把她整个压在身下。

林浅双手又被他扣在床上，而且这一次，他沉重的身体还压在她身上。林浅看着他相隔不到十厘米的脸，还有他漆黑幽沉的双眼，只觉得整颗心都要跳出来。

"为什么要亲我下巴？"他低声问。

林浅据实答道："那是我觉得你身上……线条最漂亮的地方。"

当初就是这一个若隐若现的下巴，棱角分明，线条干净，引她无限遐想，以至于她还给他留了电话号码，他都忘了吗？

从未有人这样说过，所以即使是厉致诚，闻言也微怔了一下。林浅觉得自己这个发现非常有爱，笑眯眯地看着他。

结果下一秒，她就笑不出来了。

因为厉致诚轻描淡写地说："礼尚往来。换我了。"

这一回，林浅终于深刻体会到了什么叫自作孽，不可活。

跟厉致诚讲每一句话，都要小心啊！他都可以挖个坑让你往下跳！

林浅的心跳更快了，但也深谙快刀斩乱麻的真理，轻声说："很晚了，你回去睡吧。"

他静了一会儿，答："嗯。"起身下床。

身旁床铺承受的重量骤减。林浅原地不动，看着他拿起外套和领带。

"晚安。"她躲在被子里，身上还有他的余温，睁大眼睛看着他。

厉致诚看起来已经完全恢复了平时的沉静稳重，手里搭着外套，领带塞进衬衣口袋，一只手搭上她的头顶，弯腰在她脸上轻轻印上一吻。

"晚安。"他用轻得像风一样的声音在她耳边说，"今晚先放过你。"

林浅原本已基本平复下来，这句云淡风轻的话瞬间又令她石化。

他是认真的。今晚，先放过她。

她是如此了解他。虽然他与她相处，堪称坦荡君子，但他也是个男人，而且是很男人的男人。

被他丢下了这句"狠话"，颇有些心慌意乱的林浅看着他转身出屋。到底是今晚三番两次被他吃得死死的，颇有点不甘心，于是她大着胆子又来了句："你回去……是不是要冲个凉水澡啊？"

　　这到底是什么心态？为什么她就喜欢这种在老虎头上拔毛的颤巍巍的不安全感？

　　果然，厉致诚脚步一顿，转头看了她一眼。

　　然后把手里的西装往椅子上一丢。

　　林浅看得眼睛都直了，一把扯过被子蒙住自己的头，阻挡住他的视线，"我错了我错了！你快走吧！"

　　被子外静悄悄的。

　　过了一会儿，咔嚓一声轻响传来。

　　林浅推开被子，屋内终于空荡荡的，那西装也不见了。他走了。

　　这男人……

　　林浅埋在被子里，忍不住笑了。

　　过了一会儿，她忽然又想起什么，从床上爬起来，撩起一截衣服，对着墙上的镜子，开始翻来覆去地照自己的腰。

　　有点得意，又有点害羞。

　　过了一阵，她重新躺下，却发现手机里多了条他刚刚发来的短信："洗完了。"

　　林浅微怔，反应过来，扑哧笑了。

　　冷水澡洗完了啊……

　　她给他回复："晚安，致诚。好梦。"

第二十章
情之所钟

宁惟恺察觉到了爱达的异样。

但这些异状是模糊的，不见端倪的，只能从爱达最近的一些动向推断出他们要推出一款新品。这新品可能是户外领域，但要更具体一点，就查不出来了。

自从上次Vinda一役，再加上厉致诚对公司雷霆万钧的整顿，新宝瑞在爱达的眼线都被连根揪起，追究经济责任的追究经济责任，辞退的辞退。虽说没把幕后的人抖出来，但现在的爱达还真有点密不透风，凝聚力非常强。

从这一点上，就不得不说，厉致诚是个很强的对手。

周一一早，宁惟恺按照惯例，赴祝氏总部开会。

今天是个好天气，宁惟恺在祝氏的亮相也一如既往的光鲜清贵，举足轻重。其实他只带了助手原浚，刻意低调。无奈形势比人强，现下人人都知道新宝瑞是祝氏最赚钱的公司，宁女婿很得董事长重用，所以人人都对他前呼后拥，客客气气。

九点整，会议正式开始。

董事长即宁惟恺的岳丈祝博云，现在已不介入集团日常经营，这种场合也不会出席。

会议由大公子祝晗冲代为主持。他也是祝氏金融公司的总裁。他是个十分温文尔雅的男人，戴着金丝框眼镜，讲话永远平缓柔和。所以大家都说祝大少是个好老板，就是少了点魄力。

此刻，在运营管理部汇报了各个子公司、事业部上月的业绩数据后，祝晗冲微笑着对众人说："今年又是个开门红，大家辛苦了。董事长看到这些数字，一定很高兴。尤其是箱包这一块……"他看向身边的宁惟恺，"再一次超额完成计划目标，在各个子公司中独占鳌头。惟恺辛苦了。"

众人都含笑看向宁惟恺，礼貌又恭敬。

宁惟恺在心里略带嘲讽地暗叹了一口气——瞧，拉仇恨的又来了。可他脸上的笑容却特别真诚，"都是董事长和各位的帮助，新宝瑞才能比较稳定地发展。新年我们会继续努力，争取年底再向董事会交一份满意的答卷。"

大伙儿都频频点头，祝晗冲也微笑不语。

这时，坐在对面的祝二公子，房地产业务负责人祝晗程，却状似无意地开口："对了，听说那个爱达最近的业绩做得很好，还在筹备新品，准备对我们祝氏的市场进行冲击。惟恺，有这事儿吗？"

祝晗程比哥哥小五岁，今年刚二十六，普通本科毕业，长相俊朗，但面相看起来略凶，讲话也永远是不咸不淡的。他做房地产也算有一套手段，所以比起书卷气十足的祝大少，下面的人对这位二公子要更敬畏一些。

宁惟恺有点意外。没想到他也知道了这件事。

啧……盯得挺紧啊。谁让他宁惟恺把新宝瑞做得太出色，太完美，以至于令祝家的人这么焦虑呢？

宁惟恺点点头，"是有这回事。"却不打算详谈。

祝晗程立刻看向市场部，"刚才各部门汇报工作的时候，这个重要情况你们怎么不说？知道爱达这几个月一款Vinda包卖了多少万个吗？知道他们对祝氏的市场已经造成潜在威胁了吗？你们是总部的市场部，怎么一点作用都起不到？"

市场部的负责人觉得很委屈——新宝瑞的运营一向很独立，这几年宁惟恺接手后，总部更是插不上手。祝晗程说的这个情况，他们的确不知道。

可是，高层间斗来斗去，干吗拿他们下面的人当炮灰啊？

该负责人也不辩解，含糊作答："是的祝总，我们今后会注意。"

"好了。"大公子祝晗冲开口打圆场，"论箱包行业情况，自然还是惟恺最清楚。他心里有分寸，晗程你也不必太担心。"

祝晗程笑笑，看着宁惟恺，"那到底是怎么一回事，惟恺？对于爱达蓄谋已久的进攻，你已经有应对计划了？"

宁惟恺最烦的就是这位祝二少开口闭口叫他"惟恺"。他比祝二少年长两岁，不过娶了他妹妹，这厮就顺杆往上爬，目无尊长。他笑了笑，答："还没有计划。"

这话一出，大伙儿都很意外，祝大少也是一怔。倒是祝二少，不动声色的样子。

会议室里静悄悄的，一些老董事也面面相觑。坐在后排，根本轮不上发言的原浚却觉得自家老板此刻简直太有范儿了！

因为宁惟恺目光很淡定地环顾一周，然后一只手撑在桌面，另一只手轻轻地敲啊敲，只敲得谁也不知道他葫芦里卖的什么药。过了好一会儿，他才像是沉思完毕，淡淡地说："我先简单为大家回顾一下：过去三年，诸如司美琪、爱达、顺凯……这样的市场追随者，利用新的产品或是营销策略，一共对新宝瑞发动了不下十次正面挑战。这其中，不乏非常有创意的优质产品，也不乏天才的营销理念。每一样，如果任其顺利发展，都有可能改变整个市场的格局，撼动新宝瑞的领导者地位。"

所有人都静静地听着，祝二少也是面色沉静。

却见宁惟恺微微一笑，又说："不过，它们最后的命运，殊途同归——每一样新产品都在上市后不久便销声匿迹，取而代之的，是新宝瑞研发出的更优质、更受市场欢迎的新品。"

他缓缓环顾一周，不紧不慢地说："晗程，以及各位董事、经理，不必为新宝瑞担心。我们既然是市场领导者，竞争对手的这种挑战永远不会停止。但值得庆幸的是，我们的整体实力，比他们以为的，要强很多很多。我们在自主技术研发、设计和海外技术引进上所走的路，已经比国内任何企业，远了很多很多。他们或许拥有新的灵感和想法。但可惜的是，海纳百川，为我所用。只要他们能造出的优秀产品，新宝瑞就一定能造出来，并且还能反超。这个市场上，最优秀的人才，都聚集在新宝瑞；最优秀的产品，只有新宝瑞能造出来。不得不说，对竞争对手来说，这是个悲剧——因为每一块由他们辛辛苦苦开辟的新市场，最终，还是会回到我们手里。"

台北市。

林浅坐在酒店餐厅里一片阳光灿烂的小平台上。时间还很早，周围没什么人，她拿起厉致诚昨天与明德签订的合同，仔仔细细地看着。

厉致诚坐在她对面，安静地用餐。

说实话，这份合同的条件，既在林浅意料之外，又在情理之中。外人都说那明德的老头子性格清高，捏着几份专利面料，一直不肯卖出去。这次厉致诚能打动他，林浅就知道内有玄机。

不过这玄机，还真是昂贵。厉致诚好舍得。

按合同规定，今后三年，明德将其已研发出的两种科技面料独家提供给爱达使用，而其今后研发出的新面料，在同等价格前提下，爱达有优先使用权。如果明德违约，需支付订单金额的三倍赔偿金。

这个条件，当真解除了林浅心头的一个大担忧。

因为面料成本就是箱包生产成本中的大头。他们好不容易才找到这个性价比最优的选项。而一旦爱达的新产品成功推出，新宝瑞势必要推出同类竞争产品。但爱达只要把原材料牢牢抓在手里，新宝瑞短期内要找到能与其媲美的低价高质量面料，只怕也不容易。

有得必有舍。要获得这份独家使用权，合同规定，爱达今后的新品牌Aito（爱途）的一切推广和销售活动，必须同时对明德品牌进行宣传，所有媒体广告，必须将明德嵌入。总而言之，必须将爱途和明德作为同等重要的两个品牌，一起推向市场。

在这个条款上，爱达需要付出的金钱和精力，可是算不清楚的。单说电视广告一项，央视一秒钟的广告费，也许就是数百万元——也要分一部分给明德。

……

林浅合上合同，抬头看着厉致诚。

他比她想象的更有魄力和心胸，也更熟稔人性。

历来原材料厂商和制造商之间，只谈金额条款。他却丢出这么个"共赢"的点子，也为对方打造品牌。那明德的老头子生性清高，小小一个厂子，捏着极好的专利，却至今未被别人收购，必然是想保持品牌独立。面对这样的条件，他怎么会不答应？

人人都有欲望。所谓清高，不过是他的欲望更远更高。

此时阳光斑驳，照在厉致诚的衬衣上，也照在他的黑色短发上。林浅看着他的左边脸颊上似有一丝红痕，不由得心情微荡。

那是她亲的。大清早，厉致诚来接她下楼吃早饭，自是在玄关拥吻了一番，才放过她。而今天要去明德，所以她也化了淡妆，抹了口红，唇印就这么浅浅地印在他的脸颊上。

林浅抽了张纸递给他，"再擦擦。"

厉致诚自然是听懂了。他接过纸巾，抬手在脸上一拭，眼睛却盯着她。

林浅说："干吗？今天见人，难道不化妆啊？"

厉致诚没出声，过了一会儿，放下了纸巾。

林浅默默低头搅拌咖啡，"左边领口……脖子上还有。"

厉致诚眼中快速闪过笑意，"嗯。"

林浅微窘——嗯什么嗯啊？又装傻，讨厌！

好容易等他擦完了，林浅问："虽说有三倍违约金，但明德这个汪总，应该不会背叛我们吧？"

厉致诚言简意赅，"绝对不会。"

　　尽管不知他为什么有这样的自信，但他既然这么说，必然有十成把握。于是林浅更放心了。

　　明德的厂房位于市郊，周围是一片郁郁葱葱的树林绿地，隔壁是几家生态农业种植公司，可见汪老头子当真有几分超凡脱俗的情怀。

　　厉致诚被秘书请进去，单独跟汪总交谈。林浅就和蒋垣坐在外间的接待室，望着窗外的绿树和园区，静静等待。

　　林浅估计，这个厂的资产大概在几千万上下，专利价值另当别论。现在跟爱达联手，倒还真是各取所需，非常合适。

　　过了一个多小时，会议室的门终于打开。厉致诚和一个干干瘦瘦的五十来岁的老头儿一起走了出来。

　　林浅和蒋垣立刻微笑着站起来，不动声色地打量着这人。

　　老头儿穿着一件藏青色中山装，戴着眼镜，有几分大学教授的儒雅斯文。但他脸色挺冷挺傲慢的，眼睛有一种说不出的亮。他看他们一眼，目光落在林浅身上。

　　林浅笑着伸手，"汪总，你好，我是爱达的林浅。"

　　汪总却在这时看了厉致诚一眼才伸手跟她一握，慢条斯理地说："林小姐远道而来，怠慢了。"

　　林浅听他讲得客气，有些意外。需知这人的不近人情可是出了名的。看来她是沾了厉致诚的光。

　　谁知汪总话锋一转，对厉致诚说："厉总是爱江山更爱美人啊。"

　　"……"

　　他怎么会知道？！

　　一旁的蒋垣也有点意外，然后神色如常，假装没听到。厉致诚眉眼淡淡的，看她一眼，然后很自然地将她的手一牵。

　　"汪总是行业前辈，我们跟他多学着点。"他低声嘱咐她，但周围的人都听得见。

　　林浅面色微红，"当然，当然。"

所以……这是打晚辈牌、感情牌的节奏？

林浅很理解人际关系那一套。最深的人际关系，绝不是你我利益一致，一拍即合，成为好伙伴，而是建立了私人的交际关系。

就譬如现在。面对清高的教授厂长，谈完了公事，厉致诚却是以晚辈身份，大大方方地携女友与他相处，既显得坦荡，又显出信任。这位傲慢的老头子，自然受用，并且觉得厉致诚不完全是满身铜臭气的商人——也是个血气方刚、爱护女友的小伙子嘛。

林浅陪在厉致诚身侧，看着他沉静的侧脸，再一次感叹。这个男人虽话语不多，却见微知著，真是对人心掌握到精妙的程度。好在他对她承诺过了，不会对她用心机。

林浅的唇角微微一扬，趁着旁人不注意，低声嗔怪："你干吗告诉别人？还告诉合作伙伴？"

此时，众人正跟随汪总在园区里作简短的游览。旁边都是厂房和绿树。厉致诚将她的手牢牢握在掌心，答："今后跟这边的交往会很频繁，你以这样的身份，行事会更方便。"

林浅心头一甜。这样的身份？

嘁，女友而已。说得跟他这边的女主人似的。她嘴角弯起的弧度更大。

却听他又说："况且我不说，他也能看出来。"他看她一眼，"他眼力很好，你……"他微微一笑，"藏不住。"

林浅一怔，随即瞪了他一眼。

她最讨厌的就是他和林莫臣这种高来高去的作风了。只有他们能应忖，只有他们能不动声色。而她，在他们眼里，道行太浅。

关键是，他们都还喜欢用这种宠溺的语气告诉她：待着别动，我来就好。

林浅小声哼哼："去……难道我就这么没城府吗？遇上你之前，我也算是很有心计的人！"

厉致诚低声失笑，转头看着她。那沉黑暗敛的目光，竟令她感觉，他情动了，他想要吻她。

但到底是在公众场合，他只这么静静地看了她一会儿，然后嗓音低沉地说："尽管用在我身上。"

下午，三人搭乘飞机返回霖市。

厉致诚外出十分节俭，所以来回订的都是经济舱。不过蒋垣给两人换的登机牌是靠窗的双人位，自己则坐在隔着两排的角落里。这样既能随时听到领导的吩咐，又不至于打扰他们的二人世界，安排得很完美。

机舱内座位比较狭窄，林浅靠在厉致诚肩头，手自然是被这个占有欲很强的男人扣在大腿上，望着窗外飘浮的云层，心头甜如蜜。

哼……

想起刚才他在明德讲的话，什么叫她把心计全用在他身上？

可她几秒钟前，还在庆幸这个男人不对她用心计。真是人比人气死人，他的心计叫她害怕，她的心计却让他受用？就跟挠痒痒一样是不是？

越想越觉得他跟哥哥是一类人……

想到哥哥，林浅就有点闷闷的。那天她发出那条耀武扬威的短信后，林莫臣一直没回复。她这两天忙着谈恋爱，也把他给忘记了……不会真生气了吧？

"跟你哥沟通了吗？"身旁的男人淡淡地问。

得，真是哪壶不开提哪壶。

"下飞机就打。"林浅老老实实答。

"嗯。"厉致诚若有所思地看了她一会儿，从脚下的电脑包里取出一个黄色文件袋，放到她面前的小桌板上。

"这是什么？"林浅问。

"我和他的另一项附加协议。是时候让你知道了。"

机舱隆隆低响着，窗外是高空的浮光掠影。

林浅望着那文件袋，封口盖了红泥漆。

"什么附加协议？"她问。

厉致诚任她自己对着那份文件，端起面前的清水，轻轻喝了一口，然后说："他主动提出，为我拆借一个亿的现金。"

林浅一下子愣住了，心中泛起又甜又感动的情绪。虽说这不像是林莫臣会做的事，但又像是他会为妹妹做的事。

什么嘛……那个一向独断专行的帝王，口口声声要叫厉致诚抽筋剥骨，也提出了让他一年时间站上行业之巅这么苛刻的要求，可实际上，又筹措了这么一大笔现金，让厉致诚去打仗，保证了Aito上市后，后方高枕无忧。

她好像……对哥哥太凶了一点。

然而她对这份真挚的兄妹情的感动还没维持几秒钟，就听厉致诚继续说道："一年后，我需要连本带息还两个亿。"

"……"

卧槽！白感动了。分明是林扒皮！虽说现在提供一个亿是对爱达强大的助力，但抽筋剥骨的宗旨，林莫臣根本就没忘！

林浅脑海里浮现出哥哥那英俊冷傲的脸，默然无语。

这时，却听厉致诚又说："他指定，到时一亿本金还给他，一亿的收益——给你。"

他看一眼桌上的文件，"我留了五千万做Aito的市场，还有五千万，做了一项投资，记在你名下。"

林浅一怔，答："我从来不要他的钱。这笔钱即使你赚了，我也不要。"

厉致诚看她一眼，眼中倒是带了笑，低声说："他说那是嫁妆。"

林浅微微一哂。

现下对于哥哥的想法，她十分清楚了。拆借一个亿，对他来说，也不是一件轻易就能办到的事。他的确是在尽全力帮厉致诚，帮妹妹的心上人。

但是呢，这个帮忙又是有条件的。你若对我妹妹一直好，将来赚的钱，说到底还是你们两个花，他分文不取；但若将来厉致诚对她不住，分手了，他也绝不会白帮这一手——一个亿拿来，我林氏兄妹岂是好相与的？

林浅还是摇头，"我不要。"

厉致诚静默片刻，答："好。赚到两个亿，一起还给他。"

林浅刚要点头，忽然又觉得不对，想了想说："干吗都还给他？钱是你赚的。还他一个亿本金，加上银行间拆借利率的一年期利息，其他的你留着。"

厉致诚眼中缓缓浮现出笑意。

林浅话一出口，也觉得自己似乎太……女生外向了点。她讪讪地说："我这是中立，谁都不偏帮。"

"嗯。"厉致诚低低应了声。

于是林浅又被他"嗯"得脸上一热，脑子里却想：难道她真是个重色轻友轻兄的家伙？

这时，厉致诚将她的肩膀轻轻一揽，再将那份密封的文件推到她面前，"这是投资项目的内容。"

说起来，厉致诚会做什么投资，林浅好奇极了。他又不是他哥那种投资金童，他再聪明世故，到底从未接触过金融投资，也不可能创造奇迹。

那他到底把其中的五千万投到哪里去了？

可这么疑惑了一会儿，林浅却把文件推回厉致诚面前，"我不看了。"

厉致诚静静地望着她。

林浅也看着他，"我不看，因为这不重要。你投资了什么，或赚或亏，我都支持你。而且说实话……"她揉了揉自己的头发，"我对投资什么的，真的一向都不感兴趣。你做主就好。"

话说得轻巧，拒绝得干脆，可其实林浅另有主意。

曾经，她对厉致诚的锦囊妙计和商业布局的想法垂涎三尺，可她也没想到，现在自己成了他女朋友，虽然还是对那些高深莫测的东西很感兴趣，但他真让她看时，她的想法却变了。

她头一个想到的是，他要赢了，她自然见证了他的深谋远虑和惊才绝艳，可他要是输了呢？

她不是对他没信心，但世事真的无常。

如果他输了，今天她把他的计划看得一干二净，那等于见证了他的失策。将来他在她面前，多少有点颜面扫地。

那是男人在女人跟前的面子。她不能让他失了面子，这是聪明女人应该有的取舍进退。所以她不看。

而且真要输了，周遭压力如山，她更加不想他回到自己身边时还有任何压力。

所以她不看，就给他留了这一片空间。输赢与否，那都是外界的东西。

而他，始终是跟她最亲密的人。心无瑕疵，彼此爱惜。

……

她心中千回百转，可厉致诚目光如炬，又如何看不出这一向好奇心强的女人突然不动如山，必有缘由？

他稍一思索，就有点明白了。

他看着她。虽然她神色很轻松淡然，眼睛里却藏不住东西。

那是他熟悉的眼神，她曾经不止一次这么凝视过他。

她只用这样的眼神，看过他一个人。

被厉致诚这么盯着，林浅心里莫名地有点发虚。她转头看着窗外，立马转移话题，"哎哎哎，快到了！"

厉致诚将那文件收回包中，然后又将她肩膀一搂，她就回到了他怀里。

他低头看着她的脸，手握住了她纤细柔软的脖子，"真的不看？"

林浅很有骨气，"不看！"

厉致诚低头就吻了下来。

过了好一会儿，只吻得林浅脸红微喘，他才放开她。他有力的手指还停在她的脖子上，轻轻地摩挲着，低声说："林浅，你到底要多护着我？"

林浅听得心头一震，静默片刻，把脸再次埋进他的胸口，"我还可以更护短呢……你等着瞧。当我的男朋友可幸福了。"

抵达霖市已是傍晚。

依旧是司机小唐来接他们。距离爱达集团还有一条街的时候，林浅对厉致诚说："我在这里下吧。"

厉致诚点点头。

车靠路边停下，林浅刚推开车门出来，另一侧的厉致诚也跟着她下车。倒是前头的两个跟班很有默契地坐在车里不动。

厉致诚帮林浅把行李从后备厢里取出来。此时夕阳斜垂，大街上人来人往，一切温暖又熟悉。

林浅说："那我走了。"

厉致诚低头看着她，伸手将她揽进怀里。

林浅的手被他拽着扣在了他的腰上。他低下头，在她唇上细细研磨品尝一番，过了好一会儿才松开她。

林浅看着黑色轿车先行驶离，这才拖着自己的小箱子慢悠悠地往家走，嘴角还不自觉地挂着笑意。

情浓心动时分，每一刻，仿佛都是柔情辗转，无声胜有声。

到家后，林浅先冲了个澡，然后坐在阳台上，给皇帝陛下打电话。

那头还是大清早，但林莫臣的声音听起来已是清冷无比，"Hello？"

林浅一听他的声音就服软了，软绵绵地叫一声："哥——"这尾音拖得太长，以至于林莫臣一听到这个声音，心也软了，嘴上却冷冷地说："还知道打电话？我以为你忙着生米煮熟饭去了。"

林浅的脸倏地一烫，"才没有呢！"末了还不忘拍马屁，"哥，你中文成语用得真好。"他几岁就跟父亲去美国了，居然还会用"生米煮成熟饭"这么……荡漾的词。

林莫臣冷笑一声，没讲话。

林浅又哄他："哥哥，我是真的喜欢他。你知道的，像你这一类型的男人，魅力实在太大。女人只会情不自禁，身不由己。"

林莫臣也不至于真为这事儿动怒，听她说得好笑，嘴里低低哼了一声。

林浅也不知道哪里来的灵光，又低声说："你说要让男人抽筋剥骨，可是哥，要是你喜欢的女人，你舍得令她抽筋剥骨吗？"

见他不讲话，她又说："我也是一样的，舍不得。"

其实林浅真是有点小心计。这番话虽是肺腑之言，可也恰好击中林莫臣痛脚。

果然，静默片刻后，他的嗓音平和下来，"林浅，爸过世这么多年，我不过代为履行父亲的职责。那个小子想带你走，我难道不该让他吃点苦头，拿出真心吗？"

林浅听得一下子心软了，闷闷地嗯了一声，过了一会儿又说："哥，你有没有过这种感觉？跟他在一起的每一秒钟，都觉得幸福，都觉得珍贵。高尔基说过，生命中遇到的一切美好的东西，都是以秒计算的。现在我明白了，除了他，没有别人了。"

林家哥哥总算被妹妹的柔情攻势暂时安抚。至于他们的协议继续履行，林浅觉得那是他们的事，反正不会影响到她和厉致诚的感情了。

然而悲摧的是，后来的大半个月，林浅跟厉致诚单独相处的时间，真的是以"秒"计算了。

因为他们俩，实在是太忙了！

林浅还好点，她带的是一个小团队，可以自主安排作息时间，而她又是一个非常注重劳逸结合的人，虽然团队常常难免忙到十一二点，但她还是力争每周给大家放个一天半天的假。

她的团队也完全体现出她的个人风格：勤奋、高效、灵活、充满活力和创意。用她的话说："我们市场小组，加得了班，通得了宵，连续奋战三百六十五天也活蹦乱跳——可惜我们不用这么做，因为我们早用灵感和智慧把难题给解决了！"

这话讲得令其他小组颇有些牙痒，因为技术啊、生产啊、采购啊、设计啊……这些小组，非得反复不断地尝试、坚持，才能找到最优解决方案，跟市场策划工作性质不同。所以林浅放出这话，不是讨打吗？

于是经常就见到半夜下班后，林浅及其小组的人被别的小组的人拉着请吃夜宵，以泄公愤。

当然，林浅每每搞这种团队活动苦中作乐时，也盼望着厉致诚能出现。虽不是单独相处，可隔着人群，情意暗涌片刻，总是甜的。

可惜这种场合，厉致诚从来不参加。

因为他没有时间。

他到底有多忙呢？

作为总揽全局的男人，他的时间，属于所有人。

之前，他住在距离集团十分钟车程的一幢别墅里，那是他父亲名下的产业。但自从跟林浅从台湾回来那天起，Aito包的生产设计已进入实质性阶段，所以他直接住到公司宿舍里，并且定下规矩：任何时间，每个小组的头儿，都可以找他汇报。

所谓身先士卒，也不过如此了。

林浅听蒋垣说，有好几个晚上，厉致诚都是在办公室的沙发上直接躺了半宿，天亮又去车间看生产情况。他和她的相处，也仅限于偶尔她去他办公室汇报时，他将她扣在怀里的一个深吻，抑或是某天林浅深夜下班，他也恰好有时间，就将她送到楼下，缠绵低语一番，就放她上楼，而他回办公室，继续忙碌……

林浅觉得不够，很不够。

那感觉就像是心里刚被挖开了一口井，奔涌的泉水就要汩汩流出，现在却被人用大理石板压住，只留一丝缝隙，叫她慢慢地往外漏。

浓情蜜意，有情人谁不是这样？只想时时刻刻跟他在一起，怎么耳鬓厮磨都不够。

可与她暗暗的情难自抑相比，厉致诚至少从外表看起来冷静太多。他把自己的时间安排得太满，偶尔与她浅尝辄止地亲密一番，转身离开时也是行色匆匆，很快就专注地投入他的宏图大业中。

这令林浅觉得，对这个男人，有点把握不住。她有点失落。

但这种感觉，她只藏在心里。她知道这种时候，理智比情感更重要。他是对的。

可女人嘛，还是会感到失落……

很快又到了周末。

林浅的小组明天小休一天，大家都跟过年过节似的，浑身轻松，高高兴兴地早早离开了办公室。

林浅要汇总小组工作成果，自然是最后一个走的。待她忙完，天色已暗。

她凑合着吃了个快餐，坐在办公室里，看着厉致诚为她布置的办公室，再看着窗外初升的月亮，心情平和。

听说今天下午，Aito的雏形包已经制作出来了，外观、性能、成本等已基本符合厉致诚的要求。虽然林浅还没看到，但这肯定算是一个大大的飞跃式进展。后期只要在此基础上不断调试优化，再过不了多久，Aito样品就可以正式下线了。

他一定很高兴吧？

那乌黑冷敛的眉头，是否会为此舒展开呢？

正想着，桌上的电话响了。

是蒋垣。他说："林经理，你还在办公室啊。正好，厉总这边正在过每个小组的最新成果，你方便过来一趟吗？"

方便，当然方便！

林浅挂了电话就杀去集团。虽说只是讨论公事，能有个短暂的相聚也是好的。

掐指一算……她已经有四天没有跟自己的男朋友近距离接触过了！

顶层办公区的人已经走得差不多了。林浅走进去的时候，蒋垣正站在桌前穿外套。看到她，他微微一笑，"林经理，我今晚还有点事，跟厉总说过了。要是有事，你帮我看着点。"

"……好的。"

林浅轻敲房门，厉致诚低沉的嗓音传来，"进来。"

林浅推门进去，一室灯光明亮，他坐在沙发上，面前是堆积如山的资料，还有笔记本电脑。那军绿色大保温杯里的水都空了。

林浅看着他，有点发怔。

在台湾那晚压着她反复亲吻的男人还深刻地印在她的脑海里，可此刻见他衬衫笔挺、神色专注地坐在办公室里，她才发觉有好多天都没有这么安静地跟他两个人待在一起过了。

他也抬头看着她，表情有点深沉难辨。

林浅在他对面的椅子上坐下。照例是先谈公事。她把工作资料拿出来，递一份给他，"现在开始吗？"

他没看桌上的资料，而是看着她，"这个我早上看过了，没问题。"

"哦……"

厉致诚拍拍身旁的沙发，"坐过来。"

这话简直跟勾人的符咒似的。林浅脸颊微烫，明知故问："干吗呀？"

话音刚落，她放在桌上的一只手就被他握住了。

"过来。"

林浅心头甜丝丝地起身，刚绕过茶几走了小半圈，就被他拉进怀里坐下。

灯光如水，夜色如雾。

林浅的双手被扣在沙发上，身体也被他用胸口抵住。她微微仰着脸，承受着他无声而深入的亲吻。

　　许久，他才移开唇，只是那双比夜色更幽沉的眼，依旧近在咫尺地盯着她，"晚上我还要加班。在这儿陪我一会儿？"

　　"嗯。"林浅轻轻用手揪着他胸口的衬衣。

　　厉致诚看着女人依偎在自己怀里的小动作，眼中快速闪过一丝笑意。他暂时松开她，坐回那堆工作前，同时说："去把门反锁。"

第二十一章

爱的征途

把门反锁的时候，林浅有点做贼心虚的感觉。转念一想，她干吗心虚啊？两人其实什么也不会做，顶多亲吻拥抱一下。

倒是他……

她的嘴角微微一扬。

工作稍微轻松点，他就立刻指使蒋垣以工作之名让她来办公室陪他。

就算只是在边上陪着他，也是难得的好时光。

夜，静悄悄的。

厉致诚端坐在沙发上，低头看着文件资料，眉目端凝，平静如水。

林浅虽说是陪他，却也不想太打扰他，就在他身边给他添添水，整理一下文档。偶尔看着他冷峻的侧脸，看着他放在桌上的手，她就有点想亲他。但她当然忍住了。

相比起来，厉致诚专注得多，始终沉坐如松。这份定力，让林浅又喜欢，又有点默默的怨念。

林浅不是工作狂。她既然给自己放了假，就绝对不会沾工作。陪了他一会儿，她觉得无聊，就拿出手机玩。

很快就到了夜里十一点，她打了个哈欠。

低头工作的厉致诚注意到了，抬头看着她，"困了？"他放下资料，起身，"我送你回家。"

林浅刚想答好，但看着他的脸，她眼珠一转，又改口："不要。不是说要陪你吗？我在沙发上靠一下就好了。"

不想回去。

想跟你在一起。

厉致诚自然看懂了她的心思，静默片刻，拿起一个沙发垫，放在沙发一端，然后从衣帽架上取下自己的西装，递给她，"盖着。"

"好。"林浅满足地在沙发上躺下来。男人的西装很大，盖住了大半个她。

这时，厉致诚移动桌上的电脑，看样子是要在旁边的单人沙发上坐下，把长沙发让给她。林浅想也没想，起身一把抓住他的胳膊，"不要。你就坐在这边陪我。"

厉致诚抬眸看着她，然后放下电脑，又坐回原处，只是眼中闪过淡淡的笑意。

林浅的双腿从后面轻抵着他的背，感觉亲密又甜蜜。实在是玩心未泯，蹭蹭，又蹭蹭。

厉致诚原本专心在工作。美人在侧，只令今晚变得前所未有的舒心畅意。可后背和腰间传来的阵阵触碰和摩擦，只叫人心中激起阵阵涟漪。

他转头看着她。

林浅整个人都埋在他的西装里，只露出一张脸，蓊水大眼眨啊眨，轻声问："你还要工作多久？"

厉致诚听到自己的呼吸为之一滞。

看着她躲闪却隐隐透着期盼的眼神，看着她扣在他的西装上的纤白手指，厉致诚分明感觉到某种极柔软的气息从她的指尖发梢散发出来，一直浸到他的心里。

他想他终于明白什么叫绕指柔。

他想，他厉致诚居然也有这一天。工作堆积如山，定力坚毅如铁，却被她软软的一个眼神扰得方寸大乱。

　　他放下资料，合上电脑，又脱掉鞋，身体覆盖在她上方，双手撑在她身体两侧，静静地盯着身下的女人。

　　"不工作了，陪你。"

　　林浅虽然主动撩拨他，但其实也是玩心占了上风——谁叫他好像有了工作就一点也不在乎她呢？

　　可此刻见他真的丢下工作与她亲昵，她却又有点脸热，有点歉意地说："工作忙完了吗？你还是先……"

　　厉致诚已经俯头封住她的唇。

　　半晌后，林浅头发和衬衣都有些凌乱，趴在厉致诚怀里。

　　这里的沙发还算宽阔，但也不能容纳两个人并肩躺着。所以厉致诚平躺着，她侧卧在里侧，其实整个人的重量几乎都压在他身上。

　　"我重不重？"她低声问。

　　厉致诚一只手枕在脑后，另一只手搂着她的腰，低头看她一眼，"不重。你能有多重？"

　　没有女人不喜欢听这种话。林浅笑眯眯地窝在他怀里，伸手在他胸口的衬衣上画圈圈。

　　"其实我这些天有点失落，感觉你也不是很在乎我……"她说着抬眸看他一眼，却发现他低着头，目光没有停在她脸上，而是……

　　林浅循着他的目光往下一看——她万万没想到他默不作声的，原来是在看这里。她的脸一下子热了，伸手就往上推他的脸，"不许看……"

　　"觉得我不是很在乎你？"他的嗓音低沉而微微沙哑。

　　林浅动了动嘴唇，没回答。

　　"我没有。"他低声说完，再次俯脸下来吻住她的唇。

　　林浅只觉得整颗心都要化在他那一句简短的"我没有"里。她的双手抓着他的领口，在他的温柔里，闭着双眼，只发出渐渐急促的呼吸。

　　见她脸色晕红，却始终抓着他的手阻挠着，厉致诚盯着她，低声哄道："不想让我亲？"

　　林浅的脸简直要滴下血来。脑子里就一个念头：问什么问？这让她怎么回答？！

　　然而，她也不知是哪一根神经跳了一下，脱口而出："那你先让我亲！"

　　话一出口，自己就呆了呆。

　　厉致诚显然也有点意外。但他很快就适应了自家女人的主动，眼中闪过一丝笑意，牵起她的手，放到自己胸口上，"嗯，很公平。"

　　夜色寂静，空调的暖气呼呼地吹着。

　　喜欢他，真的很喜欢他。想要时时刻刻地拥有他。

　　在这个念头的驱使下，她缓缓伸手搂住他的腰，然后把脸轻轻贴到了他的胸口上。

　　"厉致诚，我喜欢你。"

　　突然被表白的厉致诚静默了一瞬间，低下头，就看到女人闭着眼，满足地靠在他怀里。那小巧的鼻子里呼出的点点热气，那柔软的一缕缕发丝，都轻拂在他胸口，仿佛千万根羽毛。

　　突然响起的手机铃声像一道闪电，将两人沉迷的大脑惊醒。

　　也仿佛惊扰了这一室的暧昧无声。

　　厉致诚动作一顿，抬头看了她一眼，从她身上起来，然后才在沙发边坐下，伸手去拿桌上的电话。

　　林浅的脸红得像火，从额头到脖子到腰，还残存着清晰的柔湿和酥麻，感觉就像刚刚从一场大梦中苏醒过来。

　　很快，他挂掉电话，转头看着她，"我要去趟车间。"

　　"嗯。"

　　他又低头，在她唇上一啄就走，"我忙完就回来。"

　　"嗯。"

　　林浅再次醒来的时候，天已经亮了。

　　柔黄的阳光透过百叶窗稀稀疏疏地洒在她脸上。

　　也洒在身下男人的脸上。

林浅抬头看着他。

他不知何时回来了，跟之前的姿势一样，搂着她在沙发上睡着了，西装覆盖在两个人的身上。那英俊的脸在晨光中像是沉睡的雕塑，一只大手还牢牢圈在她腰间，仿佛铁钳一般。

林浅这么静静地看了他一会儿，又重新趴回他怀里，闭上了眼睛。

半个月后，爱达独家打造的城市功能包品牌——Aito，其第一款背包正式生产下线。

而国内箱包行业，这一片不见硝烟的战场，在经历了一个冬天的短暂蛰伏后，终于重燃起前所未有的熊熊战火。

灯光调暗了，会议室内人头攒动，人人屏气凝神。只有大屏幕上生动的画面音效，吸引了所有人的注意。

那是几则电视广告。左上角有央视某频道的标志，已经从今天开始，在电视台滚动播出。而现在，会议室里的人正在一起回顾广告的效果。

第一个画面。一个清秀高大的年轻小伙子，穿着简单的衬衣西裤，背着包，挤上地铁。地铁上人潮拥挤，这本是个很日常、看起来会令人觉得很疲惫的情景，但画面处理得很唯美，音效也处理得很温和，有种闹中取静的艺术感。那小伙子看起来也让人觉得非常舒服。他不是明星，但清隽沉默，眼神清亮温和。

人潮涌动时，他一手抓着头顶的栏杆，身上的背包被人撞来撞去；下车时，他也摩擦着车门，挤来挤去。这时镜头给了包一个特写，露出Aito的标志。

然后他就随着人流下车，到了公司。那是家IT公司。写字楼只快速闪过几个镜头，就显出氛围繁忙而富有青春气息。他从包里拿出一个沉甸甸的笔记本电脑，又拿出一个厚厚的文件袋和几本书……又拿了一套运动衣裤和一支羽毛球拍，放在办公桌最下面的抽屉，同时跟同事约好下班打球。

这里虽没有额外特写，但只要稍微留心观看了前面的广告的人，都会注意到他的背包之前看起来并不臃肿庞大，此刻却容纳了这么多的东西。

再下一个画面。他结束打球，下班回家。这时天空下起瓢泼大雨，同伴打了把伞，两个大男人一起撑住。这时他的Aito包露在了伞外，同伴说："你的包都淋湿了！"他微笑着答："没事。"

然后，他回到家里。一个年轻秀美的女孩迎上来，挽着他的手进屋。他随手把背包扔在沙发上，跟女孩的女款Aito包扔在一起。这时用了个快镜头，观众能清楚地看到背包上沾染的水汽很快蒸发干掉。过了一会儿，小伙子走过来，从包里拿出一块完整无损、一点也没弄湿的起司蛋糕，递给女朋友，"你最喜欢的口味。"女朋友欣喜的声音传来，"谢谢。我爱你。"

最后一个镜头。两人相拥睡在一张大床上。男孩问女孩："周末去爬山？"女孩微笑着答："好。"柔和的灯光打在他们身上，也打在沙发上两个相依偎的Aito包上。

画外音响起："背上你的Aito，在城市中旅行。"

画面一转，出现Aito的巨大标志，同时写着：Aito 城市行者。

最下面是一行小字：采用台湾Mind（明德）科技面料，防水速干，轻便耐磨，超大容量。

柔和的音乐响起，第一则广告播放完毕。灯光再次亮起来，会议室里的每一个人都露出欣喜的表情，纷纷点头称赞："不错。"

"这广告做得真不错。"

连极富市场经验、极为挑剔的顾延之都淡笑点头，"这次的广告，效果应该非常好。"

林浅坐在圆桌一角，微笑地收获着所有人赞许和恭喜的目光。她是市场组的头儿，这一系列的广告创意，就是他们的心血结晶。虽然实现创意的是外聘的广告公司，但诚如营销大师史玉柱对广告的观点，林浅也觉得，真正了解Aito这个产品内涵、了解厉致诚的战略想法的人，是他们，不是外人，核心创意必须亲力亲为。为了作出这些广告，她和下属们这段时间简直是呕心沥血，彻夜不眠。

现在，终于到了收获的季节吗？

隔着人群，她遥遥地看了厉致诚一眼。

他显然也是满意的，脸上带着浅浅的笑。那么多人在谈笑，那么多人在看着他，他却一下子就察觉到她的目光，抬眸望过来。

两人目光在空中一错，又各自转开。可他眼中幽沉的赞许，叫林浅既得意，又心动甜蜜。

志同道合的人那么多，欣赏她的人一直也很多。

可现在的她，一心只想在他的商业帝国里，在他的注视下……纵横捭阖。

很快播放了第二则广告。

这则广告几乎是林浅一个人贡献的创意，所以此刻观看的时候，她感触更深。

首先，画面中出现一群小朋友，站在小学门口，等待家长来接。比起第一个广告，这个广告的整体气氛和画面要活泼温馨得多。

这时，天空下起了小雨，孩子们纷纷跑到一旁的公交站台下躲雨。唯有一个明眸皓齿的小男孩不紧不慢地走过去，同时在自己的小背包里掏啊掏。镜头特写背包商标：Aito Children（爱途儿童子品牌）。

很快，小男孩从背包上方的顶袋里掏出一件雨衣，雨衣一端跟背包相连，套在自己身上。他身旁的一个漂亮的小女孩"哇"了一声，说："他的书包里还藏着雨衣呢！"旁边的小朋友都艳羡地看着小男孩，他却很淡定很酷地不讲话。

小男孩是站在站台最外侧，于是身后的背包全暴露在雨水中。漂亮小女孩又说："站进来一点啊，不然你的包包会淋湿的。"

小男孩继续很淡定地看她一眼，说："不，我的包不会湿。"然后问她，"你要站到我的雨衣下来吗？"小女孩立刻站了过去，周围其他小男孩的目光更加艳羡了。而穿着Aito雨衣的小男孩则很得意地笑了。

这时画面一转，天色已经黑了。马路上车来车往，堵得厉害。小女孩担忧地说："天这么黑，我怕妈妈看不到我。"

小男孩说："我爸爸会看到我的。"

小女孩一愣，就见一辆黑色轿车在公交站台停下。一个年轻男人把车门打开，小男孩欢欢喜喜地跟女孩告别，爬到了车上。这时镜头特写，原来他的背包上，有个夜光小熊的图案。之前天亮时完全看不出来，到天黑时，蓝莹莹的小熊就格外醒目。

小女孩有点羡慕地望着小男孩上了车。这时关上的车门重新打开，小男孩又跳了下来，手里还拿着一个粉红色的Aito Children包，夜光标志是一只简洁可爱的小兔子。

他把包递给小女孩，"送给你。这个周末，可以跟我一起去动物园看猴子吗？"

小女孩非常开心地接过来，小脸笑得像红苹果，"谢谢你！"

两个小朋友微笑看着彼此，伸出手指拉钩。

最后一个画面。一群孩子背着爱途的儿童包，欢天喜地地跑到动物园去了。

画外音："Aito Children，让您的孩子，成长在爱的旅途上。"

之后，依旧是"Aito城市行者"的总品牌语，以及Mind面料"防水、速干、轻便、安全"等一系列关键词。

……

在Aito品牌推出的头几天，市场的反应是平静的。因为对于电视、互联网上的轮番广告轰炸，消费者还需要认识、接受这个品牌的时间。而爱达的各个专卖店，以及合作的中高档超市，铺货都还需要时间。

这个品牌的推出，与Vinda子品牌完全不同。Vinda是剑走偏锋的低价位侧翼战，目标就是包抄司美琪的中档皮包产品市场。

而Aito是厉致诚执掌爱达后，真真正正大张旗鼓地对广阔的市场发起的一场正面进攻战。虽然他的目标是市场霸主新宝瑞，但剑锋所指，其他品牌是否还能幸存，已是未知数。

林浅对于Aito充满了澎湃的信心。这种信心，源自她对Aito的熟悉，以及对厉致诚战略思想的洞悉。

当你熟知这个产品诞生的整个过程，熟知它的每一个创意点、每一项优越功能，它身上的每一根脉络，你就能清晰地看到它无法估量的市场潜力。

你很清楚，这是整个市场无法抗拒的东西，也是竞争对手无法阻挡的东西。

然后你就会想，这个市场，舍它其谁？舍他其谁？

林浅觉得，Aito一定会席卷整个市场，甚至带来他们意想不到的精彩。

当然了，Aito是否真的能创造奇迹，还要在开头的几天或者十几天的市场预热期后，才能见到真章。而憋足了劲儿的爱达全体员工，也只能瞪大眼睛等待着。

这个周末，对于林浅和厉致诚来说，也是难得的"偷得浮生半日闲"。

周五下班后，林浅回到家，给厉致诚打电话。

他还在办公室里，不过工作也暂时告一段落，所以接电话时的语气没有忙碌时的清冷慢人，而是低沉温和，"你下班了？"

"嗯。"林浅已脱掉职业装，躺在床上随意踢着腿，"周末你有没有安排？"

厉致诚自然马上会意，答得言简意赅："好。"

林浅顿时笑了，"我都还没说是什么呢，你就好。"又装傻，扮忠犬。其实一肚子她看不透捏不准的大主意。

"我们去峨眉山吧。"她说，"背上我们的Aito，去旅行。"这话套用了Aito的广告词，说完她就笑了。

峨眉离霖市很近，当天就能往返，说是旅行都算不上。但林浅自有主意，让厉致诚也脱离高压工作，放松一下。而且去峨眉添点香油，上炷高香，为爱达祈福，一举两得。

"好。"厉致诚答道。

林浅兴致很高，"那我去订票啦。就订当天往返的吧，明晚可以回来，周日还能休息一天。"她说的票是霖市往返峨眉的大巴车票、景区门票等。

厉致诚听到她嗓音里的欢喜，也有点受感染。他一人坐在肃穆安静的办公室里，唇畔却浮现笑意，"这些我安排。明天等我来接你。"

林浅自力更生惯了，一听他的话，第一个念头就是——有男朋友就是好，她也终于享受到被人安排、只管动嘴不管动手的待遇了。

"好。"她甜丝丝地答。

挂了电话，林浅也没闲着，背上包就出门采购明天要用的东西。常用药物啊，零食啊，水啊……她还给自己买了顶漂亮的遮阳帽。虽说有厉致诚的定情鸭舌帽，但是难得约会一次，她也不能总戴个爷们儿帽子啊！

而另一头，厉致诚挂了电话，叫来蒋垣。

他与林浅的事本就坦荡，只不过现在是公司关键发力期，不想惹人关注罢了，并不瞒着身边的助理。

"我和林浅明天去趟峨眉山。"

"好的。"蒋垣答，"那我去安排一下行程，再给您过目。"

回到外头小隔间，蒋垣就给熟悉的旅行社打电话。旅行社一听是重要领导出行，自然也很殷勤，问他："是一日游还是两日游？在不在峨眉过夜？峨眉金顶上有几家酒店不错，还有一家有温泉。另外，如果两日游的话，几个人，几间房？"

次日一早，林浅穿着一身颜色靓丽的户外服饰，戴着新帽子，背着Aito女包，准时在楼下，等来了厉致诚。

他穿的也是深色户外外套和长裤，开着他的悍马，比平常在办公室时多了很多运动感，但举手投足和眉目间那份沉稳有力，却又是相同的。

林浅坐在副驾，看着他的侧脸想：都说男人有很多面，这就是他生活中的一面。在金贵逼人的职场形象之外，这个稍稍带着随性和肆意的他，只陪伴在她的左右。

好得意，好满足。哈哈哈。

厉致诚察觉到女人目不转睛地注视着自己，因要开车，只能伸手在她脖子上轻轻一握，手指沿着她耳后光滑柔软的肌肤缓缓摩挲着，"这么高兴？"

她没吭声。厉致诚这么摸了一会儿，就收手继续开车。指间残余的属于女人的柔腻芬芳，只叫他心情微微一荡。

这时，林浅的一只手轻轻搭上他的肩膀，身体侧倾过来，抬头，寻找到她最喜欢的下颌线条，印上一吻。当男人皮肤上独有的温热气息沾染到她的唇舌间时，她又忍不住轻轻地咬了咬，获得更多属于他的味道。

但这个吻只是浅尝辄止。她很快就移开唇，坐回椅子里。整个过程都是无声的——他习惯性地抚摸她的颈项，她仰头探身，亲吻他的下巴。

只是这样简单的亲吻后，她继续状若无事地看着前方，他看她一眼，继续开车。可两人心中，却是同样的柔情万千，同样的无声激荡。

Best Time

白 马 时 光

你和我的倾城时光

下

丁墨 著

百花洲文艺出版社
BAIHUAZHOU LITERATURE AND ART PRESS

目录

目录

CONTENTS

第二十二章

蜜月之行

　　峨眉山距离霖市约两百公里，两人乘坐旅游巴士，不到两小时，便到了巍峨秀美的峨眉山脚下。

　　为什么不让厉致诚直接开车过来呢？林浅表示，既然是出来玩，那就要连开车的精力都省了，专心致志地放松，反正坐大巴也很方便。

　　而事实上，她心里是连这两个小时都舍不得浪费掉。平时两人都是数着分钟相处，现在即使是手挽手坐在人满为患的大巴车上，她也觉得美妙的旅程已经开始了。

　　这一路，少不了耳鬓厮磨、拥吻调笑。她亦靠在他怀中，看着沿路风光。天地仿佛都变成了个蜜罐，滋润着他们的旅程。

　　到下车的时候，林浅面上始终漾着浅浅的红，眉梢眼角都是笑意，跟厉致诚十指相扣。而他背着个大包，两人的大部分行李都放到他一个人包里。比起林浅明显甜滋滋的表情，他的神色淡定许多。但漆黑的眼眸里也隐隐含笑，话虽不多，但握着她的手，始终稳而有力。

　　正是开春时分，又值周末，山上的人还真的挺多。不过他俩不坐缆车，也只坐了一小段巴士，就挑了段无人的山路往上爬，无人打扰，自由自在。

　　峨眉山上山路曲折。但林浅跟着厉致诚到了这段陌生的路，却一点不担心迷路——有个野外生存技能爆表的军人在侧，怕什么？说不定还能打点野猪野狼回去？

当然这只是她沾沾自喜天马行空的想法，峨眉主峰上是绝对不会有野猪野狼的。

但是，有猴子。

很多很多的猴子。

意识到这个事实时，林浅就站在一段宽石板台阶上。正午的阳光，从树叶的缝隙透下来，晒得整条路仿佛镀了金光。而厉致诚站在她身旁。因他的速度快，她一路跟着已经有点气喘。他却呼吸平稳，连滴汗都没累出来，就像刚从办公室里走出来似的，平静而泰然。

这家伙，体力到底有多好？

而他们之所以停步，就因为隔了几步的石板上，一堆毛发皆黑的猴子正搔头弄耳地望着他们，堵住了去路。

林浅知道，峨眉上的猴子有灵性。而且这么一大群，估计有二十来只，个个眼睛滴溜溜转，看着让人又新奇，心里又有点发憷。

她低声问："要不要给它们喂点东西吃？留下买路钱？"

她说得有趣，厉致诚眼中浮现一丝笑意，也低声答道："你包里有多少食物？不怕它们得陇望蜀、挥之不去？"

林浅哼哼一笑，"山人自有妙计。"从包里取出三个小面包，拆了包装，在手里掂啊掂。厉致诚也不出声，只双手插裤兜，站在边上，看着她得意扬扬的动作。

那些猴子果真灵敏，一看到食物，眼睛更亮了，眼看就要扑上来。林浅动作更快，手唰唰唰几下，就把三个面包朝不同的方向扔去。那些猴子闻着面包香味，全都一哄而散，朝面包落下的地方飞奔过去。那闪电般的速度，看得林浅暗暗咋舌。

前路已经清空出来，只有两三只比较呆的猴子，还停在路边，傻傻地望着这边，又望着那边，又望着他们，好像不知往哪里走。林浅扑哧一笑，手已经被厉致诚握紧。耳边是他低沉含笑的声音："还等什么？快走。"

"好！"

两人快速从这猴阵中逃离，直至跑出数百米远，那些猴子都望不见踪迹了，才气喘吁吁地停下。林浅也不知道哪里来的冲动，伸手就搂住他的脖子，朝那清隽的脸吻了上去。

心上人主动献吻，厉致诚自然全力配合，并且反守为攻，伸手就搂住她的腰身，脸也朝她压下去。

等她反应过来时，人已经被他压在了一棵树上。后背被硌得稍稍有点疼，但因为有他的手臂垫着，所以也没多大感觉。只是他就这么将她扣在树上，低头吻着她。周围空无一人，山间只隐约有鸟雀猴子的鸣叫声，这令林浅的感觉跟平时非常不同。

很美妙，很宁静，也很热烈。

山野空旷，天地间仿佛只有他俩，自由自在。可以放下所有事所有人，只沉醉在这个吻里。

从未如此被吸引，从未如此心智大乱。

只余下一个念头，清晰地刻在脑海里——想要她。

想要彻底得到她。

她的脸一片绯红，心中也乱得像跑马。

就在这一片寂静，只余暗示和挣扎的时刻，一声清脆的"叽叽"，再一声"啾啾"，在两人脚边响起，瞬间将两人的视线都吸引过去。

林浅侧眸一看：哎！竟然是只小小的毛茸茸的猴子！

脚边绿油油的草叶上，一只不到一尺高的灰色猴子，正蹲在他们脚边，抬着头，露出毛而软的脸，眼睛瞪得很大，朝他们继续叽叽叫着。一只小爪子居然还伸了出来，朝他们摊开掌心，竟像是明目张胆在索要食物。

林浅一下子乐了。厉致诚脸上也浮现出笑意，松开了她。

林浅在猴子跟前蹲下来，笑呵呵地说："你要什么啊？"

啾啾——猴子又叫了一声，伸手扯了扯她的裤子。

林浅实在太乐了，立刻从背包中掏出个在山下买的玉米，递给了它。猴子很欢脱地一把夺过，原地乱窜了一阵，最后落在一根比较低矮的树枝上，基本是与蹲着的林浅齐平，开始埋头大啃那个玉米。

这猴子实在憨态可掬，林浅都有点舍不得，单手托着下巴，蹲在它跟前，看它大快朵颐。厉致诚也蹲下陪着她。

林浅转头，与他相视一笑。冷不丁他探头过来，在她脸上轻轻一吻，一吻就走。

林浅下意识就转头看着他。他脸上挂着淡淡的笑，眼神却依旧沉黑迫人。

想到他刚才的暗示和意图，林浅脸上顿时又是一烧。跟猴子说了声"再见"，起身一个人走在前头。

刚走了几步，他就已跟了上来，不声不响地跟着。

林浅走了一小段，忍不住又偷偷看他一眼。可这么个小动作，立刻被他捕捉到了。他一抬眸，轻声说："走这么快，怕我吃了你？"

那嗓音低沉慑人，而一语双关的话语，只令林浅心头一跳。到底是被调戏得太厉害了，以林浅的性格，势必反击。她直接瞪他一眼，"你……越来越坏了！"

厉致诚微微一笑，低声答："嗯。"

于是林浅再次拿他没辙了，只好又瞪他一眼，转身就快步往山上跑去。只是呢，不管她跑多快多远，某个越来越坏的家伙，始终能在半步远的地方，不紧不慢地跟着。偶尔两人停下休憩，就又会无声拥吻一番。

不知不觉就天黑了，两人也抵达了半山腰的温泉山庄。

其实今早，林浅看到厉致诚拿来的简单行程表时，稍稍有点意外。

她原打算当天往返，但是厉致诚已订好了过夜的酒店。但这也无所谓，正好第二天一早，还可以上金顶看日出。

不过，当两人抵达酒店大堂，厉致诚找前台拿房卡时，她更意外了。

因为只订了一个房间，商务大床房。

当然了，都这个时候了，林浅也无谓矫情。她只看着厉致诚神色自若的脸，在心中问自己：愿意吗？

答案很明显。

于是她默默地从厉致诚手里接过房卡，放到口袋里。厉致诚将她的肩膀一搂，上了楼。

订的房间非常好，装潢精致但不俗气，桌上还放着盆浅黄的花，清香宜人。推开阳台的门，窗外就是一览纵深的山间沟壑。此时暮色低垂，山色如锦缎缠绵，鼻翼间都是清冽微甘的气息。

厉致诚站在阳台上，极目远眺。过了一会儿，转头看着窝在房间里的小女人，"不出来看看？"

"哦……"林浅含含糊糊答道，走到阳台，站在他身旁。厉致诚从旁边的茶几上倒了杯清茶，递给她。

茶叶是厉致诚从家里带的。可林浅接过，却味如嚼蜡地啜着。

她完全没有心情去欣赏什么绝世美景、品尝极品茶叶好不好？

林浅是个思想很活跃的女人，也是个几乎没有恋爱经历的人。有的时候，她的情感和欲望，跟她的心理承受力不一定同步。譬如此刻，在她明确地知道今晚会发生什么后，脑子里自然而然脑补出许多的画面。

当然这些画面并不具体，也不清晰——具体的她其实也想象不出来。但就算只是想到些笼统的画面，也足以令她心猿意马、面红耳赤。

"咳……"林浅被茶狠狠呛到了，连声咳嗽。

一旁的厉致诚失笑，抬手轻拍她的背。林浅此时被他触碰，更觉心虚，脑补一时无限。她立刻顾左右而言他："我们去吃饭吧！"

厉致诚看着她自从踏进酒店里脸上就未褪的不正常的红晕，也不点破，只低声答："好。"

　

酒店的特色自然是斋菜。厉致诚要了个包间，窗外依山傍水，环境雅致幽静。

菜只点了几样：素牛肉、雪魔芋、三合泥、荷花出水、银丝面。

林浅是个自我调节能力非常强的女人，她的方寸大乱往往也就是当时，那个劲头过去后，又觉得其实没什么。此刻，对着一桌卖相精美、看似非常可口的斋食，她很快就把压在心头的大石卸下，开始专心填饱肚子。

偶尔抬头，看着厉致诚望着她的幽深目光，她就想：做就做呗！谁……怕谁啊！冲他甜甜一笑，有点挑衅的意味。

而厉致诚坐在她身侧，一只手搭在她身后椅背上，看着她完全恢复战斗力的状态，甚至又用那种得意又透着点心虚的表情，似有似无地撩拨着他。

他只微微一笑。

他其实很享受这种撩拨。

而此刻，见她颜色鲜活、心情颇好，厉致诚自然而然也想到了今晚，内心深处一阵气血涌动。他端起茶，兀自缓缓喝着，任她依偎在怀中，继续不怕死地撩拨着。

走出餐厅时，时间尚早。迎面就见一群人穿着泳衣，披着外套或者浴巾，从走廊经过。而窗外，夜色迷离，灯光寂静，隐隐可见室外的草地石阶间，一口口温泉错落分布，正冒着氤氲热气，游客散布其中。

既然来了，林浅当然不会错过这沾染着天地佛灵气的温泉，转头看着厉致诚，"去泡会儿？"

厉致诚自然无异议。

酒店里温度高，基本上游客都是换好泳装直接过去，泡完温泉在那边洗了澡，换了衣服再回房间。

林浅跟他走到房间门口，忽地反应过来——要在一个房间里换泳装啊！

其实这本不是什么过分的事，房间里又不是没有洗浴间。但洗浴间跟房间相连的那一面呢，不是墙，而是层朦胧的磨砂玻璃。人站在外头，虽看不到端倪，但还是能看到个模糊的影子。

林浅拿着泳衣，快速在洗浴间里换好，然后披上件外套。而这个过程呢，厉致诚就坐在外头的沙发上，盯着那块磨砂玻璃上的影影绰绰。等她出来后，他也没什么情绪表示，拿起泳裤进了洗浴间。

林浅就不同了。她没盯着洗浴间看。前面讲过，她是个很"拿得起放得下的人"，此刻换好了装备，想起要跟厉致诚在露天温泉池里你侬我侬，心里又甜丝丝的。

很快厉致诚也出来了，跟她一样，除了泳裤，就上身披了件外套。林浅瞄一眼他的腿，很结实很修长的腿。她脸颊微热，跟他一起走出了房间。

可能时间尚早，温泉里人还不算特别多。夜里山间空气清寒，两人披着浴巾走了一段，就在山坡中段找到了个无人的小池子。

厉致诚先解开浴巾，搭在一旁的架子上，下水。林浅从背后看着他，一时有点移不开目光。

她本就是个颜控。上次在公司宿舍，误撞厉致诚出浴后，也知他身材很好。那是非常典型的军人身材，或者应该说，典型的军事指挥官的身材——结实，但不魁梧；精瘦，但绝不柔弱。看到他的身体，你能想到的一个字，就是"韧"。再看他的脸，就是"俊"。

怎么能不喜欢呢？

而厉致诚在池子里坐下，就朝她伸出手，"下来。"

林浅脱掉浴巾，就见他的目光沉沉地盯在自己身上。

其实林浅经常游泳和泡温泉，跟林莫臣在美国，也曾穿着比基尼去过海滩。当然经常也有男人注目，她根本就不当回事。

可此刻，被厉致诚这么盯着，心中却前所未有地涌起一丝羞赧，又有点小得意。

她今天穿的是件分体泳衣。上身是件很素的印花小衫，V字领，长度只到胸部下方。衣襟在胸口打了个结，显得俏丽又生动。一大片腰身都露在外面，包括肚脐。下身是件同款的碎花短裙，长度……大腿根。

她站在池子边缘，高高在上地瞄了厉致诚一眼，慢悠悠地踏进水里，在他身边坐下。

"水还挺烫的。"她舒服地叹息一声。

"嗯。"厉致诚照旧惜字如金。他的一只手臂搭在她背后的池沿上，在暗柔的灯光下，看着她光裸的背。她的泳衣看着很大方，尤其上身还做成小衬衣形状，下面是中规中矩的裙子。可其实露得很多。尤其她肤色又白，在那粉色布料的衬托下，更显得光洁如玉、美不胜收。

很快就有其他人来了。是几个年轻人，有男有女，看到只有他俩倚在池中一角，都是一怔。

这也是正常人的正常反应。突然看到一双非常登对的帅哥美女，谁都会多看两眼，尤其他们的身材看起来还非常好。男人的肩膀和一小片胸膛露在水面外，宽阔、匀称、漂亮。而女人只有香肩小露，幼滑雪白。可水面下，隐隐可见一片细腻优美的白，勾得人遐想联翩。

这帮新来的兀自交谈起来。厉致诚和林浅便继续占据一角。厉致诚在水下轻捏着她的手，林浅则微微一笑，"我给你揉揉背？"

这个建议可谓关怀备至。厉致诚也淡笑，"好。"在水里转身，趴在池沿上，背对着她。

林浅会些按摩手法，知道他肯定吃力重，就使出全身力气，都招呼在他身上。可就这么一路按下来，她问他："怎么样？"

他答："不痛不痒。"

林浅哼了一声，活泼劲儿也上来了，用力搓了搓双手，在他背上使劲揪了一把。这下当真有点疼，厉致诚失笑，转身把她搂进怀里，"你还挺能下手。"

"当然！"林浅抬头看着他。沾了水珠的脸，在夜色灯光中皎洁如玉。厉致诚低头看了她几秒钟，俯脸在她唇上轻轻一啄。

林浅被他突如其来的偷袭，弄得心头微微一荡。待他亲完，立刻想起周围还有人，下意识就抬头朝其他人看去。

厉致诚也意识到这一点，目光一扫，果然就见那几个人都看着他们。当然他们很快就装作若无其事地移开目光，但厉致诚还是清晰辨识出，那几个男性的目光中，看热闹的成分有之，意外有之，艳羡有之。

厉致诚将林浅的腰一搂，低声说："换个池子？"

这里不同池子据说水质成分不同，林浅当然说好。两人起身，在那几个人的目送下，走了。不过一出水面，厉致诚就扯过浴巾，搭在她身上。

林浅怎么不知他的心思，抬头瞥他一眼，轻哼："小样儿！"

厉致诚也斜睇看了她一眼。

这一眼只看得林浅心头微抖，立刻噤声，状似坦然地转头看着前方。

她又想起今晚了。

咳……今晚。

结果，两人在温泉统共待了不到一小时，就回了房间。这个决定几乎是两人极有默契地达成的。因为林浅说："要不……回去？"厉致诚立刻说："好。"

而林浅背离开热乎乎的温泉，主动把自己送回房间、送到他嘴边，是有原因的。

诚然，她俏生生地或站或坐在温泉里，的确吸引了不少男人的目光。可厉致诚也吸引了很多女人的目光啊！

来泡温泉的女人竟然比男人多，尤其是一群群的闺密，年轻女人、中年女人都有。而林浅今天才发现，女人的目光，其实比男人大胆更多。厉致诚几乎走到哪里，都有女人的目光在他身上打转。

尤其是他们在那个叫"红酒池"的温泉中泡着时，对面有四五个三四十岁的女人。原本她们旁若无人地聊着美容养颜、皮肤，甚至还在水里比着谁的腿长、谁的腿白。待看到了厉致诚和她，那目光就似有似无地总是落在他身上。

爱美之心人皆有之，其实她们的反应，林浅很能理解，换她她也会看，养眼有什么不好？可此刻被围观的对象换成自己的男人，那感觉就有点不同了。

她只想立马拖块布过来，把他的胸膛他的腰、他的胳膊他的腿，全都遮住，然后朝闲杂女人们大吼一声：不许看！

当然，她也只是想想而已。

后来，当其中有个女人，以调戏的姿态跟厉致诚搭讪时，林浅终于有点受不了了。

那女人问："帅哥，你们从哪儿来的啊？"

厉致诚礼貌而疏离地答："霖市。"

那帮女人立刻道："好巧，我们也是从霖市来的。"另一个年长点的女人问："小伙子身材真好啊，是演员吗？还是模特？"

厉致诚只淡淡笑笑，没答，转头看一眼林浅，"水温怎么样？"他跟她讲话，就是要避开这些女人。但林浅当机立断抬头看着他，"要不……回去？"

"好。"

……

两人绕过一个个的温泉池往更衣室走时，厉致诚看她一眼，把她的原话不紧不慢地奉还给她："小样儿。"

林浅扑哧一笑，双手叉腰作凶悍状，"我就是占有欲强，怎么样吧！今后少给我露胳膊露腿，今晚，我就给你身上盖个章——'林浅所有，生人勿近'！"

她说得大言不惭，厉致诚眼中浮现出沉沉笑意，轻声答："好。"

于是，洋洋洒洒说了一大堆、意欲调戏的林浅，被他用一个字就反过来调戏了一把，脸颊微烫地斜他一眼，走去了前头。

于是，九点不到，这对只希望互相占有的男女就结束了一切外出活动，回到了房间。

厉致诚先在洗手间冲了个澡，换林浅进去。

林浅发誓，自己这辈子，没这么仔细地、认真地洗过澡。她真的蛮紧张的，越洗越紧张。差不多一个小时过去了，她才用浴巾裹好自己，站在镜子前。

拿毛巾擦掉镜子上的水雾，就见镜中的女人，头发湿漉漉地披在肩头，脸已经通红通红。

她对着镜子，开始酝酿情绪。

她喜欢他，很喜欢。

所以她愿意跟他在一起。

不管做什么都愿意。

这么想着，心情慢慢变得柔和起来，甜蜜，紧张，又欢喜。

她擦干头发，开始穿衣服。睡衣刚穿到一半，突然觉得肚子开始疼了。这种熟悉的每月都会有的阵痛感，令林浅有点傻眼——不、是、吧……

对于大姨妈提前了几天造访这件事，林浅很快找到了原因。一是最近工作太忙，作息不规律；二是今天剧烈运动后又泡温泉，那温泉不是有活血化瘀通经络的作用吗？

好在她出行一向准备周全，小箱子里永远常备了一小包ABC。而此刻箱子就放在卫生间对面的衣帽柜里，只隔一步远。

于是她风风火火地拉开浴室的门，也不看房间里坐着的厉致诚，拿了卫生巾，又风风火火地退回浴室里。

整理妥当后，林浅望着纸篓中那张纸巾，纸巾上一缕嫣红。现在她的心情谈不上是失落还是轻松，反正就像绷了一整天的弦，突然卸了劲儿，有点好笑，又有点无奈。

不过，这辗转的心情只维持了一小会儿。因为她脑子里突然冒出个恶作剧的念头——既然今晚，厉致诚什么都不能对她做了，她还有什么顾忌？哈哈哈！

到底是这些天被这男人吃得太死，又被他今天在山上的明示暗示，逼得步步后退。如今一朝得志，她要发力了！

推开洗手间的门，抬头只见一室灯光暗柔。

厉致诚就坐在床头，穿着件T恤和一条休闲长裤，双手交握搭在膝盖上，抬头看着她。

窗外夜色幽沉。但再深沉，也深不过他此时的眼色，那么定定地望着她，低声说："过来。"

原本意欲捣乱的林浅，看着他这个模样，突然就心软了。走到他身边，把一只手交到他掌中，嗫嚅道："厉致诚，我……"大姨妈来了。

才讲了个"我"字，手上突然一紧。他一把搂住她的腰，将她整个抱了起来。天旋地转间，林浅已被他放在床上。

只沉默对视了一瞬间，他已俯下头，沿着她的脖子，缓缓向下亲吻。林浅立刻被他吻得意乱情迷，双手抓着他的短发，呼吸也变得短促起来。

林浅发出一声长长的轻叹："厉致诚……"

而厉致诚在幽暗的光线里，品尝着女人身上的芬芳。亲吻得越来越用力。

他脑海中闪过许多个她。

初识时，坐在火车侧座上，嗓音柔软、相貌灵秀的她；得意扬扬地朝他行军礼，自封为林副官的她；还有被人扇了一耳光的那个晚上，那个哭得委屈又倔强的她。还有几天前，坐在公司会议室里，向所有管理层介绍她的广告策划，那天才般的策划方案，竟然也被她想出来。而她斜斜地瞟他一眼，意气风发，光彩夺目。

林浅咽了口口水，滋润干涸无比的喉咙。

"厉致诚……我刚才就想跟你说，大姨妈来了……"

第二十三章

铁腕少帅

厉致诚生平第一次产生英雄气短的感觉。

迷离的灯光下，女人瞪大眼睛看着他。那眼中有歉疚和心疼，可也有一丝丝狡黠。

……

万籁俱寂，夜色更深。

林浅憋屈地躺在厉致诚怀里，揪着他胸口紧实匀称的肌肉。而厉致诚看着她的表情，缓缓笑了。

拿起她的手，亲了一下，低声问："几天？"

林浅愣了一下，才反应过来他在问什么，微窘了一下，答："四天左右。"

"好。"

于是林浅心头又是一跳，甜甜地、慌慌地，把脸埋在他胸口，反复地蹭，反复地蹭，仿佛这样就能扳回一城。

子夜悠长，两人相拥而眠。这一觉竟睡到日上三竿，连著名的金顶日出都错过了。

既然来到名山，怎么可以不登顶？所以尽管林浅身上不适，但醒来后，还是坚持要继续上山。于是厉致诚就陪着她，缓缓往山顶走。

到了金顶时，已经下午一点了。

正是一天最热的时分，恰好这个点儿人也不多。阳光从云层穿越照射下来，远近的山脉森林都染上缥缈的金光。

厉致诚和林浅寻了处无人的空地，周围都是树，还有些嶙峋的岩石，前方就是峰崖。两人在一块圆圆的大石上坐下，厉致诚把水递给她，问："身体怎么样，有没有不舒服？"

其实林浅还挺不习惯有男人关心自己的这几天，答："就那样，有点疼，别理会就好了。"她讲的是实话，痛经嘛，因人而异，她就是会隐隐作痛而已。

厉致诚听了这话，也没多言，抬头看着远方。

林浅看着眼前辽阔的山景，也有豁然开朗的感觉。自然而然就想到了爱达如今处于风浪中的事业。

"厉致诚。"她问，"现在Aito上市了，它是你设想中的长弓吗？是一把完美的长弓吗？"

她在阳光下，扭头看着他。

厉致诚拿起水瓶，抬头喝了一大口，而后放下，依旧看着前方说："这个市场上，最完美的长弓，只有最优秀的公司能造出来。"

林浅微怔，点头，用力说："对，我们就是市场上最优秀的公司。"

厉致诚转头看着她，那目光有点意味不明，林浅看不清晰。阳光从他的侧面投射下来，令他的轮廓显得越发清晰英俊。

"以前不敢看我的兵法，"他缓缓开口，那嗓音中似乎又有一丝淡淡的笑意，"现在已经是我的女人，却更加不敢看？"

"那又怎样？"林浅抬头看着前方，嘴角露出笑意，"我有我的取舍。"

上次他要给她投资计划，她就拒绝看。当然他如今的锦囊妙计第二式、第三式，她也不会看。所以相爱以来，两个人都没再提这一茬儿。林浅不知道他为什么此刻又提出来。

这时，却听他淡淡地说："不看也好。不过，以后发生什么事，不要再被吓到、被吓哭。凡事记住，先来问我。"

林浅听得一愣，以后？他这话的意思是？未来还会有大的变数？

他这一番话，瞬间就将林浅的心搅得七荤八素，可又不能开口问。他却兀自走到她面前，背对着她蹲下，"上来。"

林浅问："干吗要背我？"

他转头看她一眼，"不是肚子疼吗？背你下山。"

林浅很想说，只是一点点疼不碍事。可话到嘴边又咽了下去，从善如流地爬到他背上，敲敲他的肩膀，"累了就放我下来，我自己可以走的。"

厉致诚未答，背着她，转身下行。

这一路竟走得非常快，厉致诚背着一个人、两个包，步伐速度竟像丝毫不受影响，行云流水一样矫健。林浅在他背上感叹万分："你这完全是特种兵水准吧？"

厉致诚说："差不多。"

林浅顿觉幸福无比，搂着他的脖子，也不管路人的注目，靠在他微湿的背上，一会儿给他擦擦额角的汗，一会儿低头在他脖子上亲一口。厉致诚被她这么伺候着，虽不多言，却显然也是心花怒放，那么长的山路，很快就走完了。

傍晚时分，两人坐上了回霖市的大巴。照旧是在靠窗的位置，牵着手，低声细语。

车快抵达霖市时，两个人的手机，一前一后响了。

厉致诚先接到电话，是顾延之打来的。浅浅的含笑的语气，几乎可以令人想象到他那双狐狸一样的眼睛，此刻一定微微眯了起来。

"致诚。"他说，"我们的Aito，基本上算是成了。"

厉致诚握着电话，环着林浅，看着暮色中繁华的都市，脸上缓缓浮现出笑意。

而林浅接到的是市场小组一个得力下属的电话。他的话就要直接和热烈多了，"林经理！好消息！今天下午刚刚统计的数据，才一个周末，全国所有渠道，Aito已经全部卖断货了！"

宁惟恺最近不太顺遂。

先是爱达那愣头兵果然出了重招，推出了令整个业界震惊的"城市行者"品牌，并且推广力度之大、创意之新、砸钱之狠，开了业内单品牌营销的先河。这举动，狠狠打了新宝瑞这个号称"行业领导者"的脸。

不过宁惟恺自觉不是在乎虚名的人。既然对方胆敢出招，那他就封杀好了。

可内部，自然又有牛鬼蛇神给他添乱。

Aito上市已经一个月，销量猛增、气势汹汹。如今只要跟"包"相关的地方，商场、超市、网络、甚至地铁和社区，到处都是Aito的广告，到处都在谈论Aito。明眼人都能看出，再过不了几个月，Aito就会如箱包行业的Apple，创下前所未有的奇迹。

而那个时候，新宝瑞还能说是行业第一吗？

所以，在这个风口浪尖，祝氏集团总部，也不知在谁的推动下，强烈要求召开针对新宝瑞的专题会议，讨论这个"前所未有的难题"。

不过宁惟恺不买账。会议通知已经发来三天了，他也就称病拖了三天。

这三天，他把自己关在总裁会议室里，一副与世隔绝曲高和寡的姿态。祝氏两位少爷吃不准他在搞什么，名为讨论实为责难的会议，只能一拖再拖，等他这个活靶子出现。

而宁惟恺把自己关着在干什么呢？

郁闷？愤怒？纠结？一筹莫展？

不，他在思考，很冷静地思考。

他没去想Aito到底会给新宝瑞带来多大的威胁，也没去想这个时候他到底是要先攘外还是安内。他只想一个问题——

厉致诚那个阴险的军人，到底想要干什么？

而包括原浚在内，跟了他数年的公司骨干们，公司其他副总和部门经理们，在这种人心惶惶的时候，却表现出集体的镇定和耐心。

因为他们很清楚自家总裁的风格，平时虽然看着轻佻又傲慢，但越到紧要关头，却越是沉稳决断，令人敬服。而过去的数次风浪证明，宁惟恺作出的这种大的决断，几乎总是对的，总是把新宝瑞带往更好的方向。

这是一个领导者难能可贵的战略决策能力，以及承担全局的魄力。

遇到这样一个领导者，何其有幸？所以他们耐心地等待。

终于，在三天后的傍晚，总裁办公室的门打开了。

衣冠楚楚精神奕奕的宁惟恺走了出来，微笑着扫一眼门口的原浚，"去把技术研发部的人叫来。"

原浚一看他的神色，就知道他已有决断，心中也是一喜，立刻把公司最前端也最重要的技术研发部的头儿和几个骨干叫来。

坐在精致奢华的大班桌后，宁惟恺只问了他们一句话："我们能不能做出更完美的包？"

技术研发部经理早就思考过这个问题，答得翔实而有力："以我们现在的技术和设计能力，能！面料方面稍微棘手些，需要采购部也寻找到跟Mind相同性价比的材料，或者就是把Mind的专供权从爱达手里抢过来；技术上，我们绝对可以做到跟爱达相同水准。并且，去年下半年，我们从欧洲引进的几项户外专利技术，可以用在新包上，这一点，是国内独有、爱达望尘莫及的；设计上，不用说了，他们这一款确实不错，但全国前五的名设计师，都跟新宝瑞签了独家合作合同。技术和设计这两方面的费用高一些，但不会计入单包的生产成本。所以，我们完全可以生产出比Aito价格更低、性能更好的同款包。"

这种对话，以前在宁惟恺和公司的核心骨干间，已经发生过许多次。而每一次，宁惟恺听完他们的分析，都会满意地安排他们立刻行动，并且给予全力支持。

可这次，宁惟恺听完，却没讲话。沉吟片刻，他仿佛自言自语般说："花重金买来的专利技术，需要用上；昂贵的设计师，需要请来；此外面料，还不一定能完胜……"他抬头看着下属，"照你这么说，这一局要赢过厉致诚，我新宝瑞必须倾尽全力，才能勉强胜过？"

他讲得很犀利冷酷，技术研发部众人犹豫片刻，都点头答："是。但胜算很大。"

宁惟恺这时也起身，走了几步，身体靠在大班桌上，手指在桌面轻轻敲了敲，倏地抬头问："你们做出这款包，需要多长时间？"

下属想了想，毅然答："两个月，拼了！"

宁惟恺点头，"好。我知道了。你们先回去。"

见他并未像平时那样立刻决策，技术部经理多问了一句："宁总，我们是立刻着手准备做这一款包吗？"

宁惟恺却抬头看着他，笑了。

"不，我们不做。"他说，"人家挖个坑，我们就往下跳吗？"

第二天一早，宁惟恺当然不会傻了吧唧地去祝氏总部当活靶子。他安排了车，直接回祝家老宅见岳父。

运气不太好，抑或是祝家眼线太多，当他踏入那片近乎庄园的老宅时，一眼就看到祝二少正坐在大树下，陪父亲在花园里用早餐。

宁惟恺走过去。

祝老爷子一向对他亲近，此时微笑着招手，"惟恺来了，吃饭了吗？一起。"祝二少也笑，"惟恺今天也来了，真巧。"

宁惟恺拉开椅子，在祝老爷子身边另一侧坐下，开门见山，"爸，我有事想跟你商量。"

"说吧。"祝老和颜悦色。一旁的祝二看着宁惟恺，似笑非笑的样子。

宁惟恺把爱达引起的市场轩然大波，简明扼要地讲了一遍。祝老听完，点点头，"这个Aito的创意确实不错。没想到徐庸大儿子死了，还有个这么能干的小儿子，让人羡慕啊。"

祝二少脸色微变，宁惟恺笑笑没说话。

"你打算怎么做？"祝老问，"需要集团的财力支持吗？都可以提。"

宁惟恺端起用人上的茶，轻抿一口，答：“爸，这次，我打算什么都不做。”

这话一出，别说祝二少诧异，连祝老都有些意外，微一沉吟，说：“你说下去。”

宁惟恺早已打好了腹稿，此时目光如流水清亮沉湛，侃侃而谈：“爸，你说过，我们是市场领导者。身为领导者，就既要有魄力，又要有胸怀。我深以为然。”

一旁的祝二少嘴角浮现一丝讥讽的笑容。宁惟恺却不理他，继续说道：“这些年，我按照你的战略思路，封杀了许多个品牌的进攻。但随着新宝瑞越做越庞大，必然也会越来越不灵活。这个时候，我们就应该求稳，而不是求事事拔得头筹。以前您就说过，这个市场上，总有一天，会有我们杀不了的品牌出现。现在，的确出现了。”

祝二已经听不下去了，嗤笑一声。可祝老却聚精会神地听完，点了点头，然后问：“所以这个Aito，是你杀不了的品牌？”

宁惟恺点头，“对，我杀不了，也不能杀。”

祝氏父子一愣，宁惟恺这时也不务虚了，开始坦陈内心的真实想法：

“爸，你听说厉致诚这个人，几个月前从司美琪手中夺去大片市场的事吗？这个人虽然是军人出身，行事却非常诡谲。上一次，他就以明盛项目为饵，把司美琪引进陷阱，令陈铮拼尽全力，全使在了明盛项目上。结果厉致诚根本是虚晃一枪，另辟战场，在中档皮包市场展开低价猛攻，一下子扭转了市场局面。

“他虽然行事不定，却也不是没有规律可循。这次他推出Aito品牌，与上一次的手法何其相似？我们新宝瑞几乎要倾尽全力，才能打垮他这个新品牌。我可以肯定，这一定是他虚晃一枪。别人也许无法准确估计新宝瑞的实力，贸贸然就这么冲上来，让我们打死。可厉致诚一定不会这么蠢。

“他有后招，目的就是要引我们做出同类竞争品，去跟他死拼。”

祝老沉默不语。连祝二少都听得入神，下意识就问："他有什么后招？"

宁惟恺却摇了摇头，微笑着对他说："晗程，我不知道。知道我不就成神仙了？"

祝二少看他一眼，没说话。宁惟恺又说："现在能做什么，我还没有定论。但一定不能做的事，很清楚——不能直接就做一款竞争产品出来，掉进厉致诚的圈套里。所以我想静观其变，探探厉致诚的虚实，再作打算。"

他今天来找岳父，说这一番话，就是想获得支持，从而抵挡各方面来的压力，也避免岳父对祝二少偏听偏信。

可祝老还没讲话，祝二少却笑了，"照你这么说，难道就任由爱达吃掉我们的一部分市场？"

宁惟恺答得很快："对，就任由爱达吃掉我们的部分市场。"他看向祝老，"壮士断腕，舍车保帅。"

这就是宁惟恺作的决策。

与许多优秀的企业领导者相同，在作大决策时，他依靠的，不是下属给予的翔实的市场分析数据，不是管理团队少数服从多数的投票意见，而是抓住最关键的决策点，忠于脑海中最清晰最强烈的直觉。

面对这一次厉致诚令整个市场侧目的强势进攻，他首先看到的是一点：厉致诚就是要引他全力反攻。全力反攻封杀，才是所有人认为他宁惟恺天经地义会做的事。

所以他偏偏不攻。因为直觉告诉他，这样一定会损失更多、更多，甚至可能无法翻身。

对，这就是他的感觉。他非常清晰地感觉到了潜在的危机——厉致诚专门为他量身打造了一个圈套。

所以他当然不钻。

至于现在，如何对爱达实施强有力的打击？

没关系，他完全可以从其他方面实施进攻。譬如政府关系公关，譬如加大户外产品和休闲产品营销力度，挤压Aito的市场空间，譬如对各地商场和经销商施加压力打压Aito，譬如去与爱达的面料供货商Mind谈判……虽然的确会损失部分市场，但他可以先把这种损失压缩到最小，再伺机而动，另寻机会，来年或者后年，报这一箭之仇。

听完他的话，祝老的脸色变得非常沉肃。而二儿子和宁惟恺这个半子，也都静静地等他决断。

过了一会儿，他说："惟恺，这件事我考虑一下。毕竟新宝瑞从未主动将市场拱手相让。"

这天上午，祝老就召集集团董事们开会了。宁惟恺虽是新宝瑞掌门人，却无祝氏财团股份，所以并未被通知参加会议。

到傍晚的时候，董事会决议下发到新宝瑞。原浚第一时间电话通知了宁惟恺："宁总，董事会要求，新宝瑞立刻针对竞争对手品牌Aito，推出新品，维护市场。"

接到这个决议时，宁惟恺正和妻子祝晗姝，在一家餐厅里吃饭。

他的神色并没有太多变化，放下手机，看到新上的菜色，微笑，"这是你最喜欢的一道菜，尝尝这家厨子做得怎么样。"

对面的祝晗姝却面有忧色，轻声喊他："惟恺……"

宁惟恺失笑，放下手里的筷子，抬头看着她，"你是因为知道爸会反对我的意见，所以今天才特意过来找我吃饭？想安慰我？"

"嗯。"

宁惟恺待这个妻子一向温存有加，今天到底动了点气，半真半假地问："那你认为，是他对，还是我对？"

这问题让祝晗姝为了难，咬咬下唇，说："我不知道。"

到底是什么也不懂、活在金屋里的千金小姐啊。宁惟恺脸上缓缓绽开笑意，"傻啊你，就不会哄哄我吗？"起身走到她身旁坐下，将她一搂，"别担心，虽然我有自己的想法，但爸肯定有他的考虑。我怎么会放在心上？既然爸有决定，我就会好好执行。这既是我的职责所在，也是我作为后辈应有的态度。好了，吃饭，晚上陪你回老宅，我再跟爸讨教下后面的对策，好不好？"

对于董事会为什么否决自己的意见，宁惟恺想，也许有多种可能。

或许在祝老的判断里，弃守为攻才是正途，大家的想法不一样，这也无可厚非；又或许，祝氏兄弟在董事会中作梗，偏偏要跟他对着来；又或者，连祝老也不希望他一直这么顺风顺水呢？毕竟祝氏股份比较分散，祝氏兄弟能否获得多数股东支持，将来顺利接班，也不一定。

既然大局已定，宁惟恺也不会怨天尤人；既然厉致诚挖了陷阱给他跳，那就让这傻大兵掂量掂量，能否有本事接住。

次日一早，他就叫来公司核心经营团队，召开机密会议。

"两个月的时间，必须做出我们的新品。这是个非常艰难的目标，这种目标，也只有新宝瑞能完成。我要的，不仅仅是比Aito好，而是以绝对优势，完胜Aito，彻底把他们打死，从这个市场打出去。"

第二十四章

相思相知

　　Aito的问世，对很多企业、很多人，都造成了影响。

　　新宝瑞看似按兵不动，然而外界谁都在观望，这个行业领导者会怎么应对这一次的Aito狂潮。陈铮看到了Aito铺天盖地的宣传，当场就在办公室里砸了个茶杯。可他能怎么办呢？这好像是一场完全与他、与司美琪无关的战争。

　　远在台湾的明德面料厂的总经理汪泰识，他的生活也在改变。他的名字和他的面料，开始被整个中国大陆甚至亚洲地区熟知，一跃成为台湾最炙手可热的高科技新星。

　　……

　　而在这一片不见硝烟的战场里，此时最大的赢家、最万众瞩目的企业，无疑是爱达集团。

　　这些天最开心、最志得意满的，是每一个爱达人。

　　从峨眉山回来的第二天，周一一大早，林浅就按时赶到集团顶层的会议室，参加经理层会议。

　　她来的时间有点晚，到会议室门口时，就见里头已经坐得七七八八。再一抬头，就看到大Boss厉致诚，正从他的办公室朝这边走过来，身后跟着蒋垣。

　　两人目光在空中无声相遇，林浅脸上稍稍一烫，低头先走了进去，在圆桌旁寻了个位子坐下。过了一会儿，厉致诚就走了进来，在主位坐

下。会议室里的气氛仿佛随着他的踏入，瞬间变得沉肃。他的嗓音低沉而
有力，"开始吧。"

有人开始汇报截至今早的销售数据，林浅听着听着，眼角余光瞥见
厉致诚那沉静的脸，却有些心猿意马。

昨晚搭乘巴士回到霖市后，他取了车，将她送回家，到了晚上，却
不肯走了。

……

Aito的销售数字非常惊人，一个周末，在全国铺下的数万件货就销
售一空。

而此刻，每一位经理的脸上也是喜气洋洋，低头交谈、频频点头。

不过，在短暂的振奋和喜悦后，顾延之提出了目前最关键的问题。

"销量是打开了，Aito总算是一炮而红。"他噙着笑说，"但是后
续的策划、营销、管理工作，更重要。"

众人都点头。

这个道理，林浅也是明白的。因为对于任何进入市场的新产品而
言，打响先声夺人的第一枪，还远远不够。后续的宣传、推广、铺货、管
理……一系列繁杂事务，必须跟上，才能真的让这个好产品，实实在在于
市场站稳脚跟。

国内不是没出现过这样的先例——某类产品刚进市场时，做得非常
好，打响了知名度。但因为后期工作没跟上，导致断货、流通不畅、客服
不到位等，最后生生夭折，前期的创意和投入都毁于一旦。明明是天才的
产品，结局却是昙花一现。

在座的许多都是营销和管理的老手，如今最难的关头已过，这种常
规工作自然驾轻就熟。大伙儿讨论了半个小时，最后达成一致意见——由
顾延之牵头，从各部门抽调出最精英的人才，亲赴全国各地，监督、管理
支持一线市场，确保前后线沟通配合无障碍，确保爱达这架庞大的机器，
这一次能最顺畅地运作，把Aito送上更高、更好的位置。

厉致诚对这个提案没有异议。其实他执掌爱达以来，更多是在大的

战略方向、选择上作出决断。这种常规性的工作，他往往更多尊重刘同、顾延之等商场老将的经验。

这也是林浅对他赞赏的地方。强大却不骄奢，知人善用。

然后就是讨论人选。顾延之作决定其实也非常快，微一沉吟，说："重点市场都跑一遍，起码要一个多月两个月。这样吧，生产、技术那边，刘总定几个人；人力资源部的招聘和考核主管都跟着去；市场这边，薛明涛、林浅……"他一口气点了十来个人的名字，最后抬头看着厉致诚，"差不多了。厉总你看呢？"

被点名的林浅微微一怔，抬头也看着厉致诚。

要去……一两个月啊。

但是她不能不去。

果然，厉致诚的表情没有丝毫变化，也没看她，缓缓点头，"可以。"

其实对于去跑市场这件事，如果不考虑厉致诚，林浅是非常想去的。

在她看来，一个"伟大"的产品上市之初，市场的各种反应、经营中的各种问题，都是难能可贵的。去跑这么一趟，必然会令她又得到一次极大的历练提升。

可是……厉致诚怎么办？

中午，林浅回到了Vinda子公司，坐在自己的办公室里，闷闷地转着笔头。

昨晚，他最后抱着她躺下时，还在她耳边低语："还有三天，嗯？"

当时只把她羞得无言以对，只能把脸埋在他的胸口间，用力地蹭。

……

三天啊三天，转眼就变成了三十天，甚至六十天。

想到这里，林浅的恶趣味又开始冒头了——无所不能的Boss大人，也有失策的时候啊。不知他此刻作何感想呢？

不过这想法也只是一闪而过，更多的还是对他的不舍。

她一向自诩理智、公私分明。包括上一次带队离开厉致诚，去为Aito的上市作前期市场调研。那时候尽管情窦初开，也很想他。但也只是想而已，翻来覆去地想，热烈地想，但情绪可以控制得很好。

不像现在，想到要分开两个月，她心里居然有些难过。那是一种挺陌生的感觉，委委屈屈的，干什么都有点提不起劲儿。好像原本全身的动力，都因为即将到来的分离，而被一下子抽空。

她脑海中甚至闪过一个念头——要不要跟厉致诚说，别安排她出差了？她竟然发现，自己是极盼望这个结果的。但她很快就把这个不理智的念头压下去了。

因为要是真的为了他不去，事后说不定她又会遗憾惋惜的啊。

纠结了一会儿，等她下班时，天已经蒙蒙地黑下来，办公室的人也走得差不多了。她搭乘电梯，下楼。

办公楼门口停了一溜儿的车。林浅心里有事，哪儿也没看，低头就往园区门口走去。刚走几步，突然听到嘀嘀一声车喇叭的响声。

谁嘀她！

心情正不好呢，林浅臭着脸抬头望去，却意外地看到了熟悉的悍马，就停在她身旁几米远的位置。隔着玻璃，主驾上的男人侧影模糊，不是厉致诚是谁？

这时候虽然过了下班的点儿，但还是有公司员工陆续经过。听到喇叭声，不远处就有人抬头望过来。林浅吓了一跳，立马快步走过去，拉开副驾门迅速上车。

"你怎么来了？"她看着厉致诚。

他看她一眼，发动了车子，"接你。"

他答得如此理所当然，做贼心虚的林浅顿时有些黑线。这时车已要驶出园区的门，这里有探头也有保安，林浅想都没想，一下子趴下，把脸埋进了膝盖里。然后就感觉到他的手摁在了她脖子上，轻轻地摩挲着，就像在摸一只小动物。

"起来，没事。"他的嗓音中有一丝笑意，可林浅才不依呢，直至开出一段了，才抬头，长长地呼了口气。

等厉致诚把她送回家，两人坐在沙发上拥吻时，林浅就责怪他："你今天干吗跑来接我，被人看到怎么办？"

厉致诚一只手搭在她肩上，另一只手捏着她的手，说："不必在意，慢慢也该公开了。"

林浅一愣：哎？公、公开？

"太快了吧？"

厉致诚看她一眼，答得干脆："不快。"

林浅有点囧。

她又瞄他一眼——毕竟他的身份摆在那里，公开就意味着，所有人都会当她是老板娘。所以她一直以为，这种事至少应该在订婚后才发生。

"你现在就公开……"林浅靠在他怀里，手指在他衬衣上画圈圈，"将来万一咱们要是没成，又要如何自处？让我设想一下哈，你成了玩弄女下属的花心富二代，我成了靠潜规则上位的狐狸精。啧……将来你要是再交女朋友，不是又要公开一次？脸会有点挂不住吧……"

她叽里咕噜讲了一堆，却发现厉致诚一直沉默着。抬头一看，才发觉他的脸色已经沉下来。这模样令林浅有点心虚，嗔他一眼说："我说的是事实啊。"

厉致诚将她的腰用力一扣，到底是用上了点劲儿，林浅哎哟一声，就被他牢牢扣在胸口，只能全身贴着他、仰头看着他，动弹不得。

"还胡说吗？"他低声问，隐隐有威胁的意味。

林浅佯怒瞪着他，不吭声，心里却甜甜的。

过了一会儿，她在他怀里眨了眨眼，说："明天出差，我今天要早点睡，你回去吧？"

厉致诚也低头看着她，幽深的眼神一如既往地深沉难辨。

"我回去干什么？"他说，"今晚也在这里过夜。"

在他的注视下，林浅的心都快化成水了，伸手搂住他的脖子，说：

"我至少要出差一个月。你一定要想我，不许因为分隔两地，对我的感情就受影响，明、白、吗？"

话一讲完，厉致诚就低头吻住了她。

四月初的时候，宁惟恺去了趟台湾。

平心而论，他很喜欢这个地方。温暖、湿润、繁荣，又混乱。这种混乱是精神层面上的，藏在自负和繁荣的外表下。而这样一个地方，往往有无限商机和可能，是造就神话的地方。

不过，这一趟他来，就不像之前那么轻松和笃定了。

新宝瑞在台湾也有分公司。他一下飞机，就有当地干部驾车来迎接。三辆黑色本田CR-V在机场高速上流畅奔跑，低调而醒目。

助手原浚向他汇报："华南区销售总监已经去找过汪泰识两次了。"

"还是避而不见？"宁惟恺挑了挑眉。他们说的汪泰识，正是明德面料的总经理，曾是大学教授的古怪老头儿。

原浚的脸色稍稍有些僵，"第一次避而不见；第二次把我们的人骂了出来。而且这事还传开了。"

宁惟恺微蹙了下眉头，没什么情绪地说："干得漂亮。现在全行业都知道我们想在爱达背后捅一刀了。而且还没成功。"

原浚颇觉尴尬，没接口，同时在心里同情了一下那位把这件事办砸的总监。

宁惟恺也有点头疼。这些年，新宝瑞一直在做大做强。但宁惟恺也慢慢发现一个事实，他对公司到底有哪些可用之才，其实没有以前那么了解了。

而以前跟着他的那些出类拔萃、为新宝瑞创造了一个又一个奇迹的业务经理们，现在大多跟他一样，步步高升，走向高层管理岗位。

屁股决定脑袋，人坐在不同位置，考虑事情的角度和方式就会不同。譬如他还是个销售经理时，大概会排除万难、无所不用其极，甚至不要脸也不要良心，替宁惟恺把项目拿下来。但当他成了高层领导，那就不同了。他想得更多的是：我要什么、我应该往什么方向走，然后吩咐下属去办到。至于其中的艰难困苦，那不是我身为高层要考虑的。

而新任的一批业务经理和骨干，因为缺乏曾经困难的市场磨砺，也未经历过新宝瑞前些年高速成长、站上行业顶端的过程，所以他们的能力经验，势必比不上老一代。这是大环境决定的，与他们本人的资质无关。就譬如说去年的明盛项目，新宝瑞为了维持自己在其他国企项目中的价格平衡，宁愿放弃这个项目。这样的确财大气粗，但对业务经理们来说，对一个业务目标的取舍，太轻易。

……

现下，在明德这件事上的出师不利，就让宁惟恺越发下定决心——必须对公司的人才队伍进行全面盘点。这是新宝瑞将来能继续增长的核心力量，也是他用以抵抗祝氏家族的资本。

大主意一定，眼前的难关对宁惟恺来说，并不是什么绝境。他略微思考了一会儿，就下达了指令：“叫两个人过来。”他点了人名。原浚有些惊讶，因为这两人曾是宁惟恺刚进新宝瑞担任销售部经理时的旧部下，都是在行业里曾经赫赫有名的厉害角色。但现在都是分公司的一把手，“封疆大吏”。

“老板，现在时间比较急，他们又都管着几百号人的分公司……”

这次，宁惟恺没有像平时那样语气轻佻、言笑晏晏，而是淡淡地看他一眼说：“告诉他们——十天内，我要见到汪泰识。”

转眼就进入了五月。

这个时间来深圳，已经不是什么好的选择。偌大的城市，整日炎热无风。人稍稍在室外一动，就是一身的汗，黏湿难耐。偶尔还有雷暴天气，瓢泼大雨，看着吓人。

但林浅不能不来深圳。因为这是为期两个多月的全国市场巡查的最后一站。

临近中午，林浅和几个同事，跟深圳分公司的同事们开完了会。草草扒了顿快餐，就又乘车前往市区的几家门店。

烈日炎炎，晒得她的眼都有些睁不开。因为连日操劳，她的脸已经瘦了一圈，两个黑眼袋久久不褪，显得眼睛特别的大，看起来就像只被虐待过的苗条熊猫。

同事拿她打趣，说她是拼命西施。慢慢地，这外号居然传开了，几乎全国分公司都知道总部有个拼命西施，能干又漂亮，人缘又好，在各地分公司辗转指导、叱咤风云。

……

人潮涌动的门店外，深圳分公司的一位副总陪着林浅等人隔着十几步驻足观望。那副总欣慰又自豪地说："这一周，深圳公司一定能拿下全国销量第一，我们很有信心。"

林浅等人都笑着点头。林浅说："深圳的商业环境很好，得天独厚。而且深圳公司的同事们真是我见过的最励志的。"这话说得大家频频点头，因为的确，即使在爱达集团整个滑下谷底的时候，深圳公司也维持着相对还过得去的业绩，可见其整体团队的韧性。

双方又简要讨论了一下提升的空间。总部的几位经理，指出了深圳公司在内部运营、售后服务等方面存在的小问题，林浅也表示，他们在市场推广活动方面，灵活度可以更大一些。一番交谈之后，算是宾主尽欢，也算是为总部的这次市场巡查画上完美句点。深圳公司副总说："我们真的很高兴，总部能派人过来。说实在的，自从前几年公司业绩不佳，我们这些分公司就成了没人管的孩子。现在好了，总部做出了这么优秀的产品，彻底打了翻身仗。以前我们看到新宝瑞、司美琪的人，都低着头走绕着道走。现在？是他们要绕路了！"

大伙儿都笑，那副总又看向林浅，笑着说："林经理，什么时候也请厉总过来深圳公司视察？"

他这么问，是因为都知道林浅曾是厉致诚的助理，如今外放成为子公司助理总裁，算是领导身边的红人。林浅听他提到厉致诚，心跳就这么缓了一下，笑着答："我一定向厉总转达您的邀请。"顿了顿说，"我想他一定非常喜欢这里。"

林浅订的返回霖市的航班，是下午三点的，四点就能落地。

因为太疲惫，一上飞机，几个同事都没讲话，各自埋头补眠。

林浅却睡不着。她坐在靠窗的位置，望着云层中蕴藏的金光，想着厉致诚。

为什么中午她会跟深圳公司的人说，厉致诚一定会喜欢深圳、喜欢深圳分公司呢？那不是客套话。他生性坚韧、目标性很强。而这正是深圳的商业氛围。

——任何与厉致诚总裁有关的话题，她好像都会不经意间多说两句。

林浅微阖眼眸，靠在座椅里。思绪却像放飞的风筝，穿过云层，飘去这两个多月来，她魂萦梦牵的地方。

那天出差离开霖市后，她就进入了另一种生活状态。

忙碌，彻底地忙碌，忙得她都快要吐了，还在不分昼夜地忙碌。

这个过程是激情的。她年轻而身居要职，这次跟着各部门资深精英，踏遍全国市场，就像块海绵一样，拼命吸收着从市场到售后，从内部运营到全面管理，各种知识和经验。那感觉就像是回炉重造了一回，历经千辛万苦，不经意间已脱胎换骨。

她也毫无顾忌地展露着自己的才华，对任何分公司、任何人，都以诚相待、竭尽全力。因为刻意经营，她结下了很多朋友。无论真心假意，交情都已建立。起初，她不知道自己是抱着何种心态去八面玲珑长袖善舞，因为平时她对这种事，并不算特别热络。

后来慢慢就明白过来——那内心隐藏的动机，是为了厉致诚。

他只能总揽全局，坐镇在金字塔尖。那她就去替他踏遍四方，看他如今的江山是什么模样。而结下的那些于公于私的关系，对全国人才队伍的深入了解，对他将来更好地掌握和带领整个集团，总是会有裨益的。

近朱者赤，近墨者黑。她不知不觉就为他想得这么深、这么远，他却还不知道呢。

这两个多月，七十多天，对于林浅来说，也是煎熬。因为她和厉致诚，竟然连一面都没见到。

起初，她还盼望着，自己偶尔有个周末，就能飞回霖市去见他。抑或他哪天有空了，到她的驻地来探望。虽说堂堂总裁这么做会有点不合时宜，但这还真是他会干的事。美国，他一声不吭地跟过去；台湾，他毫不犹豫地将她送到自己身旁。所以林浅以为，不管她走到哪里，都不会阻隔两人很快见面。

然而，如果说此刻高速运转、掠夺市场的爱达，是一部庞大的机器，厉致诚就是这机器的心脏。如果说林浅是机器上一个重要的部件，那么厉致诚就掌控着所有部件的运转和生息。

他比她更忙。所有市场讯息、疑难杂症，通过他们，送到他的耳边眼前。然后他会和总部的掌控者们，快速作出决断。这时的工作量，比Aito上市前更复杂更庞大。就像一个交织精密的棋盘，他是站得最高的执棋人，要随时随地、权衡制宜。

所以他脱不开身。林浅明白，这段时间，他必定全身心沉浸在棋局里，因为所有人都仰仗着他。而他也从未提过要来看她。这个事实，令林浅无法抑制地感到失落。可又觉得，他本该如此，这才是她喜欢的他。

所以她只能每每在心中腹诽：厉致诚，你又让你的女人感到落寞了！

可也只是想想而已，甚至都不会对他提及。

虽未见面，但其实这两个月，两人的交流却是非常非常频繁的，譬如邮件、电话、连线会议……百分之九十九点九，都是因为工作。但也足以令林浅聊以慰藉。

而且在这个过程中，明明一面都没有见到，她却感觉到她和他的心，随着时间的流逝，随着距离的远远相隔，走得更近了。

因为他们总是会有很多配合。作为上下级，也是作为指挥官和先锋官，她敏锐地发现市场和管理的问题，第一时间反馈给他，而他总是在短暂的沉思后，抽丝剥茧，给出相当犀利的决断。这种配合方式，令林浅工作起来感觉非常舒服。因为厉致诚是个看事相当清楚的人，既会给她明确方向，又完全不会令她感到束手束脚。

于是每每只是听着他在电话里低沉而温润的嗓音，她都会感觉到，对他更加的爱慕，思念也更深。

而厉致诚也不是全无反应。他第一次开口对她说"想你"，是在她离开霖市两个多星期后。那天她人在苏州分公司，跟当地员工的沟通并不顺利。晚上回到酒店，一肚子委屈。晚上给他打电话汇报工作时，情绪就难免低落些。

厉致诚就问："怎么了？"

林浅不想跟他提，也不能提。这些事她分得很清，跟公司同事有矛盾是她的事。因为她的男朋友是公司总裁，所以她现在不可以跟男朋友提。

于是只是软绵绵地答："没怎么啊，我有点累而已。忙了一天嘛，不过真的……每天都是收获。"

每天……都在想你。

而厉致诚只是淡淡地答："嗯。那就好。"

末了她又说："工作还没做完，那我先挂了？"

等他回应，他却沉默着。

林浅说："我挂啦？"

他却平平静静地开口："林浅。"

"什么事？"

"想你。"

……

就这么简单的两个字，就是这些点点滴滴的爱意、默契和相思，让她不知不觉，就度过了这两个多月。虽然此刻，她坐在返航的飞机上，想起离开前，两人在她家中的缠绵难解，遥远得就像上世纪的事。

四点整，林浅抵达霖市机场。

周五的下午，机场总是格外忙碌。林浅取了行李，就跟几个同事道别——她谎称自己朋友来接，让他们先走。而他们今天也不用再去公司，都直接回家了。

昨天就跟厉致诚通过电话，告诉了他航班。他静默片刻，只低声说："好，我来接你。"想了他那么久，之前也时常在电话中对他撒娇嗔怪。而如今真的要重聚了，林浅竟莫名地有些矜持。听到他说要来接，只轻声答："你要是走不开就别过来，我打个车回公司很快的。"他当时只是低笑不语。

结果今天一早，负责订票的同事，发现早一班的飞机还有座位，干脆地帮大家都改签了——出来太久，每个人都归心似箭。而且原来的航班是傍晚六点到，路上会堵得不行。这个调整非常合理。

林浅中午忙完了，就给厉致诚发了条短信，告诉他航班改签了，要提前两个小时到机场。他大约是在忙，过了一阵才回复了两个字："收到。"

林浅一步步走向接机的出口。那里人头攒动，许多人举着牌子。她下意识就在人群中寻找那个熟悉的身影。

说实在的，也许是因为在市场磨砺这么久，才重回他身边，此刻她整个人是平静而愉悦的，并没有马上感觉到太过强烈的情绪。她也觉得自己沉淀了很多，可以更从容地面对跟他的感情。

唯有心跳，不受她理智控制，揭露了真相，越来越清晰、越来越快。

很快，她就看到了个熟悉的身影。

但不是厉致诚。是蒋垣，站在人群后，微笑地望着她，"林经理，你终于回来了。"

林浅笑着走过去，目光却自然而然地扫向他身旁。还真是一个人来的。

内心隐隐失落，面上却不露分毫。蒋垣接过她手中行李，"先上车。"

轿车在机场高速上开得很快。蒋垣坐在副驾，眉目含笑。司机小唐也不知是被谁的情绪感染，一路放着欢乐奔放的音乐，听得人的心也舒展开来。

他应该是临时脱不开身吧？林浅在心里想，毕竟她的航班临时调整了，而且他总是有急事。

过了一会儿，就像是能察觉她心中所想，蒋垣很自然而然地开口："厉总这两天特别忙，他把后面几天的工作，都压缩到这两天完成。今天也是，原来下午六点有个重要的会，几天前就定好了。不正好跟你原来的航班时间撞上了吗？昨晚他通知我，硬是临时提前到下午三点，参会的几十个人也跟着他强行调整时间……结果林经理你今天改了航班，提前回来了。阴差阳错，这会儿他实在走不开，中饭都没吃。"

林浅听完，静默了一会儿，慢慢笑了，"哦，这样啊。没事的，谢谢你。"

阔别多日，再见熟悉的爱达园区，林浅的心情竟有些久违的激动。

而许多其他的感觉，仿佛也随着她的归来，慢慢在复苏。譬如乘电梯直上顶层时，脑海中就不受控制地浮现他的容颜、他昔日的一举一动；譬如被蒋垣送到他的办公室里暂作等候时，望着曾经两人拥吻而坐的沙发，内心就仿佛被笼上了一层纱，缠绵纠葛。许多被深压在心底、压在忙碌紧张的工作下方的东西，好像又开始冒芽。那是一种非常舒服，又隐隐开始折磨人的感觉，撩拨得她自以为老练了很多的心，有点破功了。

坐了一会儿，他的会还没开完。林浅直接走出去，走向不远处、他人正在的大会议室。而坐在外头隔间的蒋垣看着她的背影，直接当没看到，继续低头工作。

她轻轻推开会议室的后门。

傍晚阳光昏黄，照得会议室里暖意融融。深褐色铜漆长条形会议桌旁，许多人正讨论得热烈、专注。因为会议室里人很多，所以林浅此刻轻手轻脚进来，也并不显眼。

她找了把靠墙的椅子，轻手轻脚坐下。旁边有几个相熟的经理，看到她回来，有些意外，又立刻点头微笑示意。而她坐定后抬头，一眼就在黑压压的人头中，看到坐在长桌首位的厉致诚。

天气已经热了，他没穿西装，只穿简单的衬衫西裤，暗色领带。最沉默，却最醒目。他低着头，一边听着下属们的讨论，一边在看一份资料。乌黑深刻的眉眼，平静而专注，并未察觉到她已回到他身边。

第二十五章

拼命西施

与自己爱的男人久别重逢，是一种什么样的感觉呢？

有点陌生，又有点熟悉。看着他坐在人群里，此刻并不属于你。

然后你的眼圈就有点发酸了。

林浅从未想过，自己再看到厉致诚的时候，会有掉眼泪的冲动。可此刻眼中一阵无法抑制的潮湿感，却骗不了人。她赶紧转过头，不再看他，把眼里的酸意压下去。

她曾经一点儿也不怨他不来看自己。可现在，心中也冒出一丝委屈。

可恶……厉致诚，你为什么不来看我呢？两个多月了，我都快把之前跟你在一起的感觉忘干净了，你知不知道？

平复了一会儿，才转过头，目光重新落在圆桌上。这时，一名销售经理正在说话："厉总，现在Aito最大的问题就是——"他笑了，"实在是供不应求。"

他这么一说，会议室里的人全笑了。林浅也忍不住笑，转眸望去，原本低着头的厉致诚，唇边也浮起笑意，抬头看向那个销售经理。

他的动作忽然一顿。

所有人都看得出来，他原本是要开口讲什么。可这个动作就像突然卡了壳，他保持着抬头的姿势，脸上的笑意瞬间退去，眼神明明看着那销售经理，却又像是透过他看着其他地方。表情沉肃，叫人看不透。

这种情况从未出现过，下属们都是一愣。而林浅心头猛地一跳，望着他的侧脸。众目睽睽下，他并未朝她的方向看过来。但是她感觉……

厉致诚的停顿只是一瞬间。很快，他目光一敛，脸上的表情没有丝毫变化，淡淡开口："现在库存还有多少？日生产能力提高到多少了？"

这是回应刚才提出的"供不应求"的问题，主管生产技术的副总刘同，回答了两个数字。

厉致诚点了点头，神色不变。只是又端起了手边的茶杯，垂眸微抿了一口。

而林浅的心情，仿佛也随着他的一举一动，慢慢紧张起来。

然后就看到他放下了茶杯，抬头的瞬间，很自然地朝她这边看过来。

漆黑得像湖水一样的双眼，明亮逼人。

他一眼就在人群中找到了她，凝视着她。

而林浅的心，也仿佛被一只无形的手狠狠揪住。她一时竟有些失神，直至眼眶再次发酸，才察觉不妙。她忙低下头，避开他的眼。

他也瘦了一些。她想，下巴看起来要尖一点了。头发什么时候又理了，短短的，很精神。但这个发型更适合他，让他看起来更成熟，也更不易亲近。

过了一会儿，她再次抬头。厉致诚已经没再看她，正在跟刘同交谈。

刘同说："供不应求是好事，但的确也是个问题。现在我们的生产能力，已经快要饱和，销量如果再继续往上升，生产部门就要吃不消了啊。"

旁边又有一个人问："要不要关闭其他几个产品的生产线，把人力物力都调过来，做Aito？"

林浅的注意力也暂时被这个问题吸引。其他人有的赞同，有的反对，一时也没有成形的主意。然后大家又都看向厉致诚，等他的意见。

厉致诚缓缓环顾一周，林浅与他目光再次交接时，两个人的表情都已很沉静。而林浅得以目不转睛地盯着他。

他的目光在她身上一触即走，开口说："暂时不作调整。越是爆发期，越要走得稳妥。现阶段大家辛苦一下，超负荷运转。另外，通知人力资源部，尽快把这季度的奖金发下去。"

大家都点头说好，听他说奖金，又全笑了。顾延之和刘同是提前看过奖金分配方案和数字的。刘同有些感叹："咱们爱达，可是有好几年没给员工发过这么大的红包喽。"

这话一说，大家更是高兴。林浅也笑了。因为正题已经讨论完，会议室里的气氛变得热闹而轻松，七嘴八舌地议论着。因此也没人注意到，厉致诚的目光越过众人，盯着她，眸色幽深，目光灼灼。直至她的脸被他盯得有点发烧，举手投足间都有点不太自在了，他才收回目光，起身宣布散会，率先走出了办公室。

而林浅坐在原地，看着他笔直的背影，看着他沉稳的步伐，那一步一步，就像踏在她心上，随他起伏伏，再难平静。

爱情是什么？

爱情是你以为已对这份感情驾轻就熟、收放自如，可他一个无声的眼神，就令你像是飘飞了很久的风筝，一收线，就回到了他的掌心里。

无论是你的人，还是你的心。

因为林浅是"外放归来"，散会后，好几个相熟的经理都围着她聊天。连顾延之和刘同两位大佬，都和颜悦色地看着她，说辛苦了。不过顾延之离开前，颇有深意地看了她一眼，隐隐含笑的样子，看得她很有点窘。

林浅跟他们聊了一会儿，还算淡定自若，心却已飞到这楼层另一间屋子里。

他此刻，是在等她吗？

好容易，会议室里的人散了伙。林浅再次走向厉致诚的办公室，心情竟有些紧张。双手垂在身侧，竟还生出了一丝汗意。

　　她现在的脸一定特别红，因为感觉到阵阵热意往脸上冒。因为刚散会，顶层办公区里还是人来人往。林浅觉得自己简直是此地无银三百两，只得微垂下头，避开别人的目光，轻敲他的办公室门。

　　"厉总。"

　　"进来。"

　　这声音只叫林浅心弦微颤。她缓缓推开门，就见厉致诚坐在大班桌后，一手持笔，一手拿着一叠资料，看样子正在批示。而蒋垣站在一旁，正在等待。

　　从她踏入办公室的第一秒，厉致诚就抬头看着她，手上的动作也干脆全停了。

　　林浅的整颗心，仿佛都被他的目光给侵占了，而她的脸还在持续发烫。知道他还在忙工作，林浅也不说话，看他一眼，就走向一旁的沙发，打算坐下等。

　　而侧立在一旁的蒋垣，也很纠结。按理说林浅踏进来的第一秒，他就应该立马推门出去消失。可这些等待批示的文件，又是十分重要的，也花不了几分钟。而且厉总向来将工作放在第一位，他要是自作聪明地出去了，又不合适。

　　结果这时，就听厉致诚开口："蒋垣，你先出去。"

　　讲这话时，他还是看着沙发上的林浅。

　　蒋垣立刻在心里骂了自己一句蠢，神色不变地答："好。"快步走了出去，然后小心翼翼地把房门带好，无声无息地守在了外头。

　　这对Boss和助理间的默契配合，只令林浅的心怦怦怦跳得更快。她坐在沙发上，抬起热气氤氲的眼睛，望着他。

　　厉致诚已经起身，从桌前走了过来。高挑而沉默的身形，在夕阳的映照下，在地面投下长长的影子。

　　那影子就在她脚下，仿佛瞬间也将她笼罩住。林浅一时竟有些坐立不安，脑子一热，站起来。

　　厉致诚转眼已至她的跟前。

两个多月了，却像隔了整整几年时间，林浅已经很久没有这么近、这么清晰地看着他。依旧是那熟悉而高大的身形，依旧是那轮廓清晰的脸庞，眉眼深邃，颧骨略高，白皙的肤色在衬衫衬托下，更显清贵淡然。

而那双眼睛就像无底洞，沉沉湛湛。你望一眼，就会深陷其中，就会身不由己。

他盯着她，没说话。

而林浅动了动唇，也什么都没说。这时厉致诚微垂下头，长臂一伸，已将她搂进了怀里。

林浅憋了半天的眼泪，一下子掉了下来，伸手就抱住了他的腰。而他的手，紧紧抱住她的肩膀和腰，就像以前一样，以绝对强势的姿态，将她整个人都扣在了怀里，动弹不得。

林浅的脚尖几乎都离了地。人在他怀里，身体竟像过去一样，不由自主地阵阵发软，呼吸也有点急促。一时间，两人都没说话，只听到彼此胸膛中清晰的心跳声。

然后林浅就听到他低声，微哑，在耳边缓缓地、一字一字地说道：

"我的拼命西施，我的女人……终于回来了。"

思念，对于林浅来说，是柔情满怀，缱绻又直白。

而对于厉致诚这样的男人来说，却是如一方无人知晓的湖面，隐忍不发，静水流深。但忍耐终有尽头，随着那细细的水流越汇越多，水面依旧平静，但动荡隐藏于其下，一触即发。

待到终于不必再自制时，那水流便会如他本性般汹涌，转头就将她吞没。

……

此刻，厉致诚就将她压在沙发上，反复噬咬亲吻。灯光和阳光交织在一起，将两个人全身都涂上明亮的色彩。室内极其的静，只有彼此的呼吸声缠绕着，甚至还能清楚地听到，隔着一扇门，蒋垣的电话不断响起，而他的声音断续传来："好的……我会转告厉总……他现在在开会没时间……"

林浅越吻，心跳越急。

上班时间、他的办公室、他在渴求无度地吻着她……这几个认知交织在一起，令这个吻更加刺激，更加令她喘息不已。

他并没有过激的动作，只是无声地压在她身上，将她的唇舌完全占据。

"好了……"她低喃，"还在办公室呢……难道你要当昏君？"

几句话说得颠三倒四，厉致诚睁开眼盯着她，这才起身，抱着她坐了起来。

林浅面颊绯红，衬衣也被压出了褶皱，连忙低头整理了一下，然后抬头看着他。

他也低头看着她，那黑黢黢的眼里汹涌未退。

林浅被他瞧得心头一跳，伸手扯了一下他的领带，开口第一句话却是兴师问罪："你一点都不想我！"

话一出口，自己都觉得撒娇意味太明显，但依旧像一只被冷落的孔雀，傲慢地瞪着他。

心中却是一阵甜蜜的无奈：……她花了两个多月，风里来雨里去踏遍山川，才把自己慢慢锻炼成不动如山的女强人。可到了他怀里，才两分钟，就变回了那个矫情的小女人……

要命。

他什么也没说，也不辩解。手上一用力，就将她整个抱起，放在了自己的大腿上。

"你太坏了……"她用小得像蚊子的声音，在他的蹂躏中抗议。

厉致诚的脸也蒙上一层浅浅的红，可眼神却越发深沉。

"是吗？"他淡淡地问。

"就是……你欺负我……"

两人就这么吻着吻着，同时进行着毫无意义的零碎交谈。厉致诚就这么把她放在自己身上，"欺负"了个够本。不知不觉，一小时过去了，下班时间也到了。厉致诚这才抬眸看着她。

林浅现在已经完全像只煮熟的虾子般挂在他怀里，又软又红。他盯着她，手上动作未停，缓缓将她的衬衫纽扣扣好，又低头在她唇上一啄，"你先去停车场，在车上等我。"

"嗯。"林浅接过他手里的车钥匙。明明已看过他千百遍，再触到他的目光，却依旧心头发软发颤。想起今天竟在他办公室里缠绵了一个多小时，更觉荒唐、紧张又甜蜜。

她站起来，转头又看了他一眼，这才清咳两声，走了两步，顺手拿起桌上他的茶杯，喝了一大口，润了润干涸的喉咙，然后才走了出去。

而厉致诚衬衫也有些凌乱，坐在沙发里，一直目送她走出去。这才站起来，整理了一下衣服。待身体因她而起的热意退去后，才坐回老板桌后，把蒋垣叫进来，把那几个文件批好给他。

然后低头看了看表，已经过去了十分钟，他拿起西装外套站起来，又端起桌上她喝过的水，仰头缓缓喝完，这才走出了办公室。

林浅嘴里抱怨厉致诚不想她，而心里也觉得，厉致诚把事业、把爱达放在她前头，自制力很强。尽管他先追她，时至今日，他却是这份感情里，收放自如的那一个。

但林浅不知道，厉致诚心里很清楚，并非这样。

他并非把事业放在她之前，也并非对感情，完全能做到收放自如。

在这两个月里，他也曾差点就放下堆积如山、火烧眉毛般紧要的工作，飞过去看她。

那是她刚出差一个多月，有天夜里，她给他打电话。那时他正坐在办公室里，刚结束一天的会议，满身疲惫。听到她的声音，却如一股清泉浸入夜色里，心情疏懒。

聊了一会儿工作，就听她讲了白天发生的一件小事。

"今天我哥给我打电话了，问起了咱们。"她说。

"哦？"他揉着眉心，闭着眼，轻声问，"聊了什么？"

林浅当时似乎酝酿了一下，才笑着说："他问咱俩发展得怎么样，我就说我最近一直在出差啊。他现在肯定得意啦，咱俩没见面，自然也不能突破他的防线发展了……"

她就跟闲聊似的，语气淡然地讲着。见他沉默不语，她又嘀咕了一句，跟开玩笑似的说："我还跟他说，给我块袈裟，我就可以去当灭绝师太啦。"

……

这是个很温馨很普通的通话。电话里她依旧婉约可爱、斗志昂扬。

可挂了电话，厉致诚看着手头的资料，却半天没有翻动一页。

她在工作里，心思千回百转，对他，却从不耍心机，直来直去，要就是要，不要就是不要。成为他的女朋友后，从来也只把一颗赤诚简单的心放在他面前。

可这次，在分离了一个多月后，却不着痕迹，又或者是漏洞百出地，暗示着他。

她想让他去看她，才说那些话。可又舍不得真的影响他的工作，所以万般欲言又止后，最终只剩一句苦中作乐的微笑自嘲：

……给我块袈裟，我就可以去当灭绝师太啦……

想到这里，厉致诚只觉得一阵胸闷。

静默片刻后，他叫来蒋垣，"订一张明天最早的机票，去南京。后天一早回来。"

南京，正是当时林浅的所在。

蒋垣一愣，就明白过来。但他不得不硬着头皮，为难地劝诫："厉总，明天您约了两家商超的总经理，他们的时间都挺难约的。而且明盛的康总下午还安排了您和市政府工商局那边的会面……"

厉致诚简洁地打断了他，"全部押后。"

蒋垣就没再说了，点点头，出去了。

过了一会儿，机票就订好了，信息发到厉致诚手机上，明早八点，最早一趟航班，飞去她身边。

　　看着这则短信，厉致诚一个人坐在深夜的办公室里，缓缓笑了。刚要拿起电话打给她，蒋垣却再次敲门进来。这次他的表情很严肃也很震惊，"厉总，刚刚传来消息——新宝瑞的销售经理想约明德的汪总谈合作，被汪总公开拒绝了。这件事已经传开了……"

　　他话还没讲完，厉致诚的手机和桌上的座机同时响了，响个不停。顾延之、刘同、生产部门、采购部门……甚至还有父亲，全都打电话来，询问或者请示这件事是否对爱达有影响，后续要怎么做……

　　等厉致诚临时处理完这件事，已经是夜里一点了。他还约了明天上午，跟几位高层一起，跟汪总那边电话会议。

　　蒋垣也跟着他，忙得焦头烂额。等到这晚两人终于离开办公室时，蒋垣问他："厉总，那明天飞南京的机票……"

　　"退了吧。"他答。

　　几天后，这个小风波才彻底平息，跟明德那边也进行了充分的沟通。夜深人静时，他再给林浅打电话。如寻常般聊了一会儿后，他低声说："想你。"而就这么简单的两个字，却令那个女人沉默了很久。然后之后几天的电话里，语气都有点抑不住的喜意和得意。

　　……

　　电梯缓缓下行，厉致诚独自一人，站在其中。

　　叮的一声，电梯门打开。他一抬头，就见自己的路虎安安静静地停在停车场不远的角落里。而他的女人，此刻就安静乖巧地坐在里头，等着他。

第二十六章
吾之心爱

　　林浅在车里坐了一会儿，想起刚才的一幕幕，想起他的眼神，还有他低沉萦绕在她耳边的亲昵嗓音，便忍不住脸红，又忍不住笑。

　　正是下班的时间，停车场来来往往很多人。她很是等待了一番，才瞅准时机，溜到他车上。好在他停车的位置偏僻，她缩在副驾上，也无人察觉。

　　又坐了几分钟，就见一个人影从窗外走来，主驾的门应声打开，厉致诚坐了进来。

　　林浅的心，仿佛也随着他的到来，沉浸在满满的、痒痒的甜蜜里。她也不说话，就低着头，玩手指。

　　厉致诚也没说话，若有所思地看她一眼，发动了车子。

　　车驶出集团大门时，林浅照例跟只兔子似的，灵敏地伏低身子，避开外人的视线。虽说厉致诚在她出差前就说要公开，但每当这种时候，她还是下意识想回避。

　　不过她一边躲，还不忘一边制止他，"你不许笑我。"

　　"嗯。"他语气淡淡地答。

　　然后她就感觉到一只手，轻轻搭上了她的后背。很随意的动作，就像在抚摸自己的所有物。林浅被他摸得后背和脖子都麻了，刚驶出大门没多久，就红着脸直起身子。

　　她觉得自己一定是反应过度了。这么简单的一个触碰，为什么……

为什么她感觉出了情欲的味道？

是她太久没跟他亲密接触了吗？所以才东想西想？毕竟几个月前，她也是食髓知味，欲求不满……

林浅兀自想得一头黑线。厉致诚却望着蓝天落日，车开得又稳又快。

又开出一段，林浅回神，突然反应过来。

这不是去她家啊，她家也就过个马路，开几百米就到了。不知不觉他已经开了这么久。

"我们去哪儿？"她问。她一直以为他会先送她回家，放行李，然后去吃饭。

"我家。"他答得言简意赅，"放下行李，就去吃饭。"

林浅一愣。

什么嘛……这么理所当然地带她回家？她什么时候答应今晚住他家了？

尽管腹诽了半天，林浅最终却一句话也没说，假装继续淡定地看风景听广播，任由厉致诚直接把车开到了家门口。

他住的地方离爱达集团不远，是一个前两年新建成的楼盘。因在城郊，小区面积非常大，放眼望去，竟有二三十幢楼，错落林立在阳光下。

他就住在小区最深处、临湖的联排别墅里。

林浅看到他的房子，就很是喜欢。因为她并不喜欢那种超大的别墅，住起来没有家的感觉。而他的别墅就是二层小楼，前后都有院子。后院用来停车，前院种了很多花草，还立了个木架子，但上面空空如也。

林浅摸了那高高的木架，"你打算种什么？"

"随你。"

林浅心头一甜，然后继续很有骨气地腹诽：喊，这又不是我家。

一进门，就是玄关，玄关背后是开阔的客厅。装修和家具都是美式田园风格，富丽堂皇中不失温馨精致。林浅看了一圈，问："这不是你装的吧？"

厉致诚将她的手提袋行李扔在沙发上，点头，"我爸的房子，暂时住着。"

林浅了然，把双手背在身后，颇有兴致地开始参观。厉致诚就双手插在西装裤兜里，跟在她身后。

客厅、餐厅、厨房、客卧……显然除了客厅，一楼其他房间没什么起居痕迹。走上米白色的旋转楼梯，二楼首先是个小客厅，安静又通畅。

然后是书房，这个房间比较大，满满的几个书架，看起来蔚为壮观。

然后居然还有个健身房，里头放着跑步机和另外两架健身器材。

林浅站在门口，"你每天还健身啊？"

"习惯了。"

这倒是，他在部队的时候，每天运动量一定很大。林浅转头，伸手拧了拧他的胳膊。看着不显壮实，一捏却全是硬硬的肌肉。当然了，他身上最漂亮的，是那几块轮廓清晰、结实匀称的腹肌，她上次离开前，还趴在那上头蹭了半天……林浅脸上升起热气，神色自若地离开了健身房。

最后就是主卧。主卧的格局很大，璀璨繁杂的水晶灯，重重叠叠的金棕色窗帘，还有圆弧形白色大床和高脚衣柜。不过这里的布置也很简单，除了床和衣柜，什么都没有。床头甚至只有一个枕头。

像是能察觉到她的心思，厉致诚低沉的嗓音在她耳边响起："去柜子里再拿个枕头出来。"

林浅的脸一下子热了，回头斜瞪他一眼，"自己拿！"

他眼中泛起沉沉笑意，将她的手一拉，牵到柜子跟前。抬手打开门，拿了个枕头出来，低头看她一眼，就将那枕头丢给她。林浅条件反射地接了个满怀，又红着脸转身，将那枕头放在床上。

玩心又起，将他的枕头推到远远的角落，然后将她的新枕头，端端正正放在中间，占据统治地位。这些动作做完，刚要得意地回头向他炫耀，却陡然感到他温热的身体，从背后覆了上来，伸手就环抱住她的腰。

林浅被他从背后扣在了衣柜上，他一只手撑在衣柜上，另一只手搂着她的腰，唇就一直沿着她的脸和脖子往下，辗转地亲。

"干吗突然亲我？不就霸占了你的位置嘛……"怎么他就突然被撩拨了，这么凶地亲她？

面对她的娇嗔，他的脸上却没有笑意，眸色也是深沉乌黑得吓人。

"林浅，今天是二十三号。"

林浅一怔，他已松开她，"先去吃饭。"

晚饭就在小区外一家精致的小馆子吃的，口味还不错。依林浅的性子，这几个小时过去，她已完全忘记了这两个月来的惆怅啊、失落啊，以及跟他之间那一点点生疏感。她完全故态重萌，一边大快朵颐桌上的几道美食，一边跟厉致诚讲这段时间在外面的趣事。

而他虽不多言，显然也很愉悦，眉梢眼角始终带着浅浅的笑。而那黝黑深邃的眼，始终落在她身上。这令林浅稍稍有点心慌。

步出饭馆时，夜色正好，天空月色清明，小区里幽静深远。林浅想起今晚即将发生的事，心头一阵缭乱。

紧张之后，下意识就想拖。

"饭后百步走，活到九十九。"她义正词严地说，"我们走几个圈吧。"

厉致诚却看她一眼，答："去趟超市。"

"去超市干吗？"

厉致诚将她的腰一搂，"买点东西。"

起初，林浅并没反应过来他要买什么。周末的超市人满为患，热闹极了。她看到水果区，就高高兴兴地走过去，挑了几个橙子和金果。

称好之后，厉致诚从她手里接过，揽着她继续朝前走。两人在里头转了一圈，林浅也没其他要买的。这时已经接近收银台了，她才想起来，问："你要买什么？"

厉致诚没说话。

他牵着她，一排排货架找过去，最后停在一排花花绿绿的盒子前。

林浅看清了，这回脸一下子红了，下意识就要挣开他的手，他反应却比她更快，一下子将她握得更紧，摆明了要她在身边陪着。

厉致诚是个性格深沉的男人。虽然以前对这种产品不了解，此刻并不多言，也不向导购员询问。而是站在货架前，凝神看了一会儿，就挑了一盒出来，丢进了购物篮里。

然后低头看她一眼，"行吗？"

林浅心头如同千万头草泥马飞奔而过：干吗问她行不行，好像是她用一样？

不过，的确也算是用在她身上了，难怪他要问她……

这些混乱的念头一旦经过脑补延展，林浅的脸更热了，也不吭声，扫了一眼。

哼……很有名的牌子，倒是挺会挑的。

从走出超市、走向他家的第一步开始，林浅就陷入了一种慢火煎熬中。

两人并肩而行，他的话并不多，一步步走得不急不缓。可林浅看着他沉静自若的侧脸，看着他高大挺拔的身形，再联想到刚才被他揣进口袋的那盒套套，就开始心猿意马。

她甚至还想起峨眉山之后那几天，两人亲密压抑的缠绵，只想得耳根发烫……

林浅继续无声地跟着他往前走。

可每一步，仿佛都走得意摇神驰、惊心动魄。

很快就回到了他家。

因为别墅区格外的静，如今只有他俩站在屋内，就更显得万籁俱寂。林浅唯一听到的，就是自己热而促的呼吸声。

厉致诚却显得一如既往的沉静，转头看她一眼，"我在楼下洗个澡。你如果洗澡，就用主卧洗手间。"

"哦……"

他又低头亲了她一下，"上楼，等我。"

林浅的心脏忽的又是一抖，什么话也说不出来，只好……听话地上楼。

热水缓缓洗涤过全身时，林浅看着十指间清澈的水流，有点发愣。

就要真正成为他的人了。他终于如愿以偿了。

想到这里，有点心疼，又有点好笑。她伸手捂住自己的脸——厉致诚，我们会相爱一生吗？此刻即将走向你的我，多希望这一刻就是天荒地老，才不辜负你的等待和渴望，也不辜负我的义无反顾。

她也想起，厉致诚为什么说，今天是二十三号。

因为她上一次例假，是十四号啊。

今天很安全，再也不会被中途打扰。

他记得可真牢啊。

关掉水龙头，穿上睡裙。那是条丝绸的裙子，长度刚到膝盖，V形领，露出胸口一小片雪白的皮肤，胳膊和小腿也露在外头。

林浅看了一会儿镜中的自己，推开了浴室的门。

一走出去，她就愣住了。

窗帘已经拉上了，遮得严严实实。天花板上的水晶灯也关了，只余一盏暗柔的落地灯，映得整个房间微光荡漾。

厉致诚就站在那盏灯旁，听到声响，转头。

他穿着件黑色的长浴袍，双手插在口袋里，小腿露在外面。浴袍是丝绒的，纯黑，柔软，显得他的脸越发的清冷白皙。而这样的他，看起来比平时多了分慵懒的雍容，但又同样英挺逼人。

不知已经等了她多久。

林浅连呼吸都忘记了，傻傻地望着他。

而他看到她，就把双手从口袋里抽了出来，一步步、缓缓地走向了她。

林浅的心脏都快跳出嗓子眼了。

他走到了她跟前，低头看着她。林浅的手心开始冒汗。

　　猛地就见他弯下腰，一把将她打横抱了起来。林浅啊的一声低呼，人已经稳稳在他怀里。

　　周围是这样的静，她的脸紧贴着他的胸膛，听到他同样急促的心跳声。而他居高临下，沉沉眼眸宛如无穷无尽的黑夜，牢牢地盯着她。

　　"林浅。"他缓缓问，"我等了多久？"

　　林浅只觉得喉咙阵阵发干，声音微哑地答："……七十九天？"

　　他抱着她，转身就走向身后的大床。

　　满心都是欢喜，满心都是怜惜。

　　对这个男人的爱恋，和怜惜。

　　……

　　许久，云雨初歇，万般眷恋。

　　林浅的嗓子很干很干，她伸手，摸着他的头发，轻声说："厉致诚，我爱你。"

　　厉致诚撑起身子，抬眸看着她。

　　那眼眸比她见过的任何黑夜都要深沉，比她见过的任何大海都要澄澈。

　　他用手轻轻抚摸着她滚烫的脸颊，眼神越来越炽烈。

　　"我爱你。"他低声说，"从看到你的第一眼开始。"

第二十七章

兵败山倒

第二天。

林浅醒的时候，天已经大亮了。暖黄的阳光从窗帘缝隙透进来，就像一道道金带，伸进房间里，绚烂又寂静。

厉致诚还没醒。

他的一只胳膊还枕在她的脑袋下，另一只手扣在她的腰上。两个人的身体，紧紧相拥。

咳咳咳……

激情过后，再回想昨晚，就像一个绮丽又荒唐的梦。

在近乎完美的第一次后，厉致诚休息了一阵，抱着她，两人亲昵地讲了一会儿话。

林浅看着男人近在咫尺的脸。

屋内微光映照，他的睡颜看起来格外干净温和。乌黑的眉毛一根一根，像是墨笔生动勾勒出来的。

不过，这难得的乖巧睡颜，当然只是假象。

或许平时，他对她，方方面面还有所隐忍，算不上特别强势。到了这种时候，他的男人心性就完全展露、毫无保留——他要彻底征服她，身体和心。

但他其实又是很温柔的，态度虽然很淡定很强硬，但林浅见微知著，感觉得出来……

林浅心头狠狠一甜，又觉羞赧。

哼，好吧。她是个懒人，这辈子在床上，也就不求翻身了，心甘情愿服服帖帖好了。

又在他怀里磨蹭了一会儿，林浅才小心翼翼地，把腿往外抽，同时拿起他搭在她腰上的手，放到一边。

谁知他忽然就醒了。

黑眸缓缓睁开，定定地望着她。

"早……"

回答她的，是腰间骤然一紧。他重新将她拉回怀里，跟她寸寸肌肤相贴，低头看着她，"早。"

男人低沉微哑的嗓音，还有若有所思的眼神，只令林浅微微心慌。

"要不要再睡会儿？"他问。

林浅看了看床头的钟，都十一点多了，摇摇头，"起床，我要吃东西。"

于是两人各自穿衣服起床。

厉致诚拿了件衬衣穿上，然后是条黑色长裤。林浅看着看着，浪漫娇气的细胞又开始活跃，把自己的休闲衣扔到一旁，朝他伸手，"拿来，我要穿你的。"

说实在的，在家里穿男人的衬衫这种事，真是肉麻又老套。但你不得不承认，真的很有情趣。

午后阳光清澈明亮，林浅就穿着他的一件白衬衣，下身是她在家穿的一条亚麻长裤，在屋子里晃来晃去，自觉还挺窈窕挺性感。

订的外卖还没到，林浅就在厨房把昨天买的橙子和金果切了，端着满满一盘，回到客厅。厉致诚正坐在沙发上看电视新闻。他看的是霖市经济频道。因为箱包行业一直是霖市的地方经济支柱之一，所以这个频道经常会放很多行业消息、国际前沿资讯，林浅没事也经常看。

她将水果盘放下，爬到沙发上，靠在他怀里。一边看新闻，一边用小银叉叉起水果，一块一块喂到他嘴里。

厉致诚一只手搭着沙发扶手，另一只手搂着她的腰，任由她将身体的重量都压在他身上。这么喂食了几块，他又低头开始亲她。彼此嘴里都有水果的芬芳，香甜又清洌。于是这个吻就格外绵长。在寂静的午后，静静相拥，谁也不想动，谁也不想出去外面的世界，只想就这么安静地消磨时光。

他低声问："喜欢穿我的衣服？"

林浅微微一哂，一副特别不在乎的样子，看着电视，同时开始拧自己的十指，"喜欢又怎么样？不喜欢又怎样？"

厉致诚低头在她额上轻轻一吻，"以后在我这儿，都这么穿。"

林浅不理他。

只是嘴角忍不住上翘。

下午阳光格外的好，天气也有点炎热。林浅在屋子里憋久了，想出去透透气，但腿脚酸痛，又不想走路，就问厉致诚有什么好玩的。

厉致诚其实以前没这么陪过女孩子，大致权衡了一下她的要求，问："要不要种葡萄？"

林浅顿时瞪大了眼。

这世上，是不是就没有事能难倒厉致诚啊？！种葡萄？这么有创意的消遣也被他想出来，这个男友实在太优质了。

几株葡萄幼苗是厉致诚上个月就买好的，只是因为工作太忙，所以一直耽搁了，养在阳台上。两人拿着苗，来到前院小花园。林浅不会，表示完全听他指挥。

厉致诚先拿了把小铲子，在泥地上铲出了一条长长的沟。他力气大、动作快，沟也挖得端正漂亮。林浅看得咋舌，问："你是不是做过工兵啊？好厉害！"厉致诚微微失笑，站起来，在她唇上一啄，答："过奖。不过是杀鸡用牛刀。"

林浅倏地笑了。

挖好了坑，就把幼苗小心翼翼放进去。这种细致活儿，林浅做得很好，一株株摆得很正。厉致诚干脆袖手站在一旁，让她自己玩。

很快土也埋好了铺平了，林浅蹲在幼苗旁，抬头望着高高的木架，迎着阳光眯了眯眼。

不知来年葡萄满架时，她和厉致诚，是不是还这么好呢？

一定是的。

她想得心满意足，站了起来。一转头，就见厉致诚站在几株花草旁，双手插裤兜里，正目不转睛地看着她。

林浅心头一动，走上前，手上还有土，不能抱他，只能虚虚地搂着他的脖子，踮脚送上一吻。

"我爱你。"她轻喃。

厉致诚没说话。

他只是反将她搂进怀里，将她浅尝辄止的轻啄，变成了葡萄架下，一个绵长热烈的深吻。

过了好一会儿，他才松开她，从一旁地上拿起根水管，递给她。

浇水这种事，林浅最喜欢了。看着水流慢慢滋润进土地里，滋润幼苗根芽，感觉特别有成就感。她欣然接过，开始慢悠悠地浇灌。厉致诚则干脆在一旁的椅子里坐下来，看她玩。

浇着浇着，林浅玩心又起，抬眸看一眼不远处的他，只见他长腿轻轻交叠，神色沉稳，姿态随意。

林浅眼珠一转，趁他不注意，偷偷将水龙头开大。然后一抬手，水柱就朝他喷过去。

厉致诚猝不及防，瞬间胸口衬衫就湿了一大片，裤子也沾上不少水渍。他一抬头，就见林浅鬼模鬼样地站在葡萄架下，拎着个水管，装作很惊讶又抱歉的样子，"对不起，手滑了！"

初夏的水流染上胸膛，只令人觉得清凉沁人。厉致诚看着她，双手插进裤兜，站了起来。

不得不说，男人衣衫半湿的样子，有一种特别的帅。但看他站起来，林浅就有点怵了。往后退了两步，死撑着继续嚣张道："喂，我是失手啊，你不许还手！"见他又上前一步，她就威胁地举起了水管，"你再过来……我就继续喷你！"

然后厉致诚就真的走了过来。

林浅想都没想，又往后退了几步，同时也很凶猛地，继续拿着水管往他身上喷。可厉致诚身上早湿了，如今更多水柱撞上去，他根本不在意，甚至迎着她的"水枪口"，径直就冲了过来，伸手就要抱她。

林浅忍不住笑了，尖叫着转身就躲。谁知这一次，她还是高估了自己的速度，低估了厉致诚的身手—— 他一把就将她按进了怀里。不仅如此，错手就夺过了她手里的水管。然后搂着她，就把水柱哗哗地淋了上来，将她从头到尾浇了个彻底。

"哇——"林浅拼命推他，可是无效，反而被他搂得更紧。眼前全是模糊激烈的水帘，隐约只见他的脸就在相隔寸许的地方，薄唇勾起，笑容肆意。林浅顿时也笑了，也不挣扎了，伸手就捶他的胸口，"讨厌！恃强凌弱！"

而厉致诚看着她身上的男式衬衣全湿，玲珑曲线一览无余，也不多言，将水管一丢，一低头，湿漉漉的唇就吻了上来。

这么吻了好一会儿，他的唇才移开。但他并没松手，反而双手一托，就将她抱了起来，转身往屋里走。

关门进屋，厉致诚还没放她下来，径自往里走。林浅问："你要干吗？"

厉致诚答："洗澡。"

"哦。"

的确是要洗澡。否则这一身水的迟早要感冒。可是……

林浅歪着头看着他，"洗澡可以，但是不许……"

厉致诚看她一眼，眸中闪过似有似无的笑意。

"尽量。"

林浅顿时无语。什么叫作"尽量"？他居然耍赖？堂堂Boss，居然对女朋友耍赖？

她佯怒，伸手推他，"放我下来，我要回家。"

这时厉致诚已抱她上了楼，腾出一只手，推开主卧的门，再利落地反手关上。

"你的家就在这里。"他说，"明天上午我去公司开会，下午帮你把东西搬过来。"

林浅微微一愣。

厉致诚已经抱着她，再次进了浴室。林浅伸手抓住门框，拼命抵抗，"喂，我什么时候答应跟你同居了？"

厉致诚脚步一顿，看着怀里的她，"你以为我还会放你回去？"

林浅哭笑不得，骂道："专制！独断专行！"

厉致诚直接将她整个人压在门上，令她的双腿不由自主地将他的腰缠得更紧，然后狠狠一顿亲吻揉弄，直至她面颊绯红气喘吁吁，才移开唇，低声问："真的不愿意跟我住？"

林浅的脸都快滴下血来，把头埋在他怀里，闷闷地答："我要考虑几天！"

厉致诚没得到想要的答案，也不急于一时。以她的性子，慢慢磨几天，肯定会主动倒戈。

想到这里，他心头微微一荡，低头再次吻住了她，同时抱着她踏进浴缸里，反手拉上了帘子。

第二天是星期天。

林浅起床的时候，厉致诚已经开车去公司了。想起早晨的温存，又是一阵脸红心跳。

人逢喜事精神爽，她虽然身体有些疲惫，但是人格外的神清气爽。她慢悠悠地给自己做了个早餐，想到厉致诚中午就会回来，决定去一趟超市，买点食材，中午跟他一起动手做饭吃。

周末超市人格外多，偶尔还能看到一堆人围着，不知在抢什么紧俏货。林浅的心都在厉致诚身上，想起他第一天就要跟她同居，不由得心头甜滋滋的，又有些好笑。

哼……他倒算得好。两人工作那么忙，不同居就聚少离多，怎么办？肯定迟早要同居。否则望眼欲穿，她也受不了。

但两人才有了实质性关系几天啊，他就事事压过她一头。不行，这次她一定要耗他几天。难得有件事能占个上风吊他胃口，感觉好得意。

买了些菜，她就回了别墅。刚过十一点，厉致诚人还没回来。她就打开电视，一边看节目，一边切菜准备着。

想起他虽然家境殷实，但在部队这么多年，也不知道平时是自己动手做饭菜，还是就吃部队的。不过看冰箱里空空如也，以他的性格，也许真的是从来不进厨房。那么以后，就让她好好照顾他的胃口吧……

正想着，就听电视的声音里，传来个熟悉的字眼："新宝瑞"。

她放下手里的食材，抬头看过去。

还是他们昨天看的霖市经济频道。此刻，正在直播一则行业新闻。

林浅一看就愣住了。

画面中，正是一个新闻发布会的现场。许多行业内赫赫有名的人物，正在发布台前就座。林浅认得他们，因为他们全是新宝瑞和祝氏的巨头。

正中，宁惟恺一身笔挺的黑西装，抬头正对着镜头微笑，俊朗逼人，"这一款产品，是我们新宝瑞今年的战略重点……"

而画外音，男主持人的嗓音清润磁性，无比温和。可听在林浅耳朵里，却像是平地惊雷一般，声声炸开：

"今天上午十一点，新宝瑞集团正式发布城市运动功能包品牌——'沙鹰（DH）'。

"城市运动功能包的概念，还是爱达集团几个月前首创，其子品牌'Aito'创下了惊人的市场业绩。箱包行业竞争一向激烈，如今新宝瑞作为行业领导者，也进入了这个新的市场领域，可以想象，Aito一枝独秀的局面，必定会就此改变……

"据闻'沙鹰'还未上市，前期投资已超过数亿。更有知情人透

露，之前与爱达紧密合作的台湾著名科技面料企业——明德，很可能转而
成为'沙鹰'的战略合作供应商……"

正是大中午，日头正炽烈，这里又是城郊，马路上人流很少，只有
道旁的树木，在阳光下闪闪发亮。

林浅在街边站了好一会儿，才打到一辆出租车。目的地当然是爱达
集团。她一坐进去，就给厉致诚打电话。

依旧占线。

于是她就不打了。出了这么大的事，他的电话被人打爆都不为过。

出租车在路上跑得很快。窗户开着，风呼呼地往里灌。林浅的心情
也像这风似的，轰隆作响，摇摆不定。

脑海中再次浮现刚才看到的新闻，宁惟恺那自信满满的容颜，还有
那些关键词："行业领导者""数亿投资""激烈竞争"……自动就往她
脑子里窜。

手机上也全是关于沙鹰品牌的新闻，一条条性能介绍，铺天盖地的
宣传举措，充斥了整个网络，只看得人心惊胆战。

"超轻""超韧""防水""耐污""全球顶级设计师Jasin
Wu""一线当红明星千万元代言""全国五百七十家一线商场联袂
推广"……

以及，关于明德倒戈的谣言，越传越烈，真假难辨。

林浅想着这些浑蛋事，手指就焦急地在车窗上敲着，只敲得司机也
惴惴地问："姑娘，什么事儿这么急啊？"

林浅无言以对。

隐隐还感到腰腿有些酸痛，想起这两天跟厉致诚的缠绵，以及此刻
竞争对手的强势反击，而他那边却不知情况如何，她更觉心焦。

很快，林浅的电话也被打爆了。

电话不断，短信更多。瞬间就进来五十多条，点开一看，几乎全
是下属、各地公司相熟的人发来的，纷纷问她怎么回事，明德是否真的

倒戈。

林浅干脆不看了。

电话也是他们打来的。这种时候，一线的人跟她一样急。林浅对他们还算镇定，温言安抚了几句，表示集团总部一定会有对策，让他们继续稳定现有的销售，不必惧怕新宝瑞。

但不怕是假的。新宝瑞是行业巨头，如今摆明了正面封杀他们，谁不怕？打来电话的人，个个忧心忡忡。

后来，林浅干脆连电话也不接了，调成震动放到口袋里，抬头看着前方。

很快就到了集团总部。

门口还是一派安然景象。高朗和几个保安坐在保安亭里，看到她来，乐呵呵地冲她笑，还朝她挤挤眼睛。林浅心里如同压了块大石，但还是神色如常地对他们笑笑，快步走了进去。

到了顶层，就知道心急的不只她一个。顶层前台右边，是个大的接待室。此刻里头坐满了人，门口也站着几个人：薛明涛带着Vinda的几个经理，以及总部的一些中层骨干，全都赶来了。

林浅一来，就被前台行政助理也引到接待室里，"林经理，你也在这里稍坐一会儿。厉总和几位高管，正在与董事长连线会议。"

林浅点点头。这种级别的会议，不是她可以参加的。虽然她很想见厉致诚，但这种时候，绝不会跳出来添麻烦。

手机还在不断震动着，她索性关机——反正重要的人现在都赶来了这里。跟薛明涛等人打了个照面，大家全都是一脸凝重严肃。坐在装修得富丽堂皇的接待室里，喝着行政助理送来的上好茶水，可谁也喝不出一点味道了。

有人抽着烟，有人沉默着，还有人边喝水，边骂新宝瑞：剽窃爱达的构思，恶性竞争。但大家最关心的问题，是明德是否真的打算违约，成为新宝瑞手中攻击爱达的利剑？

暂时，无人知晓。

接待室里始终闹哄哄的，气氛沉闷又压抑。林浅也不多言，坐在一角的沙发里，想着厉致诚，心里乱得像杂草纷生。

谁知这一等，就是一下午。隔着一条宽阔的走廊，对面的大会议室始终房门紧闭，不见端倪。

到了傍晚的时候，蒋垣从会议室里出来，过来传达指令了。

林浅等人全站了起来。

不得不说，蒋垣真是厉致诚挑中的人，都这种时候了，还是平时温和微笑的样子。他目光缓缓环视一周，然后说："厉总让大家都先回去。几位高层和董事长还要再讨论，会拿出解决方案来。一切明天上班再说。"

厉致诚的威望一向高，现在蒋垣这么说，大家纷纷点头，起身离开。但也有性急的，走到蒋垣面前问："这事儿到底打算怎么办啊？大家聚在这里，也是心急。"

这话一出，包括林浅在内，所有人都看过去。

蒋垣只微微一笑，"厉总说：兵来将挡，水来土掩。"

大伙儿于是都不作声了，点点头，信服地挨个走出了会议室。林浅几乎可以想象出厉致诚讲出这话时的样子，眉目疏淡，眸光沉敛逼人。但这话的确令人心中安定不少。再想起他这几天对她的温柔爱怜，不由得一阵悸动。

她故意磨蹭到最后，果然就见蒋垣站在原地，一直没走。等她经过他身旁时，他低声说："林经理，厉总让我转告：他要和顾总去一趟深圳，去跟汪总谈，两三天后回来。"

林浅说了声："谢谢。"尽管对于明德是否倒戈一事充满疑惑，但现在显然不是问的时候。

蒋垣传完话，就转身走了，又进了会议室。林浅慢慢走到电梯口，兀自沉思。因为人比较多，电梯已经下去了一趟。剩下的正好是薛明涛和几个Vinda子公司的人。林浅就跟他们站在一起。

叮的一声，电梯又到了。

大家都心急如焚，也顾不上客气，一个个都迈进了电梯。林浅照旧站在最后。正要走进去时，忽然听到身后传来遥遥一声门响。她下意识转头望去，就见大会议室的门已经被推开，厉致诚率先走了出来，身后跟着顾延之、刘同、蒋垣等人。

个个神色沉肃、步伐快速。厉致诚亦是面沉如水。他身上的衣服还是林浅早上挑的。他平时都穿白衬衣，林浅今天非要他穿一件黑的。此刻黑西装黑衬衣，没打领带，整个人看起来越发冷峻高大，俊容被衬得格外醒目，醒目又冷酷。

此刻几位高管都四散回到自己办公室，他和顾延之正往总裁办公室走去。像是察觉到什么，到门口时，他倏地转头，朝电梯口看过来。

林浅的目光在空中与他相遇。两人眼中到底有何情绪，隔得太远，都看不分明。但林浅心弦微微一颤。即使这么遥遥的一眼，她也感觉到了安抚。

同时，还有对他的心疼和深深的担忧。

电梯门徐徐合上，隔断了她的视线。而远处的厉致诚，也转身走进了办公室。

电梯缓缓下行。

周围都是最熟悉最默契的工作伙伴，但一时大家都没讲话。林浅想着厉致诚对她说过的话：

"这样的东西，我会写三张，这是第二张……"

"以后无论发生什么事，不要被吓到……"

现在的局面，究竟是否在他算计之内？

她实在无法确定。因为这不是个小局面啊。新宝瑞倾尽全力的一击，还有传言中明德的摇摆不定——厉致诚可是说过，明德不会变节。现在情况发展，很可能已经超出了他的预料啊！

这时，薛明涛的手机响了。他接起，匆匆说了两句就挂断，抬头看着大家。

"下午四点，新宝瑞的沙鹰已经正式发布第一批产品。"他的眼中有锐利的光，"我派人抢到了两个。"

这下，包括林浅在内，电梯里所有人的眼睛都亮了。

"一个马上送来给厉总。"他说，"另一个咱们拿回办公室，马上研究！"

"好！"几乎所有人齐声答道。

晚上八点。

林浅和薛明涛等人，坐在Vinda的会议室里。

圆桌正中，放着个黑色的崭新的背包。包的标志很明显，右上角一只抽象化的雄鹰展翅，颇具欧美户外顶级品牌始祖鸟、沙乐华、布莱亚特等的高端风范。

一时间，会议室里竟然没有一个人讲话。因为刚刚技术部的人，仔细研究、分析了这个包的性能和数据。

面料暂且不说，与爱达的面料十分相似，但是否是Mind，还需要做进一步的成分测验。

但单单是其他方面，也足以令所有人说不出话来。

林浅一直认为，Aito是一款臻于完美的产品。

它不是市场上最贵的产品，也不是最迎合顾客需求的产品。

但它一定是有史以来，最被寄予创业者的理想、最能打动人心，也最能领导市场的产品。

它承载着厉致诚和她，还有爱达这个久经磨难但是坚韧的企业的所有人，他们全部的心血和智慧，他们站上行业巅峰的雄心壮志。

林浅甚至想过，哪怕新宝瑞真的展开封杀狙击，宁惟恺或许可以投入更多的成本在市场营销上，或许能够动用爱达无法企及的人脉关系，甚至或许会像厉致诚说的那样——宁愿赔钱，也要打死Aito……

但林浅可以肯定的一点是，他们即使模仿，造出的新品牌，也一定不会有Aito优秀。即使他们要战，Aito也可以与之一战。

　　为什么？因为在那些废寝忘食的日子里，爱达人几乎将Aito的每一个细节，都做到了极致，才成就了厉致诚要求的"完美长弓"，才铸就了过去几个月的市场奇迹。

　　所以林浅如此自信，完全、彻底的自信。她对Aito的信心，坚毅如铁。

　　然而此刻，看着沙鹰的真品，瞬间就击溃了她铁一般的信心。

　　因为，沙鹰竟然比Aito还要优秀。不谈营销手段，不谈品牌名气，在相近的价格区间里，沙鹰这款包的各项性能品质，这款包本身，竟然全面超越了Aito！

　　一旁的高级技术员，还在拿着沙鹰的分析数据叹息："重量七百五十克，低于Aito的八百零三克；容量三十五升，高于Aito的三十升，承重能力也更优秀……防水、速干和耐污性能也表现更好……此外，还采用了YTT拉链技术、NK耐磨织物技术……"

　　林浅等人愈发沉默。后面说的这些技术，行内人都知道，是欧洲户外品牌新开发的科技专利，国内专做户外品牌的企业，都还没有成功引进。没想到新宝瑞早已秘密下手，并且用在了沙鹰上。

　　技术员还在继续说："至于外观……"他没说完，但在场的谁不知道，Jason Wu是美国顶级设计师，甚至连林浅都是他的拥趸。虽说外观这种东西，各花入各眼，见仁见智，但此刻就林浅看来，Jason Wu设计的这款包大气时尚，有一种独特的美。

　　这种美，不是Aito的外观设计师们呕心沥血设计出的成果可以企及的。

　　……

　　这晚，林浅离开办公室，没有回自己家，而是继续待在厉致诚的别墅里。

　　因为不知道他具体什么时候回来，所以这几天，她都想待在这里。

　　夜色寂寥，她坐在空荡荡的葡萄架下，望着暗黑的湖面和树木，心中唯一的感觉，就是难受。

无论这一切厉致诚是否有算计，无论将来他们能否绝地反击，她此刻想着沙鹰和Aito，就觉得难受。

因为这世界上最打击人的事，莫过于你倾尽全力去做一件事，以为胜券在握，最终却发现山外有山，人外有人。你的努力，最终付诸东流。

你以为你足够优秀：勤奋、聪明、敬业，还有理想。所以你怎么会不成功？

可就是会有人，比你更聪明，比你更优秀，甚至可能比你更勤奋更拼搏——因为即使不考虑重金砸入的因素，新宝瑞那帮人，也的确在更短的时间内，做出了更完美的产品。不是全力以赴呕心沥血，一定做不出来。

林浅一向自诩是行业里最出色的人才，她也一直认为，新宝瑞多年来能独占鳌头，不一定是人才和企业本身更优秀，而是因为有祝氏雄厚的财力在背后支持。

但此刻，她不得不承认，宁惟恺和他的团队，真的比她想象得更优秀。

他们无愧于行业冠军的称号。爱达团队与他们相比，还存在着明显的差距，也许根本无法与之为敌。

而这种差距的结果，就是——

从产品本身而言，Aito……已经完败了。

林浅静默了很久，最终抬头看着苍茫的夜空。

厉致诚现在，应该抵达深圳了吧。

无论他今后要怎么走，以他的洞察力，肯定也认清了这个事实——Aito极有可能会如昙花一现，在这场市场竞争中彻底落败。

厉致诚，此刻，你又在想什么呢？

两天后。

这天一早，宁惟恺又去祝氏总部开会了。

一进会议室，就感觉到数道目光嗖嗖地射过来，艳羡有之，敬畏有之，嫉妒有之，不动声色有之。

宁惟恺微微一笑，走到祝大少身边、他的位子坐下。

商场混迹这么多年，他当然知道越是风光时，越要谨慎低调、避免树敌的道理。不过他不得不承认，此时看着祝氏兄弟一脸假笑，他心里还挺舒服的。

运营管理部照旧汇报各个子公司和事业部的一周业绩数据。刚刚上市两天的沙鹰，创下了连宁惟恺自己都没想到的可怕销量。

他们的销量，是Aito的三倍！

宁惟恺几乎可以预料，Aito即将面临的萎缩。不管厉致诚是否有后招，但宁惟恺可以肯定的是，沙鹰的优秀超乎了所有人的预料。

现在，就等厉致诚接招了。

开完一上午的会，直至离开祝氏总部，宁惟恺的心情都一直很好。同样心情好的还有原浚等公司骨干，以及整个新成立的DH事业部的所有人。

回到办公室后，宁惟恺首先嘱咐原浚："通知人力资源部，DH事业部的特别奖金，提前发放。另外，把我那份奖金拿出来，匀到他们头上去。"

"这不好吧？"

宁惟恺倨傲地摆手，"就这么办。他们做得这么好，当老板的还有什么舍不得？"

原浚笑着点头。

这时，却有一名分管销售的高管走了进来，脸色微沉，"总裁，厉致诚去深圳了——汪泰识跟我们签约之后，人现在也在深圳。"

这也是在宁惟恺预料中的，他点点头，给予指令："盯紧。"

见他如此淡定，那高管和原浚也不多聊这个话题，都退了出去。

宁惟恺静坐片刻，从抽屉中拿出份文件，走到了窗前，单手插在裤兜里，低头端详。

那是半个月前，新宝瑞和明德新签订的战略合作协议。

按照协议内容，明德会在本月对爱达单方面违约，新宝瑞代为支付三倍违约金。而今后，明德的年产量必须优先满足新宝瑞的采购需要，才可以对其他企业供货。

拿到这份协议并不容易。汪泰识那老头子油盐不进、清高傲慢。不过呢，在这个世界上，让一个人低头有很多方法，因为每个人都是有弱点的。汪泰识也许是个无缝的蛋，可他还有家人，他的妻子、儿子、女儿呢？宁惟恺派去的两名销售经理，正是拿捏人性和利益的高手。

更何况，宁惟恺一直认为，商场中的人，没有人不会被利益诱惑。如果没动摇，那只是因为诱惑不够大。

拿捏弱点之余，他也给了汪泰识足够的利益诱惑。最终，促成了合作。

现在这个时候，汪泰识应该已经对厉致诚摊牌了。

他抬头，看着窗外蔚蓝的天，突然觉得有些意兴阑珊，又有些目空一切的淡漠。他叫来原浚，"准备车，我出去一趟。你不用跟。"

去哪儿呢？原本宁惟恺只是想出去透透气，但不知不觉，又开到了春都街上，新宝瑞的旗舰店。

他坐在车里，看着店门口人潮汹涌，许多顾客挤都挤不进去，心里很舒服很舒服。

新宝瑞，他的全部心血。它是祝氏的，但也是他的。

看了一会儿，他的目光忽然被街角站着的一个女人吸引了。

她穿着休闲装，头上扣了顶鸭舌帽，双手插在兜里，隔着条街，静静地望着新宝瑞旗舰店。那表情……不说悲伤吧，失意中带着一丝茫然。平时聪明伶俐的风采都不见了，看着有点可怜。

宁惟恺看了她一会儿，推开车门走了下去。

"零钱。"他走到她身边，微笑地望着她。

第二十八章

冷漠的你

林浅今天出来，目的只是为在新宝瑞的旗舰店，实地观察一下。

不过，看到沙鹰卖得这么好，还是蛮刺激人的。

所以她看着看着，自然而然就有些郁闷和愤恨。

谁知这时，就听一道柔和清亮的嗓音，在耳边响起，"零钱。"

林浅首先看到的，是阳光之下，男人映在她脚边的那道颀长的影子。

得，真是冤家路窄。

林浅转头看着他，笑容满面，"宁总，真巧。"

宁惟恺今天到底有些志得意满，微微一笑，逗她，"不巧，我专门跟着你的。"

这话果然叫林浅脸色微僵。但她察言观色的本领也不差，仔细打量宁惟恺神色，就知道他是在开玩笑。

于是她也笑，"那你还真够无聊的啊。"

所以说，人和人之间相处的气场，真是种奇特的东西。你在某些人面前，忍不住就中规中矩不敢造次；可有的人，却叫你忍不住就跟他斗嘴。即使已经疏远了这么多年，即使他现在位高权重已不是当年那个浑蛋小子，可一讲话，当初相处的感觉仿佛又回来了。

她的利嘴，令宁惟恺倏地失笑，伸手去摸她的头，"走，去喝点东西。"林浅才不喜欢跟他这么肢体接触呢，赶紧偏头躲开。

不过喝茶，她还是要去的。她现在视沙鹰为眼中钉肉中刺，遇到沙鹰的大老板，怎么能不趁机打探一番？

她欣然点头，两人便各怀鬼胎，不紧不慢地走进了街角的一家咖啡馆。

林浅和宁惟恺的往事，要追溯到七年前，她刚念大二，宁惟恺大四。

那时候宁惟恺是个什么样的男人呢？虽出身贫寒，但是优秀得令人侧目：英俊、温和、善良、幽默、风流倜傥，还是商学院第一名毕业，早早被全球五百强企业录取为管理培训生，简直集所有男性大学生能有的光环于一身。

林浅当时参加了某届商业模拟大赛，就此结识了宁惟恺，也有了一群共同的朋友。不过那时候她比较没心没肺，一有假期就去参加户外俱乐部，只当宁惟恺是个很不错的兄弟。

后来宁惟恺就表白了。要说他追人也有一手，不像厉致诚这么强势，但十足十温情款款，无微不至。每天早上给林浅买早饭、接她上学；中午缠着她一起自习；晚上给她打开水、买水果。

甚至还写情书。他的文采是很好的，那些朴实而温柔的句子，没有女人看了不心动。

林浅也心动了。在那个年龄，宁惟恺的确符合理想男朋友的所有要求。而且林浅虽然之前口口声声当他是兄弟，但实际上，对他也是有好感的。

至于他没钱？林浅完全不在乎这种事。

于是在被他追了一个多月后，两人顺理成章就在一起了。别说，刚开始的一个星期，还蛮甜蜜的。两人有共同爱好，性子也都神神道道的，凑到一起，真的每天都很开心。

不过，林浅人缘好，比宁惟恺还要好很多。所以两人才谈了半个多月恋爱，就有人偷偷来告诉林浅："零钱啊，昨天晚上你家宁惟恺跟一帮人出去玩，听说跟一个女的kiss了。"

林浅当时就震惊了。不过她留了个心眼，知道宁惟恺舌灿莲花，黑的能说成白的，就没直接质问他，而是旁敲侧击，先从当时在场的人嘴里套出了消息。

结果就是……还真的吻了。对方是个富二代美女，对宁惟恺仰慕已久。那晚他们是玩真心话大冒险，但据说当时两人吻得还挺激烈，也不知道是不是那个女的有意设套。

隔天分手的时候，宁惟恺作过挽留，拉着她不让走，脸色也是前所未有的阴霾，"零钱，那天我喝了点酒，再说也是玩游戏。后来我跟她再也没联系过。别这么狠心，咱们别分手。"

林浅甩开他的手就走了。

她隐约还听人说，分手之后，宁惟恺还消沉了一阵。但她不信，也没理。

后来果然如她所料，两个月后，宁惟恺就跟那个富二代美女在一起了，成了众人眼中最登对的情侣。

再后来，林浅的气也消了，回头想想，也没有多难过。于是再在公共场合、朋友的饭局上遇到，两人也会打打招呼。但宁惟恺就像吃了火药似的，总是会阴阳怪气地挖苦她几句。于是她寸步不让，也挖苦回去。

再然后，就过去了好几年。终于传出消息，宁惟恺已经娶了大名鼎鼎的祝晗姝，不是当年那个富二代美女。

所以林浅对宁惟恺的感觉，就是一段闹剧般的初恋青春。他拥有所有男人艳羡的软硬件条件，也拥有男人的劣根性。两人分手相当正确。

只是偶尔收拾旧物，看到宁惟恺当年写给她的情书，她还会失笑。什么"从你刚念大一，我在新生晚会上看到你，就心动了"，什么"我深深地喜欢你，远比你想象中早"，还有什么"愿意跟我一起住出租屋、啃面包，一起吃苦，打拼未来吗"。

哼，根本是男人的花言巧语，骗人的。

正是中午，咖啡馆里也卖简餐，所以人很多。宁惟恺自然而然就单手护着林浅，在最里头的窗边找了张桌子。他还体贴地让她坐在阴凉的位置，自己坐在被阳光直射得发烫的座位上。

林浅把这一切都瞧在眼里，点点头，"你还挺有风度。"

宁惟恺笑得如春风拂面，"我一向如此。你又不是不知道。"

林浅没搭腔。

随便点了两杯喝的，两人相对而坐，又有点相对无言。

宁惟恺先笑了，"最近是不是深受打击？"

林浅真想横他一眼，但是忍住了，淡淡答："还好。"

宁惟恺端起咖啡喝了一小口，抬眸看着她，"你觉得沙鹰怎么样？"

林浅静默片刻，答："很好。"

"哦？"宁惟恺淡笑，"比Aito如何？"

林浅直视着他，"比Aito更好。"

说实在的，宁惟恺看到刚才站在旗舰店外的她，以为她心情不好，所以此刻一定会跟他斗嘴。

没想到她坦然承认，Aito不如沙鹰。

他又看她一眼，"服了吗？"

林浅点头，"心服口服。"

宁惟恺觉得……很受用。

这种受用，与下属的赞美带来的感觉不同；也与祝晗姝的仰慕，给他带来的满足感不同。

大概是因为祝晗姝并不真的明白，他推出的沙鹰究竟有多伟大。但林浅是懂的，因为她深受其害、心服口服，但又不会放弃，所以现在被他逼得郁郁不得志。

呵……

见他眉梢眼角都是笑意，林浅趁机问："这一次爱达输了，我的确没话说。可是我想知道，你到底是怎么让汪泰识倒戈的？"

她眸光湛湛地望着他，有困惑也有不甘，"利益吗？可是现在Aito也发展得很好，你能给的利益，我们也能给。"

见她似乎真的动了情绪，宁惟恺只浅浅一笑。

一低头，就看到她扣在咖啡杯上的手指，纤细、白皙，握得有点用力，因而显得整只手更加柔弱。

他脑子里冒出个念头：这么多年过去了，她还是这样……柔韧。

女人味十足的柔韧。

"林浅。"他盯着她，缓缓开口。这回，语气并不轻佻，神态话语间，带着新宝瑞总裁惯有的雍容和淡漠。

"有没有人说过，你这样的女人，其实并不适合商场？"他说，"的确，你很聪明，也有才华。但你永远也不会做违背良心和道德的事，对不对？"

林浅看着他，没出声。

"可我们会。"宁惟恺淡淡地说，"我们这些商场上的男人，无所不用其极，大家心知肚明。你问我汪泰识？是的，'说服'他，我的下属是费了些周折。但我，只关心结果。而你——"

他抬头看着她，目光平静，语气却又重新变得轻佻，"应该跟一个懂得珍惜你的男人在一起，一切都交给他。你待在家里，相夫教子，不必掺和这些破事儿。"

晚上八点，林浅开着厉致诚的悍马回到别墅。车停在门口，她就开始一箱箱往里搬东西。

都是她租住的房子里的东西。别看住了不到一年，工作还那么忙，东西居然还添了不少。除了满满的三个拉杆箱，还有很多零碎的小东西，她全装在一些小的收纳盒和箱子里。甚至还有之前买的几把面条、半袋香米，没吃完，全运了过来。

月光稀疏，夏夜清朗。她就这么慢吞吞地一点点往里搬。想起白天跟宁惟恺的对话，只余感叹。

再想起厉致诚，心中万般不是滋味。有一点她可以肯定的是，汪泰识的倒戈，是厉致诚没想到的。

厉致诚，厉致诚，光是默念他的名字，她的心仿佛都为之束缚，抬头闭眼都是他的样子。

厉致诚和顾延之等人下飞机后，就各自回家，约定明天到公司再开会商议。

司机小唐把车开到了别墅区花香满溢的便道上，坐在后排的厉致诚却忽然开口："等等。"

于是轿车缓缓停下。

厉致诚抬头，看的是他的房子。那里亮着灯，而他的悍马停在门口，后备厢和后车门都是开着的。

他推门下车，"你回去吧。"

小唐也不多问，点点头，掉头走了。

天气炎热，厉致诚还穿着衬衫西裤，打着领带，西装折叠搭在臂弯里。他双手插在裤兜里，站在相隔几米远的花丛旁，静静地看着。

过了十几秒钟，果然就见林浅走了出来，休闲T恤，牛仔长裤，绑了个马尾，脚步轻快地走到车旁，从后座上拿出了一个袋子。

厉致诚看那袋子还真不算大，但林浅提了提，掂量了一下，似乎觉得已经够重了，就慢吞吞地转身，往屋里搬。

虽说她是在做体力活儿，但那双眼睛哪儿都不看，定定地盯着地面，显然是在想事情。

所以厉致诚这么个大活人，杵在离她几米远的地方，她也没瞧见，兀自又进了屋。

厉致诚也没急着跟她打招呼，而是走到车旁往里看。只见后座上堆满了大大小小的纸箱子，还有些牛津布收纳箱，还有几捆书。再看后备厢里，还有两个大大的拉杆箱。

厉致诚盯着这些东西，微微失笑。再回头，就见林浅已站在家门口，呆呆地望着他。

"怎么不等我回来再搬？"他说。

林浅没吭声，慢慢走到他跟前，抬头看着他。厉致诚伸手就把她揽进怀里，顺手扣在车门上，低头就吻下来。

这个吻一如既往的深入而有力，林浅的身体瞬间就软了，心也软了。

"想我了吗？"他在她耳边低声问。

他离开这两天，林浅满心的委屈和担忧，一直在默默地压抑、默默地发酵。此刻看他却是神色如常，仿佛之前的离开，不过是个寻常的差旅。于是林浅心中更加彷徨，也不主动问，只抓住他的衬衣，点点头，"嗯，想。你想我了吗？"

厉致诚没直接回答，只眸色深湛地盯着她，说："你会知道。"

这充满侵略性暗示的话语，只令林浅心弦微颤，再次抬眸看着他的脸。可他一向不动声色，依旧看不出端倪。

这时，厉致诚却拉着她的手，看向那半车的行李，说："照你这么个搬法，要搬到什么时候去？"

林浅有些赧然，答："我没事嘛，就慢慢搬呗。"

厉致诚低头在她额上一吻，把西装丢给她，挽起袖子，然后说："进去给我泡杯茶。"

林浅点点头，听话地进屋。结果等她泡好茶回来，就见厉致诚站在客厅里，两个大箱子已经搬了进来，外加十多个纸箱，整整齐齐地堆在玄关处。

林浅目瞪口呆：这么快！

她把茶递给他。厉致诚额头上出了层薄薄的汗，接过茶，仰头一口喝干，然后目光就落在玄关里另一堆乱七八糟的东西上，问："这些你怎么搬进来的？"

那些东西分量也不少，林浅讪讪地答："你回来之前，我也就搬了十多趟……"

好嘛，知道我们的单兵战斗力相差很多，你就不要再羞辱我了。

拿过他手里的杯子，转身刚要走，谁知腰间一紧，就被他从背后搂住。男人的身体微微发热，熨烫着她的背她的腰。

"干吗？"她扭头问。

厉致诚没出声，只低头在她脖子上啃咬了一番，直咬得她全身发颤，才松开她，"先去洗澡，等着我。"

林浅就满怀心事又心猿意马地走了。而厉致诚很快就将车上的东西全搬了进来，最后看着满地属于女人的东西，脑海中自然而然浮现出她一个人搬着这些东西、进进出出十多趟的模样。

这个女人，几天前还不肯跟他同居，现在外界都认为他兵败如山倒，结果她就不声不响地搬进来。

一个人默默地搬。

这就是他厉致诚的女人。

林浅洗完澡下楼，就见厉致诚坐在沙发上，正在看电视新闻。

她在他身旁坐下，一起看新闻，没吭声。

依旧是霖市经济频道，依旧是箱包行业新闻。主角，当然是沙鹰。正在播放的，是国内正红的一线明星代言的广告。据说这则广告，已经在网络上创下了上亿点击量。而他们的广告词是："更轻、更韧、更包容、更完美"。

林浅很是纠结。

当初意气之下，告诉厉致诚，不会看他的锦囊妙计。可现在事情演变到这一步，外头已天翻地覆，而她现在看着淡定，心中已火急火燎。

好想看……

但是，不能看……

原地纠结了一会儿，她最终还是决定保持沉默，只是还是忍不住，抬眸偷偷看了他一眼。谁知厉致诚原本在看电视，反应却很快，忽地一侧眸，就将她的偷窥逮了个正着。

　　四目凝视，林浅轻咬下唇不吭声。

　　他却像是洞悉了她的一切心思，缓缓笑了。手一揽，就将林浅扣在了自己大腿上，低头看着她，"你倒挺能忍。"

　　林浅被他说中心事，哼了一声，就这么闷闷地趴在他的大腿上，不说话。

　　这时厉致诚却伸手抱住她的腰，将她提了起来，抱在了怀里。

　　"明德叛变了。"她低声说。

　　"假的。"厉致诚答得干脆。

　　林浅倏地抬头，"可是……"宁惟恺说得那样肯定，仿佛的确也是历经了千辛万苦才搞定了汪泰识。

　　厉致诚明白她要说什么，眼中掠过一丝淡漠的笑，答道："不做到足够的真，怎么骗得了宁惟恺？"

　　林浅的心怦怦地跳，又问："可是Aito的市场，还是被沙鹰抢走了。"

　　"计划之中。"

　　这下林浅彻底说不出话来了。

　　厉致诚将她搂得更紧，两人的脸几乎挨在一起，漆黑的眸子就这么定定地盯着她，"出差前给你发过短信，没看？"

　　林浅脑子里乱糟糟的，喜悦、震撼、难以置信、一头雾水……她下意识掏出手机，同时说："那几天短信太多了，后来干脆没看。"

　　两人一起低头看着她手里的手机，林浅整颗心都悬了起来，快速地翻翻翻。谁知刚翻了几页，突然就看到个眼熟的名字——宁惟恺，咦？这家伙今天也给她发短信了？林浅的反应比大脑更快，赶紧跳了过去，然后飞快地瞄一眼厉致诚，见他神色淡然，也不知道刚才看到没有。

　　继续翻。

　　终于找到了他的短信，还是去深圳那天晚上发的。林浅看到第一行字就愣住了，这是……

　　"虚则实之，实则虚之"。

——这就是他的锦囊妙计。第一条他们讨论过的，当时让她打着Vinda市场部的名号，实则秘密进行Aito的研发。

他竟然当时就直接发短信给她了——是怕她这几天担心吗？而她居然没看到，要命！

再往下看，她立刻又怔住了。

因为接下来的内容是：

"抛砖引玉，欲取先予；

草船借箭，暗度陈仓；

以子之矛，攻子之盾；

异军突起，一箭三雕。"

与此同时，在相隔着一道海峡的台湾，明德企业里的氛围，紧张又古怪。

汪泰识原本就是个古怪的人。之前厂子虽然经营业绩不佳，他对跟着自己创业的学生和工人们，却十分大方宽厚。所以谁都知道他虽然拧，但是个好老板。

可最近，员工们看到他就绕路。因为他的脸色实在太糟糕了。

订单一张接着一张飞过来，面料的销量以十倍百倍的速度在递增，新的厂房夜以继日在修建。来不及修建的，就先收购台湾其他不错的面料厂，扩大生产。媒体也将明德企业推向风口浪尖，一时间成为台湾企业界的新宠儿。

可同时甚嚣尘上的，是关于这次明德弃爱达而转投新宝瑞的种种谣言。

有人说，汪泰识是贪图名利被收买；也有人说，他只不过是作了更理智的选择；甚至还有人传，他是情非得已，只因为作金融投资职业的儿子，在职场行为不端，不知怎的，竟被新宝瑞的人设套查了出来，以此威胁……

但明德这些跟了汪泰识数年的老人，是绝对不信这位老教授会被收买的。他们更相信最后一种传言——汪泰识是为了保儿子不坐牢，身不由己。

因为十几天前，他们还看到过汪公子来过一趟明德，被父亲骂得狗血淋头。当时隔着办公室的门，都能听到老头子尖锐的咆哮声。

所以别看老板这次攀上了新宝瑞这棵大树，以优厚条件签约，同行业都艳羡不已。但他们认为，老板心里其实是非常憋屈的。

而他们身为下属，虽然最近薪水涨了又涨，做梦都在笑。但每天看到把自己关在小屋子里、郁郁寡欢的老板，心里还是蛮担忧，也蛮替他感到不值和愤怒的。

此刻，汪泰识照旧坐在他那窄窄小小的办公室里。门外的秘书和助理，都不敢进去打扰，只留片清净的空间给这老头儿。

不过，与众人的推测恰恰相反，他此刻可没有在愤懑，也没有内疚难过。

手边一杯清茶，窗口飘进来徐徐夜风。汪泰识头戴顾延之送他的一副精致时尚的无线耳塞，双手背在身后，微微摇头晃脑，正在听越剧。

他的嘴角噙着淡淡的笑。

而在相隔一米远的墙上，挂着一幅两尺见方的山水花鸟画。那也是他最近收到的礼物——这次在深圳见面，厉致诚送给他的，清朝恽冰的真迹。

这个小伙子，出手一向惊人。无论是取，还是予。

汪泰识的脑海里不由得又浮现出初见厉致诚的那一天。

就是这么个气质不凡的年轻男人，站在窗前，对他说："汪老，让我对明德绝对控股。我会让它成为亚洲第一、世界前五的面料生产商。"

汪泰识当时都蒙了，冷笑，"凭你？凭爱达？"最后还加了句，"凭明德？"

一个三十不到的小伙子，一个刚刚从逆境翻身、销售额还没杀进市场前五的老民营企业，以及年过半百的他，和员工不到五百人的小面料厂？

厉致诚当时只淡淡一笑，说："光靠我们，的确不行。不过，还要加上新宝瑞，这个中国第一、亚洲前三的帮手。"

……

再忆起往事，回顾这几个月的峰回路转，世事如棋，汪泰识只觉得胸中一颗老迈的心，依旧荡气回肠。

世人都说他汪泰识沽名钓誉、故作清高、不识时务，握着明德这么好的专利，一直不肯卖，面料厂的股份也不肯卖。

哼……他们又哪里懂得，在他心里，倾注了他一生心血的Mind面料，完全可以与欧美大牌一较高下。所以他宁愿把Mind捂死在手里，也不愿意随便卖给国内那些只看到眼前利益的厂商。

现在，机会终于来了吗？

他的目光，再次落在那幅清淡的花鸟画上。花姿骨骼清奇，飞鸟栩栩如生。

也许，明德在那个男人手里，真的可以做到。

亚洲第一，世界前五。谁也无法不心动的梦想。

同一个夜晚，林浅看完短信里的锦囊妙计，心绪如狂潮阵阵翻涌，想要开口询问，却又不知从何问起。

"难道我哥那五千万投往了明……"她的话还没说完，厉致诚却一伸手，就将手机夺了去。

林浅一怔，看他手指快速在屏幕上滑动，正在往回翻短信。她顿时明白过来，赶紧伸手拼命地抢，"不许触犯我的隐私！"

可是抗议无效。特种兵和小女人的力量对抗，再次显现出惊人的差距。厉致诚居然单手就扣住了她的两只手，令她动弹不得，另一只手往边上一移，她就完全够不着了。

"你……耍无赖！"林浅低头就要咬他铁钳般的手，厉致诚不躲不闪，任她咬，眼睛依旧沉静地盯在屏幕上。可林浅真要咬，又舍不得，只能作势张嘴含住，又吐了出来。

　　看着他线条笔挺的衬衣，看着他不动声色的侧脸，再想想屏幕上刚刚醒目的"宁惟恺"三个字，林浅一阵心虚，又有些甜蜜的得意——吃醋了吧吃醋了吧？叫你独断专行，叫你深不可测，哼哼哼……

　　可宁惟恺到底发了什么，林浅也挺好奇。现在既然被厉致诚发现了，她索性窝在他怀里，抬头跟他一起看。

　　厉致诚已经找到了那条短信，点开。林浅飞快地看了一眼，内容很简短：

　　"明天有空吗？出来再喝一杯？"

　　"……"

　　厉致诚把手机往沙发上一丢，抬头看着她。

　　这下林浅还真觉得冤枉了。本来没什么，可宁惟恺这条短信发得却好像很有什么。

　　"再喝一杯"？老天，干吗把他们已经喝过一杯的事捅出来？

　　厉致诚这个男人可是不好相与的啊！

　　她想起几个月前，厉致诚光是知道了她和宁惟恺有过一段，那时候还没确定关系呢，他就把她锁在车里吻得死去活来。

　　而现在……

　　那冷峻的脸，让人看不出半点表情。漆黑的瞳仁好像无底洞，看着就叫人心头一跳。

　　她伸手，捏了捏他挺拔的鼻梁，"喂，我是今天中午去新宝瑞的旗舰店踩点，偶遇了他，就喝了杯茶，应付了一下。"

　　咦，手感真好，又摸了摸。

　　厉致诚没出声，依旧这么盯着她。锁在她腰间的手，隔着薄薄的布料，熨烫着她的皮肤，叫人微痒又舒服。

　　"吃醋了？"她干脆搂着他的脖子，低声问。

　　"嗯。"他淡淡地答。

　　林浅一下子就笑了，用头蹭蹭他的脖子，"那你说，怎么回复呢？我是去，还是不去呢？"

厉致诚的手一扣，将她搂得更紧，迫她趴在他胸口，仰头看着他。

"你说呢？"他低头看着她，慢慢地问。

林浅倏地又笑了，答："我不回复。"

这种事她有分寸，于公于私，都冷处理比较好。显然这也是厉致诚心中的答案，他看她一眼，又淡淡地嗯了一声。

林浅刚想：他今天这个醋，吃得还是挺温和的嘛……谁知就在这时，厉致诚一低头，就重重地吻了下来。

这个吻很凶残，令她连呼吸都感到困难。他的手亦牢牢扣在她的背后，让她动弹不得。林浅心中甜蜜又好笑，感受着他脸颊的温度，感受着他的舌尖有力的席卷，她的心却像是慢慢地化了，揪住他胸口的衣服，微喘着，配合着他。

直至她连呼吸里都是他的气息了，他的唇才移开，但还是禁锢着她，低头看着她。

林浅已被吻得心神荡漾，眸光迷蒙。

然后就听他那温凉的嗓音，缓缓响在耳边，"林浅，我不主动算计人。"

"……嗯？"

"但如果有人敢觊觎我的女人，我会令他跌得很惨。"

这话讲得又平静又狠辣，听得林浅心肝一颤，下意识望向他淡漠的眼睛。

他却已松开她，让她坐到了沙发上，但单手依旧搂着她，端起茶喝了一口，换了个话题："你的五千万，以及我手上一部分Vinda股份和所有现金，全部以折现价格计算，入股明德。我控股51%，你占20%，汪泰识占29%。"

林浅一下子愣住了，也将宁惟恺的短信这种破事儿丢到了脑后。

她突然就想起了在峨眉山顶那天，厉致诚对她说，这个市场上最完美的长弓，只有最优秀的企业能制造出来。当时她以为说的是爱达，但现在事实证明，包括连她也深深信服——市场上最优秀的企业，是新宝瑞。

所以这才是"抛砖引玉、欲取先予"？厉致诚根本是故意将Aito这个绝妙的市场创意，这个已经做得非常好的长弓，丢到新宝瑞面前，然后引他们制造出完美的长弓，然后……

"草船借箭，暗度陈仓"。

既然无论他们把Aito做得多完美，都会遭到新宝瑞的封杀。所以厉致诚一开始的目标，就是面料市场，而不是箱包市场！

这时，厉致诚开口："违约金、新宝瑞的巨额订单以及国内其他箱包厂商的跟风……"他的手指缓缓在她腰上滑动着，"仅凭这一项，年底我和你，获利就会超过数亿。"

林浅张了张嘴，没说话。

哥让他还两亿，可照他这么说，岂止是两亿？

这个男人……这个男人……

好狠。

茶几一角，还放着他的一张木质老棋盘和两罐棋子。厉致诚单手依旧搂着她，另一只手，从棋罐里掏出两颗黑子。

"Vinda，Mind。"他念一个品牌名，就扣一颗棋子在茶几玻璃面上。修长有力的手指，夹着乌黑沉湛的棋子，这么简单的动作，却叫人莫名觉得气吞山河。

"在我未来的蓝图里，这两步棋，已经到位。"

他讲完这句话，就转头看着她。而林浅心中是说不出的滋味，震撼有之，恍然有之，敬佩有之，辛酸……亦有之。

一个强烈的念头，涌进她的脑海里：原来Aito，被那么多人寄予厚望、为之呕心沥血难以割舍的Aito，从来就不是他理想的棋子。

只是弃子。

从一开始就打算放弃，毫不心软，铁石心肠。

林浅动了动嘴唇，没讲话。可这么一点变化的表情，如何逃得过厉致诚的眼睛。他静静地望着她，忽然一抬手，又将她抱起，放在了大腿上。

"在想什么？"他盯着她问。

林浅侧坐在他怀里，手指轻抵他的胸膛。这样的他，是令她心动的，可又有点说不出的抗拒。就像他身上无所不在的迫人气场，令她深深沉迷，可有时候也会令她……想要躲避。

心情有点潦草，所以她没说实话，而是微皱眉头，找了个借口，"我是在想，虽然你控制了面料市场，可新宝瑞的沙鹰也做得很牛。宁惟恺也会赚钱，赚大钱。"

其实问出这个问题时，林浅心中隐隐有些猜测，可又觉得难以置信。因为这个猜测太大胆，也太天马行空。那就是他的下一计：以子之矛，攻子之盾。

在最初的最初，他就说过，新品牌的推出，目的就是要抢占休闲包和户外包两大块市场。

可现在，Aito倒了，沙鹰起来了。整个中国大陆，销量最好的"城市功能性背包"在新宝瑞，销量最好的休闲包、户外包，也都在新宝瑞。

他想要新宝瑞的新品牌，杀掉自己的两个老品牌？

像是要印证她心中所想，厉致诚淡淡开口："我说过，只有最好的长弓，才能击穿整个市场。现在，新宝瑞把这把长弓造出来了。"

"可是……"林浅喃喃道，"真的能杀掉吗？宁惟恺就算现在没想到，将来会想不到吗？而且杀了又如何？"那两块的钱，还是新宝瑞在赚啊！

然而这一次，厉致诚的回答，令她比之前任何时候都要真切地感受到，这个男人的心思，到底有多深。也真切地体会到，宁惟恺之前说的，"我们这些商场上的男人，无所不用其极"，到底有多么直白和深刻。

因为厉致诚说："一旦宁惟恺迈出这一步，后面的事，已不是他可以完全控制的了。

"他能准确估计，沙鹰到底会把市场掠夺到什么程度？他能在中途突然喊停，两头得不偿失？

"这一两年，他的确会赚很多。但将来呢？新宝瑞是个庞大的企业，过去的休闲包、户外包品牌，在终端、渠道、运营和管理过程，投入了庞大的财力和人力。当沙鹰一枝独秀，这两块就会严重地拖他的后腿。更何况……"

他淡淡瞥她一眼，眸色笃定，"就算宁惟恺将来有余力作选择，我想他还是会继续保沙鹰。"

林浅一怔，就听他说道："新宝瑞现有的、占据市场主导地位的品牌子公司，大多都创立了有些年头，股份完全被祝氏家族掌握。而沙鹰却是他一手全新打造，以他今时今日在祝氏的地位和影响力，必然是沙鹰的大股东，甚至是控股股东……"

听完他的一番话，林浅的感觉很复杂。

那感觉，就像是跟随着他，站在摇摇欲坠的云端跳舞。他旋转得很快、很稳，她却已眼花缭乱、心潮起伏。

最后浮现在脑海里的，居然是宁惟恺那句话："你这样的女人，其实并不适合商场。"

静默片刻，她从厉致诚身上跳下来，说："我明白了。我……需要消化消化。你先忙你的，我上楼了啊。"说完也不理他幽沉清冽的目光，噔噔噔就上了楼，没回卧室，而是进了书房，砰的一声关上了门。

第二十九章
狼王蛰伏

初夏的夜晚，其实是十分美好的。天空繁星点点，夜风花香阵阵。林浅站在窗边，还能看到楼下院子里那个光秃秃的木架下，几株葡萄幼苗迎风成长，小小的个子，顶着大大的绿叶，娇弱又可爱。

什么时候，它们才能长大，结出成熟的果子呢？

林浅在窗前默想了一会儿，掏出手机，给林莫臣打电话。

算起来，已经有很久没联络了。自从她忙得昏天暗地，林莫臣仿佛也销声匿迹。

也是，来不来电话都一样。他很清楚接下来要发生什么，跟厉致诚一样，一切尽在掌控。

电话那头还是上午，林莫臣的声音仿佛也带着阳光的和煦和慵懒，"Hello，林浅。"

林浅一听到他的声音，心里就软软的，说："哥，谢谢你。"

林莫臣顿了一会儿，低声含笑道："那部分股份你留在手里，明白吗？"

"嗯。"这一次，林浅没有拒绝。

哥哥当日为什么会跟厉致诚达成这个投资协议呢？林浅稍微一想就明白。

金钱利益只怕还是其次。重要的是，她有了Mind的股份，今后的身份就是第三大股东。从某种意义上来说，与厉致诚算是平起平坐，不再是以前的上下级关系。

哥哥为了她，连这一点都想到了。

而且，再进一步说，她掌握这部分股权，对厉致诚来说，既是个助力，但也可以是个掣肘。

难怪那天在台湾，汪泰识见到她第一面，就说：厉总是爱江山更爱美人。五千万哪里筹不出来，他却将20%的股份给了她。

……

林浅小声说："哥，我并不想算计他。"

对于她这种肺腑之语，林莫臣听了会心疼，但绝不赞同。他淡淡地答："所以我来算计。"

林浅忍不住又笑了。脑海中却浮现出那天在明德时，厉致诚牵着她的手低声说，让她尽管把心计都用在他身上。

她还想起，从始至终，厉致诚对这份协议，都毫无怨言，态度坦然。

哥哥做得出，他也就接得住。

心头一阵深深的悸动，那是厉致诚经常带给她的感觉，不知何时，仿佛已深入骨髓，为这个男人的魅力深深心动。

她问："哥，那你现在看，他合格了吗？"

林莫臣却又高姿态了，"静观后效。"

挂了电话，林浅静静地站了一会儿，走到了书桌前。

厉致诚的钢笔字写得好，毛笔字写得更好。林浅看过他习过的字帖，苍劲大气，颇有名家风范。闲暇时，他也会在家练字。此刻，书桌一角，就摆着砚台和毛笔。

林浅也不知哪里来的冲动，铺开一张大宣纸，磨了点墨，就提起毛笔，开始写字。

对于没练过书法的人，写出来的毛笔字，只能勉强一看。她写的第一行字，就是：虚则实之、实则虚之。

等她写到第三行"草船借箭、暗度陈仓"时，书房的门咔嚓一响。

厉致诚推门走了进来。

林浅抬头看了他一眼，没说话。

他应该是刚洗了澡，换了件黑色短袖T恤，下面是深灰色休闲裤。短发湿漉漉地贴在额头上，看起来就像个……刚打完篮球回家的小伙子，又或者是富家公子居家时的随意装扮。

可他浑身的气场却不是这样。幽深的眸凝望着她，他不急不缓地走了过来。比林浅见过的那些三四十岁老谋深算的男人，还要沉稳慑人。

林浅低下头，继续写字。

她的心情其实有点复杂，刚刚在客厅，也不是故意从他身边跑开。

可当时……就是想一个人待会儿。

厉致诚见她低头不语，好像写得极为专注。他也就不急着开口，而是慢慢踱到她身旁。看一眼那字，他唇畔倒是浮现出笑意。

林浅虽然眼观鼻鼻观心，但其实眼角余光都跟着他转。看到他笑她的字，顿时有些讪讪，闷闷地又冲冲地说："我写着玩儿，不行吗？"

厉致诚没答，只安静地站在一侧，继续驻足观看。这下林浅就有点写不下去了，落了几笔，越看越觉得比之前更差了。刚要恼羞成怒搁下笔，谁知手背一热，他的手已经从背后覆了上来，将她的五指重新扣在笔身上。

林浅站着没动，而他的另一只手也撑在书案上，将她虚虚地圈在怀中。他低头在她耳边说："再试试？"

"……嗯。"

他便这样轻拥着她，与她十指相覆，提笔缓缓写下剩下的词句：以子之矛、攻子之盾……

很快就写完了，他牵引着她，放下毛笔，却依然从背后环着她，与她十指紧扣，一起看那字。

不得不说，虽然比不上他自个儿写的，但是比她写的，强了何止十倍。林浅点头，"不错，这幅字以后我要裱了挂起来。"

"好。"话音刚落，厉致诚已将她在怀里转了个身，低头就吻了下来。

这个吻温柔又缠绵，他像是故意要探寻她心中所想，慢慢地、一点点地吃着她。那双明亮的眼，也一直盯着她，意味不明。

林浅却闭上眼，拒绝他的探视。

但身体和心理的反应是忠诚的，她无法不沉迷在他的亲吻里，浑身发软、意摇神驰，爱意无声泛滥心头。

她是这么的……喜欢他啊……

过了好一阵子，厉致诚才放开她，将她抵在书案旁。

"生气了？"他轻声问。

林浅摇摇头。

"我只是……"她说，"厉致诚，我有个很傻的想法。"

厉致诚眸色幽黑地凝视着她。

"你这样的一个男人……"她的嗓音里有一丝喟叹，"我真的可以完全把握住吗？我真的可以征服你的心？"顿了顿，又说，"Aito是你的弃子，这个我理解。可它凝聚了我们其他人，很多的感情和心血。但你毫不在意，手起刀落。如果……如果有一天，你对我感觉不在了，大概会毫不留恋地丢掉吧，我连还手都不能。"

厉致诚没出声，而她抬头看着他，"厉致诚，有的时候，你会让我有点……胆寒。"

在厉致诚二十六年的人生里，从来没人当面对他说过这样的话——

厉致诚，你让我胆寒。

这个人，还是他的女人。

而当她说出这些话时，她的表情是平和的，眼神是清澈动人的。她用惯有的温柔爱慕的目光看着他，只是那目光中，带着一丝无奈和彷徨。

厉致诚的确是心思如发，转瞬已千回百转。一个冷静的念头，最坏的可能性，清晰地闪过脑海——如果林浅因此对他心生嫌隙，将来两人就有可能渐行渐远，最终她会离开他。

这个可能性一旦在心头滋生，他的目光就冷了下来。昔日两人相处的种种时光，瞬间浮光掠影般闪过脑海——

她待他一片赤诚，在人人以为他是个无用军人时，满腔热血地守在他身边；她心疼他，舍不得她哥为难，舍不得他承担太多重负，甚至舍不得看他的锦囊，只为他在她跟前的男人脸面；今天，她还一个人默默地把家搬过来……

她给予他的每一分情意，都弥足珍贵，因为是用她全部的真心铸就。

但若有一天，她要将这份感情收回……

一股寒流，无声无息浸入心头。

厉致诚面沉如水，一抬手，就紧搂住她的腰，将她整个人都拉进怀里。这动作太突然，林浅轻吸了口气，怔怔地望着他。

厉致诚没有马上说话，而是伸出另一只手，沿着她的脸颊边缘，缓缓地摩挲着。

"林浅。"他的眼睛比窗外的夜色还要沉黑动人，"你低估了自己，也高估了我。"

林浅刚才讲那话，其实也是直观感受。之前打司美琪那场仗，她就有这样的感觉，所以当时才躲着厉致诚，不肯接受他。

现在讲出来，心里反而舒服多了。此刻听他这么说，隐约明白他的意思，心头顿时一软，默默伸手环住他的腰，没吭声。

"在成为商人前，我首先是个男人。"他缓缓地说，"我也会有男人的渴求——有那么一个女人……"他看着她，"漂亮、聪慧、温柔，甚至才华气魄不输男人，她对我不离不弃、相濡以沫。"

这番话他说得很平静，林浅却听得心头一阵柔情蜜意。她轻声说："我没你说的那么好……"

"有没有，我心里清楚。"他沉声答。

林浅抱紧他的腰，"嗯……其实我也就是谦虚一下。你继续说……"

"在成为军事指挥官前，我首先接受的观念教育，不是运筹帷幄、兵行诡道，而是……"他的语调略重了几分，"忠诚。"

林浅的嘴角一下子弯了起来。这个男人真是……讲甜言蜜语山盟海誓，都跟别人不一样，让人轻而易举，就坠入他编织的情网里。

这时，他却低头盯着她，"林浅，我很清楚自己要什么，也清楚什么对我才是最有价值的。无论是商业成果，还是女人。

"Aito，我可以眉也不皱地丢掉，那是因为我看得清。钱没了，还可以再赚；品牌倒了，还可以再造；放弃的利益，会换回新的利益——我身为爱达的掌舵人，身为军队指挥官，既然承担着成百上千人的命运，就应该作这样的取舍权衡。"

林浅听得心头微震，但又下意识地点了点头。

"但是你不同。"他捧起她的脸，低声说，"我拿心换来的人，无论如何都不会放手。"

夜色静深。

林浅躺在床上，仔细听着洗手间的声响，待听到咔嚓一声门被推开的声音，立刻闭上眼，假装睡着了。

厉致诚洗了把脸，走回卧室。一眼就见女人眉头微蹙，双眼轻阖。但他曾身为军人，眼力是极好的，数百米外的移动靶都能快速命中，更何况此刻，看清几米外的她，其实睫毛轻轻颤抖着，并没有睡着。

厉致诚不动声色地走到床边，开始脱衣服。

跟大多数男人一样，他睡觉只穿一条平角内裤。林浅眯着眼，迷迷蒙蒙就见他掀开被子躺下来，匀称结实的身体线条，在灯下格外有男人味。

林浅不吭声，继续装。

然后就感觉他的身体慢慢贴上来，一只手也搭上她的腰，缓缓地摸，"睡着了？"

"嗯。"林浅眼也不睁地答了一个字。

"消化好了吗？"他又问。

这是刚刚在书房里，他一番剖白心迹后，林浅虽然心潮澎湃，但嘴上却说："嗯……我明白。我再消化消化。"

其实女人都是一样的。如若跟他冷战、矛盾，哪怕他解释得再有道理，你理智上已经接受，情绪上却总要有点时间消化。

林浅是个很理智的女人，从始至终，她就明白，厉致诚这么做才是正确的。他说过，他不主动算计人。他也说过，这次如果不主动杀新宝瑞，宁惟恺必然会筹备新品牌，封杀他们刚刚有所起色的Vinda。正因为现在，爱达的所有人都沉浸在翻身的喜悦中，唯有他看清背后的致命凶险，所以才会下这一步狠棋。瞒天过海，非死即活，别无选择。

但理智是一回事，情感是一回事。

她转了个身，用背对着他，"没！我想还要几天时间！"

既然她是他用心换来的人，譬如心肝，不就有任意发泄的权力吗？哼……

那么她当日应该早点看他的锦囊妙计吗？就不会有今天的后知后觉。

她想了想，居然还是觉得不应该。

他虽然运筹帷幄决胜千里，可这一路走来，并不是没有风险和艰难。倘若当日没有找到明德这一款高性价比的面料，倘若明德的老头子并没有答应他的控股协议，抑或是宁惟恺没有中计，没有走出沙鹰这一步……那么厉致诚都不能像今天这样，胜局已定，只等来年，轻而易举迈上行业顶峰。

他又何尝不是高处不胜寒，承担着数倍于旁人的压力，步步如履薄冰？

这么想着，心肠又软了几分。

这时，却感觉到厉致诚的呼吸渐渐平稳，放在她腰上的手，也不动了。

林浅仔细听了听，顿时有些无语——他不会……睡着了吧？

她还在拼命找理由原谅他，他却这么宽心地睡着了？

林浅又停了一会儿，还真是动静全无，呼吸慢慢变得悠长。这下她忍不住了，倏地转头看向他。

谁知一转身，就撞上一双清亮的眼睛。厉致诚在夜色里静静地望着她，不知已望了多久。

周围这样的静，这样的黑。唯有他俩，默默对视着。

林浅的心突然又是一软。

结果就听他开口说："出差这几天，一直在想你。"

林浅的眼眶忽然有点发热，轻声答："嗯，我也是。"

一直在想你，每分每秒。

原来我是这么希望彻底地拥有你。所以才会失望，才会难过。因为我是这么希望彼此之间毫无隔阂，也没有疏离。

忠诚也好，狡猾也好；机关算尽也好，矢志不渝也好，那都是我爱的你。我想做这个世界上最了解你的那一个人，我想跟你并肩，而不是站在迷雾中仰望你。

所以我不会再回避，不会再畏惧。

今后，我要始终看到最真实的你，这样才不会再伤心。

窗外，星光闪烁。

林浅已经累极，靠在厉致诚的肩膀上，迷迷糊糊道："以后你的锦囊妙计……我都要提前看。"

"好。"

"如果你失败了……不许在我面前觉得丢脸。"

他的声音有了一丝笑意，"不会。"

"这次Aito失败，其他人也会伤心的啊……"

"暂时。我会弥补。"他轻声说，"你忘了最后一计：'异军突起'？明年这个时候，新宝瑞丢掉休闲包和户外包市场，我们的Aito，会扩充成全面品牌，卷土重来。"

这下林浅没声音了。

原来……Aito不只是弃子，也是后招。只是时机未到。

两人就这么静静地待着，过了一会儿，林浅忽然又问："你上次说，第一眼就……对我有兴趣了？"

厉致诚静了一会儿才答："嗯。"

"我也是。"

厉致诚没出声，过了几秒钟，低头再次吻下来。

次日凌晨。

天蒙蒙亮，林浅就醒了。多年来一个人单独睡惯了，现在身边突然多了个人，其实真的还没适应。

但是男人显然比女人适应得更快。林浅望着相隔寸许外，厉致诚安稳的睡颜，他的呼吸浅浅喷在她的额头上，带着令人心悸的气息。

想起昨晚的交谈和缠绵，感觉就像一场梦。梦醒了，心里有点空落落的，但看着窗外迷蒙的日光，新的一天即将开始，心中又好像生出了满腔的动力和希望。

是否，这就是爱情？

令人悲喜交加，却又欲罢不能的爱情。

她安静地看了他一会儿，刚想起身，谁知厉致诚虽然睡得沉，警觉性也很高。在她动弹的同一瞬间，他就缓缓睁开了眼，定定地望着她。

他们还有很多很多的以后，把彼此看得更清，走得更近。

更加相爱。

后来，过了很久以后，林浅再回忆起这晚，两人推心置腹的一番深谈，依旧会觉得心头波澜阵阵。

她庆幸在出现分歧时，他们都没有把问题藏在心里，而是以最坦率的方式交流，彼此珍惜，彼此安抚。

而她会想，其实厉致诚这一晚有句话说错了。

她不是高估了他，而是低估了他。

就像他自己说的，正因为机关算尽，正因为城府似海，所以他对待爱情、对待人生，反而比普通人看得更透彻。利益背后，心机背后，在看透了这世上一切的诱惑和浮华之后，他真的要的不多。只要一人一世一双人，她能伴他到老。

而此时，两人的爱情，就在暂别矛盾后，继续互相扶持着前行。爱达的事业宏图，也在这个节点发生转折，就此按照厉致诚的布局，驶向新的方向。

次日上班，公司管理层展开了激烈的讨论。很多人建议正面与沙鹰展开竞争，但也有不少人担忧与新宝瑞正面为敌，无异于以卵击石。但熟知内情的公司高层们，却大多保持沉默。最后厉致诚力排众议，定下"保住现有市场成果、不与沙鹰进行针对性竞争"的策略。实际上，也就是无为而治。

而到这一年年底时，除了Vinda带来的丰厚而稳定的利润，Aito虽在市场上只剩下较小份额，但前期几个月的巨额利润加上明德的违约金，总体算下来，依旧是盈利的。在这期间，厉致诚等人的精力，更多放在提升内部管理水平和研发实力上。到十二月年终结算时，爱达的营业额已经全面恢复到曾经跌落前的水平，重新回到市场第二名的位置。职员和工人们，领到了前所未有的大红包。而整个行业的布局，也随着时间的流逝，悄然发生着改变。

第三十章
浮生偷闲

一年后。

七月的台湾，天气已十分炎热。阵阵海风夹杂着腥味吹来，令人从头到脚都感觉到丝丝湿意。

林浅穿着军旅风的短袖衬衣和短裤，戴顶白色宽檐帽，手腕上是只水润的白色玉镯。她正在开车，开的是越野吉普。

穿行在枝叶茂密的树林小径中，阳光像大块大块的金子，斑驳地落在前方道路上。这么开了十几分钟，就抵达了一排白色幽静的度假屋前。她停在其中一个的门口，从副驾上拿起刚买的早点，推门走了进去。

一室明亮，袅袅茶香。

厉致诚就坐在窗边的躺椅旁，正在看书。听到声响，他抬眸望向她，目光幽深。

林浅看到他就笑了。

此刻，他上身也穿着军旅风的暗绿色短袖。单看上面，是非常英俊逼人的。不得不说，他很适合穿军旅风，肩宽腿长、腰身窄瘦，那线条怎么看怎么利落英俊。

不过下身……咳咳咳，是条绿色花纹的沙滩裤。肌肉结实的小腿露在外头，那么随意地坐着，就显得慵懒而肆意。

不得不说，沙滩裤跟他的气质的确有点不搭。可林浅觉得吧，Boss的气场多强大啊，生生把这么街头的服饰，也穿出了冷峻淡定的气质。

她点点头，走到他跟前，"不错。"露出有点得意的笑，"没想到你真的肯穿呢！"

昨天她买回来，给他看时，他就不置可否。最后微蹙眉头，看她一眼，没说话。

今天却主动穿上了。

厉致诚将手中的书扣在桌上，答："你以为烽火戏诸侯的典故怎么来的？"

林浅微怔，旋即笑了。他是在说穿这身衣服，就是为了博红颜一笑。

这时厉致诚却坐直了，伸手将她一拉，就跌坐在他的大腿上，然后低头看着她，气息温热撩人，"骗子。"

林浅倏地笑了。

她是几天前来台湾的，过来看明德新面料的生产。厉致诚昨晚才到。

这一年，明德面料的发展，果真如厉致诚所料，如火如荼，势不可挡。不仅接受了新宝瑞的巨额订单，还逐步为国内、东南亚的一些箱包厂提供原材料。产量越来越高，业务规模越来越大。所以两人也会频繁往台湾跑。

但相比去年Vinda、Aito上市那段时间昏天暗地的忙碌，他们现在更像是姜太公独坐钓鱼台，悠闲了很多。用顾延之的话说，其实是"坐在家里等着收钱"。

再想想当初的摸爬滚打艰苦拼搏，对比今日轻轻松松日进斗金，当真令人无限感慨。

而两人的感情呢？

说起来也奇怪，一年的时间，这么快就过去了。他俩还是好好的，每天上班、下班，有时候一起出差，有时候分开十天半月。

在一起时甜蜜缠绵，分离时倍加思念。一天一天，一月一月，好像没什么变化。她还是这么喜欢他，而他也同样地渴求和拥有着她。

是否相爱时，时间就是会过得这么不经意，过得这么快呢？

昨天厉致诚下了飞机，抵达工厂边的这个度假屋，都已经夜里一点多了。小别胜新婚，体力很好的Boss大人当然有欲求，但林浅心疼他一天舟车劳顿，就劝他早点休息，并且许诺今早一定……

结果早上她醒的时候，厉致诚还没醒。她突然想起厂里的职员给她推荐过，附近小镇上有一家的台湾特色"脆皮蔬菜卷"特别好吃，就把这事儿给忘了，兴致勃勃地开车去买了。

所以此刻，厉致诚才会说她是"骗子"。

……

林浅可怜兮兮地将手里的早点递到他面前，"我是为了满足你的口舌之欲啊！"

厉致诚看一眼那早点，又看看女人被阳光晒得有点微红的皮肤，淡淡地说："喂我。"

"……哦。"

将纸袋的口打开，让那卷饼露出个头，送到他唇边。他就着她的手，慢慢地、一口口吃着，自己的手，却搭在她腰上，另一只手，则轻轻地在她的膝盖上，一下下敲着。

林浅就瞪他一眼：吃个饼，也是一副淡定自若掌控全局的姿态！

……

一个饼他很快吃完了。林浅期盼地问："味道怎么样？"

他答："普通。"

"哦。"林浅将手里的纸袋丢进垃圾桶，一转头，却被他低头吻住。

"不是说要满足我的口舌之欲吗？"他轻咬她的脖子。

一语双关，林浅心头一荡。看一眼墙上的钟，时间还早，于是伸手搂住他的脖子，吐气如兰，"你要……怎么满足啊？"

厉致诚抱起她起身，就往身后的大床走去。

……

"想我了吗？"他低声问。

林浅轻声答："厉致诚，我们都好了一年多了，怎么我还是一天比一天想你呢？"

阳光清透、树木寂静，偷得浮生半日闲，两人便在这天涯海角的一处度假屋里，耳鬓厮磨，尽诉衷肠。

上午十点整。

两人准时来到汪泰识的办公室里。

汪泰识看到他们，也不客套，问："吃早饭了吗？没吃就去下面的员工餐厅。"

厉致诚淡笑答："吃过了，脆皮蔬菜卷，味道很不错。"

汪泰识一听就笑了，又跟他侃了一会儿台湾的美食。林浅却在旁听得心头一荡。

咳……他早上说过，早点味道一般。

但是说过她"味道很不错"。

她当初的断言果然没错，这个男人真的是会越来越"坏"的，尤其是对她。

明德新研发的一批面料已经投入生产了。这批面料质量不具备防水防污等科技性能，但质量更轻、韧性更好，编织密度也更细致——正是厉致诚将来打算用在新的休闲包品牌上的原料。

三人又去生产线转了一圈。厉致诚说："华中、华南的新工厂已经建好；华北、华东的也已经奠基。汪老要不要过去看看？"

汪泰识却没有马上回答。他看着眼前年轻而登对的男女，亦是他的合作伙伴，又抬头看着阳光之下，明德已经扩建了数倍的厂区，突然有些感叹。

"致诚，林浅。"他悠悠地说，"没想到我汪泰识老骥伏枥，如今真的要振翅高飞了啊。"

厉致诚和林浅都笑了。汪泰识得意完毕，斜睇看他们一眼，"别急着回去，在台湾再玩两天。今晚我老婆做火锅，你们俩都过来吃饭。"

厉致诚和林浅都答好。

这天下午，两人的确清闲无事，就如普通情侣般，相携在台湾街头漫步。

这一年，林浅重点盯着面料这一块，所以跑台湾的次数比厉致诚更多，也比他更熟悉。于是就带着他，穿过一条条繁华的街道，漫无目的地走。

环境不重要，路人也不重要。重要的是身边的人，以及你的心境。曾经的林浅，跟厉致诚漫步在街头，每一秒钟都甘甜如蜜，心绪被他这个人塞得满满的。

如今，林浅的心境也有了变化。陪在他身边，就如同饮着淡淡的蜂蜜水，那滋味微甜却绵长，不知何时已浸入你的全身，成了习惯。

也许是职业病作祟，不知不觉，两人又逛到了市区最繁华的一条街上。而这里，也云集着亚洲最好的箱包品牌。两人在高楼大厦间止步，一眼就看到对面大厦楼顶上液晶屏里，沙鹰的广告正在滚动播放，广告内容十分时尚大气、夺人眼球。

而广告下方，最后出现的一行字是：亚洲年度销量第一。

林浅默不作声地看了一会儿，脑海中倒是浮现出许久不见的宁惟恺的样子。不知道他此刻对着新宝瑞的大盘子，是怎样一种心情呢？

她又抬头看向前方。那么巧，隔得不远的一块广告牌，就属于明德。黑色的屏幕，银色晶亮的MIND四个字母，力度均匀、简约优美，一如这个品牌的特点。

林浅转头看着厉致诚，"你下周真的要跟宁惟恺见面？"

厉致诚也看着这两块微妙的广告牌，淡淡点头。

林浅叹了口气，"他会不会想揍你啊？"

厉致诚的嘴角浮现笑意，答："宁惟恺早晚会知道——我和你，是明德的大股东。"他看她一眼，"没有永远的朋友……"

林浅接口："也没有永远的敌人。"

商场上的男人，只有永远的利益。

厉致诚和宁惟恺，双方为什么会安排这次会面呢？林浅很清楚个中缘由。

因为经过一年发展，沙鹰和明德，已经是你中有我、我中有你。这个局面，林浅不知道厉致诚是否曾经预料到。但的确是，两个品牌都以疯狂的速度成长起来。

不过，就林浅个人看来，明德的发展比沙鹰还要好一些。因为就如同当年英特尔芯片之于各大电脑厂商，它已经把知名度做到了终端客户的层面。

所以最终，它的地位变得更强势。

现在明德也是一样。从去年Aito面世开始，厉致诚就十分注重明德品牌的塑造。现在消费者都知道了台湾的明德面料，亚洲最佳，臻于完美。

尽管她和厉致诚的股东身份一直低调保密，但精明如宁惟恺，说不定早已察觉。

只不过，现在的他和沙鹰，大概也没有别的选择了。

同一天。

宁惟恺站在新宝瑞的大厦上，俯视一切。地面人来人往，细小如蝼蚁。

他刚刚结束了沙鹰的季度销售总结会。所有的人都很高兴：他的员工、心腹、供应商、大客户代表……因为这是多年来，新宝瑞第一个亚洲销量冠军的单品。

想到这里，他微微一笑。但这笑并不愉悦，他的眉眼冷漠如初。

因为此刻，在他的桌面上，还放着上季度新宝瑞的整体业绩报告。与沙鹰的热销形成鲜明对比，近几个月，休闲包和户外包销量明显萎缩。

终于在今天，集团的季度总盈利，出现了负值。

他这样站了好一会儿，最终只缓缓地叹了口气。

这时，原浚却敲门进来，神色有点难看，"总裁，该去祝氏总部开会了。"不知是有意无意，这个跟了他多年的助手，现在称呼总部，都会加上"祝氏"两字。

宁惟恺点点头，走回桌前，拿起椅背上的西装，开始慢条斯理地穿，依旧是平日风姿绰约、清贵逼人的模样。

原浚看着他，眼眶忽然就有点湿润，转头看向一边，淡定地压了下去。

而宁惟恺脑海里想起的，却是昨晚接到的一些电话。都是祝氏内部与他交好、对他寄予厚望的朋友。来电的目的，无外乎是同样的明示暗示：

"惟恺，明天的董事会，可能要刮风了。"

"惟恺，情况对你很不利啊。"

"惟恺，你今后有什么打算？"

……

他同时想起的，是今早离开家上班前，妻子祝晗姝一身香奈儿的优雅长裙，赤足站在玄关处，看着他的眼神：爱慕、歉疚、彷徨、无可奈何……

他最后将领带一系，面无表情地跟原浚下了楼。

林浅做了个梦。

梦里，厉致诚正坐在书房里加班。她泡了杯热茶给他送过去，他一伸手，就将她拉进怀里。这场景如此熟悉，在过去的一年多里发生过无数次，以至于令她在沉睡中都忍不住微笑。

然后忽然就到了床上，厉致诚的身体压上来，她的眼前只剩下他的身形轮廓。而他在她耳边低喃："林浅……这辈子都不会让你离开我。"

……

　　林浅睁开眼，看着竹藤交错的天花板。依旧是在台湾的度假屋里，外头阳光明亮。

　　还是大白天呢。奇怪，她怎么会做这样的梦？

　　"这辈子都不会让你离开我"这种肉麻又煽情的话，可不是厉致诚会说出口的。哪怕是同一种意思，他讲出来也是气势逼人的：拿心换来的人，我无论如何不会放手。

　　她微微一笑，从床上爬起来，一眼就看到厉致诚坐在屋外门廊的躺椅上。

　　林浅不禁感叹：啧啧……真的如顾延之所说，他们现在是坐在家里收钱啊。以往两人多忙啊，现在居然一个在睡午觉，一个在晒太阳。

　　她胡乱穿了双拖鞋，走到他身后，低头就在他脸上亲了一口。

　　厉致诚抬眸看着她，"梦到我了？"

　　林浅一愣，"你怎么会知道？"

　　厉致诚笑笑，将她拉进怀里，一起坐在躺椅上，缓缓摇晃着。藤椅有些年头了，木质光滑、透亮圆润，摸着十分舒服。

　　其实呢，厉致诚是听到了林浅讲梦话，浅语低喃："致诚……致诚……"梦里她的嘴角还是弯的。

　　不过他开口答："直觉。"

　　林浅顿时瞪大眼，想了想，最后点头，"心有灵犀呀。"

　　其实她脑海里冒出的词，是"身心相通"。

　　不过对厉致诚讲这种话，无异于勾引和邀约。所以打住。

　　没有女人不会被"心有灵犀"这种事感动，林浅眨眨眼，勾住他的脖子，问："咱俩怎么这么有默契呢？"

　　厉致诚盯着她近在咫尺的脸，"因为身心相通？"

　　"……"

　　她抬头就把他的唇给堵住了。

　　结束这个沉默而热烈的吻后，林浅坐在他怀里，一起看着远方的田园、公路和厂区。

有默契啊有默契，他俩现在真是天生一对。不像一年前，刚在一起那会儿，还是有过蛮多矛盾的。时光就这么蹉跎，慢慢地就把矛盾给消灭掉了。

林浅脑海中印象最深的一次矛盾，不是她因为Aito弃子的事跟他闹情绪。

而是在那之后三个月时，两人还有过一次很大的矛盾。

那时，爱达开始秘密研发新的休闲包，为来年翻身作准备。林浅的市场团队，依旧负责市场策划方案。

但再有默契的人，也不会每次都想到一起去。这一次，林浅他们作的方案，就被厉致诚否了，而且否得很厉害。

他秉承一如既往的简练风格，只简单敲定四个字："不行。重作。"

其实那部分的方案，不是林浅主作的，而是她手下一个很能干的心腹，加班加点，熬了许多个通宵带人作出来的。又是个挺年轻的女孩，听大Boss在大型会议上这么一批评，当即眼圈就红了。

而顾延之、刘同这种级别的领导，是不会去照顾这种级别的员工的情绪的，看了方案，也是一顿批评。

林浅看着下属们全都灰头土脸的样子，心疼啊。她本来就觉得这个方案作得很好。服从上级命令没问题，但她也要把自己的观念充分表达出来。

于是她直接站了起来，开始陈述。

要知道林浅的性格，的确如厉致诚所说——有时候，比男人还有气魄。据理力争的时候，更是如此。

当场就摆出一二三四五六七八条观点，条条针锋相对，证明这个方案其实不错。

她讲完之后，其他人的确是被镇住了，现场鸦雀无声。倒不是原先反对的人都被说服，而是林浅猛然间爆发的雄辩之才，一整套环环相扣，让人一时想不出如何反驳。

而这时，厉致诚跟她遥遥一个对视，眼中竟然闪过极浅的笑意，然后神色平静地说："有道理。但这个产品的定位，不符合我们起初制定的战略，也不是我要的。重作。"

他一针见血，旁人频频点头。也有人站在林浅这一边，沉默不语。而林浅笑不出来，绷着脸坐下来，淡淡地答："好。"

……

回家后，林浅就不理厉致诚了。当然后来她明白了，这种做法很不成熟。但当时一股气憋在心头。不光是意见本身的不一致，她心里也会想，虽说两人都是公私分明的人，但她到底是他的女人，在人前好歹要给她留点面子吧。

于是吃饭、洗澡、看电视，直至躺上床，她都不看他、不理他。

而厉致诚呢？他其实压根儿就没把这种事放在心上。但一回家，看到女人生气了，也不急，开始不动声色地撩她。

她订外卖，只订自己那份。他就拿起外卖单，打电话叫来一份跟她一模一样的，然后坐在她身边吃。她闷不吭声地躲，他就一把将她拉进怀里，让她动弹不得，最后只能坐在他大腿上，把这顿饭吃完。

她气冲冲地去洗澡，还打两道反锁，还把椅子推过来抵住门。他就照例用钥匙打开门，再轻而易举地搬开一切障碍，走进浴室。也不做什么，就站在浴缸旁，盯着她看。她要拿毛巾，他先一步拿过来；她要拿洗面奶，他错误地将面膜膏拿了过来。林浅想笑，但是努力忍住了。

然后就是上床睡觉。

林浅依旧背对着他不理他，他就淡淡地问："我是否应该再次表达忠诚？"林浅的脸唰地一烫，"不用！"

"你确定？"

"确定！"

"那转过来。"他提出了交换条件。

林浅只好转身面向他，闭着眼睛不看他。

"床头吵架床尾和，这句话没听过吗？"他低声问。

"……"

后来气彻底消了，她就想出了一个匪夷所思的招儿，化解今后的类似矛盾。

她说："我知道要公私分明，但是，我是女人！女人总是要面子的，女人是感性的，不可能做到你这么冷静理智。所以我有个建议——今后但凡我在会上提出的方案，如果你要全盘否定，不许这么直接。我们定个暗号，你就摸一下左边眉毛，然后说：'这个方案还不错，但是我还希望看到更好的。'这样我就明白了，你真正的意思其实是：'这个方案太差劲了，重做吧女人！'"

她眨眨眼睛看着他，"你看这样行吗？"

厉致诚将她抱在怀里，眼中升起沉沉的笑意。

"遵命。"

不过在那之后，让他摸左边眉毛的情况，倒一次也没出现过。有一次他在会上的确这么说了："这个方案还不错，但是我还希望看到更好的。"搞得林浅一阵惴惴，一回家就问他："你……忘了摸眉毛？"

他淡笑，"没有。"

林浅这才反应过来，心情彻底一松，知道他是在逗自己，太可恶了！

……

但林浅其实慢慢也在转变。

她渐渐意识到，有时候的矛盾，是她做得不成熟。两人既是上下级关系，又是情侣关系，如果把工作上的矛盾带回家，就会影响恋爱关系。譬如上次的Aito事件，譬如这次的会议矛盾。所以后来她主动提出，今后回家后，谁也不讨论工作。厉致诚欣然应允。

……

"在想什么？"温凉低沉的男声，在耳边响起。

林浅瞬间拉回思绪，转头看着他，"没什么，想你以前怎么欺负我。"

　　厉致诚已经习惯了女人的口是心非。虽然她脸故意板着，眼中却有狡猾的笑意。

　　他点点头——既然自己的女人，在怀念被"欺负"的时光，他当然不介意与她更有默契。

　　"今晚想在这把椅子上欺负你。"他低声说。

　　林浅脸上一热，低声骂道："浑蛋啊你！"

　　落日的余晖，遍洒小镇的街道。路旁的年轻人，闲散嬉笑，看到厉致诚和林浅的车，还不忘吹了个口哨。

　　今晚的安排是去汪泰识家做客。林浅坐在副驾，路上没事，就给哥哥打电话。

　　接通后，依旧是优雅而机械的英文女声。

　　她挂掉电话，看着正开车的厉致诚，"我哥不知道在忙什么，最近打电话都转语音信箱。不过他一有大项目就这样，六亲不认。"

　　厉致诚只是淡笑。

　　林浅托着下巴盯着他，"其实你也这样。"有股六亲不认的狠劲儿。

　　厉致诚却答："我跟他不一样。"

　　这话颇有深意，林浅有点发愣。哥哥的过往，她有跟厉致诚讲过。

　　他这话的意思是……

　　厉致诚看她一眼，说："我绝不会让自己失去心爱的女人。"

　　林浅一怔，没说话。

　　其实想一想，人生和人性，真是令人感叹。厉致诚和林莫臣，在商场上的手段如出一辙。可哥哥因为经历了抽筋剥骨之痛，所以才认识到自己的真心。

　　厉致诚却先把真心搁在她面前。这些日子的点滴相处看得出来，他把她握得很牢，越来越牢。

"那可不一定。"不过，她还是傲娇地给予他回应，"要看你以后的表现了。"

汪泰识的家就在路旁的一幢二层小楼里。路灯已经亮起，泱泱照射着屋前的绿树和台阶，显得分外静谧温馨。厉致诚拿着带来的两瓶茅台，林浅挽着他的胳膊，上前摁门铃。

开门的是汪泰识的儿子，也正是上次故曝其短，引宁惟恺上当的那位金融才俊。他长得比父亲好看多了，白皙斯文，戴着金丝框眼镜，含笑请他们进屋，同时抬头对楼上喊："爸，厉先生和林小姐来了。"

林浅忍不住看一眼身边身姿挺拔、面容俊朗的厉致诚。

厉致诚和汪泰识平辈相交，所以汪家这些子女，虽然与厉致诚年龄相仿，却待他格外客气。每每厉致诚跟汪泰识坐在一起，品茶交谈，其他年轻人都会恭敬地陪坐。

而林浅身为他的女人，每每看到他超乎同龄人的沉稳老练、从容气度，心跳依旧会为他暗暗加速。

汪泰识的妻子也是位退休的大学教授，但比起丈夫的孤僻高傲，汪太太则显得可爱很多。她个头小小的，打扮讲究，脸上时时挂着笑，许是一辈子待在象牙塔里，又被丈夫宠得厉害，谈吐间甚至还有些天真烂漫。

譬如此刻，一桌人围着香喷喷的火锅，刚喝了没几杯，她就问林浅："小林，你们打算什么时候结婚呢？"

林浅正拿着一瓶果汁在喝，闻言啊了一声，笑而不语。

一旁的汪泰识就来拆夫人的台，"现在的年轻人，结婚就是个形式。你自己儿子还没结婚呢，居然操心别人。"说完就不着痕迹地转移话题，看向儿子，"什么时候交个女朋友带回来？"

汪公子于是也打哈哈，含糊点头，"嗯，爸爸，我在努力。"

林浅明白汪泰识为什么要转移话题——大概在座的只有汪太太不明白。倒不是这种话题不能谈，而是太过干涉隐私了一些，毕竟不知道当事人到底怎么想的。

其实诸如汪泰识、厉致诚、林莫臣这样的男人，在人际交往的一些细节上，反而很注意分寸。

林浅也没多想，以为这个话题已经过去了。其他人也这么认为。谁知一直沉默的厉致诚，端起酒杯敬汪太太，同时开口："结婚的时候，一定送喜帖给您。"

周围人全笑了。汪太太更是一拍手，端起酒杯跟厉致诚一碰，还转头瞪了自己老公一眼，那意思是：看吧，这个话题多好，就你多事！

汪泰识只是笑。

林浅却是被厉致诚这句话扰得心头一跳，抬头望向他。

他今天穿的是件白衬衣，没系领带，领口微敞，手上还拿着个瓷白玉润的小酒杯，那模样斯文又俊逸。

察觉到她的目光，他也抬眸看着她。

许是火锅的热气太蒸腾氤氲，他的眼看起来波光暗敛。头顶水晶灯的光芒，仿佛都落入了他那幽深的眼睛里。

林浅突然没头没脑地想起他最初追求她时，就这么盯着她说：这是我第一次，想要得到一个女人。

如今许多日子过去了，他却依然用同样的眼神看着她，无声地告诉她，他想要得到她。

林浅转头，微笑着继续喝果汁。

就在这时，厉致诚的手机响了。他看了一眼说："你们慢吃，我接个电话"。说完就起身，走到了阳台上。

林浅的目光不由自主地追随着他，而大家似乎也感觉到什么，交谈没那么热烈了。汪泰识拿着筷子，慢慢夹着面前的一盘花生米，耐心，又安静。

厉致诚很快挂了电话，重新拉开阳台的门，抬眸一眼就看向了林浅，朝她使了个眼色。

林浅于是笑笑，起身走了过去。汪泰识大约也跟他是"心有灵犀"

的，同样起身走了过来。一老二少站在阳台上，汪泰识先笑了，"有好消息？"

厉致诚脸上也噙着淡淡的笑，整个人在夜色里显得格外高大俊朗，"您料事如神。"

看一眼他俩，他说："祝氏下达了新的董事会决议——宁惟恺不再分管新宝瑞，调任新成立的互联网子公司任CEO。不过沙鹰的相当一部分股权，还是在他手里。新宝瑞现在由祝氏二少兼管。"

他一讲完，林浅和汪泰识都静下来。

尽管这一年，新宝瑞的休闲包市场萎缩，但爱达即使发动正面大规模进攻，他们也预备着是一场硬仗——因为新宝瑞有宁惟恺，百足之虫死而不僵。

可现在新宝瑞失去了宁惟恺，犹如雄鹰斩断翅膀。祝氏二少虽也是商场才俊，但比起宁惟恺，却还是差了好几个段数。更何况他刚接手，必然有一番整顿适应。等他度过这个时期，爱达早已一飞冲天！

厉致诚怎么想不到个中利害？他看向汪泰识，淡笑着说："汪老，我们Aito品牌下的休闲系列包，可以马上生产上市了。"

从汪泰识家回到度假屋，已经晚上九点多了。

厉致诚喝了不少酒，是林浅开车回来的。但他虽面颊绯红，眼神却很清明，没有半点醉意。一进屋，他就在躺椅上靠下来，轻揉额头。

这种时候，林浅还是非常女人非常贤惠的。先给他泡了杯醒酒茶，又拿来热毛巾。

厉致诚端着茶，慢慢喝着。林浅一边给他擦脸，一边问："喝了多少啊？"

"七八两。"

林浅点点头，又替他解开衬衫的扣子，替他擦脖子。

刚刚在汪泰识家，大概是因为有好消息，男人们的酒兴更浓。眼见他和汪氏父子一杯一杯又一杯，汪太太偶尔还插进来敬几杯，林浅并不担心，也不劝诫。

怎么说呢，倒不是他的酒量多么惊人，而是他自制力太强了，根本不需要人在边上盯着。有的男人喝酒，不知不觉就过了头，但他绝对不会。如果感觉喝得差不多，他就会自己停下，任别人再怎么劝，一杯都不会多喝。

林浅从未见他喝醉过，顶多脸有些上色，人有些倦乏，但绝不会醉倒。在这一点上，林莫臣竟然跟他一模一样。

也许这个类型的男人，习惯性要求自己，时时刻刻保持清醒的头脑。

脸和手都擦完了，见他闭着眼靠在躺椅里，林浅低声问："上床去睡？"

"嗯。"他低低应了声。

林浅就伸手扶他，他站起来，半个身体的重量都压在她身上。林浅刚把他扶到床上，谁知他手一拉，就将她也拽上了床。

"干吗呀？"她笑，"我还要洗澡呢！"

厉致诚却一个翻身，将她压在身下。

淡淡的酒气喷在她脸上，他的眼睛黑亮异常，定定地望着她。

"林浅。"他说，"告诉你哥哥——厉致诚即将站上行业顶峰。今后你彻彻底底属于我，婚嫁自由，旁人不得干涉。"

林浅一愣，倏地笑了。

到底是酒不醉人人自醉啊，连向来沉敛淡定的厉致诚，都难得地露出了几分张狂和肆意。

她伸手搂住他的脖子，低声重复他的话："好，今后我彻彻底底、心甘情愿属于你厉致诚。"顿了顿，又说，"只做你的女人，陪你一辈子。我们永远在一起，每天都这么开心，每天都这么亲密，好不好？"

厉致诚深深地看着她。

"好。"他缓缓地说，"一言为定。"

林浅心头阵阵悸动，厉致诚已埋首吻下来。而不知怎的，也许是因为今晚之后，未来已一马平川，令人不由自主地意气风发，也许是因为他身上的酒气太醉人太撩人……

同一个夜晚，有很多人开心着，譬如厉致诚、林浅、汪泰识、顾延之，以及爱达的所有干部和员工……

也有很多人不开心，很多人心怀鬼胎。

此刻，林莫臣就坐在华尔街的办公室里。他刚开完了一个重要的投资项目会议，有些疲惫，看着窗外的喧嚣城市，揉了揉自己的额头。

拿出手机，就看到了林浅的未接来电。他抬头看了看墙上的钟，大陆那边正是子夜，于是将手机往桌上一丢，拿起桌上的报纸，长腿轻轻交叠，不紧不慢地看了起来。

与此同时，刚刚卸任的宁惟恺，已经离开了新宝瑞大厦，明天会是他在这里上班的最后一天，交接完毕，他就要调任新的管理岗位。

而与他同在霖市的陈铮，此刻还逗留在自己的办公室里，沉思。宁惟恺被"流放"的消息，同样传到他耳朵里。这一年，沙鹰击穿的不仅仅是新宝瑞的市场，而是整个市场。司美琪的休闲包市场，尤其折损严重。

现在，这位在过去一年中事事不顺的总裁，终于露出了笑容。他觉得自己翻身的机会终于来了。

第三十一章

许我一生

次日一早。

这大概是多年来，宁惟恺第一次在工作日，穿着休闲装，坐在办公室里。

他的神色很平静，手边一杯咖啡、一份电影杂志，正在看。而原浚指挥着两名秘书，正在将他的文件和物品装箱。一个一个方方正正的纸箱，堆在门口。统共也不过十来个，就是这位曾经坐拥数十亿资产、行业冠军企业的总裁全部的家当。

原浚也很平静，温温和和地给秘书们下达指令。倒是两名女秘书，大气也不敢出。办公室里的气氛这么宁静，她们却紧绷着脸，生怕行差踏错。

很快就收拾完了。

两名秘书风一样地退了出去。原浚清咳两声，开口："宁总，收拾完了。"

"嗯。"宁惟恺淡淡地应了声，依旧拿着那杂志，似乎看得极为专注。

原浚就不吭声了，侧立在一旁静候。

收拾完了却不走，总裁还有何打算，他不需要揣摩，只需要听命。

盛夏的阳光这样的好，透过深色玻璃，洒在大理石地面上，折射出浅金色的光芒。这对上下级，就这么安安静静地待着，任时间一分一秒地流逝。

终于，十点刚过，有人来敲门了。门外同时有脚步声，声音很响、很密集，也很杂乱，听起来像是有很多人。

原浚走过去，打开门。领头进来的是新宝瑞的一名副总裁，接着是沙鹰子品牌的负责人，然后是采购部经理、人力资源部经理、市场部经理、信息技术部经理……

他们全都面色凝重，而宁惟恺始终低头看画报，像是对大家的到来浑然未觉。

于是原浚就将所有人都放进来，然后朝门外的秘书递了个眼色。秘书打了个手势，示意没别人过来。原浚就把门紧紧关上了。

这时，宁惟恺终于抬头了。在所有人的视线里，这位前任CEO即使穿着运动休闲外套和长裤，也显得气宇轩昂、神采风流。

"怎么？都来送我？"宁惟恺含笑道，"现在是上班时间，怎么都擅离职守了？"

大伙儿面面相觑，偌大的总裁办公室里，气氛沉静得诡异。

领头的副总裁先开口了："宁总，您今后有什么打算？"众人附和："是啊！我们想知道。""您不能就这么不声不响地走了啊。"

宁惟恺笑笑，站起来，双手插在裤兜里，缓缓踱到众人面前。

"暂时没考虑这个问题。"

他答得轻巧，众人却再一次不知如何接话。这时，沙鹰子品牌的总经理开口了。他是宁惟恺一手提拔起来的人，刚三十出头，名校毕业，戴着眼镜，为人精明果断，是新宝瑞新生代领导干部中最突出的一个。

"宁总，我这里有封辞职信。是我本人的。"他从口袋里掏出个信封，递给宁惟恺，然后笑了笑，"宁总，你去哪里，我就去哪里。"

宁惟恺看了一眼，没接，也没说话。

其他人虽没做到像沙鹰总经理这样决绝，但见宁惟恺的态度模棱两可，众人就七嘴八舌，纷纷开口。

"是啊宁总，我们跟了您这么多年，不能说走就走。"

"就不能跟董事会再提议吗？全体新宝瑞的员工，都可以集体请愿！"

"宁总，那个新成立的互联网公司，几十号人，几千万的资产，有什么好去的！您干吗不自己单干？"

当这个想法终于从其中一人嘴里讲出来时，其他人都是一静。

然后再无顾忌，纷纷说开。

"是啊，技术、供应商关系、大客户关系，全掌握在我们手里。再做一个品牌好了！"

"人也不是问题。全公司的员工，谁不服宁总？只要您说一声，至少我采购部所有人、所有关系，都给您带过去！"

"宁总，其实我早就想劝您单干了。以您在行业的地位，说句不该说的，是新宝瑞靠着您，不是您靠着新宝瑞。"

……

在这个过程中，宁惟恺始终沉默着。

但大家都很期待。

因为这是他一贯的决策风格——让下属们各抒己见，无论对错，他都绝不会记恨，绝不会让你有半点难堪。他会在深思熟虑后，告诉你他的最终决定。

而这个决定，总是将他们这批人，甚至新宝瑞的全体员工，带往一个正确的方向。哪怕沙鹰的成功，挤压了其他品牌的利润。但明眼人都知道，这已经是这位祝氏女婿，在内外交困的环境里，图谋到的最好结果。

而连宁惟恺自己都不知道的是——几天前，当高层变动的决议下发后，有多少员工，内心感到难过、愤恨和不平！一个成功的领导者，在一个企业树立的威信，有的时候是无处不在、润物无声的。每天，员工们远远地仰望着他，传颂着他的才华和魄力。

他们最直观的感受，就是每年的红包越来越厚，他们在行业的地位越来越高。对他们而言，宁惟恺是个符号。

他就代表着始终创新，始终进取，始终雄霸行业冠军的新宝瑞。

　　而当某一天，这位领导者突然要被贬离。普通员工们，哪怕是没跟他接触过的员工，竟然也会生生感觉到心里空落落的。突然会感到彷徨，突然会觉得，今后的新宝瑞，将不再是曾经的那个新宝瑞。

　　……

　　宁惟恺抬头，看着他们。

　　他在心里默数了一下人头，全公司二十四个部门的负责人，今天来了十六个。关键部门几乎都来了，很好。

　　他露出了一个微笑。

　　这微笑看得所有人心生希望，助手原浚更是内心一阵激荡——难道老板早有这个打算？太好了！

　　谁知他的回答，却出乎所有人的意料。

　　"我很感激，你们今天来送我。也感谢你们对我宁惟恺，这么信任。"他拍了拍沙鹰总经理的肩膀，又看了眼那副总裁，"大家的心意我领了，也一定记在心里。不过这几天我一直在想，我宁惟恺要的是什么。钱吗？名利吗？权力吗？"

　　众人寂静无声，却见他缓缓摇头，"不，都不是。这些我要，到哪里拿不到？"

　　他转头，看着窗外悠远的蓝天，以及蓝天下广阔的新宝瑞园区，淡淡一笑，"新宝瑞是我多年来的心血。尤其沙鹰，刚刚成立一年，是现在公司最主要的利润源，今后还有很大的发展空间。"

　　他转头看着他们，嗓音缓而有力，"所以我现在唯一希望的，是你们留在新宝瑞，好好干，比以前干得更出色，稳住公司的市场地位，而不是为了我一个人的去留，毁了大家多年来辛辛苦苦打下的江山。退一万步讲，我还是沙鹰的大股东，你们干好了，我也能赚更多的钱。至于我的打算……如果将来真的另起炉灶，那也一定是一片更广阔更好的领域，才能让你们跟过去，才不辜负你们对我的信任和期望。"

　　去那个破互联网子公司就任前，宁惟恺向总部请了一个月的假。上头很干脆地答应了。所以这天辞别了新宝瑞的心腹们后，他无事可做，就让原浚驱车，在市区转了一整天，到了傍晚时分，才回到家中。

宁惟恺的家在本市最贵的别墅区，环境非常优美奢华，连路灯都镶着水晶，光线迷迷蒙蒙，将他的家笼罩得好像梦中才有的世外桃源。

他推开门走进去，一室灯光柔和，不见人影，只闻到袅袅鲜香。宁惟恺这才发觉自己饥饿无比。

祝晗姝听到了动静，马上从厨房里跑出来，照旧赤着足，穿着条酒红色的吊带裙，整个人看起来娉婷而柔弱——依旧是那个美丽而不知道照顾自己的公主。

"把鞋穿上。"宁惟恺低声说。

祝晗姝哦了一声，弯腰在沙发旁找丢失的鞋。可尽管她低着头，依然不妨碍宁惟恺眼尖地看到，她的眼眶红通通的，看样子白天没少哭过。

宁惟恺心中，忽然涌起一阵前所未有的、深深的疲惫。

白天在新宝瑞时，他即使要从下属们的视线中离开，都是风度翩翩、冷静自若的。他对他们讲的那一番慷慨正直的话，是他现在的真实想法，但也不是他完全的想法。

他更深层的想法是，他将来当然要动，当然要单干，当然不会再为祝氏卖命。

但不是现在。现在他刚刚被祝氏落井下石，元气大伤。

他不急，他要等待更好的复出时机。

可这样的冷静理智、步步为营，却在回到家，看到妻子的这一秒钟，突然就烟消云散。

只余满身的疲惫和无力。

往日这个时候，如果看到她有哭过的迹象，宁惟恺一定会上前，将她搂进怀里，温言细语地哄一番，抑或是抱上床温存一番。

她不是他的公主吗？

可今天，他实在不想讲话了。

"我进去睡会儿。"他丢下这么一句，就转身回房。

身后的祝晗姝诧异地抬头，"你……你不吃晚饭吗？"

"不吃。吃过了。"

宁惟恺说睡，就真的是睡。拉上窗帘，躺到床上，一室昏暗。然后他闭上眼，意识就变得模模糊糊。

的确，很久没这么毫无牵挂地睡过觉了。

谁知刚迷糊了一会儿，突然感觉有人趴上了他的胸口。

是祝晗姝。白玉一样的身子柔若无骨，小鹿一样水汪汪的眼睛正看着他，委屈又担忧。

宁惟恺伸手，将她搂进怀里。他实在不想说话，只用这个动作，表达自己的歉意和疲顿，希望她能理解。

然后祝晗姝却开口了，带着几分试探，几分悲伤，"惟恺，你……你会跟爸和哥他们斗吗？"

宁惟恺倏地睁开眼看着她。看着近在咫尺的她。

他突然就觉得受不了。推开她，起身，穿上外套，阔步就朝外走去。

祝晗姝的声音在背后传来："惟恺你……"

他已经带上门，离开了家。

接到宁惟恺的电话时，原浚很是惊讶。因为多少年了，酒吧、夜总会这样的地方，宁惟恺从来都不沾。哪怕是谈业务需要推脱不了，一到晚上九点，他必然会起身告辞。也有人在背后拿这个事说他。说果然是上门女婿，出来玩都不敢，当男人当成这样，也蛮憋屈。

但原浚知道不是这样。以宁总的手段，真要在外面胡天胡地，未必瞒不住祝晗姝那位娇小姐。所以他将宁惟恺不乱搞的原因，归结于他们夫妻鹣鲽情深。

可今天，宁惟恺却让他陪他去酒吧。

不过原浚想想就明白了，事业上这么大这么憋屈的挫折，哪个男人受得了？老板想放松甚至发泄一下，无可厚非。

　　两人很快在一家酒吧里坐了下来。

　　此刻在原浚眼里，宁惟恺看起来，依旧是平时温文儒雅、风流倜傥的样子。所以原浚暂时放下心，点了一打啤酒，两个人有一搭没一搭地喝着。

　　这家酒吧是本市最知名的，也的确名不虚传。舞池里、酒吧各处，四处是随着音乐摇摆着身体的男男女女。这种躯体的互动，在宁惟恺眼里，并不带太多情色气息，而是显得又压抑又放纵。

　　他微微一笑，"我已经很多年没来酒吧了。上一次来，还在念大学。"

　　原浚笑答："噢，是因为后来工作太忙了吧？"

　　宁惟恺喝酒的动作一顿，失笑摇头，"不，是因为曾经在酒吧玩得太凶，犯了我不想犯的错误。那时候年轻，一冲动就发誓，再也不进酒吧。不知不觉，守了这么多年了。"

　　原浚从不知道他还有这样的过往，也不敢深问，只点点头。两人继续沉默地看着舞池。

　　可酒吧向来是猎艳寻欢之地，宁惟恺的外表气度又太出色，明眼人单看他一身衣装，还有放在桌上的奔驰车钥匙，就知道他非富即贵。加之他身边没有女伴，又一直目光深邃地看着舞池，所以很快就有女人过来搭讪了。

　　敢跟他搭讪的，自然也有几分底气。眼前这个，就是个二十出头的漂亮女孩，像是个大学生，穿一身花花绿绿的吊带长裙，很有些脱俗的风情。唇上色彩艳丽，一双眼却是清澈干净，往他身边一坐，"喂，你在看什么？"

　　原浚皱眉，伸手就要赶她走。宁惟恺却递给他个阻止的眼色，原浚只好疑惑地坐回原处。

　　"没看什么。"宁惟恺语气温和地答。

　　女孩眼珠一转，朝他伸手，"我叫Lydia."

　　宁惟恺将她的手轻轻一握，"名字不重要。"

Lydia扑哧笑了，"你真没风度。"忽然凑到他耳边，低声说，"哥哥，别以为我跟你搭讪呢。我是看你这么难过，给你个艳遇的机会。心情好点了吗？"说完突然起身，娉娉婷婷、头也不回地走了。

原浚狐疑地看着她的若即若离，而宁惟恺看着女孩苗条年轻的身段，忽然笑了。

为什么笑呢？因为他突然觉得自己可笑。

三十岁的男人了，竟然把落魄挂在脸上。这么小的小姑娘，居然都能看出来，然后送他一场所谓的"艳遇"。

可他的老婆却看不出，看不到。

曾几何时，也曾有过这么冰雪剔透的姑娘，爱过他呢？

他的野心她知道，他的艰难她也知道；他一讲话就能令她发笑，他为工作发愁时，她也捧着脸蹲在边上想办法；而当他勾勒那飘忽不定的未来时，小姑娘一点也不嫌弃，兴致勃勃地说："成啊，咱俩都这么牛，要是能一直这么好下去的话，在霖市联手打下一份基业，也不是不可能的嘛！"

比他还有志气，比他还意气风发。

而现在，青春已经褪去。曾经他自以为的爱情，也不过在心中剩下个模糊的倒影。林浅对他而言，也不过是那段青涩年华的一个见证，激不起半点波澜。他很清楚，他深爱着自己的妻子，爱她的美丽、她的单纯、她的柔弱，也爱她的财富。

可他到底失去了什么呢？

他现在坐拥数亿财富，即便被祝氏排挤，东山再起也不过是轻而易举之事。

可他为什么会在这个再平凡不过的夜晚，怅然若失，像个毛头小伙子一样，突然就看不清自己的人生了呢？

宁惟恺暗自消沉时，整个霖市、整个箱包行业，最踌躇满志的人，不是爱达众人，而是蛰伏已久的陈铮。

这个夜晚，他正站在自家司美琪的生产车间里，望着忙碌的工人，望着一批批刚刚生产出来的新的休闲包，面色深沉难辨。

他身后，跟的是司美琪各部门的经理们。对于这次太子爷总裁的背水一战，大家既忐忑不安，又充满信心。在他们看来，爱达去年因为Aito折翼，一直不温不火；新宝瑞自相矛盾，丢失了休闲包的大片市场。

现在市场对沙鹰的购买热情已经趋于稳定，的确是收复休闲包失地的大好时机。

当然，他们这样认为的前提是，他们根本不知道爱达就是明德面料的背后老板。他们甚至还从明德进购过面料，质量真的很不错，采购部打算提出建立长期战略合作关系。

而此刻，陈铮站在众人前头，心绪翻滚如潮。

这一年，看着爱达和新宝瑞你来我往，杀得整个市场一片血腥。而在Vinda、Aito和沙鹰的先后打压下，司美琪作为曾经的市场第二名，竟连连遭受无妄之灾——他的中档皮具包、休闲包和户外包市场逐步萎缩，成为三家中折损最严重的企业。

现在，他已押上了所有资金和银行贷款，打这一仗。他暗自下定决心：不成功便成仁！一定要彻底翻身，将司美琪从逐步下滑的谷底拖出来，向新宝瑞和爱达还以颜色！

这一则广告，几乎是无声的。

画面出现的，是一个温馨宁静的三口之家。房子的装修风格现代简约，年轻的男女主人都穿着看起来很舒服的家居服，陪一个六七岁的小男孩坐在沙发上看电视。

这时，如果观看广告的人有印象，会意外地发觉，这个男孩如此面熟。

正是一年多前，Aito广告的小男主角。一年过去了，他长高了不少，但依旧粉雕玉琢、俊秀可爱。

"噢！明天去春游喽！"小男孩高喊了一句，就跳下沙发，跑进了自己的房间。年轻的父母则相视一笑。这也是整个广告，唯一的一句台词。

画面一转，男人来到了卧室，从衣柜中拿出了个黑色的背包，开始往里面装东西。那背包设计得十分简单大气，面料和背带看起来柔韧厚实。

画面下方出现一行字："男人，只需要一款"。

画面又跳到了衣帽间，这次是女人踮着脚站立，手指轻点嘴唇，一双大眼睛四处看。而她面前的架子上，摆着一排超过七八个背包。每一个颜色各异、风格各异，有黑色皮质的，有碎花厚布的……但都是中等大小，看起来精致漂亮。

字幕再次浮现："女人，值得拥有许多款"。

然后，画面来到了孩子的房间。小小的书桌上，有台儿童风格的笔记本电脑，他人虽小，鼠标键盘操作却很伶俐。很快进入了一个页面，琳琅满目全是儿童背包的照片。

而他的操作一气呵成：挑选背包颜色、卡通动物图案（熊、猎犬、老虎……）、外置口袋的位置、拉链的颜色……这一系列画面闪得非常快，最后他在方框里输入了自己的名字——小豆子。

最后，画面上已经天亮了，是一个快递员来到家里，双手将一个小背包送给小豆子。父母站在他身后微笑。

画面出现字幕："宝贝，专属定制，独一无二"。

随着音乐响起，一家人驱车驶在郊区的公路上。周围是绿树花草，阳光宜人。而三个背包，并排放在后座上。

画面消失了，字幕闪现："爱尔背包，生活如此缤纷而简单"。

右下角有字幕快速弹出又消失："Aito公司旗下休闲包子品牌"。

……

当这则广告，在各级电视台、网络媒体上轮番播出时；当爱尔（Aier）这个新品牌，一个月之内红遍大江南北时——宁惟恺已经坐到了新办公室里，暂时告别了他叱咤风云数年的箱包行业。

　　新接手的是互联网公司，虽然小得可怜，但好歹是高科技公司，所以办公地点租的是本市最繁华最昂贵的写字楼。

　　而此刻，他就望着对面楼宇上的巨幅液晶显示屏。上面播放的，正是爱尔这一则夺目的广告。

　　他看了一会儿，最终淡淡一笑，低头继续看手边的工作资料。

　　这时，手机却响了，有短信进来。他打开一看，是张照片。应该是女孩自拍的，穿着浅绿色的长裙，抱着个同样翠绿的爱尔背包，冲着镜头得意地在笑，那模样十分娇俏可爱。

　　下面是她打的一行字："不要被打倒！这个送给你，随你拳打脚踢泄恨！——Lydia。"

　　宁惟恺倏地失笑，给她回复："在哪儿？下了班来接你。"

　　与此同时，陈铮坐在他那依旧豪华的办公室里，手中握着的，是前几天刚刚制订的休闲包新品全国推广计划。

　　数名部门经理和高层站在他对面，面面相觑，却都无奈而压抑，说不出什么实质性的意见来。

　　"你们先出去。"陈铮冷淡地说。

　　众人默默地全走了。

　　陈铮抓起桌上的茶杯就砸在地上。

　　然后是台历，然后是名片盒，然后是手中那份数万字的图文并茂的销售计划！

　　如果说曾经，林浅看到新宝瑞新推出的沙鹰，再对比自己的Aito，有多么震撼、多么绝望、多么难过，那么此刻，同样的情景，再一次发生在陈铮身上。

　　怒火中烧，却已穷途末路。

　　就在这时，桌上的手机响了。

　　陈铮抓起来，看一眼号码，平缓了一下呼吸，接起，"爸。"

　　劈头盖脸而来的，是父亲从未有过的暴跳如雷的声音："蠢材！老子一辈子的心血，就败在你手里了！"

夜幕缓缓降临，满城灯火如珠光点缀。

林浅拿着手机，正在落地镜前换上紫色短裙和黑色高跟鞋。

电话那头的猎头经理，讲了有一会儿了，依旧不死心，"林总，您真的不考虑一下？爱达虽然是国内箱包行业巨头，但DG集团是跨国企业，世界五百强、全球箱包行业冠军。您过来做大中国区的市场总监，薪酬至少翻倍，工作地点香港、新加坡、北京随您挑。我真的认为，这家公司更适合您的个人职业发展。"

林浅无奈地笑，"谢谢你。但我目前真的不打算换工作。"

猎头经理又感叹了几句，但也知道强扭的瓜不甜，只好让林浅答应，如果要换工作，一定要第一时间联系她。林浅应承下来，她又恭维了几句："不管是Aito，还是现在的爱尔，听说都是您亲自执刀完成的。林总您的创意实在太好了，这也是打动DG高层的地方。总之，祝您事业顺利，有机会再合作！"

挂了电话，林浅唇畔挂着笑，对着镜子把头发绑起来。好了，收拾完毕。

她这才转身，看着坐在椅子里的厉致诚。他今天也是西装革履，衬衣领带都是她挑的，颜色略亮一点，衬得眉目格外乌黑醒目。

"过来。"他朝她伸手。

林浅走到他跟前，把手放在他掌心，就被他拉进了怀里。

"原来我不仅要防着别的男人。"他轻声说，"还要防着别的公司。"

林浅扑哧笑了，故作大度地拍拍他的肩膀，"理解你。女朋友太优秀了，你有危机感也正常，自己克服一下。"

厉致诚看着怀中的女人：紫色短裙勾勒出她的藕臂和纤腰，腰臀挺翘的线条纤毫毕现，略施粉黛的脸，像是光泽柔软的羊脂玉，一双黑白分明的眼，宛如秋泓般望着他。

他在商场浸淫了快两个年头，她也跟在他身边快两年。

他很少带她出去应酬。而其他男人，高官也好，显贵也好，身边的女人换了又换。

拥有权力和财富的男人，得到一切太轻易。再美丽再年轻的女人，兴趣没了，丢弃也毫不惋惜。

那是因为他们没有遇到，像她这样始终意气风发、光芒绽放的女人。

这样的女人，越是城府世故的男人遇到了，就越不会放手。

今晚的安排，是在市中心的北海盛庭酒店，举办庆功晚宴。

厉致诚乘司机的车先走了，林浅自己开车过去，这是她坚持的。一年过去了，他俩的关系并未正式公开，这也是林浅的坚持。

大局未定，她不希望他们的私事惹人眼球。这样也更利于厉致诚领导整个公司。

一个公司的文化氛围不是喊出来的，而是做出来的。厉致诚显然深谙这个道理。虽然公司各种用度一向厉行节约，今晚却称得上铺张，包下了酒店整整一层宴会厅，布置得灯火辉煌奢华惊人，还请了外面的文化公司来表演娱乐节目。

开场是一支热烈的斗牛舞。数名身着火一样红裙的姑娘，踏着激情的音乐，在前方舞台上舞姿翩转，吸引了所有人的目光，也成功将晚宴的气氛点燃。

林浅坐在第四排的一张圆桌里。身旁两三桌，都是她分管部门的员工。菜色已经上齐了：龙虾、石斑、梭子蟹、雪花牛肉……但暂时没人动筷，因为要等总裁致祝酒词。林浅啜着一杯果汁，眼神时不时飘到第一排正中那桌。厉致诚就背对着她，坐在正中的位置，西装脱了，只穿着雪白的衬衣，在她看来十分醒目。

很快，开场舞结束了。灯光暗下来，一束亮光聚焦到舞台上。而台下，整个大厅里满满的人，一时全静下来。只有零碎的脚步声和杯子轻碰桌面的声音。

主持人是行政部的一位漂亮主管，穿一袭嫣红长裙，拿着话筒，在灯光的追随下，娉婷地走上台。

"各位领导、各位同事，大家晚上好！"

大家本就兴致高昂、春风得意，此时更是掌声如雷。主持人先说了一段祝福的话语，又简要回顾了Vinda、Aier上市以来的辉煌业绩。她每报一个数字，掌声就沸腾一次。林浅坐在黑压压的人群里，在此氛围中，也是满心激荡。

爱达。他的爱达，她的爱达，所有人的爱达。曾几何时，当他们跌落谷底，一次次失望甚至痛哭时，何曾想过会有今天！前一年，他们所有账面资金加起来不到千万；现在，他们包下全市最好的酒店庆功。如今，行业里那些竞争对手，谁提起爱达不胆战心惊？谁遇到爱达不三思而后行？

而这一切，全靠一个人，翻手为云，覆手为雨。

主持人略显激动的声音响起："下面，有请总裁厉致诚先生讲话，并致祝酒词！"

现场的掌声到达了一个巅峰。甚至有不少人站了起来，热烈鼓掌。

最后，所有的人都情不自禁地站了起来，看着坐在全场主位的那个男人缓缓起身，手持一个瓷白的酒杯，步上了舞台。

前一秒，满场还是一片沸腾。

下一秒，当他在灯光下抬头，静静环视一周，瞬间鸦雀无声。

只余万众瞩目的仰视和期盼。

林浅看着他的容颜，看着他沾染着微光的黑色短发。只见他单手持着酒杯，另一只手插在裤兜里，简单的衬衫西裤，却勾勒出男人最英挺流畅的轮廓。

林浅的心跳，忽然加速。

"我曾经以为，这一生永远不会与商业有所交集。"他的嗓音缓而沉，却又带着旁人没有的一种温凉，像是能浸入你的心里去。

"因为我的兄长，他领导着爱达，创造着一个又一个的辉煌。"

他说。

这时，台下许多老员工才想起，曾经那位同样优秀的年轻总裁，他的战略才华也许不像厉致诚这样突出，但也带领着企业，在激烈竞争的市场里，稳定高速地发展了很多年。

他们也意识到，眼前这位不到三十的总裁，还有个身份，是子承父业、同时寄托着兄长遗志的男人。这令在他们眼里一向冷漠深沉、高高在上的总裁，突然变得鲜活真实起来。

而林浅，虽然没跟厉致诚的亡兄见过面，但她大概是现场最了解厉致诚的人。

这个男人并不喜欢过多表露自己的感情，他将一切都隐藏在不动声色的外表下。

但他真正珍视的人，却被他深深放在心里。

此刻他提及哥哥，是否因为在他终于站上巅峰、傲视整个行业的这一刻，想起了哥哥的嘱托呢？

怎么这样的他，令她觉得好心疼呢？

满场寂静中，厉致诚继续淡淡地说道："当然，我曾经身为军人，刚接手爱达时，也闹过笑话，被人误认为保安经理，被人差遣着去搬东西……"

台下哄堂大笑，有人大着胆子扬声问："厉总，谁啊？扣他奖金！"

林浅盯着台上的他，心中很甜，脸颊发烫。他故意的！

果不其然，就见他目光灼灼地朝这个方向看过来。只是范围太大，无人感觉异样。唯有林浅的目光与他轻轻交错，心动无声。

"去年这个时候，所有人都说爱达救不活；今年，我们站上了行业冠军的位置。去年，Vinda推出市场时，网站被黑，赔掉两千万，信息技术部的同事们在办公室里哭；今年，Vinda成为行业销量前五的单品，信息技术部人人领了大红包……"

台下又是一阵笑声。

厉致诚俊脸沉静，眼睛里映着灯光，像一片深不见底的海，令所有人的心都变得更加寂静、更加澎湃。

"Vinda、Aito……"他缓缓地说，"前路永无止境。既然已经占尽了这个行业里最辉煌的成功，那就跟着我，继续走下去。"

台下一片深深的沉寂。

转瞬间，爆发出惊天动地的掌声。每个人的脸色，仿佛都因为激动而泛出红晕；每个人的眼中，都闪现出骄傲无比的光芒。

林浅看着他幽沉的眼眸，看着他眼中泛起的浅浅的笑，看着他举起酒杯，朝众人示意，最后仰起头一饮而尽……她只感觉到心潮澎湃，前所未有的冲动。

在潮水般的欢呼声中，在经久不息的掌声中，她却只看到那一个人。

她忽然意识到一个事实。原来她不仅深爱着他，她其实一直崇拜着他，跟周围其他人并无不同。

尽管曾经因他的强大而胆寒却步，可她何尝不是深深崇拜着他的强大？

是他令她看到，商业的战争，还可以这样天马行空、大气磅礴；是他激发了她所有的热血和潜力；是他带领着她，感受到战胜一个又一个对手的痛快淋漓。

原来他对她的意义，不仅仅是恋人而已。

原来在她心里，他早已无与伦比。

晚宴结束，林浅再应酬完公司里关系较好的一些朋友，已经是夜里十点多了。

今晚爱达也包下了酒店大部分房间，很多员工都直接在酒店过夜，晚上找一些娱乐活动放松。林浅偷偷摸摸到了厉致诚所在的顶层商务套房，轻敲了两下门，就被人拉了进去。

厉致诚已摘掉了领带，衬衫领口微敞着，身上有淡淡的酒气。那双眼却清亮如水，直接将她抵在门上，无声深吻。

林浅低笑着招架，同时踢掉自己的高跟鞋。厉致诚手一托，就将她抱了起来，走到床边坐下。

"喝酒了？"他低声问。

林浅吐吐舌头。糟糕！忘了这一茬了！

林浅并不喜欢喝酒，而厉致诚这样的男人，更加不喜欢自己的女人喝酒。两人一拍即合，就说好了今后在酒桌上，她滴酒不沾。如果他在，就他来保驾护航；如果他不在场……

"我自己搞定！"当初林浅兴冲冲地说，"放心，我的自控能力也很强的，口才又好，谁能强迫我喝酒？"

当时她还在制定同居守则，体现自己当家做主的地位，但也要显得大公无私。于是对于这一条，她还主动写上：如果林浅私自饮酒，喝一杯，罚打扫一周的卫生，无限叠加。

……

林浅眨眨眼，可怜兮兮地看着他。

可厉致诚不买账，手还撩开她的裙子往里探，语气却淡淡的，"喝了几杯？"

"……三杯。可今天的情况特殊嘛，我都是给你捧场……"好吧，其实也有很多女员工喝果汁，她就是听了他的祝酒词后，一时激动啊！

"惩罚措施是什么？"厉致诚继续问。

想到要打扫三周卫生，林浅就一阵头疼——他的房子那么大啊！她眼珠一转，脸往前一送，就跟他鼻尖相抵、呼吸纠缠。

可今晚，她满脑子里都是他站在宴会厅的舞台上时，那冷峻又夺目的模样。想到这是自己爱的男人，也是自己崇拜的男人，她就有一种想对他付出所有的冲动。

所以愿意这样俯首帖耳在他的面前，让他得到想要的快乐。

"我崇拜你……"她低声说，"今天才知道我这么崇拜你，厉致诚。"

没有男人，不会被女人这样的话语击中肺腑。

也许是今夜太美好，尽管耗费了很多体力，两人却了无睡意。厉致诚搂着林浅靠在床上，一起看着窗外璀璨的城市夜景。

林浅的手在他腹肌上画圈圈，"我们什么时候公开？"

厉致诚低头看着她，"愿意让我见光了？"

林浅忍着笑点点头。

因为年后，她的工作重点就完全转往明德面料，跟集团本部的业务虽有交集，但也算泾渭分明。所以她感觉是个好时机。

"你打算用什么方式，把这件事公开？"她又问。想到今后会迎来所有人不一样的目光，她还有点小紧张。

厉致诚看了她一眼，没答。他的眼神有点奇怪，幽沉、若有所思，还带着几分她看不懂的暗涌。

然后他说："我上衣口袋里有样东西，拿出来。"

"哦。"林浅也没多想，直接转身。他的西装就搭在床边的椅子上，她伸手在口袋里掏啊掏。做这动作时，她能明显感觉到厉致诚的目光，灼灼地停在她身上。

触手感觉是个小盒子，她直接拿了出来。

一个黑丝绒的圆盒。

林浅的心突地一跳。

厉致诚的手已经从背后伸了过来，将她环在怀里的同时，就着她的手，打开了那个盒子。

一枚银色的钻戒，静静躺在里面。

"就用这个方式，好吗？"他轻声在她耳边问。

当太阳缓缓升起，大地又是新的一天。

有人还在幸福地相拥而眠，有人庸庸碌碌地开始了重复的一天，有人躺在温香软玉的怀里，内心却一片空旷。

还有人怀着十分复杂的心情，迎来了命运的转折，前路也许是更深的坠落，也许是重生。

一大早，陈铮就领着一帮司美琪的经理们，站在机场那拥挤的接机出口，翘首以盼。

下属们有的神情兴奋，有的面色凝重。而陈铮脸上，看不出任何表情。

很快，他们等的人就到了。

那是一帮西装革履的男人。四五个亚洲面孔，还有一个黑人、一个金发碧眼的白种人。他们全穿着做工考究的西装，手拉的箱子不是LV、Hermes就是Armani。还有几个人戴着墨镜，看起来金贵又时尚。

所以说陈铮最烦这些外企的人，装×！大热天的西装衬衣整整齐齐，自以为是地透着种高人一等的气势。

这群人很快就走近了。陈铮立刻带人迎了上去，笑容灿烂。他的目光在他们身上一扫，最后自然而然落在正中那人身上。

那是个非常高挑的男人，轮廓深邃，额头饱满，偏偏生着一双狭长的眼，鼻梁挺拔，令原本英气的五官，带出几分咄咄逼人的味道。这种男人给人的感觉，天生就该穿西装，雪白的衬衣，紧扣在脖子上，黑色西装完全勾勒出他身材的曲线，既有西洋人的高大挺拔，举手投足，却又有东方人的儒雅俊朗。

而此刻，他那双眼睛，也打量着这边的人。那目光是温凉透彻的，隐隐带着笑意，叫人有点捉摸不定。

陈铮之前已经看过他的资料。

Jason Lin，MK投资公司副总裁，华尔街赫赫有名的人物，据说也在北美华人商圈极有影响力。

身旁的翻译已经用英文开口，欢迎对方一行人的到来，同时给双方作介绍。首先介绍的，自然是这边的司美琪总裁陈铮，以及对方的Jason Lin副总裁。

陈铮朝他伸出手，用英文说："Mr Lin，你好！很高兴见到你。"

那人微微一笑，开口的嗓音也是低沉动人，讲的却是中文，"陈总，大家都是中国人，不必见外。你叫我Jason或者林莫臣都行。”

……

最后，两方的人频频互相握手。

“合作愉快。”

“合作愉快。”

第三十二章

BOSS亲临

林浅面前放着的，是一份爱达集团组织架构重组方案。

自从厉致诚接手爱达以来，其内部的股权分布、组织架构，在外人看来，大概是混乱的。可林浅心里却门儿清，这男人大刀阔斧，早已令爱达脱胎换骨。现在的爱达，早已不是曾经的爱达。

但她还从来没像此刻一样，从这份方案里，看到厉致诚对未来的清晰布局。

几个月后，他掌控的这一摊子公司，就会整体更名为"新爱达集团"，下设Vinda、Aito、Mind和爱达（姑且称为"老爱达"）四个子公司。

目前，前三家他个人绝对控股，只有老爱达占较少的股份。不过林浅估计，在架构调整前，他就会逐步买进股份实现控股。

昨晚，他在酒店向她求婚时，就把这份绝密的方案拿给了她。

"愿意做它的女主人吗？"他问。

……

林浅放下方案，举起手指，看着无名指上的钻戒。

真是，男人把自己的商业帝国摆在女人面前求婚的这种方式，太击中她死穴了好不好！她这小半辈子就在等一个强大的、能折服她的男人。

突然想到一句诗：花开堪折直须折。

以前她从没感觉到，这种情怀，原来这样美好。情深义重，又荡气回肠。

正毫不矜持地浮想联翩着，有人敲门。

林浅将那方案放进抽屉，端正坐姿，"进来。"

是她手下的一名骨干，市场策划经验十分丰富的小伙子。他脸色有些凝重地坐下，似乎斟酌了一下才开口："林总，我个人有些想法想跟您说一下。"

这种语气，一般不是好事。林浅心里咯噔一下，微笑说："好，你说。"

小伙子是来辞职的。只说有了别的职业发展考虑，所以想离开。不得不说，林浅的心情瞬间跌落，优秀人才的流失，是任何管理者都不想看到的事。但她很清楚，这个职员是个非常成熟的职场人，既然提出辞职，那肯定经过深思熟虑。

她不会为难他，但还是尽量作挽留，想要问他是对公司哪里不满意，试图找到问题，留住他——毕竟最近爱达发展得很好，人员流失率也一直很低。

小伙子对她也服，聊了几句后，坦言道："林总，您别误会，爱达很好，厉总很好，您也对我们很好。我想离开，真的是基于职业发展考虑，去一家更适合我的企业。至于去哪家，现在的确不方便透露，希望您能理解。"

林浅点点头，心里有谱了——小伙子还是跳槽了。

树大招风。一个优秀企业的崛起，必然引来竞争对手对其人才队伍的垂涎，有人才流动也是合理的。

她只能安慰自己：是爱达最近风头太盛了，胜利者也会有胜利者的苦恼啊！如今业务一帆风顺，今后她需要应对的，可能更多的也是这样的管理问题吧？

既然对方心意已决，林浅就点点头，"好，我明白你的想法。这样，离职前把手上工作妥善交接，有什么需要尽管跟我提。当然，什么时候想回来，我这里随时欢迎。有时间多跟我和同事们联系，吃个饭喝个茶什么的。"顿了顿,直视着他柔声说,"也祝你在新的企业,能发展得顺顺利利。"

他明显有些动容,连连道谢,又重重点了点头,最后看着她说:"林总……也祝你跟厉总顺顺利利,白头到老。"目光落在她手指的戒指上。

"……谢谢。"

这员工走了之后,林浅转动椅子,望着窗外林立的高楼,有些讪讪。

古话说得对,这世上没有不透风的墙。她其实隐隐也知道,和厉致诚虽然没公开,可公司里不知多少人知道了。毕竟是男上司和女下属,还不定传成什么样呢。

这么看来,厉致诚给她套上戒指,的确是最简单省事的方法,也护住了她身为女人的脸面。

女人有时候失了脸面,都是因为男人不能承担。

她再次举起手,在阳光下看着戒指。

噗……最近他和她,还是真是顺风顺水,商场得意,情场也得意,羡煞旁人哪!

下班后,林浅开车去了市区的一间茶社。

厉致诚约了宁惟恺在那里见面。

晚高峰车流拥挤,林浅本不是墨守成规的人,就绕了条小路,往目的地进发。说来也是冤家路窄,竟然在经过一个偏僻的岔路口时,看到宁惟恺的车,停在一家商厦门口。

一个年轻的陌生的女孩,从副驾下来,走向商厦。

而宁惟恺也下了车,依旧是那副潇洒又欠扁的模样,好像一时的失意,并没给他带来什么影响。他靠在车门上,似笑非笑地看着女孩离开。女孩走出两步,又转头看着他,那神态亲昵又熟络。

宁惟恺又说了句什么,女孩突然佯怒扬起包,打了他一下,只是眉梢眼角都是笑意。

宁惟恺也在笑，笑容淡淡的。

林浅立刻减缓车速停下，把自己隐藏在巷子里，没有跟他正面撞上。等他送别了女孩，上车开远了，她才再次发动车子，远远尾随而上。

厉致诚当然不会带林浅跟宁惟恺见面，她是自己跟过来的，纯粹是因为好奇。

等她上了茶楼，迎面就见蒋垣迎了上来。

"他们已经在谈了。"他笑笑地说，"我先带你去包厢休息？"

林浅点点头，虽然她堂而皇之地跟过来了，厉致诚也知道。但直接参与他们的对话是不可能的，她也觉得没必要，就在一边待着，等他好了。

茶馆二楼环境更雅致，一间间包厢的门紧闭着，只闻茶香阵阵、音乐缥缈。蒋垣把林浅带到其中一间包厢，就退了出去，继续为那两位大佬打点其他事。林浅看厉致诚的西装外套就放在榻榻米上，微微一笑，一边喝着茶，一边望着茶馆院子里的郁郁葱葱，忽然又想起刚才看到的那一幕，心情顿时有点复杂。

时至今日，也许厉致诚和宁惟恺，是这个行业里最了解彼此心性手段的男人。

但今天，却是他们第一次，近距离坐在一起，观察与自己齐名的对手。

今天是厉致诚做东，所以让蒋垣添了茶之后，就淡笑举杯，"宁总，闻名不如见面，我以茶代酒。"说完就干脆地仰头，先喝了一杯。

说实话，宁惟恺看着眼前这个男人，感觉竟然是很对胃口的，姿态坦荡、气场沉敛，既不盛气凌人，也不刻意笼络。

这样的男人，才是真正的深不可测。

宁惟恺也举杯，一饮而尽，开门见山，"其实沙鹰现在的股权，我有不少，但控制权还在祝氏手里。不知道厉总找我，到底是为了什么？如果是为了沙鹰跟明德的合作，实在没必要。"

厉致诚点点头，不答反问："对于这个行业的将来，你怎么看？"

宁惟恺微怔，笑了，答："传统实业，一向发展平稳，起不了太大波澜。不过……"他看厉致诚一眼，"现在有你厉总几进几出，搅乱原有格局，各家都受了刺激。今后怎么样，还真说不准。"

他这话像讽刺又像是有感而发，厉致诚听了却不生气，手往椅子扶手上一搭，不急不缓地又问："那你认为，箱包企业进入上游面料生产，是否是明智之举？"

宁惟恺沉吟片刻。

……

林浅大概不会想到，两个男人的见面，没有预料中的针锋相对，也没有不可预测的剑拔弩张。两人在傍晚昏黄时分，就着一壶清茶、几盘糕点，聊了一个多小时。

不聊过往恩怨，只聊这个行业的起伏兴衰。

直至最后两人推门出来时，也没有就未来彼此到底是合作还是继续敌对，讨论过一句话。

然而聪明人之间的交流，有时候是不需要说透的。宁惟恺已经很清楚厉致诚这一番漫谈的用意。

他不为具体合作而来，只为表明主动求和的态度——

你强，我也不弱。你是行业里我唯一看得起的对手。我们今后如果继续斗得你死我活，大家元气大伤，都没好处。

如果有机会能成为盟友，长远来看，一定是对彼此最好的，也对整个行业的发展更好。

达成这个共识，今天的见面已经很有价值了。至于具体合作，还要看今后的缘分。

不得不说，厉致诚比他想象中更聪明。

也更有野心。

厉致诚送宁惟恺出了包厢门，待他走远，就推门进了旁边的包厢。

林浅正坐在窗边，单手托着下巴，不知在想什么。看他进来，她目光一闪，笑眯眯地问："聊得怎么样？"

厉致诚在她对面坐下，目光掠过她指间的戒指。

"还不错。"他微笑。

林浅有点意外，但又好像不是那么意外。

能让厉致诚感觉"聊得不错"的人，除了明盛的康总、汪泰识、林莫臣……现在又多了个死对头宁惟恺啊。

林浅理解他将来也许会与宁惟恺强强联手，实现共赢，但还是忍不住背后讲人坏话："宁惟恺可不是省油的灯！"

厉致诚看她一眼，答得很平淡："难道我又是省油的灯？"

林浅扑哧笑了，盯着他英俊逼人的眉目，再想起同样优秀的宁惟恺，忽然有点感叹。

"喂，别人变心，你不许变心。"她伸手捧住他的脸，"你要是变心了，我就……"

厉致诚一把抓住她的手，握在掌心，颇有兴趣地问："你就怎样？"

林浅眼珠一转，答："我就把手上明德的股份，一块钱一股卖出去，让你看得到吃不到，气死你。而且谁上网发个帖子，骂你抛弃发妻、骂那个女人小三狐狸精，我就白送一股给他！"

这话说得刁蛮任性豪气万千，厉致诚不动声色地看着她。

"这个假设不可能成立。"他说。

林浅心头一甜，结果又听他说道："不过你提醒了我——如果将来你眼里有了别人，我一定会让那个男人倾家荡产，永世不得翻身。言出必行，绝不手软。"

"……我才不会变心呢！"

宁惟恺走到茶社二楼的转角，没有直接下楼，而是去了趟洗手间。

等他推门出来，刚走了几步，突然听到身后隐隐传来熟悉的人声。

他稍一驻足，转身回望，远远就见林浅挽着厉致诚的手，从走廊尽头走了过来。走了两步，林浅忽然停步，说了句什么，又抬头亲了厉致诚一口。然后厉致诚干脆一把将她拉进怀里，扣着她的腰，站在灯下无声拥吻起来。

长长的走廊里寂静无人，唯有那两个人吻得极为热烈，根本都没发现远处的他。

宁惟恺笑了笑，收回目光，不急不缓地下了楼。

等他上了车，习惯性地拿出手机一看：几个未接来电，有助手原浚，也有祝晗姝和Lydia。未读短信有两条。

一条来自祝晗姝："老公，今晚回家吃饭吗？我做了白酒熏鲑鱼和海鲜汤。想你。"

一条来自Lydia："哥哥，我shopping完毕，你还在附近谈事情吗？有没有时间过来当司机，送我回家呀？PS：才不告诉你，给你也买了礼物，猜猜是什么？"

宁惟恺将手机丢到副驾上，发动车子，面无表情地行驶。

一直行驶到前方岔路口，他慢慢打方向盘，转向了家的方向，同时给Lydia打电话，还没开口，清润的嗓音就含了笑意，"小姐，晚上我还有事，请你自便。"

Lydia喊了一声，爽脆地说："那我自己打车。"顿了顿，又得意扬扬地说，"晚上我自制超香辣炸酱面，你没口福了。"

宁惟恺微愣，笑笑，挂了电话。

一切变故，总是在最平静的时刻发生。

而聚散离合，总是在不经意间到来。

这晚林浅回到家，趁厉致诚去洗澡的时候，一个人进了书房。

低头看了看手上的戒指，该来的总会来。她得让哥哥知道妹妹已经订婚这个事实了。

噗……想起来怎么觉得蛮兴奋呢?

电话打过去,足足响了七八声,他才接起,"喂。"

林浅笑眯眯,"哥,你起床了没?"美国那边,应该是大早上吧。

然后出乎她的意料,他高深莫测地笑了笑,然后说:"你是指晚上九点?抱歉,我不在这个时间起床。"

林浅一愣,抬头看向墙上的钟,正好指向九点。

哎?!

"我也在霖市。"他淡淡地丢下了个重磅炸弹。

林浅倏地睁大眼。

这时,却听他慢悠悠地说:"林浅,鉴于我们是亲兄妹,现在双方的身份和利益关系又比较敏感,短期内,请不要再跟我联络。再见。"

嗒的一声轻响,就把电话给挂断了。

林浅目瞪口呆地看着手里的电话。

然而知兄莫如妹,林浅很快冷静下来。

林莫臣每分钟都金贵得很,现在来到霖市,必然事出有因。

还不跟她联络?还说双方身份敏感?

林浅细细琢磨着他的话。

他所在的投资公司,既做股票基金债券投资,也做天使投资人,注资给一些创业者,另外还会替一些跨国公司做并购收购。

爱达没有上市,又不是创业企业,那就只剩下一种可能。

林浅的心倏地一沉。

她有点无法相信这个事实,可事实就摆在眼前,哥哥他竟然……他怎么能……

这时,书房的门被推开,厉致诚洗完澡走了进来,看到她紧咬的下唇,微怔。他走过来坐下,将她直接抱到大腿上,低头一吻,骏黑的眸静静盯着她,"在想什么?"

林浅还有点晃神,怔怔抬头望着他。

"我哥来霖市了。"

厉致诚也有点意外。

林浅把刚才电话的内容，一字不漏地告诉了他。

他的目光也变得深沉难辨。

而林浅看着他的眼睛，缓缓地说："他的电话是在向我暗示——某个跨国公司已经委托了他所在的公司，即将对我们发起恶意收购。"

她顿了顿又说："不光是我们。按照他们以前跨国收购的案例规模，很可能是对中国行业前几名的企业，全部……发起收购。"

跨国企业为什么要收购中国企业？

因为中国这片市场太诱人。

很多外资企业进入中国后，水土不服，又或者是竞争不过本土企业，这时候，收购就会变成最有效的扩张手段。

一方面，可以直接获得中国企业成熟的销售渠道、市场网络、人才队伍和客户资源；另一方面，收购竞争对手，就有机会消灭竞争对手，直接将其品牌雪藏。几年前"小护士""乐百氏""乐凯胶卷"家喻户晓，现在它们在哪里？

更有甚者，收购整个行业的前几名，直接形成垄断。

现在这种情况有吗？当然有，日化、水泥、休闲食品、大豆、机械制造……在我们普通人未注意到的这些领域，大好河山，却大势已去。

打不过就砸钱买。这种手段，外资公司在中国屡试不爽。

现在，他们终于将手伸向了箱包行业。

……

而在林莫臣看来，这不过是经济全球化发展的必然结果。

他不会去想什么"我是中国人，保护民族品牌，爱国重于一切"。他只会想：中国企业想要参与国际化竞争，就必须经历这个残酷的考验。守得住，那是你自己有本事；守不住，又怎么怨得了别人？

欧美国家在商场上的残酷和野心，跟数百年前他们对中国发动的侵略战争，并无不同。即使今天他不代表DG来收购中国的箱包企业，明天，也会有别的跨国巨鳄，来抢夺这一块蛋糕。

林浅所在的爱达，或早或晚都会面临这一场浩劫，跟他是否参与，根本没有关系。他改变不了她和爱达的命运。

而在接收到客户公司委托的第一分钟起，他就不可能将这件事直接透露给她——这是他的职业操守。

不过，在电话里"冷漠"地与她划清界限，却是合情合理的。

上午十点。

司美琪、MK投资公司、DG集团三方代表，围坐在圆桌旁。

经过了十多天漫长而艰难的谈判拉锯，三方终于达成了共识：DG集团收购司美琪51%的股份，实现控股，同时注入数额相当大的一笔资金，双方在箱包市场共同发力，力争将司美琪打造成亚太区领先的一流企业。

此刻，在陈铮看来，这一次的"卖身"，虽是无奈之举，却也可能是新的开始。因为按照协议条款，DG公司会派遣几个人进入董事会和经营层，但公司总经理还是他，控制权还是在他手里。

除了能获得大笔救命资金，还能引进国外先进的技术、专利。尽管对方还提出了很多苛刻条件，但这次合作，本质上还是如媒体鼓吹的那样，是双赢的。

而在林莫臣看来，司美琪的命运几乎已经没有悬念。因为DG收购司美琪的本意，根本就不是为了扶持，而是为了借这个壳，大举进入中国市场。

过不了多久，他就会按照客户委托，使用一些股权拆分、打擦边球的手段，实现对司美琪更深入的控制；而陈铮的管理权也会被剥夺，司美琪这个品牌，很快就会被雪藏，逐步淡出市场……

这么轻易就吃掉了第一个，林莫臣都觉得有点索然无味了。

林莫臣的团队在市中心最豪华的酒店，长租了几个房间。但他这晚却没有回酒店，而是去了市区另一套公寓。

这是他几年前回霖市时买下的一套房子。不为别的，就为偶尔回国时，有个私人住处。

此外，也是给林浅准备的——无论任何时候任何情况，都让这丫头，至少有这个地方可以住。

他的公寓在高楼顶层，一推开门，就见满室灯火明亮，玄关处放着一双女士高跟鞋。

他也不急，迈开长腿，慢悠悠地走进去。先四处打量了一番：地板和家具都擦干净了，一尘不染。看来那丫头找人来清洁过了。但看到养在阳台上的两盆兰花，他皱了眉——花全死了，死得很彻底，枯黑得像两把细细的骨头。

显然平时林浅根本没替他照料这里，只不过这次他来了，才临时抱佛脚打扫一下。

客厅没有人，卧室的灯开着，可以看到林浅的身影在里头晃来晃去，明明听到他来了，却没出来。

林莫臣感觉出不对劲了，立刻快步走过去——

她竟然在翻箱倒柜。

抽屉、柜子，全被打开。

多日不见的妹妹显然是刚下班就赶过来，西装脱了，穿着件白衬衣和职业短裙，袖子挽得老高，正埋头在柜子里翻。

听到他走到门口了，她只转头飞快地看一眼，那眼神分明在赌气。然后转头不看他，继续翻。

林莫臣的脸色立刻沉下来，"你就是这么迎接我的——不经允许，私自翻我的东西？"而且还是当面？

这种事从来没发生过。即使她之前频频飞去美国探望他，也从不进他的书房，从不动他的私人物品。

林浅却哼了一声，答："对于帝国主义的侵略，我们中国人是不需要讲什么礼义廉耻的！"

林莫臣明白了——她是在找这次收购的资料。

他静默片刻，走过去，直接将她的胳膊一拉，强行拖到客厅，推到沙发上。

"胡闹。"他蹙眉。

其实一开始知道哥哥居然代表外资来收购爱达，林浅的感情是有点接受不了。

难道他真的六亲不认，不管她的死活？要知道如果真的是他亲自操刀收购，厉致诚能否应付得了都是未知数。如果他们真的打起来，她跟厉致诚怎么办？感情势必被影响，然后因他这"黑心哥哥"苦情地分开吗？

……怎么可能？！

她甚至想过，难道林莫臣接这个案子，是为了践行诺言，让厉致诚经历抽筋剥骨之痛？但想想都觉得荒谬，林莫臣绝不是这种公私不分的人。而且他即使强势，也不可能违背她的意愿，强行"教训"厉致诚。

她总觉得事情没那么简单。

而且在她心里，有一条信念，始终是高于一切的——哥哥尽管对旁人心狠手辣，但绝不会弃她的幸福不顾，只为利益对爱达下手。

所以她今天来，就是要把他的用意和立场弄清楚。同时嘛，也是做她刚才做的事——翻看资料探听风声。

"哥，你为什么要这样？"她直接开口，目光灼灼。

林莫臣尽管很不喜欢她这样咄咄逼人，但也不希望兄妹间有误会。他在她对面坐下，先慢条斯理地给自己倒了杯茶，瞭了她一会儿。

只瞭得她两眼都快冒火了，他才不急不缓地开口："公司的合伙人不只我一个，难道要因为我妹妹在其中一家公司，他们就放弃一项金额达数亿美元的收购业务？林浅，成熟一点。"

林浅就知道这是其中一个原因！心里舒服了不少，但语气还是嗔怪的，"那你也应该早点通知我，我们早作打算。"

对于这种不合理的要求，林莫臣直接无视，没理她。

"可是你真的要对厉致诚发起收购？"她问，"虽然公是公，私是私，但我和他的感情怎么办？你没考虑过吗？"

林莫臣看了她一眼，那眼神有点意味深长。

"林浅。"他没有直接回答她的质疑，而是话锋一转，"你要明白一个事实：这次的收购，我不做，也会有别人来做；我们公司不接，也会有别的公司接。即使今天DG不收购你们，将来也会有别的公司来收购。"

林浅一怔。

这话乍一听特别冷酷无情，但……他的意思是不是，既然早晚都要挨刀，由她的哥哥来掌刀，总好过别人来？

他是在暗示，会给她和厉致诚留余地，放水吗？

这要是换在平时，林浅大概猜出了这个意思，就不会再追问。因为林莫臣是个很有职业操守的人，有些话他对亲妹妹可能都不会说得太透，彼此心知肚明就好。她也会一如既往地聪明识趣。

可毕竟事关厉致诚和爱达，有道是关心则乱，对于林莫臣这模棱两可的话，林浅还是觉得不满意。

万一呢？万一她理解错了，他真的是字面意思：爱达早晚逃不过这一劫，与其钱被别人赚走，不如让他赚呢？以他的铁石心肠，真的有可能如此。

她正思绪起伏，林莫臣却再度开口："还有事吗？没有事你就请回吧。"

林浅当然不理他装模作样的逐客令。她决定直接对他下一剂猛药。

她将右手从口袋里拿出来，直接伸到他面前，无名指上的戒指闪闪发光。

林莫臣眸色一敛。

"哥，我和厉致诚已经订婚了。"她说，"你把话说清楚，到底帮不帮我们？要是不帮，害我夹在你们俩之间为难，那就别怪我认他不认你。我说得出做得到。"

这话说得实在太狠了。尽管林浅面色沉静，迎着他冷冽的眼神，心下也有些打鼓。

而林莫臣看到戒指的第一眼，直观感觉就是不悦。

唯一亲近的妹妹，居然不跟他打声招呼，就成了另一个男人的未婚妻。

现在，还用这种方式来威胁他？声称认厉致诚，不认他？

呵……

"OK，"林莫臣面无表情地站起来，"那就让他等死吧。"

转身就进了卧室。

"……"

其实林浅讲那些话，一方面，是要让林莫臣清楚事情的严重性。毕竟人心都是肉长的，就算这话会惹他生气，但他那么心思通透的人，肯定也会听进去，将来如果真的对付厉致诚，顾忌到她，也会留一手——好吧，她这么想，的确是很偏袒厉致诚。

另一方面，她也是想逼出林莫臣的真心话——到底帮不帮他们？怎么帮？

可现在看来，效果适得其反，她把哥哥给弄发火了，甚至还说出了"让他等死吧"这种令人毛骨悚然的狠话……

林浅在客厅磨蹭了一阵，终究还是觉得自己刚才的话太冒失，伤了哥哥的心。于是默不作声地也跟进了卧室。

林莫臣坐在一张椅子里，低头在看手机上的美国股市大盘图，没理她。

林浅在他边上的床沿坐下，小声喊："哥。"

他继续不搭理她。

林浅伸手勾住他的胳膊，"哥……我说错了还不行吗？其实我知道的，你接这个案子，肯定是想照看我们。我就是不太确定嘛……"

林莫臣抬眸看她一眼，"晚了，你请回。我改变主意了，过几天就会亲自发起收购。他接受也就算了；不接受更好，我主动请缨，联手DG集团，用司美琪的壳儿，直接跟你们市场相见。明年这个时候，市场上如果看不到爱达品牌，林小姐请不要太意外。再见。"

林浅哭笑不得，还"主动请缨"呢！

"……哥！我错了我错了！我们千万不要自相残杀！"她一把紧紧抱住他的胳膊，"未婚夫重要，哥哥更重要。你要真的这么对我，你想天堂里的爸爸他能高兴吗？咱俩远隔重洋，分开了那么多年，你十六岁才回国找到我这个妹妹，你忍心又丢掉吗？"

这话十足煽情，也十足服软。而因为提及了往事，林浅虽然本意是哄他，目光也有些真情流露。

她的话和神态，显然也触及了林莫臣的心，看她一眼，哼了一声，却没再丢狠话。

林浅多了解他啊，顺着杆子就往上爬，又哄了一阵，终于令他眼中闪过笑意。

"因为你和我的关系，所以对爱达的收购，我全程都不会插手，由我的同事来负责——这是一开始就跟其他合伙人谈好的。"他终于如了林浅的愿，透露了更多的讯息，"我只负责新宝瑞和司美琪。"

林浅听到这番话，第一个反应就是——太好了，哥哥回避爱达，她和厉致诚就不会因此有矛盾；第二个想法就是——新宝瑞和司美琪落在哥哥手里，一定会死得很惨啊……

心总算落回了原处，她又抬头看着他，"哥，既然是你的同事操刀，那事情就好说了。厉致诚可是很厉害的，如果真的打起来，你的同事、下级和客户吃了亏，你别心疼。"

林莫臣淡淡一笑，"泥菩萨过江，自身难保，还来替我操这份心？先回去搞清楚，厉致诚到底想不想卖。给爱达的收购条件肯定是三家中最好的，他是个比你冷酷现实得多的商人，你确定他不心动？"

林浅愣住了。

对于厉致诚想不想卖爱达这件事，林浅还真没跟他深谈过。

那天从林莫臣的话里琢磨出蛛丝马迹，她就自告奋勇地说："我去我哥那里把情况弄清楚。"

厉致诚点头说："如果不方便，不必勉强。"

林浅只是直觉觉得，他一定不会卖，这是他的家族企业。她根本没细想过分析过其中利害。现在哥哥这么说，倒是令她有点不确定了。

毕竟，他曾经眉也不皱地丢掉Aito。失去的利益，是为了换取更大的利益——这是他亲口说的。

说不定他真的会考虑卖掉爱达。

林浅的心情突然变得有些复杂起来。失望吗？谈不上，就是忽然有点茫然了。

想到这里，她拿出手机，给他打电话。

"我从我哥这里出来了。你在哪里啊？"

厉致诚的嗓音听起来一如既往地低沉淡定，"刚从公司出来。你在哪儿？我过来接你。"

自从她昨天从哥哥的电话里琢磨出收购这回事，厉致诚一直表现得不急不躁，亦不慌乱。所以此刻听到他的声音，林浅也心安了几分。

"不用了。"她说，"我直接开车回家，很快的。"

"好。"他低声说，"到家再说。"

林浅心头没来由地一暖。

挂了电话，林浅走到停车场，远远就看见个眼熟的身影，迎面走过来。

林浅在心里骂了句：冤家路窄。

陈铮乍一看到林浅，并没有太意外。前几天他已从投资公司其他人口里得知，林总还有个妹妹，也在霖市，叫林浅……当时他的心情很复杂也很震撼。

他首先想起的，是自己扇林浅的那个巴掌。

然后想起的是最初跟厉致诚争夺明盛项目时，听人隐约提起，是林浅托人帮厉致诚牵了线。当时他还想，林浅居然还有些人脉关系。

没想到竟然是她哥哥——如今代表资方来收购司美琪的投资人。

呵……如果他当初追到了林浅，现在的情况又会怎样？也许司美琪根本不用失去那么多股份，就能绝地重生吧？

"林浅。"他神色很自然地叫住她，"来找你哥哥？"他是从林莫臣的同事口里知道了这个住址，所以找过来。

不为别的，只为跟这位影响力颇大的投资人联络感情。

林浅大概也能猜出他是干吗来的。她毫不掩饰地嫌恶地看他一眼，转身就走。

陈铮伸手一拦，笑了，"躲什么？我跟林先生也认识了，今后是合作伙伴。咱们就不能一笑泯恩仇吗？"

"神经病。"

"林浅！"陈铮看起来很无奈，"那巴掌不是我的本意！我追你追得那么久，你转身就投入厉致诚的怀抱，换哪个男人不憋气？我只是让他们吓唬吓唬你，谁知道他们会动手？"

林浅可不是那么容易被哄住的，直勾勾地盯着他，不吭声。

陈铮脸皮也厚，低下头，把脸往她跟前一凑，"你也扇我一个耳光，就算扯平了，成吗？你以为我愿意把司美琪卖给你哥哥？如果不是你们和新宝瑞打得你死我活，搅乱整个市场，司美琪何至于落到今天这个地步？你在司美琪待了三年，我待你也算不薄，如果还念旧情，就给我一个巴掌，今后也就不计前嫌。大家都是中国品牌，今后在你哥面前，能帮我一点是一点，我陈铮感激你一辈子。"

他这番话讲得掷地有声，眼神也十分诚恳坦荡地看着她，可谓从未有过的伏低做小。

林浅咬着下唇，直觉上，她依然很反感这个人。但想到他刚才说的"你以为我愿意卖司美琪"，再想到爱达将来可能也面临同样的处境，的确也有点兔死狐悲的感叹。

"扇耳光就不必了，我没这个爱好。"她淡淡地说，"我哥那里，抱歉，我跟他公是公，私是私，从来不互相干涉，帮不了你。"说完也不看他脸色，转身走了。

陈铮站在原地，看着她开车离开，脸色慢慢沉下来。

　　他并不知道，由始至终，林浅都没跟林莫臣提过她跟他的私人恩怨，包括那个巴掌。

　　此刻，他想起林莫臣在收购时提出的各种苛刻条件，对司美琪施加的各种压力……心头一股火起。

　　一定是因为那个巴掌。林莫臣对司美琪那么狠，就是趁机公报私仇吧！

　　林浅、林莫臣，将来别让我逮着机会，此仇不报非君子。

　　他冷哼一声，转身上楼。在步出电梯、抵达林莫臣家门口时，脸上已带了风度翩翩的笑容。

第三十三章
山河之战

夜色幽静。

林浅走进别墅前院，首先穿过的，就是那片葡萄架。

月光之下，去年那几株幼苗，已经长到快齐腰高。大大的叶子，在夜风中轻轻摇曳。

明年，应该就能爬上高高的葡萄架了吧？

也许是心情有些凝重和茫然，她没有马上进屋，而是拿出手机，给它们拍了几张照作纪念。然后她轻叹了口气，推门进屋。

厉致诚就坐在沙发里，穿着简单的浅灰色T恤和黑色运动短裤，那模样利落又结实。他抬眼看着她，手在沙发靠背上轻轻一拍，示意她坐过去。

林浅跟他并肩坐下，注意力立刻就被电视画面吸引了。

正在播放的，是有关美国DG集团斥巨资收购司美琪的新闻。

当然，新闻里并没有太多有价值的信息。因为合作双方似乎都在保持低调，媒体获得的大多也是些捕风捉影的消息。

大概外资收购这种话题，本身就有些说不清的敏感吧。

但仅仅是看这一段新闻，再回想起今天陈铮的话，林浅有了唇亡齿寒的感觉。

她转头看着厉致诚，开门见山，"你会不会卖掉爱达？"

厉致诚拿起遥控器关掉电视。

"你认为呢？"他不答反问。

林浅实话实说："我不知道。"

"今天跟你哥聊了什么？"他又问。

林浅将林莫臣的话一字不漏地重复。当然，略过了让厉致诚"等死"这种话……厉致诚听完后，点点头，话锋一转却问："跟他说我们订婚了吗？"

林浅想起哥哥当时的反应，自然不会说实话，答："说了，他开始有点不高兴，因为我没有第一时间告诉他。不过本质上还是挺高兴的，还祝福了我们。"

厉致诚眼中缓缓浮现笑意，低声问："真的？"

林浅有点心虚，但还是正色道："当然是真的，不然他还能怎样？"心中却想，这样你都能听出不对劲？好吧，物以类聚，你果然才是世界上最了解他的人。

幸好啊，这两个家伙不用打架。

厉致诚也没纠缠这个话题，而是看着她说："等收购的事情了结，我和我父亲，再正式登门拜访他。"

林浅的脸微微一烫，"随你。"

提及这个话题，屋内的气氛仿佛都暖昧了几分。两人凝视着彼此，厉致诚伸手将她拉进怀里，手沿着她的脸颊轻轻抚摸。

"干什么？"林浅立马被他摸得有点心浮气躁。

"你叫我什么？"他缓缓地问。

林浅一怔，听懂了。到底是第一次，居然有点叫不出口。而且对着他这样气场深沉的人，叫这种亲昵的称呼，感觉怎么那么诡异？

"你先叫。"她把问题踢还给他。

厉致诚低头在她唇上一啄，嗓音说不出的温凉动人。

"老婆。"

林浅的心，就像被什么突然撞了一下。

她完全没想到，这么普通的、人人都在叫的称呼，从他嘴里跳出来，居然这么令她……

怦然心动。

她伸手勾住他的脖子，轻声喊道："老公。"

他的脸近在咫尺，黑眸幽沉地盯着她。一时间两人都没说话，空气的热度，仿佛又升了几分，叫她的心阵阵悸动。

过了一会儿，她才开口："你还没说呢，到底卖不卖爱达？"

厉致诚的手沿着她的腰缓缓摩挲着，英俊的脸透出几分冷峻，也透出凝重。他伸手将茶几一角的棋盘连同棋子拿了过来。

林浅来了兴趣，"又要布棋局？"

厉致诚不答，而是拈起四颗黑子，从上而下一一在棋盘落下。

"如果拒绝DG集团的收购，爱达会面临四个主要威胁。"他的手轻叩在棋盘上，"一，财力。DG的财力远比我们雄厚，如果将来在市场上展开争夺，这一点，我们会非常吃亏。"

林浅点点头。这也是她忧心的。如果说之前攻击实力比自己更强大的新宝瑞，爱达已倾尽全力才占到上风，DG是全球第一的箱包集团，财力何止数倍于新宝瑞？

"二，"他嗓音低沉地说道，"司美琪的壳。之前DG在中国的销售一直未能打开局面，就是因为水土不服，没有成功建立起自己的销售队伍、市场网络。但现在，这个致命缺陷，已经用司美琪补足了。"

林浅默然点点头，最后忍不住恨恨骂道："陈铮这个蠢货！"

"三，消费者的心态。"他的目光显出了几分淡漠。林浅接口："的确，不少国人的心态，国外品牌就是比国内品牌好。这简直成了他们的先天优势。"

不过话说回来，她似乎也更加偏爱国外品牌……囧。

厉致诚显然也想到了她那一堆护肤品、衣服、皮鞋……眸光淡淡地瞧了她一眼，林浅顿时恼羞成怒，嚷道："你不也有很多……"

厉致诚答得很快："只有户外装备。"

林浅一怔，再想想，还真的是。除了户外的鞋帽、衣物、帐篷什么的，他的其他东西，好像还真的是用的国内品牌。

"悍马！"她想到了。

"车是公司的。"

也对……林浅拧着眉毛继续想。

"第四个威胁呢？"她问。

厉致诚伸手在她微红的脸颊上轻轻一捏，答："人心。"

林浅一愣，听他继续说道："DG要收购我们，必然会开出非常优厚的条件，会令很多人动心。天下熙熙，皆为利来。爱达的人心会动摇，这是我们阻止不了的。"

林浅没出声。

厉致诚却又拈起一颗白子，落在黑子对面。

"这是什么？"

"同意收购的好处。"

林浅倏地睁大眼，看着他冷峻的轮廓。

所以……他也在考虑同意收购的可能性了？

"上面的四个威胁，无论哪一个，都有可能让爱达一败涂地。"他缓缓地说，"但如果同意收购，结果就非常简单——我们会得到一笔庞大的资金。箱包行业是传统制造业，总体利润微薄。如果我们拿这笔钱进入房地产、金融投资……我想轻而易举就能赚回比箱包行业高数倍的利润。"

林浅默然无语。

厉致诚说这话，她是信的。以他的眼光和能力，干哪一行不能挣钱？可一想到要卖掉爱达，她的心情怎么就是高兴不起来呢？

莫名地沉重，莫名地茫然若失。

她再次低头，看向棋盘上的五颗棋子，最后怔怔地抬头望向他。

所以他的决定是——

"我的确考虑过卖掉爱达。"他看着她的眼睛，肯定了她的猜测。

林浅却心头一动：考虑过？这话的意思是……

厉致诚往沙发上一靠，静静地望着她。她原本就侧坐在他怀里，此刻也转身，跟他面对面。厉致诚的双手扶在她的腰间，眼神也变得幽沉。

"今天中午，我上网搜索了外资并购中国企业的资料。"他盯着她说。

林浅预感他要说的，是很重要的话，不由得点点头，"嗯，然后呢？"

"原来中国的很多行业的著名品牌，都已经被收购。"他淡淡地说，"面对外企收购，他们的选择和结局，基本没有悬念。"

"嗯。"她林浅不是爱国狂热分子，但每次看到这种新闻，还是会有点不是滋味。就算说外资会带来更好的技术和人才，但那个品牌，终究已经不是中国的了。而且被雪藏的民族品牌，真的不少。

厉致诚却话锋一转，说："唯独有一个行业，集体抵制外资收购。"

林浅的心怦地一跳，接口："家电行业！"这方面的新闻，她是看过的。

厉致诚看着她点头，"新闻说——为此，中国企业跟国际家电巨头，血战了很多年，付出惨痛的代价，才把外企击退。而现在的结果是……"他定定地看着她，"在这种激烈的竞争中，中国企业的技术和实力反而不断提高，现在很多产品，都做到了全球第一。外企看到中国家电就怕。"

林浅不知道说什么好，只觉得全身的热血仿佛因他的话，慢慢变得沸腾起来。他却伸手，将棋盘上散布的棋子一扫，一把抓起丢回棋罐里。

然后他抬头看着她，一字一句地问："难道我厉致诚的企业，就赢不了外企？做不到全球第一？"

……

夜色已深。

林浅躺在床上，脑子里已装不下其他，唯独厉致诚刚刚的一番话，在她心中反复激荡。

爱达现在虽然是中国第一，但要成为世界领先，还有很大差距。

可听到他神色平淡地讲出那么高远的目标，却一点不令她觉得缥缈。

只觉得充满斗志，热血沸腾。

浴室的门打开，厉致诚洗完澡走了出来。猎豹一样的身材，湿漉漉的短发，看起来就是一幅英挺性感的画。林浅现在怎么看他怎么喜欢，不等他走近，就跳下床冲过去伸手抱他。

厉致诚乍见自己的女人突然如此热情地投怀送抱，脚步一顿，反应也很快，一把就将她接住、托起，林浅整个人腾空而起、缠住了他。

他眸色深沉地望着她。

林浅也看着他，柔声但是坚定地说："我还要做你的副官，鞠躬尽瘁、赴汤蹈火！"

"好。"他轻声答，"夫人想做什么都可以。"

林浅忍不住笑了，喊了一声说："我就要做副官。"语气软了几分，娇嗔道，"长官大人，请把你的锦囊妙计都告诉我吧。"

厉致诚将她丢到床上，低头重重亲了几口，才搂着她一起躺着，"知己知彼，百战不殆。我需要更深入地了解他们的情况。"

林浅点点头，这个她知道。那些军事将领们打仗前，都要对对方的兵力啊、粮草啊、将领风格了解透彻，才能百战百胜。厉致诚之前之所以两战全胜，也是深深掌握了陈铮和宁惟恺的个性。

她想了想说："我哥公司那几个人，之前有过接触。DG公司的资料，我以前也专门做过收集。我跟你讲啊。"

"好。多谢林副官。"

林浅微微一笑，靠在他怀里，开始回忆那些重要的信息。

"我哥那几个合伙人，还有他手上那帮下属，用两个词概括就是：狡猾、心狠。他们会在收购条款里，提很多限制性条件。乍一看，你觉得没什么；等到真的有什么事发生，譬如企业经营不善，譬如外部条件发生变化，这些不起眼的条款就发挥作用了，他们就有理由，一口口把你的企业吃下去。偏偏这些条款还是合法的或者是打擦边球的。不得不说，国内企业在金融收购方面的经验，跟国际企业还差得很远。"

厉致诚点点头。林浅也感叹道："我估计吧，陈铮肯定着了他的道。"

提起陈铮，厉致诚没有半点心软，淡淡说："咎由自取。"林浅眨眨眼看着他。其实陈铮讲得没错，这回司美琪走投无路，真的是被他们拖下水的。

新宝瑞的休闲包销量萎缩，出现大片市场空白，司美琪就理所当然地跳进来，然后被爱达的品牌杀得体无完肤……厉致诚的"一箭三雕"，指的不就是面料市场、休闲包市场，以及干掉司美琪吗？

她又忍不住盯着厉致诚。

当初她被陈铮的人扇耳光时，他就说，他会记住她的这些泪水。

但她万万没想到，他会绕这么大个圈，在这么长时间后，给予司美琪致命一击，也为她报了这个仇。

呵……陈铮的一个巴掌，还真是贵啊。

"DG集团亚太区的几位高层，以及做市场的几个人，也很有特点。"她继续说道，"有的很擅长电商销售，所以他们的业务在台湾香港地区做得很好。我们要特别小心他们发动大规模网络营销策划。

"他们的广告团队，是全球最好的。说实话，我们远远不如。我每次看到他们做出的广告，都觉得震撼。另外，他们的运营流程非常高效、非常快。按照他们之前在其他国家的做法，很可能在准备充分后，就会发动'闪电战'，袭击市场……"

夜色静深，两人就这么低语着讨论着，不知不觉就到了后半夜。

林浅既觉得踌躇满志，也深深明白，前路只怕一片坎坷。因为他们即将遭遇从未有过的强劲对手，能否以少胜多、以弱胜强，真的还是未知数。

与此同时，林莫臣的收购计划，正在有条不紊地推进。

他的第二个目标，是新宝瑞。

当宁惟恺听说，DG集团已经成为新宝瑞的大股东之一时，还是挺意外的。

因为祝老爷子早就声明过，新宝瑞的股份不会卖。谁知还没过多少时间就转了风向。

他没花多少精力，就探听清楚了原委——原来对方先从中小股东下手，陆续收购。而这些股东，大多是祝氏的一些旁支或者老臣，当初跟着祝老打江山，拥有部分新宝瑞的股份。现在呢？那些人早已不能进入祝氏的核心利益层，所以面对DG的高额收购，很难不心动。

但真正令新宝瑞陷入股权危机的，竟然是祝氏的两个儿子。

原来DG集团的收购代表，一个叫林莫臣的人，先后秘密约见了两位祝公子。过了几天后，居然从两人手中一共收购到10%的股份。这样DG的股权总占比，竟然达到了45%，距离绝对控股，只有一步之遥。

对于这个事实，宁惟恺只想骂一句：TMD。

到底不是亲生的孩子，所以不心疼。对于这两位公子哥为什么会出售股份，宁惟恺想到的原因有很多——

一方面，他执掌新宝瑞多年，影响太根深蒂固。估计两位公子对着这样一个企业和一大帮难辨忠心歹心的人，其实是非常闹心的。

另一方面，祝大少祝二少都只管过房地产和金融行业，对于箱包这种传统又利薄的行业，只怕提不起太多兴趣。而卖掉了手里的部分股份，就能获得大笔资金，变废为宝，去支持他们手头其他企业的发展。同时，当然也能提高他们在祝氏内部的影响力——毕竟他宁惟恺没落后，那个位置的争夺者，就剩下这两兄弟了。

更何况，卖掉新宝瑞，今后他宁惟恺想要东山再起，就会难上加难。这等于是彻底再给了他落井下石的一击。

……

宁惟恺不得不承认，如果他站在他们的位置，也会卖掉新宝瑞。

现在，情况就非常微妙了。祝老手里还有20%股份，两兄弟各卖掉了5%，手里都还剩10%——不排除他们会继续卖股份的可能，祝晗姝手里的15%原封不动。此外就是DG的45%。谁能最后得到新宝瑞的控股权，还是未知数。

而对于祝晗姝，宁惟恺很理解她为什么不卖。据说林莫臣也找过她，但她拒绝见面。

她虽然懵懂无知，但这份懵懂也是固执的。她大约想不到手里这份股权，如今有多么重要。她或许只是单纯地不想卖掉原本属于祝氏的东西。

……

宁惟恺望着窗外的蓝天和楼宇，无声地叹了口气。

然而想曹操，曹操就到。原浚敲门走了进来，面色有点古怪，在朝他打眼色，"宁总，您太太来了。"

宁惟恺微怔，就见一身宝蓝色短裙、戴着白色礼帽的祝晗姝，从他身后走过来。

四目凝视，宁惟恺脸色不变，祝晗姝的眼中却蕴藏了很多情绪。她的双手紧紧扣在手袋上，站在原地望着他。

宁惟恺道："原浚，你出去吧。"从大班桌后起身，微笑着走近她，"晗姝，你怎么来了？"

这是她嫁给他以来，第一次踏出家门，踏进他工作的地方。

祝晗姝不知怎么的，就垂下了目光，避开他的直视。

"你三天没回家了，我来看看你。"

宁惟恺看着她微垂的脖子，幼滑腻白，就像上好的羊脂玉。他从没见过别的女人，仅仅是脖子，就精致成这个样子。而今天这身装扮，只不过是她最普通的穿着，可站在他的办公室里，举手投足间，哪怕只是一个衣角，都是优雅动人的名媛气质。

她是天生的名媛，天生的公主。

一直活在梦幻般的象牙塔里，曾经令他梦寐以求的公主。

宁惟恺拉着她的手，走回大班桌旁。祝晗姝怔怔地跟随着他，没有说话。

宁惟恺重新坐下，将她拉到自己腿上。

这下祝晗姝有点不自在了，"这是办公室……"

"没事……"宁惟恺在她那细腻的脖子上，印下轻轻一吻，"他们不会进来。"同时解释道，"这几天外面的收购闹得沸沸扬扬，你也听说了。我在忙这个事，所以没空回家。"

可有时候，解释本身就令人感觉苍白。以前再忙的时候，他只要人在霖市，都会回家陪她。

可祝晗姝只是点点头，从手袋里拿出一张折叠好的纸，递给他，"我来……给你送这个。"

宁惟恺接过一看，愣住，"这是……"

这是一份股权委托书。上面写着，祝晗姝全权委托宁惟恺，代理手中15%的新宝瑞股份，代为行使一切股东权力。最下方是她的签名和印鉴，一如她本人，纤细柔弱。

宁惟恺抬眸，静静地看着她，"你知道这意味着什么吗？"

意味着祝氏家族，抑或是DG，谁能最终控股新宝瑞，决定权却落在了他宁惟恺手上。

祝晗姝的眼睛里有模糊的情绪闪过，她看着他答："意味着……你手上沙鹰的股份，加上这一部分，至少可以保住沙鹰，以及其他一些品牌。对吗？"

宁惟恺低头就吻住了她，"对。谢谢你晗姝。"

祝晗姝眼里突然就涌出了泪水，终于也放下了这些天脆弱的自尊，搂着他的脖子哽咽道："惟恺，我不是要站在爸和哥那边，我只是不希望你们反目，我想一切都好好的……"

宁惟恺心头像是被撞了一下，搂紧她说："我明白，傻啊你……"

话音未落，办公室的门却被人轻敲了两下，然后推开。

"宁总，我完成任务来汇报了！"清脆得像栗子一样的女声，以及站在门口的婷婷身影。

宁惟恺和祝晗姝同时转头，朝那人望去。

一个看着很年轻很清秀的姑娘，穿着白衬衫和一字裙，推着门站在那里，看到他俩相拥而坐的身影，眨了眨眼。原浚一脸正色站在她身后，已经呵斥出声："Lydia，宁总和太太在说事情，先出来。"

说完不等她有任何反应，已经关上了门。

室内重新恢复了宁静。

宁惟恺和祝晗姝重新看向彼此。他低头要吻，她却推开他站了起来，勉强笑了笑，"你还要忙吧，我不打扰了。"顿了顿，又抬眸看着他，"你今晚回……"

"我回来。"宁惟恺抢在她前面回答，伸手摸了摸她的头发，低声哄道，"等我。"

祝晗姝点点头，又看他一眼，转身走了。

宁惟恺一直把她送出办公室，送下楼。而在经过外间的秘书办公桌时，祝晗姝的目光不经意间掠过正低头坐在桌前的女孩。

她没有看她，她也没有再看她。

一直到坐上了私家车，挥别了宁惟恺，直至车辆徐徐转弯，他从车后再看不到她，祝晗姝才用手捂住嘴，全身发抖着，哭了起来。

宁惟恺获得新宝瑞15%股权这件事，成不了秘密，很快就在行业圈子里传开了。一时间，很多人找上门，也有很多人观望着他的举动。而他谁也没见，其中包括已经在箱包行业里声名赫赫的林莫臣。

他只在几天后，约见了厉致诚。

这次会面，双方可以说都有非常明确的目的。对于宁惟恺来说，他能完全控制的，只有沙鹰一个品牌。在如今内外交困的情况下，这既是他翻身的契机，也可能是丢掉最后一张底牌的深渊。

所以他需要暂时找一个大的靠山。

而厉致诚很清楚宁惟恺的处境，同时，他也需要他这个助力。

阳光灿烂的下午，两人在上次的茶馆见面。不过这一次，宁惟恺车上没带Lydia，厉致诚也没带林浅。

这一次，是宁惟恺给厉致诚斟茶，淡笑问："听说DG也对爱达表明了收购意向，不知道进展得怎么样？"

厉致诚言简意赅地答："过几天会给他们正式回复。"

宁惟恺点点头，也不多问。他端起白瓷茶杯，在手指里慢慢转动着，忽然笑了，"腥风血雨啊！我以为你是行业最大的搅局者，没想到我们都成了外资的盘中餐。"

"那也不一定。"厉致诚的手指轻敲桌面，俊脸始终不动声色，"如果中国企业都抵制收购，将来的局面如何，你怎么看？"

宁惟恺何尝不是琢磨过其中利弊，轻笑答："照常理判断：短期，可以惨胜；长期，必败。"

厉致诚眉目不动，端起茶轻抿一口说："你看过中国家电企业的报道吗？"

宁惟恺怎么会没看过，笑笑答："我们跟他们不一样。在与外资对抗这一点上，有利也有弊。"

"洗耳恭听。"

"呵……利是，箱包业虽然也有点技术含量，但毕竟不像家电，各家的质量和技术差别不会很大。所以我们不用像家电行业一样，苦哈哈地去不断钻研，不断提高，利润被压得很薄很薄。"他扫厉致诚一眼，继续说道，"弊是，家电更注重功能性，只要牌子还可以，消费者看的就是性价比；可箱包是个人日常消费品，说白了，箱包会体现个人品位和地位。一旦DG利用司美琪的现有销售网络，大举进入中国，消费者一旦认识并接受了这个国际名牌，我们再做什么，都会无济于事。拼价格、提高质量，都没用。谁会为了几十块甚至上百块的价格差，不去买国际第一的品牌，而选择本土品牌？更何况价格战我们都不一定打得过人家。到时候大势已去，你和我关门扫地，沦落为DG之后的二线品牌，真是指日可待！"

这番话虽然秉承了他一向轻佻凉薄的风格，但何尝不是句句真知灼见、直指利害？讲完后，他就手搭在膝盖上，打量着厉致诚。

而厉致诚也静静地望着他，黑眸深不见底，令他看不清晰。

这么安静地对峙片刻后，厉致诚开口了。

他端起茶盏，往桌子正中轻轻一放，"所以，我们如果要战胜DG、保住市场，关键决胜点只有一个——切断消费者认识和接受这个品牌的过程。"

宁惟恺微挑了一下眉头。

说实在的，跟厉致诚交谈，是一种前所未有的舒服的感觉。他心底埋藏最深的想法，面对如今庞杂的行业局面，他纵观全局、扒开一切表象后，凭借他的战略天分，得到的最大胆也最离经叛道的结论，看到的最准确的也是唯一一个战略决胜点，竟被厉致诚一语道破。

这就是棋逢对手的感觉吗？

他在心中嗤笑一声，有病。

"你想怎么做？"他开始直入主题。

厉致诚显然早就胸有成竹，端起另外两只茶杯，一一放到他面前，"分两步。"他抬眸沉沉地望着他，"第一步，你为主、我配合，从外围对他们施加压力，令他们全面进入中国市场时，就承担比较大的压力。"

这话他一说，宁惟恺就明白。所谓外围，指的自然是全国的销售渠道、供应商、经销商、物流商等。他现在依然是箱包行业协会会长，在行业里人脉关系很广。当初，他就想过用这招，从旁打压新崛起的Aito。如今厉致诚却让他把这招用在外资身上，想想还真是可笑。

见宁惟恺静默不语，厉致诚继续说道："这一点上，爱达的全部资源，都会支持你。"

这可谓是非常大的支持了。等于是把两家企业的资源，全都整合在他手里，听他差遣。那么两家面临的竞争压力以及可能承担的损失，也是一样的。同时，也能为他东山再起，积累更多人脉和声誉。宁惟恺在心中权衡了一下，也没马上答复，而是问道："第二步呢？"

厉致诚看着他，往椅子里一靠，答："第一步会令DG元气有所损伤，但也是佯攻。第二步——我来负责在消费者心中，建起一堵挡住外资品牌的墙。"

厉致诚回到爱达，已经是傍晚时分。

大厦里的人走得差不多了，蒋垣还坐在隔间里，看到他就站起来，"林经理来了。"

厉致诚点点头，"你先回去。"

推开门，就见林浅站在光线昏黄的书架前，正在看他那本《孙子兵法》。她转头朝他一笑，将里面夹着的、他刚刚写就不久的第三张计策拿了出来。

"这个让我保存好不好？"她问。

厉致诚当然没有异议。就见她慎重地将那张纸叠好，放进随身的钱包里，还故意紧张兮兮地望他一眼，"我要特别小心，被别人捡去就糟了。当然，我也绝不会让我哥看到。"

厉致诚微微一笑，走过去搂着她坐下。

"下周安排你过去长沙？"他盯着她问。

林浅有些意外地抬眸看着他，"不是计划下个月初，我再过去吗？"

他们说的是前期就定好的，林浅前往明德在长沙的分公司，同时今后接手明德在大陆的事务，不再介入爱达集团这边的工作。

"很快就会打起来。"厉致诚抱着她，眸光幽沉，"你去那边待着，完事我来接你。"

林浅没出声。

厉致诚的意思很明白，她也理解——就像林莫臣回避了爱达，她其实回避这次收购战，也更稳妥。几天前她虽然信誓旦旦要当他的副官，但也只是意气的话，这次也作好了旁观的准备。

不过她之前没觉得要走得这么快。

"好吧。"既然他这么认为，肯定有他的考虑。林浅勾着他的脖子，"你要多久？"

"三到五个月。"

林浅瞪大眼，"三到五个月？"不见面？

看她急了，厉致诚眼中泛起沉沉的笑，伸手扣住她的后脑，低头亲下来。

"我每周都过来。风雨无阻。"

几天后，林浅就乘上了飞往长沙的航班。

对于这一次的外派，她是兴奋大于不舍的。虽然刚才厉致诚在机场送她时，她看着他在人群中挺拔的身影，眼眶还是湿润了。

不过两人同居久了，再回归一个人的生活，倒也觉得轻松新鲜。加上他又承诺了每周见面，就一定会做到。

坐在候机厅时，林浅给林莫臣打了个电话道别。

林莫臣稍稍有点意外，"不是下个月吗？"

林浅叹气，"你回避了，我不也得回避吗？"

林莫臣却来了句："也好。你是厉致诚唯一的弱点，收起来比较放心。"

林浅当即就愣住了——什么叫作她是厉致诚唯一的弱点？她明明一直是他麾下的一员猛将，什么时候变成弱点了？

哥哥这么想，厉致诚难道也是这么想的？

直至坐上飞机，她心里还有点不舒服。但随着飞机攀入云层，旭日光芒万丈，生性豁达开朗的她，又将这码子事儿暂时丢到脑后。

她一边看着窗外磅礴的美景，一边将钱包里那张锦囊妙计再次拿出来欣赏。

这是前几天，她和厉致诚在家讨论后面的计划时，他手把着手，跟她一起写下的。字迹照例有点歪斜，但不影响观瞻。

第一计就是：诱敌深入。

　　林浅看了一会儿，将它叠好，又放进包里。因为这是她第一次熟知他的全部计划，此刻，她就闭上眼睛想——这一次，一定会顺顺利利，不会有任何问题。

　　他们一定会赢。

第三十四章
她的骄傲

早晨第一缕阳光照射进来时，林浅睁开眼，看着近在咫尺的男人。

短短的黑发遮住额头，眼窝很深，饱满的鼻梁和颧骨，勾勒出极具男性气息的轮廓。

还有她最喜欢的下巴，简洁干净。

她心中一软，手轻抵他的胸口，抬头亲上去。

酒店高层的房间里，从窗户可以眺望整条湘江。这是长沙最好的季节，初秋的风还带着夏的暖意，从江心、树林间掠过，像一只温柔的手轻拂而过，最后只余下阳光斑驳，寂静从容。

林浅和厉致诚相拥缠着，从昨晚他抵达，到今早睡意蒙，时光好像被遗忘在这幽暗的、远离尘嚣的房间里，只有几日不见的他的轮廓他的眼，更加深沉动人，无声地占据她的身体、她的心。

两人的婚礼已确定在四个月后，之前也的确聊过想生女孩还是男孩。

他说过想要女孩。

可是他这样一个男人，站在行业顶端万众瞩目的男人，才二十七岁，刚订婚，就动了想要孩子的念头，比周围那些成功的职场男人都早。宁惟恺都三十了，还没孩子呢。

果然，他始终是二十几岁的皮相，四十岁男人的心啊。

想到自己这个英明的结论，林浅忍不住笑了。

"笑什么？"他盯着她。

厉致诚的眼神顿时有了点变化。具体是什么变化，林浅也说不上来。

大概是……激动。

在他眼里看到激动的神色，还真是难呢。连激动都是暗沉的、克制的、不易察觉的，要不是她已熟悉他的每一根眉毛，还真的看不出来。

这让林浅莫名地也有点激动起来。

最后，到底还是离他的航班起飞时间太短，林浅送他下楼，乘车去机场。

"注意安全，不许太累了。"她抬头亲吻他。

厉致诚将她的身体紧紧一搂，低声说："上去再睡会儿。"

"嗯。"

他终于松开了她上车。轿车很快开出酒店，消失在视野尽头。

这已经是他们小别又重聚的第四个周末。林浅每次送他离开，依旧会感到一阵失落，裹紧风衣，抱着自己的胳膊，转身上楼。

没有了他的酒店房间，瞬间仿佛也恢复了陌生。她将自己的随身东西整理好，又拿起了桌上的一本婚纱介绍册。

这是她昨晚拿来给他看的——挑选婚纱、酒店和蜜月地点，本就是他下达给她的任务。他太忙了，这些事只能她做。

可林浅也知道，厉致诚是不想让她为他担心，所以才丢这些事给她。

还真是让她待在这里，等他解决了一切，就来接她。

林浅叹了口气，翻开婚纱册，目光最后落到其中一款上。裸肩，抹胸，腰身很细，层层叠叠不规则的纱，像是奔放的缭乱的花朵，簇拥着新娘。

这是他中意的款式。

因为他喜欢，所以变得这么动人。

今天是周一，林浅到办公室刚九点。

因为大陆明德的几个分厂都是新建的，一切整齐有序，所以她的管理工作也很顺利，甚至还挺清闲。

看了一会儿新闻，果然铺天盖地都是DG旗下的几个全球主力品牌，进驻全国各大商场，同时在司美琪的专营店开始销售的消息。

这个势头无可避免，不过现在业内的人都知道，以宁惟恺为首的行业协会会长，不断在给DG施加压力。经销商和合作商们夹在中间两头为难，所以DG在中国每前进一步，都不是轻松就能办到的。

这个宁惟恺，关键时刻还是有大义的嘛。林浅看到页面上他的新闻报道——现在已经有媒体标榜他为爱国商人。

他可真是翻身了。

不过林浅很清楚，这只是第一步。只能适当阻止DG进入市场的节奏，真正的正面战斗，还没开始。

脑海中又浮现厉致诚的样子，高高的个头，纯黑利落的西装，举手投足间透着沉稳。

他的正面战场。

又看了一会儿，秘书送来一张碟片，"林总，上周战略会的视频资料已经制作好，可以存档了。"

"好的，我看看。"

林浅将碟片放入电脑。

这是上一周，爱达全体管理层参加的一次战略会议。目的就是讨论如何应对DG的收购。甚至连久未露面的董事长、厉致诚的父亲徐庸也来了，对全体人员作了训勉讲话。林浅身在外地，通过视频连线参加。

话说，这位未来公公，林浅见过两次。跟厉致诚同居之后，他带她去了疗养院。徐庸待她挺和蔼可亲，彼此印象不错。不过也没有更深入的接触。

林浅按下播放键，画面上出现了很多人：厉致诚、顾延之、刘同、薛明涛……以及坐在正中，头发花白、精神矍铄的徐庸。父子俩长得还挺像，都有冷硬的轮廓、帅气的五官和白皙的皮肤。

徐庸很快就发言了。到底是位高权重，曾经是所有爱达人心中的权威和信仰，他缓缓地回顾了自己的一段创业史，而所有人也都屏气凝神地听着。如今的掌权人厉致诚则静坐在他身侧，听得也十分专注。

而后，他话锋一转，说："听说，现在美国DG集团对我们提出了收购。条件很优厚，也暗中联络了小股东。"

会议现场的气氛，仿佛变得更加凝重起来。

"DG我去过，年轻的时候我就去美国、欧洲都考察过。"他语气很轻松地说，"这个企业的确很不错，全球五百强，号称箱包行业第一。可是，他们在中国市场做了三年，还是没做起来，所以现在才想出收购这么简单粗暴的方法。"

这话一出，下面的人全笑了。厉致诚眼中也浮现出极淡的笑。

徐庸又说："那么爱达要不要卖给他们呢？"他环顾一周，全场一片寂静。

"不卖！"他斩钉截铁地说，"再高的价格，都不卖！我的一个儿子，为爱达奋斗了短暂的一生，最后车祸死在出差的路上。我的另一个儿子……"

他看向厉致诚："从他待了很多年的部队回来，不去当首长，来管理爱达。爱达凝聚了我们这几个男人全部的心血，也凝聚了在座的各位、几千爱达人的心血和情感。所以，我永远都不会卖掉爱达。"

台下响起一片如潮的掌声，气氛也瞬间变得热烈起来。尤其是以刘同为首的一些老臣，一脸欣慰和振奋。

待掌声退去后，徐庸用那鹰一样的眼神扫视全场，最后说道："今天我来，一是要表明立场，二是统一大家的想法。我不卖，你们也不要卖。因为爱达是大家的。如果真的有人，把手里的股份卖掉了，我只能说，今后，你就不是我徐庸的朋友，不是我的员工，也不是爱达的人。你站到了整个爱达的对面去，甚至可以说，你背叛了民族品牌。这样的人，我徐庸永远都不会原谅。"

……

会议在长久不息的掌声中结束了。时隔几日，林浅再看到这段会议视频，还是会被徐庸铿锵有力的话语感动。

果然是虎父无犬子吗？

不过她脑海里又冒出另一个念头——徐庸应该不知道她哥哥的身份——代表美方收购箱包企业的投资人。否则以徐庸如此决绝的态度，知道了，总是会心生嫌隙吧。

厉致诚肯定会瞒着他的。

然而此刻的林浅没有想到，数日之后，她以为不会发生的事，竟然一件件发生了。

甚至连厉致诚都猝不及防。

阳光炽烈，陈铮正带着DG亚太区总裁一行人，巡视司美琪在霖市东郊的生产基地。

正是下午，工厂里机器轰鸣，穿着蓝色制服的工人们埋头苦干，一派热火朝天的景象。于是那帮洋人们看到后，纷纷点头，表示满意。

陈铮对于现在的司美琪，也是比较满意的。要知这世上从来没有雪中送炭，只有锦上添花。司美琪被DG收购的消息传出后，原本关系已经趋于僵化的供应商、合作商们，纷纷改变了态度。不说殷勤备至，毕竟大家都还在观望，但至少是不敢得罪他了。

而消费者显然也有很强的崇洋媚外心理。自从司美琪摇身一变为外资品牌，门店的销量也有所提升。而得到了DG的资金注入后，他的工厂又重新运转起来。

多么好的良性循环。没有这些衣冠堂皇、实则贪婪又傲慢的外国人，还真办不到。

可有道是请神难，送神更难。陈铮以为今天的视察圆满结束，彻底将这些洋人糊弄过去了。谁知步出工厂时，走在最前面的DG亚太区总裁却发话了。

而且态度很严厉，直接向陈铮开炮。

"Ben！能否解释一下——摆放在五号仓库的货物，是怎么回事？"

Ben是陈铮前几天给自己起的英文名，便于跟他们沟通。此刻，他心里咯噔一下，但嘴上还是没承认，说："查理斯先生，那是我们的一个休闲包产品系列。"

查理斯是一位四十余岁、又高又壮的澳洲人。他有一双非常大的蓝眼睛，鼻梁很高，皮肤非常光滑，这令他的长相看起来有几分憨憨的孩子气。

此刻，他就摇了摇头，说："Ben，你没有说实话。我看过那批货物的检验报告，产品不合格率非常高。不少货物的面料存在色差，内部缝纫也不整齐，甚至还有一部分采用了与产品说明不符的、质量较劣等的材料。我猜……这批货物是赶制出来的，对吗？"

他一说完，所有人都静下来。陈铮这边的人，更是面面相觑。

陈铮阵阵心虚。

这批货，的确是赶制出来的。

半年前，当新宝瑞的休闲包市场萎缩时，陈铮从银行举债，打造了这个新的休闲包产品系列。当时，因为司美琪已经跌入了最低谷，人员流失十分严重，资金周转也有困难，产品质量当然打了折扣。

但这批包，大部分还是采用非常好的材料制作，投入非常大。至少从单个包的外观，消费者绝对看不出明显问题。

今天查理斯一行来视察，他还专门嘱咐仓库的人，摆放了些质量较好的在上面。

公司转交给外资方的资料，堆了满满几屋子。陈铮以为查理斯这种大老板，肯定不会细看。谁知道他从哪里看到了检验报告？

陈铮在心中有些懊恼，还是大意了。

这时，其他几个外国人也七嘴八舌议论起来。他们来自不同国家，带着各种口音的英文，吵得陈铮的脑袋有点发疼。

"嗨，诸位。"他皮笑肉不笑地打断了他们，"我能不能解释一下？"

他们全安静下来。

陈铮笑了笑，说："这批货的确存在一定的质量问题，所以我们没准备放在一线城市销售，而是打算调低价格，投放到二三线市场……"

他的话还没说完，查理斯已经再次开始摇头，"Ben！你怎么可以这样想？优质，永远是DG追求的第一目标。即使是价格低廉的产品线，也应该保持水准。不行，我不同意。"

陈铮忍了忍，继续保持笑容说："查理斯，你能不能听我讲完？"

查理斯瞪大眼看着他。

"合作之初，你们之所以对司美琪感兴趣，一方面，是因为我们是全中国销售网络分布最广、影响最大的企业。在爱达、新宝瑞都没有涉足的三线城市，甚至乡镇，我们都有代理商。这对DG将来在中国做到市场第一，是至关重要的。

"另一方面，因为我们是本土企业，对于中国国情，的确比你们更了解。中国跟美国、澳大利亚不一样，我们的城市发展非常不均衡。富裕地区，有富裕地区的需求；贫困地区，有贫困地区的消费方式。根据我的经验，这些你们觉得质量一般的产品，销售到二三线城镇，完全没有问题。它们甚至会卖得很好，带来丰厚的利润。而这与我们销售中高端产品，完全不冲突。"

他说得信誓旦旦，可是以查理斯为首的外资方们，还是皱着眉头。

"噢，不，Ben！"查理斯说，"你说得有道理，但这些产品，跟我们DG奉行了一百多年的企业宗旨是违背的。如果这样的产品出现在DG旗下，我们根本无法向美国总部解释，也会严重有损企业形象。所以我认为，这批产品应该立刻退出市场。我们绝不能为了一时的利润，就放弃了原则。这件事没有商量的余地，请……"他说了句生硬的中文，"马上去办。"

这还是DG入主司美琪以来，双方第一次在经营管理问题上出现大的分歧。

当然，这种情况，在之后还出现了很多次。这几乎是每一家"卖身"外资的中国民营企业都会面临的阵痛。

而此刻，陈铮就深深感觉到了这种阵痛。

眼前，几个外国人还在交头接耳、低声议论着，还有的直接用不赞同的目光看着他——外国人有时候就是这么不会做人，直白得让人想要吐血。

而他身后，几个中方下属全沉默着。因为老板的面子被扫，他们也不敢出声。

陈铮静默片刻，笑了，"好，这个观点我同意，我会立刻派人去办。"

查理斯听完他的表态，立刻绽放笑容，高高兴兴地将他的肩膀一搂。

"谢谢你的理解和果断！"查理斯热情洋溢地说，"我相信我们会合作得很好的！"

陈铮大笑出声，"当然！这还用说吗？"

他们这么一笑，周围人全笑了。陈铮跟他一起，被众人簇拥着继续往前走，心中却狠狠地骂了几句！

阳奉阴违，从来就是陈铮的性格中，不可或缺的组成部分。

这天下午，在把外资方送出工厂大门后，他表示要"马上解决问题"，转身回了工厂里。

几个小时后，他和几个心腹站在工厂门口，看着那些在外国人眼里"不合格"的货物，一车车地往外运。

心腹们也有点心疼了。其中一个开口："陈总，这批货挑一挑，至少还有六七成可以卖的啊！"

另一个说："这块儿库存是我们之前投入的，损失了也是我们自己的。而且将来到了年底，公司账面不好看，按照投资协议，陈总你的管理权限就会被削弱。那几个澳大利亚人，打的不会就是这个主意吧？"

陈铮的脸色也非常差。

他想起了几个月前，自己是如何踌躇满志地站在这批刚产出的货物前。那时候在他看来，休闲包市场就是块从别人嘴里吐出来的新鲜肥肉，谁先下手，谁就能叼走。

可事实就是这么残酷。

厉致诚的休闲包系列Aier，没有早推出，也没有晚推出。偏偏在他的产品全部生产完成、刚刚要投入市场的前几天，重磅推出市场。如果早一点，他还可以不用压这么多的库存；如果晚一点，说不定他已经占领了市场。

……

往事已成追忆，此刻，他看着血色夕阳，冷冷地答道："我难道不知道查理斯打的什么主意吗？别理他们，这批货今天就转运出去，照样放在偏远的门店卖。派人盯紧他们几个，如果有动作，就让门店先把货品下架，应付过去就是！"

次日上午，在得知陈铮已经"开始全面清理次等货品"后，查理斯很高兴。同时，他也召集了陈铮在内的所有高层，召开下一步的战略工作会议。

偌大的会议室里座无虚席。查理斯坐在首位，兴致勃勃地开口："中国人有句话，叫作'唯马首是瞻'。现在，厉致诚就是中国本土箱包企业的马首。"

会议室里静悄悄的，大家都知道他这个比喻的确很恰当。

爱达拒绝了收购，新宝瑞态度暧昧不明，因此DG在中国的收购业务全面受阻。大家都很清楚，新宝瑞正观望着行业老大爱达。不光是他们，其他箱包企业更是如此。

DG想要完成全面收购的宏图，就必须先搞定爱达。

而按照国际商业巨头跨国收购的惯例，如果直接收购不成，就要在市场上展开直接打击了。

利用自身的绝对优势，把中国企业打趴下，最后，以更低廉的价格收购其股权。

"中国还有句话，叫作'软的不行来硬的'。"查理斯又讲了句俚语，并且还沾沾自喜，似乎自以为讲得很不错。而台下坐的陈铮为首的中方代表，全都没什么表情。

"鉴于司美琪现在的销售渠道以及中国的消费现状，我和Ben商量过了，想先将DG旗下的二三线品牌，推入中国市场。"查理斯讲到专业部分，自然变得严肃和冷静起来，"这几个品牌，也是DG旗下利润贡献最大的部分。我相信一定会被中国消费者广泛接受。"

众人哗哗哗鼓掌，陈铮也笑了。的确，那几个品牌无论质量、外观都非常好。你不得不承认，国际巨头就是国际巨头，东西就是不一样，一旦推出，一定能把厉致诚、宁惟恺之流打死。而他的司美琪，也可以搭顺风车，趁机夺回市场地位。

这时，查理斯却转头，看向身旁的林莫臣——作为投资方代表，他今天也被邀请参加了公司战略会议，只不过一直没有发言。

"Jason！"查理斯跟他讲话的语气非常亲昵，"你认为我们这个想法可行吗？"

林莫臣笑了笑，双手交叠搭在腿上，抬头环顾一周，说："我是做投资的，对经营不发表意见。"

"Come on！"查理斯笑了，"Jason，谁不知道你在做投资前，自己的企业已经在纳斯达克上市，现在委托了职业经理人打理而已。给我一点意见，好吗？"

这时，包括陈铮在内的中方代表们，又一次对这位同为华人的投资人刮目相看了。

林莫臣也不推托，点了点头，说："我对这个行业了解不深，不能发表更具体的意见。不过你锁定的二三线品牌，的确在中国这一块利润更大。用中国话说，是'兵家常争之地。'"

翻译将这句古话告诉了查理斯，他眼睛一亮，说："你说中了我心中所想。Jason，为什么你负责了司美琪和新宝瑞的收购，却不负责爱达？如果由你去做，我相信效果会更好。"

这话一出，所有人都看向林莫臣，陈铮更是不动声色地打量着他。

谁知这时，林莫臣就像察觉到他窥探的目光，倏地抬眸，瞟了他一眼。

这一眼看得陈铮心头一震，像是洞悉，像是漠视，更像是……警告。

转瞬间，林莫臣已经移开目光，含笑对查理斯说："个人原因。而且我一个人精力有限，让我的同事去做更合适。"

又到了周五傍晚。

林浅穿着蓝色工作服，站在一条流水线前，身旁是四五个工人师傅，正在给她展示一款款面料。

林浅看一款，就摇一次头：

不行，这个太厚。

这个耐磨指数太低。

这个面料……真不好看啊。

……

四五种面料看下来，为首的工长有点无奈，"林总，你到底想要什么样的面料？"

林浅想了想说："我想要做出现在市面上最轻、耐磨性好，并且最漂亮，女人一看就会喜欢的面料。"

"……"

林浅扑哧笑了，说："是我讲得太笼统了。这样，我来选定几个颜色和材质类型，你们再改良试试。这是我私人的委托，奖金我来发给你们，保证让你们满意。但是记得保密。"

工人们全笑了，说林总哪里的话，有事招呼一声就行。但大家都知道，林总接管明德大陆公司以来，管理风格一向干练亲和，言出必行。她说奖金会让大家满意，那就一定非常丰厚。这种委托，又费不了多少工夫，普通人求都求不来呢！

跟工人们又聊了一会儿后，林浅才离开车间。刚走了几步，手机响了。

每周的这个时间，毫无疑问是厉致诚。

林浅的心仿佛也随之雀跃起来。

"你到长沙了？"

谁知这一次，厉致诚却让她失望了。

"我还在霖市，马上要出差。"

"……哦。"林浅答，"好的，那下周再见。"

虽说他承诺每周见面，可真忙起来，他的诺言，也有无法践行的时候啊。

电话那头，他却笑了。

"不。"低沉的嗓音，仿佛带着淡淡的蛊惑，"你过来。"

"哎？"

"已经给你买了今晚飞北京的机票，如果现在动身去机场，还来得及。"他淡定地说。

林浅却不淡定了，"现在？！我连行李都没收拾。"

"家里都有。"他简明扼要地说，"我已经替你收拾了。"

林浅的心怦怦地跳，怎么搞得像私奔相会似的？

"来吗？"他问。

怎么可能不来？

抵达北京的时候，夜色已经很深了。

林浅就拎了个手袋，白衬衣、西装裙、高跟鞋，走在拖着行李的人群中，显得格外另类。她一眼就看到厉致诚站在接机口。

他倒好，换下了西装，一身休闲，双手插在裤兜里，淡定自若地望着她。

林浅走过去，"怎么这么急啊？"

厉致诚伸手就搂住她的腰，"春宵苦短。"

林浅忍不住笑了，抬头看着他在灯下澄亮的眼睛——看来他最近进展很顺利，心情很好啊，居然会说这么放肆的话。

订的酒店就在机场附近，林浅有点意外，"怎么不住市里？"

厉致诚答："明天还要飞去其他地方。"

林浅就了然了。

凌晨时分，缱绻过后。"饱餐"了一顿的厉致诚，将她压在身下，手沿着她光裸的背，缓缓抚摸着。而林浅正趴在床上，低头在看手机上的面料资料。

过了一会儿，她转头看着他，眼睛亮闪闪的，"老公，我有一个想法。"

"嗯？"

"我要自己做一个品牌。"

厉致诚抬眸看着她。

四目凝视，林浅有点讪讪地笑了，"你是不是觉得我太好高骛远了？我知道现在的市场很成熟，做一个新品牌出来很难。但……"她瞧他一眼，"我虽然不是你，但我还是想尝试，凭我自己的力量，做一个全新的、属于我的品牌出来……"

"好。"他干脆地打断了她。

林浅眨眨眼，望着他没出声。

"你可以做到。"他将她翻了个身，手撑在她身侧，低头抚摸她的脸，"我的女人，也想从市场分一杯羹吗？那么我作为市场领导者，对这个新品牌，是封杀，还是不封杀？"

这句情话，够"狠"也够强势，林浅被撩拨得心弦一颤。

"你敢！"她瞪他一眼，"今后林浅品牌到的地方，请厉致诚速速退避三丈之外，不许冒犯！"

厉致诚低头就吻住了她，"让我控股。"

林浅伸手就推开了他，"不要！这是我自己做的品牌，跟你没关系。而且今后我做起来了，你也不许发表任何意见——我要完全依靠自己的力量，做一个品牌出来。失败了，我认了；成功了……"她得意地瞟他一眼，"你也不要眼红我这块儿利润，到时候我可以让你参股。"

林浅没说出口的是，自从那天哥哥一句"你是他唯一的弱点"，就一直令她蛮不舒服的。诚然，她的才华无法与厉致诚这样横空出世的鬼才相比，但她也不差啊。

的确，她一直崇拜着厉致诚，站在他身边，也从不觉得自卑。但哥哥这句话，却像勾起了她心中刻意忽略很久的某种情绪——其实在一个人的光环下站久了，她也会疲惫，她也会自卑，她也会茫然，害怕将来失去自我。

所以，做一个属于自己的品牌这个想法，慢慢就在她心中酝酿成形了。

不为赚钱，只为找到更清晰的自我。

这个过程，与厉致诚无关。

……

自己的女人野心勃勃要去创业，还只肯许诺给他参股的权利。厉致诚的感觉就像是从来沉寂平稳的心脏，被她的手轻轻捏了一下。

有点不适。因为她从此不完全在他的掌控中。

但又似乎看到了更鲜活更自由的她。

然后勾起了他内心深处更强烈的占有欲望。

"好。"他低头亲了亲她的红唇，"拭目以待。但我不保证将来不强行收购。"

"……浑蛋！"

次日一大早，林浅就被厉致诚从床上抱了起来。

"这么早的飞机？"她有点困惑，还以为要在北京逗留一天，晚上才走呢。

厉致诚淡淡一笑，拿着两人的行李，牵着她的手出门。

待办理乘机手续时，林浅傻眼了，"去欧洲？"

好吧，签证办下来她可以理解。她的护照一直放在家里，之前又有几次申根，不需要本人面签就可以代办。她也知道，他最近有去欧洲出差的计划——这是他锦囊妙计中的一个重要步骤。

可是居然不声不响把她也拐来，陪他去。

当然，两个人去欧洲，哪怕是办公事，也会变得一路甜蜜。不过……

林浅斜瞥他看似冷峻的侧脸。

还是挺黏人的嘛。

第三十五章
尔虞我诈

　　酒店临街，一侧是条阴雨绵绵的小巷，另一侧则是湿漉漉的广场。广场周围是灰白厚重的教堂、钟楼。远处，则是浑浊的阿诺河，河上一座古老的廊桥，烟雨飘摇。

　　林浅以前没有来过佛罗伦萨，但是闻名已久。如今大战在即，两人却跑到天涯海角的这一处小镇，仿佛与世隔绝，心情格外宁静。

　　她坐在酒店房间的床上，正在整理箱子中的衣物。厉致诚则坐在边上看着。

　　东西都是他从霖市带过来的。

　　她很快发现了不对劲，将箱里一叠裙子抱出来，送到他跟前，"怎么你给我带的全是裙子？"

　　厉致诚扫一眼那叠裙子，抬眸直视着她，淡淡答："因为你的腿漂亮。"

　　林浅喊了一声，可又忍不住笑了。出门在外，光有裙子多不方便啊。可她只能认命了。

　　一边把裙子往柜子里放，她一边想：平时他从未给她收拾过衣物。今天才知道，原来他的偏好这么明显、这么单调。

　　但她很快发现，自己这个结论错了。因为她接下来发现了一叠五颜六色的小内裤和胸罩。而他的内裤则全是黑的，整整齐齐叠在边上。

　　林浅一数：红、黑、紫、蓝、绿、白、褐……她扭头看着他——要从她那一整抽屉内衣里，找全这么多颜色，也不容易。

"这是干什么？"她指着那叠花式内衣，"七个颜色，你当你是在集龙珠啊？"

厉致诚双手枕着后脑，往床边一靠，答："随手拿的。"

喊！谁信啊，随手就拿齐了七色光？

林浅看着眼前衬衫笔挺、皮鞋锃亮、容颜俊逸的他，看着这个身为行业巨头的男人，脑海中却浮现出一个很不和谐的画面：昨天，他独自在家，将未婚妻的小内内和胸罩，仔细挑选一番后，再一件件仔细折叠，放进箱子里。

这时，厉致诚正驻足在门廊下，低头在打电话。乌黑的短发、棱角分明的侧脸、薄薄的大衣，站在蒙蒙细雨里，英俊得像这小镇上沉寂多年的雕塑。

林浅凝视着他，就有点出了神。

"OK, See you later.（好，一会儿见。）"他挂了电话，转头看着林浅，"对方的车马上就到，接我们过去。"

林浅点点头，忽然反应过来，瞪大眼睛看着他，"你的英文！"

她有没有听错？这么流利这么快，根本跟她没差别！

厉致诚双手往衣兜里一插，答得淡然："练的。"

去！上次在美国，谁说自己连点单都不行？这两年从来没见他看过英文书，练哪门子英文啊？

又装傻！当初为了追她，果然是无所不用其极吗？！

林浅恨恨地看着他，他却微微一笑，搂着她上车。

事实上，厉致诚的英文岂止是流利。接下来的两天，他连谈了两家制作皮具和休闲包的公司，根本不需要翻译在场，更不需要林浅帮忙，就拿下了这两家在亚洲地区的销售代理权。

这两家都是当地企业，规模不大。一家的产品并未销售到意大利之外，另一家则干脆只在意大利中南部发展。所以有厉致诚这样的中国巨头来谈合作，他们是很高兴的。代理的费用也不贵，厉致诚一口气就拿下了五年的代理权，同时下了两张对他们来说巨额的订单。

步出对方的办公小楼时，正是黄昏，小镇灯光璀璨，眼前的长街两侧商铺林立，全是全球知名的奢侈品牌，就像一条通往未知的星光大道。

林浅挽着厉致诚的胳膊，看了一眼他装着文件的黑色背包，有点得意，"咱们也土豪了一把，跑到欧洲来下订单了。"

厉致诚淡淡一笑，眼睛看着前方，"总有一天，将爱达的旗舰店也开到这里来。"

他很少说这么直抒胸臆的话，林浅听得心头阵阵激荡，嗯了一声，豪情万丈地往前方那些奢华的商铺一指，"将来我的品牌，也要开到这里来！跟你的开在隔壁。"

厉致诚忽地停步，手臂一收，将她扣进怀里，低头就吻下来。

异国他乡街头，四处都是不同肤色的陌生人。他拥着她，站在细雨缥缈的街道中央，无声亲吻，也无人打扰。

晚餐就在街头的一家小店用的。红酒加牛排，简单的搭配，味道却出乎意料的好。林浅喝得有些微醺，拿出他包里的资料，一边看一边问："一共拿到几家了？"

"加上从国内企业手里转卖的代理权，一共五家。"厉致诚答。

林浅仔细翻看五家企业的资料，有营业额上亿欧元的德国大公司，也有刚才那样，佛罗伦萨的当地企业；有皮具，也有休闲包。不过大多定价适中，还有的以非常低廉的价格供货给厉致诚。质量也有一定差别，有的可以媲美DG的二三线产品，有的很有意大利风情，但是做工却很粗犷。

不过它们都有个共同特点——年代久远，至少都有五十年或者上百年的历史。

这一点，倒是跟DG很相似。林浅有点坏坏地想。

吃完饭，厉致诚将她的手一牵，"去拿最后一家的代理权。"

林浅有点意外，"这么晚？"

小镇的夜生活已经开始，巷子里的酒吧音乐轰鸣，街头艺人戴着宽檐帽，靠在墙脚优雅地吹着萨克斯。

厉致诚带着林浅，一直拐了好几道弯，才在当地居民聚居的一条巷中，找到了个小小的门脸。灰褐色的石墙，方方正正一扇门，门口居然还挂着一盏中国灯笼，红通通的，朦胧动人。

一个高大的金发青年站在门口，看到厉致诚，热情地迎上来，"嗨！厉！"

厉致诚也笑了，"嗨，大卫。"

林浅站在一旁，看着两个男人拥抱在一起，很意外，也很有趣。

厉致诚什么时候交了外国朋友了？她居然不知道。

两人又低声打趣了彼此两句，这才同时看向林浅。

"我的未婚妻，林。"厉致诚说。

大卫那碧蓝的眼中绽放出热情的光芒，"多么漂亮的女孩！林，我是大卫。很高兴见到你。"

三人走进小店里，短暂交谈后，林浅才知道，原来上次厉致诚跑遍全球寻找适合"长弓"的面料时，才结识了大卫，机缘巧合下成了朋友。

而这次厉致诚来，就是要买下他家祖传手工皮具包的中国代理权。

进了店，才发现里面很大，又窄又深。别看外头看起来很普通，里面却装修得十分精致考究。两侧全是玻璃柜，一个个漂亮的皮包，躺在里头。林浅也是行家，一看就知道做工非常精致，是难得的上等品。

"这么大的店，就你一个人？"林浅问。

"不。"大卫笑呵呵地答，"还有五个女孩做服务员，十八个工人。我只负责设计。"

林浅钦佩地点头，"太棒了。这些包是我这次来佛罗伦萨见到的最出色的产品。"

大卫非常高兴，直接从柜子里拿出个漂亮的手袋，递给她，"送给你！为了你的赞美。"

林浅连忙摆手，"太贵重了！"

大卫就看向厉致诚——别看他看着直爽简单，倒也很有眼力见儿。

厉致诚就笑了，看她一眼，"没事，拿着。"

林浅只好收下，爱不释手。

原来这大卫自打从父亲手里接过这家祖传小店后，一直非常随性自由。想开张就开张，想出去旅游就直接把店关了，让工人放假，自己徒步不知跑到哪个国家去了。不过他的手艺、做工和设计几乎是整个佛罗伦萨知名的，所以一年就算只做一个月生意，也足以养活自己。

也有国际奢侈品牌，想将他和他的品牌收入囊中。结果呢？被他严词拒绝。因为他不喜欢太累的生活。

而这次厉致诚来，一方面是拿下他在亚洲的代理权，合资建厂生产；另一方面，也是邀请他到中国去玩，并且监督管理工厂的生产。

这样的条件，大卫当然乐意。

三人坐在店面深处的吧台后，头顶是明亮的灯。厉致诚从包中将协议拿出来，推到他面前，"你看看，有什么想法，可以继续往上加。"

谁知大卫却将协议推回他跟前，"不用了，你负担了我来往中国的路费和住宿，足以买下代理权了。我们家人做生意，绝对公平。"

"……"

"……"

最后，厉致诚替这大男孩做主，直接按照他拟定的协议，双方签下了大名。

直至第二天坐上返回中国的航班时，林浅还在笑这件事。

她靠在宽大的座椅里，斜眸瞟向身旁的男人，"你可真厉害，一趟旅游差点就换来一个代理权。"

厉致诚淡淡一笑，"这也是缘分。"

林浅点点头。

这时，坐在厉致诚另一侧的大卫却探头过来，"厉，我可以问你个问题吗？"

"当然。"

林浅也颇有兴致地望着他。

"为什么你要买下我的代理权？"大卫说，"别告诉我是为了赚钱，我的店虽然很优秀，但在佛罗伦萨之外根本无人知晓。"

厉致诚静默片刻，答："为了竞争。"

他抬头，看着窗外广阔的蓝天和飘浮的云彩，缓缓说："有一个国际知名品牌，想要进入我的国家，收购我的企业，抢夺我的市场。"

大卫耸耸肩，"所以我经常说，扩张是最无趣的事。它把工艺变成了商业，无趣又无情。讨厌的侵略者，我支持你。"

厉致诚和林浅都微微一笑。厉致诚继续说道："在中国，很多人有一个观念，会觉得外国产品比国内产品质量更好、更能体现个人品位……"

大卫斥道："荒谬！"

厉致诚说："……这样一个外资品牌进入，在中国的环境下，就会像一枝独秀，把中国品牌都比了下去。一旦消费者了解并接受了它，我们的民族品牌就会面临困境。所以，我不能让这样的情况出现。"

林浅将小桌板上的几个杯子，一个个排列在一起，然后接口说："我们打算怎么做呢？打个比方——前几年，中国有个特别著名的小吃，叫作'掉渣饼'。因为口味特别好，所以一时风靡很多城市。但随后，出现了很多类似的连锁店，质量参差不齐。而消费者也不知道怎么分辨哪家才是正宗的，吃一家，不是这个味儿，吃另一家，依然不是味儿。最后，他们索性都不吃掉渣饼了。这个产品越卖越差，最终被市场淘汰，现在已经很少看到了。"

大卫有点听明白了，张大嘴，"所以……你们买下许多代理权，就是要让消费者不知道哪家掉渣饼才是正宗的？"

林浅笑了，点点头，"对。不过，我不是说你的产品质量不好，你的非常好，我们会当成高端产品销售。而这一招在中国古语里叫作……"她看向厉致诚。

"浑水摸鱼。"他不急不缓地说。

这一年的四月，对于DG亚太区总裁查理斯来说，是非常有纪念意义的时节。

因为DG旗下的四个主力品牌，正式进入中国市场。

这个四月，对查理斯来说，也是非常灰暗的时节。

因为他遭遇了DG近年来，最大的一次销售寒冬。

冷到什么程度？

市场业绩差得他简直不敢相信自己的眼睛，他甚至怀疑数据统计错了，他们一定少写了两个零！

事情是怎么发展到这一步的呢？

四月初，DG中国开始在网络、电视、平面广告和实体店，展开大规模推广活动。而其主打广告，在电视台黄金时段，也重磅推出。这则广告是这样的：

优雅的亚平宁半岛上，一位金发名媛正在庄园外的草地上喝咖啡。忽然，一位褐色短发、黑色眼睛、身着骑士服的男人，策马而来。两人惊讶地对视一眼，男人将她俘虏上马。名媛惊慌失措，却仍然被带走。

转瞬间，画面已经来到一个舞会，老旧的水晶灯，城堡一样的古建筑，完全一派复古的画面。房间里，许多仆人侍奉女人换上晚礼服、佩戴珠宝，最后奉上一个女士手袋。名媛接过，缓缓步出大门。

眼前是纸醉金迷的舞池，男人就站在几步外，朝她伸手。名媛将手递给他。

两人在灯光掩映的窗前翩翩起舞，意境拍得梦幻而迷离。

……

最后，是名媛穿着睡衣，披头散发，睡眼朦胧，完全就像个邻家女孩般，从庄园的大床上睡醒坐起来。

她似乎回忆起昨晚的梦境，有些怅然地拿起自己的手袋，走到窗前眺望。玻璃上映出她绝美的容颜，一瞬间，却像是永恒。

......

字幕出现，画外音同时响起：

"DG, my dream."（DG，我的梦。）

不光是查理斯和他的手下，连陈铮看到这则广告，都不得不承认，拍得十分有意境。用现在流行的话说，十分高大上，还有穿越复古元素，很符合中国人的口味。

他们觉得，DG一定能成功打入中国。

前面说过，一个新品牌的推出，不会那么快就在市场上产生爆发式反应。尤其是包这样的彰显个人品位的日常用品，消费者认识、接受这个品牌，需要一段时间。

于是查理斯、陈铮等人，就信心满满地等待着市场的爆发！

结果，他们没有等来爆发，他们只等来了一堆赝品。

十余天后，在DG的市场销量刚刚有起色时，可怕的事情发生了。

六个。足足六个不知道从哪里冒出来的外资品牌，突然就在市场上出现了。

并且，他们的广告处处刻意模仿DG，简直到了令人发指的地步。

第一个品牌叫"Rain"。广告创意是，一个少女在亚平宁半岛上垂钓，突然，一个男人驾着艘小船，从海上而来。少女看到他就痴了，将手交给他，上了他的船。转眼，已经是在海面下，两人在水下竟然像鱼儿一样自由行走、呼吸。四目凝望，情意无声。

画面再一闪，少女已经躺在湿漉漉的岸边，天上正在下雨，周围昏暗一片，身边只有她的手袋。而她双眼噙着泪水，望着平静的海面。她的长相并不美艳，但是有一种清澈动人的干净。

字幕出现，画外音同时响起：

"Rain, that's my heart."（雨，那是我的心。）

当然了，也有不少观众看了这则广告后，认为比DG的广告更出色更动人。而事实证明也是如此，截至六月底，Rain在中国的总销量，竟然跟DG持平。当然了，这是在两者销量都不算高的前提下。

这样似是而非的广告层出不穷。有的品牌广告不一定跟DG类似，但是广告词却很有恶意。

譬如一个叫"David"的品牌，标榜自己创始于1890年，竟然比DG还要早十多年。查理斯知道之后非常生气，派人去查，结果给他的答复是：对方的确是1890年创始的，是在佛罗伦萨小镇上的祖传小店。但不知道怎么的，也跑到中国来捣乱了。

而消费者对此的感受是什么呢？

一时间，他们只看到大街小巷都充斥着各种外资箱包品牌的广告。而这些广告实在令人眼花缭乱，有的叫DG，有的叫David；有的说自己创立了一百零九年（就是那个DG集团），还有的说自己创立了一百五十年；有的说自己是意大利最正宗，有的说自己是亚平宁半岛最古老。

而价格和质量，更是参差不齐。有的明明很普通的包，却卖到三千元一个；有的质量普通，但是样式不错，性价比很高，就卖三百元一个。

如厉致诚和林浅所料，庞大的信息量同时袭向消费者，于是他们迷惑了，彷徨了。

本来他们面前只有一个掉渣饼店，但是突然出现了十家，令他们一家都记不住。

当然了，DG在国外毕竟有很高的知名度，还是有不少固定的消费群，能将它们区分出来。但它首先进入中国的是二三线子品牌，而不是世界顶级子品牌，对它们不了解的消费者，还是占绝大多数。

于是到最后，甚至有顾客到了DG的门店，微笑着问："你们就是那家David集团的子品牌，对吗？我最喜欢那个牌子了。哦……不是啊，那算了，不买了。"

还有人花上千元买了一个DG的新款包，高高兴兴地拿着上班。结果同事一看，笑了，"我也买了个意大利包，昨天门口超市促销，二百块一个，不错吧。"

……

六月底的季度销售会议上，一向脾气很好的查理斯，狠狠地拍案而起，当着亚太区所有人员骂道："无耻！"

而同一时间，林浅和厉致诚照旧住在湘江边上的酒店里。她靠在他怀里，一边欣赏她策划的广告，一边在心中叹息：她实在是太无耻了。

斜瞥他一眼——都是被他带坏的！

在这个混乱的战局里，最清醒的人，除了厉致诚和林浅，大概就是旁观者清的宁惟恺了。

阳光斑驳的下午，他站在写字楼的落地玻璃窗前，望着窗外宁静的城市，沉思。

当初与厉致诚达成联盟，这位反收购战统帅的原话是："我来负责在消费者心中，建起一堵挡住外资品牌的墙。"

具体要怎么做，他没说，宁惟恺也没问。因为彼此间的信任毕竟有限，他不会要求厉致诚将关乎身家性命的一步，都告诉自己。

但现在回想起来，越想越有意思。

可不是吗？厉致诚说的是挡住"外资品牌"，而不是挡住"DG"。现在果然如此，他一手营造了鱼龙混杂的市场，所有外资品牌都被挡在了消费者的心门外。

为了杀其中一个，厉致诚先杀了一片。

想到这里，宁惟恺略微有点不舒服。

因为他发现，这种天马行空出其不意的竞争思路，并非是他擅长的。如果他是DG的负责人，只怕也想不到这一步。

他端起手里的咖啡，轻抿了一口。

将来东山再起，厉致诚依然是个强劲的对手啊。

或者始终跟他结盟，井水不犯河水，比竞争更好？

他兀自想得入神，门外却有人在敲门。

咚咚、咚咚——均匀的力道，是Lydia独有的轻快节奏。

宁惟恺放下咖啡杯转身，"进来。"

自从上次祝晗姝来的时候，Lydia误闯进来，宁惟恺就给这位实习秘书下了禁令——不能再像以前那样不请自入。

一室阳光通亮，Lydia推开门。黑色小西装搭配浅蓝短裙，长腿娉婷，踩着靴子走进来。粉黛未施的脸，干净得像邻家少女。

尽管在与她的这段关系里，宁惟恺的态度始终有点暧昧不清。但他不得不承认，每当Lydia这样朝气蓬勃地走进他的办公室里，整个视野仿佛都明亮起来。

她眨眨眼，迎上宁惟恺直勾勾的目光，忽地笑了，"喂，已经过下班时间了。"

宁惟恺也笑了，站在大班桌旁，不紧不慢地说："怎么？这位小姐，又有什么事要差遣你的老板？"

这话本身就带着轻佻，Lydia哼了一声，说："我是帮你放松、舒缓压力。今晚我有个朋友在闽外街开画展，想不想去看？先讲清楚哦，我朋友挺穷的，晚上只能请我们吃担担面。"

宁惟恺微抿薄唇，隔着几步远的距离看着她。

有的时候，他其实觉得看不清这个女孩。明明是名校优秀生，却喜欢混迹于酒吧街头；明明大大咧咧，可有的时候聪明通透得让你侧目。

譬如刚在酒吧结识时，那么多人里，这姑娘一眼就看到了他的落寞。

还譬如这几天，箱包行业翻云覆雨，但看起来跟他并没有关系。她却从哪里看到了，他需要"舒缓压力"？

他很快联想到的是，昨晚在家里，祝晗姝唯一关心的是，她做的两道点心：马卡龙和朗尼芝士蛋糕，哪种更合他口味。

宁惟恺抬眸看着Lydia。

四目凝视，似乎有种彼此都懂的暗涌在里头。

"晚上我去不了。"他说，"晗姝做了晚餐。"

Lydia没说话。

她的眼神令他忽然有点不舒服。很平静，也很安静，黑漆漆的，好像没有任何情绪。

然后她耸耸肩，好像若无其事的样子，"好吧，那我就自个儿去啦。"

下班的时候，宁惟恺原本已开车出了停车场，驶上了环路。忽然又在岔路口掉了个头，开向公司。

他的车远远停在路边，看着公司楼下的公交车站。很快，Lydia就出来了。她已经脱了西装，穿着件粉色的外套，整个人清丽跳脱，在人群中格外显眼。

公交车来了，她连忙随着人流拥上去。忽然脚下一崴，差点没摔倒。宁惟恺这才发现，她今天穿的是双很高的高跟鞋——

她平时并不喜欢穿不舒服的高跟。但每次跟他这个"朋友"出去玩时，总会换上高跟。用她的话说："你太高了，我站在边上变得太渺小可不行。"

……

宁惟恺停在原地没动，一直看着她上了公交，公交车的引擎沉闷地响着开远了，他才掉头，驶向家的方向。

原来只不过把在酒吧认识的她，当成个开心果，当成可以调节气氛的小妹妹，放在身边。

什么时候开始改变了？

在最不应该变的时候。

与此同时，DG中国的写字楼里，却是一片愁云惨雾。

顶层多功能会议厅。

查理斯正在召开全体高层的又一次战略会议。经过这些日子的痛定思痛，这位性格开朗乐观的澳洲商人，脸上也平添了很多阴霾。深深的眼袋，令他看起来非常像一只壮实的熊猫。

陈铮坐在他的左手旁，林莫臣作为贵宾和朋友，坐在他的右手旁。长条形的会议桌边，此刻鸦雀无声。

尽管坐得很近，林莫臣始终没看陈铮。

而陈铮这回也学乖了，压根儿就没往这位敌友难辨的男人身上望一眼。

查理斯翻开了手中的战略报告，非常严肃地说："经过与美国总部的沟通，以及与诸位中国管理者的讨论，我们决定调整公司战略。二三线品牌暂时不做更大规模推广，主力推进我们的一线品牌：Zamon。"

在场包括陈铮在内的所有人，精神一振。

因为Zamon是全球知名的顶级品牌，即使在中国，也是无人不知、无人不晓。这个品牌，三年前DG就引入了中国，跟其他顶级品牌一样，卖得也不错。只不过奢侈品牌的市场毕竟有限，不可能成为公司主要盈利来源。

但现在查理斯却说，要主力推进Zamon。

一位战略分析员开始播放PPT，向众人解释这次的战略思路。

正中出现的，竟然首先是一行中国字："以其人之道，还治其人之身"。

原来，受中国商人搅乱市场的行为启发，美国总部的战略部，提出了非常有针对性的举措——

既然他们用一堆烂品牌，埋掉了我们的二三线品牌。那我们也可以用我们最好的品牌，把其他几个身陷泥沼的品牌给拖出来。

具体怎么做呢？

因为Zamon在全球都是家喻户晓的，并且中国没有一个品牌可以与之媲美，甚至都相差甚远。只要打出Zamon的名号，中国企业无论做什么，都是无法匹敌的——

一个顶级奢侈品牌，不是靠钱或者阴谋诡计能塑造出来的！

所以呢，这次DG中国会分两手推进：一方面，加大Zamon品牌在中国的推广力度，强力占有奢侈品牌市场；另一方面，他们会制作一个新的企业宣传片，主打Zamon，同时将旗下其他几个二三线品牌，全都打包亮出来。

因为Zamon已经在消费者心中建立了非常牢固的高端形象，有了这样的打包宣传，消费者无论如何都不会把DG的子品牌，与其他乱七八糟的品牌混在一起了。

当然，这样做的投入，会非常非常庞大，几乎押上了DG中国的未来。

……

查理斯将这个市场战术，命名为"碾压"。

以Zamon为巨型坦克，带领旗下诸多品牌，一鼓作气，碾压过中国的箱包市场。

散会后，陈铮故意找几个外国高管聊天，逗留着没走。等看到查理斯将林莫臣送进了电梯，自己一个人走回办公室，他才跟了上去。

"查理斯。"他敲开门，"我有个重要的信息，想跟你汇报一下。"

迄今为止，查理斯对这位中国下属，还是比较满意的。他笑着点点头，"请坐。有什么重要信息要跟我分享呢？"

陈铮沉吟了一下，说："林先生为什么不接手对爱达的收购，这其中的主要原因，你知道吗？"

查理斯摇了摇头，"他只说是个人原因。涉及隐私，我当然没有问。"

陈铮就笑了。

"你和林先生都是公私分明的人，这一点我很敬佩。不过……"他略略压低了声音，"中国有句古话叫作：兵不厌诈。林先生之所以不接手爱达，是因为他的亲妹妹林浅，在爱达做高层。爱达现在的总裁、给我们DG中国带来很大麻烦的厉致诚，就是他的准妹夫。"

查理斯张大了嘴，他很意外，"原来是这样！"

陈铮既然已将这个不是秘密的秘密抖出来，就理所当然地认为，查理斯会很上道地明白要做什么了。可等了一会儿，却见查理斯皱着眉头问："Ben，你告诉我这个干什么呢？"

陈铮忽然有点厌烦他。

是故意的吗？故意让他说出来。

外国人都喜欢这么装天真吗？伪善。

但人在屋檐下，不得不低头，陈铮还是如他心意，讲出了计策：
"我的意思是，现在我们跟厉致诚斗得水深火热，如果把林浅跟林莫臣的这层关系抖出来，一定能对爱达的人心造成打击。甚至我们可以放流言出去，说林浅就是投资公司专门安插在爱达的内应，这样她至少会接受公安机关的调查。厉致诚不仅失去了这个帮手，又失了人心，赔了夫人又折兵。就算不能对他造成致命打击，但此消彼长，对我们DG中国，肯定是有好处的……"

查理斯听得入了神。

他似乎也有些心动，有些为难。但过了一会儿，他却摇了摇头，
"不行，Ben，我不能这么做。这违背了我的职业道德，也背叛了我和Jason的友谊。"

陈铮完全愣住了。他没想到这个外国人居然这么不开窍。

于是他脱口而出："查理斯，你能确定Jason没有在偏帮他妹妹？知人知面不知心，我们的二三线品牌推进得这么吃力，说不定是Jason从中作梗！"

抹黑人，是不需要成本的。况且林莫臣的确总让他感到不可靠。

谁知这一次，查理斯更加不信他的话了。他甚至笑了，好像他说的是多么荒谬的话。

"噢，Ben，你错了。"查理斯说，"Jason是我最忠诚的朋友。而且，你也太小瞧他了。他的身家可不单单是个华尔街投资经理。一个小小的爱达，他根本不放在眼里。有人估计过，他的身家是……"然后他说了个数字，美元以亿计算的数字。

陈铮倒吸了口凉气，同时心里骂了句脏话。

查理斯又说："我再告诉你一个秘密，你就会对Jason放心了。几天前，我就现在的市场情况，向他咨询意见。他却说自己只负责投资、身

份敏感不适合发言。后来实在难以推辞，他就写了一张纸条，折叠好递给我，说等我询问完总部的意见后，再打开看，跟他的意见是否一致。

"你猜怎么样？在我得到总部的'碾压'战术指示后，打开了他给我的纸条。上面写的就是今天你看到的那句——以其人之道，还治其人之身！

"Ben，他给出的建议，居然跟总部的意见一样。一开始我还拿不定主意，有他的建议，我才更加坚定地推进'碾压'战术。而且，难道总部还会害DG中国？所以对于他，你可以百分之百放心。"

几分钟后，陈铮从查理斯的办公室告辞了。

想到他说的林莫臣的言行举止，他也觉得一头雾水——难道林莫臣真的心狠手辣，完全不管自己妹妹，站在DG这一边？

可这么巧，他刚要来跟查理斯"告密"，林莫臣就先一步获得查理斯更深的信任，使得查理斯完全不愿意加害他的妹妹。

为什么他总感觉……被算计了？

只是他完全琢磨不出来，林莫臣到底是在算计防备他，还是在算计查理斯和DG？

第三十六章
暗箭在背

在这个剑拔弩张的时局中，每个人都有自己的信仰，每个人都在
努力。

厉致诚和林浅，在努力狙击外资的进攻；陈铮，在努力保住自己总
经理的位置和利益。

查理斯也在努力，他希望DG中国的业务能做得更好。他认为这样既
能完成总部的业务目标，又能带给中国消费者世界一流的产品，这是非常
有价值的事。

林莫臣手下的投资经理们，也在努力。对新宝瑞和爱达的收购虽然
一时没有进展，但这支世界顶尖的投资团队，正在无孔不入地渗透着两
个企业的股东层。任何利益的缺口、任何人心的浮动，都会被他们抓住机
会，像毒蛇一样，一点一点吃掉觊觎的目标。

……

这天参加完查理斯的战略会议后，林莫臣回到他在霖市的办公室，
已经是暮色降临时分。

他的办公室在走廊的最深处。

窗外夜色清朗，林莫臣姿态悠闲，双手插在裤兜里，跟其他人打着
招呼。经过会议室时，透过玻璃门，他看到里面灯光明亮，负责爱达的收
购小组，正与一名西装革履的男子在密切交谈。

林莫臣的目光淡淡滑过那个年轻男人。

有点眼熟。因为林浅的缘故，他以前看过爱达所有高层管理人员的资料。

所以他很快将这个人，与脑海中的一个名字对上了号。

算是个举足轻重的人物。

林莫臣微不可见地蹙了一下眉头，脸色没有半点改变，步伐也没有停留，径直走进了自己的办公室。

坐下后，他叫秘书送来一杯咖啡，又看了会儿投资分析报告，这才往老板椅里一靠，长腿交叠，拿出遥控器，打开了墙上的液晶电视。

今晚八点整，DG旗下顶级品牌Zamon的新广告，就要在各大电视台滚动播放了。

又一场腥风血雨即将开始。

为什么之前，林莫臣会给查理斯一张指点迷津的纸条呢？

因为在厉致诚对外资品牌使出"群杀"战术后，林莫臣几乎可以断定，DG美国总部势必会动用Zamon，来挽救其他品牌。既然已经是板上钉钉的事，他即使指点一下查理斯，也影响不了大局走向。而且还能巩固与查理斯的私人关系，防住陈铮这个小人挑拨。

以厉致诚那小子惯用的套路，DG的碾压战术，必然已经在他的算计中。既然如此，他顺水推舟，说不定还如了他和林浅的意。这样，也不算违背他的职业操守。

不过，据他刚才所见，爱达内部似乎是有人想要叛逃了。

但这个关键讯息，他却绝不可能透露给林浅了。因为这在收购中是很常见的事，他如果说了，就严重违背了职业道德。

如果今天的这个变故，会对爱达造成实质性的打击，那么能不能熬过这一关，就要看他们自己了。

不过话说回来，厉致诚要是连这种商场常见的尔虞我诈都应付不了，那他也可以从他妹妹身边滚蛋了。

九月初，长沙还热得像个火炉。

阳光炽烈的下午，林浅依旧是那身热得不行的蓝色工人服，戴顶鸭舌帽，绑了个马尾辫，跟几个技术员和工人站在生产线前，察看最近试验成果。

比起几周前的摸索，现在从生产线下来的样品，已经基本达到林浅的理想值了。

这意味着只要租厂房、买设备、招聘工人和职员，她的新品牌就可以正式投入生产。

林浅有点激动，手一挥，"今晚我请大家吃饭。你们实在是辛苦了，功不可没。"

众员工都叫了声好。大家也很兴奋，因为按照林浅之前的说法，集团总裁厉致诚已经同意他们这批人作为创业元老，短期借调到新公司去。将来他们想留在新厂，还是想回到原岗位，都随他们自己。

现在爱达的业务四处开花，谁都想争上游，还有比这更好的机会吗？

订好了晚上的酒席，林浅就跟他们几个坐在工厂的办公室里聊天。刚聊了一会儿，手机在口袋里震动起来。林浅一看来电显示，忽地反应过来，抬头问身边的人："今天是周几？"

"林总真是忙忘记了。今天周六啊。"

林浅一愣——完蛋了！

她居然把厉致诚给忘了。约好了今天中午两点去机场接他，现在三点半了！关键是之前厉致诚说不用她接，她还坚持非要接——因为很想他。于是他就同意了。可现在……

以厉致诚今时今日的地位，大概没人会放他鸽子吧？林浅脑子里滑过这个念头，赶紧拿起电话，走到无人的过道里，这才接起。

"喂……"她的声音有点心虚。

"喂。"他的嗓音依旧低沉而平稳。

"对不起啊，我忙忘记了，你在哪儿啊？"她小声说。

"在忙什么？"他不答反问。

"在忙新品牌的事。"讲话的空当，她又翻看了一下手机，好家伙，他之前已经打了三个电话，她都没听到。

脑海中突然冒出个画面——冷峻清贵的厉致诚，站在接机口，一遍又一遍地打电话，看着来往的行人，却始终无人理睬他……

她真的错了！居然把他给忘在了机场。

"你现在在哪儿啊？"她再次小声问。

"我已经到了。"

林浅哦了一声，说："那你等着，我马上就来。"又对着电话，清脆地啵了一声，这才挂断。

走回大家中间，林浅带着歉意说："对不起啊，厉总那边临时给我安排了工作，咱们的聚餐改到明天好吗？"

她说得冠冕堂皇。本来啊，是厉致诚给她安排了工作——陪他。

众人当然说好。

既然已经忙完了，大周末的，大家也都不再滞留，关灯关电源，一起离开了车间。

林浅跟一个年轻的女设计师走在最后头，两人还在就新品牌的外观随意地聊着。至于厉致诚，他说他已经到了，林浅自然而然理解成——他已经到了两人每周相聚的湘江边上的酒店。所以她打算直接开车过去。

外头太阳正大，车间外绿树成荫，花团锦簇，倒也阴凉。大家都抄近路，穿过绿化带之间的小径，前方不远处就是公司大门。

林浅正和设计师聊着，忽然眼角余光就瞥见一侧的花坛背后，走出来个人。阳光透过树枝，斑驳地照在他身上。他穿着简单的浅灰色T恤、黑色休闲长裤，戴着顶鸭舌帽，双手插在裤兜里，抬头看向她。

林浅一下子就愣住了，脚步就慢了下来。他已经伸手，一把将她从小径上拉过去，拉进了怀里。

林浅又是惊喜又是惊吓——

惊喜的是，没想到他说的"到了"，居然是到了厂里来接她。

惊吓的是，这边是新厂，大家都不知道他和她的关系。要是看到集团的大老板突然杀过来，跟她暧昧不清，那也太突然太劲爆了。

"你怎么来这里了？"她压低声音问，"还有好多员工在呢！你先松手，咱们在停车场见……"

话还没说完，厉致诚那被帽檐阴影覆盖的眼中，闪过幽沉的笑意。

然后他低头就吻了下来，还将她牢牢扣在怀里。

林浅在他怀里拼命挣扎——他故意的！谁让她放了他鸽子呢？

两人正吻得不可开交，走在前头的女设计师已经发现了林浅的"突然不见踪影"，只听她咦了一声，喊了声："林总、林总？"脚步声已经近了。

林浅朝厉致诚露出求饶的眼神，发出含糊不清的呜呜声。厉致诚嘴里全是她清甜的味道，又低头在她鼻尖一咬，这才松开她。

林浅赶紧整理了一下略显凌乱的衬衣，走了出去。她反应也很快，拿起手机，作认真通话状，同时朝那女设计师摆了摆手，示意她先走。女设计师这才了然，转身走远。

林浅将电话收进兜里，转头看着一脸淡然的厉致诚。他依旧站在树荫下，静静地等着她把员工糊弄过去——那模样说不出的英俊利落。

林浅想到他自己跑到厂里来找她，有点心疼也有点情动，看了看左右空旷无人，伸手就勾住他的脖子，低声亲昵地骂道："你浑蛋。"

"嗯。"他盯着她答，"浑蛋才会被女人晾在机场。"

林浅扑哧笑了，"我错了还不行吗！"

两人牵着手往外走，快到有人的地方，林浅赶紧挣开，厉致诚瞧她一眼，倒也没说什么。

因为厉致诚对于下面的分厂而言，是超级大老板。他本人又不喜欢露面，所以下面的工人见过他的倒不多。加之他帽子一扣，又一身休闲装扮，一路走过去，竟然没人认出来。

但林浅这一路，遇到的几个人，都热情地跟她打招呼。

"林总。"

"林总好。"

林浅一一微笑点头。

众人的目光自然也落在她身边的"陌生男人"身上，见他神色冷峻目不斜视，帽檐遮住大半张脸，跟林浅沉默地并肩而行，当真是神秘又惹人眼球。

林浅当然不会把他介绍给员工，赶紧拉着他，快步走下了停车场。

回到酒店，林浅先陪他吃了个饭，已是夕阳斜沉。

两人踏着落日的余晖，沿着江边的滩涂散步。这是酒店自有的一片沙滩，地势空旷，脚下一片柔软。水面上有野鸭和水鸟不断掠过，景色宁静又生动。

走了一段，林浅看到前方有一片浅滩，大大小小的岩石嶙峋分布，还长了褐色的青苔。林浅一时兴起，转头看着他，"要不要翻螃蟹？"

这种事，对于从小在部队大院、跟一帮臭小子一起长大的厉致诚，自然驾轻就熟。他闻言微微一笑，挽起T恤的袖子，露出结实修韧的小臂，挺轻蔑地看她一眼，"你会？"

林浅嗔道："去！我小时候是翻遍霖市无敌手！"

"哦？"他已经率先踩上一块岩石，低头观察，同时淡淡说，"那我怎么没听说过你？"

林浅忍不住笑了，答："你孤陋寡闻呗。"比起厉致诚，她的准备工作更彻底，不仅挽起了袖子，还把凉鞋给蹬掉了，裤子撸到大腿根，直接就踩进了水里。

两人在一切户外活动上，都是竞技型人才。所以一时都没讲话了，屏气凝神观察水里动静。

然而林浅早该想到的，野外寻找食物，也是特种兵的必备技能之一。所以不多时，厉致诚已经翻出了五只，可她这边才孤零零的一只。

她狠狠地瞪他一眼，憋足了劲儿继续找。

可对于厉致诚而言，翻螃蟹这种童趣的事，本身已经没有什么吸引力，不过是陪她开心而已。此刻见她秀眉轻蹙，一副"我要大干一番"的模样，他心念一动，也不自己找螃蟹了，而是悄无声息地跟在她身后。

林浅找得很专心，哪里注意到身后这个特种兵。这时看到一块石头下冒出气泡，她心中一喜，慢慢俯低身子，用手扶住了石块……

站在她身后的厉致诚，也慢慢俯了下来。

林浅猛地将石块一抬，果然就看到一只肥大的螃蟹贴在石缝中。她伸手就要抓过去，谁知旁边伸出一只更快的手，一把就将螃蟹抓起，从她面前抢走了。

林浅瞪大眼，转头看向他。他却神色自若地将螃蟹往沙滩上一放，然后平静却挑衅地看向她，"第六只，承让。"

林浅气死了，从水里冲出来，伸手就抓住他的衣服，"你这是耍赖啊你！"

厉致诚眼中闪过笑意，一把搂住她的腰，轻声说："兵不厌诈。"

"去！"林浅低头想要咬他的小臂，可他更加眼明手快，伸手就捏住她的下巴。林浅一时动弹不得，转头就作势要咬他的手指，厉致诚低头就吻下来，堵住了她的唇。

两人在夕阳下嬉闹了好一会儿，并肩坐在沙滩上。林浅靠在他怀里，双足还是赤着，在水里划动着。厉致诚的目光则先落在她的双脚上，然后是同样光裸白腻的小腿，最后落在她的脸上。

最近，厉致诚感觉有点不对。

这种不对劲的感觉，是在跟她相处的点点滴滴中，慢慢体现的。而他敏锐地感觉到了，但竟然无能为力。

具体来说是怎样呢？

以前，两人相处的时间，都是根据他的日程表来安排。当他空闲下来时，会给她电话，跟她视频，或者飞过来看她。而她必然欢欣雀跃，等待在那一端。

她围绕着他转，彼此珍惜。他已习以为常。

　　工作上也是。他规划大的方向，她就在这个范围里，尽情施展才华。

　　那感觉就像是……她是一只美丽的蝴蝶，始终在他的掌中跳舞。

　　可自从她立志要"创立自己的品牌，干出一番事业"后，情况就慢慢变得不一样了。打电话过去，她会说在忙，很快就挂断；有时候甚至干脆就因为专注做事开了震动，没听到。

　　见面也是。他为了这个周末的相聚，把所有工作压缩在前面几天完成，蒋垣跟着他已经熬了好几个晚上。当然，这种事他并不会告诉她。但怀着对她的强烈渴望飞过来后，她却经常忙得没时间陪他，抑或是陪了他一会儿后，下属又有事找到她……

　　厉致诚在心中无声自嘲——想不到，他也会有被自己的女人冷落的一天，并且因此感到……失落。

　　他低垂目光，望向搅乱男人心湖的罪魁祸首。而她懵懂未觉，还在用双足戏水。白玉一样的脚趾，在阳光下圆润可爱。

　　厉致诚突然开口："女人的脚不要在凉水里浸太久。"

　　林浅有些惊讶，"这个你也知道？"索性将脚从水里抬起来，眼珠一转，直接踩在了他怀里。

　　她脚上全是水，他的T恤和裤子瞬间水渍斑斑。他也不在意，伸手就捏住了她的两个脚掌。林浅被他弄得有点痒，哧哧笑了，"别捏啊。"

　　厉致诚抬眸看着她，手却将她的脚掌包裹住。脚心传来的温度，令林浅心头一暖。而他的眼神幽沉寂静，俊脸透出一丝温柔，在昏黄的落日下，有一种动人心魄的魅力。

　　林浅看得心头阵阵悸动，他却始终这么盯着她，同时低头，在她白皙光滑的小腿上，轻轻一吻。

　　林浅的心弦狠狠一颤，他已开始沿着她小腿线条，轻咬慢舔。林浅全身被一种刺激而新鲜的战栗感席卷而过，差点就呻吟出声。

　　见他眸色深沉涌动，林浅的心也阵阵颤抖。望见不远处沙滩上还有稀落的游人，她更觉浑身不适，将腿从他怀里抽了回来，双手抱膝，躲开了他。

他抬眸静静地望着她。

明明已经好了这么久，可他一个眼神，却依旧能叫她心跳加速。

"旁边好多人！"她低声抗议。

"嗯。"他双臂往后一撑，眼睛看着远方，淡淡地说，"一时情难自禁。"

林浅顿时又惊讶了——她记忆中的厉致诚，可是很少会说这么直白的情话的。他从来只不动声色地撩拨得她情难自禁，现在居然承认自己先没把握住。

而且还是在她什么都没干的前提下，他自个儿要亲她的小腿。

不得不说，她现在的感觉……

爽极了。

"哦，我明白的。"她瞬间又嚣张起来，斜瞥他一眼，"男人嘛，都是下半身思考的动物。嗯……"她故作无奈地叹了口气。

对于她的嚣张，厉致诚只淡淡地看了她一眼。

于是……林浅立刻嚣张不起来了。

毕竟形势比人强，天马上就要黑了，他们马上就要回酒店了，然后……

林浅脸颊微微一烫，可心头又是甜甜的。靠在他怀里，一起看着远方。厉致诚的手沿着她光滑的脖子缓缓摩挲着，说："以后我见你，是不是也要提前预约了？"

林浅顿时笑了，"那也说不准。毕竟我刚开始创业嘛。"

"合理安排，不能再因为公事侵占我们的私人时间。"他淡淡地说。

林浅又笑了，"好吧，我尽力。"

他点了点头，没再说话。林浅窝在他怀里，越琢磨越想笑，最后就用手指轻戳他的胸膛，"你也有今天，你也有今天……"

厉致诚如何不懂她的意思？听她语气里满满的都是欣喜和撒娇，心头亦是一荡，将她的手指一捏，低声说："嗯，心甘情愿。"

……

回到酒店，林浅全身骨头都散了架似的，一动也不想动，就从边上拿起遥控器，打开电视机，漫无目的地浏览。

谁知电视节目真是哪壶不开提哪壶，换了几个台，都看到了Zamon那精致奢华的广告。

林浅撇撇嘴，转头看着身边的男人，"要是不知道你已经有了对策，现在我应该就像以前一样，急死了。皇帝不急太监急，瞎操心。"讲完这话，忍不住又笑了。

厉致诚眼中也泛起淡淡的笑意，只是看着DG的广告，眸色依旧变得深沉。

林浅现在的感觉的确很难以言喻。之前已经跟着他，经历了很多大风大浪，心情也是大起大落，饱受了很多委屈。尽管对他的冷酷算计有过微词，但因为跌落过谷底，所以当最后胜利到来时，那狂喜也是加倍的强烈。

可现在……

啧啧……看着对手如棋子般，在她和厉致诚（当然主要是厉致诚）的算计里，按部就班地运作，那感觉就像是心里藏着个天大的秘密，却不能告诉别人，憋得又快活又难受。

尽管已经有了后招，但后招是否真的能见效，是否会有别的变数，也并非十拿九稳。所以其实，她内心的焦灼感，虽不如以前那么强烈，但也很揪人。

倒是厉致诚——她转头看着他，这么一步步走来，神色永远淡定，镇定自若。

林浅忍不住凑过去，在他脸颊一吻，"我爱你。"

厉致诚侧眸看着她，嗓音低沉地重复道："我爱你。"

两人静默对视了一会儿，林浅想起了另一件事，问："听说最近老爱达有几个小股东，把手里的股份卖掉了？"

厉致诚点了点头，"有几个。"

林浅眨眨眼，他们的计划里并没有包括老爱达股份被卖掉这一项。

"没事吧？"

"没事。"厉致诚神色平淡地说，"这些事控制不了，顺其自然，无关大局。"

林浅想了想，也觉得是。

因为厉致诚虽然在老爱达只占10%的股份，但其股份主要集中在徐庸、厉致诚的嫂子、徐庸的另一个儿子，以及顾延之、刘同等几个心腹手里。林浅算过了，即使那些当年的小股东全部卖掉手里的股份，DG也最多获得15%~20%，要想控股老爱达，除非上面那几个人——厉致诚的家人和心腹里，同时有两个人叛变。但这几乎是不可能的。

于是林浅就放下心来，继续看电视。过了一会儿，厉致诚说："我过几天去趟美国。"

他这个行程安排至关重要，林浅也是知道的。于是她点点头，抬头对他笑道："祝你一帆风顺，马到功成。"

然而，林浅没想到的是，就在厉致诚去美国后的第五天，一个惊人的消息从爱达总部传来。

而在当天晚些时候，DG集团也召开了新闻发布会，宣布已收购到老爱达超过51%的股份，成为新的控股股东。据说，人在疗养院的董事长徐庸看到这则新闻，当场心脏病发作，被送进了抢救室。

DG集团这一轮的碾压战术，分成两个步骤。

第一步，主力推广Zamon品牌，令它成为在中国影响力最大的奢侈品品牌。

当然，这一步其实是赔钱的。奢侈品消费市场毕竟很有限，但外国人也深谙"赔钱赚吆喝"的道理，这样就保证几乎每个中国人，都知道了Zamon和DG集团。

　　第二步，才是做一个简洁的企业形象广告片，将Zamon和其他二三线品牌放在一起，让大家知道，它们全都系出名门。

　　这就好比我们都知道保时捷是生产跑车的，哪天它要做了一款自行车，我们也会想：噢，那是保时捷的自行车，工艺水平不可能差到哪里去。

　　DG集团利用的就是人们的这点心理。

　　至于为什么一定要分两步走？这遵循了广告传播学最简单的准则——你传播的越少，受众接受的就越多。一次只能给消费者灌输一个概念，才能给他们留下最深刻的印象。

　　几个星期前，查理斯就刚刚走完第一步，正要过渡到第二步。

　　一切看起来都那么顺利——Zamon按计划稳步推进；各个门店和品牌的销售额也有提升；投资公司也传来好消息——他们已经控制了爱达的一部分股权。这对他这边展开市场竞争，也会很有帮助。甚至连大洋彼岸的美国本土，一向平稳的Zamon的销量，最近都有明显增长——简直就像是某种大获全胜的预兆。

　　但在这个关头，发生了一件很重要的事。

　　在中国箱包企业看来，查理斯是来抢夺市场的巨鳄。

　　但在DG中国的员工看来，这位澳洲中年人，其实是个非常和蔼可亲、勤奋尽责，甚至还有些可爱的男人。

　　他只要一有空，就会深入各部门，跟每一个员工交谈，也会把合作商请到办公室来，赠送澳洲的袋鼠公仔给他们。所以他来中国这半年多，只要跟他交往过的人，对他的评价都很好。

　　然而，正因为他这种细腻的待人接物的风格，使得他能掌握更多的关键信息，对他作决策起到很大帮助。

　　所以，熟悉他的人都知道，他不仅是个随和可爱的男人，也是个果断睿智的男人。

　　这天午后，他就坐在市场部的办公室里，跟几个年轻的中国员工聊天。他们当中有DG招聘的应届毕业生，也有从别的企业挖来的人才——新宝瑞、爱达都有。

知己知彼，百战不殆。查理斯觉得这句话讲得很好，所以在他刚接手DG中国时，就让人力资源部在行业内部广泛挖掘人才。现在果然派上了用场。

此刻，一个从新宝瑞跳槽过来的女孩，就在打趣从爱达过来的男孩。

"你们爱达那招也挺损的。"她说，"控股明德，结果我们新宝瑞把沙鹰做得那么好，最后是给你们作嫁衣。"

年轻男孩只是笑。

上一场腥风血雨的商战，别人也许不知其中原委。但这些员工都是做市场的，自然看得比旁人都清。

查理斯也看过之前的新闻报道，但也只是了解个大概轮廓。于是他颇感兴趣地看向那男孩，"具体是怎么样一个过程呢？"

查理斯是怀着一种非常复杂的心情，回到自己的办公室的。

因为他发现自己完全低估了厉致诚。

刚刚，几个中国员工七嘴八舌的描述，令他非常清楚地了解到上一轮商战起承转合的过程。而在他的追问下，中国员工又把之前爱达与司美琪的一战过程告诉了他。

查理斯是个很善于把握细节的人。他很快发现了一个事实：那就是每一次，厉致诚都会丢出诱饵，主动挑衅对手。然后对手自然而然遵循常理，对他还以颜色。

结果，就掉入了厉致诚的圈套中。他的爱达看起来似乎一蹶不振，被暂时打压住。但实际上，他根本就是故意引导对手这么做的。

然后在一段时间后，厉致诚就使出了撒手锏，彻底将对手击溃。并且还是连根拔起那种击溃，对方彻底不能再与他对抗。

……

这个过程的前半段，感觉多么似曾相识！

不就是他和DG中国现在的处境？！

尽管以上都是捕风捉影的猜测，可查理斯还是惊出了一身冷汗。我们前面说过，但凡有才能的领导者，在作决策时大多有非常敏锐的直觉，而不单单依靠分析数据。宁惟恺是如此，厉致诚是如此，查理斯能做到现在的位置，也是如此。

这个下午，查理斯把自己关在办公室里，谁也不见。可是他左思右想、冥思苦想，还是想不出厉致诚到底会怎么做。

但是，他还是发现了其中的规律——那就是厉致诚每一次的大反击，几乎都是抓住了对手本身致命的弱点，所以对手才不能对抗。

譬如第一战，司美琪身陷明盛项目的条款，无法及时与其展开竞争，所以大片中档皮包市场才被厉致诚夺走。

譬如第二战，沙鹰品牌跟明德面料，被牢牢捆绑在一起。同时新宝瑞自相矛盾，自己的新品牌，把休闲包和户外包市场都灭掉了。

……

DG中国现在的弱点在哪里？

查理斯想来想去，对于DG这样全球领先的优秀企业，如果硬要找弱点，现在只有一个——

陈铮。

主意一定，查理斯叫来了几个从澳洲带来的老部下。

"最近你们观察一下Ben，看看他都在忙什么。总部也想考察他是否合适继续留任总经理的位置。不过这件事要秘密进行，最好找几个华人员工配合，毕竟你们跟我一样不是本地人，走到哪里都太醒目。"

老部下们都答应下来。

几天后，他们就给查理斯带来了一个惊人的消息。查理斯听完后，几乎是暴跳如雷，立刻吼道："叫Ben来我的办公室！立刻！"

陈铮此人虽在高级别的商战中，脑袋实在算不上灵光，但他搞钻营龌龊之事，的确有自己的一手。当年他就在新宝瑞和爱达都埋下了眼线，此时DG中国是他的母公司，既是助力也是掣肘，所以他当然也安插了人。

于是这天，在踏入查理斯的办公室前，他就收到了消息，说查理斯大发雷霆，并且很可能与那批有质量问题的休闲包有关。

陈铮心里咯噔一下。

但也只是一下，随后他就若无其事地踏进了查理斯的领地。

"嗨，Boss。"他笑嘻嘻地跟坐在老板椅上、一脸阴沉的查理斯打招呼。

查理斯的肺都要气炸了。他其实是个很会搞人际关系的人，但不代表他在下属面前还要约束自己的脾气。

尤其还是个他不怎么看得上、可又暂时摆脱不了的下属。

"那批质量不合格的休闲包，你还在卖？"他几乎是一字一句地问。

陈铮装糊涂，"什么？当然没有，我不明白你在说什么。"

查理斯万万没想到他竟然矢口否认，太不要脸了！

"Ben！我明确告诉过你，那批产品不可以再出售！可是我的员工，却在多家偏远的门店，看到它们还在上架！难道你们中国人，就是这么执行上级的命令的？我实在是无法理解！我要向美国总部投诉！你这是严重的渎职！"

陈铮愣了愣，露出疑惑的表情，"查理斯，这中间一定有什么误会。是不是……下面门店有人不遵守我的命令，偷偷拿出来卖了？你放心，这件事我一定查到底，给你一个满意的答复。"

查理斯欲待发作，沉默片刻，他冷静下来。

他想到，现在DG中国的发展，还离不开陈铮和司美琪。这件事既然发现了，就能亡羊补牢。至于告状，他可以等到明年，等业务稳定了，再把陈铮换掉。

于是他换了比较语重心长的语气，"Ben，我想你完全没想到，这件事对我们是多大的危机。"他把自己下午对厉致诚的分析，对陈铮说了一遍（当然，没说陈铮是唯一的弱点这个结论）。然后他说："如果这件事被厉致诚发现，他就可以借此攻击我们，那么我们刚刚让中国消费者接受的企业形象，就会大打折扣。到时候不只DG的二三线品牌和你们司美琪的品牌无法翻身，甚至Zamon的形象都会受影响，那我们就会一败涂地！"

陈铮听得心头猛地一震。

他此刻后知后觉的惊悚感，是远甚于今天下午的查理斯的。

因为他心中一直就有个疑窦、一个模糊的念头——为什么当初厉致诚不早不晚，偏偏在他把这一大批休闲包全部生产下线时，抢先推出了新品牌？致使他大量库存死在仓库里，现金流彻底断裂。如果不是DG收购这个契机，他陈铮现在想必已经破产，甚至可能因为无力偿还债务而蹲监狱。

现在查理斯这么一点，他突然就想通了——厉致诚必然是暗中掌控了司美琪的一切动向，或者通过眼线，或是其他方式，才能把出击时机挑得这么准。

这个男人，实在是太狠了。他打定主意要让他陈铮身败名裂、翻不了身！

而查理斯刚才讲的话，不无道理。既然厉致诚能准确掌握他的生产进度，很可能也了解到这批产品的质量问题。这样真的会如查理斯所言，在不久的将来，给他们致命一击。

陈铮也惊出了一身冷汗。

查理斯看到他的表情，知道自己的话起了作用，也暂时不跟他追究责任，而是郑重地说："Ben，请你立刻处理这件事。"

陈铮点了点头，"我一定马上处理。"

查理斯满意了。

两人又在办公室里商量了一阵。起初查理斯认为应该将出售的产品全部召回、赔偿消费者损失，但陈铮强烈不赞同。他认为那批包从外观上看不出多大问题，消费者不一定能发现。而且DG刚进入中国，这样会严重损毁企业形象。

查理斯觉得很错愕，因为他觉得有问题就应该召回，这完全违背了他一贯的诚信原则。但他的确不能拿企业形象冒险。

这时陈铮就劝他："查理斯，入乡随俗，你必须适应中国人的竞争方式。你品德高尚，别人使出阴谋诡计，你就会吃大亏。"

最后，还是陈铮想出了个一劳永逸的法子：将那个休闲包子品牌，秘密低价卖给别的小企业，最好是乡镇企业。

因为他们的产品质量一向不比司美琪、爱达这样的巨头，不会挑剔这一批产品的问题。而且他们的企业形象一向差，实力又弱小，将来就算出了问题，也可以顺理成章把责任推到他们身上。黑的也能说成白的，他们没有还手之力。

查理斯拍案叫好，事情就这么定下来。只是之后的几天，查理斯每每回想起这个"很卑劣"的做法，内心深处还是会有点惭愧。

但时间长了，他慢慢也就忘了。后来再想起，他也觉得没什么了——在中国的确要灵活变通，才能适应这个规则不成熟却异常激烈残酷的市场。

十来天后，这个休闲品牌就成功地卖了出去。

陈铮并没有亲自露面，据负责这件事的下属回报——买这个品牌的，是一个土里土气的小农民企业家，对质量甚至还"挺满意"。下属参观了他的工厂和企业，产品基本都是销往国内三线城市和乡镇。很安全，不会对司美琪的主力市场造成影响。

这件事就算暂时解决了。不过现在，陈铮又面临了一个新难题。

因为根据心腹的仔细估算，贱卖掉休闲品牌后，司美琪到年底将完不成既定业绩目标。即使后面几个月，Zamon品牌带活了司美琪，但前期亏损太大，只怕难以力挽狂澜。

而按照当初中外资双方签订的管理协议，如果连续两年司美琪完不成目标，陈铮就要下课。

这个境况，令陈铮非常懊恼。因为谁知道明年查理斯会不会再给他使绊子？这洋鬼子精得很，现在也学坏了，都开始派人暗中监视他了。

痛定思痛后，陈铮有了个大胆的主意。

对他来说，保住司美琪和自己的地位，是比DG中国整体业绩更重要的事。

他决定一箭双雕。

几天后，陈铮再次去了查理斯的办公室。不过这一次，他是主动去的，行色匆匆、神色凝重。

他连门都不敲，也不理秘书的阻挠，直接冲进去，一拍桌子，愤怒地吼道："查理斯，我们被爱达暗算了！"

查理斯惊讶极了。

陈铮立刻向他讲清楚了"原委"。

据他所说，今天一早，他接到生产管理部的紧急报道，声称生产线被人动了手脚，最新生产下线的一大批DG品牌的皮包，全都存在质量问题。

查理斯震惊得说不出话来。

两人快速赶到车间，看着堆积如山的不合格品，查理斯心痛愤怒得说不出话来。两人调来监控录像查看，却发现已经被人处理过了，根本没拍到任何违规操作和可疑人物。

查理斯非常非常愤怒，他从没遇到过这样无耻的竞争者。但他内心深处还是感觉有点不对劲，就问陈铮："你确定是爱达做的？"

陈铮点头，"当然。以前我们竞争时，他们经常这么干。而且厉致诚这个人，什么事做不出来？那个林浅也不是好东西，你看看她策划的那些广告，多么无耻！这件事早不出晚不出，我们的业务刚刚有起步，马上就来了。他们的用心非常明显。如果不是我发现得早，只怕所有产品都会被他们使坏！"

查理斯这才全信了，恨恨地点了点头。

陈铮又问："这件事是否马上汇报总部？"

"不！"查理斯几乎立刻脱口而出。

近日来市场势头一片大好，DG大有跟中国企业势均力敌的趋势。他也刚刚受到了总部的嘉奖，即将走出关键的第二步。如果这个节骨眼上爆出这件事，总部一定会责备他管理不力，各项支持政策只怕也会打折扣。

陈铮心头暗笑，他要的就是查理斯的隐瞒，这样就有把柄落在了他手里。将来他们是一条船上的蚂蚱，只要查理斯平安，他的地位也必然稳固。

他又作焦急状问："那怎么办？"

查理斯打断他的话，"我会处理！这批货虽然出了问题，但只是一个子品牌的问题。我们可以暂缓它的推出，不影响整体战略布局——就这么决定了。"

"好的，还是你看得长远。"陈铮露出无奈的神色。

过了一会儿，查理斯忽然抬头问他："你上次说过，把林浅和林莫臣的关系公之于众，就能有效打击爱达和厉致诚……你打算怎么做？"

第三十七章

四面楚歌

　　很久以后，当林浅再回忆起这一段腥风血雨的日子，会发觉几乎所有的人和事，都在按厉致诚的预期发展着。

　　譬如DG进入中国的第一步，果然是推进二三线品牌，正中他们下怀。

　　譬如当厉致诚实施"浑水摸鱼"战术后，DG果不其然又将Zamon推到了风口浪尖。

　　又譬如现在，市场开始出现平静的僵持状态。

　　Zamon就像个漂亮的水晶球，被悬挂到了市场的最高处。而在这背后，DG已经不知不觉使出了他们的全部力量：资金、人力、品牌影响力、司美琪的全部渠道和资源……并且，他们还将顶级品牌与普通品牌捆绑在一起。

　　这个时候，如果谁在他们背后推一把，Zamon以及整个DG中国，就会砰然坠地，砸得四分五裂。

　　林浅原以为，已经到了出手的时机。

　　谁知就在这个时候，变故出现了。

　　老爱达竟然被DG成功控股了。

　　并且后续的变故，还不止这一件事。

　　天还没亮，林浅躺在公司宿舍的被窝里，正在给大洋彼岸的厉致诚打电话。

"伯父没事就好。"她柔声说，"看到新闻吓我一跳。"

厉致诚走在西雅图塔科马机场的候机厅里，西装革履，行色匆匆。窗外夜色朦胧，灯火阑珊。他看着即将搭乘的飞机进入停机坪，嗓音低沉地答："不用担心。我中午跟他通过电话，没有大碍。"

"嗯。我今天要不要飞去看看他？"

厉致诚静默了几秒钟，已有了决断，"不用了。这段时间你还是待在长沙。"

林浅心头有点不太痛快，但还是同意了。

她并非因为厉致诚不痛快。她很清楚他的用意——现在老爱达陷入DG的手中，震惊了中国企业界和媒体舆论界。虽说老爱达现在在爱达集团的业务比重已经很小，但对于厉氏父子来说，毕竟有"家业"这一层意义。这也是全体爱达员工，尤其是为数众多的老员工心中"爱达"的象征。

爱达集团作为中资企业抵抗这一场收购战的领袖，现在却把"家业"给丢掉了，外界怎能不众说纷纭？有的说在Zamon强势压境的情况下，爱达集团领导层已经动摇，已经跟DG达成了秘密的收购协议，即将整体卖身；也有人说爱达内部分裂成了两派，人心动荡，已经乱了套……当然，不排除有人在舆论界推波助澜、添油加醋。

厉致诚不让她回霖市，是想让她远离这一片是非之地。

而林浅，既为这次爱达被人暗中捅了一刀不痛快，也为自己的无能为力不痛快。

"是谁卖了股份，你查清楚了吗？"她问。

"清楚了。"厉致诚抬眸看着窗外的景色，脸色也变得淡漠，"除了顾延之，还有徐澄晏和我嫂子。"

同一天，爱达集团副总裁、外界公认的厉致诚的左臂右膀——顾延之先生，正一身休闲衬衫和长裤，戴着墨镜，在MK投资公司和DG集团人员的陪同下，参观Zamon在纽约的旗舰店。

来美国前，他向爱达人力资源部请了一个月的长假，同时留下的，还有他的个人辞呈。

而此刻，他在众人的簇拥下，显得格外意气风发、轻松悠闲。

"顾先生。"一个DG集团的经理笑着问，"对这趟美国之行满意吗？"

顾延之摘下墨镜，似笑非笑地看他一眼，"满意，很满意。谢谢你们的款待，我想我也算达成了自己的人生理想，赚够了钱，开始周游世界——就从美国站开始。"

大家都哈哈大笑。旁边还有个经理是中国人，也是这次一起从国内飞过来的。他笑了笑，问："顾总愿意出售爱达的股份，并且还离开了爱达。我们这些同行，其实都很惊讶呢，都想知道为什么。"

这话有点意味不明。

因为收购是投资公司跟顾延之谈的，DG高层也只看最后的收购结果。而像这位经理，昔日跟顾延之算是竞争对手，内心就多少有点狐疑。可股份出售又是实打实的，DG的确是对老爱达控股了。所以他们心中充满了疑惑。

对于这些疑惑，顾延之只是微微一笑。见包括刚才那人在内，还有好几个人都望着自己，他只淡淡地答了句："个人原因，恕不奉告。"

然而世上没有不透风的墙。顾延之为什么会从爱达出走？个中缘由，MK投资公司的人当然会向DG说明。而几天之后，DG内部就传开，慢慢整个行业也都知道了。

"卸磨杀驴"，是中国的上位者亘古不变的爱好和手段。

顾延之或许曾经是爱达的重要股东，身价显贵。但自从厉致诚接手后，Vinda、Aito等品牌接连推出。而厉致诚对集团资产进行了一系列的重组和剥离，顾延之手中的股份被大大稀释。且薛明涛、林浅等新人的崛起，他原来举足轻重的地位，也受到了威胁。

这引起了他大大的不满。在DG的重金收购前，他动心了。

行业里的人，对这件事褒贬不一。

有的人认为，顾延之此举多少不太仗义，背后插老主一刀；也有人觉得，顾延之本来就才华出众，自己创业也会做得很好。人各有志，只不过是选择了另一条路。

但大家达成共识，并且也都看到的是，顾延之的确是跟爱达决裂了、离开了，再无半点关系。在后来连续几个月的时间里，没人知道他去了哪里，在干什么，仿佛就此沉寂于江湖。

再回到林浅这边。

跟厉致诚通电话的次日一早，她意外地接到了徐庸身边助理的电话。

"林总。"助理的语气很客气，"董事长刚刚有指示，让你今天来霖市一趟。他要见你。"

林浅很奇怪，"有什么事吗？"

助理顿了一下。

虽说他是董事长的助理，但现在爱达谁不知道，厉总裁已经大权在握。而他是领导身边人，自然知道总裁对这位未婚妻十分重视。

于是他比较含糊地答道："今天一早，有位老股东来探望董事长，提到了最近外面的一些事，也提到了你。之后董事长情绪就不太好。"

林浅心里咯噔一下。

对于要不要回霖市见徐庸这个问题，林浅想，去肯定是要去的。

要是不去，才真显得她心里有鬼。

徐庸并非不通情理的人，叫她过去，肯定也是想当面问清楚。这样也好，免得将来因为这件事，彼此心中有了嫌隙。

但她也不能这么贸贸然地去。

挂了电话后，她就坐在床上，单手托着下巴琢磨。

怎么不早不晚，偏偏在老爱达股权被收购、徐庸被气得住院的时候，她和林莫臣的关系，被人捅给徐庸了呢？

也许是巧合。

但也许是有人刻意为之。

是谁呢？

DG的人？陈铮？抑或是行业内甚至爱达内，想要卖身给DG的人？

利益当前，每个人有不同选择，这种人存在也不奇怪。

但肯定不是MK投资公司的人。因为有林莫臣在。

不管是谁，使出这一招，目的是什么？

让徐庸对她心生隔阂？不，这还不够，不足以对爱达造成打击。

林浅的心一沉——这件事对方既然能捅给徐庸，只怕很快也会捅给大众。

之前她和厉致诚的确防着这件事，但也没有太草木皆兵。因为爱达既然稳如泰山，她和林莫臣又各自回避，就算被人捅出来，也激不起什么波澜。所以她根本也不怕。

但现在，事易时移。老爱达意外被收购，媒体舆论非常敏感紧张，爱达的人心也有些动荡。如果有人拿她和林莫臣的关系再做文章，只怕百口莫辩。

林浅恨恨地用手捶了一下床。

厉致诚说得对，她现在最好不要回霖市。

她拿出手机，给厉致诚打电话。

"对不起，您所拨打的电话已关机。"

他还在回国的飞机上。

就在这时，徐庸助理的电话又打过来了："林总，刚刚董事长又问了。老年人心里装不住事，医生也说他的心情不能再波动。你今天还是过来一趟吧——为了他的身体考虑。"

"……好的。"

挂了电话后，林浅仔细地分析了一下。

其实无论她待在长沙还是霖市，对方有意为难，总能找到她。

而她去了霖市，会有什么风险呢？

首先想到的是，徐庸的身体状况还不稳定，万一跟她沟通时情绪激动，出了什么问题，这不是她能承担的责任。所以她最好订晚一点的机票，耗到今天下午厉致诚抵达霖市的时候，一起过去，有他在，总稳妥些。

其次，对方很可能捅到媒体处，或者在爱达内部散布谣言。如果是陈铮，以他惯用的手段，很可能会无耻地煽动闹事。所以她必须特别小心行踪，避免意外。

再次，不管对方打的什么主意，这件事终究只是捕风捉影、欲加之罪。有林莫臣和厉致诚双方在，以他们的能耐，肯定会以最快速度为她撇清责任、处理好舆论。所以她不用太担心。

这么安慰自己后，她拿起电话，叫秘书订机票。再打给高朗，让他秘密带几个保安，到机场接她。这么慎重安排了一番后，她最终叹了口气。

虽说也没什么可惧怕的，但到底还是明知山有虎，偏向虎山行。

厉致诚抵达霖市机场时，已经是夕阳斜沉时分。

轿车行驶在公路上，他打开手机，就看到林浅的三个未接来电和一则短信。

"你父亲要我今天到霖市来见他，我过来了。"

厉致诚立刻拨打她的手机，却是关机——在路上了。

厉致诚沉吟片刻，叮嘱蒋垣道："你留下接林浅，我先去医院。"

为什么厉致诚要先去医院呢？

一是的确担心父亲的身体；二是想在林浅到之前，就把这个问题在父亲这里解决掉。

他不需要林浅去面对父亲的质疑，去自陈清白。

抵达医院的特护病房时，天色已经黑下来。厉致诚推门进去，就见父亲躺在病床上，看着竟比几天前他出国时消瘦了许多。他脸色也不太好看，平时深邃清亮的眼眸，此刻也显得有点……浑浊。

这令厉致诚微皱眉头，在他床边坐下。

"不是告诉我情况稳定了吗？"他低声问，同时握住了父亲的手。

"被澄晏气的。"徐庸沙哑着嗓子答，"你嫂子一个女人，想卖掉股份我可以理解。但他怎么可以？"

徐澄晏，正是徐庸的另一个儿子，离婚后的私生子。

"不影响大局。"厉致诚缓缓地说，"你完全没必要动气。"

可这点徐庸却不认同了。到底是病来如山倒，他也老了。人一老，再豁达的人，也会有自己的偏执。

"老爱达，现在你们都叫老爱达。"他慢慢地说，"但那是我的心血。我一步一步走过来……"他抬起黯淡的眼看着儿子，"你会替我拿回来吗？"

"会。"

徐庸就点点头。

过了一会儿，他又问："林浅的哥哥，是主导这次外资收购的人？"

厉致诚的神色没有半点变化，"是。但他也是按照公司的安排在做，并且他回避了爱达。这段时间，林浅也去明德了。没有影响。"

三两句话，就把原委解释清楚。

徐庸却定定地望着他。

"你一直不跟我说，就是因为知道我心里还是会不痛快？"他问，"再怎么说，林浅是我的准儿媳，她的哥哥却在侵吞整个中国箱包行业？你确定他不是在利用你们达成目的？"

厉致诚抬眸看着他，"他吞不了，也利用不了我。"

父子俩都静默了一会儿，徐庸又问："一定要娶林浅？心里真的权衡清楚了？从我的角度，认为你娶她不合适。"

"不需要权衡，一定要娶她。"

徐庸就没再说话了。

父子两人都沉默了一会儿，徐庸又说："这件事能被人捅到我这里，就能捅出去。这段时间保护好她，最好淡出众人视线，等事情了了再结婚。这种事不要让女人去面对风口浪尖。"

厉致诚点头，"明白。"

他看了看表，起身离开。走到门口，他又转身说："爸，你过虑了。任何事都是强者才有话语权。我把DG打出中国市场，谁还敢说半个字？"

这话到底还是透出了几分年轻人的意气和狠劲，徐庸微微一笑，点了点头。

厉致诚就推门走了出去。

走廊里安安静静，灯光柔和。他一抬头，就见林浅坐在门口的长椅上。

厉致诚眸色微变。

林浅也站了起来，神色复杂地望着他。

这间病房位于楼道最深处，僻静又通透。

所以林浅在门外，无意间将父子俩的对话，听了个七七八八。

此刻，她望着推门出来、蓦然抬头的厉致诚，心底一片柔软。可那柔软中仿佛又有一颗小石子骨碌碌滚过，硌得她有点不舒服。

那是因为徐庸讲的两句话——

"一定要娶林浅？"

"从我的角度，认为你娶她不合适。"

……

厉致诚也定定地望着她。

他是刚下飞机就赶过来的，大概是长途飞行的缘故，笔挺的西装衬衫还有点发皱，眉目间也有一丝倦意。但盯着她的眼神，却是清亮而幽沉的，仿佛瞬间就洞悉了她此刻的纷乱思绪。他伸手，拉住她的一只手，轻轻在掌中摩挲着。

"什么时候到的？"

林浅如实答："有一会儿了。"

厉致诚点点头。

"我进去看看他？"她又问。

厉致诚拉着她的手没松开，转头看向病房门上的小玻璃窗，见徐庸双目紧闭，也调暗了床头灯，似乎已经睡下了，于是说："他刚才吃了药，又跟我聊了一段时间，现在应该是累了。我们明天一早再来。"

"好的。"

比起平日里，两人重聚时的兴奋和聒噪，此刻的林浅，显得安静了很多。厉致诚看一眼她微抿的唇、漆黑的眼，也不多说什么，握着她的手往外走。

此时天色已经全黑了，亮澄澄的灯光照在雪白的楼道里，衬得窗外的夜空，越发漆黑难辨。

两人还在特护病房区，这里人非常少，只有头顶一盏盏的灯，照在他们脚下，留下飘忽不定的影子。

林浅望着他笔直清冷的身影，忽然就有了一种恍惚的感觉。

真希望就这样，两个人一直牵着手走下去。

……

"委屈了？"

他忽然脚步一顿，转头看着她。

灯光下，他的脸一如既往地英俊动人。乌黑的眉毛沾着点点光泽，略高的颧骨令他的轮廓透出几分桀骜。他一只手还插在裤兜里，另一只手已经搂住了她的腰，低头静静地望着她。

沉静，强势，又温柔。

林浅伸手搂住他的脖子。

"嗯。"她轻声说，"是有点，不过……比起某人在我哥那里遇到的刀山火海，这点委屈，大概是不值一提的。"

四目凝视，他眼中缓缓浮现笑意。

林浅望着他，却有些怔然。

其实她的委屈，绝不是怨徐庸。相反如果站在徐庸的角度，她很能理解他作为一个父亲和商人，有那样的权衡和顾虑。并且在厉致诚表明态度后，徐庸也立刻接受了。

但她还是会有点委屈。因为觉得真实的自己、真实的哥哥，坦荡的、值得信赖的他们，并没有被旁人看到。而现在的情况下，她又无法自证清白，无法证明自己是个"适合厉致诚的女人"。这是客观环境造成的，因为哥哥和她的身份、位置摆在那里，不可能改变。

"到底什么样的女人，才是适合你的？"她忽然问。

这话多少有点别扭的意思。

厉致诚看她一眼，低头就含住她的唇，吮吸辗转起来。林浅的视线完全被他的身形挡住，身体也被他圈在了楼道一角。热气纠葛间，听到他淡淡在她耳边说："要我把心掏出来给你吗？"

林浅扑哧笑了。

的确，他刚刚在父亲面前，表态够坚决，也够狠了。

"不需要权衡，一定要娶她。"

"我把DG打出中国市场，谁还敢说半个字？"

……

林浅仰头看着他。

爱是一种信仰。她信仰着眼前这个男人。

而他，用自己特有的杀伐决断的方式，捍卫着他们的爱情。

"我爱你。"她轻声说。

厉致诚低头再次吻住她。

到底是分隔了一小段时日，加之之前又挂念着彼此，这一吻竟有些难分难解。在这幽静的医院走廊里，他将她扣在怀中，吻过她的嘴、眼睛、鼻子、耳朵……一时彼此竟忘了时间，不知满足。

　　高朗和蒋垣刚走到四楼转角，远远就看到总裁那熟悉的背影，将一个女人压在墙角，沉默而热烈地吻着。

　　那女人毫无疑问是林浅了。

　　这样的厉总，与平时大相径庭。也只有在林浅面前，厉总才会露出这么肆意的一面。

　　高朗和蒋垣同时静默下来。蒋垣还好，见怪不怪。高朗到底是毛头小伙子，有点窘，转头看向一侧。

　　"咳……"蒋垣清咳出声。

　　背对着他们的厉致诚，闻声抬起头，同时松开了林浅，不过依然将她揽在怀中。也许是吻得太久呼吸不畅，俊脸有薄薄的红晕，神色却是沉静淡漠的，他转身看着他们。而林浅被人撞个正着，还是有些羞涩，低着头，没看他们，装作神色自若。

　　"总裁。"蒋垣声音平和地开口，"前门来了些记者，还有些不明身份的人，像是闹事的。"顿了顿说，"他们煽动了一些人，举着横幅标语，说我们爱达勾结外资，出卖民族品牌什么的。"

　　厉致诚神色不变，林浅却是一怔。

　　来得好快。

第三十八章

永不辜负

夜色越来越深。整座城市在灯火映衬中，像是钢筋混凝土铸成的棋盘，纵横交错，望不到边际。

林浅跟厉致诚站在幽暗的住院部楼道里，望着楼下那片黑黢黢的人群。

他们看起来是躁动的、兴奋的，坐立不安。记者们挂着相机，扛着摄像机，走来走去。只要有人从住院部走出来，都会吸引他们的全部视线。

而记者的身后，是一二十个穿着蓝色工人制服的男人。天色太暗，看不清面目。但他们手中的横幅却很醒目：

"抵制外资收购！"

"爱达高层勾结外资，出卖民族品牌！"

才安静了一小会儿，他们又开始高声抗议了。显然是经过排练的，声音整齐洪亮。

"保护民族民牌！"

"抗议外资入股老爱达！"

"把外资奸细赶出爱达！"

……

听到"外资奸细"四个字，林浅皱了一下眉头。

显然是在说她了，哼。

此刻，尽管已是晚上，但医院门口依旧车来车往、人流不绝。所以这批人很快吸引了路人的围观。记者们逮不到正主，更是对这些抗议者一顿猛拍。一时间，灯光不断，人越聚越多，倒显得声势浩荡、蔚为壮观。

林浅轻轻哼出了声。

厉致诚单手撑在窗台上，另一只手扶住她的肩。他的脸色很沉静，幽沉的眸盯着楼下的嘈杂，问她："你认为是谁做的？"

林浅双手往窗台上一撑，鄙夷地答："还能是谁？陈铮。"这么不入流的手段，舍他其谁？

这显然也是厉致诚心中的答案。他眼中滑过淡漠的神色，没说话。

林浅却摇了摇头，说："其实陈铮这人并不笨，以前我在司美琪，觉得他也有很多自己的想法，企业管理得也挺好。但这个人……太偏执了。他把一己之私看得太重，并且不达目的誓不罢休。所以总是做这样的蠢事，上不得台面，也得不到长远。现在想想，这个人其实可怜可悲又可恨，因为由始至终，他大概什么也没看清楚。"

讲完这番话，她就转头看着厉致诚。

也许是因为这几天，尤其是今天，她的心情始终有些低落。所以此刻看到陈铮导演的一幕闹剧般的但也是恶毒的进攻，才令她心生感叹。

她是在感叹陈铮这个人，但又好像是在感叹其他事。她自己也说不清楚。

而厉致诚闻言，只眸色静深地凝视着她。窗外的灯光朦胧地透进来，照着他的黑发他的脸，他整个人越发显得沉稳笃定、高深莫测。

他伸手捏住她的下巴，低声说："说得没错。这也是他最后的挣扎了。"

温凉的嗓音，透着波澜不惊的寒意。

林浅的心微颤了一下，没说话。

DG和投资公司导演的这一出收购，令徐庸病重入院；现在陈铮又拿她攻击厉致诚和爱达……

厉致诚怎么可能善罢甘休？他是多狠的人，陈铮大概是好了伤疤忘了疼。

现在，他安排的连环计已经快要全部就位，大反攻即将在几个月后拉开帷幕，对陈铮必然会痛下杀手。

林浅又侧眸看了眼楼下的人群。不知陈铮此刻正躲在哪里，得意地看着这一幕呢。

也许下一次再碰面，她给予陈铮的目光，只会剩下怜悯了。

"薛明涛已经到了。"蒋垣从楼下走来，朝厉致诚点了点头。

林浅循着两人目光望去，果然看到几辆大巴车停在医院门口，然后看到几个熟悉的面孔——薛明涛等干部，带着一些爱达的员工，冲下了车。他们开始维护现场秩序，同时将记者、抗议者都挡在外围。

这个现状其实挺尴尬的。

不能报警，因为报警必然上头条，小事变大事。

不能放任自流，因为这样他们会被堵在医院，不知什么时候才能离开。徐庸的静养也会受影响。

只能用同样的手段——人海战术，反过来把他们给压制住。好在薛明涛带的人很多，瞬间就形成了包围之势，把那些蓄意闹事的人围在中间。

薛明涛处理这种事一向谨慎。虽然林浅听不到他们具体在说什么，但清楚地看到薛明涛带着几个干部，正在跟那些记者解释什么——大概是说这些抗议者根本不是爱达员工。而他带的人也挺有意思，有一部分是青壮年，但都站在外围，里面还有很多年迈的老工人以及女工。这样他们对着那些闹事的人，反倒成了弱势的、真实的爱达一方。要是对方敢动手闹事，明天的新闻必然会变成——社会流氓地痞殴打爱达员工。当然了，有外围的青壮年在，绝不会让这些老弱妇孺真的被欺负。

不得不说，薛明涛也挺损的。他来对付陈铮，绰绰有余。

果然，这招很有效。现场看起来并没有产生冲突，那些抗议者已经开始有人撤退。而那些记者也围着薛明涛一阵拍，显然他正在解答他们的问题。

　　眼见楼下的注意力都被薛明涛吸引，蒋垣挂了电话，看向厉致诚和林浅，"车开到侧门了。"

　　厉致诚点点头，脱下西装，罩在林浅身上，然后将她肩膀一搂，"走吧。"

　　林浅微怔了一下。

　　的确，大事化小，小事化了，避其锋芒，这是处理眼前情况最好的办法。

　　只是……

　　她看着楼下的熙熙攘攘，又抬眸看着远方苍茫的夜色。

　　尽管厉致诚没有明说，但其实不光是她和他，蒋垣、薛明涛、陈铮……所有人都心知肚明，这一档子事——她和林莫臣的关系，终究会对现在中外资双方对抗的时局造成影响。

　　爱达高层之一、厉致诚的未婚妻——林浅，她的哥哥正是主导本次外资收购的首席投资经理。这个事实，无论被谁知道，只怕都会在心里琢磨嘀咕几分。

　　爱达是否已经跟DG秘密勾结？林浅是不是奸细？这些事，是根本解释不清楚的。尤其现在外界并不知道厉致诚的后招，表面看来中资已经被DG压过一头——这样的情势，会令外人的怀疑加剧。而厉致诚的反攻还需要一段时间，这些天，他必然会遭受成倍的外界压力……

　　林浅轻咬了一下嘴唇，收回目光，神色平静地跟着厉致诚下楼。

　　侧门离正门其实不远，但因为位置较偏、光线较暗，所以当轿车缓缓无声地开过来时，并没有引起门口那堆人的注意。

　　蒋垣走在第一个，替他们打开车门。

　　林浅披着厉致诚的西装，衣服上还有他身体的余温，在清冷的夜风里，令她感到无比的暖和熨帖。而厉致诚单手搂着她，几乎将她整个人都护在怀里。林浅只要一抬头，就看到他近在咫尺的冷峻脸庞。这一点也不会令她害怕，更不会慌张。

　　莫名地，甚至还有一种感动。大概是夜色太清冷，周围的人声太喧器，而他的拥抱又太有力，她心中缓缓生出天荒地老浪迹天涯那样的感动，弥漫心头。

"没事的。"她忽然就开口，像是自言自语，又像是安慰他。

厉致诚闻言看她一眼。

他的眼睛里居然缓缓浮现出笑意。

林浅立刻读懂了他的眼神，大概是因为在这种时候，她竟然还反过来安慰他，令他觉得有趣。

于是林浅忍不住也笑了，也斜睨他一眼，那意思是说：你不在意他们，我也不在意。

短短一截路，旁人都不知晓的时候，两人间眉目凝视，却已知晓了彼此的心意。

很快，两人已经走到了车前。

林浅突然一愣。

因为越过厉致诚的身形，她忽然看到闹事的人群中，有几个眼熟的人。

世上的事情就是这么奇妙。那么多人围在一起，她却一眼看到了那几个。

那是爱达的几个老员工，之前跟林浅因为业务还接触过。林浅相信自己给他们留下了很好的印象，也令他们看到了自己的能力和努力。

可现在，他们举着横幅，跟那些闹事的流氓地痞站在一起，正在被薛明涛的人劝说着，但是还没离开。

林浅的心突然就这么一沉，有点不是滋味。

很不是滋味。

就在这时，她猛地看到一团白影迎面飞了过来。然后她就感觉到一阵劲风撞在脸上，咔嚓一声脆响，她的鼻梁眼睛一阵剧痛，黏稠的液体瞬间在脸上流淌开，夹杂着阵阵腥味。

是鸡蛋！有人躲在暗处用鸡蛋砸她！

林浅眼前一片模糊，脸上难受极了。这时感觉到厉致诚一把牢牢握住她的胳膊，身旁蒋垣、高朗等人焦急的声音传来："没事吧？"

林浅答："没事没事……"伸手就去摸脸。旁边却有只手比她更快，落在她脸上，摘掉残余的碎蛋壳，动作轻柔地用指腹抹去蛋液。

然后他微怒的嗓音从头顶传来："还没看伤势就说没事？别动。"

林浅立刻就不动了，模糊黏糊的视线里，一眼看到厉致诚的脸。他的俊脸上再无半点笑意，绷得很紧。黑眸暗而沉，牢牢盯着她，某种锐利的情绪仿佛就要蓬勃而出。

这目光令林浅的心就这么一揪。原本空荡荡的大脑，突然生出了难受的情绪。

这时，又听到砰砰砰数声响，也不知道鸡蛋砸在了哪里。厉致诚眼明手快，将她一把塞进车里，然后转头看着高朗等人，"把人给我抓住！一个都不许跑！"

林浅怔怔地看着他站在夜色里，冷酷无比的表情。

车窗外，光影闪烁，十分昏暗，一时也看不清偷偷躲起来袭击他们的人藏在哪里。只是随着他一声怒喝，斜对面的矮墙后响起一阵凌乱的脚步声，怒不可遏的高朗立刻带着一群人追了出去。

厉致诚也坐进车里，砰的一声关上车门，转头看着她。黑眸那么深，就像要望到她身体里去。

林浅脸上已经不痛了，擦拭的纸巾上也没有血迹。她望着他，轻声说："没事的，没受伤。"

厉致诚点点头，凝视了她几秒钟，伸手将她扣进怀里。他的手心竟然有了汗意，握住她的手，微湿，微热。林浅靠在他胸口，隔着薄薄的衬衫，听着他有力的心跳——扑通、扑通、扑通……

轿车快速绕过前方的混乱，朝车辆进出口驶去，离开了医院。

收到林浅被攻击的消息时，林莫臣正坐在办公室里，查看美国股市新闻。

而当他放下电话，原本轻悠闲适的脸色，已经彻底沉下来。他静默片刻，并没有马上作出其他反应，而是打开网页，浏览行业新闻。

果然，实时新闻已经更新，全是关于今晚群体事件的报道。有的说是爱达员工不满民族品牌被出售，与管理层发生冲突，也有的说是流氓聚众闹事。

但在媒体的种种臆测中，"爱达某位女高层"与"MK投资公司某高层"的兄妹关系，显然成为他们重点解读的点。

甚至还有很多论坛，冒出了很多不怀好意的帖子。大多围绕"爱达某位林姓高层"展开，影射其是MK投资公司和DG集团的内应，勾引爱达集团高层后，潜规则上位，促成这次收购。有些话语非常不堪入目。

林莫臣关掉电脑站起来，脸色沉得像乌云密布。他推开门就走出去，门口的秘书连忙站起来，"Jason，有什么事？"

林莫臣摆了摆手，径直走进不远处的会议室——负责爱达收购的小组，正在里面开会。

他敲了一下门，也不等里面的人说"come in"，直接就推开门进去。

所有人面面相觑，疑惑地望着他。

他双手插在裤兜里，脸色阴冷地望着自己的同事兼朋友们。他将手机往他们面前一丢，上面显示的正是关于林浅的新闻。

"怎么回事？"他冷冷地问，"我说过，绝不可以拿我妹妹做文章。当初与DG签订合作协议时，也达成共识，双方会回避这一层私人关系。现在谁能给我解释一下？"

那个小组的头儿是个香港人，他看了眼其他同事，静默了几秒钟，站起来，"Jason，这件事不是我们主导的。这是DG中国的主意，查理斯和陈铮。我们只是旁观。"

林莫臣看着他没说话。

大概是被他盯得狠了，香港人只好继续说道："其实Jason，据我所知，这件事得到了很多人的默许，参与者也不止一个。除了DG中国，还有那些已经把股份卖给我们的爱达股东，还有中国行业里，那些希望把品牌卖给DG的企业……Jason，中国人并不团结，你妹妹他们的敌人其实很多。我们考虑到你的立场，所以并没有参与。但对爱达的收购一直不顺利，所以我们也只能默许，并且不能提前知会你。这一点我认为我们做得没错，也希望你能公私分明……"

　　接到哥哥的电话时，林浅正坐在酒店的房间里，望着窗外茫茫夜景，用毛巾擦着湿漉漉的头发。

　　她刚洗完澡。这是位于城市北郊的一家酒店，距离爱达集团也很远。司机直接把她和厉致诚送来这里。

　　有一刹那，她自嘲地想：没想到她林浅，居然也有有家不能回的情况——因为记者媒体跟得比较紧，也要防着其他闹事者，所以厉致诚的别墅、她的租住小屋暂时都不能回去。

　　她不知道这样的情况要维持多久。

　　此刻，已是晚上十一点多。郊区更是万籁俱寂，只有零星的灯光，几乎都已陷入沉睡。只有厉致诚在外间的客厅，与薛明涛、蒋垣等人讲话的声音，透过半掩的房门隐约传来：

　　"都送进警局，跟赵副局长打个招呼。"

　　"记者能压的都压下去。"

　　"明天一早召集全体部门经理级以上人员开会。"

　　……

　　厉致诚的嗓音听起来平和而低沉。正因为盛怒之后，不动声色的平和，令林浅感觉到更强的威慑力。

　　林浅走过去，把房门关紧，这才对电话里的林莫臣说："我没事，跟厉致诚到酒店了……袭击？没有，就是有些人在闹事，被挡住了，我们趁机坐车跑了……他们怎么攻击得到我？"

　　对于哥哥，她照例是报喜不报忧，更是对被砸中鸡蛋这件事只字未提。

　　可这次，她瞒不过去了。因为林莫臣淡淡地说："还瞒着我？你被鸡蛋砸中的照片我已经看到了。"

他从哪里看到了照片，林浅也搞不清楚。但她知道哥哥一向神通广大，手段种种，所以也就没再追问。只是听他这么一说，到底是有些委屈，她嗫嚅道："好吧，我就被砸中了一个，厉致诚背上被砸中了四五个呢。是有点疼，但是也没受伤。"顿了顿，叹了口气说，"心灵的创伤远大于身体的疼痛。"

她这话讲得半真半假，林莫臣却听得沉默了。

"在哪儿？我过来。"

林浅迟疑道："不太好吧？"这风口浪尖的。

但显然，每当林莫臣发了火，跟厉致诚浑身笼罩的低沉气压是不同的。他不仅有低气压，还有某种叫人心慌慌的邪气。

他冷冷一笑，说："地址！"

林浅立马把酒店名字和房间号告诉他，电话即刻就被他挂断了。

林浅有点哭笑不得。来就来吧，身正不怕影子斜。而且反正是哥哥，他肯定不会让他们兄妹俩再吃亏的。

抱着这样的想法，林浅把手机往边上一丢，在床上躺下。

奇怪，明明只是被砸中了脸一下，为什么她会感到身心俱疲呢？

她的目光环顾一周，自然而然地落在桌上搭着的衬衣上。那是厉致诚换下来的。当时在医院，林浅没察觉，后面只听到了数声砸鸡蛋的声音。上车后才发觉，厉致诚胳膊、后背，早被砸得黄黄白白一片。不知怎的，林浅看到他被砸，竟然比自己被击中那一下还委屈，还愤怒。脑子里只有一个念头：他们怎么可以砸他？他们根本不知道他是如何竭尽全力，在保护民族品牌！

想到这里，林浅心中又泛起熟悉的闷闷的情绪。她跳下床，拿起厉致诚的衬衣，走进了洗手间。

厉致诚刚刚只匆匆冲了个澡，就出去跟其他人交谈了。林浅本来也想出去，但大概是她今天被砸那一下，令他彻底心疼了，所以他只低头吻了她一下，然后说："我去处理，你休息，待在里面不用出来。"

　　平时，厉致诚从不拦着她参与讨论公事，此刻一反常态，林浅感觉到的是他强烈的保护欲望。于是她心头一软，点了点头，听话地留在了卧室里。

　　流水哗啦啦啦，林浅仔细搓着他的衬衣。想起来这还是她第一次为他洗衬衣。同居的日子，两人都忙，衣服几乎都交给洗衣机和干洗店。而他虽然是个彻头彻尾的大男子主义者，但在部队待了那么多年，习惯了自己动手。所以林浅连袜子都没给他洗过一双。

　　想到这里，她内心一阵柔软，搓着手下柔软的布料，仿佛还能感觉到他皮肤的温度。

　　她对他要更好一点，她想，照料他更多一点。

　　正洗得专注，一声轻响，洗手间的门被人推开。

　　厉致诚走了进来，依旧是简单的衬衫西裤，眸色幽沉地望着她。

　　林浅看一眼他身后，外间已经静悄悄的了。于是她问："他们走了？"

　　"嗯。"他站在盥洗台旁，目光落在她的双手上，"怎么跑来给我洗衣服了？"

　　林浅微微一笑，将衣服又提起涮了涮，然后拧开，用衣架晾好，径自走回卧室。厉致诚双手插在裤兜里，跟在她身后走出来。

　　林浅把他的衬衣晾在阳台上，这才拍拍手。阳台风很大，却仿佛吹散了人心中的雾霾。她有些发怔，眺望着远方。厉致诚从背后环住她的腰，低头开始在她脖子上啃咬。

　　林浅的心软得一塌糊涂，握住他的手，低声说："致诚，我刚刚在闹事的人里，看到了几个爱达的老员工。"

　　讲完这句话，她就闭口了。

　　是真的老员工，在爱达当年最困难的时候，那几个人都不曾弃公司而去。对于这样的人，厉致诚和林浅都会注意到。

　　可今天，他们不知是被谁煽动，也站在了抗议的人群里。

　　而煽动只是外因，也许他们对她并不了解，也许他们是因为老爱达被DG控股，太过难受。但今天看到他们站在那里，林浅真的很寒心。

厉致诚动作一顿，抬起头。

他的双手撑到阳台上，依然将她整个圈在怀里。这姿势令林浅感到温暖无比，转头蹭了蹭他的脖子，然后抬头看着他。

他也低头看着她，"岂能尽如人意，但求无愧我心。"

林浅点点头。

只是，话虽然这么说，但心中总有被人误会的滞涩感。

如果……

如果她林浅今日不是厉致诚的下属，也不必依附于他发展事业——至少在外界看来是这样——即使她是林莫臣的妹妹，旁人又怎么有机会说半句闲话？

这念头闪过脑海，就像打开了一扇窗，更多想法和冲动，统统冒了出来。她没出声，只默默地想着那些事。而厉致诚并未察觉，他也有自己的心思。在林浅发愣的片刻，他不动声色地打量着她的额头、眼睛和鼻梁。

除了鼻梁上方隐隐有块淡淡的瘀青，其他地方没有受伤。厉致诚伸出手，指腹轻轻抚摸过那一小块瘀青。林浅被他摸得整颗心都软了。这男人的怜惜是无声而静默的，却也是动人心扉的。

"是不是很狼狈？"她抿了抿嘴。

厉致诚看她一眼，停止了抚摸，而是单手将她搂进怀里，一起看着无边的夜色。

"嗯，很狼狈。"他嗓音低沉地答，"不过更狼狈的是我，看着你在我面前受伤。"

林浅心头一震，看着他在夜色中俊秀安静的侧脸。终究什么话也没说，伸手回抱住他。

叮咚——

门铃响起时，林浅松开厉致诚，"是我哥来了。"

厉致诚不置可否，拉着她的手走回客厅。林浅眨眨眼，"你一边待着。"松开他的手，打开了门。

门外，林莫臣一身黑色风衣，高挑颀长，俊脸仿佛还沾染着夜色的清冷，连带眼神都是冷而深的，定定地望着她。

他又看一眼她身后的厉致诚，这才走进来，关上门。

客厅灯光柔亮，林莫臣外套也没脱，伸手就拉住林浅，低头看着她的脸。于是他的脸色又难看了几分，下一个动作居然跟厉致诚一模一样——伸手就去轻轻摸那块瘀青处。

林浅小声道："哥……小意思，没事。"

林莫臣扫她一眼，将她松开。比起之前在办公室的怒不可遏，他现在已经彻底平静又冷静。抬眸跟厉致诚交换个眼神，两人走过去在沙发上坐下。

这回厉致诚没赶林浅回卧室，所以她就在他身边坐下，挽住他的胳膊。

三个人，六只眼睛，静默片刻。林莫臣先开口，嗓音疏淡，"你打算怎么做？"

厉致诚答："人已经全部抓住了，送到警局。这件事……"他看一眼林浅，"暂时不打算深究。留到以后，背后肇事者我会教训。"

林莫臣点了点头，长腿交叠，手搭在膝盖上轻轻敲着，"现在的确不适合追究，越描越黑。"他也看一眼林浅，"先吃点苦头，今后再给你报仇。"

林浅反而被他们俩说笑了。她怎么可能因为这点小委屈，不顾大局？反倒是他俩，事情发生时，都怒气冲冲的。好在他们俩始终是理智的，现在同样作出谋定而后动的决断。

这时林莫臣又问："后面打算怎么打？"

很普通的问句，却令林浅和厉致诚都是微怔。

因为一直以来，林莫臣不插手爱达的收购，当然也不过问他们的反收购商战，是为中立。现在突然过问……

林浅抢先开口："哥，你想干什么？你干吗问这个？"

厉致诚看她一眼，没说话。但那沉静锐利的眼神，却仿佛已洞悉林莫臣心中所想。

果然，林莫臣淡淡笑了笑说："林浅，我有自己的原则。之前我不会对你有任何偏袒，同样的道理，现在有人把主意打到你身上，你认为我还会纵容？可笑的挑衅，自寻死路。"

厉致诚眼中却泛起淡淡的笑意，似乎也跟他心有戚戚焉。

"可是！"林浅皱眉，"你的工作怎么办？"

林莫臣答得淡然："没什么怎么办。我手上的新宝瑞和司美琪收购案已经转交给同事，不可能再继续。"

林浅张了张嘴，没说话。他却没理会她，径自跟厉致诚聊了起来。

"现在DG打的就是品牌战，把Zamon捧到中国第一外资品牌的位置。"林莫臣说，"你打算怎么做？"

厉致诚沉声答："捧得越高，跌得越狠。我已经安排人作过深入调研，Zamon在美国本土虽然算一线品牌，但远不至于到他们塑造的顶级奢侈品牌位置，价格也跟其他奢侈品一样，在中国和海外有很大差别。"

林莫臣眸色一敛，微一思索，眼中有了笑意，"你打算从那边突破？"

"嗯。"厉致诚波澜不惊地答，"构成奢侈品最重要的一个因素，就是价格。价格就是顾客利益，高价增加了产品的信誉度。如果价格体系遭受争议，顾客就会感觉利益受损，那么产品信誉和品牌也会一起崩溃……"

他俩低着头，隔着茶几一角，姿态从容，目光交错，兀自交谈着。林浅早已松开厉致诚，自己坐在沙发里。她望着两人同样冷峻专注的容颜，听着他们同样没有什么温度的声音，思绪却翻滚到很远很远的地方。

她首先想到的是，哥哥遇到的问题，没有他说的那么简单。

如果他插手中外资之战，退出收购工作组肯定是不够的。DG是他们公司的客户，事情演化下去，他就得辞职。

　　当然哥哥自己有公司，这几年做金融投资也不过是兴趣所至。但因为她的缘故，影响到他的事业计划，这不是她愿意看到的。

　　而厉致诚呢？

　　林浅的目光凝聚在他脸上，平静、淡漠、眉目英朗的脸。此刻他跟哥哥坐在一起，看起来年轻、英俊、沉稳，胸中仿佛有万般沟壑，根本不需要她一个女人操心。可林浅想到他即将面临的质疑，就是会不舒服。

　　令她感到最不舒服的，是她自己。

　　一直以来她隐隐感觉到的问题，今晚被一次次剥露在她面前的问题，如今已清晰得令她必须直视。当然，她也可以放下它不管，继续维持现状。现状很好，他们两个强大得像两座高山，而她在他们的屏障后尽情施展才华、享受生活，爱情和亲情将她包围，比很多人已经幸福美满了很多很多。

　　可是还不够。她知道不够。

　　那个念头一旦在她脑海里扎了根，就激起了她骨子里深深的傲气和热血。

　　她想：如果她现在不是依附于厉致诚的事业而存在，旁人又怎么能质疑？就像厉致诚说的，强者才有话语权。如果她有自证清白的能力，旁人又怎么敢再诋毁半个字？陈铮不敢，不敢把她再当成厉致诚的弱点，屡屡挑衅；记者不敢，因为她把才华和品格摆在了大众面前。

　　那些爱达的老员工，也不会再怀疑她，因为她根本不需要依附于他们的厉致诚而存在。

　　这些念头反复冲击着她的大脑，变成了一种强烈的意志和渴望。她知道自己必须去做。人生有些事你必须去做，根本无法抗拒，也不可以忽视。你好像已经看到了自己的命运随之改变，一个声音反反复复在心里说：那是你必须做的事。

　　……

　　她再度抬头，看着眼前正在"密谋"的两个男人。

　　"……这个阶段我都会低调处理。"厉致诚淡淡地说，"在公司内部就这件事做个解释。"

"不错。"林莫臣长眉轻挑，"可以让她先把手上的明德股权权利全部授权给你，这样也算是表明立场。"又看一眼林浅，"她暂时离开明德，也不要再从事任何跟爱达有关的工作，淡出大众视线。"

厉致诚也看向林浅，与她四目凝视片刻，他点头，"好。"

见她有点发怔，林莫臣反而笑了，淡淡对她说："这段时间就让厉致诚金屋藏娇，外面的事我们来处理。过段时间，DG彻底被击败，你自然沉冤得雪。放心。"

厉致诚也伸手搂住她的肩膀，大概是见她一直不出声，用低沉嗓音轻声说："好吗？"

这个时候，林莫臣和厉致诚都以为，林浅一定会说好。因为她一向聪明又知进退，遇到大事后，基本都会听从他俩的安排。

林浅抬头，先看一眼哥哥，再直视着厉致诚。

"不好。"清脆利落的声音。

厉致诚和林莫臣同时一静。

林莫臣眼中先浮现出玩味的笑意，往沙发里一靠，端起茶轻抿一口，没说话。厉致诚眸色幽沉地望着怀中的女人，片刻后，居然是相同的反应，也淡淡一笑。

"为什么？"他问。

林浅还是头一次在他俩面前表达这样的想法。她有一点羞赧，但更多的是坚定。她抬眸，定定地望着他俩，说："一杯茶的工夫，你们已经把以后的事、可能遇到的风浪，全都安排好，也把我应该怎么做、去哪里，都安排好。可这一次，你们的安排，是对我最安全的做法，却不是对我最好的做法。"

这下林莫臣和厉致诚都是微怔。林莫臣放下茶杯，缓缓道："你认为我的安排，对你不好？"厉致诚则静静地凝视着她，凝视着她清秀的眉眼，凝视着她恬静坚定的表情。他的手还握在她的腰上，手指无声地摩挲着她的肌肤。看着这样执拗的她，他已隐约猜到她想说什么。

　　然后突然就有想要将她彻底扣在怀中，不让她离开他掌控和保护的冲动。

　　林浅却未察觉男人眼中的暗涌，抿了抿有点干涸的嘴唇，声音清亮地说："不，你们对我很好。哥哥，你要为了我的事，辞去现在的工作，并且会对你在行业中的声誉有影响；厉致诚……"她露出无奈地笑，"现在人人都以为你被美色所惑，要卖掉民族品牌。"

　　她忽然站了起来，在他俩的视线里，长长地吐了口气。

　　"可是，有些事，是必须要我自己去面对、去解决的。你们俩再牛、再为我牺牲，也解决不了。

　　"你们也许可以轻而易举击溃DG，可以让公众相信，爱达是坚定的民族品牌。可他们心里真的会相信，我林浅没有做过内外勾结的事？今后我再回到箱包行业，'林浅'这个名字，永远都会带着模糊的污点。每个人都会想到曾经的这一段传闻。

　　"我怎么能指望事过境迁、人们淡忘，用这种方式还给我清白？不，我不要似是而非，不要成为一个隐晦的话题。我要用自己的方式，彻底证明清白。我要让所有人清楚明白地看到，我林浅根本不屑于做什么DG的奸细。我要自己站出来，站到他们面前，让他们印象深刻，再也无法误解我，再也无法把我忽视为'某个靠男人上位的女人'。

　　"我一定……要让他们看到。"

　　林莫臣离开的时候，已经夜里一点多了。

　　林浅把他送出房间门外。

　　他转身看着她，目光中依旧含着玩味。

　　"如你所愿，我可以暂时置身事外。"他波澜不惊地说，"不过DG最好祈祷你能成功，否则妹妹不行，自然换哥哥上。"

　　林浅扑哧笑了，伸手将他轻轻一抱，"哥，谢谢你。"

　　林莫臣眼中也浮现出笑意，目光越过她，跟屋内的厉致诚对视一眼，然后松开她，转身离去。

林浅一直看着他上了电梯，这才关门重新进屋。

刚刚在她一番自陈心迹后，哥哥痛快地答应了她的要求——暂时置身事外。

他其实很理解她要什么，一如兄妹俩相濡以沫的这些年。

林浅心头一阵柔软，复又抬头，看着坐在沙发上的厉致诚。

已经是半夜了，他没有半点倦色困意，双肘撑在膝盖上，十指交握，以沉思的姿态，凝望着她。

这样幽黑锐亮的眼神，总是让林浅心弦随之轻颤。她走到他身边坐下，挽住他的胳膊，靠上了他的肩膀。两人的脸颊这样轻轻贴着，林浅能感觉到他微微侧转了脸，呼吸的热气喷在了她的额头上——他在看她。

林浅忍不住笑了，轻声说：“忤逆你的安排，生气了？”

其实她知道厉致诚不会生气，故意撩拨而已。刚刚对这两个最重要的男人，讲出了心中的想法后，此刻她的感觉酣畅淋漓，心头郁气一扫而光。她现在巴不得马上回到自己的新工厂里，立刻让新产品投入生产——就像她刚才说的，要让所有人，都看到林浅自己的品牌。

谁知话音刚落，厉致诚忽然伸手扣住她的肩膀，顺势就将她压在了沙发上，居高临下地盯着她。

林浅眨了眨眼，也盯着他不动声色的脸庞。

“要多少时间？”他问。

林浅心头狠狠一软，答：“等你发动大反攻的时候，我会回来。”

我一定回来。

带着我自己的品牌，带着我的忠诚，助你重新站上整个行业的巅峰。

跟你并肩站在一起，原来那才是我毕生渴望的爱情。

第三十九章

决战之巅

三个月后。

这是DG中国业务增长最疯狂的三个月,也是查理斯和陈铮人生中最辉煌的三个月。

此去经年,再也没有这样荣耀的时光,以至于陈铮在今后很多年,还时常怀念这段岁月。流连忘返,就像一个甜美的梦境,他多希望自己永远不曾醒来。

而此刻,陈铮还沉浸在这段美妙的人生里。

是夜,霖市的南越六星级大酒店中,灯火璀璨、衣香鬓影。前方的背景板上,是DG中国的巨大标志,以及一系列惊人的数字和成绩:

"DG中国年销售额突破五亿;

Zamon荣登中国最有影响力品牌第一名;

市场占有率突破25%;

月度销售增长率300%;

⋯⋯"

今天是年度最后一天,也是DG中国年度庆功晚宴召开的时间。

在美妙的音乐里,在满场灯光瞩目下,查理斯穿上他最昂贵的一套燕尾服,打着领结,嘴角噙笑登上了主席台。他细数了这一年来,DG中国取得的一切成绩。他的幽默风趣与睿智气度,赢得了阵阵笑声和掌声。

最后,他将公司所有高层请上了台,一起向在场的员工、嘉宾和媒体祝酒。站在他身边的，就是意气风发、姿容俊朗的陈铮，两人手牵着手，朝台下作出振臂庆贺的姿势。查理斯拿过话筒说道："我最要感谢的，是我的朋友兼同事陈铮，以及所有的中国员工。没有你们的支持，DG中国不可能取得这样的成绩，不可能为中国消费者贡献我们世界一流的产品！"

这番话将全场气氛掀至最高潮。所有人齐声欢呼鼓掌，高层们将手中的红酒一饮而尽。而陈铮与查理斯勾肩搭背，望着台下茫茫的灯光和人脸，只觉前所未有的志得意满、踌躇满志。

他终于带领司美琪，迎来了新的巅峰。他想，他终于赢得了理应获得的一切。

他这样，又怎么不是给中国人长脸？他的司美琪，成了全球最好的箱包企业的子公司。他们能学习最好的技术、最先进的管理流程，假以时日，他一定能做得更好、得到更多。

他会如愿以偿，站上中国商人的巅峰。

……

更加热情的音乐响起，许多人滑入舞池：美国人、澳洲人、中国人……有漂亮年轻的女职员，过来邀请老板们跳舞。查理斯和陈铮相视一笑，各自挽着舞伴，也加入舞池。这举动成功将现场气氛再度引向高潮。

现在跳的是恰恰，两位老板跳得非常流畅奔放，吸引了所有人的眼球。而在快速扭动腰臀、舞动双臂时，陈铮的心仿佛也被现场这种热烈的气氛，塞得就要满溢。那个念头，再次模模糊糊闪过脑海里——但愿这段时光，永远也不会结束。美好得像梦一样的辉煌，永远也不会坠落。

他永远不会再回到那惨淡、愤怒、无望的谷底。

市场，永远会带给我们出乎意料的结果，甚至是自相矛盾的结果。没有任何研究市场的大师，能够彻底读懂和准确预测市场的走向。因为它由无数消费者组成，被数不清的因素干扰影响。

就譬如这段时间，与DG中国的业务火爆形成鲜明对比的——网络上、全国范围内，对于DG中国的民族抵抗情绪，达到了前所未有的高潮。许多大学社团联名抵制DG品牌；许多箱包行业在网络和媒体上大吐苦水，抗议DG对自己的倾轧和收购；一名又一名经济学家发表文章，痛斥外资对中国箱包行业的恶意占领……当然，这其中少不了厉致诚和宁惟恺的推波助澜。

然而无可否认的是，卖得越火，反抗越强烈。

反抗越强烈，卖得反而更火。

两种极端的情况，同时在市场出现。没人能准确解释为什么。许多致力于维护民族品牌的学者们，只能望洋兴叹。

但几乎所有人都可以感觉到，现在的中国箱包市场，就像一个巨大的气球，越吹越大，内部的暗涌气流越来越激烈。除了爱达集团和宁惟恺的沙鹰品牌，依旧坚强地保持着与DG分庭抗礼的趋势，业务规模逆市增长，其他箱包企业，全都感受到了同样巨大的压力——生存越来越艰难、未来越来越迷茫，进而在DG的收购利益诱惑和保护民族品牌的强烈呼声中，越发举棋不定。

这其中，当然也包括一落千丈的新宝瑞，以及它的两位掌门人——祝氏兄弟。

这是最寻常不过的一个夜晚，祝晗程和祝晗冲两兄弟，坐在祝氏总部顶层的一间小会议室中，就司美琪的股权问题，再次秘密商议。两个人的神色，都是凝重而专注的。

所谓进退两难，大概就是指他们现在的境地。上一次卖出手中部分新宝瑞的股份，事后就被父亲一顿痛骂。但木已成舟，祝老头子也不能拿这两个儿子怎么办。

原本，他们是打算静观其变，伺机抬高价格，把手里剩下的股份卖给DG。他们原本就不打算留下新宝瑞。

可现在，情况不一样了。他们没想到，舆论界对DG的反抗情绪会这么严重。许多媒体界、学者，竟像是盯着他们这些企业家。一旦有人卖出了自己的品牌和企业，立刻会遭到一顿铺天盖地的谩骂。

祝氏兄弟是世家出身，是很要面子的人。他们绝不能让自己的声誉有这样的损失，也不能让手上的房地产和金融企业受到影响。所以现在的情况发展，也超出他们原本的预期和控制——他们不能再卖给DG了。

但随着DG业务越来越好，新宝瑞的业务也在逐步萎缩，他们又不能让这个公司烂在手里。所以他们现在最希望的，是寻求到一个中资的买家。至于对方会不会把新宝瑞再转卖给外资，那就不是他们的事了。如果要当民族罪人，让别人来当。他们只要钱。

现在，在接触了一些人之后，他们终于遇到了一个合适的买家。

是一名北京的商人，家中还有政府背景，与霖市许多国有企业也走得很近。这样一个人，他们了解过，跟宁惟恺是没有过任何交往和关系的。

所以他们放了心。明天一早，就会秘密签订股权转让协议。尽管价格比他们曾经期望的低了不少。但在现在的情势下，已经是最好的选择。

只不过，对方既然入股，自然是想趁低价抄底，获得新宝瑞的控股权。所以对方提出，还希望他们帮忙牵线，购买到祝老头子或者祝晗姝手中的股份。

这件事，祝氏兄弟自然是不敢马上跟父亲提的，所以他们把主意打到了祝晗姝头上。今天到这里，就是要给深居简出的祝晗姝打电话，探探口风。

稍微斟酌商量了一番后，二哥祝晗程拿起手机，拨了过去。

祝晗姝最近这段时间，老忘了给手机充电，也经常不带手机。当二哥的电话打到家里座机时，她正好从外面回到家里，赤着脚就从玄关走过去。

正是晚上七八点钟，一室昏暗，没有开灯，只有窗外的路灯将树影映照得满屋斑驳。

宁惟恺显然还没回来。

祝晗姝有点恹恹的，抱着双膝坐在沙发上，按下了免提键。

祝晗程清朗温和的嗓音传来："晗姝，你在家啊？怎么没开手机？"

祝晗姝微滞了一下。

自从上次她自己作了决定，把股权委托给宁惟恺后，两个哥哥发了很大的火，所以她也很久没跟他们联系了。

此刻再听到哥哥的声音，她心头一软，万般委屈涌上来，轻声答："二哥……"

祝晗程也沉默了一下，声音却放得更柔，"大哥也在边上。晗姝，你好多天没回大宅吃饭了。明天要不要过来？我和大哥都回来。"

祝晗姝轻咬下唇，她的声音甚至有点颤抖，"不了，哥，我明天要去义工社，下次好不好？"

"好。"两个哥哥齐声答道。这时大哥开口："晗姝，我们是关心你，明白吗？"

"……明白。"

另一头，祝氏兄弟对视一眼，还是二哥开口："晗姝，有件事想跟你商量一下。"

他把股份出售的事跟妹妹简单说了，也简明地讲了一下其中的利害关系。最后说："晗姝，这些事你可能不太懂。新宝瑞已经不行了，与其捏在手里，不如换成现金。你可以再投资买点股票或者不动产，或者直接买我和大哥公司的股份也可以，给你最低廉的价格。这样绝对比拿着新宝瑞的股份要好。"他讲这话，虽说很有目的性，但的确也算是推心置腹、为妹妹的利益考虑。

祝晗姝也明白这一点，她闷了一会儿，说："谢谢你，哥哥，可是我已经把股权委托给惟恺了。这件事，我要考虑一下。"

那头，祝氏兄弟又交换了个眼神。

一方面，他们听到了祝晗姝的语气松动，并没有像以前，一味维护宁惟恺；另一方面，也看到宁惟恺果然是现在的最大阻力。于是祝晗程再度开口，将其中的利害关系，跟她讲得更深。然而祝晗姝始终说要考虑，显得非常犹豫不定。

最后，大哥开口了。

"晗姝，这话我一直不想对你说。但我们做哥哥的，不能看你受人欺负伤害。"他语气挺冷地说，"宁惟恺在外面有了个情人，听说还带到办公室，每天进出。你为什么还要替他考虑……"

"哥！"

祝晗姝突然出声，声音是从未有过的激动，强硬地打断了他。

隔着电话，两个哥哥都能听到她因为情绪激动而低低的喘息声。她像是被人戳中了痛脚，几乎是慌乱而快速地说道："你们不要再说了，我答应你会考虑。我还有事先挂了，再见……"

咯噔一声，电话挂断。

这头，祝氏兄弟对望一眼。静默片刻，祝二少开口："你觉得她会卖吗？"

祝大少摇头，"不知道。顺其自然吧。"顿了顿又说，"别逼她了。"

而电话另一头，祝晗姝几乎是嫌恶般摁关了座机的免提键。然后她继续抱着双膝，茫然地望着窗外静深的夜色，眼泪一滴一滴无声地淌下来。

就在这时，她听到身后响起缓缓的、熟悉的脚步声。

她有些不可思议地回头，就看到宁惟恺从卧室走了出来。原来他不知何时已经回到了家里，一直在卧室里睡觉。

此刻，他就穿着她曾经精心挑选的情侣睡衣，头发有点乱，拖鞋甚至都没穿。他那英俊的脸隐藏在一室阴暗里，就站在几步远的位置，静静地望着她。唯有他的双眼，平日里缀满笑意和光芒的修长双眼，此刻暗沉灼人，仿佛写满了很多复杂涌动的情绪。

她也呆呆地望着他。

"晗姝，我没有出轨。"他的声音又哑又轻，"今后，也永远不会出轨。"

　　同一个夜晚，厉致诚照旧从爱达下班，一个人回到居住的小区。

　　这是小区每日最热闹的时分。所有商铺都开着门，人和车辆进进出出。厉致诚穿着一身黑色外套，慢慢踱着步，到了一家餐馆门前。

　　这一家的口味不错，以前他和林浅经常来这里打发晚餐。

　　虽然他沉默寡言、气度逼人，餐馆的经理却也跟他熟了，殷勤地将他引到偏僻的一桌坐下，问："还是炒两个菜，打包带走？"

　　厉致诚颔首，"谢谢。"

　　女经理忍不住又问："您女朋友出差还没回来啊？"以前都是两个人一块儿来吃的，俊男靓女亲密依偎，羡煞旁人。那时这位酷帅精英男的笑容也要多很多。

　　她提及林浅，厉致诚倒是露出一丝微笑。

　　"嗯，她还不知道回来。"他淡淡地答。

　　因为逼近年关，窗外已经有小孩在路边放着烟花，一簇一簇，煞是光芒耀眼。厉致诚手指轻叩茶杯，静静地看了一会儿。这时服务员将打包好的饭菜提了过来，他付账接过，一个人又走出了喧嚣的餐厅，走回不远处的湖边别墅。

　　夜色中，树影婆娑，小径幽深。厉致诚一手提着外卖，另一只手插在裤兜里，走到前院的葡萄架时，脚步一顿。

　　不知何时，葡萄藤已经爬满了一架，枝叶茂密，翠绿逼人。

　　厉致诚静默地看了一会儿，眼中缓缓浮现出笑意。

　　明年夏天，大概就能吃到自己亲手种的果子。他几乎可以想象出，林浅缠着他摘葡萄的画面。

　　"喂，我矮了一点啊，要不然才不指望你。"

　　"抱我起来摘……左边一点，哎？别摸我腰啊，好痒……"

　　……

　　厉致诚垂下眼眸，敛去沉沉笑意，迈开长腿踏上门前的台阶。只是因为想起了她，一瞬间也就想起很多的她。

想起三个月前，她铁了心要去创业，娉婷地站在他和林莫臣面前，清脆的嗓音掷地有声，"……我要站到所有人面前，让他们印象深刻。我要让他们再也无法误解。我一定……要让他们看到。"

也想起她被人用鸡蛋砸中时，那满脸的污秽和凌乱。那时她的眼神并不慌乱，也不恐惧。她的眼中只写满了迷惘，迷惘得让他心头颤抖。

"等你发动大反攻的时候，我会回来。"她说。

如此负气，又如此情深义重。

……

那天他对她说的一点没错。更狼狈的是他。

以前他从不知道，思念会令一个男人的心如此狼狈。虽然这份狼狈不被任何人知晓，只在偶尔夜深人静时，抑或是坐在最吵闹紧张的会议现场时，突然就会想起了她。

求而不得，辗转反侧。那只是一份极淡的情思，却始终萦绕在男人心头，撩得人时常心浮气躁，窒闷于胸，却得不到她的纾解和慰藉。

然而正如对林浅说过的话，他是个很能忍耐的男人。

现在她要去追逐梦想和自我，他愿意暂时放任自由。

而一旦归来，他就会令她知道，她搅乱了多么深多么浑的一潭水。

她激起了他更强烈的征服和占有欲望，又打算怎么安抚？

厉致诚推开门，却发觉玄关处多了双鞋。客厅一角的落地灯开着，发出暗暗的光。沙发上多了个人，正拿起遥控，在开电视。

当然不是他等的那个人。

顾延之将电视调到霖市经济频道，这才转头看着他，笑眯眯的。

厉致诚脸上也浮现淡淡的笑意，将手里的饭菜往桌上一放，在他身旁坐下。

"什么时候回来的？"

顾延之的头发还微湿着，显然刚洗完澡，"今天早上。跟蒋垣拿了钥匙，直接来你这里睡觉。"慢悠悠地瞥他一眼，"反正你现在是孤家寡人，女人也不稀罕回来。我这几天得避避风头，躲在'跟我已经决裂的'厉致诚家里，最隐蔽、最安全。"

厉致诚没搭理他的奚落，起身走到冰箱前，拿了几罐啤酒，递给他一罐，自己也打开一罐，慢慢喝着。

"都筹备好了？"他问。

顾延之点点头，"万事俱备。明天开始，网络广告就会大面积投放。"

厉致诚就不多问了，举起啤酒跟他轻轻一碰，"辛苦。"

顾延之淡淡一笑，仰头喝了一大口。冰凉的酒液淌入喉咙里，只觉得畅快淋漓。

清寒寂静的冬夜里，两个男人就着酒菜，慢慢吃着。当电视中播放DG的广告时，顾延之低低嗤笑一声，扭头看着厉致诚，"别说，DG的产品质量的确可以，外观设计也新颖大气。这一点，咱们真得跟他们多学习。"

厉致诚点了点头，"师夷长技以制夷。"

顾延之莞尔。

两人正说着话，这时DG的广告也播放完毕了，陡然间就听到咚咚两声沉而有力的鼓响。那声音特别有节奏感，低沉纯粹，仿佛没有半点杂质，一下子就给人振聋发聩的感觉。

厉致诚和顾延之同时抬头，望向声音的来源——电视机。而同一瞬间，液晶屏幕倏地暗了下来，一片压抑的黑寂。

只有屏幕中间，慢慢浮现两个银色秀美的中文字：倾城。

所谓"先声夺人"，永远是广告营销界不变的真谛。

而这一则广告，显然是将这个要领贯彻得淋漓尽致。此刻，不光是厉致诚和顾延之两位商场巨贾的注意力被吸引——坐在办公室里正在欣赏本季度业务报表的陈铮和查理斯，站在家中看着妻子乖巧忙碌背影的宁惟恺，待在自己公寓里近日特别清净的林莫臣，身在疗养院的徐庸，以及许多爱达、司美琪、新宝瑞的员工，乃至无数走在街头或待在家中的普通市民，全都注意到了这则别具一格的广告。

然后，万众瞩目中，背景声音响起，画面也同时亮起。

那是一列火车，轰隆隆自雪山深处开出，驶入广阔的绿色田野。高山流云，湖光熠熠，还有成群成群的牛羊，掩映在风吹草动的原野上，全都一闪而过。

因为音效处理得特别柔和，所以并不显得嘈杂。一个面容秀美的女孩，背着包坐在窗边，她的对面是十几个胸口戴着大红花的退伍军人。

在满车厢的人当中，她唯独注意到了他，他也注意到了她。

他戴着宽檐军帽，容颜俊朗，身形挺拔。他有一双非常清澈修长的眼睛，一看就令人印象深刻。

很快，车到站了。她背着包跳下车，他也迈开长腿下车。两人一前一后，走出车站，来到公交车站前。

然后又上了同一辆公交车。她坐在前排，他在后座。

再下车，她走入一条小巷，他也尾随。她终于忍不住了，转头瞪着他，"你干吗跟着我？"

退伍青年淡淡看她一眼，径自绕过她，走到一座宅子前，从裤兜里掏出钥匙，推门进去，没看她一眼。

女孩有点发愣地站在原地，过了一会儿，走进对面的宅子。

竟然是新搬来的邻居。

画面一转，已经到了第二天清晨。女孩将洗得湿漉漉的包，挂在了院子里高高的晾衣绳上，就进了屋。这时一阵大风刮过，竟然把包刮飞了，飞过围墙，落在了男人的院子里。

男人正在院子里看书，一低头，就见一个红色的女士背包落在自己脚下。这时给了包一个特写，露出Logo：倾城。

然后大门外已经响起敲门声，"请问有人在吗？我的包被吹到你的院子里了。"

男人捡起包，走向门口。

此时，所有的观众都以为，他会开门，将包还给女孩。谁知在经过院子里那棵大树时，他突然动作利落地一跃而起，直接爬到了树顶，将包挂在了高高的树杈上。

然后打开门，让女孩走了进来。

女孩看到包所在的位置，傻眼了，"怎么会跑到那里去？"

退伍青年神色自若地答："风太大了。"

"那怎么办？我不会爬树。"

"我会，可以帮你。对了，还不知道你的名字。"

……

风起阵阵，葱葱郁郁的树下，落英缤纷。

她穿着素净的长裙，他穿着简单的衬衣长裤。两人隔着一棵树的距离，遥遥对望着。画面仿佛静止了，瞬间定格为美丽的永恒。

画面再次全黑下来，浪漫的场景一闪而逝。

然后，屏幕中间弹出数行字幕：

倾城，只为她（低沉温柔的画外男音响起：Just for her）

女士背包专门品牌

霖市·台北·佛罗伦萨

最下方，出现一排女式包的小图，五彩缤纷，低调点缀。

最后，画面陡然又黑下来，所有字幕全部消失。咚咚两声鼓响后，弹出八个字：

倾城待续 敬请期待

……

这则广告播完了，电视里又开始播新闻。

可屋内却静悄悄的，顾延之噙着笑，端起酒看着电视屏幕，像是在仔细回味，又像是在赞叹。

而厉致诚却放下了酒杯，静默片刻，最后转头，望向窗外的葡萄架。

葡萄架上，枝叶繁茂，藤蔓纠缠。月光透过葡萄架，稀疏地漏下来，满地水一样细碎浅淡的银白。此刻，那光仿佛也照在他的心上，缠绵入骨，无法言说。

清晨的阳光遍洒会议室时，林浅合上了面前的笔记本，疲惫但是微笑着站了起来。

不只是她，会议桌旁的七八个年轻人，全都同样的眼眶发红，衬衫、头发凌乱不堪。但每个人的眼睛都很亮，亮得像最灿烂的星星。

的确，现在的"倾城"品牌，就是箱包行业最灿烂的新星。

自第一波广告上市，五天过去了。市场销量呈爆发式增长，堪比当年Vinda、Aito上市时的盛况。

辉煌背后，自然是难以言喻的艰辛。林浅已经记不清，这几天加起来的睡觉时间，有没有超过十个小时。此刻她已经开始犯晕，但整个人依旧被一种激荡的情绪填满，支撑她开完了今早的销售反馈会议。

现在，终于可以停下来，暂歇一下了。

这些人都是从爱达跟过来的，很多是她的老部下和骨干，所以彼此间根本不用说什么虚的。她长长地吐了口气，说："胜利在望，我们已经创造了历史。现在不用管它，市场也会继续听话地增长——今天大家全都休息一天！明天开始筹备第二期推广方案！"

这话说得诙谐又意气风发，众人全都大笑着说："好！"

这时身旁的秘书站起来，关切地问："林总，您赶紧去睡觉吧。"林浅还没答，旁边的人全都附和："是啊是啊，赶紧去睡！""不能再工作了！""你再工作，我们可就不干了。"

林浅心头一暖，的确也知道身体就快到极限了。她暗暗告诉自己，没下次了。于是她抬头笑道："我马上去，你们也辛苦了。明天见！"

因为这段时间几乎都是不分昼夜在加班，所以林浅直接在她办公室的里间放了张小床，干脆住在了这边。此刻把众人都放回了家，她步入里间，倒头就睡。

熬过夜的人都知道，终于能倒下补眠时，起初会睡得并不安稳，辗转反侧。林浅自然而然就想起了厉致诚，拿出手机，想给他发短信，可想了想，竟发现无话可说。

因为她所有想说的话，都凝聚在那则广告里。

他一定都懂。

倾城，倾诚。为他倾慕，还有什么思念需要诉说？

怀着这样柔软而辗转的心情，林浅慢慢陷入甜睡里。这一睡，就是昏天暗地，对周遭的一切动静，开门关门、光线变换，全无知觉了。

林浅的新公司虽然在广告里霸气地打出了"霖市・台北・佛罗伦萨"这样国际范儿的形象，但其实她的公司还很小，实际生产暂时全部委托给爱达，她支付生产费用。所以在武汉的公司，只有几十个人。

至于台北、佛罗伦萨？咳咳，各有一个人，还是跟汪泰识和大卫借的兼职员工，产品也是放在他们的店里寄卖。

她也有自己的三十六计。

这一计叫作……

给点颜色她就开染坊。

此刻，林浅在里间睡觉，外头的开放办公区里，还有十来个职员在值班——产品新上市，很多方面都要盯着。阳光灿烂的上午，办公室里静悄悄的，只有大家敲打键盘的声音和偶尔的低语声。

直至，厉致诚的出现。

当一身休闲服的他步入办公区，身后跟着面带微笑的蒋垣——从公司前台，到坐在林浅门口的一位资深经理，全都震惊地站了起来。

事实上，他们的下巴都快要被惊掉了。突如其来，受宠若惊。

"厉总！""厉总！""厉总！"

所有人都客气又尊敬地跟他打招呼，隐隐又有些激动。

厉致诚朝他们点点头，手搭在办公区的隔板上，抬头环顾一周。

布置得简洁雅致，但跟他的偏好又有不同。天花板、玻璃门上点缀着很多红色线条图案，显得很温暖。

原来这是她理想的办公室。

厉致诚微微一笑，对众人说："辛苦了。你们做得很好。"

众人纷纷说："哪里哪里，应该的。""谢谢厉总。"

厉致诚颔首，又问："林浅呢？"

秘书稍稍有点为难，但还是照实答："林总在里面睡觉呢。"她指了指，又说，"她已经几天没怎么合过眼了。"

厉致诚的目光也随着她移过去。

静默地凝视那扇米白色的紧闭的门，门口挂着她的铭牌：General Manager林浅。

"钥匙给我。"厉致诚淡淡地说。

秘书一愣。

他身后的蒋垣则眼观鼻鼻观心，好像什么过分的话都没听到。

而办公室里其他人，全都……肃静。

好吧。于公，虽说倾城与爱达还有着千丝万缕的联系，但从股权上，真的是完全独立的。您厉致诚虽然是爱达集团的大老板，但就这么不请自入我家老板的办公室，是不是有点为难大家了？

于私，在场中的一部分人，也听过厉致诚和林浅的绯闻。但所有的都是传闻，从未被坐实。两个当事人也绝口不提。

可现在，厉总却要当着这么多人的面，进入一个女人正在睡觉的房间里去……

大概只有随行的蒋垣知道，厉总是多么渴望见到里面的女人。

否则怎么会在那么繁忙的日程里、即将发动反攻的前夕，生生挤出一天来，飞到武汉来看她？

蒋垣飞快地朝秘书身旁那位资深经理递了个眼色。那经理也是爱达的老人，瞬间心领神会，一把将还在犹豫的秘书手里的钥匙抢过来，递给了厉致诚，"厉总，林总知道您来视察，一定很高兴。"

瞧，这话说得多么圆满。

除了对林浅绝对忠心耿耿的秘书小姑娘，还在脸红挣扎，其他人全反应过来，面不改色地附和："是啊是啊！厉总能来我们实在太高兴了。"

厉致诚接过钥匙，点头，"你们忙。"迈开长腿就走向了林浅的办公室门口。插钥匙，开门，面沉如水一气呵成，砰的一声轻响，门在他背后关上了。

办公室里的人面面相觑。

蒋垣自个儿找了个空位坐下，伸手敲敲那小秘书的桌面，"有水吗？能不能给我倒一杯？谢谢。"

小秘书这才反应过来，"哦。"起身去倒水。随着她的脚步声响起，办公室里好像重新恢复了宁静和忙碌。只是每个人眼中，都有了明显或隐含的笑意。

——明明跟他们无关，莫名却被感染。

因为那分明不是集团老板来探望昔日下属。

那只是一个男人，来见一个女人。

就这么简单，却动人心魄。

这就是爱情。

厉致诚推开门，就看到一室柔光。

窗帘都没有拉上，清新干净的阳光透过玻璃窗，洒在那女人的身上。

她还穿着衬衫西裤，没盖被子，身上搭着件外套，长发如瀑散落在枕头上。尖尖的脸依旧像玉一样白润柔腻，只不过眼窝变得很深，两个黑眼圈极其明显。

她的表情很安详，他开门关门进来，再缓缓走到床边，她都全无知觉。

厉致诚静默地注视了她一会儿，慢慢笑了。他转身走过去，先把窗帘拉上。一室昏暗，他又走回她身旁。

床很小，偏安在屋子的一角，他想坐都没地方，只能拉了一把椅子过来。

时间一分一秒流逝，屋内始终保持寂静无声。厉致诚握起她的一只手，送到唇边轻轻一吻。

林浅做了个很春意浪漫的梦。

她居然梦到厉致诚来了武汉，还来了她的办公室里。不过这显然是不可能的，因为她梦到她的办公室变成了酒店的房间，小床变成了大床，厉致诚就将她压在床上，反复缠绵着。

天黑了，屋内昏暗又寂静。他低着头，亲吻过她的额头、脸颊、脖子、嘴唇……那些吻都是蜻蜓点水般的，一点都不符合厉致诚平日强势深入又性感的个性。所以说是做梦了，他怎么可能这样忍耐地吻着她？每次都吻得她神魂颠倒才罢休好不好？

还有胸，还有腰，甚至还有脚踝……这个梦如此真实，这些地方都痒痒的，好像真能感觉到他那温凉柔软的薄唇和长着薄茧的指腹。

林浅在梦里唇角上翘，露出了笑容。

"对不起……"她低喃着。

为什么要道歉呢？

这句话一说出口，她的眼泪就掉下来了。

好想他啊。怎么这么想他呢？

其实这些天，他们的联络很少很少。他们已经三个多月没见面了。

为什么这么生疏，林浅也说不清楚。也许是因为那天放下"要站到所有人面前"的豪言后，她其实倍感压力。她真的怕自己做不好——哪有那么容易的事，那么容易就造就一个品牌。所以她很害怕失败，在厉致诚面前失败，于是不知不觉，就在潜意识里回避跟他的联络。

又也许，是内心深处也负着气。

那些人怎么可以这样误解她呢？她必须要作出一番事业来，让所有人侧目。铆着这股劲儿，她眼前只剩下做品牌这一件事，顾不上其他，包括厉致诚。她甚至有点怕跟他联络，因为怕分心，因为怕一回到他身旁，就陷在那温柔甜美的爱情里，就习惯性地依赖他，再也提不起那一股孤勇。

所以……对不起。

我其实好想你。

讲完这句话，她心头仿佛瞬间放下一块大石。而梦中的厉致诚，也终于恢复了常态，开始更热烈地亲吻她的身体。林浅觉得幸福极了，心情一放松，瞬间再度跌入黑甜的睡眠里，连梦也消失不见了。

林浅醒来的时候，首先看到的，是一室昏暗。

天黑了？她睡了这么久？

摸出床头的手机一看，果然已经下午六点多了。

她有些无奈地揉了揉脑门儿，坐了起来。这时却发现自己身上还盖着件男士外套，黑色，宽宽大大，罩住了她大半个躯体。

林浅一怔。

下一秒，立马跳下床，打开灯。屋内空空荡荡，唯有他的那件外套，依旧躺在床上。

林浅推开门就冲出去，站定，举目四顾。

外间也已经很暗了，还有几个员工在加班。听到动静，全都抬头看着她。那眼神，有点古怪，像是笑意，又像是尴尬。

林浅忽地脸上就是一烧。但她在员工面前还是要保持稳重形象，面不改色地对门口的秘书说："你进来一下。"

秘书见她醒了，早就坐立不安了，一肚子的话要说。她立刻跟进去，看一眼林浅，那眼神比旁人更古怪，反手就关上了门。

林浅说："刚才有谁来过了吗？"

秘书有点意外，"您一直没醒？不知道？"

这话令林浅心中忽生怅然，因为她感觉自己似乎错过了很多。她摇了摇头。

果然，小秘书的脸红了，"上午爱达集团的厉致诚总裁来了。您在睡觉，他就自己拿了钥匙开门进来了，在里面一直待到下午才走。走的时候还叮嘱我说，不要吵醒你，让你睡到自然醒……"

林浅心中猛地一震。

许多强烈的情绪瞬间涌上心头：甜蜜、怅然、思念、怜惜、不舍……最后只余下一个念头——想见他，好想见他。

"他走多久了？"她快速地问，同时拿起椅背上的外套开始穿。

小秘书看她火急火燎的，也紧张起来，飞快地答："五点二十！走了有一个多小时了！"

"没说去哪儿？"

"我没敢问……"

林浅点点头，"我出去一趟，你没事就先回家。"说完也不管她了，抬脚刚要往外走，小秘书一把拉住了她，表情特别尴尬，"林总，你这里……"她指了指她的脖子。

林浅一愣。

……不是吧？

她瞄一眼秘书，表情还是很镇定的，从旁边的桌子上拿起自己的化妆镜……

女人的颈项修长白皙，吻痕点点，又红又新鲜。

她要真这么冲出去，被其他员工、写字楼里别的人看到，今后也就不要混了。

厉致诚为什么要吻在这么显眼的位置？下颌、脖子、锁骨……还故意吮吸出一片红痕？林浅只觉得一头黑线。

此刻她分明被打上了属于某个男人的印记。

这是对她久久不归家的一种"惩罚"吗？

林浅的脸阵阵火烧，干咳两声，"有丝巾吗？"

秘书反应过来，"有。"她马上冲出去，从自己抽屉里找出一条递给她。这对上下级又对着镜子摆弄了一阵，确保丝巾挡住了所有吻痕，秘书这才松了口气，"好了林总，你可以出去追他了！"

林浅走出写字楼时，外头天已经全黑了。公路上车水马龙、人潮涌动，当然已见不到厉致诚的身影。

　　这时手机也接通了，响了两声后，厉致诚那低沉磁性的嗓音如她所愿地响起了，"醒了？"

　　这嗓音就像一阵柔和的风，抚慰到她心里。

　　她站在这吵闹的街头，忍不住就笑了，"你怎么不叫醒我？"

　　分隔那么久，众人面前的女强人，一旦与他通话，自己都有点不适应自己的小女人心性，那嗓音又软又嗲，摆明就是在撒娇。

　　厉致诚静了几秒钟。

　　那一头，有清晰的机场广播的声音："您乘坐的飞往霖市的CAXXX航班，即将起飞……"

　　"怎么舍得？"他缓缓地说。

　　林浅的心阵阵激荡，深吸了口气。

　　所以，他一个日理万机的大老板，千里迢迢跑来看她，结果就在床边坐了一整个白天？

　　鼻子忽然就有点酸了。

　　"你好讨厌啊……"她轻声说。

　　"嗯。"他的嗓音里却带了淡淡的笑意，"你的品牌已经打出来了，什么时候想衣锦还乡，就回来。"

　　林浅咬着下唇不说话，嘴角却又忍不住上翘。

　　这男人，明明很想她回去吧？却还是这么沉静自若的语气，欲擒故纵什么的最讨厌了。

　　"嗯……手上还有些事，做完我就回来。"

　　"好。"他答，"你打了个漂亮的头阵，现在换我。"

　　陈铮和查理斯最近遇到个棘手的问题。

　　一个专做品牌箱包海外代购的网站，不知何时出现了，并且影响力越来越大，越来越出名。

　　本来，这根本不算个事。名牌海外代购，一直都存在。淘宝、京东商城都有大量做这个的个体商家。

具体流程是什么呢?

因为许多国际名牌在欧美的定价,都比在中国大陆便宜。所以就有人钻了空子,从国外购买产品,卖给国内消费者。即使加上跨洋运费,价格可能还是比国内专柜定价便宜一截。

但这块业务一直做不大,也不会对DG这样的企业造成任何影响。为什么呢?

首先,企业做这块业务,是不被允许的,这就牵扯到进口关税和品牌代理的问题。你一个企业没有品牌代理的资格,怎么能从国外大批量拿货、扰乱我的市场呢?所以这一块永远都是个体商户在做,一款名牌包顶多进货几个、十几个,算什么啊!

其次,一般消费者,哪有鉴别真伪的能力?现在中国的A货做得比真货还真,所以个体商户的诚信,也是个难题。

可现在,格局改变了。

那个叫作"西洋范"的海外代购商城,一经推出,就吸引了很多消费者的目光。

当然,它跟淘宝一样,只是个网络购物平台。在上面贩卖海外名牌包的,依旧是个体商户。

可是,在首页的显著位置,你首先看到的是一行承诺:

假一罚十!网站先行赔付。

没有消费者不为这样的承诺心动,他们最担心的问题已经解决了。

你再往下看,就会发现网站所销售的,绝大多数是Zamon品牌的产品!

周末的下午,查理斯紧急召集包括陈铮在内的DG中国高层开会。

明明是阳光懒散的下午,会议室里的气氛却紧绷得瘆人。因为市场部提供了最新的统计数据:过去两周,Zamon各门店的销量同比下滑10%。这对于半年来始终高歌猛进的DG来说,是从未出现过的事。更有若干消费者回到门店,要求退货或补齐差价。DG中国的网站主页,也出现了大量消费者抗议的留言和热帖。

这个势头不妙，很不妙。查理斯敏锐地察觉到了这个潜伏的巨大危机，所以把全部人都叫了过来，商议对策。

偌大的会议室里，众人屏气凝神，看着市场部经理，打开了西洋范的网页。

首先撞入眼帘的，就是一大片Zamon包的图片，而每张小图下方，都划掉原价，显示了醒目的折扣价格。并且库存量显示非常充足，每个产品库存都有数百。

而被划掉的原价，刚刚好就是Zamon在国内的销售价格。折扣价普遍要低10%～30%，有的甚至只有原价的二折到三折——这也是可能存在的，因为有时候Zamon在国外的店，某些型号产品会有相当大力度的促销——所有奢侈品牌都有过这样的行为。

查理斯满屏这么看下来，只看得一头冷汗。他突然想起了一件事——难怪之前他有看到Zamon美国最近几个月的销量小幅增长，当时他还觉得，这也许就是中国人说的"好兆头"？Shit！

当然，他也很疑惑和愤怒，对市场经理吼道："难道这个网站的经营是合理的吗？海外代购绕开了中国关税，这是不正当竞争！"

在座的其他人也有相同疑问，市场经理却无奈地摇了摇头，"不是的，查理斯。这个网站的设计很巧妙，它只提供平台，就像京东、淘宝一样。在它的平台上销售Zamon的，都是个体商家，所以这种销售变成了个体转卖行为，跟网站没关系。这种情况，任何国家的法律都不会禁止。"

"阴谋！这完全是个阴谋！"查理斯恨恨地站起来，硕大的身躯来回在会议室里踱着步，直晃得其他人也越发心烦意乱。

是啊，谁看不出这是个阴谋？

陈铮坐在他身边的位置，脸色阴沉地想。

个体商户哪有那么雄厚的财力，一口气囤积数量庞大的库存？所谓的购物平台，不过是个幌子。背后推手化整为零，用这种方式绕过了政策制度约束。

而且摆明了针对Zamon品牌。

除了蛰伏已久的厉致诚，还能有谁？

而这个网站的可怕之处，根本不在于它实际销售了多少Zamon的产品，抢走了多少份额——也许根本就赶不上DG销售额的零头。关键在于它的横空出世，令广大消费者意识到一件事——一个名牌包在国内可能卖五千元，在美国其实才卖两千元。消费者能不恼火吗？这不坑人嘛！进而他们就会怀疑，Zamon在国际上真的是一线品牌吗？

而一个奢侈品的价格体系遭到质疑，等于它的品牌价值遭到质疑。再演变下去，就有可能令Zamon好不容易在中国建立起来的形象，轰然崩塌，毁于一旦。

然而此刻，陈铮坐在一群外国人中，听着查理斯不断发火，听着众人夹杂着各大洲口音的英文讨论，他却有种非常奇异的感觉。

因为，Zamon遭遇到如此大的危机，他却并没有感到太多切肤之痛，远不如司美琪几次受挫时，感觉那样痛心疾首。

不过，他也感受到了压力，巨大的压力。这感觉实在太熟悉了，之前两次栽在厉致诚的手里，就是这样的感觉——防不胜防、无所适从。你完全不知道他下一步要怎么做，你唯一知道的，是他一旦展开反击，你就只能眼睁睁一步步看着自己陷落。尽管你愤恨不已，却好像怎么样都逃不出他的掌心⋯⋯

当然，陈铮并没有将这样的情绪表露出来。在听完众人的讨论后，他一脸同仇敌忾地开口："查理斯，我们要怎么做？"

查理斯冷着脸，眼神阴霾地答："马上查！这个网站的经营者是谁！一定是厉致诚和宁惟恺在背后指使！我一定要起诉他们！"

这并不难查，每个公司都有注册法人，这个网络商城也是。

几天之后，查理斯和陈铮就拿到了网站经营者的名字——顾延之。

果然是这伙人！

可是⋯⋯

"Boss，我们的起诉恐怕难有胜算⋯⋯"法务部的人员为难地开口，"顾延之虽然曾经是爱达的股东和高层，但他几个月前就变卖了手中爱达的股份，而且还是卖给了我们DG。他跟爱达已经完全没有关系了，这变成了他的个体行为。我们没有证据，就不能以不正当竞争起诉爱达。也不能起诉顾延之，因为从网站规则看来，他只是提供了一个网友购物的开放平台……"

第四十章

吾爱倾城

西洋范的出现，的确令DG中国的销量受到影响，但这影响还算不上严重。

它也的确令部分消费者对Zamon品牌产生了不信任，但这种不信任还没有广泛蔓延开，还没有发展到一发不可收拾的地步。

所以，查理斯立刻采取了一系列强硬的防御措施。

首先，他立刻将这个情况上报DG美国总部，要求以企业名义，向中美双方海关提出抗议，必须严查近日Zamon产品出入关。这个要求，得到了总部的坚定支持。

其次，他命令下属们更仔细地搜集证据，务求从西洋范和爱达的日常经营、政策制度里，找到蛛丝马迹，他并不放弃起诉的希望。但这一点，陈铮持不乐观的态度——厉致诚做事会留下把柄？笑话。

再次，查理斯立刻联络了各大知名奢侈品品牌在华总公司，希望大家一起联名对中国商务部提出抗议。但这个提议，并没有得到多少响应——因为明眼人都看得到，西洋范商城的存在，根本就是中资企业跟DG之间的一场恶战。西洋范网站上对于其他奢侈品品牌，只象征性地放了几款产品，大多还显示缺货，摆明就是希望跟他们井水不犯河水。

其他奢侈品品牌，跟DG本就是竞争对手。这一年也眼红Zamon在中国的发展，现在谁愿意这潭浑水？全都装傻充愣、含含糊糊，坐山观虎斗。

对于这个情况，查理斯只能愤怒地再骂一声："Shit！"

最后，也是最重要的，查理斯要严格控制西洋范在全国范围内的影响。他知道有句名言：星星之火，可以燎原。中国民间原本就有一部分人，对DG的抵制情绪非常强烈，他绝不能让这股势力因为这个事件抬头。万一引起消费者大面积抵制，那就不妙了。

所以在与陈铮秘密商议后，他决定要在网络和媒体界严防死守。陈铮一向深谙此道，所以拍着胸脯应承下来，开始在各大媒体、网站之间奔走打点，无数钱砸进深不见底的水里——俗话说得好，有钱能使鬼推磨。

然而他们只猜对了一半。

厉致诚的下一步，的确是借西洋范，向DG发难。

可他并没有像之前半年那样，利用媒体舆论不断造势，你来我往，煽动情绪。

狭路相逢勇者胜。厉致诚居然利用电视广告的形式，直接在全国消费者面前，向DG宣战了！

一夜之间，全国人都知道了Zamon在国内外的价格差异，知道了中资企业为了保护民族品牌，与外资企业之间的这场反收购大战。

那么你认为，每一个普通的中国人会怎么做？

夜风凛冽时分，林浅和同事们坐在办公室里，正在紧张地筹备倾城第二期广告的播出。

近日来，西洋范网站的诞生，几乎吸引了行业里所有人的眼球。她的公司里，很多人也在议论。有人觉得此举狠狠地打了DG的脸，但也有更多人担心，海外代购毕竟规模有限，形成不了太大影响力。只要等风头过去，DG的经营不会遭受什么实质性影响。

对于这样的评价，林浅只是笑而不语。

因为她很清楚厉致诚的后招。

一旦找到对手的弱点，他怎么会不实施一连串的凶狠打击，直打得对方再也站不起来？

林浅正忙着，忽然听到一个同事哎了一声，就招呼大家，"林总，嗨，你们快看电视！"

林浅和其他人全都循声望去，办公室一面墙上挂着液晶电视，便于及时收看各类新闻和广告。此刻正是夜间黄金档，新闻刚刚播放结束，一则广告跳了进来。

屏幕全黑。

缓缓浮现三个漂亮而略显花哨的白色剪纸体汉字：西洋范。

林浅顿时全神贯注。

她知道厉致诚要走这一步，但广告具体怎么打，她还真不清楚。

然后，画面开始一帧帧切换，一个清亮的男声响起："东京、巴黎、纽约、悉尼……"

画面呈现的，全是这些国际大都市的繁华景象。处理得静谧又柔和，带着某种闹中取静的复古情怀。

画面突然又变了。不再是城市景色，而是许多陈列着名牌皮包的专柜。灯光璀璨、玻璃柜闪亮，里面的包包更显得奢华典雅。只不过当镜头扫过时，包包的商标被遮住了，用"×××"代替。

画外音再次响起："国外，它们卖这样的价格。"这时镜头特写，每个包下面的标价：$400、€100……然后还有一行折算成人民币的数字。

"国内，却卖不一样的价格。"

画面再次切换，到了北京王府井、上海徐家汇、广州天河区……同样呈现名牌包的专柜，价格却标为"￥8000、￥42000、￥20000"……一看就比国外贵三成甚至七八成不止。

这时，画面变成了橙红的纯色，背景音乐也变得轻快。

西洋范的网址，一个字母一个字母地跳了出来，显得十分活泼。

画外音："西洋范，全球代购，专柜正品，为中国人抹平差价。"

然后数行文字弹了出来：

所有商户实名认证

假一罚十，网站先行赔付

原价1～7折火热销售

……

林浅托着下巴，把整段广告看完。其他人全都面露振奋，有小伙子打了个响指，"干得漂亮！"

林浅也忍不住笑了。

损啊，他们可真损啊。

不说国际奢侈品厂商"区域价格歧视"，只说"为中国人抹平差价"。谁听到这句话，不被激起几分傲气和同仇敌忾之心呢？

不过这本来就是事实。尽管中国的税收政策，造成国外箱包品牌在中国销售的成本的确比海外要高一些，但林浅作过仔细的分析调研，她认为绝没有高到现在这个价格差异的地步。

所以DG也算是自食恶果——谁让你觉得中国人傻钱多呢？

她拿出手机，给厉致诚发短信："太棒了！！"

厉致诚肯定在忙，过了好一会儿才回复，只有简短的几个字：

"夫人过奖了。"

林浅看着短信，忍不住笑了。

这一则广告，果然如厉致诚、宁惟恺、顾延之、林浅等人预料，一石激起千层浪。很快，网络上、民间，甚至国内外媒体，纷纷转载了这一则广告。

许多人开始讨论，国际品牌在国内外的定价差异，是否合理。

许多人成为西洋范的忠诚用户和粉丝。

但更多的人，开始把目光投向西洋范的主要攻击对象——DG集团和它的Zamon品牌。

一时间质疑声、抗议声，当然也有拥护的声音，夹杂在一起，吵得沸沸扬扬。一夜之间，DG就成了众矢之的，登上了微博搜索热门排行榜的第一名。

当然，DG这头国际商业巨鳄，会不会就此倒下，谁也说不好。

但无可否认的是，它的各品牌各门店的销量，开始明显下滑了！

就在这时，厉致诚的第二则广告又推出了。

此时，焦头烂额的查理斯和陈铮没想到，甚至连林浅都没想到，厉致诚还有第二轮袭击。就是这新的一则三十秒不到的广告，成功将所有消费者对DG的抵制情绪、对这一场中外资之战的关注度，推向了高潮！

那是几天之后，周六的晚上。

倾城第二期广告，即将在次日晚上播出。林浅大战在即，在家休息一晚，养精蓄锐。

八点零五分，西洋范的那则广告再次播出了。林浅照旧欣赏了一番——工作这么忙，这成了她难得的乐子——好吧，她的确有点恶趣味了。谁让这是她的老公在棒打落水狗呢？

谁知这天晚上，厉致诚才让她见识到，什么叫作真正的"棒打落水狗"。

八点二十八分，她正在电脑上浏览新闻，手机忽然响了。

是厉致诚发来的短信。

"八点三十分，卫视频道。"

林浅心头一凛，立刻拿起遥控打开。

电视里还在播放一则糖果广告，小孩子捧着糖果笑嘻嘻的。而林浅的心，也随着时间一分一秒流逝，变得兴奋和期待起来。

八点三十分整。

画面陡然一亮，已经是华盛顿的街头景象。

与西洋范的广告完全相似的开头，画面风格、拍摄手法、音乐基调……甚至连画外音，林浅都怀疑是一个人。

但台词是相似而不同的："美国、日本、澳洲、中国香港……"

画面上出现了许多店面专柜的图像。但这一次，是完全真实的品牌：爱达在美国的旗舰店、沙鹰在日本的专柜、明德在中国台湾的店面……最后，还出现了美国亚马逊购物网站的页面，上面有数款爱达和沙鹰的箱包，以美元标价。

画外音响起："国外，我们卖这样的价格。"

画面一闪，来到北京、上海、广州、霖市等地，爱达和沙鹰的旗舰店。

画外音骤然加重语气："国内，我们只卖这样的价格。"

镜头闪过一系列箱包，以人民币标价，但明显比在美国亚马逊网站上的标价要便宜不少。同时还用醒目红字标出了具体折扣："10%Off、20%Off、30%off……"但价格落差绝对不像Zamon那么大。

画面陡然一转，出现了很多人。仔细一看，很多是工人，笑容灿烂而憨厚。当然，他们身后还有戴着眼镜、姿容清秀、西装革履的职员，有穿着西装套裙、气质成熟的女管理者，还有穿着家居服的妈妈，抱着孩子，孩子拿着个爱达的包……甚至还有外国人，居然是大卫本人，跟几个意大利男人站在最后，笑呵呵地看着镜头。

画外音响起，缓而有力的男声：

"捍卫民族品牌！"

"中国人的良心，世界级的好箱包！"

这句话说得如此掷地有声，只令林浅心头猛地一震。

紧接着，画面突然全黑。

然后一个又一个，中国人耳熟能详的国产箱包品牌的Logo，开始不断出现在画面中：

Aito爱途、Aier爱尔、BH沙鹰、Mind明德、Vinda……甚至也包括了其他一些著名箱包厂商的主力品牌。

伴随着铿锵的低沉而夺人心魄的声响，它们一个个滑入屏幕里，每一个的登场，仿佛都带着震撼人心的力量。

最后，它们满满登登地排成了一个方阵，整齐、庄严、沉默的方阵。

林浅已经完全怔住了。

突然间，倏的一下，所有品牌一起消失，就像被卷入了黑色画面。

广告完全结束了。

就这样戛然而止，你甚至来不及辨认画面上的所有品牌。

可你的心，却仿佛完全被刚刚的一幕幕画面所震慑。那些品牌，中国人自己的品牌，原来他们也曾辗转万里，征战全球市场；他们的员工，就是我们自己人，曾经登上《时代》杂志的"中国工人"。

最后，他们结成了一个联盟。面对外资的收购和倾轧，公开宣战。

林浅的眼眶，瞬间就湿润了。

捍卫民族品牌。多么简单的一句话，都快要被说烂、说烦的一句话。

可她有多久，没有听过这样振聋发聩的声音！

电视里已经开始播放连续剧了。可她就这么望着屏幕，望了很久很久。

最后，她脑海中浮现的，依旧是厉致诚那清隽冷峻的侧脸、高挑而沉默的身形。

她再度打开手机，看着他刚刚发来的短信，那么简短而平静：八点三十分，卫视频道。

林浅，八点三十分，卫视频道。

看我兵临城下，烽火连天。

……

林浅伸手捂住脸，她在笑，可眼泪又在眼眶里打转。

她有多么爱他，她有多么荣耀。

多么心甘情愿地仰望着他。

他知道吗？

而此刻，林浅所无法想象的是，在中国许多个城市、许多个家庭中，在无数个街头、无数网络站点上……有多少人跟她一样，是笑着看完了西洋范那则奚落Zamon的广告，却又是无比安静地看完了中国箱包企业的这一则近乎悲壮的广告。

一个偶尔的关键事件，造成国际大牌在某一方区域的惨烈折翼——这样的例子，在现代商业史上，层出不穷。

譬如某国际知名化妆品被曝出含有违禁物质，导致在中国境内全面撤柜，品牌形象大受影响，此后数年虽艰难恢复，但终不复当日辉煌。

又譬如国际知名饮料品牌曾经在菲律宾失信于消费者，导致市场全线崩溃，最终只能退出市场。

而现在，查理斯、陈铮和他们刚刚站稳脚跟的DG，就处在这样的危机里。

周一的早晨，最新的市场数据报告，再次送到查理斯桌上。

与之前的销量下滑速度相比，这一周，数字变得更加触目惊心。查理斯几乎都可以看到面前不远处，即将是他们狠狠跌落的谷底。而陈铮尽管内心深处对于厉致诚的可怕感到胆战心惊，到了这种时候，他也如同即将被殃及的池鱼，焦躁起来。他迫切地希望能够帮助查理斯一起，挽救整个局面。

否则……否则他将一无所有！

"知道吗？Ben……"在这个时候，查理斯却表现出身为亚太区领导者的坚韧和清醒，他抓住陈铮的手说，"眼前的确是个巨大的危机，但我们别无选择，只能挺过去！"

陈铮脸色阴狠地点了点头。

查理斯的意思他明白。现在的DG中国危在旦夕，厉致诚的连番打击，终于将他们推到了悬崖边上。但是百足之虫死而不僵，DG中国虽受伤惨重，但只要市场不全面崩溃，哪怕只有最后一口气，挺过这段时间就行！消费者是健忘的，爱国情绪也是一时冲动，以DG全球的庞大实力，将来他们还可以卷土重来！

两人坚定了信心，又召来心腹密谋一阵，决意尽力巩固市场，同时加快在中国的一些慈善活动和收购行为，务求转移消费者们的视线——你们看，我们赚的钱在支援中国最贫困的地区；你们看，也有别的中国企业愿意被收购。为什么？因为这本来就是双赢的，我们带来的是国际最先进的技术和管理理念，我们推动了中国本土商业的繁荣和发展。

然而查理斯和陈铮没想到，他们这些举措还没取得实际成效，厉致诚那一小撮人的新一轮打击又来了——

一月三日，新年伊始。新宝瑞集团前总裁、沙鹰品牌现任董事长宁惟恺，高调宣布已获得新宝瑞集团超过51%股权，成为绝对控股股东兼董事长。DG在中国的收购行为被狠狠地打了一次脸，新宝瑞、爱达等行业巨头全都成功逃出了他们的收购之网，全盘收购计划已名存实亡。

冬日清透的阳光，透过玻璃窗洒进办公室时，宁惟恺站了起来，不急不缓地走到穿衣镜前，整理了一下自己的西装。

新闻发布会的时间就要到了。原浚以及一干心腹，全都走了进来。比起宁惟恺的淡定，他们的笑容就实在太灿烂了。

"董事长，差不多该过去了。"原浚说。

宁惟恺的唇角，微不可见地上翘了一下。

得，这小子还真会拍马屁。董事长，多么顺耳的称呼。

他想了好几年的称呼，呵……

"那就走吧。"宁惟恺姿容俊朗潇洒地朝他们点了点头，率先走出了办公室。一行人西装革履，下了电梯，再穿过员工办公区，直达今天召开记者招待会的多功能大厅。

一路，可以看到每一个新宝瑞的员工，全都齐刷刷地站起来，朝新董事长鞠躬致意。

这并非提前安排好的，完全是员工自发的行为。

颓靡压抑了太久，新宝瑞这头昔日雄狮，终于赢回了自己的领袖。明明他还什么都没做，可每个人似乎都已经看到了将来的重振雄风、扬眉吐气。

这壮观的一幕，这浩荡的声势，令宁惟恺心头一暖。

如果换在从前，面对众人敬仰的目光，他只会目不斜视、优雅而过——因为他很清楚，所谓民心，就是这样。他们需要你高高在上，你不必和蔼可亲，你只需要带给他们威望和信心。

可今天，他实在是心有感触，例外地放慢了脚步，对每一个员工点头微笑，用充满魄力的目光，抚慰过每个人眼中的期盼和渴望。

于是所有员工的激动之情，简直无法言表。

"董事长好！""董事长好！"这样简单却恭敬的问候声，此起彼伏，最后几乎连成了一片，震动着宁惟恺的耳膜。

宁惟恺意外地发觉，自己的眼眶竟然有一丝湿润。但他很快压下去了，以最完美的姿态，朝众人挥了挥手，满脸春风地走入了多功能厅。

多功能厅里早已座无虚席，灯光闪烁。

宁惟恺和原浚坐在后台，隔着一扇门，看着现场的盛况。新宝瑞的新闻发言人，正言笑晏晏地回答着记者提出的一个又一个问题。而宁惟恺被安排在最后出场，露一露脸，简略回答几个问题，方显隆重。

只不过此刻，宁惟恺听着外头的熙熙攘攘，内心深处却有些自嘲。

回望这大半年，他还真是忙得昏天暗地。而且还是第一次，他这么低调地做事——把他手下的精英团队借给厉致诚，双方合作共同造就了西洋范网站、数则轰轰烈烈的广告；调动了他手中所有人脉资源，为这次反收购战在民间、网络、媒体不断造势……这要换了往常，他哪次不是风风光光，吸引所有人的眼球？

不过，低调也有低调的好处。

想到躺在办公室抽屉里的股权说明书，他淡淡一笑。

如果不是前一阶段，他和厉致诚故意让DG的Zamon品牌大举深入，又怎么会形成中外资对抗僵持的局面？又怎么会令外界都觉得反收购战岌岌可危？

又怎么会让祝氏兄弟上了钩，以比较低的价格，将新宝瑞的股份出售？

不过这事也欠了厉致诚一个人情。代他购买股权的那位北京商人，是厉致诚的朋友。据说是明盛的康总当年介绍给他的。

而宁惟恺也不得不承认,经过这半年多的合作,他和厉致诚的关系的确已密不可分。彼此的欣赏和默契,也都感觉得到。

待击溃了DG之后,今后的中国箱包行业,大概会是一个全新的局面吧!

他微微眯了眯修长的双眼。

这时,已经有工作人员来敲门了。原浚跟人讲了几句,转头看向他,"宁董,您差不多可以出去了。"

宁惟恺点了点头,站了起来。

迎着满场灯光和掌声走上台时,宁惟恺没有想起已经多日避而不见的Lydia,也没有去想,此刻他的仇敌祝氏兄弟,该是多么难看的模样。

他突然想起了祝晗姝。

他脑子里就这么清晰而强烈地滑过一个念头。

他已经拿到了新宝瑞51%的股权。她的丈夫,成了这个企业的新主人。

他想让她看到。

当新闻发布会的实况在电视中播出时,很多人的反应都是不同的。

许多网友、许多被中国箱包行业的广告激起爱国热情的普通人,简直是欢欣鼓舞、拍掌欢庆——在民族激情最高涨的关头,国内数一数二的箱包企业保住了主权,没有落入外资之手,这消息多么振奋人心!

厉致诚看到这早已是他和宁惟恺计划好的结果,只是微微一笑。

林浅看到了,对宁惟恺当真是好感倍增,并且破天荒地主动给他发了条短信:"干得好!"

而也有人看到这则消息,气得发抖。其中就包括中了圈套的祝氏兄弟,以及灰头土脸的查理斯和陈铮。

唯独在宁惟恺自己的家中,祝晗姝呆呆地看着这则突如其来的新闻,看着画面里那个淡定从容、城府深沉的英俊男人……突然间,泪流满面,悲不自胜。

"倾城 <二>"

一月七日晚，当电视上出现这一行字幕时，所有倾城品牌的拥趸，以及许多还未购买倾城产品但是对广告很感兴趣的观众，还有箱包行业里的许多人，全都紧盯着屏幕，目不转睛地看着，这个新崛起的女性品牌，又会带来怎样的感动以及销售奇迹。

咚咚——照旧是扣人心弦的鼓声，画面再次拉开。

季节转换。退伍军人也换上了白衬衫和黑色长裤，骑着单车穿过小城的水巷。路边有学生跟他打招呼——他转业成了一名青年教师。

路过女孩家门口时，自行车停下了。他抬起俊朗的脸，把手指扣成环塞进嘴里，吹了个响亮悠长的口哨，动作帅气又冷峭。

门吱呀一声打开，女孩像一阵靓丽的风，跑了出来，跳上了自行车后座。

"今天去哪儿啊？"她问，同时把紫色的手提包挎在肩上。

"去打CS。"他高深莫测地答。

画面一转，两人已经到了野外CS真人对抗训练基地。两人穿着深绿的迷彩服，扛着激光仿真枪，躲在一个小土丘下方。唯一不和谐的是，女孩肩膀上还挎着那个紫色的漂亮的包。

男人皱着眉头，"包扔一边去！这么亮的颜色，活靶子啊你！"

"不行！"女孩把包一抱，"这是我最喜欢的包。"话音刚落，一束子弹射过来，女孩还没反应过来，男人眼明手快就将她拉到身后。

然后……他"光荣中弹"了。

女孩目瞪口呆。

男人将枪一扔，看着她歉疚的表情，反而笑了。

"没有我你怎么办？"他云淡风轻若有所思地说，同时将枪一扔，作为"阵亡"者，原地坐了下来。

女孩愣了一下。

这时一轮子弹扫过，她也"中弹身亡"了。

两人一坐一立对望着。周围激光横飞，许多人跑来跑去。唯独他俩灰头土脸，静静地望着彼此。

突然都笑了。

女孩在他身旁坐下，像是漫不经心地说："那就一直在一起好啦。"

这回换男人怔住了。

那么自然而然，却又像是命中注定。他单手撑住她脑袋旁的土丘，低头就吻住了她。

画面变得非常唯美而朦胧。

转眼，已是女孩靠在男人怀里，从她的紫色包包里掏啊掏，掏出了一个男士皮夹，"喂，这是我送你的礼物……"

男人顿悟地看她一眼。

难怪这么宝贝这个包，原来是因为里面装着送给他的东西。

男人接过那皮夹，又挺不屑地看一眼她的倾城牌女包，"这包太花哨、太不实用，下次我送你个军用包。"

"……谁要军用包啊！"

……

画面一转，两人已经骑着单车，在回家的路上。

女孩紧搂着男人的腰，把头靠上去。而男人上衣口袋里插着女孩送的皮夹，从来冷峻的眉梢眼角，却挂着淡淡的笑意。

"喂，我下个月就要回上海了。我找到新工作了。"女孩忽然轻声说。

自行车戛然停住，男人的脚踩在了地上，霍然转头望着她。

"你要不要一起去上海？"她问。

男人沉默。

画面定格，然后消失在黑暗里。

字幕弹现：倾城结局，敬请期待。

不得不说，连林浅自己听到男主角说倾城的包太花哨、太不实用，比不上军用包时，都忍不住莞尔。而当女主角说要去上海时，她也会感到一丝惆怅。

能打动人心的品牌，就是好品牌。林浅深信这一点。

果不其然，广告播出后不到五个小时，她的副总经理就推门进来，一脸意气风发。

"林总，这几个小时，网络销量又翻番了！"他的话说出来仿佛都热乎乎的，听得林浅眉开眼笑。

"不过……"他话锋一转，似笑非笑，"大家对广告本身的关注度，似乎都超过产品本身了。"

"等结局播出了，他们的注意力会重新回到产品上的。"林浅笃定地说，"品牌被赋予的内涵，与产品本身是不可分割的。他们现在有多追捧这个广告，将来就会有多少感情，寄予在产品上。"

副总颇为赞同地点了点头，又说："对了，刚刚DG的人联络我们了。"

林浅一怔，笑了，"怎么说？"

副总的神色也很意味深长，"他们想收购。"

林浅往椅背里一靠，白皙纤细的手指在桌面上敲啊敲，眼中的笑意却逐渐加深。

最近一直听说，DG还不放弃收购业务，企图分裂中国行业联盟。

终于找到她头上了啊。

哦不，是找到倾城头上。她的身份可一直保密着。

她的手指一顿，抬眸看着副总，"你安排人，跟他们继续接触，适当地表露出合作意向。但是绝对不能让他们知道我们跟爱达的关系，也不能知道我的存在。"

"好！"

副总出去后，林浅坐在椅子里，原地轻快地转了一圈，最后望着窗外灯火绚烂的江城。

呵……

君子报仇，十年不晚。

终于来了啊。

到底城府不如厉致诚，此刻她有点激动，又有点莫名的慌乱，还有一点点犹豫。

然而也许真的是心有灵犀，厉致诚总在她最需要的时候出现。手机铃声响起，是他打过来了。

林浅还没接起，脸上就笑了。

"喂。"懒懒的、软软的、得意的声音。

那头，厉致诚也坐在办公室里。

相比起前段日子，他现在已经清闲了一些。DG中国已是强弩之末，民众保护民族品牌的热血，也终于被激发到顶点。现在只需要适时地再给予打击，就能将DG中国的最后一口气断掉。

所以现在他最大的问题反而是……

老婆还没回来。

"什么时候回来？"他开门见山，嗓音低沉迫人。

林浅忍不住笑了。

哎？他也有沉不住气的时候啊？不是很淡定地给她留下一身吻痕后就走了，欲擒故纵等她自己跑回他怀里吗？

不过林浅明白，他为什么会在这个时候来电话。

看到了第二则广告，谁都知道倾城这个品牌已经彻底成功。而成功之后归来，是她的承诺。

厉致诚这个人，向来是君无戏言，怕是不会放她在外面多待一天的。

"再给我几天。"她柔声说，可温柔中又带着一丝狡黠，"就这么回来，还不够拉风。"顿了顿说，"我说过，要让所有人都看到。"

厉致诚静默了一下。

林浅此刻大概不知道，男人心中无声的情绪。

听到自己的女人，清清脆脆地说"就这么回来，还不够拉风"，带着她特有的狡猾和傲慢，仿佛一颗流光溢彩的珍珠，缀在他的心尖上。

他承认自己已经完全被这个女人迷住了。

这跟曾经的爱恋是不同的。曾经的欲望同样浓烈，同样一门心思想要占有她，但那时他非常笃定，笃定她会始终绽放在他的掌心里。而事实也是如此，她是独立的，但同样也依附于他，无论爱情事业，都像柔软而坚韧的藤蔓，缠绕在他的臂弯里。

他承认一直很享受她对自己的依附。

可现在，她完全靠自己，在他掌控的商业领域里，开创出了一片天空。她开始有了自己的想法和谋略，却不被他所知。

这种感觉，当真复杂。

但他唯一清楚，并且越来越清楚的一点事实是——他被这个女人勾起了新的情绪。那其中包括对她比以往更浓烈更新鲜的兴趣。

……

"好。"他答，"我可以再忍耐几天。"

林浅扑哧笑了，故意说："谢谢啊。"

厉致诚淡淡答："不谢。迟早会从你身上讨回来。"

"……"

从她身上……

一定是她想歪了，厉致诚虽然一向强势，但大概是国学修养的原因，基本还是不会说露骨的话。

嗯，一定是她歪了。她经常歪的。

两人又聊了一会儿，林浅心念一动，说："我们视频吧！"

"好。"他答得很干脆。

这还是两人第一次视频。林浅想想也觉得奇怪，明明那么想见他，可之前却从没想过要视频。

大概是因为，联想到厉致诚这么个老练的男人，把脸凑到电脑前跟她视频聊天的感觉很怪异吧。

两人分别都去关紧了办公室的门。

视频连接上了。

跳入林浅眼帘的，直接就是厉致诚端坐在窗前的身影。漆黑的夜幕星空，交织着城市的灯光，在他身后映照成瑰丽的光影。而他依旧是那副眉目沉静的样子，在办公室里只穿着件白衬衣，领口微敞，英俊逼人。

而那夜空一样澄澈深沉的黑眸，此刻跨越了上千公里的距离，就这么清冽地望着她。

林浅忽然就怔住了。

思之如狂。

当你真切地看到他的眉目，才发现自己早已思之如狂。

那思念被隐藏在繁忙的工作里，隐藏在倔强的奋斗里，明明无处不在，却又无处可寻。直至与他四目凝视的这一刻，却清晰地浮现在心头，这样的势不可挡。

所有的言语一瞬间都淹没在她的喉咙里。原本准备打趣，原本准备闲聊，统统都失了兴趣。

只余萦绕在心头的唯一一句话，她轻轻开口："我爱你。"

而那一端，厉致诚同样静静地望着女人消瘦了许多的脸，以及那么容易就泪光闪烁的眼睛。

他的脸色是平静的，眼神是疏淡的。

手指轻轻抬起，大拇指沿着屏幕上她的脸颊边缘，缓而有力地抚过。

"你最好加快速度，我的忍耐已经快要到极限。"

几天后，一则爆炸性的新闻，传遍了整个网络。

据闻，近日来卖得最火、知名度最高的品牌倾城，很有可能会卖身给DG中国。这对于处于抵制情绪中的国人来说，无疑是一枚定时炸弹。

一时间，批评声、质疑声、抨击声、失望的声音……充斥着各大媒体和网络。甚至有大学生自发组织，到倾城的武汉办公室抗议游行。

但与DG曾经造成的市场白热化两极差异一样，倾城也造就了这样的景象——一方面，质疑声、批评声越来越多；另一方面，倾城在全国卖得一天比一天火。专家们对这个品牌的身价估计，也是津津乐道、节节攀升。

在这个过程中，DG中国的新闻发言人也含蓄地表示了：的确跟一些国内品牌在谈合作的事。

这更引起了网友的猜疑和紧张。

但舆论的焦点倾城公司，却始终对这则传闻保持沉默。

又过了几天，在质疑声到达顶峰时，一则更确切的消息，终于被曝了出来——

据称，在数万倾城粉丝翘首以盼的一月十五日，倾城广告大结局播出的同一天，倾城公司高层会与DG集团共同召开新闻发布会，当场就会签订协议，以两亿元的高价，将这个炙手可热的品牌，转卖给DG集团。

一月十五日，下午四点五十分。

全市最豪华的酒店，灯光璀璨的新闻发布厅。

查理斯、陈铮，以及一干DG中国的人员，正翘首以盼。

台下，记者们座无虚席，全都举着手里的照相机摄像机，不时回头望着会场入口，想要一睹近日来疯狂崛起的倾城品牌创始人的真容。

传闻中低调的隐形女富豪，品牌的创意和设计都源自她。之前把公司都交给职业经理人打理，这次因为要签订股份转让协议，她才亲自飞抵霖市。

……

其实在DG公司内部，也有不少人反对这次收购。

他们觉得，在这样民族情绪高涨的关头，DG站出来宣布又收购了一家，实在是火上浇油，会激起更强烈的抵制情绪。

但查理斯力排众议。

在他看来，中国人跟美国人不一样，在追求理念和公平的道路上，中国人往往只有一时热情。热度过了，或者遇到大的挫折，激情就神奇地消退了，非常缺乏韧性。

所以查理斯觉得，此刻将倾城拉到己方阵营，并非火上浇油，而是往抵制者的头上，泼了一瓢冷水。人们的热情不会变得更高，相反因为遭到打击，很有可能低落下去。

而且与倾城结盟，还有其他好处：既能粉饰中外资良好合作的太平表象，争取更多舆论支持，又能对厉致诚的联盟造成打击，动摇军心。再者，倾城的确是个盈利很好的品牌，犹如新鲜的血液注入DG集团中。

有了这股新鲜的血液，DG很可能就挺过了这一次的难关。

……

时间一分一秒过去，会议厅里的气氛，慢慢变得躁动起来。

五点。已经过了签约时间。

女主角还没出现。

记者们已经开始低声交头接耳了。坐在第一排的查理斯，脸上依然维持着春风般的笑容，转头看向陈铮。

"怎么还没有来？！"压低的嗓音。

陈铮心里其实也有点七上八下。

他站起来，"我去看看。"

到了后台工作间，迎面就走来个下属，脸色是惊惶的、不可思议的，"陈总！他们刚刚来了电话，说不签约了，向我们致歉……"

陈铮一下子就怔住了。

几乎是低吼出来："电话给我！"

"那边的联络人已经关机了……"

头顶灯光闪亮，外头的议论声已经越来越大，落入陈铮耳里，却像蚊子一样嗡嗡嗡的刺耳。

他的呼吸慢慢低促起来。

这是他纵横商海这么多年，头一次遇到翻脸翻得这么快、这么没有信誉的合作方。

一个念头强烈地窜进脑海里——怎么可能？

　　回想起与对方这些天沟通的种种，分明表现出极大的兴趣。而且对方还诸多讨价还价——如果不是真心想卖，不会这样。

　　签合同最怕遇到的，就是之前谈得好好的，突然最后关头，对方撂挑子不干了。只会气得你满腔的血都梗在心头，却又无处发泄。

　　因为只要没有最后在纸上签字，双方就没有权利义务，不承担法律责任。

　　可今天，在对方提议、查理斯欣然应允的情况下，陈铮请来了几十家媒体，为这次合作造势。如果在这么多媒体面前被打脸，本就风雨飘摇的DG中国，在舆论界眼里就会变成一个彻底的笑话！民众的抵制情绪一定会更加激昂！

　　想到这里，陈铮心里猛地一寒。

　　会不会……这根本就是一个圈套？

　　他一脸戾气，缓缓转头，看着外头辉煌无比的会议厅。

　　他想，查理斯说过，DG中国只要保住最后一口气，不再出岔子，就能撑过去。

　　现在这口气，还在吗？

　　"五点三十分，霖市经济频道。"

　　收到林浅的这条短信时，厉致诚正坐在爱达集团会议室里，跟几位高管开会。

　　他面色沉静地将手机放回桌面，抬眸看着众人，"我们先暂停一下。"看向一旁的蒋垣，"把电视打开。"

　　除了外放的顾延之，此刻其他重要人物都在场。刘同、薛明涛……见老板这么说，都颇有兴致地看向墙面上的液晶屏幕。

　　正在报道新闻。

　　记者站在一幢辉煌的酒店建筑楼下，神色郑重地报道着："……今天下午，在这幢大楼上——北海盛庭酒店的会议厅里，会举行DG集团与倾城品牌的股权签约仪式。但是，现在已经过了五点，倾城品牌负责人仍然没有出现。我们还看到，酒店门口有抗议者，依旧举着各种标语，反对这次收购……"

林浅独立创建的品牌，只有在座的几个人知道。这时跟她最熟的薛明涛先笑了，"我就知道！空城计啊这是，竟然直接把人给涮了！"

刘同也摇头失笑。

而厉致诚眸色浅淡地望着电视画面，没说话。

胆子好大。

一个新创立的小品牌，胆敢公开跟DG撕破脸。DG即使在走下坡路，封杀掉它还是轻而易举。

但厉致诚心中却生出淡淡的愉悦。

这女人肆意妄为，不过是仗着背后有他撑腰。

这时，记者的声音忽然高了几分，"……刚刚收到同事发来的消息，倾城品牌创始人已经回到霖市，现在就在机场。下面让我们把画面切换到机场……"

会议室里，所有人看得更专注了。

而厉致诚在听到"回到霖市"四个字时，清晰感觉到自己的心，突然一跳。寂静的眸色也变得更深。

终于知道回来了。

他放任自由的女人。

与此同时，在这城市的许多地方：街头的液晶广告屏下方、北海盛庭酒店楼下的抗议人群中、许多人的家中、爱达集团的办公楼中……以及媒体刚要散去的DG新闻发布会现场，这个消息火速传开了。很多人或者看着电视，或者拿出手机，或者坐在电脑前，直接收看这一则劲爆的新闻。

就连查理斯和陈铮，都躲开媒体的抓拍，沉着脸站在工作间里，看着墙上的电视。

画面上出现机场航站楼。

天色已经有些黑了，亮洁的灯光照得航站楼的出入口分外清楚。远远就见一个女人，穿着藏青色大衣，踩着高跟鞋，戴着墨镜，在一行人的簇拥下，推着行李走了出来。

守在门口的几家媒体一拥而上。

"林女士、林女士！"

"请问您这次回霖市，是来跟DG集团签订股份协议吗？"

"为什么您刚刚才到？已经过了签约时间。是航班延误了吗？"

……

别问媒体怎么会知道她姓林，知道她这个时候回霖市。

当然是有人爆出了内幕消息。

否则此刻，怎么能把同样站在电视机前的查理斯和陈铮，气得一脸狰狞，脸上的肌肉都开始发抖？

"抱歉，林总不回答问题！"旁边的秘书表现得十分尽职尽责，想要将媒体驱赶开。

可这样万众瞩目的关头，记者们怎么肯走？灯光闪烁得越来越密集，只把出口堵得水泄不通。

在这样的混乱和期盼中，林浅忽地站住了，伸手让挡在自己面前的秘书和下属站开。

"没事，有什么问题就问吧。"女人的嗓音温和而礼貌，尽管依旧戴着墨镜，却依然遮不住白皙漂亮的轮廓。她一身素雅但又不失光鲜地站在众人视线中，唇边带着微笑，很容易令人心生好感。

于是记者们瞬间一静。

然后爆发出更热烈的追问声和质疑声。

"您会将倾城品牌出售给DG吗？"一道响亮的声音问。

也是最敏感、最重要的问题。

所有的镜头全对准了她。

而镜头之外，所有正看着新闻直播的人，也都等待着这个女人的答案。

夜色中，女人的墨镜映着浅浅的灯光，线条姣好的下巴看起来非常年轻。

她静默了一会儿。这静默令所有人的心更加紧悬起来。

而厉致诚看着画面里许久不见的女人，长发乌黑如瀑，身形娉婷玉秀。她在说什么，他反而不是很关心了。刚刚看着她从机场走出来，他却仿佛已经看到这女人走回了他怀里。

之子于归，宜家宜室。

他微垂眼眸，端起桌上的茶，轻轻抿了一口。茶是蒙顶甘露，碧清微黄，唇齿留香。

"不会。"

清脆的女声，笃定的语气。

她的脸上甚至还泛起笑意，顿了顿，加重语气，"永远不会。"

在这一刻，许多人心中都安静下来。人的情绪，是一种很奇妙的东西。听到这句淡淡的"永远不会"，人的心中，某种情绪却好像激烈地被煽动起来，开始在心中发酵。

聚集在酒店楼下的抗议者们，反应则更直接、更激烈。他们欢呼着，大笑着，扔掉手里的抗议牌，大声鼓掌。有人已经开始扬声喊道："倾城！干得漂亮！"

而表现得更安静却更激动的，是数以千计的爱达员工们。曾经，林浅背叛爱达的消息，不知不觉就在众人间传开，有人根本不信，也有人半信半疑，还有不了解林浅的人，越想自然越憎恨。

可现在，他们已经清楚地看到。

就像林浅希望的那样。

机场外，围成一圈的记者们显然也因为她的回答有些骚动。

"那为什么之前跟DG集团约好签约呢？"有人问。

这种问题，林浅自然开始耍花腔了，笑了笑，答："商场上的事，有很多不确定因素，也有很多沟通上的问题。还有其他问题吗？"

"现在很多人成为倾城的忠实粉丝，追倾城的微电影广告比追连续剧还狂热。"这次发问的是一个年轻的女记者，"林总，请问什么时候粉丝们能看到倾城广告的结局呢？”

这显然是个讨好的问题。

林浅也给了她一个特别大的笑容，“谢谢你告诉我倾城粉丝们的热情。我很惊喜。第三集，也是结局……”她顿了顿，“就在今天，你们很快就会看到。”

这时，秘书和助手又开始驱赶记者，“好啦，谢谢各位，今天就这样。林总要回家了。”

林浅也礼貌地笑笑，转身走向停在一旁的黑色商务车。

“倾城没有出售给DG，但是也没有加入中资箱包企业联盟！”又一道声音，更响亮地盖过所有人，“是打算一直保持品牌独立吗？”

一时间，所有人都安静下来。

正要上车的林浅，也停下了步伐。

镜头之外，很多人也屏气凝神。

这个问题问得很巧妙，也很尖锐。

表面是问她是否要保持品牌独立，等于是在问——这个近日来备受瞩目的品牌，是打算一直在中外资之战中独善其身吗？

这个问题，也颇有攻击性。

林浅抬眸望去。

问的人是个胖胖的年轻人，看样子并不是记者，表情愤慨逼人。

应该是热烈拥护民族品牌的中坚分子。

这时，站得离林浅最近的记者，朝她递了个眼色，示意现在正在直播，是否要中断。

林浅却看着那个质问者，眉目沉静不变。

嘴角，再次露出甜美笑容。

“对于是否保持品牌独立性的问题……”她不急不缓地说，“如果是有实力的中资企业对我抛出橄榄枝……”

所有人几乎都被她卖的关子，引得心紧紧提了起来。

“……譬如爱达集团，”她的笑容越来越灿烂，“那我只能说——欢迎入股。"

我要让所有人清楚明白地看到，我林浅根本不屑于做什么DG的奸细。

站到他们面前，让他们印象深刻。一定……要让他们看到。

大反攻的时候，我会回来。

就这么回来，还不够拉风。

爱达集团，欢迎入股。

……

厉致诚盯着画面中女人近乎肆意的笑容，心头已是阵阵激荡。而在座的其他男人们看来又是如何呢？

诚然，林浅这样的言论，无疑是大为振奋人心——永远不会卖给DG，但是欢迎爱达入股——一下子就壮了这边的声势，以一种女人特有的傲慢方式。鼓舞人心的效果，堪比他们之前做的联盟广告。

但这位，到底是老板的女人，此刻言笑晏晏，单单说"欢迎爱达入股"，落入这些知情的男人的眼里，怎么看怎么有示爱的意味。何况林浅的性格一向就豪放直爽、敢做敢当。

当然了，不光被示爱的厉致诚，就连爱达集团也很有面子。

其实吧，林浅回答这个问题纯属突发，完全就是随心所欲、牛气哄哄地答了这么一句。她完全就没往男女感情、示爱方面想。

可是男人跟女人看问题怎么会是相同的？

于是，在座众人目光在电视机上停了停，忍着笑，有意无意都看向坐在正中的年轻老板。

而厉致诚眉目不动。只是从来喜怒不形于色的脸庞，竟也缓缓泛起一丝不易察觉的绯红。

他承认自己被女人回归的方式深深打动了——

在所有人面前，她向他表达忠诚和爱慕。

以一种隐晦却热烈的方式。

厉致诚心中阵阵气血涌动。

那是这个女人每每带给他的感觉。每次为她怦然心动，每次因她求而不得。

他脑海中一个清晰的念头占据了所有——想要马上见到她，将这个女人彻底拥入怀中。

这时，薛明涛哎了一声。

原来刚刚采访完林浅后，新闻节目就结束了。

然后没有任何停顿，屏幕骤然黑下来。

中间弹出了四个字：

倾城<结局>

"倾城<结局>

我不介意等待。只要最后等到的人是你，就好。"

当屏幕跳转出这几行字时，街头的许多行人，几乎是同时屏住呼吸。

其实他们遭到的视觉和音效冲击，比厉致诚等人更明显。因为在街头和网络的转播里，在林浅讲完那句"欢迎爱达集团入股"后，画面就定格了。

然后没有任何过渡，屏幕骤然黑下来。

鼓声响起，倾城再现。

当然，这也是林浅安排好的。务求带来最大的冲击效果——冲击每一个人的心！

而此刻，很多人的心情，的确也跟随着倾城变化起伏着。刚刚还在为林浅的话语愤慨激昂、振奋鼓舞，转眼屏幕一暗，却仿佛又进入了那个关于倾城品牌的缠绵悱恻的故事里。心情也变得怅然，变得安静起来。

万众瞩目，此刻倾城。

与前两集相比，这一集的整体画面、音乐，仿佛都带着一丝温柔的惆怅。

上海的东方明珠广场、摩天大楼……女孩一身职业装，拿着手机站在落地玻璃窗前，满脸疲惫，"我最近挺忙的，元旦不回来了。嗯……"

而后，屏幕分割为两个画面。

上面，是女孩背着包在上海紧张忙碌的职场里，奔来跑去；在窄小的租住屋里，想要换灯泡却从椅子上摔下来；抑或是她拿着手袋，站在衣香鬓影、奢华精致的酒会中，与同事们巧笑倩兮，但当她转头看着窗外的夜色，眉宇中却闪过一丝落寞。她拿出手机，想要拨出去，却又有人过来敬酒邀舞，只能将手机放回包里。

与此同时进行的，是下方的画面。

那个英俊清秀的退伍青年，依旧是那副冷峻干净的模样。他一个人骑着单车穿过镇上的小巷；一个人大晚上从办公室里离开，去吃碗街边的阳春面，掏钱时看到皮包；一个人去CS基地，穿着酷极了的迷彩，拿着枪望着夕阳，然后沉默地转身离开。

……

画面一转，变成两个人在打电话。

"我下个月过生日，你能来看我吗？"她问。

"来。"他答得很干脆。

女孩忍不住笑了。

电话这头，他也笑了。夜色清幽，相思无尽。

可画面再一转，却是女孩一个人坐在租住小屋里，面前放着个小小的蛋糕。她不停地打男人的电话，却一直是关机、关机。她趴在桌子上就哭了，将手边的包推到地上，东西全掉出来，一室狼藉。

而画面另一侧，小镇下着滂沱大雨，学校的几面危墙摇摇欲坠。男人正与其他人冒雨维修着，同时保护其他小孩子离开危险区域。

"为什么不来看我？"她问。

"学校这边……"

她挂断了电话。

其实这段爱情，与许多人的爱情并无不同。她惊鸿一瞥，爱上了他。然而心动得越热烈，爱情也变得越脆弱。

因为最怕的是失去他。比起很多安稳的、为了爱而爱的人，这样的爱情，更容易从高高的悬崖上坠落。

字幕弹现：半年后。

女孩的衣着和妆容，看起来都精致老练了很多。她从一辆宝马车上下来，一个衣冠楚楚的年轻男人给她开门。

他将她送到楼下。

"跟我在一起好吗？我会给你一辈子安稳幸福的生活。"

女人看了他一眼。

那是看着非常令人心疼的一个眼神。

澄澈、悲伤、若有所思，隐隐泛着泪水。

不知她想起了谁？

此刻观看广告的人，心都被揪了起来。

而两人头顶，大厦上的液晶屏里，倾城的广告正在播放。那是一款纯红的背包，看起来精致轻盈，层层拉链错落分布，勾勒成奇异的妖娆线条。低沉的画外音正在响起："倾城，只为她。"

画面没有拍女人的答复。

转眼她已上了楼。

走到家门口，她却愣住了。

门前放着个包裹。拆开后，她却发现是纯红的背包，看起来精致轻盈，层层拉链错落分布，勾勒成奇异的妖娆线条。

背包最外层的口袋里，塞着一封信。她马上打开，然后脸色就变了。

画外音同时响起，是那个人的声音：

"包是你最喜欢的东西。我说过要给你一个，今天终于做好了。"

画面上同时浮现虚影，是男人坐在家中，先拿起她的照片看了看，然后拿起一块柔软的红色布料，开始低头端详。

"这是军用材料，很轻。你背满东西，都不会觉得重。"

画中画快速闪转，是男人拿起几个军用包在比较，然后在那块红色布料上画线比较。

"这个口袋，你用来放钱包；这条拉链里……你放每个月都会用到的女性用品；这里放你的化妆品；这里是你在上海上下班用的票卡……"

"颜色你不必担心，是你最喜欢的颜色，也不会掉色……你的房间总是很乱，平时不用的时候，这个包可以折叠成鸡蛋大小，不会占地方……"

女人伸手就捂住了脸。

"我也许不能给你太多，但是一定会给你我的所有。"他的嗓音低沉地响起。

女人已经泪流满面，抓起包就朝楼下冲去。悲伤的音乐同时响起，是女孩在街头人潮中疯狂地寻找，却怎么也找不到那个已经离去的身影。

……

画面骤然一闪。

又回到了那个梦一样的小镇，那棵枝叶茂密的大树下。

这画面已分不清是真实还是虚幻，一切都是朦胧的。

男人依旧穿着简单的白衬衣黑色长裤，眉目清冽。只是眉宇间，明显也沧桑了许多。他手里就拿着那个红色妖娆的背包，静静地站在树下。

而女人站在离他几步远的位置，怔怔凝视着他。

两人遥遥对望，仿佛初遇那天。

……

画面骤然全部收于黑暗。

字幕再次弹现："倾城，只为她"。

"Just for her。"

直至此刻，倾城的数万簇拥者们，才彻底明白这个品牌所寄予的情感和含义。

而在他们心中，有更复杂的情绪在涌动。

　　一方面，是惊喜。

　　一直以来，倾城都是以外观和品牌形象，换句话说，凭这个品牌里蕴含的这一则情感故事，打动了广大女性消费者。当然，它的包的实际用处，消费者也是能感受到的：轻盈、便捷，感觉很适合女性。

　　可官方却从未对其产品的功能，作过如此详细的解说。

　　直至今天的广告。

　　这就好像你以为你买一个东西，只因为它漂亮。可买了之后才发现，原来它的功能还如此强大。它是如此让你惊喜。

　　而另一方面，是激动。

　　刚刚林浅作为品牌创始人的一席话，尤令大家心中热血沸腾。然后突然又转入这样一个凄美感人的爱情故事。最后，以男人奉献出最完美的一个女包，成为这个城市最好的风景结束。

　　明明是普通人的爱情，却已倾国倾城。

　　为爱情的感动与爱国热情交织一起，竟然令人感到一种奇异的圆满和抚慰。

　　也许是因为，每一个普通人，都会有这样的梦：家、国、她（他），才是一切。

　　“加油！倾城！”

　　“加油！爱达集团！”

　　“加油！中国箱包！”

　　不知何处的广场上，开始有人此起彼伏地呼喊。最后那呼唤声，几乎都连成一片，震天动地。

　　……

　　夜色已经全暗下来。

　　悍马从爱达集团驶出，驶进春日缠绵而清冷的夜色里。短短一截路，却仿佛咫尺天涯。

　　终于到了别墅前。

　　车轮摩擦地面，稳稳刹住。厉致诚抬头，越过翠绿繁密的葡萄架，看到家中灯光橙黄明亮，已经有人回来了。

他还穿着上班时的白衬衣，连外套都没来得及拿回来，迈开长腿，穿过葡萄架，踏上门前的台阶。

推开门。

迎面就闻到淡淡的茶香。往日冷寂寥落的屋子里，此刻处处是灯火温暖。她还没脱掉外套，一身风尘仆仆地站在灯光下，双手像模像样地背在身后，墨镜在手里一甩一甩，笑眯眯地转头看着他。黑白分明的眼睛、微翘的红唇、如珠似玉的脸，无一处不似初识般纯净，无一处不好。

厉致诚人站在玄关处，手还按在门把手上。冷峻挺拔的身形，仿佛还带着夜的湿冷。幽沉黑眸宛如夜空最动人的星星，隔着几步远的距离，就这么凝视着她。慢慢地，他也笑了。

这世上，从来都是几家欢喜几家愁。今日成王，明日也许就是败寇。

随着林浅回归厉致诚、倾城公司回归爱达带领的行业联盟，这一场中外资大战的格局，似乎变得更明朗了。

……

周一早晨。

昔日繁荣而忙碌的DG中国总部，今天一大早，仿佛就笼罩在低沉的气压中。

查理斯就是这气压的中心。他的房间的门紧闭着，偶尔透过百叶窗，能看到他阴云般的脸色。

这些天，从DG中国辞职的人越来越多了。也有越来越多的区域分公司，濒临经营难以为继的困境。

所谓的市场全线崩溃，大概就在眼前。也许今天，也许明天，不知何时就会到来。

陈铮这些天，也过得有些浑浑噩噩。他是个压力越大、释放越多的人。这些天白天处理完焦头烂额的事，夜晚就流连在灯红酒绿之地。

越放纵，越空洞。

他也想过报复林浅和厉致诚。

混迹多年，黑白道他都认识一些。如果真找人把林浅绑了，教训一顿甚至就此让她消失……厉致诚也不一定能抓到他的把柄。

那然后呢？

然后他陈铮又该去向何处？

而且林浅……

陈铮奇异地发现，尽管林浅当着全国媒体的面，狠狠打了DG中国的脸，但他心里并不是很恨她。这种感觉是奇妙的，自从DG中国开始坠落的那一刻起，他一直就有种飘浮的感觉。好像他是飘浮在这之外的，痛是痛，但一直就不是切肤之痛。

Anyway，现在的局面，总会有一个结束。

他推开查理斯办公室的门，甚至脸上还带着一丝微笑，"早。"

查理斯可一点也笑不出来。美国总部已经表示：对他失望透顶。他现在完全不知道自己的职业道路在何方。跳槽？去其他国家？

他有个感觉。他觉得自己自从接手DG中国以来，好像就一直过着身不由己的生活。可为什么会这样，他却又找不到确切的原因。

"Ben，"此刻，查理斯对着陈铮，也有了同病相怜的感受，喃喃说，"也许这个季度结束，我们俩都要双双引咎辞职。"

陈铮的脸色透出几分木然，没说话。

就在这时，一位下属手里拿着一份资料，脸色惊恐地冲了进来，甚至连门都忘记敲。

"查理斯！Ben！出事了！大麻烦！"他的表情同样也显得不可思议，将一份律师函递到两人面前。

查理斯接过，脸色陡然一变。

那是一家企业提出诉讼DG中国的律师函。企业名称有点熟，但查理斯一时想不起来。

但他看到下面的诉讼内容，就立刻想起来这个企业了。

他们控告的，是半年前DG中国将一批质量低劣的休闲包及其品牌转让给他们。他们提出了高额的诉讼要求。

"你不是说他们是农民企业，根本不在乎质量吗？！"查理斯朝陈铮吼道，手已经气得发抖。

一旁的下属摇了摇头，"不，查理斯，他们的法人尽管是一位中国人，但是有意大利商人参股。这件事涉及外商投资，声称这批货他们要出口欧洲，严重影响了他们的公司形象……"

匆匆赶来的法务人员说："不，这场官司他们胜诉不了，当初合同白纸黑字……"

查理斯突然啊一声大叫，伸手抓住自己的头发，转身就冲出了办公室。留下陈铮和几个下属，面面相觑。

陈铮看着跌落在地面的律师函，忽然笑了，缓缓地、苦涩地笑了。

官司是否胜诉不重要。当初合同是他和查理斯签的字，他几乎可以想象出，这则官司的消息，将会如何迅速地传遍整个行业和全国。他也可以想象出，今后查理斯和陈铮两个名字，将会如过街老鼠般，在行业和市场上，人人喊打。

他们终于迎来了，压倒骆驼的最后一根稻草。

厉致诚一直握在手里留到现在，终于无情地放了上来。

宁惟恺这些天，过得十分舒心惬意。

历经风浪的新宝瑞，终于重回他手里。而且这一次，是真正掌握在手中。他想他或许迎来了人生最漂亮的巅峰。

当然，他还会走得更高。毕竟厉致诚这样的怪胎奇才，八竿子也打不着一个。两人既然化敌为友，以彼此的气度，今后必然井水不犯河水。

而他，前路还有什么可以忌惮的？

尽管现在的新宝瑞着实有些千疮百孔，但是嘛……人看自己的孩子，总是越看越喜欢。他丝毫不在意现在的低谷，反倒依旧是平日姿容优雅卓绝模样，将心腹骨干一个个叫过来，勉励一番。这态度显然也感染了很多人，不，应该说，感染了整个企业。加之DG集团在中国的折翼，几乎所有人都能感觉到，新宝瑞正一步步往曾经的辉煌巅峰走回去。

但宁惟恺也不是完全没有烦心事。

譬如今天一早，就接到祝氏董事长秘书的电话。

"董事长想见您。"对方礼貌彬彬地说。

秘书口里的董事长，自然就是祝氏掌权人祝老爷子——宁惟恺的岳丈大人。

宁惟恺也不推辞，微笑应了，第一时间前往祝氏老宅。

已经是春暖花开的天气，半退休在家的祝老，依旧坐在绿意盎然的草地白椅中，朝这位半子额首微笑。

两位碍眼的祝公子，并没有出现。

宁惟恺从来都不认为自己是大度的人。现在他俩不在场，他倒觉得清爽不少。亲自为祝老斟好茶，两人就聊了起来。

聊最近箱包行业的情况，也聊新宝瑞的复苏。两人的表情都没有半点异样，仿佛还是一年前那对十分投缘的翁婿。

末了，祝老话锋一转，目光睿亮地看着他，"惟恺啊，等新宝瑞的情况稳定下来，就进董事会吧。晗姝什么也不懂，你去了，凡事可以替她把把关。"

宁惟恺一怔。

现在说的董事会，自然是整个祝氏财团的董事会。替祝晗姝把关，就意味着要让他共享她那一部分股东权益。

这曾是过去的宁惟恺梦寐以求的机会。

四目凝视片刻，宁惟恺忽地有点想笑。

岳父此举，是想将他跟祝晗姝绑在一起，还是跟祝氏集团绑在一起？以祝氏财团的股份为饵，哪个男人能拒绝？

像是看穿了他心中所想，祝老也坦荡，淡淡地说："晗姝是我最疼爱的女儿，我希望她一生幸福。"

宁惟恺静默了很久很久，而祝老也极有耐心、极笃定地等着。

然后他抬起头，同样温和地望着老人。

"谢谢爸。但我想还是先专心打理新宝瑞。"

出了祝宅，宁惟恺一路吹着口哨，显得心情很好。前头开车的原浚就笑呵呵地问："宁董，有什么好事情？"

宁惟恺微微一笑，没答。

拒绝了数亿的股份，算是好事情吗？

想到祝氏股份，就想到了家中的祝晗姝。宁惟恺的眸色一敛，说："去水果市场，买点山竹。"

"好。"原浚答得干脆，忍不住又笑了。

怎么说呢，这感觉就好像回到了从前。

山竹是祝晗姝最喜欢吃的水果。宁惟恺贵为堂堂总裁，以前却每次都要亲自去水果市场，一个一个替她挑选。

如果要衡量男人对女人的宠爱，曾经的宁惟恺，几乎把祝晗姝宠到了天上。

现在，终于重归于好了吗？

然而真是怕什么来什么，就在这时，宁惟恺的手机响了，响得很急促。而且铃声很独特——那是Lydia专门拿过去改的，她的专属铃声。

原浚从后视镜里看一眼面沉如水的Boss，假装完全没察觉。

宁惟恺看着手机上跳动的名字，静默了一会儿，接起，"Hello."

那头，人声嘈杂。

Lydia的声音，全无曾经的灵动跳脱，哑哑的。但她又在笑，故作清爽地笑。

"宁惟恺，你真的不来送我吗？"

宁惟恺静了一下，避而不答，"到欧洲有什么事，联络我的朋友。他住得离你的学校不远，人很可靠。"

Lydia沉默了一会儿，忽然笑了。

"你是不是很高兴我选择出国留学？"

宁惟恺答得很平和："Lydia，那是你自己的选择，我无权干涉。"

Lydia的声音里已经有了泪意，"……哥哥，其实你心里从来就没有过我，对不对？你不过是寂寞了，不过是拿我寻开心而已。我还真是可笑啊。"

宁惟恺沉默。

"所以你从来不碰我。"她苦笑着说，"我早该明白的，男人不碰女人，说明什么呢？连一个吻……都看不上我吗？"

宁惟恺继续沉默。

"我从来没见过像你这么狠心的人。"Lydia突然就挂了电话。

宁惟恺放下手机。

半晌后，删掉了手机里的所有通话记录、短信和她的电话号码。

回到家的时候，天已经黑了。

宁惟恺推门进去，就看到那个熟悉的苗条婀娜的身影，站在阳台上，正在浇花。优美白皙的脖子低垂着，就像一只落寞的天鹅。

宁惟恺将手里的山竹放下，缓步走过去，从背后抱住她，"怎么了？"

祝晗姝大约是发呆太久，竟然被吓了一跳。

"啊……没事……"她的目光有些闪躲。

但这并不妨碍宁惟恺看清她眼角的泪痕，还有那慌乱中带着一丝绝望痛楚的眼神。那么柔弱而无助。

这是宁惟恺熟悉的表情。

每当遇到令她无法解决的事，她就会这么惶然无措。

与这段时期的心情一样，宁惟恺又感觉到了深深的无力感。

可在那无力感之后，仿佛又有什么东西要破茧而出。

他想要改变。

那曾经是他珍而重之的东西，也许曾经它航行在有些扭曲的轨道上，而他和她都选择视而不见。那么现在经历了潮起潮落后他明白：他错了，她也错了，他们都错了。

而今天，她为什么会慌乱痛楚，他也很明白。

他拒绝了岳父让他进入股东层的提议，拒绝与她共享利益，拒绝与她更牢地绑在一起。

在他们的婚姻看起来已经摇摇欲坠的时候，在他彻底获得新宝瑞掌控权，可以展翅单飞的时候，她在害怕，害怕失去。

她并不笨，企图用他最难以抗拒的利益，绑住他们的婚姻。

他深吸了口气，伸手，将她更紧地搂在怀里，低头开始亲吻她颤抖的泪水。

“老婆，我们不用那样。我要的，不是那样的你。”

直到多年之后，我才看清自己的心。

而你，可否放下一切，真的走进我的心？

半年后。

盛夏的阳光清透耀眼，透过葡萄架，变成斑驳阴凉的剪影。

而众人头顶之上，葡萄已满挂，一串串饱满晶莹，看着就叫人垂涎。

林浅今天一大早起来，一直就有些恹恹的。看着再热闹欢笑的场景，都有些神游天外的恍惚感。

此刻，高朗和他新交的小女朋友就坐在对面，正往烧烤架上放鸡翅膀。而其他几个退伍军人、厉致诚的旧部们，还有几个从霖市各地聚过来的上尉、中校、少校……正吃烧烤吃得津津有味，不时还冲林浅笑。

“嫂子，来点不？”

“弟妹，你怎么不吃？”

林浅只笑着摆手，又端来饮料和啤酒给众人。然后她坐在一旁，用手托着下巴，笑眯眯地望着。

高朗等保安，她自然已经很熟悉了，看到旁边那些军装笔挺的男人们，不禁令她想到厉致诚。

想一想，人生的际遇真是奇妙。

他们能相遇，是否真的是注定呢？

如果不是爱达集团濒临危机，他就不会从待了多年的部队回来。

他们就不会相识。现在林浅的生命里，就不会出现厉致诚这样一个男人。

这种可能性，想想都让人抗拒。

既然已经得到了独一无二的你，就再也不能接受生命中没有你的可能性。

想到这里，林浅忍不住转头，看向偏厅里那两个男人。

林莫臣和厉致诚。

他俩不知又在商量什么，哥哥坐在电脑桌前，厉致诚身子半倚在桌旁，正在交谈。两个人的眉目透着同一类型的疏淡。隔着一扇玻璃门，远远地，也不知道他们在聊什么。

林浅撇撇嘴，继续转头融入她等普通人的小团体。

就在这时，高朗将一把烤好的羊肉串递给她，"嫂子！趁热吃！"

林浅瞬间又没了胃口。

那种怅然的感觉又涌上心头。她笑着摆手，"我都吃饱啦，你们慢慢吃，我进去一下。"

说完她就起身走向门里，经过桌上那一大盘水灵灵的葡萄时，忍不住又拿了一串。

嗯……自种的葡萄，果然成色不佳，酸得掉牙。

好吃。

经过偏厅时，大约她的脸色有些恍惚，就见厉致诚倏地抬起沉黑迫人的眼，遥遥地盯着她。他的双手还插在裤兜里，刚剪的头发，又短又黑，显得十分精神。

林浅被他这么一盯，忽然脸颊就热起来，脚步更快了，转身上楼。

那厢，厉致诚转头跟林莫臣说了句："你先坐。"就走出偏厅，尾随她而去。

而林莫臣看着这对小儿女当着他的面秀亲密暧昧，没什么表情。

　　他的妹妹都是快要结婚的人了，婚礼就在下个星期。可对着她的男人，还是这么纯挚、这么神神道道，什么心事都写在脸上。

　　而厉致诚显然很吃这一套……

　　等等，他在操心什么？

　　林莫臣静默片刻，忽然自嘲地笑了。

　　为自己性格里，仅有的这一点柔软的护雏之情。

　　他将笔记本端到膝盖上，继续浏览新闻。

　　至于隔着一扇玻璃门，频频邀请他去吃那些不健康食品的愣头兵们……他当然是不屑于去的。第一次客气地婉拒后，他就戴上耳机，假装听不到了。

　　相比楼下的热闹，楼上清净也凉爽许多。暖色的窗帘大开着，风从窗户灌进来，刮得人心头一阵舒爽。

　　林浅趴在窗台上，双手撑着下巴，望着远处那一片澄澈的湖光。阳光映在水面，交织成点点碎金，分外绚烂夺目。

　　唉。可她真是好忧伤。

　　莫名地忧伤。

　　猛地腰间就多了双有力的手，男人温热的躯体从背后覆盖上来。

　　林浅被吓了一跳，"讨厌！"特种兵什么的，走路还是没声音，就不知道改一改！

　　厉致诚低头，亲着她微微泛着汗水的柔嫩脖子，热热的呼吸喷在她的皮肤上。他也不说话，因为知道她必然会憋不住，自己跟他说心事。

　　果然，这么亲昵而无声地磨蹭了一会儿，林浅就转头，两人面对面站着，她伸手搂住了他的脖子。

　　四目凝视，他的眼睛好像无边的大海，轻易就将她吸引进去，掩埋其中。

　　林浅忽然忍不住就笑了。

　　夏日的午后，微风这样柔和地吹过来。两人又厮磨了一阵，林浅已是整个人都臣服在他怀里。厉致诚反锁了房门，拖了把椅子坐在窗口，让林浅双腿分开骑在他身上，这时才缓缓摩挲着她的腰，问："到底什么事？"

林浅其实也很喜欢这样坐在他身上，很奇妙的感觉，好像被他彻底拥有，好像又主宰了他。

她眨了眨眼，低头吻住他的薄唇。呼吸纠葛间，终于含糊说出自己思量了几个晚上的话。

"致诚，控股我吧。"娇娇软软，似在诱惑低哄。

厉致诚微怔了一下，近在咫尺的眼眸，变得有些复杂难辨。

她的这个提议，是出乎厉致诚意料之外的。

须知从倾城品牌还在酝酿期没有面市时，她就惧他如洪水猛兽，勒令他绝对不许控股。

倾城品牌，简直就是她的心头宝。她在倾城上倾注的心血，比在他身上还要多。

现在却主动邀请他控股？

"为什么？"他低声问。

林浅在他怀里扭捏了一下，抬起被他亲得水蒙蒙的眼睛望着他，"我考虑了很久。一是我发觉自己还是喜欢广告策划的工作，全面管理企业真的很费神。企业再大，对我来说真的就没什么乐趣了。二是……"她的脸往前一贴，跟他鼻尖相抵，"我想有更多的时间跟你在一起。将来也要照顾我们的家庭对吧……"

厉致诚就这么盯着她，没出声。

林浅又说："而且吧，想想我居然还是最喜欢在你指挥下做事的那段时间……"话没说完，厉致诚已经覆住了她的唇舌，越吻越深入，越吻越凶残。林浅下意识身子就往后靠，可整个人都在他身上，身后就是虚空，被他的大手挡住，往后退了一寸，却被他往前又压回三寸，反而两个人缠得更紧。

"好，我控股。"他亲着她的耳朵，低声说，"今后你没有反悔的机会了。"

"我干吗反悔?"林浅眨了眨眼说,"这是……嫁妆啊。"

厉致诚心头就这么一荡。

眼前这个女人,无疑正在满足他对她的所有渴望。

人是他的,她的企业也要融入他的商业帝国。两个人的一切,密不可分。她满足了他对她所有的占有欲望,心甘情愿将自己牢牢束缚在他怀里。

厉致诚动作突然一顿。

心思敏锐的人,一丁点异样的预兆,都能迅速捕捉住,然后得到最准确的推断。

他的目光在她依旧平坦的小腹上一停,然后抬眸与她直视。

他的眼神已经变化了。

变得炽烈,黑潮涌动,隐隐有惊喜冒了出来。

林浅看着两人凌乱的衣着,再看到他眼中的探询,脸颊又是一热,可笑容也是甜丝丝的。

"我昨天吧,去医院了。那个……"林浅也不知道要怎么表达这个事实,干脆将他的手一拉,放到自己小腹上,"里面应该是有了一个小厉致诚了。"

厉致诚活了快三十年,还从未像此刻这样,听到"小厉致诚"四个字,心头彻底一软。

但即使心头无端端发软,他的表情也是沉静淡然的,大拇指轻轻沿着她的腰腹摩挲着,淡淡开口:"干得不错。"

林浅扑哧笑了,"谢谢夸奖。"

"我说我自己。"

"……去你的!"

林浅起身想跳下他的腿,同时说:"所以啊,这几个月你不能碰我了……"

她身子刚一动,又被他捞了回来,牢牢扣在怀里,低沉的嗓音熨烫着她的脸，"不碰。"

他的手和唇舌果然安分了，只是这么抱着她。

这是一个非常安静而温柔的吻。他双手环住她，什么话也不说，只将头埋在她的肩窝里。林浅听着他胸膛有力的心跳，心头也软得一塌糊涂。

男女主人邀请了一屋子的人，却中途短暂消失。只有高朗这等愣头青疑惑地问女友："老大和嫂子怎么还不下楼，我要不要去叫叫？"却被女友一只鸡翅塞在嘴里，不许他说话。

夏日如此美好，大家都感到赏心悦目，坐在葡萄架下，望着远方，聊着现在，一切如此安宁而舒心。

而隔着远远的玻璃门，林莫臣依旧坐在原地。他看完了新闻，开始看美国股市和债市的状况。

至于厉致诚和林浅的突然消失？

他早已习惯了。

又浏览了一会儿，网页突出弹出提示框。

这是他一直以来设置好的。他订阅了好几份经济和商业日刊，如果遇到他设置好的关键词，提示框就会自动弹出。

多年以来，每天如此。

现在弹出的，就是三条新闻。

林莫臣一目十行，快速往下看。无外乎是中国央行货币政策收紧、澳大利亚金属股近日暴跌、××公司新任市场部经理木寒夏女士接受《北京晚报》记者访谈……

林莫臣放在键盘上的双手，瞬间顿住了。

外头的毛头小伙子们还那么吵，阳光透过玻璃门照射进来，亮白得刺眼。林莫臣穿的是一件居家毛衣、一条休闲长裤，看在旁人眼里，却是一副翩翩贵胄的形象。

可是此刻，他看着屏幕上那个名字，心里轻叹：多年后终于再次看到这个名字。

木寒夏，多么独特的名字，纠缠入骨的名字。谁听过一次，这辈子还能忘得了？

林莫臣忽然就心生恍惚的感觉。那感觉像是空旷的风，吹在原本平静的心湖上。但最终缓缓坠落，淹没在可以吞噬一切的黑暗心湖里。

他这么静默着，将那则新闻看完，然后抬手就将笔记本一合，冷着脸，起身走了出去。

高朗等人看着这位厉致诚的大舅子，都有些惊讶，想要询问，却被他冰封般的脸色吓退。而林莫臣双手插兜，漫无目的地就这么走了出去。直至走到车水马龙的公路上，他才突然惊觉，举目四望，一颗心，已是平静无声。

同样一个夏天，对陈铮来说，却是太过炎热。炎热中带着一丝躁乱。

临近中午，他开车从公司出来。上午刚跟几个房地产公司老总聊过，聊得不错，他也跃跃欲试。

他漫无目的地开着车，行驶在马路上，想要找个地方吃午饭，却到处是人潮汹涌、拥挤堵车。

陈铮打下车前的遮光板，戴上墨镜。有长腿清凉美女从车前走过，他随随便便吹了声口哨。美女回头，看到是这么好的车，还有驾驶座上足够俊朗的男人，也就没生气，看他一眼，走了。

陈铮扯起嘴角笑了笑，耐心地停在十字路口，继续等红灯。

其实他的日子，跟以前并无不同。

尽管DG中国的业务已经彻底跌入低谷，一蹶不振，他也从DG离开。但其实比起查理斯的引咎辞职、黯然离开中国，他其实还好。

前期出售司美琪的股份，为他换来了巨额的财富。谁不知道，箱包行业太传统、利润太薄，用这笔钱，房地产、金融投资……在哪个行业不能赚钱？

所以他的新公司已经很快就要开起来。

新的事业，新的人生。

红灯终于过去了，他慢慢地开着。

不知不觉，又或许是习惯使然，他又开到了市中心最繁华的商业街。

这里也是霖市诸多箱包大牌旗舰店云集的地方。以往陈铮每周都要来一次，这些年，不知来了多少次。

此刻将车停在路边，一抬头，就看到的是DG的旗舰店。不过现在的DG，门可罗雀，十分萧条。瞧那零落样，他估摸着没几天这里也会跟其他店一样，濒临关门。

他低低地嗤笑了一声，也不知是在笑谁。再往前看，那最醒目最热闹的，自然是爱达、沙鹰、倾城等一系列国内箱包的店面。正值夏日，各家都推出了新款上市，已然吸引了很多消费者的到来。

陈铮坐在原地看了一会儿，掉头驱车离开。

沿着这商业街走了一段，就看到右手边一个著名的品牌服装旗舰店。两层小楼，巨大的广告横幅，灯光明亮，音乐摇滚，很有气氛，看起来经营得很好。

陈铮的目光淡淡地从这个店面滑过，最后转头，驱车驶入拥挤的车流里。

开着开着，忽然鼻子就有点塞了。

那个店面，曾经是司美琪全市销量最好的门店所在。而什么时候，这个店面被转让，司美琪撤柜，他竟完全不知道。

而他的司美琪，父亲奋斗了一生铸造的司美琪，现在已经几乎从市场销声匿迹。DG本就只打算借他司美琪的壳，现在遇到经营困难，第一个砍掉、雪藏的就是司美琪品牌。

陈铮又开了一会儿，终于将车缓缓停在路边，低下头，用手捂住脸，眼泪已经掉了下来。

……

　　我们都曾有过最美的时光，我们都曾有过最好的年华。而在那样的年华里，我们也许懵懵无知，也许跌跌撞撞行走着人生的路。可当岁月终于流逝，当我们的双鬓染上白发时，再回首四顾，原来我们一生最期盼的，就是不要辜负。

　　勿要辜负那么年轻张狂的时光，勿要辜负人们的期待和温柔。

　　而我的心，那一颗也许稚嫩、也许茫然、也许不够坚强也不够清醒的心，那么多的诱惑扑面而来，那么多何去何从的十字路口，人要怎么走，才不会陷入迷途？

　　……

　　那是你和我的倾城时光。虽然坎坷，虽然彷徨，可只因有幸遇到唯一一个你，携手共度，一切才变得不同。

　　与财富无关，与一切地位、名声、权力，没有半点瓜葛。哪怕我孑然一身，哪怕我痴痴惘惘。

　　这份爱，于我一生，悲喜倾城。

倾城一梦

　　当最后一颗炮弹带来的烟火，燃烧在平原上空时，厉致诚放下望远镜，披上军大衣，走出了指挥所。

　　南方，清城，北部郊区。红军对蓝军第四次对抗对战演习，依旧以蓝军的大获全胜告终。而厉致诚指挥的黑狼突击队，再次在决胜战役中光芒绽放。

　　夜色像雾气般弥漫，浅淡的黑色笼罩四野。年轻的少校压低帽檐，站在泥土堆积的老旧堡垒前，仿佛依旧活在战争年代。

　　他一个人的战争年代。

　　在厉致诚的心中，对于这个浮华、灿烂而混乱的时代，其实始终有一种淡淡的倦怠感。这感觉是从何时萌生，不得而知。十岁，或者十五岁。但可以肯定的是，他将这种心情隐藏得很好，不被任何人知晓。

　　多年前初入部队时，同僚们知道他是某某师长的外孙，且容颜俊朗白皙，虽然表面做得客气热络，背地里却大多不齿讥诮。直至他身为士兵时，各项技能比赛排名第一；直至他升至士官后，无论指挥五人小组或千人纵队，辉煌战果都令所有人大跌眼镜……他们这才知道，这位沉默的公子哥，不可小觑。

　　但厉致诚对于这些外界态度的变化，始终不太关心。

　　城府最深的人，其实很多时候，看问题更简单——得天独厚的家庭背景，使得他无须像旁人，还需要花很多精力去钻营算计。他对权力斗争没有兴趣，不是他的，他不会去算计。

但属于他的，谁也别想拿走。

得知爱达集团危在旦夕、父亲病重住院的消息那一天，厉致诚在指挥所里摆了张棋盘。黑子步步为营，布下弥天陷阱；白子困居一角，仅留枝叶勉强延展出包围圈外，似有似无的生机——这就是他眼中的爱达：强敌环伺、九死一生。

然而这世间所有的败局，倘若你仔细观察，都能破出生机。清茶，长夜，沉思一宿后，厉致诚给顾延之打了电话。

"我回来。"

"……你确定？"

"废话。"

第一次看到林浅，是在西域小镇的火车站台上。他一身风衣，长靴手套，站在列车的末端，看着自己的兵一个个龙腾虎跃地跳上车。而退伍发的那朵大红花，他实在不喜欢，塞在口袋里，但也没有丢掉。

就在这时，她从人群中走来。

很年轻的女孩，穿着冲锋衣，长发有点乱有点脏，身形优美得像天上婀娜的云彩。她跟在几个士兵身后，很客气也有点拘谨地对他们连声道谢。一双湛黑的眼亮得像夜空的星。

勤务兵小跑过来，"报告营长，这就是那个在山上遇险的女孩，跟我们这车走。"

厉致诚没理会，转身就登上列车。

男人对女人的感觉，是一种很奇怪的东西。

曾经也有人追过厉致诚。军区司令的小女儿、文工团的歌唱演员，艳光四射、热情时尚，在某次军事演习中见过厉致诚后，就一发不可收拾，展开强烈攻势，约看电影、约踏青。厉致诚看到她第一眼就没兴趣，于是频频以训练太忙为由拒绝。

但对方装傻，继续作少女情怀状守在营房里。

　　她是司令的女儿，她有装傻的特权。她比别的女孩更自信，也更相信自己的身份对于普通军官的吸引力。

　　于是厉致诚直接请命，调往深山老林值守一年。司令知道这事儿后，当着众多下属的面，骂他太浑蛋。但骂着骂着又笑着叹气，他说："小女是个有眼光的。"

　　这桩绯闻最后的结局，是司令之女最终嫁给了厉致诚的同僚，另一位正直又热情的青年才俊。当然，厉致诚蛰伏山中时，屡屡差遣这位同僚好友，出面去应付司令之女，到底是有意是无意，却又不得而知了。

　　但此刻，他坐在列车里，窗外雪山湖泊呼啸而过。而他以眼角余光看着斜后方的女孩，有点难以解释自己的举动和感觉。

　　为什么尾随她，来到这节车厢坐下？

　　为什么频频听她和士兵们的交谈内容？而当听到她也是爱达集团的员工时，他突然有种熟悉的尽在掌控的感觉。

　　他想，也许是因为她的气质太特殊。乌黑却杂乱的长发，白皙但倔强的脸，以及弯弯的眼中锐利的光……柔美与坚硬两种矛盾的气质，从头到尾交织，最后变成某种清澈动人的光芒，沉入她的眼睛里。

　　当然，还有个重要的原因——她长得确实清新漂亮，是那种看一眼就令男人心头一阵舒服的女人。

　　而当晚，在黑暗的车厢里，他与她擦肩而过。感觉到她好奇而感激的目光，厉致诚在黑暗中轻轻笑了。再后来，她离开，却留下写有电话号码的纸笺，厉致诚看一眼说："没必要给我。"

　　因为他看一眼就已记住。

　　因为年轻的少校，不愿被旁人察觉心中已经滋生的情愫。

　　还因为，他们马上就会见面。

　　仿佛命中注定的邂逅，在他踏上新的征程之前，在她蓦然转身以后，他们已在千里之外相遇，仿佛雪山上的两股清泉，开始漫延交汇到彼此的生命中。

　　他初入主爱达的过程，其实还是艰难的。百废待兴，孤军深入。然而那么多的人里，只有她，自作聪明地将他误认为保安经理。

"喂，厉大保安，帮我来搬东西啊。"

"厉致诚，我们把红薯吃了吧。"

"厉致诚，你过来！"

……

仿佛一段最平凡不过的平凡人的恋曲，小白领和保安经理，一点点试探，一点点亲近。他看得出来，她对他这个"保安经理"明显有好感，那份骄矜、那份颐指气使，想必是女人在男人面前的不由自主的表现。

这令他觉得挺有意思。

而令他真正感到怦然心动，是新闻发布会那一晚。暗黑的夜幕下，萧条的园区里，她被飞来的石块砸伤了脚踝。群情激奋下，她却异常冷静，冷静地告诉众人，不可以报警，否则对方会借题发挥。然后她咬着牙站起来，脸上居然还有微笑——安抚其他人的笑容。

那一刻，厉致诚站在远处的轿车旁，听着她在夜色里清晰婉转的嗓音，心中萌生的有赞赏，也有怜惜。

一个女人，为了他的事业，忍气吞声，愿意吃这暗亏。这并不是普通女人能做到的理智和大气。

当然了，她自己还不知道，这是他的事业，她在为他付出。

及至他背着她，走在空旷的园区中，他清楚地听到她在打电话，不知是谁在那头说："你的新Boss，爱达董事长的二公子，是个退伍军人，叫厉致诚。"

那一刻，他清晰地听到她呼吸都顿住了，原本放在他肩上的手指，下意识收紧。他稍稍侧转目光，就能看到她一脸通红、如临大敌的窘迫又郁卒的表情。

厉致诚又抬眸看着前方，缓缓无声地笑了。

他承认，之前从未想过，有生之年，会被某个女人某个瞬间的定格表情，这样大大地取悦。

然后，这样的场景，就越来越多了。

　　她虽然接受了他是Boss这个事实，还每天"Boss""老板"挂在嘴边，可他也有点弄不明白，这个女人怎么就一门心思认定，他是个懵懂无知的傻男人？

　　高层开会，她怕他无知，愣愣地就将自己的想法倾盘托出，对他毫无戒心。

　　项目一时挫折（其实是他计划安排的），她总会第一个蹿进他的办公室里，即使不说话，眉梢眼角也写满了怜惜和安慰。

　　是的，怜惜。

　　厉致诚有生之年也未想过，会被女人以怜惜的目光，这么沉默地凝望。到底要多温柔干净的一颗心，才会用这样的眼神，望着一个外界看来在商场生涩弱势的男人？

　　她是喜欢他的，他想。他感觉得到，然后无声纵容。

　　第一次察觉到对她的欲望，是某次两人外出，去视察竞争对手司美琪的旗舰店。那么巧陈铮就从车前经过，他倒淡然无所谓，她却跟随时准备战斗的刺猬似的，拉着他的手躲在车前玻璃的下方，像是要跟他两个人缩成一团。

　　而他"被迫"微伏身躯，感觉着女人柔软的身体，似有似无就在他怀中。眼前是纤细白皙得像一段玉似的脖子，而他隔得如此的近，呼吸喷在她的皮肤上，看着她脖子上细细的绒毛。他微一低头，嘴唇就擦上了她的皮肤。

　　而她微微一抖，仿佛也察觉了什么，问："陈铮走了吗？"

　　他抬头看去，车前已经无人，低头轻声答："还没有。"

　　她的耳朵和脖子慢慢红了，继续维持趴在他腿上的姿势不动。而他看着眼前晶莹如玉的肌肤，呼吸第一次不稳。

　　……

　　即使再精明再冷酷的人，很多事也要时过境迁后，回头想想才会明白。

譬如她一向以聪明狡猾自诩，却为何偏偏看不穿他的城府，一心为他保驾护航？

譬如她明明对他不动声色的亲近感到不适，却为何当时依旧保持靠近？

还譬如在火车上相遇之初，他以眼角余光瞥她时，她为何也频频抬头，状似不经意地看向他的方向？

……

只因为心里有了那一个人，他的强悍算计，她都看不到。只看到他需要她保护，怕他吃亏，怕他受挫，怕他有一丁点不如意，那都会令她的爱情变得落寞。

这些暧昧、涌动和执拗，最终在一个夜晚，被忍无可忍的他，直接戳破。

那是"丢掉"明盛项目的晚上，工人们发生"暴动"，她被扇了一巴掌，抱着膝盖坐在保卫室的阳台上，有点呆又有点狠地看着他。明明委屈得不行，脸上红痕指纹还在，她还喋喋不休地叮嘱他接下来要怎么做。

"厉总，我认为，现在你最重要的工作，是凝聚人心——首先要保证爱达的人心不能散……"

"我们必须想办法，让全体员工看到你的坚持。或者……可以设计几个鼓舞人心的总裁活动，必要的时候可以煽情一点，一定能挽留大部分人心……"

而他望着她，心中某种沉而利的情绪，仿佛也随着她掏心掏肺的唠叨，不断发酵。他看着她眼中的怜惜和坚定越堆越多，看着她的双手在膝盖上不断交握再交握——仿佛正在被她蹂躏的，不是虚无的空气，而是他逐渐滚烫的心。

他一把扯过她，就低头吻住了她的唇。在她诧异震惊的目光里，他扣住她的身体，越吻越深。

只有这样，方可令她明了，他已经为她动容的心。

　　只有这样，才能让她知道，虽是她招惹他在先，但男人一旦确定了心思，就不会轻易放手。

　　那种悄无声息却又热血沸腾的感觉，他想，很快会令她知道。

番外二

人上之人

宁惟恺第一次见到林浅，是在一个月黑风高的晚上。

大学校园，处处洋溢着荷尔蒙的气息。今天是新生舞会，湖畔的舞台上灯火通明、音乐浪漫。宁惟恺靠在相隔百余米远的湖畔栏杆上，望着远处的人头攒动，觉得真没意思。

啊，那是傻了吧唧的男孩和女孩们，寻找和贪图一段艳遇的方式。

彼时，宁惟恺是笔挺高大的青年，白衬衣、休闲裤，蓬松短发、高鼻薄唇，完全看不出是普通县城普通人家出身，倒像是一位翩翩富贵公子——大学三年，他一直不遗余力地改造着自己，抹去那些平凡的痕迹。显然，身为全校风云人物，他已经做得很好。

林浅就是在这时候出现的。气质挺矛盾的小姑娘，长发如瀑、容颜秀美，却戴着鸭舌帽，穿着帅气的衬衫长裤。偏偏她将这两种气质糅合得很好，双手插在裤兜里，慢吞吞地从不远处经过，眼睛清澈得像他身畔的湖，樱桃小口里还在念叨："众人皆醉我独醒……真没意思！"

宁惟恺一下子觉得，这姑娘真有意思！

其实宁惟恺并没想过，自己会跟这么个家世平凡的女孩走到一起。当然，他也没给自己制定过硬性要求，非得找个家境殷实的女朋友。但有些东西、有些追求，仿佛印记般深深刻在他的骨子里。跟林浅在一起的日子，他觉得她很好，很喜欢她，但总有点心有不甘。

然而这心有不甘，在相爱第十一天，就被打破。

他在酒吧里、众人起哄下，背着林浅，吻了另一个女孩。

那女孩是某私营企业主的独女，漂亮又火辣。在看到她的第一秒，宁惟恺心中就闪过一个念头：如果是他，追到这个女孩完全没问题。

但马上就闪过了第二个念头：那林浅呢？

林浅决绝地提出分手那天，宁惟恺的心情非常糟糕。在他始终良好规划、顺风顺水的成长岁月里，从未有过如此懊恼和悔恨的时刻。他甚至没来得及告诉林浅，其实那天他心里唯一一个清晰的念头是：如果对象是林浅，他愿意不再看任何女孩，只对她一个人好。

所以在那个莫名其妙的吻后，他很快就离开了酒吧，并且还对在场所有人下了封口令，就怕被她知道。

结果她还是知道了，然后毫不留恋地分手。

只是许多年后，当宁惟恺再想起林浅，只是苦笑。

二十岁的宁惟恺，爱了林浅三年，才谋定而后动、下定决心向她表白。可她大概只爱了他几天，就转身离开。

此后，宁惟恺自我感觉伤了好几年。也有过几段爱情，清一色都是富家女——他的潜意识里好像有一个过滤器，自动过滤掉家世上不会对他有帮助的女孩，不对她们产生感觉。有时候他会恨恨地想，如果现在遇到林浅，她早被他过滤掉了。

注意到祝晗姝，是在公司的周年酒会上。那时候他刚工作三年，跳槽到新宝瑞，担任市场部主管。那时候祝晗姝刚从牛津大学毕业回来，是市场部的新进小职员，对外宣称自己姓李。看起来漂亮单纯的女人，自然很吸引男人眼球。但宁惟恺首先注意到的，却是她身上低调而奢华的藕色香奈儿套裙和根本就没有牌子的手袋。

再联想到一些蛛丝马迹，譬如她入职前一天，公司高层全都请假没出现；譬如刚刚，祝氏两兄弟的目光，似乎有意无意落在她身上；譬如她平日里明显教养不凡的言行举止，以及外界传言——祝家小女儿近日就会学成回国……

宁惟恺端起酒杯，就朝角落里安静地坐着的她走去。

"嗨，怎么一个人坐着？"

公主有些惊讶地抬头看着他。

直至多年后，宁惟恺还清晰记得这一幕——银色的灯光下，暗红色的沙发里，女人的身段婀娜得像含苞待放的花枝，优雅而坐。而当她抬头，那湖水一般澄湛的黑眸，带着几分拘谨、几分恬静、几分羞涩，懵懂地望着他。

而他清晰地感觉到胸膛中的心脏，被这干净高贵的目光，轻轻撞了一下。

之后几天，宁惟恺的确为祝晗姝意乱情迷。他心里眼里，都是公主的一举一动，她浅浅的蹙眉、她凝脂般的手指、她安静而教养良好的样子。但这份意乱情迷里，也夹杂着某种热切的期待。

比对祝晗姝的好感更强烈的是，他知道，这很可能是他改变一生的机会。

诚然，论才干、论野心，他不输任何人。但这个社会就是这样，出身的决定和影响太大。如果有缩短奋斗历程的捷径，他为什么不走？

他天生就该活在更开阔的舞台上。

后来，事实果然证明，他的选择没错。

祝晗姝是个好女人，是个好妻子，也是他通往梦想的彼岸最大的助力。不过四年时间，他执掌的新宝瑞完全脱胎换骨，将行业里其他竞争对手远远丢在身后。无论品牌效应、产品质量、人才队伍，都向国际一流企业靠近。

当然也有人非议，认为他取得这样的成功，是站在新宝瑞已有行业地位的基础上——毕竟多年来，新宝瑞就一直是行业第一；也有人暗地里讥笑，他不过是靠老婆的裙带关系上位。

但宁惟恺根本不在乎。成王败寇是永恒不变的真理。他付出了多少，他做到了什么地步，外界也许还看不清，但是公司的员工都知道，祝氏的股东知道，而他的妻子，也信任并且知道。

宁惟恺不知道，男人和女人对爱情婚姻的态度，是否有不同。他始终以良好丈夫的标准要求自己，多年不变。但祝晗姝望向他的目光，却越来越爱慕、越来越眷恋。在很多方面，她也对他越来越依赖。宁惟恺有这种感觉，他已经成了她唯一的天。毫无疑问，这感觉曾一度令他非常受用，并且骄傲。他甚至不止一次想，他就该找个这样的女人，小鸟依人，一生缱绻。他为她挡风遮雨，被她崇拜。他们俩的结合，是价值最大化的体现。

然而是从什么时候起，他开始感到不满足的呢？

也许是从新宝瑞还很辉煌的时候起，他在外面与人谈笑风生，将整个行业、任何竞争对手的生死，都牢牢捏在手里。而他如此意气风发嚣张跋扈之时，突然就产生想要对人倾诉的欲望。

想要跟人分享。

但祝晗姝明显不关心这一切。她关心的是给他炖的红酒牛肉是否酥软，她关心的是他的衬衣是否是当季新款。

一次，两次，三次……之后，宁惟恺也不再跟她讲工作上的事，因为这个沟通过程实在索然无味。

祝家的两兄弟以及整个祝氏对他始终微妙的态度，也是他心中的一根刺。诚然他是外姓人，绝不指望对方真的把他当家人。但他以为他们是明白人，无论基于利益，还是基于祝晗姝的情分，都应当对他彻底信任，以图将来。而他这些年也的确在为祝氏呕心沥血。

谁知在商场的一次不慎失手，就给了他们发难的机会，直接将他调任冷门小公司，毫不留情。

所以这些隐藏许久的矛盾，大概就是在他跌落谷底后，开始爆发。

在他与祝晗姝之间。

沟通上的障碍、她在家人与他之间的摇摆、她的脆弱和茫然……交织成一张密密的网，而他身陷其中，不觉得厌恶，只觉得疲惫，深深地，对现在的他和她，感到疲惫。

他不知道，他的婚姻是否走到了尽头。可当这个念头闪过脑海，他感觉到的失落感，竟然比失去新宝瑞还要空旷和磅礴。

Lydia的出现，就像某种征兆、某种他渴求依旧的诱惑，想要将他拉入堕落的深渊里去。

那段时间，外界疯传Lydia是他的情妇，甚至也许连祝晗姝都这么认为。但事实上，Lydia于他是什么呢？

首先，是曾经的林浅的替身。她们有着同样清秀干净的面容，有着傲慢又狡黠的性格。她们同样会用脆生生的嗓音喊他的名字：宁惟恺、宁惟恺！不把他当成亿万企业的老总，也不当成落魄的商场棋子。他就是他，她们眼中独一无二的宁惟恺。

Lydia还是个开心果。她很有趣，她有很多奇奇怪怪的想法和举动，譬如拉着他去参加街头艺术家的聚会，譬如突然做一顿很奇怪的饭菜送来给他。宁惟恺承认，那段时间，有这样一个女孩存在，极大地缓解了他的压力。与祝晗姝的闷而中规中矩不同，Lydia总是能令他发笑，令他感觉到自己又年轻起来，像个毛头小伙子。

那他到底是爱Lydia，还是爱祝晗姝？

这个问题几乎不需要思考，就能有答案。

他从不觉得自己爱过Lydia。她就是个简单的开心果，在那段时间，他很需要这样一个人，调节自己的生活。从这一点看，也许他始终是自私的。明明很清楚Lydia对自己的情意，但却始终保持暧昧态度，从不给明确回应，继而能享受她给他的好。

但是爱她，他真的做不到。这样一个在酒吧认识的女孩，离他爱的标准太远太远。甚至每每与她相处时，看着她脏兮兮的指甲，看着她妖艳的妆容，尽管愉快好笑，他却会突然又想起祝晗姝，想起她漂亮干净的指甲，想起她的安静陪伴，想起她不施粉黛却依旧清澈动人的面容。

他想，他是爱着祝晗姝的，一直都是。

只是，爱得不够。

当听到祝晗姝说，要把手中的新宝瑞股份给自己时，宁惟恺的心情，是极为震动的。

狂喜有之，歉疚有之，感动有之，爱意有之。还有那么点意料之中，而蛰伏许久的野心，也同时随着这个契机的到来而滋生。

那几天他没有去找Lydia，每天按时下班回家陪伴妻子。

说不清什么心情，其实他跟Lydia之间，连一个吻都不曾有过。但那段时间，就觉得不能够，不能够再纵容自己的陷落。他脑海中甚至模模糊糊闪过一个念头，一直以来，他都以为自己是祝晗姝的天，是她的依靠和仰仗，他主宰了他们的爱情和人生。他甚至对她有越来越多的挑剔。

可每当人生的关键时刻，却似乎总是这个小妻子站出来，带给他救赎。

那他是否差点就走偏了人生的方向呢？

又或者，那个方向才是正确的？是忍受不完美，从此知足，还是继续在现实中游走，看似有很多快乐，回头想想，却只觉得空洞？

所有矛盾和情绪的爆发，集中在那之后的某个晚上。

他终于还是跟Lydia出来见面。

其实也没什么特别的事，Lydia带他去放风筝。宁惟恺见过人在秋高气爽的白日放风筝，却很少见大半夜跑到空旷的足球场去放风筝的。

但当缀着灯光的风筝升上天空那一刻，他的心情还是愉悦、放松和感动的，一如跟Lydia相处的每一个瞬间。因为她不知花了多少心思，在风筝上用细细的光点，缀上了"NWK"三个英文字母，然后用荧光笔写道：战无不胜！

很傻气很江湖气的话，但是他看着很舒服。彼时，Lydia就拿着风筝的线，跑得香汗淋漓，像个少年般，站在足球场中对他笑。而他站在场边，笑着抬头，刚要说话，忽然就看到操场入口一个人影一闪，快步离开。

宁惟恺的心就这么狠狠一沉。

Lydia若无其事地问："怎么了？谁啊？"

这一刻，宁惟恺突然觉得窘迫。

但他从来都是果断的，他发现根本不需要作任何取舍，他已经快步追了出去。

而身后，Lydia依旧拿着风筝线，站在原地。他似乎听到她轻笑的声音。

宁惟恺追出体育场，却只看到稀疏的人影、昏黄的路灯，哪里有祝晗姝的身影？他拿出手机就拨给她，通了，立刻被挂断。再打，再次被挂断。最后她直接关机。

宁惟恺只觉得心突突地跳，仿佛他隐瞒许久的秘密，终于被妻子发现。他脑海中刹那闪过很多念头：她会不会哭？她会不会万念俱灰，以为她的天已经塌了？

她会不会离开？

一想到这个念头，他的心忽然疼了起来，剧烈地疼。他突然意识到，如果失去祝晗姝，他失去的不仅仅是祝氏的财富，不仅仅是一个女人、一段爱情和婚姻。

他会失去自己的妻子，失去自己的家。

原来他一直都不愿意失去她。

这天，宁惟恺回到家时，东方已经露出了鱼肚白。家中空寂无人，从不外宿的祝晗姝不知道去了哪里。这令他更加确信，刚刚在体育场的那个人，是她。她看到了。

这晚，宁惟恺一个人躺在双人床上，做了个梦。他梦到了很多年前，与祝晗姝在酒会上相遇的那一幕。那时候，她是他梦寐以求的公主，安静婉约地坐在角落里，而他怀着爱慕和野心上前，风度翩翩地问："嗨，怎么一个人坐着？"而她抬头看着她，眸光如水，光芒万丈。

……

浑浑噩噩不知睡到何时才醒来，宁惟恺起床、洗澡，换上干净衣物，又刮了胡子，再做好两个人的早点，已是一身清爽。

他想，没有人的人生和爱情是完美的。

他想，她是生气了，但她一定不会离开他。他还可以挽回。

他想，他其实一直是重情的人。失去林浅之后那么多年，他都没爱过别人。现在对她，也是一样。他要告诉她，一直以来他错了，他们都错了。他们的爱情，根本跟金钱没有关系。这些年其实不是他惯着她，而是她宠着他。不是他不够爱她，而是——

他想要令她爱得更多。

番外三
因为有你

（一）蜜月记

林浅对厉致诚也不是360度全方位完全满意的。

譬如今天他筹办的婚礼就令她感到烦琐、世故、无趣。超五星级大酒店、权贵莅临、司仪作秀、夫妻秀恩爱、满场宾客高大上……与这个年代任何土豪的婚礼并没有什么不同。

但林浅也知道，这些是必须的。谁让他们是商界人士，他还是商界知名人士呢？

这晚宾客散去，新郎和新娘累趴在沙发上。新娘看着桌上各种旅游宣传册，心想，婚礼就这么着吧，蜜月可不能再让任何人打扰。于是她精神抖擞地坐起来，拿起几张海岛照片，问厉致诚："蜜月我来安排，你有什么要求？"

厉致诚看着身着红色旗袍的女人妖娆的身体曲线，抬眸答："都行。我有新娘就可以了。"

"噗……"

三天后，某国外海岛。

蔚蓝的天、湛蓝的海、白色的沙滩，以及无边无际的丛林。两人背着行囊，宛如任何一对年轻的、徒步旅行的情侣。这是林浅梦寐以求的两人之旅，她自然很是雀跃。

　　两人沿着沙滩往酒店走去，身旁就是海与林的交界点。厉致诚的脸上带着浅浅的笑，双手插在裤兜里跟在她身后。

　　"这里地形复杂，小心迷路。"他淡淡地说。

　　林浅回头瞪他一眼。

　　不能怪她以德报怨。自从两人感情稳定、事业稳固后，他似乎越来越喜欢在她面前暴露大灰狼的本性。具体表现为：经常漫不经心地调戏她、捉弄她，稍不留神就吃掉她……

　　所以他这句关心的话语，听在林浅的耳朵里，就好像在说"一切尽在我掌控，依附我、跟着我，才是你最明智的选择"——大灰狼对于重申和回味自己的独占权这件事，是乐此不疲的。

　　她愤愤地说："喊。难道你就对这里了如指掌？"

　　"当然。"

　　"那我们打个赌吧。"林浅的玩兴和好胜心又被激起来了，"我躲起来，如果你能找到我，我就……洗一个星期的碗！"

　　耀眼的阳光下，厉致诚微微眯了眼，上前一步，低头看着她，俊朗容颜比她见过的任何青年都要深沉动人。

　　"不。如果我赢了，你就……"

　　身旁有路人经过，他稍稍压低了声音，唯有林浅听到。她的脸倏地红了，一把推开他，"讨厌！"

　　但赌约还是就此成立了。

　　不过，由于林浅对厉致诚总是逢赌必输，所以这次她留了个心眼，提出三局两胜制。

　　第一局的比赛方式她就选得很有水平——潜水。在水底，每个人都穿着潜水服、戴着面罩，他能找到她才怪！

　　午后，阳光明媚，海风清新。

　　林浅背着氧气瓶，得意地在一片水下礁岩旁游来游去，看看小鱼，看看水生植物，躲开外星生物般的大型水母……啊！兴奋又快活。她身旁是五六个穿着同样潜水服的年轻女人，大家身形都差不多，她就不信厉致诚真能把她分辨出来。

林浅正想着，忽然看到不远处一个男人泳姿健美地朝她们快速游过来。她心头一喜，立刻估摸了一下时间。她跟厉致诚分开已经有半个小时，这块海域不大，他也该找到这里了。再看那身形和泳姿，越看越像他。

于是林浅趴在一块岩石上不动，继续混在众人中——她才不会游动呢，否则他肯定一眼就看出来。

那男人越游越近。潜水镜后的眼藏得很深，他在离女人们两三米远的地方停下，望着她们，像是在观察，又像是在伺机而动。

林浅装得更加若无其事。但她其实也很好奇，特种兵出身的他，真的就那么神？随随便便就能跟踪捕获她？不至于吧？况且他是陆战兵，这可是在水里……

林浅正在胡思乱想，忽然见他游向右前方的一个女人。

哎！错了啊！

林浅心中涌起的竟然不是高兴，而是郁闷。眼看他就要拉那个女人的手，林浅想也没想就一个猛子扎过去，扎到两人中间，然后抬头狠狠地看着他。谁知他像早料到了会发生什么，那伸出去的手突然转向，一把搂住了她的腰。林浅的身体瞬间就失去平衡，随着他在水里转了两圈，两人才漂浮平衡下来。

他抱着她，抱得很紧，手还捏了一下她的腰。

林浅这才知道上当了。他早就认出了她，故意略施小计，等着她投怀送抱。

这人！

她瞪着他，无声地用嘴型说："无耻！"

他的眼中却有笑。

"哼！"林浅作势要逃离他的怀抱，却被他拉着一路往上游。两人刚浮出水面，她的面罩就被人摘掉，而他的脸已经俯下来，深深吻住了她。海面上闪动着点点波光，落日在遥远的前方，眼前的景色美不胜收。
他低声在她耳边说："承让。"

林浅被吻得意乱情迷，但还没忘记固守战线，"别高兴得太早，还
有两局！"

结果第二局她输得毫无悬念。

场地还是她选的，广袤深远的丛林。

林浅好歹也是户外运动热爱者，自信能逃脱特种兵的追踪。她的方
案也很简单，直接在丛林深处找了棵枝叶繁密的大树，然后哧溜爬了上
去，伏在树干上。

她就不信厉致诚能在一片树林中找到她的这一棵。

结果……他真的找到了。

五分钟后，林浅别别扭扭地搂着一根粗树枝，望着正沿着树干利落
地攀爬而上的厉致诚，真的好悲摧啊！

"喂，你怎么找到我的？你是不是作弊了？"她不死心地问。

厉致诚已经爬到了她跟前，闻言笑了，"一路脚印、被压弯的树
枝……"他一把将她从树枝上扯过来，扣回怀里，"我的新侦察兵都能找
到你。"

林浅探头往下看看，可丛林茫茫，还真看不出他说的那些似乎很明
显的迹象。

林浅扭头就想往下爬，"好吧，你赢了，我回去洗碗……"

她的话没说完，人已经被再次拉了回来。

"怎么？打算耍赖吗？"他的声音清淡而低沉，"赌注还没
给我。"

林浅的脸一下子红了。

当天傍晚，在酒店房间以及……大树上，兑现了一下午赌注的林
浅，腰酸背痛地下楼，来到当地居民举办的沙滩篝火化装晚会。

今晚是他们的第三局。这一局的输赢本身已经没有意义，不过林浅

还是按原计划进行了全面伪装。她不仅戴上了鬼怪面具，还穿了条厉致诚没见过的新裙子，甚至还往胸罩和腰间……咳咳咳，塞了些棉垫，缠了布条，改变身形体态。

没想到，这一招还真的奏效了。

夜色迷离，篝火摇曳，无数游人和当地居民舞成一团。林浅也混迹在舞池中，刚跳了一会儿，就看到厉致诚从不远处走过。

他没有化装。林浅也觉得，以他的性格，他肯定不愿意戴面具，把自己弄得花里胡哨的。他穿着简单的白衬衣和黑色长裤，从人群中走过，眉目出众。他朝她的方向遥遥望了一眼，林浅赶紧低头躲避。结果，他还真没发现，目光淡漠地滑过众人，又朝另一边看了过去。

林浅忽然怔住，然后笑了。

她想，她到底有多喜欢他呢？仅仅看着他在人群中找寻自己的样子，她就会感觉到心疼；仅仅是游戏中的一次错失，就令她觉得受不了。

悄无声息，却又温柔地，她缓缓从他身后走向他，"喂，看哪儿呢？"她的声音清亮悠扬。

厉致诚身形一顿，转身看着她，眉目间缓缓染上笑意。

"找到了。"他淡淡地说。

林浅隔着一步的距离站在他眼前，忍不住也笑了，说："这怎么能算？是我自己走出来的，是我……是我想被你找到！"

可厉致诚的神色却没有半点变化，将伊人的手一拉，拥入怀里。

"我知道。"他说，"一直都是。"

林浅的心突地一震。厉致诚在夜色星空下，眸色静深地望着她。

一直都是。

在相爱之前，你就只对我一个人怜惜，你一直给我机会靠近。朝夕相处里，转身回眸里，点点滴滴都是你自己未曾察觉的爱意。你想被我找到，你想被我得到，从相遇的第一天起。

我怎么会不明白，那是一个女人最珍贵的动心。

而我何其有幸，终于拥有了你，冠以我的姓氏，未辜负你的动心。

……

"哼哼，你这话什么意思？明明是你追我的！"

"嗯。因为我明确接收到你给的讯号，然后按讯号行动。"

"我什么时候给过你讯号？！"

他伸手将她的眼睛轻轻一点，"这里。"

从很早的时候起，你看我的缱绻眼神里。

（二）生子记

对于生男孩还是生女孩这个问题，林浅跟大多数女人一样，也有过一番纠结。

生男孩吧，大概就会像父亲。想到这里，她忍不住抬头看着沙发对面的厉致诚。

感觉……还真不错呢。

但生女孩也有女孩的好，贴心啊，乖巧啊，而且大概会被无所不能的父亲宠成一个小公主。越想就越觉得很美妙，于是她问生娃的合作方："你希望生个男孩还是女孩？"

厉致诚头也不抬，干脆地答："女孩。"

林浅诧异，"为什么？"

"女孩不用背负太多。"

林浅起初有点发愣，再一琢磨，觉出味了。

果然啊！他也太大男子主义了吧？

"现在这个社会，女孩也会背负很多！"她不赞同地说，"也能背负很多。"

厉致诚眼中闪过笑意，起身坐到她边上，手一勾，"是吗？我们俩之间，谁背负更多？任何方面。"

林浅认真思考起来。

事业，这不用说，他已经是新爱达集团董事长。另外，这些年来，他还投资参股了一些他认为发展很好的公司。这货已经不断在发展他的商业帝国，而她依旧守着自己的倾城品牌，并且还被他控股……好吧，他承担了更多。

家庭……居然也是他付出更多。他搞定了她哥哥，娶到了她，他还定期陪她去看望母亲。近来她跟母亲的关系越来越好，都是拜他这个女婿所赐……

身体健康……好像也是他。工作再忙，他都在安排两人的锻炼计划，在他的带动下，两人生活规律，身体健康，吃嘛嘛香……

就连床上……也基本是他出力。

……

林浅的脸微微一烫，说："好吧，就算你说得有道理。可现在，好女人常有，好男人不常有啊。"她若有所思地望着他——如果真的生了女孩，她会有这样的幸运，找到一个像他这么好的男人吗？

厉致诚却答："我的女儿，会把自己的人生过得很清楚。"

五年后。

当年，厉致诚如愿以偿，林浅果然生了个粉雕玉琢的女孩，而且女儿的性子还真像父亲，安静、独立，这么小的年纪，已经有了心计。

譬如现在……

厉家的儿童玩具房里，厉承澜和季澍（季白之子）正在跟薄简（薄靳言之子）耳语。

季澍说："薄简，你就按我说的，站在屋檐下。等夕阳呈45度角照射在冰面上时，气温达到3摄氏度，冰面上的蒸汽就会出现彩虹。"

小他俩两岁的厉承澜也添油加醋，"是啊，简哥哥，书上是这么说的，你去试试。"

经过门边的林浅听到他俩对薄简灌输的古怪理论，不由得好奇——她可没听说过。

然后林浅就看到清风明月般的男孩薄简点点头，"好，我去观察，我会告诉你们结论。"他说完就走出玩具房，看到林浅，还礼貌而倨傲地、跟个小大人似的点头，"伯母。"

林浅被他那句"伯母"惊了一下，失笑："你叫我阿姨就好。"

结果他一走，季澍和厉承澜两个小腹黑就一阵坏笑，然后坐下，拿起新的游戏机开始双人对打。

而阳台上的薄简……

林浅走过去，问："你看到他们说的彩虹了吗？"

薄简看着广阔的积雪和冰面，微笑地答："林阿姨，你怎么相信他们那么幼稚的说辞？"

林浅又疑惑了："那你为什么……"

薄简极难得地露出羞涩的笑容，"阿姨，你大概不明白。女孩早期向心仪的男孩表达爱慕的方式，就是捉弄他。"他淡然地说，"虽然我志在刑侦破案，未来几年都不会答应她，但是也不能直接拒绝一个女孩的好意，所以就让她误以为骗到我了吧。"

"……"

薄简，你才七八岁呀，真的没有太自恋、想得太多吗？

林浅回到玩具房，就见季澍正手把手教女儿在打游戏。八岁的男孩长得比同龄人更高，深邃的五官、微笑的容颜、稳重有礼的言行举止，隐隐已有翩翩公子温润如玉却腹黑逼人的征兆。两个孩子玩得很开心，厉承澜一直甜甜地叫着"季澍哥哥、季澍哥哥"。

大概是受薄简影响，林浅回到客厅，也有点开始思虑过甚了。她对厉致诚说："现在三个孩子都很好，将来长大了，万一要是三角恋，那就纠结了。季澍很好，薄简也很好。"

厉致诚正在看报纸，衬衫西裤，英俊如画。他闻言头也没抬地说："这还用纠结？当然选季澍。"

"……"

老公，你这么瞧不上薄靳言的儿子，真的好吗？

小剧场

男人们的宫斗

一个非常机缘巧合的机会，三个男人坐到了一起。

起因是薄靳言夫妻来了霖市，就来探望季白夫妇。而林浅恰好约许诩吃饭。

许诩考虑事情完全是从便利性考虑，也没告诉季白，直接拍板——让他们两家一起来家里做客，她就不用抽出两天时间了。

在许诩看来，林浅是个很仗义的女汉子——她看人只看内心，直觉忽略了林浅娇柔清秀的外形；而简瑶是柔弱温婉的师母。从心理学角度分析，她俩应该很合得来。

结果果然不出她所料，那两个女人一拍即合。

然后她们就拉着许诩去逛街了，丢下三个男人在家里喝茶看新闻，以及……等各自的老婆。

回到许诩家的客厅。

季白是主人，客气地端来了茶水。他先看了一眼径自占了他的座位、坐在右上首主位的薄靳言——这家伙一向以许诩的老师自居，所以到了他们家里从不客气。

季白没管他。

幼稚的男人跟小孩子一样，是不需要管的。越管越叛逆。

他又看了一眼厉致诚。两个腹黑交换了一下眼神，就有找到同类的感觉。同时笑笑，他们自然而然就闲聊起来。

先聊最近霖市的商业发展，又聊了聊社会治安。他欣赏他的内敛沉稳，他欣赏他的忠勇老练。

至于薄靳言……

厉致诚早听说过这个男人。但是他对神探什么的，是没有任何兴趣的。

原本以他的性格，还是会客气地招呼，但当他走进门时，对这个男人颔首微笑时……

薄靳言直接目不斜视地走了过去，就跟没看到他一样。

于是厉致诚也不急着搭理他了。

两个腹黑又聊了一会儿，厉致诚无意间提到了妻子，"听林浅说……"

始终旁若无人地在玩手机的薄靳言，忽然抬眸看向他，"林浅？"

厉致诚问："怎么了？"

季白也有点意外。

薄靳言忽地微微一笑，"哦，你就是林浅的丈夫。久仰。"然后又看一眼季白，继续低头玩手机。

在座两个都是心细如发、情商智商双爆表的男人，立刻感觉出薄靳言话里有话。

并且绝不是什么好话。

那云淡风轻的欠扁语气，那倨傲的眼神，那一闪而过、掩都掩不住的"一群不如我的男人"的沾沾自喜的表情……

这令季白和厉致诚，同时想起了某个非常相似的场景。

某天，妻子对他说——

许诩说："老公，原来薄靳言在床上天赋异禀。我倒是小看这个师傅了。"

林浅说："老公，我一直以为你天赋异禀，原来天外有天人外有人，不要气馁……噗……哈哈哈！"

……

那头，薄靳言虽然依旧看手机看得投入，可不知不觉竟哼起了小调，显然得意至极。

两个腹黑对视一眼，又沉默片刻。

然后季白先开口，开始聊体能。

"听说你以前在部队？"

"是的。"

"不错，我一直很欣赏军人。下次一起去负重拉练？"

"没问题。带不带家属？"

"无所谓。"季白笑笑，"我背着她也能跑。"

"好的，我也没问题。不过只能白天拉练，晚上要陪林浅，她缠人缠得厉害。"厉致诚浅笑。

"那是当然，我老婆也这样。那么就去东郊的乐岩山吧，晚上可以住在农家小院。景色很不错，女人会喜欢，很浪漫。"

联盟达成。

两人同时看向薄靳言，厉致诚淡淡开口："薄先生，一起吗？"

"……"

你们这些幼稚的四肢发达的军警们！

图书在版编目（CIP）数据

你和我的倾城时光 / 丁墨著 . — 南昌：百花洲文艺出版社，
2014.10（2018.12 重印）

ISBN 978-7-5500-1097-0

Ⅰ . ①你… Ⅱ . ①丁… Ⅲ . ①言情小说 - 中国 - 当代
Ⅳ . ① I247.5

中国版本图书馆 CIP 数据核字（2014）第 228839 号

出 版 者　百花洲文艺出版社
社　　址　江西省南昌市红谷滩世贸路 898 号博能中心Ⅰ期 A 座 20 楼　邮编：330038
电　　话　0791-86895108（发行热线）0791-86894790（编辑热线）
网　　址　http://www.bhzwy.com
E-mail　　bhzwy0791@163.com

书　　名　你和我的倾城时光
作　　者　丁墨
出 版 人　姚雪雪
出 品 人　李国靖
特约监制　何亚娟
责任编辑　张　越　黎紫薇
特约策划　何亚娟
特约编辑　燕　兮　谭　飞
封面设计　郑力珲
封面绘图　Hsiao Ron Cheng（中国台湾）
经　　销　全国新华书店
印　　刷　嘉业印刷（天津）有限公司
开　　本　880mm×1230mm　1/32
印　　张　20.5
字　　数　588 千字
版　　次　2014 年 11 月第 1 版
印　　次　2018 年 12 月第 10 次印刷
书　　号　ISBN 978-7-5500-1097-0
定　　价　45.00 元（全二册）

赣版权登字：05-2014-227